1874 ~ 1914

설록 홈즈 : 더 얼티밋 에디션
Sherlock Holmes : The Ultimate Edition

아서 코난 도일이 40년에 걸쳐 쓴 셜록 홈즈 작품은 60편에 달한다. 『셜록 홈즈: 더 얼티밋 에디션』에서는 기록으로 남아 있는 셜록 홈즈가 해결한 첫 사건부터 가장 최후에 해결한 사건까지 중요하고 인기 있는 사건 기록만을 선별하여 사건 발생 연대순으로 배열하였다. 사건이 발생한 시기에 논란이 있는 작품도 다소 있지만, 여러 정황들을 고려하여 연구자들이 추정한 연대를 선택적으로 취합하였다.

홈즈 편
왓슨 편

1883

얼룩 띠의 비밀

의뢰인
헬렌 스토너
사건 유형
살인 및 살인 미수
p.279 /

1888

보헤미아 왕국 스캔들

아이린 애들러 등장

의뢰인
보헤미아 왕
사건 유형
협박
p.323 /

네 사람의 서명

존 왓슨과 결혼한 마리 모스턴을 만나는 작품

의뢰인
마리 모스턴
사건 유형
살인
p.365 /

바스커빌 가문의 개

의뢰인
제임스 모티머
사건 유형
살인
p.5 /

1894

빈 집의 모험

홈즈의 귀환

의뢰인
없음
사건 유형
살인 및 암살 미수
p.435 /

1898

춤추는 사람 그림

암호로 인해 유명한 작품

의뢰인
힐턴 큐빗
사건 유형
살인 및 암호
p.473 /

1900

여섯 점의 나폴레옹 상

의뢰인
레스트레이드 경감
사건 유형
살인 및 절도
p.517 /

1914

마지막 인사

발표 작품 중 가장 최후로 해결한 사건

의뢰인
영국 수상
사건 유형
스파이
p.555 /

The Ultimate Edition

셜록 홈즈 : 더 얼티밋 에디션 홈즈

SHER LOCK HOLMES

셜록 홈즈 : 더 얼티밋 에디션 홈즈

아서 코난 도일
백영미 옮김

황금가지

1874

The Adventure of the "Gloria Scott"

글로리아 스콧호

"왓슨, 나한테 어떤 기록이 있는데 말이지."

어느 겨울밤, 내 친구 셜록 홈즈는 벽난로 앞에 앉아서 이렇게 말했다.

"자네가 한번 볼만한 가치가 있을 것 같아. 이게 뭐냐면 글로리아 스콧호의 기이한 사건에 관한 문서라네. 자, 이걸 좀 보게. 치안 판사 트레버를 공포에 떨게 한 편지일세."

홈즈는 서랍을 열고 변색된 종이 두루마리를 꺼내서 끈을 풀었다. 그리고 회색 종이에 급하게 갈겨쓴 짧은 편지를 내밀었다.

게임은 런던으로 가서 끝났다. 파리 사냥꾼 허드슨이 어쩐지 자꾸만 다 명령을 받아 말했다. 암꿩의 번식은 필사적으로 유지해서 너희 도망쳐라.

이 수수께끼 같은 편지를 읽고 눈을 드니 홈즈가 내 얼굴에 떠오른 표정을 보고 킬킬거리고 있었다.

"좀 당황한 것 같군."

그는 말했다.

"대관절 어떻게 이런 편지가 사람을 공포에 떨게 할 수 있었는지 잘 모르겠네그려. 내가 보기엔 무섭다기보다는 좀 기괴하군."

"옳은 말이야. 하지만 아픈 데도 없이 멀쩡하던 노인이 그걸 읽고 누가 총구를 들이대기라도 한 것처럼 픽 쓰러진 건 사실일세."

"자꾸만 남의 호기심을 부채질하는군. 자넨 방금 내가 이 사건을 연구해야 할 특별한 이유가 있는 것처럼 말했는데 그건 왜지?"

"왜냐하면 내가 처음으로 관계한 사건이 바로 그거였으니까."

나는 지금까지 친구가 범죄 수사에 마음을 두게 된 계기가 무엇인지 알아내려고 부단히 노력해 왔지만 그는 좀체 말해 주려고 하지 않았다. 그런데 지금 그는 안락의자에 앉아서 무릎 위에 서류를 펼쳐놓은 채 말할 태세를 갖추고 있었다. 홈즈는 파이프에 불을 붙이고 담배를 피우며 서류를 만지작거렸다.

"내가 빅터 트레버 이야기는 한 적이 없지? 트레버는 내가 2년간 대학을 다니면서 사귄 유일한 친구일세. 왓슨, 난 원래부터 별로 사교적인 성격이 아니었네. 언제나 조용히 방에 틀어박혀서 내가 창안해 낸 사고방식과 씨름하는 걸 좋아했어. 그래서 또래의 친구들과도 별로 어울리지 않았네. 펜싱과 권투를 빼면 운동에 대한 취미도 없었고, 게다가 학문에 대한 취향이 다른 친구들과는 완전히 딴판이어서 공통점이라곤 전혀 없었으니까. 내가 사귄 친구는 트레버뿐이었는데 그것도 어느 날 아침에 교회에 가는 길에 그 친구의 수컷 테리어가 내 발목을 물고 늘어지는 사고가 생겼기 때문이었네.

우정을 키우는 방식치고는 참 재미없는 것이긴 했지만 아주 효과적이긴 했어. 나는 열흘간 꼼짝없이 누워 있어야 했고 트레버는 문병하러 자주 들렀네. 처음에 우리 둘의 대화는 1분 만에 끝나곤 했지만 그 친구가 머무는 시간이 점점 길어졌지. 그리고 학기가 끝나기 전에 우리는 절친한 사이가 되었어. 트레버는 패기와 기백이 넘치는 혈기왕성한 친구였네. 거의 모든 측면에서 나와는 정반대였지만 그래도 몇 가지 공통점이 있었지. 그리고 알고 보니 그도 나처럼 친구가 없었고 그것이 우리를 하나로 묶는 끈이 되었다네. 학기가 끝날 무렵 그는 노퍽의 도니소프에 있는 집으로 나를 초대했어. 그리고 나는 친구의 호의를 받아들여 긴 여름 방학 가운데 한 달을 거기서 머물기로 했지.

치안 판사이자 지주인 트레버의 부친은 부와 명예를 동시에 누리는 분이었네. 도니소프는 대수로(大水路)의 고장인 랭미어 북부에 인접한 작은 마을일세. 저택은 참나무 들보를 써서 지은 벽돌 건물인데 오래되긴 했지만 아주 컸네. 집 앞으로 들어오는 진입로 양쪽에는 멋진 라임나무 가로수가 서 있었지. 그곳의 늪지대에선 흥미진진한 들오리 사냥이 벌어졌고 특히 낚시질하는 재미가 그만이었네. 또 전에 살던 사람이 남겨놓았다는 작지만 알찬 서재에다 그럭저럭 솜씨가 괜찮은 요리사에 이르기까지, 그런 곳에서 한 달을 즐겁게 보내지 못한다면 아주 까다로운 사람인 게 틀림없어.

트레버의 부친은 상처하셨고 자식이라곤 내 친구뿐이었네.

딸이 하나 있었지만 버밍엄에 갔다가 디프테리아에 걸려 죽었다더군. 트레버의 부친은 굉장히 흥미로운 분이었어. 풍부한 교양이 느껴지지는 않았지만 육체적, 정신적으로 원초적인 힘이 넘치는 분이었네. 책이라곤 거의 안 읽었지만 여행을 많이 다녔고 세계 곳곳을 별로 안 가본 데가 없을 정도였지. 그리고 당신이 보고 들은 걸 죄다 기억하고 계셨네. 키는 비록 작았지만 체구가 탄탄했고 헝클어진 희끗한 머리에 갈색으로 그을린 얼굴을 하고 있었네. 푸른 눈에는 광채가 있었고. 하지만 그분은 그 일대에서 인심 좋기로 유명했고, 치안 판사로서 판결이 너그럽기로 소문났다네.

어느 저녁, 내가 그곳에 도착한 직후였어. 우리 세 사람은 저녁 식사를 마치고 포트와인을 앞에 놓고 앉아 있었네. 그런데 빅터가 나의 관찰과 추리 습관에 대한 이야기를 꺼냈지. 나는 그때 이미 관찰과 추리의 방법론을 체계화시킨 상태였지만 그것이 내 인생에서 어떤 역할을 하게 될 것인가는 미처 모르고 있었네. 노인은 아들이 친구의 한두 가지 재주를 과장해서 말하고 있다고 생각했나 봐.

'여보게, 홈즈 군.' 노인은 너그럽게 웃으며 말했어. '나라면 훌륭한 대상이 되지 않겠나. 자네가 날 보고 뭔가를 추리해 낼 수 있다면 말일세.'

'글쎄요, 잘은 모르겠습니다만, 지난 12개월 안에 테러 위협을 받은 적이 있으신 것 같습니다.' 나는 대답했네.

노인은 웃음기를 거두고 놀란 눈으로 나를 쳐다보았지.

'그렇지, 그건 사실일세. 빅터, 왜 너도 알고 있지 않느냐.' 노인은 아들을 돌아보며 말했네. '우리가 그 밀렵꾼 일당에게 엄벌을 내렸을 때 그자들이 칼침을 놓겠다고 위협했던 것 말이다. 그리고 에드워드 홀리 경은 실제로 테러를 당했거든. 그래서 난 그 일이 있고 난 다음부터 항상 조심하고 있단다. 그런데 홈즈 군이 그 일을 어떻게 알았는지 모르겠구나.'

'아버님은 굉장히 좋은 단장을 갖고 다니십니다.' 나는 대답했네. '상표를 보니 구입하신 지 채 1년이 넘지 않았더군요. 그런데 아버님은 지팡이 손잡이에 일부러 구멍을 뚫고 그 속에 납을 부어 넣어 위력적인 무기로 만드셨습니다. 저는 아버님께서 신변에 위협을 느끼지 않으셨다면 그렇게 조심하지는 않았을 거라고 생각합니다.'

'그 밖에는?' 노인은 빙그레 웃으며 물었네.

'젊었을 때 권투를 많이 하셨군요.'

'맞는 얘기일세. 그런데 어떻게 알았나? 내 코가 약간 비뚤어지기라도 했나?'

'아닙니다. 귀를 보고 알았습니다. 권투 하는 사람들은 귀가 특이한 모양으로 주저앉은 채 두꺼워져 있으니까요.'

'그 밖에는?'

'굳은살이 박여 있는 모양을 보니 광산에서 오래 일하셨군요.'

'나는 금광에서 돈을 모았네.'

'그리고 뉴질랜드에 갔던 적이 있으십니다.'

'그것도 맞아.'

'일본에도 다녀오셨고요.'

'사실이네.'

'그리고 'J. A.'라는 사람과 굉장히 가깝게 지냈지만 나중에는 그 사람을 기억에서 완전히 지워버리려고 노력하셨습니다.'

트레버 씨는 천천히 자리에서 일어나 눈을 부릅뜨고 넋이 나간 표정으로 나를 쳐다보았네. 그러다가 정신을 잃고 앞으로 푹 고꾸라져서 견과류 껍질이 흩어져 있는 식탁에 얼굴을 박았지.

왓슨, 나와 내 친구가 얼마나 놀랐는지 상상할 수 있겠지? 하지만 우리가 셔츠 단추를 풀고 얼굴에 물을 뿌리자 트레버 씨는 금세 정신을 차렸네. 노인은 한두 번 숨을 몰아쉬더니 일어나 앉았어.

'난 괜찮다.' 노인은 억지로 미소를 지으며 말했네. '나 때문에 놀랐겠구나. 내가 겉으로는 튼튼해 보여도 심장이 좀 약하지. 그래서 별것 아닌 일에도 이렇게 넘어가곤 한다. 홈즈 군, 어떻게 그걸 알아냈는지 모르겠지만 자네는 실재와 허구를 막론하고 세상의 그 어떤 탐정보다 더 나은 것 같네. 앞으로 자네는 그 길로 나가게. 내 말을 산전수전 다 겪은 늙은이의 말로 생각하면 좋을 걸세.'

왓슨, 그 어른이 나의 능력을 과대평가하면서 그러한 권고를 한 것이 내가 그때까지 단순한 취미로만 여겨오던 것을 평생의 업으로 삼을 수도 있겠다고 생각하게 된 계기가 되었네. 하지만 그 순간에는 노인이 갑자기 쓰러진 것에 신경 쓰느라 다른 것은 생각할 여유가 없었지.

'혹시 제가 심려를 끼쳐드릴 만한 말씀을 드린 건 아닌지 모르겠습니다.'

'음, 자네가 아픈 데를 건드린 건 사실이야. 그런데 자네가 어떻게 그걸 알았는지, 얼마만큼이나 알고 있는지 물어봐도 되겠나?' 노인은 이제 반쯤 농담하는 투로 말했지만 두 눈에는 아직도 두려운 표정이 가시지 않았어.

'그건 아주 간단하지요. 아버님께서 팔을 걷어붙이고 물고기를 배 안으로 끌어들일 때 저는 아버님의 팔꿈치 안쪽에 'J. A.'라는 문신이 새겨져 있는 것을 보았습니다. 그런데 글씨를 읽을 수는 있었지만 얼룩진 모양이나 주변의 피부가 물들어 있는 걸로 봐서 그걸 지우려고 했던 것이 분명했지요. 그렇다면 아버님은 그 머리글자의 주인공과는 한때 아주 가까운 사이였지만 나중에는 그를 잊고자 했던 것이 틀림없습니다.'

'자네 눈이 보배로군!' 노인은 안도의 한숨을 내쉬며 외쳤지. '자네가 말한 그대로일세. 하지만 그 얘기는 그만하기로 하지. 하고많은 유령 중에서 가장 나쁜 건 옛사랑의 유령이니까. 자, 당구실로 가서 조용히 시가나 피우세.'

노인은 변함없이 나를 따뜻하게 대해 주긴 했지만 그다음부터 나를 쳐다보는 눈에는 어떤 의혹이 서려 있었네. 친구도 그 얘기를 하더군. '우리 집 대장이 자네 때문에 무척 놀랐나 봐. 자네가 어디까지 알고 있는지 모르니까 절대 마음을 놓지 못하실 거야.' 트레버 씨가 일부러 그랬던 것은 아니지만 항상 그런 생각을 하고 있다는 게 일거수일투족에서 드러났네. 나 때문에 영감이 불안해한다는 걸 알게 되자 나는 그만 런던으로 돌아가기로 결심했지. 하지만 떠나기 바로 전날에 어떤 사건이 일어났고 그것은 결과적으로 아주 중요한 결과를 초래했어.

우리 셋은 잔디밭에 의자를 놓고 앉아서 햇볕을 쬐며 대수로의 풍경을 감상하고 있었네. 그런데 하녀가 와서 밖에 어떤 남자가 트레버 씨를 뵈러 왔다고 고했네.

'이름이 뭐라고 하더냐?' 주인이 물었지.

'성명을 대지 않으려고 합니다.'

'그럼 용건은?'

'그 사람 얘기가 주인님과 아는 사이라고, 잠깐만 얘기를 나누고 싶다고 합니다.'

'그럼 이리 데려오너라.' 잠시 후 늙수그레한 사내가 굽실거리며 나타났네. 발을 질질 끄는 듯한 걸음걸이에, 소매에 타르 얼룩이 묻은 선원용 재킷을 입고 있었어. 그리고 검은색과 붉은색의 체크무늬 셔츠에 작업복 바지를 입고 닳아빠진 무거운 부츠를 신고 있었지. 갈색으로 탄 여윈 얼굴은 교활해 보였고, 입가에는 웃음이 떠나지 않았는데 그 바람에 들쭉날쭉한 누런 이가 훤히 드러났네. 주름진 손은 선원들이 다 그렇듯 반쯤 오그라들어 있었어. 사내가 구부정한 걸음걸이로 잔디밭을 걸어오는 걸 보고 트레버 씨는 목구멍에서 딸꾹질하는 듯한 소리를 냈네. 그러더니 벌떡 일어나서 집 안으로 뛰어 들어갔어. 잠시 후 노인은 다시 돌아왔는데 내 옆을 지날 때 독한 브랜디 냄새를 풍기더군.

'그래, 웬일로 여길 다 왔는가?' 노인은 말했네.

선원은 눈살을 찌푸리고 서서 노인을 쳐다보았네. 하지만 입가에는 여전히 헤픈 웃음이 떠나지 않았어.

'나를 모르쇼?' 선원이 물었네.

'모르긴, 이 사람아, 자네 허드슨 아닌가.' 트레버 씨는 놀란 듯이 말했네.

'예, 허드슨입죠. 30년 만에 처음인 것 같구먼요. 그런데 당신은 자기 집에서 사는데, 나는 아직도 어구(漁具)통에서 소금에 절인 고기나 꺼내 먹는 신세요.'

'쯧쯧, 나는 아직 옛 시절을 잊지 않았다네.' 트레버 씨는 이렇게 외치면서 선원에게 다가가 작은 목소리로 무슨 얘긴가를 속삭였네. 그러고는 다시 큰 소리로 말했지. '주방으로 가게. 가서 요기도 하고 술도 한잔하게. 일자리는 내가 꼭 알아봐줌세.'

'고맙구먼요.' 선원은 고개를 까딱하며 말했지. '나는 얼마 전에 일손이 달리는 8노트짜리 화물선에서 2년 만에 내린 사람이오. 그래서 이제는 좀 쉴 생각이지. 당신이나 비도스 씨를 찾아가면 당연히 받아줄 줄 알았어.'

트레버 씨가 외쳤네. '아! 자넨 비도스 씨가 어디 사는지도 알고 있나?'

'어디 그뿐이겠소? 옛 친구들이 사는 곳은 다 알고 있소이다.' 선원은 음흉하게 웃으면서 하녀를 따라 구부정한 걸음걸이로 주방으로 갔네. 트레버 씨는 그가 광산으로 갈 때 만난 뱃사람이라는 식으로 얼버무리고는 집 안으로 들어갔네. 한 시간 뒤에 집 안에 들어가보니 선원은 만취 상태로 식당 소파에 누워 자고 있었지. 나는 그 사건에서 대단히 추악한 인상을 받았기 때문에 다음 날 도니소프를 떠나는 게 조금도 섭섭하지 않았네. 내가 있어봤자 친구 입장만 곤란해질 것 같았지.

이 모든 일이 긴 방학의 첫째 달에 일어났네. 나는 런던으로 돌아가서 남은 7주 동안 방에 틀어박혀 유기 화학 실험에 몰두했지. 그런데 어느 날, 가을이 성큼 다가서면서 방학이 끝나 갈 무렵에 친구에게서 전보 한 통이 도착했네. 긴히 내 도움을 받을 일이 있으니 꼭 도니소프로 와달라는 내용이었어. 물론 나는 만사를 제쳐두고 다시 북부로 출발했네.

친구는 말 한 필이 끄는 이륜마차를 타고 역으로 마중 나왔지. 나는 지난 두 달 동안 그가 몹시 시달렸다는 걸 한눈에 알아보았네. 얼굴은 바짝 마르고 초췌한 데다 예전처럼 떠들썩하고 유쾌한 태도는 찾아볼 수 없었어.

'우리 대장이 돌아가실 것 같아.' 친구의 첫마디는 이것이었어.

'그럴 리가! 무엇 때문에?' 나는 소리쳤지.

'뇌졸중일세. 정신적인 충격 때문이지. 하루 종일 사경을 헤매셨네. 우리가 갈 때까지 살아 계실지도 모르겠어.'

왓슨, 자네도 짐작하겠지만 예기치 못한 소식을 듣고 나는 대경실색했네.

'원인이 뭔가?' 나는 물었네.

'아, 그 점이 중요하다네. 어서 마차에 올라타게. 가는 길에 얘기해 줌세. 자네가 런던으로 출발하기 바로 전날 저녁때 우리 집에 찾아온 사내 기억나나?'

'기억나고말고.'

'그날 부친께서 집에 들여놓은 그자가 누구였는지 아나?'

'모르겠는데.'

'홈즈, 그자는 악마였어.' 친구는 외쳤지.

나는 깜짝 놀라서 그를 바라보고만 있었네.

'그래, 그자는 악마였다네. 그때부터 우리 집의 평화는 산산조각이 났지. 우리 대장은 그날 저녁부터 기를 펴지 못하시더니 이제는 생명력을 다 빼앗겨버리고 탈진하고 마셨네. 그게 다 그 저주받을 허드슨이란 인간 때문이야.'

'그자가 대체 어떤 힘을 갖고 있기에?'

'아, 내가 알고 싶은 게 바로 그걸세. 인정 많고 너그러운 우리 대장이 어떻게 그런 불한당의 손아귀에 걸려든 것일까! 어쨌든 홈즈, 자네가 와줘서 정말 기쁘네. 난 자네의 분별과 판단력을 굳게 믿고 있네. 내가 어떻게 하는 것이 좋을지 좀 가르쳐주게.'

우린 평탄한 시골길을 마차로 달려갔네. 눈앞에는 끝없이 흐르는 대수로가 떨어지는 저녁 해를 받아 붉게 빛났지. 왼쪽에 있는 숲 너머로는 대지주의 저택을 나타내는 높은 굴뚝과 깃발이 벌써 나타나기 시작했어.

'아버지는 처음에 허드슨이라는 자를 정원사로 만들어주었네. 그런데 그자가 불만스러워하니까 집사로 승진시켜 주었어. 집

안이 온통 그자 손아귀에 휘둘리는 것 같았지. 그는 하루 종일 빈둥거리고 돌아다니면서 하고 싶은 짓을 했네. 그자의 술버릇과 상스러운 말투에 하녀들은 질색을 했어. 아버지는 하녀들의 불만을 달래기 위해 두루 급료를 올려주었지. 그자는 아버지가 아끼는 총을 들고 나가 배를 타고 사냥을 다녔네. 그러면서도 항상 냉소적인 태도로 눈을 흘기며 무례하게 굴었지. 그자가 내 또래만 됐어도 벌써 스무 번은 때려눕혔을 걸세. 여보게, 솔직히 말해서 그동안 꾹꾹 눌러 참았지만 이제 와서 생각해 보니 그게 과연 잘한 일이었는지 의문스러워지네. 조금 더 강하게 나가는 편이 현명하지 않았을까.

사태는 점점 악화됐고 그 허드슨이라는 짐승은 점점 더 제멋대로 굴게 됐네. 그러나 어느 날 내가 보는 앞에서 아버지에게 무례하게 말대꾸하는 걸 보고 나는 그자의 어깨를 움켜잡고 밖으로 끌고 나갔네. 그자는 얼굴이 흙빛이 돼서 슬슬 도망치고 말았어. 하지만 말은 안 했지만 그 독사 같은 눈빛만 봐도 내게 얼마나 앙심을 품었는지를 알 수 있었지. 가엾은 아버지와 그자 사이에 무슨 얘기가 오갔는지는 알 수 없네만, 아버지는 다음 날 나를 불러서 그자에게 사과하는 게 어떻겠느냐고 하시더군. 나는 당연히 싫다고 했네. 그리고 아버지에게 왜 저런 철면피가 당신과 당신의 가정을 휘두르게 내버려두시냐고 따지고 들었네.

'아들아, 너는 내가 어떤 처지에 있는지 모른다. 하지만 앞으로 알게 될 거다. 무슨 일이 있든 내가 반드시 알려주마. 너는 가엾은 늙은 아비의 악덕을 모를 게다. 안 그러냐, 얘야?' 아버지는 몹시 심정이 상한 듯 온종일 서재에 틀어박혀 계셨네. 창문 너머에서 보니 뭔가를 열심히 쓰고 계시더군.

그날 저녁에 마침내 해방의 날이 온 것 같았어. 허드슨이 가겠다고 했거든. 저녁 식사를 마치고 아버지와 같이 식당에 앉아 있는데 그자가 들어오더니 취해서 혀 꼬부라진 목소리로 말했네.

'이제 노퍽에는 그만 있을라오. 햄프셔의 비도스 씨 댁으로 달려갈 거요. 그 사람도 나를 보면 당신만큼이나 반가워할 거외다.'

'허드슨, 대접이 섭섭해서 떠나는 건 아니겠지?' 아버지가 비굴하게 말하는 걸 듣고 나는 피가 끓었네.

'난 아직 사과를 못 받았소.' 그자는 내 쪽을 바라보며 음울하게 말했지.

'빅터, 너 그동안 이분한테 무례하게 군 것을 솔직히 인정해라.' 아버지가 나를 보며 말씀하셨네.

'천만에요. 우린 그동안 무한한 인내심을 갖고 저자를 대한 것 같은데요.' 나는 대답했지.

'오호, 그렇게 생각하쇼?' 허드슨이 으르렁거렸네. '좋아, 젊은 친구. 어디 앞으로 어떻게 되는지 보자고!'

'그자는 구부정한 걸음으로 방을 나갔고 반 시간 뒤에 집을 떠났네. 아버지는 가엾게도 안절부절못하셨지. 나는 밤마다 아버지가 방 안에서 오락가락하는 소릴 들었네. 그런데 아버지가 막 안정을 되찾아갈 무렵에 불행한 사건이 터졌네.'

'어떤?' 나는 궁금증에 몸이 달아서 물었지.

'그것도 아주 기이한 방식으로 말이야. 어제저녁 아버지 앞으로 포딩엄 소인이 찍힌 편지가 한 통 도착했네. 아버지는 그걸 읽더니 두 손으로 머리를 싸쥐고 정신 나간 사람처럼 방 안을 맴돌기 시작했어. 아버지를 겨우 소파 위에 끌어다 앉혔을 때는 벌써 입과 눈이 돌아간 다음이었지. 난 아버지가 중풍을 맞았다는 걸 알았네. 당장 포드햄 선생이 달려왔어. 우린 아버지를 침대에 눕혔지만 마비는 점점 진행됐고 의식이 돌아오는 기미는 보이지 않았네. 아버지는 지금쯤 돌아가셨는지도 모르겠어.'

'트레버! 정말 끔찍한 얘기로군! 대관절 그 편지에 무슨 말이 쓰여 있기에 그렇게 끔찍한 결과가 빚어졌지?' 나는 외쳤지.

'끔찍한 말 같은 건 없었어. 그냥 이해하기 힘든 말이 쓰여 있었지. 그건 말도 안 되는 장난 편지였네. 오, 하느님, 내가 두려워 하던 일이 생겼어!'

그동안 마차는 진입로의 모퉁이를 돌아갔는데 희미한 불빛 속에서 집 안의 커튼이란 커튼은 죄다 내려져 있는 게 보였다네. 내 친구가 슬픔에 일그러진 얼굴로 현관으로 뛰어 올라가는데 검은 옷을 입은 신사가 안에서 나왔네.

'의사 선생, 어떻게 된 겁니까?' 트레버가 물었지.

'자네가 나간 뒤에 곧 운명하셨네.'

'의식을 되찾으셨나요?'

'마지막 순간에 아주 잠깐.'

'무슨 유언이라도?'

'일본 문갑의 검은 서랍에 편지가 들어 있다는 말씀뿐이셨네.'

친구는 의사와 함께 고인이 계신 방으로 올라갔고 나는 서재에 들어가서 평생 처음 느껴보는 침울한 기분이 되어 그동안 있었던 모든 일에 대해 골똘히 생각해 보았네. 권투 선수이며 여행가, 금광 탐사자인 트레버 노인의 과거는 어떤 것이었고, 어떤 연유로 그 심술궂은 선원에게 약점을 잡힌 것일까? 또 팔뚝의 반쯤 지워진 머리글자를 언급했을 때 졸도한 이유는 무엇이고, 포딩엄에서 온 편지를 받아본 뒤에 죽도록 공포에 질린 것은 또 왜일까? 그러자 포딩엄은 햄프셔에 속한다는 게 생각났네. 그리고 비도스 씨 또한 햄프셔에서 살고 있다는 것과 선원이 협박할 목적으로 그를 찾아갔다는 얘기가 떠올랐지. 그렇다면 그 편지는 선원 허드슨이 과거의 무서운 비밀을 폭로했다는 사실을 알리는 것일 수도 있고, 아니면 비도스가 옛 동지에게 그런 일이 생길 것 같으니 조심하라고 보내는 경고문일 수도 있었지. 여기까지는 분명해 보였네. 하지만 내 친구는 어째서 그 편지가 기괴한 장난 편지라고 했던 걸까? 친구는 편지를 제대로 읽지 못했음에 틀림없었네. 만약 그렇다면 그것은 겉으로 드러난 것과 다른 의미를 담은 교묘한 암호문이었겠지. 나는 그 편지를 보아야 했어. 만약 그 편지에 전혀 다른 의미가 숨어 있다면 그것을 알아낼 수 있을 거라고 확신했지. 한 시간 동안 어둠 속에 앉아서 생각에 골몰하고 있는데 얼굴이 눈물범벅이 된 하녀가 등불을 들고 서재로 들어왔네. 그리고 내 친구 트레버가 창백하지만 침착한 얼굴로 이 서류를 들고 뒤따라 들어왔어. 그는 내 앞에 앉아서 등불을 가까이에 끌어다 놓고 짧은 메모가 휘갈겨져 있는 회색 종이를 한 장 내밀었지. '게임은 런던으로 가서 끝났다. 파리 사냥

꾼 허드슨이 어쩐지 자꾸만 다 명령을 받아 말했다. 암꿩의 번식은 필사적으로 유지해서 너희 도망쳐라.'

맨 처음 이 편지를 읽었을 때 나도 자네처럼 당황한 표정을 지었을 거야. 어쨌든 나는 편지를 주의 깊게 되풀이해 읽었지. 그것은 분명히 내가 생각한 대로였네. 그 이상한 단어의 조합에 어떤 비밀스러운 의미가 숨어 있음에 틀림없었지. 아니면 '파리 사냥꾼'이나 '암꿩의 번식' 같은 구절에 미리 약속된 어떤 의미가 있는 것일까? 그렇다면 어떤 방법을 쓰건 편지의 의미를 추리해 내는 것은 불가능했네. 하지만 나는 그렇게 생각하고 싶지는 않았어. 게다가 허드슨이라는 이름이 들어 있는 것으로 보아 편지 내용은 내가 추측한 그대로일 것 같았고, 편지를 보낸 사람은 선원이라기보다는 비도스일 것 같았네. 나는 편지를 거꾸로 읽어보았지. 하지만 '도망쳐라 너희'는 별로 고무적이지 않았어. 그래서 한 단어를 건너뛰고 읽어보았지. 하지만 '게임은 가서 파리'나 '런던으로 끝났다 사냥꾼'도 말이 안 되긴 마찬가지였어.

그런데 갑자기 수수께끼를 푸는 열쇠가 보였네. 첫 단어부터 두 단어씩 건너뛰어 읽자 트레버 노인을 절망에 빠뜨렸을 말이 떠올랐어.

그것은 간단명료한 경고였지. 나는 벗에게 편지를 다시 읽어주었네.

'게임은 끝났다. 허드슨이 다 말했다. 필사적으로 도망쳐라.'

빅터 트레버는 떨리는 손으로 얼굴을 감쌌네. '그래, 그게 맞을 거야. 차라리 죽는 게 낫겠군. 이 편지는 어떤 불명예스러운 것을

암시하고 있으니까 말이야. 그런데 파리 사냥꾼이나 암꿩의 번식은 대관절 무슨 뜻이지?'

'그건 편지 내용과는 무관하지만 발신인의 정체를 밝혀낼 수 있는 별다른 방법이 없는 상태에서 많은 것을 의미할 수도 있다네. 자네도 알다시피 그 사람은 먼저 게임은……, 끝났다……, 허드슨이……라고 썼을 거야. 그리고 나중에 빈칸에 두 단어를 채워 넣어야 했겠지. 그는 당연히 맨 먼저 생각난 단어를 써 넣었을 거야. 사냥에 관한 단어가 많은 걸로 봐서 사냥을 좋아하거나 동물 사육에 관심이 많은 사람이라고 봐도 좋을 것 같군. 자네 비도스에 대해 아는 것 없나?'

'글쎄, 자네 말을 들으니까 생각나는 게 있군.' 친구는 말했네. '비도스 씨는 해마다 가을이 되면 가엾은 아버지에게 자기 영지에 사냥하러 오라는 초대장을 보내오곤 했네.'

'그럼 이 편지는 그 사람이 보낸 게 틀림없군. 이제 남은 문제는 부유한 두 명망가가 선원 허드슨에게 어떤 약점을 잡혔기에 그렇게 협박당했는지 알아내는 것일세.'

'여보게, 홈즈, 그건 아마 부끄럽기 짝이 없는 죄와 상관있을 거야!' 내 친구는 부르짖었네. '하지만 자네에게는 아무것도 감추고 싶지 않네. 자, 이걸 좀 보게. 아버지가 허드슨 때문에 과거의 비밀이 탄로 나리라는 걸 예감하셨을 때 쓰신 글이네. 아버지 말씀대로 일본 문갑에 들어 있더군. 자네가 읽어주게. 나는 그걸 직접 읽을 힘도 용기도 없다네.'

왓슨, 이게 바로 그 친구가 건네준 편지일세. 내가 읽어주겠네.

그날 밤 오래된 서재에서 내 친구한테 이 편지를 읽어주었던 것처럼 말일세. 보다시피 겉봉에는 이렇게 쓰여 있네. '1855년 10월 8일 펠머스에서 출항하여 같은 해 11월 6일, 북위 15도 20분, 서경 25도 14분 지점에서 침몰한 범선 글로리아 스콧호의 항해에 관한 자세한 기록.' 이건 아들한테 보내는 편지 형식으로 되어 있어.

내 사랑하는 아들에게, 인생의 말년을 불명예로 먹칠하게 된 지금, 나는 진실하고 정직한 마음으로 이 글을 쓴다. 지금 내 가슴이 이토록 미어지는 것은 국법(國法)이 두려워서도 아니고, 지역 유지라는 지위를 잃게 되어서도 아니며, 나를 아는 모든 이들이 보는 앞에서 진흙탕으로 추락하게 되어서도 아니다. 그것은 아비를 사랑하고 존경할 줄밖에 모르던 아들이 아비 때문에 고개를 들지 못할 일을 생각해서이다. 그러나 평생 나를 따라다닌 어두운 비밀이 드러나게 될 때, 나는 네가 이 편지를 읽어주길 바란다. 아비가 얼마만큼 잘못을 저질렀는지 직접 말해 주고 싶은 것이니. 하지만 모든 일이 원만히 해결된다면(전능하신 주여, 부디 이를 허락하소서!), 그런데도 이 편지가 파기되지 않고 네 수중에 들어간다면 간절히 부탁하노니, 성스러운 모든 것과 네 엄마의 기억과 우리 부자간의 정리를 생각해서 이걸 불 속에 던져 넣고 그다음에는 아주 잊어버리도록 해라.

그렇지만 네가 이 부분을 읽고 있다면 나는 이미 과거의 죄상이 탄로 나 내 집에서 끌려 나갔거나, 또는 너도 알다시피 약한 심장이 견디지를 못해서 죽음 속에 영원히 입을 봉한 다음이겠구나. 어느 쪽이든 과거사를 덮어둘 시기는 지난 것이고, 내가 하는 모든 이야기는 가감 없는 진실이니 이로써 나는 오로지 용서를 바랄 뿐이다.

사랑하는 아들아, 내 본명은 트레버가 아니다. 젊은 시절에 나는 제임스 아미티지였다. 그러니 너는 몇 주일 전에 너의 대학 친구가 나의 비밀을 알아챈 듯한 말을 했을 때 내가 큰 충격을 받았던 이유를 이제라도 이해할 수 있을 것이다. 아미티지였을 때 나는 어느 런던 은행에 들어갔고, 국법을 어겨 유형을 선고받았다. 애야, 아비에 대해 너무 가혹하게 생각하지는 말아다오. 나는 도박 빚을 지는 바람에 공금을 꺼내서 그 빚을 갚았다. 사실 공금을 유용한 사실이 밝혀지기 전에 그 돈을 메워 넣을 수 있으리라고 자신하고 있었다. 하지만 너무도 끔찍한 불운이 따랐다. 내가 철석같이 믿었던 돈은 들어오지 않았고, 예정보다 빠르게 회계 감사가 진행되어 공금의 결손이 드러났다. 그 일은 좀 더 관대한 처분을 받을 수도 있었지만 30년 전의 법 집행은 지금보다 훨씬 가혹했느니라. 나는 스물세 번째 생일날 쇠고랑을 차고 서른일곱 명의 죄수들과 함께 범선 글로리아 스콧호의 중갑판에 실려 호주로 유형을 가는 신세가 되었다.

때는 1855년이었고 크림 전쟁이 한창이던 때라 기존의 죄수 호송선들은 주로 흑해에서 수송선으로 이용되고 있었다. 그래서 정부에서는 크기도 작고 시설도 부적당한 배를 이용해 죄수들을 실어 나를 수밖에 없었다. 글로리아 스콧호는 원래 중국의 차를 운송하던 무역선이었는데 뱃머리가 무겁고 선폭이 넓은 구식 범선이라 새로 등장한 쾌속 범선에 밀려나게 되었다. 500톤급의 배에는 서른여덟 명의 죄수 외에 승무원 스물여섯, 병사 열여덟, 선장, 항해사 셋, 의사, 목사, 간수 넷이 타고 있었다. 팰머스를 출항할 때 배에는 거의 100여 명에 달하는 인원이 타고 있었던 것이다.

감방의 칸막이벽은 보통의 죄수 수송선과는 달리 두꺼운 참나무가 아니라 얇은 판자로 되어 있었다. 그런데 고물 쪽으로 바로 옆 감방에는 부두에서부터 유난히 눈에 띈 죄수가 수용돼 있었다. 그는 밝고 쾌활한 얼굴에 수염이 별로 없는 청년이었는데 살집이 없는 길쯤한 코에 턱은 호두까기처럼 생겼다. 기세 좋게 고개를 쳐들고 거들먹거리듯이 걸었는데 무엇보다 인상적인 것은 키였다. 그는 다른 사람보다 머리 하나는 더 컸다. 못해도 195센티미터는 되었을 것이다. 어둡고 지친 사람들 가운데 패기와 활력에 넘치는 얼굴을 보니 너무도 이상한 기분이 들었지. 꼭 눈보라 속에서 모닥불을 본 기분이었어. 나는 그가 내 옆방에 수용된 사실을 알고 기뻐했는데, 한밤중에 그가 칸막이벽에 구멍을 내고 작은 목소리로 말을 걸어왔을 때는 더욱 기뻤다.

'안녕하신가, 형씨! 이름은 뭐고, 여기는 왜 왔나?'

나는 내 소개를 하고 그렇게 말하는 당신은 누구냐고 물었다.

'나는 잭 프렌더개스트라고 하지. 그리고 당신은 머지않아 나한테 고마워하게 될 거야! 이건 농담이 아니야.'

나는 프렌더개스트 사건에 대해 들은 기억이 있었다. 내가 체포되기 얼마 전에 사건이 터져서 온 나라가 발칵 뒤집힌 적이 있었지. 그는 좋은 집안에서 태어난 재주 많은 청년이었지만 구제불능의 악습에 젖어 기상천외한 사기술로 런던의 내로라하는 상인들로부터 거액을 갈취한 자였다.

'하하! 내 사건을 알고 있구먼!' 그는 자랑스럽게 말했다.

'물론 잘 아오.'

'그럼 거기에 뭔가 이상한 점이 있다는 걸 느꼈겠지?'

'그게 뭔데?'

'나는 거의 25만 파운드를 해먹었어. 그렇지?'

'그렇다고 들었소만.'

'그런데 경찰에서 찾아낸 돈은 한 푼도 없었지. 안 그런가?'

'그렇다고 들었소.'

'그럼 그 돈은 어디 있을까?'

'나야 모르지요.'

'어디 있긴, 바로 내 손안에 있지.' 그는 외쳤다. '나한테는 형씨 머리털보다 더 많은 지폐가 있어! 정말이야! 그런데 젊은이, 돈 있겠다, 돈 쓰는 법도 알고 있겠다, 대관절 내가 못 할 일이 뭐란 말인가. 이제 당신도 무슨 일이든 할 수 있는 사람이, 쥐새끼와 바퀴벌레가 들끓고 곰팡내가 진동하는 낡아빠진 중국 무역선의 퀴퀴한 화물칸에서 엉덩이가 물러지도록 앉아 있진 않을 거라고 생각할 거야. 천만의 말씀, 그런 사람은 제 몸을 귀중히 여기고 제 친구들을 귀중히 여기지. 내 장담하지! 그 사람을 믿고 따르라고. 그 사람이 당신을 구해 줄 테니까.'

프렌더개스트의 말투는 원래 이랬다. 난 처음에는 아무 뜻도 없는 말인 줄 알았다. 하지만 그는 나를 시험해 보고 온갖 맹세를 받아내고 하더니 한참 뒤에 배를 탈취할 계획이 있다는 사실을 털어놓았다. 열댓 명의 죄수들은 배에 승선하기 전부터 동조자가 되었고 프렌더개스트가 지도자였으며 원동력이 된 건 그의 돈이었다.

'나한테는 동지가 있거든.' 그는 말했다. '참 좋은 사람이야, 총신에 붙어 있는 개머리판처럼 진실하고 말이지! 돈은 그 사람이 갖고 있어. 그런데 지금 이 순간 그가 어디 있는지 아나? 핫핫, 이 배의 목사님이 바로 그 사람이야, 목사님 말이야! 그 사람은 검정 외투에 나무랄 데 없는 신분증을 갖고 이 배에 탔지. 그가 들고 온 궤짝에는 이 배의 용골에서 돛대까지 일체를 사들일 수 있는 돈이 있어. 선원들은 몽땅 우리 편이지. 그들이 계약서에 서명하기도 전에 선불을 주고 매수했거든. 또 간수 둘과 이등 항해사 에리어도 우리 편이야. 필요하면 선장도 우리 편으로 끌어들일 거야.'

'그럼 이제 우린 어떻게 할 거요?' 나는 물었다.

'형씨는 어떻게 생각하나? 우린 병사들의 옷을 새빨갛게 물들여 줄 생각이지.'

'하지만 저들은 무장하고 있소.'

'젊은이, 당연히 우리도 총을 들어야지. 모두에게 총이 돌아갈 거야. 선원들을 몽땅 우리 편으로 만들고도 배를 손에 넣지 못하면 모두들 어린 처녀들이 다니는 기숙 학교에나 보내버려야지. 오늘 밤에는 당신 왼쪽에 있는 사람하고 이야기를 해보고 믿을 만한 사람인지 확인하라고.'

나는 그가 시키는 대로 했고 옆방에 수용된 죄수가 나와 처지가 흡사한 청년이라는 걸 알았다. 그의 죄목은 문서 위조였지. 성은 에번스였는데, 나중에는 나처럼 이름을 바꾸었고 지금은 영국 남부에서 유복하게 살고 있다. 달리 이곳을 벗어날 길이 없었기 때문에 에번스는 기꺼이 음모에 가담하기로 했고, 그래서 비스케이 만을 지날 때쯤 죄수들 중에서 비밀을 모르는 자는 둘뿐이었다. 그중 하나는 마음이 약한 자라 도무지 믿을 수가 없었고, 다른 하나는 황달을 앓고 있어서 우리에게 전혀 쓸모가 없었다.

배를 탈취하는 데 장애가 될 만한 것은 처음부터 아무것도 없었다. 선원들은 모두가 이 일을 위해 선발된 무뢰배였다. 가짜 목사는 선교용 팸플릿이 가득 들어 있는 듯한 검은색 가방을 들고 죄수들을 교화하기 위해 부지런히 감방을 순례했다. 목사가 하도 열심히 돌아다닌 덕분에 셋째 날이 되자 누구나 침상 발치에 줄칼과 권총, 탄약 한 파운드, 산탄 스무 발을 쌓아두게 되었지. 간수 둘은 프렌더개스트의 수족이었고 이등 항해사는 그의 오른팔이었어. 선장, 항해사 둘, 간수 둘, 마틴 대위와 그가 지휘하는 열여덟 명의 병사, 그리고 의사만이 우리에게 적대하는 세력이었다. 하지만 아무리 치밀하게 준비했어도 우리는 최대한 조심하기로 했고, 그래서 야간에 기습 공격을 하기로 했다. 그러나 거사는 예상보다 앞당겨졌는데 그 경위는 이렇다.

출항한 지 3주쯤 지났을 때였다. 의사가 저녁때 몸이 아픈 죄수를 보러 내려왔는데 침상 밑에 손을 넣었다가 권총을 만진 거야. 만약 의사가 그때 가만히 있었더라면 반란 계획을 효과적으로 파탄 낼 수 있었을 것이다. 하지만 그는 소심한 사람이었지. 의사가 깜짝 놀라 외마디 소리를 지르며 하얗게 질리자 죄수는 즉각 사태를 파악하고 그를 붙잡았다. 그리고 소리를 지르기 전에 그의 입에 재갈을 물리고 침대에 묶어놓았다. 죄수는 갑판으로 통하는 문을 열어젖혔고 우리는 한꺼번에 갑판으로 몰려 나갔지. 그리고 초병 둘을 쏘아 넘어뜨리고 무슨 일이 생겼는지 보려고 달려온 하사를 처치했다. 특등실 문 앞에서도 병사 둘이 지키고 있었지만 그들은 머스킷 총(16세기에 스페인에서 화승총을 대형화해 개발한 견착식 화기. 초기에는 보통 두 명이 함께 사용했고 휴대용 받침대에 올려놓고 발사했다. 19세기에 소총으로 대치되었다 — 옮긴이)에 장전해 놓지 않았던 모양인지 총을 발사하지 못했다. 우리는 두 병사가 총에 착검하느라 꾸물대는 사이에 먼저 권총을 쏘았다. 그다음에 선장실을 향해 달려갔는데 문을 열어젖혔을 때 안에서 총성이 울렸다. 선장은 머리에서 피를 흘리며 탁자 위에 붙여놓은 대서양 해도 위에 쓰러져 있었고 그 옆에선 목사가 화약 연기가 피어오르는 권총을 겨누고 서 있었다. 항해사는 둘 다 선원들의 손에 붙들렸고 일은 다 끝난 듯했지.

특등실은 선장실 옆에 있었는데 우리는 그곳으로 몰려들어 갔다. 그리고 다시 한번 자유의 몸이 되었다는 생각에 반쯤 미친 상태에서 의자에 주저앉아 와글와글 떠들어댔다. 특등실 안은 사방이 벽장이었는데 가짜 목사 윌슨은 한 벽장에서 셰리주를 열댓 병 끄집어냈다. 우리들이 병뚜껑을 따고 잔에다 술을 따라 단숨에 들이켜고 있을 때 느닷없이 머스킷 총을 발사하는 소리가 귀를 찢었다. 선실 안은 화약 연기로 가득 차 탁자 저쪽이 보이지 않을 정도였어. 연기가 걷히고 보니 그곳은 도살장으로 변해 있었다. 윌슨을 포함해서 여덟 사람이 서로 포개진 채 꿈틀거리고 있었다. 나는 지금도 탁자 위의 피와 갈색 포도주를 생각하면 속이 메스꺼워진다. 우리는 그 광경을 보고 겁에 질렸는데 프렌더개스트가 없었다면 그쯤에서 포기하고 말았을 거다. 프렌더개스트는 황소처럼 울부짖으며 밖으로 뛰쳐나갔고 살아남은 자들 모두가 그 뒤를 따랐다. 밖에 나가보니, 대위와 10여 명의 병사들이 고물에 모여 있었다. 특등실의 탁자 위로 천창 뚜껑이 약간 열려 있었는데 병사들이 그 틈으로 총알 세례를 퍼부었던 거야. 우리는 병사들이 총에 다시 장전하기 전에 덮쳤고 그들은 사내답게 저항했다. 하지만 우리 쪽이 우세했고 5분 뒤 상황은 종료되었다. 어허! 이런 도살장이 또 어디에 있을까! 프렌더개스트는 악귀처럼 미쳐 날뛰며 죽은 자든 산 자든 가리지 않고 병사들을 어린애처럼 번쩍 집어 들어서 갑판 너머로 던져버렸다. 심한 부상을 입은 부사관 하나가 놀랄 만큼 오랫동안 살아서 헤엄쳤으나 누군가 자비를 베풀어 그의 머리를 명중시켰다. 전투가 끝났을 때 적들 가운데 살아남은 사람은 간수 둘과 항해사 둘, 의사뿐이었다.

그들을 처리하는 문제를 놓고 심각한 말다툼이 벌어졌다. 자유를 되찾은 것을 기뻐하며 더 이상 손에 피를 묻히기 원치 않는 사람들도 많았다. 머스킷 총으로 무장한 병사를 상대로 싸우는 것과 사람들을 죽일 때 맨정신으로 그 옆에 서 있는 것은 전혀 다른 문제였다. 기결수 다섯 명과 선원 셋은 더 이상 사람을 죽이는

데 반대했다. 그러나 프렌더개스트와 그를 따르는 사람들은 요지부동이었지. 프렌더개스트는 안전을 보장받는 길은 일을 깨끗이 처리하는 것뿐이라고 하며, 나중에 증언대에서 혀를 놀릴 인간을 남겨두지 않겠노라고 했다. 우리도 자칫하면 포로들과 운명을 같이할 뻔했지만 프렌더개스트는 마지막에 원한다면 보트를 타고 떠나도 좋다고 허락했어. 우리는 냉큼 그 제안을 받아들였는데, 이런 유혈극에 벌써 염증을 느끼고 있었을 뿐 아니라 상황이 악화됐으면 악화됐지 좋아질 기미가 없었기 때문이다. 우린 선원 복장을 한 벌씩 지급받았고 그 밖에 물 한 통, 소금에 절인 고기와 비스킷 한 통씩, 나침반 하나를 받았다. 프렌더개스트는 해도를 던져주며 우리는 위도 15도, 서경 25도에서 선박이 침몰하여 표류 중인 뱃사람인 거라고 하며 밧줄을 끊고 우리를 보내주었다.

아들아, 이제 가장 놀라운 이야기가 남았구나. 폭동이 일어났을 때 선원들은 활대를 잡아당겨 배가 역풍을 받게 만들었지만, 우리가 보트를 타고 떠나자 선원들은 다시 돛을 원래대로 돌려놓았다. 마침 가벼운 북동풍이 불고 있었기 때문에 범선은 서서히 멀어져가기 시작했다. 우리가 탄 보트는 파도에 실려 오르락내리락했다. 에번스와 나는 떨어져 나온 무리 중에서 가장 교육을 많이 받은 축에 속했기 때문에 둘이서 해도를 펴놓고 현재 위치가 어디이고 어느 해안을 향해 갈 것인지에 대해 숙의했다. 그것은 상당히 까다로운 문제였다. 중부 대서양의 군도(群島) 카보베르데까지는 북쪽으로 800킬로미터 거리였고, 아프리카 해안까지는 동쪽으로 1120킬로미터 거리였다. 그런데 바람의 방향이 전반적으로 북쪽으로 바뀌고 있었으므로, 우린 서아프리카의 시에라리온이 가장 좋을 거라고 생각하고 그쪽으로 방향을 잡았다. 그때 글로리아 스콧호는 우리 배의 우현에 있었는데 어느새 선체는 수평선 너머로 사라지고 돛만 보였다. 그런데 갑자기 그쪽에서 검은 연기가 피어오르는 것이 보였다. 연기구름은 수평선 위로 거대한 나무처럼 솟아났다. 몇 초 후 천둥소리 같은 폭발음이 들렸고, 연기가 엷어졌을 때 글로리아 스콧호는 온데간데없이 사라지고 말았다. 우리는 당장 배의 방향을 다시 바꿨고 수면 위에 떠 있는 연기가 참극의 현장을 나타내고 있는 지점을 향해 필사적으로 노를 저었다.

거기까지 가는 데 시간이 한참 걸렸으므로 처음에 우리는 너무 늦게 도착해서 아무도 구하지 못할 줄 알았다. 배가 침몰한 지점에는 선박의 잔해와 수많은 나무 상자, 부서진 마스트가 파도에 떠서 흔들리고 있었다. 그러나 생존자가 없는 것 같아 포기하고 돌아서려는데 살려달라는 비명 소리가 들려왔다. 저쪽에서 한 사내가 난파선의 잔해에 몸을 싣고 있었다. 우리는 그를 배 위로 끌어 올렸는데 알고 보니 허드슨이라는 젊은 선원이었다. 그는 심한 화상을 입은 데다 탈진한 상태라 다음 날 아침이 돼서야 그사이에 있었던 일에 대해 설명해 줄 수 있었다.

우리가 배를 타고 떠난 뒤, 프렌더개스트와 그 일당은 남은 다섯 명의 포로를 처형하기 시작했다. 간수 둘은 사살한 다음 뱃전 너머로 던져버렸고 삼등 항해사도 이렇게 처치했다. 프렌더개스트는 그다음에 중갑판으로 내려가서 직접 불운한 외과 의사의 목을 찔렀다. 남은 사람은 일등 항해사뿐이었는데 그는 용감하고 민첩한 사나이였지. 그는 결박을 풀기 위해 용을 쓰다가 프렌더개스트가 피 묻은 칼을 들고 다가올 때 마침내 밧줄을 풀어버리고 화물칸으로 뛰어들었다. 열댓 명의 죄수들이 권총을 들고 뒤따라 내려갔다. 일등 항해사는 폭약통 뚜껑을 열어놓고 성냥을 들고 그 옆에 서 있었다. 배에는 그런 폭약통이 100여 개가 실려 있었는데, 그는 자신을 해친다면 배를 몽땅 날려버리겠다고 위협했지. 그리고 다음 순간 폭발이 일어났어. 허드슨은 폭발의 원인이 항해사의 성냥불이 아니라 어느 죄수의 빗나간 총알 때문일 거라고 생각했다. 원인이야 어떻든 간에 글로리아 스콧호와 배를 점령한 폭도들은 그렇게 최후를 마쳤다.

사랑하는 아들아, 말하자면 이것이 내가 겪은 끔찍한 사건의 역사란다. 다음 날 우리는 호주로 가는 쌍돛 범선 핫스퍼호에게 구조받았다. 선장은 우리가 난파한 여객선의 생존자라는 말을 선선히 믿어주었다. 해군성에선 수송선 글로리아 스콧호가 해상에서 실종되었다고 단정 지었고, 이 사건의 진실에 관한 얘기는 그 후 한마디도 새어 나오지 않았다. 핫스퍼호는 순조롭게 항해하여 시드니에 기항했고 에번스와 나는 거기서 성명을 바꾸고 탄광으로 향했다. 온갖 나라에서 숱한 사람들이 흘러드는 탄광에서 과거를 감추는 것은 식은 죽 먹기였다. 나머지 일에 대해선 말할 필요가 없을 것이다. 우리는 큰돈을 모았고, 이곳저곳을 여행하다 부유한 식민지 사람이 되어 영국으로 돌아왔다. 그리고 시골에 영지를 구입하고 20년 이상 평화롭고 보람 있는 인생을 살면서 과거가 영원히 묻혀버리기를 희망했다. 그런데 우리가 바다에서 건져준 바로 그 선원이 찾아왔을 때 내 기분이 어땠겠느냐. 나는 그를 첫눈에 알아보았다. 그는 우리가 사는 곳을 수소문했고 우릴 협박해서 기생하기로 결심했다. 그러니 너는 이제 내가 허드슨과 좋게 지내려고 노력한 까닭을 알 수 있을 것이다. 그리고 허드슨이 위협적인 언사를 내뱉으며 또 다른 먹잇감을 향해 떠난 지금, 내가 느끼고 있는 두려움을 웬만큼은 이해하겠구나.

그 밑에는 떨리는 손으로 쓴 알아보기 힘든 글이 있다네. '비도스가 암호 편지를 보내왔다. 허드슨이 다 말했다는구나. 자비로우신 주여, 저희를 긍휼히 여기소서!'

이것이 그날 밤 내가 친구에게 읽어준 이야기였고, 상황이 상황인지라 그것은 대단히 극적인 얘기였지. 내 친구는 그 일 때문에 큰 충격을 받고 인도 타라이 지방의 차 농장으로 떠났네. 지금은 거기서 잘살고 있다더군. 선원과 비도스에 대해 말하자면, 트레버 노인에게 경고 편지가 날아온 그날 이후에 둘은 종적을 감추었지. 두 사람 다 감쪽같이 사라진 걸세. 경찰에 어떤 신고도 접수된 적이 없는 걸로 봐서는 비도스가 선원의 단순한 협박을 실제 행동으로 착각했던 게 분명하네. 허드슨이 숨어 다니는 걸 목격했다는 사람이 있어서, 경찰에선 선원이 비도스를 살해하고 도주했다는 결론을 내렸어. 하지만 나는 사실은 정반대라고 생각하네. 비도스는 허드슨이 이미 비밀을 폭로했다고 생각하고 자포자기 상태에서 복수를 하고 현금을 있는 대로 긁어모아 국외로 도피했을 가능성이 크네. 왓슨, 이것이 바로 글로리아 스콧호 사건의 진상일세. 자네의 사건 기록부에 이 일을 끼워 넣고 싶거들랑 마음대로 하게."

The Adventure of the Gloria Scott, 1874

셜록 홈즈가 옥스퍼드의 용어 '중정(quadrangle)'과 케임브리지의 용어 '안뜰(court)'을 전혀 구분하지 않고 사용했기 때문에 그가 다닌 대학에 대해서 논쟁이 붙었다. 도로시 L. 세이어스는 홈즈가 친구 트레버의 테리어에 물린 적이 있는 것으로 보아, 대학 구내에서 개를 키우는 것이 금지되어 있었던 것을 생각할 때 홈즈와 트레버는 하숙을 했던 것이 틀림없고, 이것은 옥스퍼드가 아닌 케임브리지 1학년 학생에게나 가능한 일이었다고 주장했다. 하지만 『셜록 홈즈의 세계』의 저자 마틴 피도는 1870년 대부분의 대학에서는 재학생들에게 기숙사를 제공했으므로 트레버가 몰래 개를 키웠을 가능성도 무시할 수 없다고 주장한다. 어쨌든 방학 때 트레버의 집을 방문한 홈즈는 그곳에서 협박 사건을 목격하고 암호 편지를 해독함으로써 자신의 천분이 무엇인지 확실히 드러냈다. 그런 다음 학위를 받지 않고 2년 만에 학교를 그만두었다.

한편 '글로리아 스콧' 사건은 홈즈가 학생이던 1874년에 해결한 것으로 되어 있으나, 아버지 트레버의 기록을 보면 글로리아 스콧호의 반란이 1855년에 일어났으며, 그 일은 30년 전이었다고 표기되어 있다. 이럴 경우, 사건 해결이 1885년이 되어 홈즈가 학생 시절에 해결한 사건이 될 수 없게 된다. 또한 유배선의 난파가 1855년으로 기록되어 있는데, 실제로 호주로 가는 유배선 제도가 폐지된 것은 1853년이라고 한다.

해당 작품은 『셜록 홈즈의 회상록The Memoirs of Sherlock Holmes』에 수록되어 있다.

1879

The Adventure
of the Musgrave Ritual

머즈그레이브 전례문

내 친구 셜록 홈즈의 성격에는 아주 괴팍한 데가 있었다. 그의 사고는 더할 나위 없이 논리 정연했고 옷차림에서도 깔끔을 떨었지만 생활 습관은 지저분하기 짝이 없어서 동거인을 항상 심란하게 만들었다. 사실 그런 점에서 나는 상당히 너그러운 편에 속했다. 타고난 보헤미안 기질에다 아프가니스탄의 난리통을 겪고 나니 나는 의사로서는 어울리지 않게 태만한 인간이 되어버렸다. 하지만 나한테는 한계라는 것이 있었다. 그래서 홈즈가 석탄통에는 시가를, 페르시아 슬리퍼의 앞축에는 담배를 넣어두고, 아직 답장을 보내지 않은 서신을 벽난로 선반 한가운데 잭나이프로 콱 찍어놓은 걸 보면 나 자신이 굉장히 고결한 인간인 듯한 생각이 슬며시 들곤 했다. 나는 또 사격 연습은 반드시 야외 활동이 되어야 한다는 의견을 굽히지 않는 사람이다. 그런데 홈즈가 기분이 안 좋을 때 권총과 실탄 100발을 갖다 놓고 안락의자에 앉아 맞은편 벽을 총탄 자국으로 장식하는 걸 보면 방 안 공기도 집 안 꼴도 좋아지기는 틀렸다는 생각이 절실히 들곤 했다.

우리 집은 항상 화학 약품과 사건의 기념품으로 가득 차 있었는데 그것들은 엉뚱한 곳에서 굴러다니다가 버터 접시나 그보다 훨씬 바람직하지 못한 곳에서 모습을 드러내곤 했다. 하지만 가장 큰 골칫거리는 홈즈의 문서였다. 그는 서류를 파기하는 일을 죽어라 싫어했는데 특히 과거의 사건과 관련된 서류에 대해서는 더했다. 억지로라도 힘을 내서 일람표를 만들고 서류를 정리하는 건 겨우 1년에 한 번 있을까 말까 한 일이었다. 왜냐하면 이 두서없는 회상록의 어딘가에서도 언급한 것처럼, 그는 열정적으로 일에 달려들어 눈부신 성과를 거둔 다음에는 반작용으로 오는 무기력증에 사로잡혀 바이올린과 책을 끼고 누워 지내며 고작 소파에서 식탁까지만 오갈 뿐 거의 움직이지 않기 때문이었다. 이렇게 해서 그의 서류는 다달이 쌓여갔고, 방구석마다 절대로 태워서는 안 되지만 주인이 아니고선 치워버릴 수도 없는 원고 더미가 쌓여갔다. 어느 겨울밤, 홈즈가 난롯가에서 비망록을 정리하는 일을 끝내는 걸 보고 나는 앞으로 두 시간 동안 우리 방을 좀 더 살 만한 공간으로 바꿔보는 게 어떻겠느냐고 제안했다. 내 요구의 정당성을 부정할 수 없었던 그는 구슬픈 얼굴을 하고 자신의 침실로 들어가더니 금세 큰 함석 상자를 끌고 나왔다. 그는 상자를 거실 한가운데 끌어다 놓고 등받이 없는 걸상에 앉아서 뚜껑을 열었다. 그 속에는 빨간 끈으로 묶은 서류 뭉치가 꽉 차 있었는데 나는 이런 상자가 두 개나 더 있다는 걸 알고 있었다.

"왓슨, 여긴 진짜 많은 사건들이 들어 있네."

홈즈는 나를 장난스럽게 쳐다보며 말했다.

"자네가 이 속에 든 사건들에 대해 알고 있다면, 여기에 다른 걸 더 집어넣는 대신에 이 속에서 뭔가를 꺼내달라고 할 걸세."

"그러면 이건 자네의 초기 수사 기록인가 보이. 사실 나는 초기 사건들을 기록하고 싶다는 생각을 자주 했지."

"그렇다네, 이건 모두 나의 전기 작가가 이 몸을 빛내주러 오기 전에 처리한 사건들일세."

홈즈는 애정이 듬뿍 담긴 부드러운 손길로 꾸러미를 하나씩 들어 올렸다.

"왓슨, 이게 다 성공 사례는 아닐세. 하지만 이 중에는 썩 괜찮은 사건들이 있지. 여기에 탈레턴 살인 사건, 포도주 상인 밤베리 사건, 러시아 노파 사건, 기이한 알루미늄 목발 사건의 전말, 그리고 만곡족(彎曲足) 리콜레티와 그 가증스러운 마누라에 대한 완벽한 기록에 이르기까지 다 들어 있다네. 그리고 이거……, 아, 이건 정말이지 사건의 정수라고 할 만한 것이지."

홈즈는 상자 맨 밑에 손을 집어넣고 아이들 장난감처럼 미닫이 뚜껑이 달린 자그마한 나무 상자를 끄집어냈다. 상자 안에서 나온 것은 구겨진 종이와 구식의 청동 열쇠, 실타래가 달려 있는 나무못 하나와 동그랗게 생긴 녹슨 금속 세 개였다.

"여보게, 이걸 보니 어떤 생각이 드나?"

그는 내 표정을 보고 빙그레 웃으며 물었다.

"참 묘한 수집품이로군."

"맞는 말이야. 그런데 이 물건에 얽힌 얘기를 들으면 한층 더 묘하게 느껴질걸."

"그럼 그 기념품에 어떤 역사가 있다는 건가?"

"이게 바로 역사일세."

"그게 무슨 말이지?"

셜록 홈즈는 상자 속의 물건을 하나씩 집어서 탁자 가장자리에 늘어놓았다. 그리고 다시 의자에 앉아서 만족스러운 눈길로 그것을 응시했다.

"내가 머즈그레이브 전례문(典禮文) 사건을 추억하기 위해 남겨둔 물건은 이게 전부일세."

홈즈는 전에도 몇 차례 그 사건을 언급한 적이 있지만 자세한 내막을 말해 주려고 하지는 않았다.

"사건 경위를 얘기해 줄 텐가? 정말 듣고 싶군그래."

내 말에 홈즈는 장난스럽게 외쳤다.

"저 쓰레기는 그냥 놔두고? 자네 성격이 워낙 깔끔해서 오래 못 견딜 텐데. 하지만 자네가 이 사건을 연보에 끼워 넣는다면 나도 기쁠 걸세. 왜냐하면 이 사건은 영국뿐 아니라 전 세계의 범죄 기록을 다 뒤져봐도 전무후무한 것이 될 테니까 말이야. 이렇게 독특한 사건이 빠진다면 나의 작은 성취를 모은 사건 기록부도 불완전한 것이 될 걸세.

글로리아 스콧호 사건에서 내가 불운한 트레버 노인과 대화하다가, 취미로 여겨왔던 것을 평생의 직업으로 삼는 문제에 대해 처음으로 관심을 갖게 됐다고 했던 것 기억나지? 자네도 알다시피 나는 지금 이름이 널리 알려져 있고, 일반인뿐 아니라 경찰로부터도 까다로운 사건의 최종심으로 인정받고 있네. 우리가 처음 만났을 때 자네가 『주홍색 연구』를 통해 공표한 사건이 일어났던 당시에도, 나는 이미 상당한 연고를 확보하고 있었지. 물론 그다지 수지맞는 관계는 아니었지만 말이야. 그러니 자네는 처음에 내가 얼마나 어려웠는지, 조금이라도 전진할 수 있기까지 얼마나 오래 기다려야 했는지를 잘 모를 걸세.

처음 런던에 왔을 때 나는 몬태규가에 방을 얻었네. 대영박물관에서 모퉁이를 하나 돌아가면 있는 거리지. 그리고 집에서 사건 의뢰를 기다리면서 지나치게 많은 여가 시간을 과학의 전 분야를 공부하는 것으로 때웠어. 실력을 배양하는 데 도움이 될지도 모르니까 말이야. 사건 의뢰는 아주 가끔씩 들어왔는데, 주로 대학 동창들이 다리를 놓아주었네. 대학 때 학년이 올라가면서 나와 내 방법에 대한 얘기가 교내에서 꽤 많이 알려졌거든. 그때 세 번째로 의뢰받은 사건이 바로 머즈그레이브 전례문 사건이지. 사건 자체가 워낙 기이해서 세인의 관심을 불러일으켰을 뿐 아니라 나중에는 떠들썩한 논쟁을 유발하기까지 했기 때문에, 나는 그 사건을 발판으로 현재의 위치까지 올라올 수 있게 되었다네.

레지널드 머즈그레이브는 나와 같은 대학에 다녔네. 우리가 별로 친한 사이는 아니었지. 그 친구는 학교에서 그리 인기가 좋은 편은 아니었는데, 내 눈에는 남들 눈에 오만하게 비치는 그의 태도가 사실은 극단적으로 수줍음을 타는 천성을 감추려는 노력으로 보였다네. 오뚝한 코에 큰 눈, 나른하지만 기품 있는 태도 등, 외모에선 귀족적인 분위기가 물씬 풍겼지. 머즈그레이브는 영국에서 둘째가라면 서러워할 유서 깊은 가문의 후손이었다네. 비록 그의 집안은 16세기에 북부의 머즈그레이브 본가에서 갈라져 나와 서부 서섹스에 정착한 분파이기는 했지만 말이야. 헐스톤 영주관은 아마 서섹스 지방에서 현재 사용 중인 건물로는 가장 오래된 건물일 걸세. 나는 머즈그레이브의 창백하고 날카로운 얼굴이나 우아한 몸짓을 볼 때마다 회색 아치와 세로 창살을 댄 창문, 그리고 고색창연한 봉건 시대의 성채가 떠올랐네. 출생지의 어떤 것이 그에게 스며 있는 것 같았어. 우린 한두 번 대화를 나눈 적이 있는데 그는 관찰과 추리라는 나의 방법론에 깊은 관심을 표명했지.

우린 4년 동안 전혀 소식을 모르고 지냈는데 어느 날 아침에 머즈그레이브가 몬태규가의 내 방으로 찾아왔네. 그는 예전 모습 그대로였지. 항상 멋쟁이였던 그는 최신 유행의 옷을 빼입고 태도는 전과 다름없이 조용하고 부드러웠어.

'머즈그레이브, 그동안 어떻게 지냈나?' 반갑게 악수를 나눈 뒤에 내가 물었네.

'자네도 나의 부친께서 별세하셨다는 소식은 들었을 걸세. 아버님은 2년 전에 세상을 떠나셨네. 물론 그다음부터는 내가 헐스톤 영지를 맡아서 관리하게 되었지. 게다가 나는 그 지역의 의원이라 하루하루가 퍽 바빴네. 그런데 홈즈, 자네가 우릴 놀라게 하

곤 했던 놀라운 능력을 실용적인 목적에 사용하고 있다던데, 그게 사실인가?'

'맞아. 나는 내가 가진 재주로 빵을 벌고 있다네.'

'그 말을 들으니 정말 기쁘군. 지금 나는 자네의 도움이 절실히 필요한 상태라네. 헐스톤에서 아주 이상한 사건이 벌어졌어. 경찰에서도 사건의 내막을 밝히지 못하고 있네. 사실 어디서도 유례를 찾기 힘들 만큼 기이하고 불가사의한 사건일세.'

왓슨, 내가 얼마나 몸이 달아서 그 친구의 말에 귀 기울였는지 상상할 수 있겠지? 그토록 긴 기다림의 세월 동안 애타게 소원하던 기회가 드디어 찾아온 것 같았네. 나는 내심 다른 사람들이 풀지 못하는 문제도 나라면 해결할 수 있다고 생각하고 있었는데 이제 자신의 능력을 시험해 볼 수 있는 기회가 찾아온 거지.

'어떻게 된 건지 경위를 설명해 주게.' 나는 소리쳤지.

레지널드 머즈그레이브는 내가 밀어준 담배에 불을 붙였네.

'자네도 알다시피 나는 아직 총각이지만 집에 적지 않은 수의 하인을 두어야 한다네. 집이 워낙 크고 오래돼서 사람 손이 많이 가기 때문이지. 게다가 꿩 철이면 집에서 파티를 여는데 일손이 달리는 일이 있어서는 안 되니까 말일세. 헐스톤에는 총 여덟 명의 하녀와 요리사, 집사, 남자 하인 둘, 사환 하나가 있네. 물론 정원과 마구간 식솔은 빼고 말일세.

하인들 중에서 제일 오래된 사람은 집사 브런턴이었네. 전직 교사였는데 젊어서 실직 상태에 있을 때 아버님한테 발탁됐지. 일에 열의를 낼 뿐 아니라 사람됨이 괜찮아서 금세 집 안에서 없어서는 안 될 사람이 되었네. 당당한 체격에 조각 같은 이마의 미남일세. 우리 집에서 20년간 일했지만 나이는 마흔이 채 안 될 걸세. 그 사람의 조건과 재주를 따져보면 그렇게 오랫동안 그런 자리에 만족하고 있었다는 게 놀라울 정도지. 외국어를 몇 개씩 구사하는 데다가 악기라면 거의 못 다루는 게 없으니 말일세. 아마 집사라는 자리가 편안한 데다가 뭔가 변화를 도모할 정력이 부족했던 게지. 헐스톤의 집사는 우리 집을 찾아오는 손님들에게 항상 화제가 되었다네.

하지만 이 모범생에겐 한 가지 결점이 있었네. 약간 바람둥이 기질이 있었던 거지. 그와 같은 사내가 조용한 시골 마을에서 어떤 역할을 했을지 자네도 쉽게 상상할 수 있겠지? 집사가 결혼했을 때는 아무 문제가 없었네. 하지만 그가 상처한 다음부터 끊임없이 문제가 불거져 나왔지. 몇 달 전에는 우리 집 하녀 레이첼 호웰스와 약혼해서 모두들 그가 다시 정착할 거라고 생각했네. 하지만 그다음에 호웰스를 차버리고 사냥터지기의 딸 자넷 트리겔리스와 가까워졌네. 레이첼은 착하긴 해도 웨일스인 특유의 불같은 기질이 있는 여자라네. 그런데 그만 뇌막염을 심하게 앓더니만 퀭한 눈으로 유령처럼 집 안을 돌아다니기 시작했지. 바로 어제까지 그랬다네. 이게 헐스톤의 첫 번째 드라마일세. 하지만 또 다른 사건이 터지는 바람에 그 일은 잊히고 말았네. 그 두 번째 드라마는 브런턴이 수치스러운 짓을 저지르고 해고당하는 것으로 시작되었어.

이제 자초지종을 말해 줌세. 난 집사가 머릿속에 든 게 많은 사람이라고 했는데 그는 바로 그것 때문에 파멸했네. 자신과 조금도 상관없는 일에 대해 억누를 수 없는 호기심을 갖게 된 것은 바로 그 지성 때문인 것 같으니까 말일세. 우연한 기회에 내 눈으로 직접 현장을 목격하기까지 그가 얼마나 오랫동안 그런 짓을 해왔는지 나는 전혀 몰랐네.

난 집이 아주 크다고 했네. 지난주 어느 날, 정확히 말하면 목요일 밤이지, 저녁 식사 후에 나는 바보같이 독한 블랙커피를 한잔 마셨더니 밤에 잠을 이룰 수가 없었네. 밤 2시까지 잠을 자려고 해봤지만 눈이 말똥말똥해서 그만 포기하고 일어나 촛불을 켰지. 아까 읽던 소설이나 계속 읽을 생각으로 말일세. 하지만 책을 당구실에 놓아두었기 때문에 실내복을 걸치고 책을 가지러 나갔네.

당구실로 가려면 계단을 내려가서 서재와 총기실이 있는 쪽 복도로 가야 하지. 그런데 그쪽 복도로 접어들었을 때 서재의 열린 문틈으로 불빛이 새어 나오고 있었네. 내가 그걸 보고 얼마나 놀랐는지 상상할 수 있겠지? 난 잠자리에 들기 전에 분명히 서재의 불을 끄고 문을 닫아두었으니까 말일세. 당연히 처음에는 도둑이 든 줄 알았네. 그런데 헐스톤의 복도는 주로 전리품으로 빼앗은 옛날 무기들로 장식돼 있거든. 나는 그중에서 전투용 도끼를 골라 잡고 촛불을 내려놓은 다음 살금살금 복도를 내려가 열린 문틈 사이로 방 안을 엿보았네.

서재에 있는 사람은 브런턴 집사였어. 그는 옷을 갖춰 입고 안락의자에 앉아 무릎 위에 지도처럼 보이는 종이를 한 장 올려놓고 있었지. 그리고 한 손으로 이마를 짚은 채 뭔가를 골똘히 생각하고 있었네. 나는 깜짝 놀라 어둠 속에 서서 그를 멍청히 바라보기만 했다네. 책상 위에선 작은 양초가 희미한 빛을 내고 있어서 집사가 무엇을 입고 있는지 정도는 충분히 구별할 수 있었지. 그런데 갑자기 그가 벌떡 일어서더니 옆의 책상으로 다가가 열쇠로 서랍을 여는 게 보였네. 그는 서랍에서 종이 한 장을 꺼내 들고 도로 자리에 앉더니 그것을 촛불 옆에 펴놓고 자세히 들여다보더군. 집사가 아무렇지도 않게 우리 집안의 문서를 살펴보고 있는 꼴을 보자 나는 화가 치밀어서 한 발짝 앞으로 나섰네. 브런턴은 고개를 들었고 내가 문 앞에 서 있는 걸 보았지. 그는 튕기듯이 일어나서 두려움에 질린 낯빛으로 원래 보고 있던 지도처럼 생긴 종이를 가슴속에 쑤셔 넣었네.

'주인의 믿음을 그런 식으로 되갚다니! 내일 당장 일을 그만두게.' 나는 이렇게 말했네.

집사는 벼락 맞은 사람 같은 얼굴로 아무 말도 못 하고 고개를 숙이고 슬금슬금 물러갔네. 책상 위에선 여전히 촛불이 타고 있었는데, 그 불빛을 통해 브런턴이 책상 서랍에서 꺼낸 서류가 무엇인지 볼 수 있었지. 놀랍게도 그건 대대로 이어져 내려온 머즈그레이브 의식이라는 독특한 행사에서 쓰이는 문답 글을 베낀 종이였네. 그건 별 가치 없는 물건이었어. 머즈그레이브 의식은 수백 년간 내려온 우리 가문의 전통인데, 아들들이 성년이 되었을 때 치르는 의식이지. 개인적으로는 흥미롭고 또 고고학자들에게도 우리 가문의 문장이나 도안처럼 다소 의미가 있는 것이

긴 하겠지만 실용적인 용도라곤 전혀 없는 것이지.

'그 얘기는 앞으로 좀 더 해볼 필요가 있겠군.' 나는 말했네.

'자네가 필요하다면 그렇게 하지.' 그는 약간 머뭇거리며 대답했네. '그건 그렇고 하던 얘기를 계속하겠네. 나는 브런턴이 놓아두고 간 열쇠로 다시 서랍을 잠그고 돌아섰다네. 그런데 집사가 어느 틈에 돌아와서 앞에 서 있는 걸 보고 깜짝 놀랐지.'

집사는 감정이 북받쳐 쉰 목소리로 외쳤네. '주인님, 저는 이런 불명예를 견딜 수 없습니다. 보잘것없는 위치에 있어도 항상 긍지를 갖고 살아왔습니다. 그런데 이런 불명예를 당하니 죽고만 싶은 심정입니다. 저에게 조금이라도 희망을 주지 않으신다면 차라리 이 집에서 자결하겠습니다. 정말입니다. 방금 있었던 일 때문에 저를 이 집에 두실 수 없다면, 제발 제가 스스로 그만두는 것처럼 사직서를 낼 수 있도록 한 달간의 여유를 주십시오. 주인님, 전 그렇게는 할 수 있습니다. 하지만 잘 아는 사람들 앞에서 내쫓기는 것만은 견딜 수 없습니다.'

'브런턴, 자네는 크게 배려를 받을 만한 자격이 없는 사람이야.' 나는 대답했지. '자네의 행동은 수치스럽기 짝이 없는 것이었어. 하지만 자네가 이 집에서 오래 있었던 점을 감안해서 공개적인 망신을 주지는 않겠네. 하지만 한 달은 너무 길어. 일주일 안에 짐을 싸가지고 나가게. 여길 그만두는 이유에 대해서는 남들에게 뭐라고 얘기해도 좋아.'

'겨우 일주일입니까?' 집사는 절망적인 목소리로 외쳤네. '보름만 주십시오. 적어도 보름은 필요합니다!'

'일주일이야.' 나는 반복해서 말했네. '이 정도만 해도 너그러운 처분인 줄 알게.'

집사는 낙담한 사람처럼 고개를 푹 숙이고 소리 없이 방을 나갔지. 나도 불을 끄고 방으로 돌아왔네.

이 일이 있은 뒤 이틀 동안 브런턴은 열심히 제 할 일을 다했네. 나는 아무 말도 하지 않았지만 집사가 어떤 방법으로 자신의 오점을 감출 것인가를 흥미롭게 주시하고 있었어. 하지만 셋째 날 아침에 그는 여느 때처럼 아침 식사 후에 그날 일에 대한 지시를 받으러 날 찾아오지 않았네. 나는 식당에서 나가는 길에 우연히 하녀 레이첼 호웰스를 만났지. 내가 아까 말했듯이 호웰스는 최근에 뇌막염을 앓았는데 얼굴색이 파리한 게 몰골이 영 말이 아니었네. 나는 호웰스가 일을 시작한 걸 보고 한마디 했지.

'방에 가서 눕도록 해라. 일은 몸이 더 좋아진 다음에 하도록 하고.'

호웰스가 너무도 이상한 표정으로 쳐다보기에 나는 혹시 이 여자가 병 때문에 머리가 이상해진 게 아닌가 하고 생각했네.

'주인님, 저는 아무렇지도 않아요.' 하녀가 말했네.

'의사를 불러서 물어봐야겠다.' 나는 대답했지. '너는 이제 일은 그만하고 아래층에 내려가서 브런턴에게 내가 보잔다고 전해라.'

'집사님은 갔어요.'

'갔다고? 어딜 말이냐?'

'집사님은 갔어요. 아무도 본 사람이 없답니다. 방에도 없는걸요. 오, 그래요, 집사님은 갔어요. 갔다고요!' 호웰스는 벽에 몸을 기대고 비명 소리 같은 웃음을 터뜨렸네. 하녀가 이렇게 발작하는 걸 보고 나는 덜컥 겁이 나서 얼른 달려가 초인종을 눌러 사람을 불렀지. 하녀는 계속 비명을 지르면서 흐느끼다가 제 방으로 끌려갔고 나는 브런턴이 어디 있는지 찾기 시작했네. 집사가 사라졌다는 건 틀림없는 사실이었어. 그의 침대에는 사람이 들어가서 잠을 잔 흔적이 없었고, 지난밤에 잠자리에 든 다음에는 집사를 본 사람이 아무도 없었지. 하지만 대관절 그가 어떻게 집을 나갔는지는 오리무중이었네. 아침에 일어났을 때 창문과 문은 다 잠겨 있었거든. 집사의 옷, 시계, 심지어 현금까지 다 방에 있었지만 평소에 입고 다니던 검은 정장은 보이지 않았네. 그리고 그의 슬리퍼도 없어졌지만 구두는 남아 있었지. 브런턴 집사는 한밤중에 어디로 갔고, 대체 그에게 무슨 일이 생긴 것일까?

물론 우리는 지하실에서 다락방까지 집 안을 샅샅이 수색했지만 집사의 그림자도 보지 못했네. 자네도 알다시피 우리 집은 미로처럼 복잡한 오래된 저택일세. 특히 지금은 비어 있다시피 한 본관이 그렇지. 하지만 온 방과 지하실을 다 뒤졌어도 실종된 사람의 흔적은 찾지 못했네. 집사가 재산을 전부 놔두고 갔다는 건 도저히 믿기 힘든 사실이었지만 대관절 어디로 간 걸까? 나는 그 지역 경찰서에 수사를 의뢰했지만 이렇다 할 성과가 없었네. 전날 밤에 비가 왔기 때문에 우리는 집 주위의 잔디밭과 길을 자세히 살펴보았지만 헛수고였어. 그런데 이런 상태에서 새로운 사건이 또 터지면서 우리의 관심은 자연스럽게 그쪽으로 옮겨 갔다네.

이틀 동안 레이첼 호웰스는 심하게 앓았지. 어떤 때는 착란 상태에 빠졌다가 어떤 때는 신경질적인 발작을 일으키곤 했네. 그래서 밤에는 환자 옆에 간병인을 붙여놓았지. 브런턴이 실종된 지 사흘째 되는 날, 간병인은 환자가 곤히 자는 걸 보고 안락의자에 앉은 채로 깜빡 잠이 들었네. 그런데 이른 새벽에 깨어보니 침대는 비어 있고 창문은 열린 채 병자는 온데간데없었어. 나는 당장 보고를 받고 일어나서 남자 하인 둘과 함께 실종된 여자를 찾으러 나갔네. 호웰스가 어느 쪽으로 갔는지 알아내는 건 어렵지 않았지. 그 방 창문 밑에서 발자국이 시작되고 있었으니까. 여자의 발자국은 잔디를 지나 연못 가장자리까지 또렷이 나 있었네. 발자국은 저택 밖으로 나가는 자갈길 근처에서 없어졌지. 연못의 깊이는 2미터 40센티미터인데, 정신 나간 불쌍한 여자의 발자국이 연못가에서 끝난 걸 보고 우리 기분이 어땠는지 자네도 상상할 수 있을 걸세.

물론 우린 당장 그물을 가져다 시신을 건져 올리는 일에 착수했네. 하지만 아무리 뒤져도 시신은 없었어. 물속에서 건져낸 물건은 전혀 예상치 못한 종류였지. 그건 녹슨 고철 덩어리와 칙칙한 색깔의 조약돌인지 유리구슬인지가 들어 있는 자루였네. 연못에서 나온 건 이 이상한 물건뿐이었지. 그리고 어제 우린 온갖 수단을 다 동원해서 조사했지만 레이첼 호웰스와 리처드 브런턴의 행방은 전혀 드러나지 않았어. 시골 경찰은 속수무책이었고, 나는 마지막 수단으로 자네를 찾아온 걸세.'

왓슨, 내가 그 기이한 이야기에 얼마나 열심히 귀 기울였는지 상상할 수 있겠지? 나는 사건의 단편을 이어 붙여서 어떤 공통된 실마리를 찾아내려고 애썼네. '집사가 사라졌다. 하녀가 사라졌다. 하녀는 집사를 사랑했지만 나중에 어떤 이유로 그를 증오하게 되었다. 하녀는 웨일스인의 피를 이어받은 불같은 기질의 소유자였다. 하녀는 집사가 없어진 뒤에 곧 심한 흥분 상태에 빠졌다. 하녀는 어떤 흥미로운 물건을 담고 있는 자루를 연못 속에 집어던졌다.' 이 모든 요소를 다 고려해야 했지만, 그중 어느 것도 문제의 본질을 드러내지는 못했어. 이 사건들의 연쇄에서 시발점은 무엇일까? 아무리 뒤얽힌 실타래라 해도 끝은 있는 법이지.

'머즈그레이브, 그 전례문을 좀 봐야겠네. 집사가 쫓겨날 위험을 무릅쓰면서도 볼만한 가치가 있다고 생각했던 그것 말일세.'

'그런데 그게 좀 우스꽝스러운 글이라네.' 그는 대답했지. '하지만 예스러운 품격은 다소 갖췄다고 할 수 있지. 자네가 보고 싶어 할지 몰라서 여기 베껴 왔네.'

왓슨, 머즈그레이브는 바로 이 종이를 내게 건네주었네. 이건 머즈그레이브 가문의 아들들이 성년이 되었을 때 외워야 하는 문답 형식의 야릇한 글귀라네. 내가 여기 쓰여 있는 대로 질문과 답변을 읽어줌세.

'그것은 뉘 것이었는가?'
'가신 분의 것이로다.'
'그것을 가질 이는 뉘신가?'

'장차 오실 분이로다.'

'태양은 어디 있었느뇨?'

'참나무 위에.'

'그늘은 어디 있었느뇨?'

'느릅나무 아래.'

'얼마나 걸었느뇨?'

'북쪽으로 열 걸음 또 열 걸음, 동쪽으로 다섯 걸음 또 다섯 걸음, 남쪽으로 두 걸음 또 두 걸음, 서쪽으로 한 걸음 또 한 걸음, 그리고 그 아래로다.'

'우리는 그것을 위해 무엇을 바치리?'

'우리가 가진 모든 것을.'

'우리는 왜 그것을 바쳐야 하는가?'

'신의를 지키기 위하여.'

'원본에는 날짜가 적혀 있지 않지만 철자법을 보면 17세기 중반에 작성된 것일세.' 머즈그레이브가 설명했네. '하지만 이번 사건을 해결하는 데 별 도움이 될 것 같지는 않구먼.'

'적어도 이건 또 하나의 문젯거리가 되긴 하지. 그리고 이건 앞서 말한 사건보다 훨씬 흥미로운 문제라네. 전례문의 수수께끼를 풀면 사건이 해결될 수도 있겠어. 머즈그레이브, 내가 보기에 자네 집안의 집사는 대단히 영리한 사람이었던 것 같아. 미안한 얘기지만 자네 가문의 대를 이은 조상 열 분보다 훨씬 뛰어난 통찰력의 소유자일세.'

'무슨 말인지 잘 모르겠군. 내가 보기에 그 전례문은 실용적인 쓰임새는 전혀 없는 것 같은데.'

'하지만 내 눈에는 엄청난 쓰임새가 있을 것 같거든. 브런턴도 나와 똑같은 생각을 했을 걸세. 집사는 아마 한참 전부터 그 사실을 알고 있었을 거야.'

'그건 가능성이 높은 얘기로군. 우린 전례문을 깊이 감춰놓지는 않았으니까 말이야.'

'그날 밤 집사는 자신의 기억을 되살리기 위해 서재에 들어간 게 틀림없네. 자네는 그가 무슨 지도 같은 걸 펴놓고 전례문과 비교해 보다가 자네를 보고 그걸 주머니에 집어넣었다고 하지 않았나.'

'그렇다네. 하지만 집사가 대대로 내려온 가족의 의식과 무슨 관계가 있단 말인가? 그리고 이 난리법석은 또 뭐고?'

'그걸 밝혀내는 게 그다지 어려울 것 같지는 않네. 내일 아침에 서섹스행 첫 기차로 같이 가는 게 어떤가. 현장에서 문제를 좀 더 깊이 있게 조사해 보고 싶군.'

다음 날 오후에 우린 헐스톤에 도착했네. 자네도 그 유서 깊은 건물에 대해선 사진이나 글을 통해 많이 봐서 웬만큼 알고 있을 걸세. 그러니 헐스톤 영주관에 대한 설명은 그게 'L' 자 모양이고, 짧은 부분이 원래 있었던 건물이고 긴 부분은 그 이후에 잇대어 지은 비교적 현대적인 건물이라는 정도에서 그치기로 하겠네. 오래된 건물의 중앙에 자리 잡은 낮고 육중한 문에는 1607년이라는 연도가 새겨져 있지만, 전문가들은 들보와 돌벽의 상태를 보고 사실은 그보다 훨씬 오래된 건물일 거라고 진단하고 있지. 가족들은 지난 세기에 본관 건물의 엄청나게 두꺼운 벽체와 자그마한 창문들을 견디지 못하고 신축한 새 건물로 옮겨 갔네. 옛 건물은 지금 기껏해야 창고나 지하 저장실로 쓰이고 있지. 멋진 고목들이 서 있는 집 주변은 화사한 정원으로 꾸며져 있고 내 친구가 말한 연못은 집에서 200미터가량 떨어진 곳의 진입로 가까이에 자리 잡고 있었네.

왓슨, 나는 벌써부터 이 사건에는 서로 무관한 세 개의 수수께끼가 아니라 오직 하나의 문제만이 있다고 확신하고 있었네. 머즈그레이브 전례문을 바르게 해독할 수 있다면 집사 브런턴과 하녀 호웰스 실종 사건을 해결할 수 있는 단서를 손에 넣을 거라고 보았던 거지. 그래서 나는 전례문에 집중하기로 했네. 집사가 오래된 문답 글을 해독하려고 그렇게 고심한 데는 이유가 있었지. 대영지의 주인들은 미처 깨닫지 못했지만 집사는 분명히 전례문 안에 뭔가가 있다는 걸 알았고, 그것이 자신에게 어떤 개인적 이익을 가져다줄 거라고 생각했던 거야. 그렇다면 전례문의 숨겨진 의미는 무엇이고 집사의 운명에 어떤 영향을 미쳤을까?

전례문을 읽으면서 나는 그것이 어떤 장소를 가리키고 있다는 사실을 분명히 깨달았지. 그곳을 찾아낼 수 있다면 머즈그레이브 가문의 옛 조상이 그토록 기상천외한 방식으로 보존하려고 했던 비밀이 무엇인지 알 수 있을 거라 생각했네. 전례문에선 처음부터 두 가지 기준을 정해 놓았네. 참나무와 느릅나무 말일세. 참나무에 관해서라면 의문의 여지가 없었네. 저택 바로 앞에, 진입로 왼쪽으로 참나무 가운데 할아버지뻘 되는 나무가 한 그루 서 있었는데, 그 당당하고 멋진 자태는 어디서도 찾아보기 힘들 정도였지.

'전례문이 쓰였을 당시에도 저 나무는 저곳에 서 있었겠군.' 마차를 타고 참나무 옆을 지나갈 때 나는 친구에게 물었네.

'저 나무는 11세기 노르만 정복 시대에도 저기 있었을 걸세.' 친구가 대답했지. '나무 둘레가 약 7미터라네.'

두 개의 기준점 중의 하나가 확인된 것이지.

'늙은 느릅나무는 없나?' 나는 물었어.

'저쪽에 아주 오래된 느릅나무가 한 그루 있었지만 10년 전에 벼락을 맞아서 그만 베어버리고 말았다네.'

'그 나무가 있던 자리를 알 수 있나?'

'오, 그럼.'

'다른 느릅나무는 없고?'

'고목은 없어. 하지만 너도밤나무는 많이 있네.'

'그 느릅나무가 서 있던 자리를 보고 싶군.'

우리는 말 한 필이 끄는 마차를 타고 있었는데 집에 들어가지 않고 곧장 느릅나무가 서 있던 곳으로 갔네. 잔디밭에 뚜렷이 흔적이 남아 있더군. 그곳은 아까 그 참나무와 저택 사이의 중간쯤 됐어. 조사 작업은 순조롭게 진행되는 듯했네.

'느릅나무 높이가 얼마였는지는 알 수 없겠지?' 나는 물었네.

'지금 당장에라도 알려줄 수 있지. 19.2미터였네.'

'그걸 어떻게 알았나?' 나는 놀라움을 감추지 못하고 물었어.

'예전에 가정 교사가 나한테 삼각법 연습을 시킬 때 항상 물체의 높이를 알아내라는 식으로 문제를 냈거든. 그래서 난 어렸을 때 영지에 있는 나무와 건물의 높이는 죄다 알고 있었지.'

그건 전혀 예상치 못한 행운이었어. 자료 수집은 예상했던 것보다 훨씬 수월하게 이루어졌지.

'여보게, 혹시 집사가 자네한테 그런 질문을 한 적이 없었나?' 나는 물었어.

레지널드 머즈그레이브는 경악한 얼굴로 나를 바라보았네. '그러고 보니까 생각나는 게 있군그래. 브런턴은 몇 달 전에 마부와 사소한 논쟁을 벌였다고 하면서 베어낸 느릅나무의 높이를 물어온 적이 있었네.'

왓슨, 그것은 마음에 쏙 드는 정보였네. 내가 방향을 제대로 잡았다는 걸 알았으니까 말일세. 나는 해를 쳐다보았지. 해는 기울기 시작했는데 계산해 보니 한 시간 이내에 늙은 참나무의 제일 높은 가지 끝에 오게 될 것 같더군. 전례문에서 언급한 한 가지 조건이 충족되는 것일세. 그리고 느릅나무 그림자란 그림자의 맨 끝을 의미하는 게 틀림없었어. 그렇지 않다면 기준점으로 그림자가 아니라 나무 둥치를 택했을 테니까 말이야. 그래서 나는 태양이 참나무 바로 위에 왔을 때 느릅나무 그림자의 맨 끝이 어디에 떨어지는지 알아내야 했네."

"여보게 홈즈, 그건 정말 까다로운 과제였을 것 같군. 느릅나무는 더 이상 거기 없으니까 말이야."

"글쎄, 나는 적어도 브런턴이 할 수 있다면 나도 할 수 있을 거라고 생각했지. 게다가 사실은 별로 어렵지도 않았어. 나는 머즈그레이브와 함께 서재로 가서 나무를 깎아 이 꼬챙이를 만들었네. 그리고 꼬챙이에 이 긴 실을 묶고 약 1미터마다 매듭을 지어서 표시해 놓았지. 그리고 1미터 80센티미터짜리 낚싯대 두 개를 가지고 친구와 함께 다시 느릅나무가 서 있던 자리로 돌아갔네. 태양이 막 참나무 꼭대기로 내려오고 있었지. 나는 낚싯대를 세워놓고 그림자의 방향을 표시한 다음 길이를 쟀네. 2미터 70센티미터가 되더군.

물론 이제 계산은 아주 간단한 것이 되었어. 1미터 80센티미터짜리 막대기가 2미터 70센티미터의 그림자를 만든다면, 19.2미터 높이의 나무는 28.8미터의 그림자를 드리울 걸세. 물론 낚싯대와 느릅나무의 그림자의 방향은 일치할 터이고 말일세. 나는 느릅나무가 서 있던 곳에서부터 거리를 쟀는데 저택의 건물 벽 바로 앞까지 오더군. 나는 그 지점에 꼬챙이를 꽂았네. 그런데 그곳에서 겨우 5센티미터가량 떨어진 곳에 동그랗게 팬 자국이 있었네. 왓슨, 자네도 그걸 보고 내가 얼마나 기뻤는지 상상할 수 있을 걸세. 그것은 바로 브런턴이 측량한 지점이었어. 그의 뒤를 제대로 추적하고 있었지.

이것을 기준점으로 삼아 휴대용 나침반으로 기본 방위를 알아낸 다음 나는 걷기 시작했네. 북쪽으로 열 걸음씩은 건물 벽을 따라 나란히 가게 되더군. 거기에 다시 꼬챙이를 꽂아 표시했네. 그리고 조심스럽게 동쪽으로 다섯 걸음씩, 남쪽으로 두 걸음씩 걸었어. 그러자 본관 건물의 낡은 문턱 앞에 이르더군. 거기서

서쪽으로 두 걸음이라는 건 포석을 깐 복도를 두 걸음 간다는 걸 의미했지. 바로 거기가 전례문에서 말하는 곳이었어.

왓슨, 나는 그렇게 실망하기는 처음이었네. 온몸의 맥이 탁 풀리더군. 순간적으로 내 계산에 근본적인 착오가 있을 거라는 생각이 들었어. 뉘엿뉘엿 지는 해가 복도 바닥을 환하게 비추는데, 사람들의 발길에 반질반질하게 닳은 회색 포석이 서로 단단하게 붙어 있는 것이 보였네. 오랜 세월 동안 전혀 움직여본 적이 없는 게 분명했네. 브런턴이 손을 댄 흔적은 아무 데도 없었지. 나는 복도 바닥을 두들겨보았지만 어디서나 똑같은 소리가 났네. 갈라진 틈새는 눈 씻고 찾아봐도 없었지. 하지만 다행스럽게도 내 작업의 의미를 이해하면서 나만큼 흥분한 머즈그레이브가 전례문 사본을 꺼내 들고 내 계산이 맞는지 확인해 보았어.

'그리고 그 아래로다!' 친구는 외쳤네. '자넨 그 아래로다를 빼먹었네.'

나는 그게 땅을 파라는 뜻인 줄 알았는데 내 생각이 틀렸다는 걸 곧 깨닫고 외쳤지. '그럼 이 밑에 지하실이 있다는 건가?'

'그렇다네. 이 집과 역사를 같이한 것이지. 집 안으로 들어가서 밑으로 내려가세.'

우리는 나선형 돌계단을 내려갔네. 친구는 성냥불을 켜서 구석의 통 위에 놓인 커다란 등잔에 불을 붙였지. 우리가 마침내 전례문에서 말한 지점에 왔다는 것, 그리고 우리 말고도 최근에 이곳을 찾아온 사람들이 더 있었다는 것은 쉽게 알 수 있었어.

그곳은 전에 장작을 쌓아두던 창고였네. 하지만 바닥에 흩어져 있던 장작을 누가 가장자리로 치워놓은 것 같더군. 깨끗이 치워진 방 가운데에는 육중한 포석이 놓여 있고, 포석 한가운데에 녹슨 쇠고리가 달려 있었네. 그리고 쇠고리에는 두꺼운 바둑판 무늬의 목도리가 걸려 있었어.

'이럴 수가!' 친구가 소리쳤네. '이건 브런턴의 목도리일세. 브런턴이 두르고 있는 걸 본 적이 있지. 정말일세. 대관절 그 악당이 여기서 무슨 짓을 한 걸까?'

내 요청에 따라 경찰을 불렀고 시골 경찰 둘이 도착한 다음에 나는 석판을 들기 위해 낑낑거리며 목도리를 잡아당겼네. 하지만 혼자 힘으로 석판을 움직이는 건 쉽지 않았어. 그래서 나는 한 경관과 힘을 합쳐 간신히 석판을 한쪽으로 밀어놓을 수 있었지. 발밑으로 검은 구멍이 입을 벌렸네. 우리가 그 속을 들여다보는 동안 머즈그레이브가 한쪽에 무릎을 꿇고 등잔불을 아래로 내렸지.

높이 2미터 10센티미터에 가로세로 1미터 20센티미터의 작은 방이 드러났네. 방 한쪽에 청동 테를 두른 납작한 나무 궤짝이 놓여 있었는데 뚜껑은 위로 젖혀 있고 특이한 모양의 구식 열쇠가 열쇠 구멍에 꽂혀 있었네. 뚜껑 위에는 먼지가 두껍게 내려앉았고, 습기와 벌레가 나무를 좀먹어 들어가고 있었지. 뚜껑 안쪽에는 시퍼런 곰팡이가 피어 있었어. 그리고 이것과 같은, 옛날 동전임이 분명한 동그란 쇳조각 서너 개가 뒹굴고 있을 뿐 궤짝 안은 텅 비어 있었네.

하지만 그 순간에 우린 낡은 궤짝 따윈 안중에 없었네. 우리의 시선은 그 옆에 웅크리고 있는 물체에 고정되었지. 그것은 검은 정장을 입은 사내였어. 그는 쪼그리고 앉아서 이마를 궤짝 가장자리에 올려놓은 채 두 팔을 활짝 벌리고 있었네. 그런 자세 때문에 피가 온통 얼굴로 몰린 탓에, 그 뒤틀린 적갈색 얼굴을 알아볼 수 있는 사람은 아무도 없었네. 하지만 시신을 끌어 올렸을 때 신장과 옷차림, 머리카락을 보고 내 친구는 그가 바로 실종된 집사라는 사실을 알아차렸네. 집사는 죽은 지 며칠 지난 상태였는데, 몸에 멍이나 외상 같은 게 없어서 어떻게 그렇게 끔찍한 최후를 맞게 되었는지 짐작하기 힘들었지. 지하실에서 시신을 끌어낸 뒤에도 우리에겐 조사를 시작했을 때와 별로 다를 바 없는 까다로운 문제가 남아 있었던 거야.

왓슨, 솔직히 말하면 나는 그때 실망을 금치 못했다네. 전례문에서 말한 그곳을 찾아내기만 하면 문제는 곧 해결되리라고 믿고 있었거든. 그런데 지금 그곳을 찾아냈는데도 머즈그레이브 가문의 조상이 그토록 공들여 감춰놓은 것이 무엇인지 도통 알수가 없었어. 물론 브런턴의 시신을 발견한 것은 사실이지만, 그가 어떻게 그런 최후를 맞게 되었는지, 그리고 실종된 여인이 집사의 죽음에 어느 정도의 역할을 했는지는 이제부터 알아내야했지. 나는 구석에 있는 작은 통 위에 앉아 사건 전체에 대해 심사숙고했네.

왓슨, 자네도 내가 그런 사건에서 이용하는 방법을 잘 알고 있네. 나는 우선 집사의 지적 능력을 평가한 다음에 그의 입장에서보았네. 나는 그 같은 상황에서라면 과연 내가 어떻게 했을지 상상해 보려고 했지. 브런턴의 지적 능력은 일급이고, 그래서 천문학자들이 이른바 '개인 오차'라고 부르는 가능성을 상정할 필요는 없었기 때문에 일은 아주 간단해졌다네. 집사는 뭔가 귀중한 것이 숨겨져 있다는 것을 알고 있었지. 그는 그곳의 위치를 알아냈네. 그런데 입구의 석판이 너무 무거워서 혼자 힘으로는 움직이기조차 힘들다는 사실을 깨달았지. 그는 어떻게 했을까? 설령 믿을 만한 사람이 있었더라도 외부인을 끌어들일 수는 없었네. 문의 빗장을 풀고 하다 보면 발각될 위험이 컸으니까 말이야. 가능하면 집 안에서 도와줄 사람을 찾는 게 나았지. 그럼 그가 누구에게 부탁했을까? 호웰스는 그에게 홀딱 빠져 있었네. 남자들은 자신이 여자에게 아무리 심하게 대했어도, 종내는 여자의 사랑을 잃어버릴 수 있다는 사실을 좀체 깨닫지 못하지. 집사는 아마 호웰스에게 몇 번 친절을 베풀어서 화해하려는 제스처를 했을 거야. 그리고 그 여자를 공범으로 끌어들였겠지. 그리고 밤중에 둘이 함께 지하실로 내려가서 힘을 합쳐 석판을 들어 올렸네. 여기까지 나는 내 눈으로 본 것처럼 두 사람의 행동을 생생하게 그려낼 수 있었네.

하지만 둘 중 한 사람은 여자였어. 그러니 그 돌덩이를 드는 일은 보나 마나 아주 힘든 작업이었을 걸세. 덩치 좋은 서섹스의 경찰관과 나한테도 결코 만만한 일은 아니었으니까 말이야. 두 사람은 뭔가 도움이 될 만한 걸 찾지 않았을까? 나라면 그렇게 했을 걸세. 난 일어나서 바닥에 흩어져 있는 장작을 유심히 살펴보았네. 곧 찾던 것이 눈에 띄었어. 길이 90센티미터쯤 되는 장작의 한쪽 끝에 짓눌린 자국이 선명하게 남아 있었네. 그리고 상당한 무게에 눌린 듯 끄트머리가 납작해진 장작들이 서너 개 있었지. 두 사람은 석판을 끌어 올릴 때 사람이 드나들 만해질 때까지 장작을 틈새로 밀어 넣었을 거야. 그리고 석판이 닫히지 않도록 장작을 세워서 받쳐놓았겠지. 그러니 석판의 무게에 눌려 장작의 아래쪽 끝이 이지러진 것도 당연한 거지. 나는 여기까지도 자신 있게 추리할 수 있었네.

이제 문제는 이 한밤의 극적인 사건을 어떻게 재구성할 것인가였어. 구멍 속으로 들어갈 수 있는 사람은 분명히 하나였고, 그건 브런턴이었지. 하녀는 위에서 기다렸을 거야. 브런턴은 밑으로 내려가서 궤짝을 열고 그 속에 든 것을 올려 보냈네. 어쨌든 궤짝이 텅 비어 있었으니까 말일세. 그런데 그다음에 무슨 일이 있었을까?

여자가 자신에게 상처를 준(집사는 아마 우리가 생각하는 것보다 훨씬 심한 짓을 했을 거야.) 남자의 운명이 자신의 손아귀에 들었다는 사실을 알았을 때, 정열적인 켈트족 여인의 영혼에서 내연하던 복수심이 갑자기 맹렬하게 타오르지 않았을까? 우연히 장작이 쓰러지면서 석판 뚜껑이 덮여 브런턴을 지하 무덤에 가둬버린 것이었을까? 하녀에게는 브런턴의 운명에 대해 입을 다문 죄밖에는 없을까? 아니면 그 여자가 제 손으로 받침대를 쳐서 석판 뚜껑을 닫아버린 걸까. 그것은 가능성 있는 얘기였고, 내 마음속에는 보물 자루를 움켜쥐고 미친 듯이 나선 계단을 뛰어올라가는 여자의 모습이 생생하게 떠올랐네. 여자의 귓전에는 신의 없는 애인이 비명을 지르며 자신의 숨통을 막는 석판을 미친 듯이 두들겨대는 소리가 조그맣게 메아리치고 있었을 걸세.

그다음 날 아침에 하녀가 하얗게 질린 얼굴로 신경질적인 웃음을 터뜨리며 발작을 일으킨 것은 바로 그 때문이었네. 하지만 궤짝 속에는 무엇이 들어 있었을까? 여자는 그것으로 무엇을 했을까? 물론, 내 친구가 연못에서 끌어 올린 것은 고철과 자갈임에 틀림없었네. 하녀는 자신이 저지른 범죄의 마지막 흔적을 없앨 기회가 오자 지체 없이 그것을 연못 속에 던져버린 거지.

나는 20분 동안 꼼짝 않고 앉아서 그 문제에 대해 심사숙고했네. 머즈그레이브는 여전히 창백한 얼굴로 등불을 흔들며 구멍 속을 내려다보고 서 있었지.

'이건 찰스 1세의 주화라네.' 머즈그레이브는 궤짝에 남아 있는 동전 서너 개를 들고 말했지. '어때, 우리가 추정한 전례문 작성 연대가 맞는다는 걸 알겠지?'

'우린 찰스 1세에 대해 뭔가 다른 점을 발견할 수도 있겠어.' 나는 소리쳤네. 맨 처음에 나온 두 가지 질문의 의미가 문득 마음속에 떠올랐지. '연못에서 건져 올린 자루 속의 물건을 좀 보여주게.'

우린 같이 서재로 올라갔네. 그는 내 앞에 폐품을 쏟아놓았지. 그걸 보자 나는 그게 별 가치 없는 물건이라고 했던 친구의 말이 이해되었어. 쇳조각은 꺼멓게 변색돼 있었고 자갈돌은 광택이라곤 전혀 없었지. 하지만 나는 그중 하나를 집어 들고 옷소매에 문질렀네. 그러자 잠시 후 그것이 내 손바닥에서 찬란한 빛을 발하더군. 고철 덩어리는 두 겹의 동그라미 모양이었지만 구부러지고 휘어져 제 모습을 잃어버리고 있었어.

'한 가지 주목해야 할 점이 있네.' 나는 말했지. '찰스 1세가 처형된 뒤에도 왕당파는 잉글랜드 지방에서 한참 더 머물러 있었네. 그리고 마침내 프랑스로 도피하게 되자 숱한 보물을 여기 숨겨놓았을 걸세. 평화 시에 다시 찾으러 올 생각으로 말일세.'

'우리 조상이신 랠프 머즈그레이브 경은 이름난 기사였고 찰스 2세가 유랑하던 시절 그분의 오른팔 노릇을 했다네.' 내 친구가 말했지.

'아, 그렇군!' 나는 대답했지. '그 말을 듣고 보니 우리가 빠뜨린 마지막 연결 고리가 떠오르네그려. 여보게, 축하하네. 좀 비극적인 우여곡절을 겪기는 했지만, 자네는 그 가치가 엄청나고 역사적 유물로서의 가치는 한층 더 큰 물건을 갖게 되었네.'

'그게 뭔가?' 머즈그레이브는 숨넘어가는 목소리로 물었지.

'그건 바로 영국 왕의 옛 왕관일세.'

'왕관이라고!'

'그렇다네. 전례문에 나오는 말을 생각해 보게. 거기에 뭐라고 쓰여 있었지? 그것은 뉘 것이었는가? 가신 분의 것이로다. 그때는 찰스 왕의 처형 뒤였네. 그다음엔 그것을 가질 이는 뉘신가? 장차 오실 분이로다. 그것은 찰스 2세를 가리키는 것이었네. 그때는 이미 왕정 복귀가 예상되던 상황이었지. 나는 잔뜩 찌그러진 이 형편없는 왕관이 한때는 스튜어트 왕가의 이마를 장식했던 물건임에 틀림없다고 생각하네.'

'그런데 그게 어쩌다 연못 속에 들어간 거지?'

'아, 그 질문에 대답하기 전에 먼저 설명해야 할 것이 있네.' 그리고 나는 친구에게 내 추리의 긴 연쇄와 그것을 뒷받침하는 증거에 대해 간단하게 설명해 주었지. 석양빛이 사라지고 환한 달이 둥실 떠오를 때까지 내 이야기는 계속되었네.

'그런데 찰스 2세가 다시 영국에 돌아왔을 때 왕관을 되찾지 않은 것은 무엇 때문이었을까?' 머즈그레이브는 유물을 다시 자루에 담으며 물었네.

'아, 그건 우리가 절대로 밝혀낼 수 없는 어떤 이유 때문일 걸세. 비밀을 알고 있던 자네 조상은 세상을 뜰 때 전례문의 의미를 후손에게 설명해 주지 않았을 거야. 그건 아마 실수였겠지. 그리고 오늘에 이르기까지, 전례문은 아버지에서 아들에게 대대로 물려지다가 마침내 한 사내의 손아귀에 들어가게 되었네. 그 사내는 전례문의 비밀을 꿰뚫어 보았지만 결국은 그 때문에 목숨을 잃었지.'

왓슨, 이게 바로 머즈그레이브 전례문 사건의 전말일세. 지금 그 왕관은 헐스톤 영주관에 있네. 물론 약간의 법적인 다툼이 있었고, 왕관의 보유 허가를 받기 위해 상당한 금액을 지출하긴 했지. 하지만 자네가 그곳에 가서 내 이름을 슬쩍 비치면 그쪽 사람들은 기꺼이 자네에게 왕관을 보여줄 걸세. 하녀는 그 후로 감감무소식이었네. 아마 자신이 저지른 죄의 기억을 안고 영국을 떠나 바다 건너 다른 나라로 갔겠지."

The Adventure of the Musgrave Ritual, 1879

레지널드 머즈그레이브와 셜록 홈즈가(더불어 앞서 등장했던 빅터 트레버도) 함께 다닌 학교가 어딘지에 대한 논쟁에 대해 좀 더 이야기해 보면, 마틴 피도는 귀족 레지널드 머즈그레이브와 같이 공부했음을 고려할 때 셜록 홈즈가 링컨 대학을 다녔을 가능성은 떨어지고 베일리얼 대학을 다녔을 가능성이 좀 더 크다고 설명한다. 학교를 떠난 셜록 홈즈는 세 명의 대학 동창이 의뢰한 사건을 해결했는데, 옥스퍼드의 링컨 아니면 베일리얼 대학 출신의 레지널드 머즈그레이브가 바람기 다분한 집사와 그에게 버림받은 하녀를 찾아 달라는 부탁을 해 온 것은 그중 세 번째였다. 이 사건을 조사하는 과정에서 찰스 1세의 사라진 왕관을 찾아낸 것을 계기로 홈즈는 직업 탐정으로서 급속히 명성을 떨치게 되었다.

홈즈가 이 이야기를 왓슨에게 한 시기와 실제 사건이 일어난 시기에 관해서는 의견이 분분하다. 왓슨에게 이야기를 한 시기는 『주홍색 연구』를 발표한 1887년 이후이며 왓슨이 결혼을 한 1889년 이전으로 보인다. 사건의 발생 시기는 추정이 어려운데, 홈즈의 대학 시절 일이라고 치면 1876년에서 1877년 사이가 된다. 나무의 그림자와 태양과의 관계를 측정해서 1879년에 벌어진 사건이라고 추정한 연구도 있다. 여기서는 뒤쪽의 연구를 택했다.

한편 머즈그레이브 가문의 의식서가 쓰인 것을 추정해 보면 찰스 1세의 사후인 1649년인데, 그로부터 사건 발생 연도로 추정되는 1879년까지 약 230년 사이에 머즈그레이브 가문의 대를 이은 선대 영주는 10명이나 존재했다. 이 기준으로 계산해 보면, 이 가문의 영주가 평균 23년 동안 자리를 지키다 세상을 떠난 셈인데, 일반적인 가정의 세대교체 기간이 30년이라고 하니 이 집안의 사람들은 그보다 평균 7년이나 빠른 셈이다. 즉, 머즈그레이브 가문은 단명하는 가문이라고도 볼 수 있겠다.

이 작품은 원조 격인 에드거 앨런 포의 「황금충*The Gold Bug*」보다는 떨어진다는 평을 받았으나 홈즈의 유명한 기벽들이 묘사되어 있다는 점이 재미있다. 석탄 통에는 시가를 넣어 두고 페르시아 슬리퍼의 앞축에는 담배를 넣어 두는 것이나, 잭나이프로 아직 답장을 보내지 않은 서신을 벽난로 선반 한가운데 꽂아 두거나, 거실 벽에 총탄을 쏘아 대는 등의 기행(혹은 만행)들이 모두 이 작품에서 묘사되었다. 또한 서류를 파기하는 일을 죽어라 싫어하고, 사건이 있을 때는 열정적으로 달려들다가 반작용으로 무기력증에 사로잡혀 바이올린과 책만을 낀 채 누워 지내며 소파와 식탁만 오가는 생활 습관 등 지금 셜록 홈즈 하면 떠오르는 여러 가지 면들 대부분이 이 작품을 통해서 알려진 것들이다. 독자들은 이런 묘사를 보며 더욱 홈즈라는 캐릭터에 매혹되었고, 이후 발표된 홈즈의 죽음을 받아들이지 못했다.

해당 작품은 『셜록 홈즈의 회상록*The Memoirs of Sherlock Holmes*』에 수록되어 있다.

1881

A Study
in Scarlet

주홍색 연구

제1부

육군 군의관을 지낸
존 H. 왓슨의 회상

셜록 홈즈 씨

나는 1878년, 런던 대학교에서 의학 박사 학위를 취득하고 육군이 정한 외과 의사 교육 과정을 이수하기 위해 네틀리로 갔다. 교육이 끝난 뒤에 나는 부외과의로 노섬버랜드 제5보병 연대에 정식으로 배속되었다. 당시 연대는 인도에 주둔하고 있었는데 내가 부임하기도 전에 제2차 아프가니스탄 전쟁이 발발했다. 나는 봄베이 부두에 내리자마자 내가 배속된 부대가 이미 적지 깊숙이 들어가 있다는 것을 알았다. 하지만 나는 비슷한 처지의 다른 장교들과 함께 부대를 찾아 떠났고, 칸다하르에 무사히 도착한 뒤에 거기서 소속 연대를 찾아 합류했다. 나는 즉각 새롭게 부여받은 임무에 착수했다.

제2차 아프가니스탄 전쟁에 참전한 군인들 다수가 승진하고 훈장을 받았으나, 전쟁은 내게 불행과 재앙을 가져다주었을 뿐이었다. 나는 제5연대에서 전출되어 버크셔 연대에 배속되었다가 마이완드 대전에 참전했다. 거기서 나는 어깨에 총탄을 맞았는데 그것은 쇄골하 동맥을 스치며 뼈를 으스러뜨렸다. 나의 당번병이었던 머레이의 헌신과 용기가 아니었다면 나는 흉악한 이슬람 전사의 손아귀에 떨어졌을 것이 틀림없다. 머레이는 나를 짐 싣는 말에다 싣고 무사히 영국군의 진지까지 데려다주었다.

부상을 입은 데다 장시간 신고(辛苦)를 겪어 쇠약해진 나는 다른 부상병들과 함께 열차 편으로 페샤와르에 있는 기지 병원으로 후송되었다. 여기서 몸이 회복되어 병상을 돌아다니고 베란다에서 일광욕을 할 수 있을 정도까지 되었으나 우리 인도령의 저주인 장티푸스로 덜컥 자리에 드러눕고 말았다. 나는 몇 달 동안 사경을 헤맨 끝에 겨우 의식을 되찾고 회복기에 접어들었다. 내가 너무 쇠약하고 수척해진 것을 보고 의무국에서는 당장 나를 본국으로 송환하기로 결정했다. 그래서 나는 영국으로 가는 수송선 오론테스호를 탔고 한 달 뒤에 포츠머스 부두에 내렸다. 건강은 돌이킬 수 없을 정도로 망가진 상태였지만 정부의 배려로 앞으로 9개월간 요양에만 전념할 수 있게 되었다.

영국에 피붙이라곤 없었으므로 나는 공기처럼 자유로웠다. 아니 하루 11실링 6펜스의 수입이 한 사내에게 허용하는 만큼만 자유로웠다. 이러한 상황에서 내가, 제국의 온갖 한량과 놈팡이 들이 쇠붙이가 자석에 들러붙듯 끌려가는 런던을 향해 발길을 돌린 것은 자연스러운 일이었다. 런던에서 나는 스트랜드가의 어느 고급 호텔에 체류하며 한동안 쓸쓸하고 무의미한 생활을 이어갔다. 나는 주머니 사정이 허락하는 한도 이상으로 돈을 써댔고, 재정 상태가 파탄 지경에 이르러서야 이제는 대도시를 떠나 시골에 자리 잡든지, 그동안의 생활 방식을 완전히 바꿔야 한다는 사실을 깨달았다. 후자를 선택한 나는 호텔을 나와 좀 더 소박하고 비용이 적게 드는 주거로 옮기기로 마음먹었다.

이렇게 결심한 바로 그날, 크리테리온 바에서 누가 어깨를 툭 쳐서 돌아보니 세인트바솔로뮤 병원에서 나의 수술 조수 노릇을 하던 스탬퍼드 군이 눈앞에 서 있었다. 황량한 대도시 런던에서 반가운 얼굴을 만나는 것은 나같이 외로운 사나이에게는 기쁘기 한량없는 일이다. 예전에 스탬퍼드와 아주 각별한 사이는 아니었지만 그래도 나는 그를 보고 감격의 환성을 올렸고, 그 또한 나를 보고 퍽이나 반가운 눈치였다. 나는 기쁜 나머지 그에게 홀본에서 점심이나 같이하자고 청했고 우리는 이륜마차를 잡아 탔다.

"왓슨 박사님, 무슨 일이 있었습니까?"

마차를 타고 런던의 복잡한 거리를 달리는 동안 스탬퍼드 군은 놀라움을 감추지 못하고 물었다.

"박사님은 꼬챙이처럼 마르고 도토리처럼 누렇게 뜨셨군요."

나는 그동안 겪은 일들에 관해 짧게 설명한다고 했지만 마차가 목적지에 닿을 때까지도 내 얘기는 끝나지 않았다.

"정말 안됐군요!"

스탬퍼드 군은 나의 불운에 관한 얘기를 들은 뒤 혀를 차며 말했다.

"그런데 이제는 어떻게 하시려고요?"

"하숙을 구할 생각이네."

나는 대답했다.

"적당한 비용으로 편안한 숙소를 얻으려고 지금 알아보고 있는 중이지."

"거참 이상한 일이군요."

옛 친구가 대답했다.

"오늘 누가 제 앞에서 바로 그런 얘기를 했거든요."

"그게 누군데?"

나는 물었다.

"병원의 화학 실험실에 있는 친구지요. 오늘 아침에 그 친구가 근사한 하숙집을 봐놨는데 집을 혼자 쓰기에는 주머니 사정이 허락지 않고, 하지만 같이 살 사람은 없다면서 한탄하더군요."

"잘됐군!"

나는 외쳤다.

"그 사람이 같이 하숙할 사람을 구하고 있는 게 사실이라면 정말 잘된 일이야. 나도 혼자 지내는 것보다는 누구랑 같이 사는 게 더 낫거든."

스탬퍼드 군은 포도주 잔 너머로 나를 쳐다보았는데 그 눈길이 다소 야릇하게 느껴졌다. 그가 말했다.

"박사님은 셜록 홈즈를 잘 모르시는데, 같이 살게 되면 그가 별로 마음에 들지 않으실 겁니다."

"왜, 그 사람한테 뭐 안 좋은 점이라도 있나?"

"아, 그 친구한테 무슨 나쁜 점이 있다는 것은 아닙니다. 하지만 생각하는 게 약간 괴상하고 과학의 광신자이지요. 사람됨은 점잖은 걸로 알고 있습니다만."

"의대 학생인가 보지?"

나는 넌지시 물었다.

"아니요. 그가 어떤 목표를 가지고 있는지는 잘 모릅니다. 셜록 홈즈는 해부학에 조예가 깊고, 또 화학자로는 일급입니다. 하지만 제가 아는 한 체계적인 의학 공부를 한 적은 없습니다. 공부하는 분야는 산만하지만, 희한한 지식을 머리에 잔뜩 담아두고 있어서 교수들까지 놀랄 정도입니다."

"그의 목표가 뭔지 물어본 적은 없나?"

나는 물었다.

"예. 그 친구한테 말을 시키는 것이 쉬운 일이 아니라서요. 하긴, 무슨 생각에 사로잡혀 있을 때는 굉장히 수다스러워지기도 한답니다."

"그 사람을 한번 만나보고 싶군."

나는 말했다.

"다른 사람과 공동으로 하숙집을 쓰게 된다면 이왕이면 다홍치마라고, 학구적이고 조용한 생활 습관을 가진 사람이 좋다네. 난 지금 심한 소음이나 자극을 견딜 만큼 건강하지는 못하거든. 또 소음이나 자극이라면 아프가니스탄에서 실컷 겪어봤기 때문에 사회에 나와서도 그렇게 살아야 한다면 못 견딜 것 같으이. 그 친구는 어딜 가야 만날 수 있나?"

"아마 실험실에 있을 겁니다."

나의 벗이 말했다.

"몇 주 동안 모습을 드러내지 않다가도 마음 내키면 온종일 거기 틀어박혀서 연구에 몰두하지요. 선생님만 좋으시다면 점심 후에 한번 들러보도록 하겠습니다."

"그거 좋지."

나는 대답했고 대화는 다른 방향으로 흘러갔다.

홀본을 나와 세인트바솔로뮤 병원을 향해 가는 동안, 스탬퍼드는 내가 동거인으로 낙점한 신사에 대한 이야기를 몇 가지 더 늘어놓았다.

"그 친구와 잘 지내지 못하더라도 저를 원망하시면 안 됩니다." 스탬퍼드는 말했다.

"제가 그 친구에 대해 아는 거라곤 실험실에서 가끔 만났을 때보고 들은 것밖에 없으니까요. 하숙집을 같이 쓰겠다는 말을 꺼낸 쪽은 선생님이니까 저한테 책임을 떠넘기시면 안 됩니다."

"같이 지내기 힘들면 갈라서면 되지."

나는 대답했다. 그리고 후배의 얼굴을 찬찬히 들여다보며 덧붙였다.

"그런데 스탬퍼드 군, 자네가 자꾸 발을 빼려고 하는 데는 그럴 만한 이유가 있을 것 같은데. 그 친구의 성격이 보통이 아닌가 보지? 그게 아니면 뭔가? 탁 터놓고 말해 보게."

"표현할 수 없는 것을 표현하는 것은 쉬운 일이 아니지요." 스탬퍼드는 웃으며 말했다.

"제가 보기에 홈즈의 학구열은 다소 과한 데가 있습니다. 그게 거의 냉혈한에 가까운 수준이 되니까요. 그는 최근에 발견된 알칼로이드(식물체 속에 들어 있는 질소를 함유한 염기성 유기 화합물의 총칭. 동물에 대해 특이하고 강력한 생리 작용을 가지는 것들이 많은데 약리 작용과 함께 독 작용도 일으킨다 ─ 옮긴이)를 서슴지 않고 친구에게 투여할 위인입니다. 무슨 악의가 있어서가 아니라 약효를 정확하게 이해하려는 순수한 탐구 정신에서 말이지요. 물론 공정하게 말하자면 자기 자신한테도 똑같은 행동을 할 거라는 얘기를 덧붙여야 할 겁니다. 그 친구는 명확하고 엄밀한 지식에 굶주려 있는 것 같습니다."

"그것도 아주 괜찮은데."

"그렇지요. 하지만 그게 좀 과하니까요. 해부실에서 실험동물을 막대기로 두들겨 패는 지경에 이르면 좀 섬뜩해 보이지요."

"실험동물을 두들겨 팬다고!"

"예, 사체에 멍이 얼마나 많이 생길 수 있는지 확인하기 위해서 말입니다. 저는 그 친구가 그런 짓을 하는 장면을 직접 목격했습니다."

"그런데 그가 의대생이 아니라고?"

"예. 그 친구의 연구 목표가 무엇인지는 아무도 모릅니다. 하지만 이제 다 왔으니까 박사님이 직접 보고 판단하십시오."

그가 말하는 동안 우리는 골목으로 접어들어 큰 병원의 부속 건물로 통하는 작은 옆문으로 들어갔다. 그곳은 내게 아주 익숙한 곳이어서 길 안내 같은 것은 전혀 필요 없었다. 우리는 삭막한 돌계단을 올라가 긴 복도를 따라 걸었다. 복도 좌우의 벽은 희게 칠해져 있었고 어두운 갈색 문이 늘어서 있었다. 복도 끝에 가까워졌을 무렵 낮은 아치형 통로가 갈라져 나와 화학 실험실로 이어져 있었다.

천장이 높은 실험실 방에는 수많은 병들이 즐비하게 늘어서 있었다. 이곳저곳의 넓고 야트막한 탁자에는 증류기와 시험관, 푸른 불꽃이 날름거리는 작은 분젠 가스램프 들이 빽빽이 놓여 있었다. 실험실엔 오직 한 사람이 저만치 떨어진 탁자 앞에서 몸을 굽히고 뭔가를 하고 있었다. 그는 발소리에 흘끗 뒤돌아보더니 환호성을 올리며 허리를 폈다.

"드디어 발견했소! 내가 말이오!"

그는 시험관을 든 채 이쪽으로 달려오며 스탬퍼드 군을 향해 소리 질렀다.

"나는 혈액 속의 헤모글로빈에 의해서만 침전되는 시약을 발견했소이다."

설령 금맥을 찾아냈다 해도 이처럼 기뻐할 순 없을 것이다.

"왓슨 박사님, 이쪽이 셜록 홈즈 씨입니다."

스탬퍼드는 우리를 소개시켜 주었다.

"안녕하십니까?"

그는 정이 담뿍 담긴 목소리로 인사하며 내 손을 쥐었는데 그의 손아귀 힘이 만만치 않았다.

"아프가니스탄에 있다가 오셨군요."

"대관절 그걸 어떻게 아셨습니까?"

나는 깜짝 놀라 물었다.

"신경 쓰지 마십시오."

그는 혼자 쿡쿡 웃으며 말했다.

"이제 문제는 헤모글로빈이 존재하는지 여부입니다. 이 발견의 의미를 아시겠지요?"

"화학적으로는 대단히 흥미로운 발견임에 틀림없습니다."

나는 대답했다.

"하지만 실용적으로는……."

"아니, 이보시오, 이건 근래 들어 가장 실용적인 법의학적 발견입니다. 이게 핏자국이 있는지 여부를 밝혀내는 백발백중의 검사법이라는 걸 모르신단 말입니까? 자, 이리 좀 와보세요!"

셜록 홈즈는 핏대를 세우며 자신이 연구하고 있던 탁자로 날 잡아끌었다.

"어디, 피를 좀 내야겠군요."

그는 긴 핀셋으로 손가락을 찌른 다음 피를 한 방울 내어 피펫(화학 실험 기구로 일정한 양의 액체를 재는 가는 유리관 —옮긴이)으로 빨아올렸다.

"자, 소량의 혈액을 물 1리터에 섞겠습니다. 보다시피 이 혼합액은 순수한 물과 다를 바 없습니다. 물과 혈액의 비율은 100만분의 1도 안 될 겁니다. 그러나 반드시 특징적인 반응이 나타날 겁니다."

그는 말을 하는 한편 용기에 하얀 결정 몇 개를 던져 넣고 투명한 액체를 몇 방울 첨가했다. 순식간에 액체는 혼탁한 적갈색으로 변했고, 유리병 바닥에 갈색 입자가 가라앉았다.

"핫핫!"

그는 손뼉을 치며 소리를 질렀다. 마치 새 장난감을 보고 기뻐하는 아이 같았다.

"어떻습니까?"

"아주 정밀한 검사인 것 같군요."

나는 한마디 했다.

"기가 막혀요! 정말 기가 막힙니다! 기존의 과이액 수지(유창목에서 나온 자연 유출물이 고화된 것 —옮긴이) 검사는 아주 조잡하고 불확실한 검사법이었습니다. 현미경으로 적혈구를 찾아내는 검사도 마찬가지고요. 특히 현미경 검사는 피가 묻은 지 몇시간만 경과해도 결과를 신뢰할 수 없게 되어버립니다. 그런데 이 검사법은 오래된 혈액에도 똑같이 작용하는 것 같습니다. 이 검사법이 진작에 발견됐다면, 지금 대로를 활보하고 있는 수백 명의 범죄자들이 예전에 죗값을 치렀을 것입니다."

"그렇군요!"

나는 중얼거렸다.

"범죄 수사는 어느 한 지점에서 매번 벽에 부닥치곤 했습니다. 누군가 용의 선상에 떠오르는 것은 사건이 일어난 지 몇 달 뒤일수도 있지요. 그런데 용의자의 이불과 옷을 조사해 보니 갈색 얼룩이 발견되었습니다. 그것은 핏자국일까요, 흙탕물 자국일까요, 아니면 녹물이나 과즙 얼룩일까요? 바로 이것이 수많은 수사관들을 괴롭혀온 문제입니다. 왜냐? 믿을 만한 검사법이 없었으니까요. 그런데 이제 셜록 홈즈 검사법이 탄생했으니 문제는 해결된 겁니다."

그는 눈을 빛내며 말했다. 그리고 박수갈채를 보내는 관중들의 모습이 눈앞에 떠오른 듯 손을 가슴에 대고 정중히 인사했다.

"축하드려야겠군요."

나는 그의 열광하는 모습에 눈이 휘둥그레져서 말했다.

"작년 독일 프랑크푸르트에서 폰 비쇼프 사건이 터졌지요. 그때 이 검사법이 있었다면 그자는 분명히 교수대로 직행했을 겁니다. 또 브래드포드의 메이슨과 악명 높은 멀러, 프랑스 몽펠리에의 르페브르, 미국 뉴올리언스의 샘슨이 있습니다. 나는 이 검사법을 통해 결정적으로 유죄를 입증할 수도 있었을 사건을 한스무 가지는 알고 있어요."

"홈즈 씨는 영락없이 걸어 다니는 범죄 연감이십니다."

스탬퍼드는 웃으며 말했다.

"그런 내용을 가지고 신문을 만들어도 되겠습니다. 신문 이름은 《경찰 구문(舊聞)》으로 하지요."

"그건 상당히 흥미로운 읽을거리가 될 겁니다."

셜록 홈즈는 핀으로 찌른 손가락에 조그만 반창고를 붙이며 말했다.

"조심해야 해요."

그는 나를 보고 빙긋이 웃으며 말했다.

"왜냐하면 독극물이 튀는 일이 많거든요."

그는 손을 펴서 보여주었다. 그 손에는 작은 반창고 조각이 수없이 붙어 있을 뿐 아니라 강산(強酸) 때문에 여기저기 변색돼 있었다.

"우린 볼일이 있어서 여기 들렀습니다."

스탬퍼드는 높다란 삼발이 의자에 앉으면서 발끝으로 의자를 내게 밀어주었다.

"여기 이분이 하숙을 구하고 계십니다. 홈즈 씨도 같이 하숙할 사람을 구하지 못해서 걱정하셨지요? 그래서 두 분을 만나게 해 드리는 게 좋겠다고 생각했습니다."

셜록 홈즈는 나와 하숙집을 같이 쓴다는 생각에 내심 흐뭇한 눈치였다. 그가 말했다.

"나는 베이커가의 2층 독채를 봐놨습니다. 우리한테 꼭 맞을 만한 집이지요. 혹시 독한 담배 연기를 싫어하시는지요?"

"제가 늘 '십스'를 피우는 형편인걸요."

나는 대답했다.

"그것참 잘됐군요. 그런데 나는 화학 약품을 집에 갖다 놓고 이따금씩 실험도 한답니다. 그것도 괜찮으시겠습니까?"

"상관없습니다."

"어디 보자, 또 무슨 단점이 있더라? 아, 나는 가끔씩 우울증에 빠져서 며칠씩 입을 꾹 다물고 있을 때가 있습니다. 그럴 때 제가 화가 나서 그러는 거라고 생각하진 마십쇼. 그냥 내버려두면 다시 괜찮아지니까요. 이제 왓슨 박사께선 무슨 고백을 하시렵니까? 같이 살기 전에 자신의 단점이나 악습을 미리 알려주는 게 좋아요."

나는 홈즈의 이런 반대 신문에 웃음을 터뜨렸다.

"나는 불도그 새끼를 한 마리 키우고 있습니다. 그리고 요즘은 신경이 날카로워져서 시끄러운 건 견디지 못합니다. 또 잠자리에서 일어나는 시간이 불규칙하고 말할 수 없이 게으르지요. 몸이 건강할 때는 나쁜 습관이 더 있었는데 지금은 이 정도입니다."

"혹시 시끄러운 소리에 바이올린 연주도 포함됩니까?"

홈즈는 불안한 듯 물었다.

"그건 연주자에 따라서 다르지요."

나는 대답했다.

"훌륭한 연주는 신에게 바치는 찬양이지만 형편없는 연주는……."

"아, 그럼 됐습니다."

그는 활짝 웃으며 소리쳤다.

"전혀 문제가 없겠군요. 물론, 하숙집이 마음에 드신다면 말입니다."

"집은 언제 보러 갈까요?"

"내일 정오에 여기로 와주십시오. 그러면 같이 가서 일을 매듭짓도록 하지요."

그는 대답했다.

"좋습니다. 12시 정각에 오겠습니다."

나는 그와 악수를 나누며 말했다.

셜록 홈즈는 실험을 계속했고 우리는 실험실을 나왔다. 우리는 내가 머물고 있는 호텔을 향해 걷기 시작했다.

"그런데 말이지……."

나는 불현듯 걸음을 멈추고 스탬퍼드를 향해 돌아서며 물었다.

"그 친구는 내가 아프가니스탄에서 왔다는 걸 도대체 어떻게 알았을까?"

옛 친구는 고개를 저으며 피식 웃었다.

"그래서 그 친구가 괴짜라는 겁니다."

스탬퍼드는 말했다.

"대체 그런 걸 어떻게 알아내는지 알고 싶어 하는 사람이 한둘이 아니지요."

"오! 그럼 그게 수수께끼란 말인가?"

나는 두 손을 비비며 외쳤다.

"그것참 재미있군. 난 자네가 우리 둘을 맺어준 것에 대해 정말 감사하네. '인류의 진정한 연구 대상은 인간이다.'란 말이 있잖은가."

"그러면 그 친구를 연구 대상으로 삼으면 되겠군요."

스탬퍼드는 내게 작별을 고하며 말했다.

"하지만 결국은 그가 얼마나 종잡을 수 없는 인간인지를 알게 될 뿐일 겁니다. 박사님이 그 친구에 대해서 알아낸 것보다는 그 친구가 박사님에 대해 알아내는 것이 더 많을 거예요. 그건 안 봐도 뻔합니다. 그럼 안녕히."

"잘 가게."

나는 대답하고 새 친구에 대해 부쩍 호기심이 동하는 걸 느끼며 호텔을 향해 천천히 걸어갔다.

추리의 과학

　다음 날 홈즈와 나는 정한 시간에 만나서 그가 말했던 베이커가 221B번지의 집을 살펴보았다. 하숙집은 안락한 침실 두 개와 공기가 잘 통하는 큰 거실 하나로 되어 있었다. 거실에는 밝은 색깔의 가구들이 놓여 있었고, 두 개의 넓은 창으로 햇빛이 들어왔다. 집은 어느 모로 보나 흠잡을 데가 없었고, 하숙 비용도 둘이 나누니 적당한 수준이어서 우리는 즉석에서 입주 계약을 체결했다. 그리고 나는 그날 당장 어두워지기 전에 호텔에서 소지품을 옮겨 왔고, 셜록 홈즈는 다음 날 아침 몇 개의 상자와 트렁크 들을 가지고 뒤따라 들어왔다. 하루 이틀 동안은 짐을 풀고 물건을 적당한 장소에 배치하느라 바빴다. 짐 정리를 끝내자 우리는 새로운 환경에 적응해 가며 점차 생활에 틀이 잡히기 시작했다.

　홈즈는 같이 살기에 그리 까다로운 사람은 아니었다. 그는 조용했고 생활 습관이 규칙적이었다. 밤 10시가 지나도록 깨어 있는 일은 드물었고, 아침은 꼭 챙겨 먹고 내가 자리에서 일어나기도 전에 집을 나갔다. 그는 어떤 날은 화학 실험실에서 하루를 보냈고, 어떤 날은 해부실에서 시간을 보냈는데 가끔은 한참씩 걸어서 도시의 변두리까지 나가는 것 같기도 했다. 일단 공부에 대한 열의가 솟구치면 그 열정은 무엇으로도 억제할 수 없었다. 그러나 이따금씩 그에 대한 반작용이 일어났고, 그러면 아침부터 밤까지 입을 꾹 다문 채 손가락 하나 까딱 않고 며칠씩 거실 소파에 누워 있곤 했다. 이럴 때 셜록 홈즈의 두 눈에는 꿈꾸는 듯한 텅 빈 표정이 떠올랐고, 그의 금욕적이고 청결한 삶만 아니라면 혹시 마약에 취해 있는 게 아닐까 하는 의심이 들 정도였다.

시간이 흘러가면서 셜록 홈즈라는 인물과 그의 삶의 목표에 대한 궁금증은 점점 더해졌다. 그의 사람됨과 외모는 아무 생각 없이 쳐다보는 사람에게조차 관심을 끄는 데가 있었다. 그는 원래 키가 1미터 80센티미터가 넘었는데 너무나 깡말라서 훨씬 더 커 보였다. 눈은 내가 앞서 언급했던 그런 무기력 상태에 있을 때를 제외하면 찌르는 듯이 날카로웠다. 살집이 없는 매부리코는 전체적으로 기민하고 단호한 인상을 주었다. 각지고 돌출한 턱 또한 결단력 있는 사람이라는 느낌을 주었다. 두 손은 언제 봐도 잉크가 튀고 화학 약품으로 얼룩져 있었지만 뛰어난 촉각을 간직하고 있어서, 섬세한 악기 바이올린을 교묘한 솜씨로 다루곤 했다.

이 사내가 얼마나 나의 호기심을 자극했는지, 그리고 자신의 신변에 대한 그의 완강한 침묵을 깨기 위해 내가 얼마나 노력했는지 얘기하면, 독자들은 나를 구제불능의 참견꾼으로 낙인찍을지도 모른다. 그러나 그런 판단을 내리기 전에 독자 여러분께서는 그때 나의 삶이 얼마나 목적 없는 것이었고, 나의 흥미를 끄는 것이 얼마나 드물었는지 기억해 주시기 바란다. 나의 건강 상태는 날씨가 아주 좋을 때를 제외하고는 바깥출입도 하기 힘든 상태였다. 게다가 내게는 가끔 찾아와서 일상생활의 단조로움을 달래줄 친구들도 없었다. 이런 처지에서 나는 동거인을 둘러싼 작은 수수께끼 앞에서 환호하며 그것을 해명하는 데 거의 모든 시간을 바쳤다.

셜록 홈즈는 의학도가 아니었다. 나는 그 점에 관한 어떤 질문을 던져서 스탬퍼드의 주장을 확인했다. 또한 그는 어떤 과학 분야에서 학위를 따기 위해 공부하는 것 같지도 않았고, 학문의 세계에 정식으로 입문할 생각이 있는 것 같지도 않았다. 그러나 특정 분야에 대해서는 열성이 지극해서, 기묘한 범위 내에서 그의 지식은 말할 수 없이 풍부하고 정밀했으며, 그의 뛰어난 관찰력 앞에서 나는 번번이 놀라움을 금치 못했다. 어떤 뚜렷한 목적이 없다면 그렇게 열심히 공부할 리도 없거니와 그토록 정밀한 지식을 쌓을 리도 없다. 닥치는 대로 책을 읽는 사람들은 좀처럼 정확한 지식을 쌓지 못한다. 아무 목적도 없이 그토록 사소한 것들로 정신에 부담을 지울 사람은 없는 것이다.

그런데 셜록 홈즈의 무지는 그의 지식만큼이나 인상적이었다.

그는 현대 문학, 철학, 정치에 관해 극히 초보적인 지식도 없는 듯했다. 내가 토머스 칼라일을 인용했을 때, 그는 아무렇지도 않게 칼라일이 누구이고 그가 무슨 일을 했는지 물었다. 그리고 우연한 기회에 그가 코페르니쿠스의 이론과 태양계의 구성에 대해 아무것도 모른다는 사실을 알았을 때 나의 놀라움은 절정에 달했다. 19세기를 사는 문명인이 지구가 태양 주위를 도는 걸 모른다는 게 도저히 이해되지 않았다.

"놀라신 모양이군요."

셜록 홈즈는 나의 아연실색한 표정을 보고 빙글거리며 말했다.

"이제 그걸 알았으니 앞으로는 다시 잊어버리기 위해 노력해야 할 겁니다."

"잊어버린다고요?"

"그렇습니다."

홈즈는 설명했다.

"나는 인간의 뇌가 본디 텅 빈 다락방과 같은 거라고 생각합니다. 사람들은 그 방에 가구를 골라서 채워 넣어야 합니다. 온갖 잡동사니를 닥치는 대로 쓸어 넣는 사람은 바봅니다. 왜냐하면 그렇게 하다가는 쓸모 있는 지식은 밀려 나오거나 다른 것들과 뒤죽박죽돼서 필요할 때 꺼내 쓰지 못하게 되니까요. 그래서 뛰어난 장인은 다락방에 넣어둘 것을 고르는데 극히 조심스럽지요. 그는 요긴하게 쓰이는 연장만 고를 겁니다. 또 구색을 잘 맞춰서 순서대로 넣어두어야 하지요. 그 조그만 방의 벽이 무한정 늘어나서 무엇이든 다 넣을 수 있다고 생각하는 건 오산입니다.

그러면 어떤 지식을 더할 때마다 전에 알았던 것을 잊어버리는 시기가 오게 됩니다. 따라서 무엇보다 중요한 것은 아무짝에도 쓸모없는 사실이 유용한 지식을 밀어내지 않도록 주의하는 것이지요."

"하지만 태양계는!"

나는 따지고 들었다.

"대관절 그게 나한테 무슨 의미가 있겠습니까?"

셜록 홈즈는 참지 못하고 말허리를 잘랐다.

"박사는 방금 지구가 태양 주위를 돈다고 했습니다. 하지만 지구가 달 주위를 돈다고 해도 나나 내가 하는 일은 눈곱만큼도 달라지지 않을 겁니다."

나는 홈즈에게 그가 하는 일이 무엇인지 묻고 싶었지만 그의 태도를 보니 그런 질문을 반기지 않을 것 같았다. 그래서 나는 그와 나눈 짧은 대화에 대해 이모저모 생각해 보면서 그것을 바탕으로 추측해 보려고 애썼다. 그는 자신의 목표와 상관없는 지식은 필요 없다고 말했다. 그것은 그가 쌓은 지식 전부가 그에게는 쓸모 있는 것이라는 말과 똑같았다. 나는 그가 유난히 잘 알고 있는 듯한 분야를 마음속으로 따져보았다. 그리고 연필로 적어놓기까지 했다. 목록을 완성한 뒤에 나는 쾌재를 불렀다. 그것은 다음과 같았다.

셜록 홈즈 ── 지식의 범위

1. 문학에 대한 지식 전무함.

2. 철학에 대한 지식 전무함.

3. 천문학에 대한 지식 전무함.

4. 정치에 대한 지식은 약간 있음.

5. 식물학에 대한 지식은 편차가 큼. 벨라도나, 아편, 독성 물질 일반에 대해서는 해박하지만 실용적인 원예 지식은 전혀 없음.

6. 지질학에 대한 지식은 실용적이지만 한계가 뚜렷함. 여러 종류의 토양을 한눈에 구별할 수 있음. 산책을 끝낸 뒤 나에게 바지에 흙탕물이 튄 자국을 보여주고, 흙의 색깔과 조성만으로 그 흙이 런던의 어느 지역에서 묻어 온 것인지를 말해 주었음.

7. 화학에 대한 지식 해박함.

8. 해부학에 대한 지식은 정확하지만 체계가 없음.

9. 범죄 관련 문헌에 대한 지식은 놀라 자빠질 정도. 금세기에 저질러진 중범죄에 대해서는 모르는 것이 없는 눈치.

10. 바이올린 연주는 수준급.

11. 목검술, 펜싱, 권투 실력은 프로급.

12. 영국 법에 대해서도 실용적인 지식이 꽤 있음.

여기까지 적고 난 뒤 나는 포기하고 종이를 불 속에 던져 넣었다. 그리고 혼잣말로 중얼거렸다.

"이걸 종합해서 이 모든 장기를 필요로 하는 직업이 뭔지 알아낼 수만 있다면야…… 하지만 그런 시도는 당장 포기하는 게 낫겠군."

나는 위에서 홈즈의 바이올린 연주 솜씨에 대해 언급했다. 그의 연주 실력은 대단히 뛰어나지만 다른 장기에서도 그렇듯이 역시 기묘한 데가 있었다. 나의 신청곡인 멘델스존의 「무언가」를 비롯해서 연주한 여러 명곡들을 보니 꽤 어려운 곡도 연주할 수 있는 듯했다. 그러나 그냥 놓아두면 그는 잘 알려진 곡을 연주하거나 애당초 어떤 음악적인 소리를 낼 생각은 도통 하지 않았다. 그는 저녁 무렵 안락의자에 편안히 앉아서 지그시 눈을 감은 채 깡깡이를 무릎에 올려놓고 되는대로 활을 그어대곤 했다. 어떤 때는 낭랑하고 구슬픈 소리가 흘러나오기도 했다. 가끔은 환상적이고 명랑한 소리가 났다. 그 소리는 분명히 지금 그를 사로잡고 있는 생각들을 반영하고 있었다. 그러나 음악이 그의 생각을 상승시키는 것인지, 단순히 어떤 스쳐 가는 심상을 드러낼 뿐인지는 도저히 알아낼 도리가 없었다. 하지만 내가 그 분통 터지는 독주를 견뎌낼 수 있었던 것은 대개는 그가 나의 인내심에 대한 보상 차원에서, 내가 좋아하는 곡들을 연달아 들려주는 것으로 연주를 끝냈기 때문이다.

첫 주에는 방문객이 없었기 때문에 나는 나의 동거인도 나처럼 사고무친한 신세인 줄로 알았다. 그러나 알고 보니 그에게는 지인들이 적지 않았다. 더구나 그를 찾아오는 사람들은 각양각색이었다. 그중에는 검은 눈동자에 쥐새끼처럼 생긴, 얼굴이 노리끼리해 보이는 사내가 있었다. 그는 레스트레이드 씨라고 했고 일주일에 서너 번씩 홈즈를 찾아왔다. 어느 날 아침에는 한껏 멋 부린 옷차림을 한 아가씨가 찾아와서 반 시간 정도 있다 간 적도 있었다. 같은 날 오후에는 희끗한 머리에 유대인 행상처럼 보이는 초라한 사내가 찾아왔다. 내가 보기에 그는 굉장히 흥분한 눈치였는데 그가 온 지 얼마 지나지 않아 발을 질질 끄는 늙수그레한 여인이 찾아왔다. 또 머리가 허옇게 센 신사가 찾아와서 나의 동거인과 이야기를 나눈 적도 있었다. 그리고 벨벳 제복을 입은 기차 사환이 찾아온 적도 있었다. 통 종잡을 수 없는 이런 인물들이 나타날 때마다 셜록 홈즈는 내게 거실을 좀 써야겠다는 청을 넣었고, 그때마다 나는 내 방으로 물러나곤 했다. 그는 이렇게 폐를 끼치는 것에 대해 항상 미안해하며 이렇게 말했다.

"저는 이 방을 사무실로 써야 합니다. 여기 오는 사람들은 저의 고객들이지요."

나는 그에게 단도직입적인 질문을 던질 기회를 다시 맞았지만, 상대의 고백을 듣고 싶은 마음을 다시 한번 조심스레 억눌렀다. 나는 그가 입을 다물고 있는 데에는 그럴 만한 이유가 있을 거라고 상상했지만, 뜻밖에 그는 얼마 후에 자진해서 얘기를 털어놓았다.

그때는 3월 4일이었는데 내가 날짜를 기억하는 데는 그럴 만한 이유가 있다. 나는 그날 평소보다 좀 일찍 일어났고 셜록 홈즈는 조반을 들고 있었다. 하숙집 주인아주머니는 내가 워낙 늦게 일어나는 것을 알고 있던 터라 내 식사는 물론 커피도 아직 가져다 놓지 않은 상태였다. 나는 어처구니없게도 짜증을 부리며 벨을 울려서 준비가 끝났다는 사실을 간단하게 알렸다. 그리고 동거인이 토스트를 우물거리고 있는 동안 시간을 죽일 요량으로 탁자 위에 놓인 잡지를 집어 들었다. 제목에 연필로 표시해 놓은 논문이 있었으므로 나는 자연스럽게 그쪽으로 시선을 주었다.

그것은 「인생의 서」라는 다소 거창한 제목의 논문이었는데, 관찰력이 뛰어난 인간이 정확하고 체계적인 고찰을 통해 주위의 모든 것을 얼마나 깊이 알 수 있는지에 관한 글이었다. 그것은 내게 기발하지만 우스꽝스러운 아이디어의 복합체로 보였다. 추론은 빈틈없이 논리적이었지만 결론은 억지스럽고 과장된 것으로 보였다. 저자는 언뜻 스치는 표정이나 근육의 떨림, 순간적인 눈빛만 봐도 한 인간의 내면에 있는 생각을 가늠할 수 있다고 주장했다. 저자에 따르면 관찰하고 분석하는 훈련을 쌓은 사람을 속이는 것은 불가능하다. 그는 자신이 내린 결론이 유클리드의 정리와 마찬가지로 확실한 것이라고 했다. 그리고 자신이 이러한 결론에 도달하게 된 과정을 미처 경험해 보지 못한 사람들에게 자신의 주장은 놀랍게만 생각될 것이고, 자신은 이들의 눈에 점쟁이로 비칠지도 모른다고 했다.

저자는 이렇게 썼다.

논리적인 사람은, 바다를 보거나 폭포 소리를 듣지 않고도 한 방울의 물에서 대서양이나 나이아가라 폭포의 가능성을 추리해 낼 수 있다. 그래서 인생 전체는 하나의 거대한 사슬이 되고, 우리는 그 사슬의 일부를 보고 전체를 알 수 있는 것이다. 다른 기술과 마찬가지로, 추론 및 분석의 과학은 장기간의 끈질긴 연구를 통해서만 익힐 수 있고, 유한한 인생살이에서 그것을 최고도로 완성하는 것은 불가능하다. 특히 난해한 인간의 정신적 도덕적 측면에 눈을 돌리기 전에, 보다 초보적인 문제에 통달하는 것을 목표로 삼는 게 좋다. 타인을 만날 때, 그 사람의 역사와 직업을 첫눈에 알아보는 법을 배우도록 하자. 그러한 연습이 철없는 행동으로 비칠 수도 있지만, 그것을 통해 관찰 능력을 기르고 어디를 보고 무엇을 찾아야 할지 알 수 있게 된다. 상대방의 손톱, 코트 소매, 구두, 바지 무릎, 엄지와 검지에 박인 못, 표정, 셔츠 소매……, 이러한 것들을 유심히 살펴보면 상대의 직업을 쉽게 알 수 있다. 뛰어난 관찰자가 이 모든 정보를 가지고 추리에 실패한다는 것은 거의 생각할 수 없는 일이다.

"세상에 이런 걸 글이라고!"

나는 잡지책을 탁자 위에 탕 소리가 나도록 내려놓으며 소리 쳤다.

"내 평생 이런 쓰레기 같은 글은 처음이군."

"왜 그러십니까?"

셜록 홈즈가 물었다.

"아니, 이 기사 좀 보십시오."

나는 식탁에 앉으면서 에그 스푼으로 문제의 논문을 가리켰다.

"표시가 돼 있는 걸 보니 홈즈 씨도 이걸 읽으셨나 보군요. 나는 이 논문이 나름대로 논리적이라는 건 부정하지 않습니다. 하지만 도저히 수긍할 수 없습니다. 이건 분명히 온종일 방에 틀어박혀서 이상한 쪽으로 머리를 쓰는 백면서생의 이론일 겁니다. 실용성이라곤 전혀 없어요. 나는 녀석을 지하철 삼등실에 태우고 거기 탄 사람들의 직업을 맞혀보라고 하고 싶습니다. 난 맞히지 못하는 쪽에 1000 대 1로 걸겠습니다."

"박사께서 돈을 잃으실 텐데요."

홈즈는 침착하게 말했다.

"말이 나왔으니 말인데 그 논문을 쓴 건 바로 이 사람입니다."

"당신이!"

"예. 나는 관찰과 추리 쪽에 걸겠습니다. 내가 저기서 설명한 이론이 터무니없다고 생각하시는 모양인데 사실은 대단히 실용적인 이론이지요. 그게 어느 정도냐 하면 나는 저 이론을 가지고 빵을 법니다."

"그런데 어떻게?"

나도 모르게 불쑥 질문이 튀어나왔다.

"음, 나는 어떤 일을 하고 있습니다. 이런 일을 하는 사람은 아마 세계에서 나 혼자일 겁니다. 이해하실 수 있을지 모르겠지만 나는 자문 탐정입니다. 여기 런던에는 형사들도 많지만 사립 탐정도 많지요. 이 사람들이 난관에 봉착했을 때 나를 찾아오면 나는 이들에게 옳은 단서를 지적해 줍니다. 내 앞에 증거를 다 내놓으면 나는 범죄사에 대한 지식을 바탕으로 추리를 발전시킬 수 있습니다. 무릇 악행에는 강한 가족적 유사성이 있답니다. 그래서 천 가지 범죄 행위를 시시콜콜한 부분까지 꿰고 있다면 천한 번째 범행의 비밀을 푸는 것은 식은 죽 먹기이지요. 레스트레이드는 유명한 형사입니다. 최근에 어떤 화폐 위조 사건을 수사하다가 벽에 부닥치는 바람에 여기까지 오게 됐지요."

"그러면 다른 사람들은?"

"그 사람들은 주로 사설 조사 기관의 소개로 온 사람들이지요. 한결같이 곤란한 일에 휘말려서 약간의 깨우침을 필요로 하는 이들입니다. 나는 그들의 이야기를 듣고 그들은 내 설명을 듣습니다. 그다음에 나는 사례금을 챙기지요."

"하지만 방금 한 얘기는 홈즈 씨가 방에서 한 발자국도 움직이지 않고, 다른 사람들이 직접 목격하고도 이해하지 못한 사건의 실마리를 풀 수 있다는 것입니까?"

나는 말했다.

"바로 그겁니다. 나는 그런 일에 대해 어떤 직관을 가지고 있습니다. 어떤 때는 사건이 좀 더 복잡할 때가 있지요. 그러면 나는 꼼지락거리고 나가서 내 눈으로 직접 확인해야 합니다. 아시겠지만 나에게는 문제에 적용시켜 볼 수 있는 특수한 지식이 많이 있고, 그것은 문제 해결에 큰 도움이 됩니다. 저 논문에 쓰여 있는 추리의 법칙에 대해 박사께선 코웃음 쳤지만 내가 하는 일에 그것은 굉장히 요긴하게 쓰이지요. 나에게 관찰은 제2의 천성과 같은 것입니다. 처음 만났을 때 제가 박사님에게 아프가니스탄에서 왔다고 말하자 좀 놀라시는 것 같더군요."

"누구한테 그 얘기를 들으셨겠지요."

"전혀 그렇지 않습니다. 나는 박사가 아프가니스탄에서 왔다는 사실을 알고 있었습니다. 아주 습관이 되어버린 탓에 수많은 생각이 한꺼번에 머릿속을 스쳐 갔고, 나는 중간 단계를 의식하지 못한 채 결론에 도달했습니다. 하지만 중간 단계는 있었습니다. 그 과정을 구구절절 설명하자면 이렇습니다. '이 신사는 의사 같지만 그러면서도 군인 같은 분위기를 풍긴다. 그러면 군의관이 분명하다. 얼굴빛이 검은 것으로 보아 열대 지방에서 귀국한 지 얼마 안 되는 것 같다. 손목이 흰 걸 보면 살빛이 원래 검지 않다는 것을 알 수 있다. 얼굴이 해쓱한 것은 고생을 많이 하고 병에 시달렸기 때문이겠지. 왼팔에 부상을 입은 적이 있나 보다. 왼팔의 움직임이 뻣뻣하고 부자연스럽다. 열대 지방에서 영국 군의관이 그렇게 심하게 고생하고 팔에 부상까지 입을 만한 곳이 어디일까? 분명히 아프가니스탄이다.' 이러한 생각들이 1초도 안 되는 사이에 스쳐 갔습니다. 그래서 나는 박사가 아프가니스탄에서 왔다고 한마디 슬쩍 건넸고, 박사는 깜짝 놀란 것이지요."

"설명을 듣고 보니 간단하군요."

나는 웃음 띤 얼굴로 말했다.

"홈즈 씨를 보니 에드거 앨런 포의 뒤팽이 생각납니다. 나는 그런 소설 속의 인물이 실제로 존재할 거라고는 생각지 못했습니다."

셜록 홈즈는 벌떡 일어나서 파이프에 불을 붙였다.

"저를 뒤팽과 비교하신 것은 저를 칭찬해 주시려는 뜻으로 압니다."

그는 천천히 말했다.

"하지만 제가 보기에 뒤팽은 수준 낮은 탐정입니다. 15분간 침묵을 지킨 다음에 그럴듯한 말로 친구들의 생각을 방해하는 수법은 아주 천박하고 자기 과시적인 것이지요. 물론 그에게 천재적 분석 능력이 있는 것은 사실입니다. 하지만 그는 포가 의도했던 것 같은 그런 비범한 인물은 결코 아니었지요."

"가보리오의 작품을 읽어본 적이 있으십니까? 홈즈 씨가 보기에 르콕 탐정은 어떻습니까?"

내가 물었다.

셜록 홈즈는 차갑게 코웃음을 쳤다.

"르콕은 형편없는 인물이지요."

그는 성난 목소리로 말했다.

"괜찮게 봐줄 만한 것은 그의 의욕뿐입니다. 나는 그 책을 읽으면서 정말 속이 뒤집혔습니다. 문제는 죄수들 중에서 어떻게 범인을 찾아내느냐는 것이었지요. 나라면 그런 문제는 24시간 안에 해결할 수 있었을 겁니다. 그런데 르콕에게는 여섯 달이 걸렸습니다. 그 책은 탐정들에게 해서는 안 되는 일에 대해 가르치는 교본으로 쓰일 수는 있겠습니다."

내가 정말 좋아하는 소설 속의 두 인물을 그렇게 오만하게 난도질하는 것을 보고 나는 비위가 상했다. 나는 창가로 다가가 번잡한 거리를 내다보았다.

'저 친구 머리는 아주 좋은 것 같군. 하지만 한마디로 안하무인이야.'

나는 속으로 생각했다.

"요즘은 이렇다 할 범죄도 없고 범죄자도 없습니다."

셜록 홈즈는 불만스럽게 말했다.

"그쪽으로 비상한 머리를 갖고 있으면 뭘 합니까? 내게 이름을 떨칠 수 있을 만한 재능이 있는 건 분명합니다. 범죄 수사에 대해 나 정도의 소질을 타고났거나 나만큼 연구한 사람은 전무후무하니까요. 그런데 그 결과는 무엇입니까? 수사해야 할 범죄가 없거나, 아니면 기껏해야 런던 경찰국의 형사조차 훤히 들여다볼 수 있는 그런 얕은꾀를 부리는 서툰 악당밖에 없으니 말입니다."

나는 그의 오만방자한 말투가 여전히 기분 나빴다. 나는 화제를 바꾸는 게 최선이라고 생각했다.

"그런데 저 친구는 뭘 찾고 있는지 모르겠군요?"

나는 길 건너편의 평상복 차림의 건장한 사내를 가리키며 물었다. 그는 천천히 내려오며 열심히 문패를 읽고 있었는데 커다란 푸른 봉투를 들고 있는 것으로 보아 그것을 전해 주러 온 심부름꾼임에 틀림없었다.

"저 해병 부사관 출신의 제대 군인 말씀이십니까?"

셜록 홈즈가 말했다.

'허풍하고는!'

나는 속으로 생각했다.

'무슨 말을 하든 나로서는 확인해 볼 방법이 없다는 거겠지.'

내가 그런 생각을 하고 있을 때, 문제의 사내는 우리 집 문패를 보더니 얼른 길을 건넜다. 아래층에서 큰 소리로 문 두드리는 소리가 났고 굵은 목소리가 들려왔다. 그러더니 무거운 발소리가 계단을 올라왔다.

"셜록 홈즈 씨에게 전해 달랍니다."

방에 들어온 사내는 내 동거인에게 봉투를 건넸다.

그가 한 말의 진위를 가릴 수 있는 기회가 찾아온 것이다. 홈즈는 아까 입에서 나오는 대로 대답할 때는 이런 일이 생길 줄 몰랐을 것이다.

"한 가지만 물어보겠네."

나는 한껏 부드러운 목소리로 말했다.

"자네 직업이 뭔가?"

"제대 군인 조합 소속의 심부름꾼입니다, 선생님."

사내는 무뚝뚝하게 대답했다.

"제복은 수선집에 맡겨놓았지요."

"그러면 전에는?"

나는 동거인을 심술궂은 눈으로 흘끗 쳐다보고 물었다.

"부사관이었습니다, 선생님. 영국 해병대 경보병이었지요. 답장은 없습니까? 알겠습니다."

사내는 두 발을 척 붙이더니 거수경례를 하고 방을 나갔다.

로리스턴 가든 사건

　나는 내 동거인의 이론이 얼마나 실용적인지를 증명해 준 이 새로운 증거 앞에서 적지 않게 놀랐다는 것을 고백해 둔다. 그의 분석 능력에 대한 존경심이 커졌다. 하지만 내 마음속에는 아직도 이 모든 것이 나를 현혹시키기 위해 사전에 계획한 일은 아니었을까 하는 의구심이 도사리고 있었다. 물론 그가 나를 속여서 대체 뭘 얻으려는 건지는 알 수 없었지만 말이다. 홈즈를 쳐다보니 그는 이미 편지를 다 읽은 상태였다. 그의 눈은 빛이 꺼졌고 텅 빈 듯했다. 그는 방심 상태에 빠져 있는 것이 틀림없었다.

　"대관절 그건 어떻게 추리해 냈습니까?"

　나는 물었다.

　"추리하다니, 뭘요?"

　홈즈는 짜증스럽게 말했다.

　"아니, 방금 다녀간 사람이 해병대 부사관 출신이라는 것 말이오."

"난 사소한 문제에 신경 쓸 시간이 없소이다."

홈즈는 퉁명스럽게 말했다가 이내 빙그레 웃었다.

"제 무례함을 용서해 주시기 바랍니다. 박사님은 제 생각의 고리를 끊어놓으셨습니다. 하지만 괜찮습니다. 그런데 그 사람이 해병대 출신이라는 걸 못 알아보셨나 보군요?"

"예, 그렇습니다."

"그건 알기는 쉽지만 설명하기는 좀 어려운 문제이지요. 만약 누가 2 더하기 2가 4라는 걸 증명해 보라고 하면, 박사께선 머릿속으로는 잘 알고 있어도 그걸 증명하는 건 좀 어려우실 겁니다. 나는 그 사람이 길 건너편에 있을 때부터 손등에 푸른 닻 문신이 큼직하게 새겨져 있는 걸 볼 수 있었지요. 닻은 바다를 상징합니다. 그런데 그에게는 군인 같은 태도가 있는 데다가 구레나룻까지 단정하게 기르고 있었습니다. 그건 해병 출신이라는 걸 알 수 있는 단서이지요. 게다가 다소 뻣뻣한 데다가 지휘관 같은 냄새를 풍겼습니다. 그 사람이 절도 있게 머리를 세우고 지팡이를 흔드는 모습을 보셨겠지요. 그는 꼿꼿하고 반듯한 중년의 사내입니다. 얼굴만 봐도 그가 부사관 출신이라는 걸 짐작할 수 있지요."

"정말 훌륭하십니다그려!"

감탄이 절로 흘러나왔다.

"별말씀을……."

홈즈는 겸손하게 말했지만 내가 놀라고 감탄하자 흡족해하는 빛이 역력했다.

"방금 나는 요즘은 이렇다 할 범죄자가 없다고 말했습니다. 그런데 내 말이 틀린 것 같군요. 이걸 좀 보십시오!"

그는 내게 심부름꾼이 가져다준 편지를 건네주었다.

"아니, 이런 끔찍한 일이!"

나는 편지를 훑어보며 소리 질렀다.

"상식적으로 이해할 수 없는 일이 벌어진 듯합니다."

홈즈는 차분하게 말했다.

"그 편지를 큰 소리로 읽어주시겠습니까?"

내가 그에게 읽어준 편지는 다음과 같은 것이었다.

　친애하는 셜록 홈즈 선생에게

　지난밤 브릭스턴로 로리스턴 가든 3번지에서 대사건이 발생했소이다. 순찰 경관이 밤 2시경에 그 집에서 불빛이 흘러나오는 것을 보았소. 그런데 경관은 그 집이 빈집이라는 걸 알고 있던 터라 의심스럽게 생각하고 들어가보았다오. 현관문은 열려 있었고, 텅 빈 방에는 잘 차려입은 신사가 죽어 있었소. 신사의 주머니에는 '미국, 오하이오 주 클리블랜드, 이노크 J. 드리버'라고 쓰인 명함이 들어 있었소. 없어진 물건은 없고 사인을 알아낼 수 있는 단서도 남아 있지 않소이다. 방에는 핏자국이 남아 있지만 시체에는 전혀 외상이 없소. 죽은 사람이 어떻게 빈집에 들어왔는지도 밝혀지지 않았다오. 정말 모든 일이 오리무중이오. 오늘 12시 안으로 아무 때나 이곳에 와주신다면 본인을 만날 수 있을 거요. 그때까지 현장을 그대로 보존해 놓겠소. 여기 못 오시게 되면 나중에 자세하게 사건 경위를 설명해 드리리다. 홈즈 선생께서 호의를 베풀어 의견을 들려주신다면 정말 감사하겠소.

— 충실한 벗, 토비아스 그렉슨

"그렉슨은 런던 경찰국에서 그중 똑똑한 인물이지요."

내 친구가 한마디 던졌다.

"그렉슨하고 레스트레이드는 형편없는 집단에서 그나마 나은 인재들입니다. 둘 다 민첩하고 의욕이 넘치지만 틀에 박힌 사고를 벗어나지 못했어요. 그건 정말 놀랄 정도입니다. 게다가 두 사람 다 서로를 미워하지요. 직업여성들처럼 질투심이 많거든요. 만약 둘 다 이 사건에 뛰어들었다면 일이 꽤 재미있어질 겁니다."

나는 홈즈의 느긋한 태도를 보고 놀라움을 금치 못했다.

"이렇게 꾸물거릴 때가 아니잖소."

나는 외쳤다.

"내가 나가서 마차를 불러다 주리까?"

"사실 거기에 가고 싶은 마음도 별로 없습니다. 나는 정말 구제불능의 게으름뱅이지요. 하지만 발동이 걸리기만 하면 누구보다 행동이 빨라진답니다."

"아니, 당신이 바라 마지않던 기회가 온 거 아니오."

"허허, 그게 나한테 무슨 소용입니까? 내가 사건을 도맡아 해결한다고 해도 그렉슨과 레스트레이드에게 공이 돌아갈 게 뻔한데 말입니다. 사립 탐정에게는 그런 일이 비일비재하지요."

"하지만 도와달라고 부탁하고 있지 않소."

"그렇지요. 그렉슨은 내가 자기보다 낫다는 걸 알고 있고 내 앞에서는 그런 사실을 솔직히 인정합니다. 하지만 다른 사람들 앞에서는 나의 존재에 대해서 함구하지요. 그래도 가보는 게 낫 겠습니다. 나는 내 힘으로 문제를 해결할 겁니다. 나에게 아무 이 익도 돌아오지 않는다 해도 그들을 비웃어줄 수는 있으니까요. 자, 갑시다!"

홈즈는 부랴부랴 코트를 걸쳤다. 그의 재빠른 행동으로 보아 냉 담한 기분이 사라지고 일에 대한 의욕이 다시 솟구치는 듯했다.

"모자를 쓰십시오."

홈즈는 말했다.

"나도 같이 가자는 말씀입니까?"

"그렇습니다, 달리 할 일이 없으시다면 말입니다."

잠시 후 우리는 이륜마차를 타고 브릭스턴로를 향해 질풍같이 달려가고 있었다.

뿌옇고 구름 낀 아침이었다. 내리누르는 듯한 어둑한 구름은 지상의 흙빛 길을 되비추고 있는 듯이 보였다. 나의 벗은 한껏 들떠서 크레모나 바이올린에 대해, 그리고 스트라디바리우스와 아마티의 차이에 대해 끊임없이 떠들어댔다. 나로 말할 것 같으 면, 음산한 날씨와 우리가 관계하게 된 우울한 사건 때문에 기분 이 가라앉아 침묵을 지켰다.

"사건에 대해서는 별로 생각하지 않는 모양입니다그려."

나는 결국 홈즈의 음악 탐구에 끼어들어서 한마디 했다.

"아직 아무것도 보지 못했으니까요."

그는 대답했다.

"증거를 전부 보기 전에 섣불리 이론을 전개시키는 것은 치명적인 실수입니다. 그건 판단력을 마비시키지요."

"그러면 곧 증거를 보게 되겠군요."

나는 손을 들어 바깥을 가리켰다.

"여기가 바로 브릭스턴로입니다. 그리고 내 생각엔 저게 그 집 같군요."

"정말 그렇군요. 마부! 여기서 세워주게!"

그 집까지는 아직도 100미터가량 남아 있었지만 홈즈는 마차에서 내리기를 고집했고 우리는 그곳까지 걸어서 갔다.

로리스턴 가든 3번지의 집은 불길하고 음산해 보였다. 그것은 거리에서 약간 떨어져 있는 네 채의 집 가운데 하나였는데, 그중 두 채에는 사람이 살고 있었고 두 채는 비어 있었다. 비어 있는 두 채의 삼층집 창문에는 '임대'라고 쓰인 종이가 여기저기 붙어 있을 뿐, 아무 장식도 없이 휑뎅그렁했다. 우울하고 흐릿한 유리창에 나붙은 하얀 종이는 꼭 백내장처럼 보였다. 작은 정원에 삐죽삐죽 솟아 있는 병든 식물이 거리와 경계를 구분 지었고, 그 가운데를 좁은 통행로가 가로지르고 있었다. 통행로는 흙과 자갈이 섞인 듯 노란빛을 띠고 있었다. 간밤에 내린 비로 길은 온통 진창이었다. 집 둘레에는 90센티미터 높이의 벽돌담이 서 있는데 담 위에는 목재 난간 장식이 박혀 있었다. 이 담벼락에 체격 좋은 경관 하나가 기대서 있었고, 할 일 없는 구경꾼들 몇몇이 경관을 에워싼 채 안에서 무슨 일이 벌어지고 있는지 알아보려는 부질없는 희망에서 목을 빼고 집 안을 기웃거렸다.

나는 셜록 홈즈가 곧장 집 안으로 뛰어 들어가 사건 조사에 착수할 거라고 상상했다. 그러나 그는 꿈에도 그럴 생각이 없는 모양이었다. 그는 아주 초연한 태도로 천천히 길을 오르내리며 땅바닥과 하늘, 건너편 집들, 담벼락 위의 난간을 멍청히 바라보았다. 이러한 상황에서 그의 이런 태도는 내 눈엔 몹시 으스대는 것으로 비쳤다. 뭔지 모를 조사를 끝낸 홈즈는 정원의 통행로를 따라 천천히 걸어갔다. 아니, 길은 놓아두고 잔디밭에 바짝 붙어서 걸었다고 하는 편이 옳을 것이다. 그는 길바닥을 뚫어지게 바라보면서 두 번 걸음을 멈추었는데, 한 번은 싱글벙글하며 만족스러운 감탄사를 토해 냈다. 축축한 진흙땅에는 무수한 발자국이 남아 있었다. 그러나 경찰이 벌써 그 길을 오갔기 때문에 나는 홈즈가 어떻게 거기서 뭔가를 알아낼 수 있다고 생각하는 건지 도무지 알 수가 없었다. 그래도 나는 그의 감각이 유난히 예민하다는 사실을 알고 있었으므로, 내가 보지 못한 것을 많이 알아낼 수 있으리라고 믿었다.

현관 앞에는 안색이 창백한 금발 머리의 키 큰 남자가 나와 있었다. 그는 노트를 손에 든 채 얼른 달려나와서 내 친구의 손을 반갑게 부여잡았다.

사내가 말했다.

"이렇게 와주시다니 정말 감사하오. 현장은 그대로 보존해 놓았소이다."

"저건 빼고!"

내 친구는 길을 가리키며 대답했다.

"들소 한 무리가 지나갔어도 저렇게 엉망이 되지는 않았을 겁니다. 하지만 그렉슨, 저렇게 되기 전에 조사는 미리 해놓았겠지요."

"집 안에서 할 일이 너무 많아서."

형사는 변명조로 말했다.

"동료 형사 레스트레이드 씨가 와 있소. 밖을 그 친구한테 맡겨놓았더니만……."

홈즈는 나를 흘끗 쳐다보더니 조롱하듯이 눈을 크게 뜨고는 말했다.

"당신 같은 사람들이 둘씩이나 현장에 와 있는데 내가 더 찾아낼 수 있는 게 있을까요."

그렉슨은 만족스럽게 두 손을 비볐다.

"사실 우리 둘이 할 수 있는 일은 다 한 것 같소이다."

그는 대답했다.

"하지만 정말 기괴한 사건이오. 나는 이 사건이 홈즈 선생의 취향에 꼭 맞을 거라고 생각했소."

"혹시 여기에 마차를 타고 오셨습니까?"

셜록 홈즈가 물었다.

"아니요."

"레스트레이드는?"

"걸어왔소."

"그러면 같이 들어가서 현장을 보기로 하지요."

홈즈는 이렇게 엉뚱한 질문을 한 다음 성큼성큼 집 안으로 들어갔다. 그렉슨은 어리둥절한 표정으로 그 뒤를 따랐다.

먼지가 잔뜩 내려앉은 짧은 통로를 지나니 주방과 식료품 저장실이 나왔다. 여기서 양쪽으로 두 개의 문이 나 있었다. 그중 하나는 몇 주일째 한 번도 열린 적이 없는 것 같았다. 다른 하나는 식당으로 통하는 문이었는데, 바로 이곳이 의문의 사건이 벌어진 현장이었다. 홈즈가 식당 안으로 들어섰고 나는 그의 뒤를 따랐다. 타인의 죽음은 내게 숙연한 감정을 불러일으켰다.

그것은 정사각형의 커다란 방이었는데, 가구가 전혀 없는 탓에 더욱 커 보였다. 조잡한 느낌의 번쩍거리는 벽지가 사방 벽에 도배돼 있었는데 여기저기 곰팡이가 슬어 있었고, 벽지가 떨어져 늘어져 있는 곳에는 노랗게 회칠한 바람벽이 그대로 드러나 있었다. 문 건너편에는 지나치게 큰 벽난로가 자리 잡고 있었고, 그 위로는 흰 모조 대리석으로 만든 거대한 벽난로 선반이 돌출해 있었다. 그 한쪽 구석에는 타다 남은 빨간 양초가 놓여 있었다. 단 하나뿐인 창문은 더럽기 짝이 없었고, 그곳으로 흐릿하고 몽롱한 빛이 새어 들어와 방 안의 모든 사물에 둔탁한 회색 색조를 입혀주었다. 이 때문에 온 방을 뒤덮은 두꺼운 먼지층이 한층 두꺼워 보였다.

내가 이렇게 자세하게 관찰한 것은 나중의 일이었다. 당장 내 시선은 바닥에 꼼짝 않고 누워 있는 섬뜩한 사람의 형체에 가서 머물렀다. 죽은 사내는 생기 없는 텅 빈 눈으로 변색된 천장을 올려다보고 있었다. 나이는 대략 마흔셋이나 마흔넷쯤 됐을까. 그는 보통 체격에 어깨가 넓었고 검은 고수머리에 짧은 턱수염을 기르고 있었다. 옷은 질 좋은 나사로 만든 프록코트와 조끼에 엷은 색깔의 바지 차림이었고, 셔츠 깃과 소매는 티끌 한 점없이 깨끗했다. 그리고 손질이 잘되어 있는 깔끔한 중산모가 바로 옆에 놓여 있었다. 팔은 양쪽으로 넓게 벌린 채 두 주먹을 부르쥐고 있었지만 다리는 꼬여 있었다. 그의 모습은 죽음의 순간이 얼마나 고통스러웠는지를 말해 주는 듯했다. 굳은 얼굴에는 공포 어린 표정이 떠올라 있었는데, 그것은 내가 인간의 얼굴에서 한 번도 본 적이 없는 그런 증오 어린 표정으로도 보였다. 이악마적이고 끔찍한 근육의 뒤틀림은 좁은 이마와 뭉툭한 코, 돌출한 턱과 어울려 죽은 이에게 유난히 원숭이 같은 인상을 부여하고 있었다. 그런 인상은 몸부림의 흔적이 남아 있는 사내의 부자연스러운 자세 때문에 더욱 강해졌다. 나는 수많은 형태의 죽음을 목격했지만, 런던 교외의 큰 도로에 면해 있는 저 어둡고 무시무시한 방에서 일어난 죽음보다 더한 공포를 안겨준 죽음은보지 못했다.

여느 때와 다름없이 족제비처럼 보이는 깡마른 레스트레이드가 문 옆에 서 있다가 우리를 보고 인사했다.

"홈즈 선생, 이 사건은 조용하게 끝날 것 같지 않소."

그가 한마디 던졌다.

"나는 겁쟁이는 아니지만 이렇게 지독한 현장은 처음이오."

"무슨 단서라도?"

그렉슨이 물었다.

"전혀."

레스트레이드가 무덤덤한 목소리로 말했다.

셜록 홈즈는 시신 곁에 무릎을 꿇고 앉아서 자세히 살펴보았다.

"외상이 없는 건 확실한가요?"

홈즈는 사방에 무수히 튄 핏방울을 가리키며 물었다.

"확실하오!"

두 형사가 입을 모아 외쳤다.

"그러면 물론, 이 피는 상대방이 흘린 것이겠군요. 아마 살인 범이었겠지요. 만약 살인이 저질러졌다면 말이지요. 이걸 보니 1834년, 네덜란드 유트레히트에서 벌어진 반 얀센 살인 사건의 정황이 연상되는군요. 그렉슨, 그 사건을 기억하고 있습니까?"

"아니요."

"사건 기록을 한번 읽어보시지요. 정말 그건 꼭 필요한 일입니 다. 태양 아래 새로운 것은 없거든요. 모든 일이 다 과거에 한 번 은 있었던 일이지요."

홈즈는 입을 놀리면서 날렵한 손가락으로 여기, 저기, 사방을 만져보고, 눌러보고, 단추를 풀고, 들여다보았다. 그의 눈에는 내 가 이미 말한 적 있는 멍한 표정이 떠올라 있었다. 조사가 대단 히 신속하게 이루어졌으므로, 그것이 얼마나 엄밀한 것인지 알 기는 힘들었다. 마지막으로 그는 죽은 자의 입가에 코를 가져다 대고 쿵쿵 냄새 맡아본 다음, 사자의 에나멜 구두 밑창에 흘끗 시선을 던졌다.

"시신을 옮겨놓지는 않았나요?"

홈즈는 물었다.

"검사하기 위해 약간 건드렸을 뿐 그대로요."

"이제는 시신을 안치소로 모셔도 되겠군요."

그가 말했다.

"더 이상 알아볼 것이 없어요."

그렉슨은 들것과 장정 넷을 대기시켜 놓고 있었다. 그가 신호를 보내자 사람들이 방으로 들어왔다. 시신을 들어 올리는데 반지 하나가 떨어져 바닥에서 또르르 굴러갔다. 레스트레이드는 반지를 집어 들고 어리둥절한 눈으로 바라보았다.

"이 사건의 배후에 여자가 있었군."

그는 소리쳤다.

"여자의 결혼반지야."

그렉슨은 반지를 손바닥 위에 올려놓고 내밀었다. 모두 그 옆에 모여들어 반지를 바라보았다. 그것은 한때 신부의 손가락을 장식했던 아무 장식 없는 결혼반지가 틀림없었다.

"사건이 더 복잡해지는군. 맙소사, 그렇지 않아도 충분히 복잡했는데."

그렉슨이 말했다.

"사건이 더 단순해진 게 아니고요?"

홈즈가 생각에 잠긴 채 말했다.

"이걸 들여다봤자 아무 소용없습니다. 그런데 시신의 주머니 속에는 뭐가 들어 있었지요?"

"여기 다 모아놓았소."

그렉슨이 계단 아래쪽의 소지품 더미를 가리키며 말했다.

"런던 바로드사(社)의 금시계, 제조 번호 97163번. 순금 앨버트 목걸이, 꽤 묵직하다오. 프리메이슨 문장이 든 금반지. 불도그 머리 모양의 금 핀, 눈은 루비로 되어 있소. 러시아제 가죽 명함 케이스, 이 속에 클리블랜드의 이노크 J. 드리버의 명함이 들어 있소. 이것은 옷에 새겨진 'E. J. D.'라는 머리글자와도 일치하오. 지갑은 없지만 돈이 7파운드 13실링. 보카치오의 『데카메론』 문고판, 표지 안쪽에 조셉 스탠거슨이란 이름이 쓰여 있지요. 그리고 편지 두 통이 있는데, 하나는 드리버 앞으로 온 것이고, 또 하나는 조셉 스탠거슨 앞으로 온 거요."

"주소는?"

"스트랜드가의 아메리칸 익스체인지사, '편지를 찾아갈 때까지 보관해 달라.'라고 쓰여 있소. 두 통 다 기온 선박 회사에서 보낸 것인데, 리버풀에서 기선이 출항한다는 내용이오. 이 불운한 사나이는 뉴욕으로 돌아가려고 한 것이 틀림없소이다."

"스탠거슨이라는 사람에 대해서는 조사했습니까?"

"그렇소."

그렉슨이 말했다.

"신문마다 광고를 냈고, 부하 하나를 아메리칸 익스체인지사로 보냈지요. 하지만 아직 돌아오지 않았소이다."

"클리블랜드 쪽에는 알아보셨나요?"

"오늘 아침에 전보를 쳤소."

"무엇에 대해 알려달라고 하셨습니까?"

"그냥 사건 경위를 적은 다음에 도움이 될 만한 정보가 있으면 알려달라고 했소이다."

"좀 더 중요하다고 생각되는 점을 꼭 집어서 물어보지는 않았고요?"

"나는 스탠거슨의 신원 조회를 의뢰했소."

"다른 건? 사건 해결에 결정적일 것으로 생각되는 사실에 대해 묻진 않으셨고요? 다시 전보를 칠 생각이신가요?"

"나는 필요한 일은 다 했소."

그렉슨은 기분이 상한 듯했다.

셜록 홈즈는 혼자 쿡쿡 웃더니 무슨 말인가를 더 하려고 했다. 그때 식당에 있던 레스트레이드가 득의만면한 얼굴로 만족스럽게 두 손을 비비며 나타났다. 그가 말했다.

"그렉슨 군, 나는 방금 대단히 귀중한 증거를 찾아냈네. 내가 식당 벽을 면밀히 살펴보지 않았더라면 그대로 묻혀버리고 말았을 걸세."

키 작은 사내는 눈을 빛내며 말했다. 동료 경쟁자를 한 방 먹인 것이 말할 수 없이 기쁜 모양이었다.

"어서 이리로."

레스트레이드는 앞장서 식당으로 들어갔다. 지긋지긋한 상대를 따돌리고 더욱 생기가 도는 듯했다.

"자, 거기서 잠깐 기다리시오!"

레스트레이드는 구두에 성냥을 그어서 벽을 비췄다.

"저걸 좀 보시게!"

그는 의기양양하게 말했다.

나는 앞에서 벽지가 군데군데 떨어졌다는 얘기를 했다. 레스트레이드가 가리킨 곳은 방구석에 벽지가 한 자락 크게 떨어져서 그 밑의 노랗고 거친 벽이 드러나 있는 곳이었다. 그런데 누가 이 휑한 공간에 피처럼 붉은 글씨로 다음과 같은 단어를 휘갈겨 놓았다.

"자, 어떻게들 생각하시오?"

레스트레이드는 무대에 선 배우처럼 소리쳤다.

"여기는 방에서 제일 어두운 구석이고, 그래서 아무도 여길 쳐다볼 생각을 하지 않았소. 살인자는 자신의 피로 이 글을 썼지요. 여기 벽 위로 흘러내린 핏자국을 좀 보시오! 어쨌든 이로써 자살 가능성은 없다는 것이 밝혀진 셈이오. 그런데 살인자는 왜 이 구석에다 글을 썼을까? 말하자면 이렇소. 저 벽난로 선반 위의 양초를 좀 보시오. 저 초에는 그때 불이 켜져 있었고, 그래서 이 구석은 벽에서 제일 어두운 부분이 아니라 제일 밝은 부분이었을 거요."

"그런데 자네가 이걸 찾아낸 것이 지금 무슨 의미를 갖는다는 거지?"

그렉슨이 빈정거리듯 물었다.

"의미? 그것은 바로 살인범이 '레이첼(Rachel)'이라는 이름을 쓰려고 했다는 것을 의미하지. 무슨 일이 생겨서 끝까지 못 썼을 거야. 내 말 잘 들어두게. 이 사건이 해결되면 레이첼이라는 여자가 어떤 식으로든 관련돼 있다는 사실이 드러나게 될 거야. 셜록 홈즈 선생, 그렇게 웃는 것은 선생의 자유요. 하지만 선생이 아무리 재주가 뛰어나고 머리가 비상하다고 해도, 결국은 산전수전 다 겪은 늙은 사냥개가 최고라는 걸 알게 될 거요."

"정말 미안하게 됐습니다!"

갑자기 웃음을 터뜨려서 키 작은 형사의 화를 돋운 내 친구가 말했다.

"여기 있는 사람들 중에서 이걸 제일 먼저 찾아낸 사람은 분명히 당신입니다. 그리고 당신 말마따나 이것은 간밤에 살인범이 쓴 것이 틀림없어요. 그런데 난 아직 이 방을 살펴볼 만한 시간적 여유가 없었습니다. 괜찮다면 나도 이 방을 조사해 보겠습니다."

셜록 홈즈는 말하면서 주머니에서 줄자와 커다란 확대경을 끄집어냈다. 이 두 가지 도구를 가지고 그는 방 안에서 소리 나지 않게 종종걸음을 치며 걸음을 멈추기도 하고, 무릎을 꿇고, 그리고 한번은 바닥에 납작 엎드리기도 했다. 그는 지금 하는 일에 정신이 팔려서 우리들의 존재는 까맣게 잊어버린 것 같았다. 그는 시종 낮은 목소리로 뭐라고 중얼거리면서 희망과 기대가 섞인 감탄사, 신음 소리, 휘파람, 작은 외침 소리를 쉼 없이 쏟아냈다. 그런 모습을 보고 있노라니, 훈련이 잘돼 있는 순종의 폭스하운드가 잃어버린 사냥감의 냄새를 되찾기 위해서 열심히 낑낑대며 이곳저곳을 뛰어다니는 모습이 저절로 연상되었다. 홈즈는 20분 이상, 이쪽에서는 전혀 보이지 않는 핏자국 사이의 거리를 대단히 조심스럽게 측정하고, 가끔은 똑같이 이해할 수 없는 방식으로 벽에다 줄자를 갖다 대기도 하면서 조사를 계속했다. 어느 곳에서는 바닥의 회색 먼지를 한 뭉치 살살 긁어서 봉투에 집어넣기도 했다. 마지막으로 그는 확대경을 들고 벽 위에 쓴 글씨를 한 글자씩, 대단히 정밀하게 검사했다. 이렇게 한 뒤에 그는 만족한 듯 주머니에 줄자와 확대경을 도로 집어넣었다.

"천재는 수고로움을 무한히 감당해 낼 수 있는 능력이라는 말이 있습니다."

홈즈는 씩 웃으며 말했다.

"아주 형편없는 정의이긴 하지만 탐정의 일에는 맞는 얘기입니다."

그렉슨과 레스트레이드는 부푼 호기심에 약간의 경멸이 섞인 눈으로 아마추어 동료가 하는 짓거리를 지켜보았다. 나는 셜록 홈즈의 아주 사소한 행동조차도 어떤 구체적이고 실용적인 목적을 지향하고 있다는 것을 진작 깨닫고 있었지만 이 두 사람은 아직 그것을 모르고 있는 것이 분명했다.

"그래, 어떻게 생각하시오?"

두 형사가 이구동성으로 물었다.

"내가 주제넘게 당신들을 도와주려고 한다면 그것은 당신들에게 돌아갈 영예를 훔치는 꼴이 될 겁니다."

내 친구가 말했다.

"당신들이 지금 그렇게 잘하고 있는데 내가 중간에 끼어든다는 것은 안 될 노릇이지요."

홈즈의 목소리에는 냉소의 빛이 있었다.

"하지만 앞으로 수사 진행 상황에 대해 알려주신다면 기쁜 마음으로 최대한 협조하겠습니다. 그런데 시신을 발견한 순찰 경관과 얘길 좀 나눠보고 싶은데, 그 사람의 이름과 주소를 알려주시겠습니까?"

레스트레이드는 잠시 노트에 눈길을 주곤 말했다.

"존 랜스, 지금 비번이오. 케닝턴 파크 게이트, 오들리 코트 46번지에 가면 그를 만나볼 수 있을 거요."

홈즈는 주소를 받아 적었다.

"박사, 갑시다."

그는 말했다.

"같이 만나보도록 합시다. 그런데 두 분에게 수사에 도움이 될 만한 정보를 하나 알려드리도록 하지요."

홈즈는 두 형사를 향해 돌아서며 말했다.

"이 사건은 살인 사건이고, 살인자는 남자입니다. 키는 1미터 80센티미터 이상이고, 키에 비해 비교적 발이 작은 중년의 사내이지요. 구두코가 각진 싸구려 구두를 신고, 인도산 시가 트리치노폴리를 피웁니다. 범인은 어제 사륜마차를 타고 피살자와 함께 여기 왔지요. 그 마차를 끄는 말의 편자는 낡은 것이지만, 앞발 하나에 끼워진 편자는 새것입니다. 살인자는 십중팔구 불그레한 얼굴에 오른손의 손톱이 유난히 긴 사람입니다. 내가 말한 것은 몇 가지에 불과하지만 그래도 도움이 될 겁니다."

레스트레이드와 그렉슨은 못 믿겠다는 듯 실실 웃으며 서로 마주 보았다.

"그런데 이 사람이 살해당했다면, 사인은 뭐요?"

레스트레이드가 물었다.

"독살이지요."

셜록 홈즈는 한마디로 대답하고 걸음을 옮기기 시작했다.

"레스트레이드, 한 가지 더 있습니다."

그는 문밖으로 나가며 덧붙였다.

"'라헤(Rache)'는 독일어로 '복수'를 뜻합니다. 그러니 레이첼 양을 찾는 일에 시간을 허비하지는 마세요."

마지막 일격을 가한 뒤 홈즈는 문밖으로 사라졌고, 뒤에 남은 두 경쟁자는 벌린 입을 다물지 못했다.

존 랜스의 증언

우리가 로리스턴 가든 3번지를 나선 것은 낮 1시경이었다. 셜록 홈즈는 나를 데리고 가까운 전신국으로 가서 긴 전문을 송신했다. 그리고 지나가는 마차를 세워 잡아타고 마부에게 레스트레이드가 말해 준 주소를 말했다.

"뭐니 뭐니 해도 직접 확인하는 게 중요합니다."

홈즈는 말했다.

"사실 나는 이 사건에 대해 완전히 판단이 서 있는 상태지요. 그래도 알 수 있는 것은 다 알아놓는 게 좋아요."

"홈즈, 당신은 사람을 놀라게 하는 재주가 있습니다."

나는 말했다.

"아까 당신은 두 형사 앞에서 굉장히 자신 있게 말했지만 사실 그렇게까지 확신하는 건 아니지요?"

"아까 한 얘기는 다 맞는 얘깁니다."

홈즈는 대답했다.

"나는 그 집 앞에 내리자마자 두 줄의 마차 바퀴자국이 인도 가까이에 붙어 있는 걸 보았지요. 그런데 지난밤에 일주일 만에 비가 왔습니다. 거기 그렇게 깊이 파여 있는 바퀴자국은 간밤에 생긴 게 틀림없는 것이지요. 또 길에는 말발굽 자국도 남아 있었는데, 그중 하나는 다른 셋에 비해 훨씬 또렷하게 파여 있어서, 새로 편자를 씌웠다는 걸 알 수 있었지요. 어쨌든 비가 오기 시작한 뒤에 마차 한 대가 거길 지나갔습니다. 그런데 그렉슨은 그 다음에는 그곳에 마차를 타고 온 사람이 없다고 했습니다. 그렇다면 문제의 마차가 그 집 앞을 지나간 것은 어젯밤입니다. 그 마차를 타고 온 두 사람이 그 집으로 들어갔습니다."

"듣고 보니 그럴듯하군요. 그런데 용의자의 키는 어떻게?"

내가 물었다.

"아, 사람의 키는 대개 보폭으로 계산해 낼 수 있지요. 계산은 아주 간단합니다. 하지만 숫자를 시시콜콜하게 나열해서 박사를 지루하게 만들 생각은 없습니다. 나는 마당의 흙과 집 안의 먼지에 남아 있는 발자국을 보고 그자의 보폭을 알아냈습니다. 게다가 내 계산을 확인할 수 있는 기회가 있었지요. 사람이 벽에 글씨를 쓸 때는 본능적으로 자신의 눈높이에 쓰게 됩니다. 그런데 그 글씨는 바닥에서 1미터 80센티미터 이상 되는 곳에 쓰여 있었지요. 범인의 키를 계산해 내는 건 식은 죽 먹기였습니다."

"그러면 나이는?"

나는 물었다.

"1미터 30센티미터를 쉽게 건너뛸 수 있는 남자가 힘없는 노인일 리는 없었습니다. 정원에 있던 물웅덩이의 폭이 그 정도였는데 그자는 분명히 웅덩이를 건너갔지요. 에나멜 구두는 돌아갔지만 각진 구두코는 건너뛴 겁니다. 그것은 틀림없는 사실입니다. 나는 잡지에 실린 그 논문에서 말한 관찰과 추리의 원칙을 일상생활에 적용합니다. 그 밖에 더 궁금한 것이 있습니까?"

"손톱과 트리치노폴리 시가."

나는 말했다.

"벽의 글씨는 검지에 피를 묻혀서 쓴 것이지요. 확대경으로 보니 글씨 아래의 회벽이 약간 긁혔더군요. 글씨 쓴 사람의 손톱이 짧았다면 그런 일은 없었을 겁니다. 그리고 나는 바닥에 흩어진 담뱃재를 모았습니다. 그것은 빛깔이 검고 조각이 얇게 떨어졌는데, 그런 재가 나오는 담배는 트리치노폴리뿐입니다. 사실 나는 담뱃재에 대해 면밀하게 연구해 왔습니다. 그런 주제로 논문을 쓰기도 했지요. 나는 시가든 궐련이든 이름 있는 상표의 담뱃재를 한눈에 구별할 수 있습니다. 내가 생각해도 참으로 대견한 능력이지요. 뛰어난 탐정이 그렉슨이나 레스트레이드 같은 부류와 다른 점은 바로 그런 섬세한 부분이지요."

"그러면 불그레한 얼굴은?"

나는 물었다.

"아, 그건 상대적으로 과감한 추측이었지만 맞을 겁니다. 그렇지만 지금 단계에서는 자세히 말씀드릴 수 없습니다."

나는 손으로 이마를 짚었다.

"아직도 혼란스럽군요. 생각하면 할수록 이상한 일이 한두 가지가 아닙니다. 현장에 있었던 사람이 둘이라면 말이지요, 도대체 그 두 남자는 어떻게 빈집에 들어갈 수 있었던 걸까요? 두 사람을 태워준 마부는 어떻게 됐지요? 어떻게 피살자에게 독을 먹일 수 있었을까요? 그 피는 누가 흘린 것이고? 절도가 목적이 아니었다면 살인 동기는 무엇이었지요? 어째서 여자의 반지가 거기 있었던 겁니까? 무엇보다, 살인범이 도망치기 전에 '라헤'라는 독일어를 써놓은 이유는 뭘까요? 솔직히 말해서 나는 이 모든 사실을 어떻게 설명할 수 있을지 모르겠습니다."

내 친구는 이해한다는 듯 미소를 머금었다.

"박사께선 이 사건의 여러 가지 어려운 점을 일목요연하게 정리해 주셨습니다."

홈즈는 말했다.

"물론 나는 굵은 줄기에 대해서는 이미 판단을 내리고 있지만 아직 밝혀지지 않은 가지도 많이 있습니다. 벽에 쓴 글씨는 범인이 사회주의와 비밀 단체를 암시하여 경찰 수사에 혼선을 빚으려고 했던 장치에 불과합니다. 그건 독일인이 쓴 것이 아니었습니다. 박사께서도 눈치채셨는지 모르겠지만 'A'는 독일식으로 쓰여 있었지요. 하지만 진짜 독일인이었다면 틀림없이 라틴 문자로 썼을 겁니다. 그래서 우리는 그 글씨를 쓴 자가 독일인이 아니라 서투른 흉내쟁이일 뿐이라고 단언할 수 있는 것이지요. 그것은 수사에 혼선을 빚기 위한 술책이었을 뿐입니다. 이제 나는 더 이상 얘기하지 않겠습니다. 아시다시피 마술사의 요령이 드러나면 사람들은 관심을 잃어버리고 말거든요. 나의 수사 방법을 속속들이 알게 되면 박사는 내가 결국 지극히 평범한 인간에 불과하다는 걸 알게 될 겁니다."

"그런 일은 절대 없을 거요."

나는 대답했다.

"홈즈, 당신은 추리를 정밀과학의 경지로까지 끌어올렸습니다."

내 친구의 얼굴이 상기되었다. 내가 진심으로 그런 말을 하는 걸 듣고 마음속으로 흐뭇한 모양이었다. 나는 홈즈가 자신의 방법에 대한 칭찬에 민감하게 반응한다는 사실을 이미 눈치채고 있었다. 그것은 10대 소녀들이 예쁘다는 칭찬에 예민한 것과 같았다.

"그럼 한 가지 더 말씀드리지요."

홈즈는 말했다.

"에나멜 구두와 각진 구두코는 같은 마차를 타고 와서 팔짱이라도 낀 듯이 아주 다정하게 길을 걸어 올라갔습니다. 두 사람은 집 안에 들어가서 방 안을 오락가락했지요. 아니, 에나멜 구두는 가만히 서 있고 각진 구두코가 방 안을 오락가락했다고 말하는 게 정확하겠지요. 나는 그 모든 사실을 먼지 속에서 읽어낼 수 있었습니다. 그리고 나는 각진 구두코가 걷는 동안 점점 흥분했다는 걸 알 수 있었지요. 그것은 보폭이 커진 걸 보면 알 수 있습니다. 그는 무슨 말을 하면서 왔다 갔다 했고, 그러면서 점점 더 화가 났지요. 그러다가 비극적인 사건이 벌어진 것입니다. 나는 지금 알고 있는 사실은 다 털어놓았습니다. 나머지는 단순한 추측과 짐작일 뿐입니다. 그래도 우리에게는 훌륭한 근거가 생긴 셈이니 이걸 바탕으로 수사를 계속해 나가면 됩니다. 이제부턴 서둘러야 합니다. 오늘 저녁때 나는 노만 네루다의 연주를 들으러 할레 음악회에 갈 생각이니까요."

마차가 지저분한 거리와 어두운 골목길을 한없이 지나가는 동안 우리는 이런 대화를 나누었다. 마부는 그중에서도 가장 지저분하고 어두운 동네에서 마차를 세웠다.

"저기가 오들리 코트입죠."

마부는 칙칙한 색깔의 벽돌담 사이에 뚫린 비좁은 틈을 가리키며 말했다.

"돌아오실 때까지 여기서 기다리고 있겠습니다요."

오들리 코트는 기분 좋은 동네는 아니었다. 비좁은 길을 따라 들어가니 포석을 깔아놓은 네모진 마당이 나왔다. 누추한 집들이 사방에 줄지어 서 있었다. 우리는 더러운 아이들과 색 바랜 옷을 걸친 사람들 사이를 헤치고 마침내 '랜스'라는 이름이 새겨진 작은 청동 문패를 달고 있는 46번지 집에 도착했다. 물어보니 순찰 경관은 자고 있었고, 우리는 작은 응접실로 안내되었다.

랜스는 이내 응접실에 모습을 드러냈다. 그는 자다가 불려 나온 것이 못내 불만스러운 듯했다.

"난 사무실에서 벌써 보고를 마쳤소이다."

그는 말했다.

홈즈는 주머니에서 반 파운드짜리 금화를 꺼내 만지작거렸다.

"우리는 직접 얘기를 들어보고 싶어서 왔소."

"기꺼이 말씀드리지요."

경관은 작은 금화를 눈여겨보며 대답했다.

"일이 어떻게 된 건지 자초지종을 설명해 주시오."

랜스는 말털 소파에 앉아서 한 가지도 빼먹지 않고 말하겠다는 듯 이맛살을 찌푸리고 생각을 더듬었다.

"처음부터 말씀드리겠습니다."

그는 말했다.

"제 근무 시간은 밤 10시에서 아침 6시까지입니다. 11시에 화이트 하트에서 싸움이 벌어졌습니다. 그것만 빼면 제 담당 구역은 조용했지요. 1시에 비가 오기 시작했고 저는 해리 머처를 만났습니다. 에, 그 친구는 홀랜드 그로브 구역을 담당하고 있지요. 우리는 헨리에타가의 모퉁이에 서서 잠시 얘기를 나눴습니다. 그러다가 새벽 2시경에 저는 한 바퀴 돌아봐야겠다고 생각하고 길을 나섰지요. 브릭스턴로는 아무 이상 없었습니다. 거기는 유난히 지저분하고 인적이 드문 동네지요. 길을 내려가는 동안 마차가 한두 대 지나갔을 뿐 사람 하나 만나지 못했습니다. 솔직히 말해서 저는 술이라도 한잔 마셨으면 좋겠다는 생각을 하면서 걷고 있었습니다. 그런데 갑자기 그 집 창문으로 불빛이 새어 나오는 게 보였습니다. 저는 로리스턴 가든의 두 집이 비어 있다는 걸 알고 있었지요. 지난번에 거기 살았던 세입자 한 사람이 장티푸스로 죽었는데도 집주인이 하수구를 그냥 방치해 둔 탓이지요. 그래서 저는 창문으로 불빛이 새어 나오는 걸 보고 기겁을 했습니다. 그리고 뭔가 이상하다고 느꼈지요. 저는 그 집 현관 앞까지 갔다가……."

"걸음을 멈추고 도로 정문으로 돌아 나왔겠지."

내 친구가 끼어들었다.

"왜 그런 행동을 했소?"

랜스는 깜짝 놀라서 하얗게 질린 얼굴로 셜록 홈즈를 응시했다.

"그건 사실입니다."

순찰 경관은 말했다.

"하지만 그걸 어떻게 아셨습니까. 그 얘기는 아무한테도 안 했는데. 아무튼 그 집 현관 앞까지 갔는데 사방이 너무 조용하고 어두워서 나는 누군가 곁에 있어줬으면 좋겠다고 생각했습니다. 그런데 그때 장티푸스로 죽은 사람이 생각났습니다. 무덤 이쪽에 있는 사람이라면 무서울 것이 없지만 이 집에서 죽은 사람이 자기를 죽게 만든 하수구를 조사하러 왔을지도 모른다고 생각하니 섬뜩하더군요. 그래서 다시 정문 앞으로 나와서 머처의 랜턴 불빛을 찾아보았지만 아무것도 보이지 않았습니다."

"거리에는 아무도 없었소?"

"아무도 없었습니다. 집 잃은 개 한 마리 없었지요. 그래서 저는 다시 용기를 내서 그 집으로 들어가 현관문을 열었습니다. 집 안은 아주 조용했습니다. 그래서 저는 불빛이 흘러나오는 방으로 들어갔지요. 벽난로 선반 위에는 촛불이 켜져 있었는데 빨간 양초였어요. 그 불빛 아래……."

"알겠소, 당신이 무엇을 보았는지는 다 알고 있소. 당신은 시신을 발견하고 방을 몇 바퀴 돌아본 다음 시신 곁에 쪼그리고 앉았다가, 다시 그 방을 나와서 주방 문을 열어볼까 하다가……."

존 랜스는 겁에 질린 얼굴로 자리에서 벌떡 일어섰다. 그의 두 눈에 의혹의 빛이 스쳤다.

"도대체 당신은 그때 어디에 숨어 있었지?"

그는 외쳤다.

"당신은 알아서는 안 될 것까지 알고 있군."

홈즈는 웃음을 터뜨리며 경관 앞에 명함을 던졌다.

"나를 살인 혐의로 체포할 생각일랑은 하지 마시오. 나는 늑대가 아니라 사냥개의 무리에 속해 있으니까. 그 점에 대해서는 그렉슨과 레스트레이드 씨가 대답해 줄 거요. 자, 계속합시다. 그다음에는 어떻게 했소?"

랜스는 도로 주저앉았지만 의혹이 완전히 풀리지는 않은 듯했다.

"나는 밖에 나가서 호각을 불었소이다. 그 소릴 듣고 머처와 두 경관이 더 달려왔지요."

"그때 길에는 아무도 없었소?"

"그랬지요. 아무튼 멀쩡한 인간이라곤 없었습니다."

"그게 무슨 말이오?"

순경은 피식 웃었다.

"저는 순찰을 돌면서 술 취한 놈을 많이 보았습니다."

그는 말했다.

"하지만 그 자식처럼 엉망으로 취한 놈은 처음 봤습니다. 제가 밖에 나갔을 때 놈은 담벼락에 몸을 기댄 채「콜럼바인의 새로운 깃발」인가 하는 노래를 고래고래 악을 쓰며 불러대고 있었습니다. 놈은 누굴 돕기는커녕 혼자서 똑바로 서 있지도 못하는 상태였지요."

"그자가 어떻게 생긴 자였소?"

셜록 홈즈가 물었다.

존 랜스는 사건과 무관한 이 질문이 다소 불편한 모양이었다.

"놈은 엄청나게 취한 상태였습니다. 그 사건만 아니었다면 우린 그자를 경찰서에 데려다 놓았을 겁니다."

"그자의 얼굴과 옷차림은 보지 못했나?"

홈즈는 안타까운 얼굴로 물었다.

"머처랑 같이 놈을 부축하면서 얼굴을 보긴 한 것 같습니다. 그자는 키가 굉장히 컸습니다. 그리고 얼굴이 붉었지요. 하지만 얼굴 아래쪽을 가리고 있어서……."

"이제 됐소."

홈즈가 소리쳤다.

"그자는 그다음에 어떻게 됐소?"

"우린 그런 인간이 아니라도 할 일이 많았습니다."

경관은 언짢은 목소리로 말했다.

"그자는 집에 무사히 돌아갔을 겁니다."

"그자가 어떤 옷을 입고 있었소?"

"갈색 코트."

"혹시 손에 채찍을 들고 있던가요?"

"채찍? 아니요."

"그건 뒤에 남겨놓고 왔겠지."

내 친구가 중얼거렸다.

"그다음에 마차를 보거나 마차 소리를 들은 적은 없소?"

"예."

"반 파운드예 있소."

내 친구는 벌떡 일어나서 모자를 쓰며 말했다.

"이보시오 랜스, 당신은 앞으로 승진하긴 글렀소. 머리를 그저 장식으로 달고 다니는 게 아니라면 쓸 줄을 알아야지. 당신은 어젯밤에 경사로 승진할 수 있는 기회를 놓쳤소. 당신이 부축했던 그 사내가 이 사건의 열쇠를 쥐고 있소이다. 우리는 지금 그자를 찾고 있소. 하지만 이제 와서 그 일에 대해 왈가왈부해 봤자 아무 소용없고, 나는 그저 사실을 말해 주는 거요. 갑시다, 박사."

우리는 못 미더워하면서도 불편한 기색이 역력한 정보 제공자를 뒤로하고 마차를 향해 걸었다.

"저런 바보 멍청이 같으니!"

마차가 하숙집을 향해 달려가는 동안 홈즈는 쓰디쓴 어조로 내뱉었다.

"하늘이 내려주신 절호의 기회를 놓치다니."

"나는 아직도 잘 이해가 안 됩니다. 간밤의 그 주정뱅이의 인상착의가 살인범에 대한 당신 생각과 신통하게 맞아떨어지는 건 사실입니다. 하지만 범인이 현장을 떠났다가 다시 그 집으로 돌아올 까닭이 뭐란 말입니까? 그건 범인이 할 만한 행동이 아닙니다."

"허허 박사, 그건 반지 때문이오, 반지. 그자가 돌아온 것은 그것 때문이었지요. 만일에 그자를 붙잡을 뾰족한 수가 없다면 우리는 어느 때건 그 반지를 미끼로 쓸 수 있습니다. 나는 그자를 붙잡고 말 겁니다. 나는 2 대 1로 내가 그자를 잡을 거라는 쪽에 걸겠습니다. 어쨌든 이 모든 것에 대해 나는 박사에게 감사합니다. 당신이 아니었다면 나는 그곳에 가지 않았을지도 모르고, 그랬다면 이렇게 멋진 연구 기회를 놓쳤을 겁니다. 이것은 주홍색 (비유적으로 죄악을 상징하는 빛깔 ─옮긴이) 연구입니다. 안 그렇습니까? 나 같은 사람이 예술적인 표현을 좀 쓴다고 해서 안 될 건 없을 겁니다. 삶의 무채색 실 꾸러미 속에, 주홍빛 살인의 혈맥이 면면히 흐르고 있어요. 우리가 할 일은 그 실꾸리를 풀어서 살인의 혈맥을 찾아내어 그것을 가차 없이 드러내는 것입니다. 이제는 가서 점심 식사를 하고 노만 네루다의 공연을 보러 가야겠습니다. 네루다의 운궁법은 정말 기가 막히지요. 그녀가 그렇게 장엄하게 연주하는 쇼팽 곡이 뭐였더라. 트라 라 라 리라 리라 레이."

아마추어 탐정은 마차에 깊숙이 몸을 파묻고 앉아서 종달새처럼 노래 불렀고, 나는 인간 정신의 여러 측면에 대해 깊이 사색했다.

광고를 보고 찾아온 손님

쇠약한 몸으로 아침에 나가 돌아다닌 것이 무리가 되었는지, 오후가 되자 나는 녹초가 되었다. 홈즈가 연주회를 보러 나간 다음, 나는 소파에 길게 누워 잠을 청했다. 그러나 그것은 부질없는 일이었다. 지금까지 있었던 일 때문에 내 마음은 과도한 흥분 상태에 빠졌고, 이상야릇한 생각과 추측이 쉴 새 없이 떠올랐다. 눈을 감을 때마다 피살자의 뒤틀린 원숭이 같은 얼굴이 눈앞에 떠올랐다. 그 얼굴은 너무도 사악한 인상을 주었던 까닭에 그런 얼굴의 소유자를 이 세상에서 제거해 준 사람에게 감사의 정마저 느낄 정도였다. 인간의 얼굴 중에서 가장 무서운 악을 드러내는 얼굴이 있다면, 그것은 클리블랜드의 이노크 J. 드리버의 얼굴이 틀림없다. 나는 정의가 실현되어야 한다는 것, 그리고 아무리 피해자라고 해도 그가 저지른 죄악에 대해 면죄부를 받을 수는 없다는 것을 굳게 믿었다.

생각하면 할수록 드리버라는 신사가 독살당했다는 내 친구의 가설은 괴이하게 느껴졌다. 나는 홈즈가 피살자의 입가에 코를 갖다 대고 냄새 맡던 일을 기억해 냈다. 홈즈는 뭔가 그런 생각을 불러일으킬 만한 점을 탐지해 낸 것이 틀림없었다. 그러나 독이 아니었다면 사인은 무엇이었을까? 시신에는 상처도 목 졸린 흔적도 없었다. 게다가 바닥에 그렇게 흥건하게 고여 있던 피는 누구의 것이었을까? 이 모든 의문이 해결되지 않는 이상, 나도, 홈즈도 쉽게 잠을 잘 수 있을 것 같지 않다는 생각이 들었다. 홈즈의 침착하고 자신감 넘치는 태도를 보면 그가 모든 사실을 다 설명해 줄 수 있는 가설을 세운 것은 분명하지만, 나로서는 아무리 생각해도 그게 무엇인지 알 수 없었다.

홈즈는 아주 늦게 돌아왔다. 몹시 늦은 것으로 보아 연주회에만 갔던 것은 분명히 아니었다. 저녁 식사는 그가 오기 전부터 식탁에 차려져 있었다.

"연주회는 정말 좋았습니다."

홈즈는 자리에 앉으며 말했다.

"다윈이 음악에 대해 뭐라고 했는지 아십니까? 다윈은 인류에게 언어가 생기기 전부터 음악을 만들고 감상할 수 있는 능력이 존재했다고 주장하고 있습니다. 우리가 음악에 대해 그렇게 민감하게 반응하는 것은 아마 그 때문일 겁니다. 이 혼란스러운 세계를 사는 우리들은 아주 아득한 시절에 대한 막연한 향수를 가지고 있는 거지요."

"상상력이 풍부하시군요."

나는 한마디 던졌다.

"사람이 자연을 해석하려면 상상력을 발휘해야 합니다."

그는 대답했다.

"그런데 왜 그러십니까? 몸이 안 좋아 보이는군요. 브릭스턴로 사건 때문에 좀 충격을 받으신 모양입니다."

"솔직히 말하면 그렇습니다."

나는 말했다.

"아프가니스탄 전투까지 경험한 마당에 신경이 좀 더 무뎌져야 할 텐데. 나는 마이완드에서 전우들이 갈가리 찢겨 죽는 모습을 맨정신으로 목도한 사람입니다."

"그 심정을 알 것 같습니다. 이 사건에는 상상력을 자극하는 수수께끼가 있지요. 상상이 없다면 공포는 없으니까요. 오늘 저녁 신문 보셨습니까?"

"아니요."

"그 사건에 대해서 꽤 자세하게 써놓았더군요. 그런데 시체에서 여자 반지가 떨어졌다는 얘기는 없었습니다. 잘된 일이지요."

"어째서요?"

"이 광고를 좀 보십시오."

홈즈는 대답했다.

"오늘 아침에 나는 신문에 이런 광고를 실었습니다."

홈즈는 내게 신문을 건네주었고 나는 그가 가리킨 곳을 바라보았다. 그것은 습득물란에 실린 첫 번째 광고였다.

오늘 아침, 브릭스턴로에서 장식 없는 여성용 금반지 습득. 화이트 하트 태번과 홀랜드 그로브 사이의 도로에서 발견했음. 오늘 저녁 8시에서 9시 사이에 베이커가 221B번지, 왓슨 박사를 찾아올 것.

"실례지만 박사의 이름을 빌렸습니다."

홈즈는 말했다.

"내 이름을 쓰면 그 돌대가리 수사관들이 알아보고 참견하려고 할 것 같아서요."

"괜찮습니다."

나는 대답했다.

"하지만 누가 정말 찾아오면 어떻게 하지요? 나한테는 반지가 없는데요."

"아, 여기 준비해 놓았습니다."

그는 반지 하나를 내밀었다.

"이 정도면 될 겁니다. 거의 비슷하니까요."

"그런데 이 광고를 보고 누가 정말로 찾아올 거라고 생각하십니까?"

"그럼요. 그 갈색 코트의 사내, 각진 구두코에 얼굴이 불그레한 친구 말입니다. 그 친구가 직접 오지 않는다면 공범이라도 보내올 겁니다."

"그런데 그자는 그렇게까지 하는 게 너무 위험하다고 생각하지 않을까요?"

"전혀 그렇지 않을 겁니다. 만일 내 관점이 옳다면, 그리고 나한테는 그렇게 믿을 만한 이유가 있는데, 그 사내는 반지를 되찾기 위해서라면 어떤 위험이라도 무릅쓸 겁니다. 내 추측에 따르면 그는 드리버의 시신 위로 몸을 굽혔을 때 반지를 떨어뜨렸어요. 그런데 그때는 그걸 몰랐지요. 그는 나중에 반지가 없어졌다는 사실을 알고 부랴부랴 반지를 찾으러 갔지만 그때는 이미 경찰이 그 집을 장악한 상태였지요. 그것은 그가 실수로 촛불을 켜놓고 나갔기 때문이었습니다. 그 집 문 앞에서 그는 경찰의 의심을 사지 않기 위해 취한 척해야 했습니다. 이제 입장을 바꿔놓고 생각해 보십시오. 그자는 반지를 잃어버린 일에 대해 골똘히 생각하다가, 그 집을 나온 뒤에 길에서 잃어버렸을지도 모른다는 생각을 했을 겁니다. 그러면 그다음에 어떻게 할까요? 그자는 신문의 습득물란을 열심히 찾아볼 겁니다. 물론 그는 이 광고를 보고 눈이 번쩍 뜨이겠지요. 기뻐 어쩔 줄 모를 겁니다. 함정일지도 모른다고 의심할 이유가 어디 있겠습니까? 그가 보기에 반지와 살인 사건을 결부시켜서 생각할 만한 이유가 전혀 없을 테니까요. 그자는 올 겁니다. 반드시. 우린 한 시간 안에 그자의 얼굴을 보게 될 겁니다."

"그자가 오면 어떻게 하지요?"

나는 물었다.

"아, 그다음 일은 나에게 맡겨두십시오. 그런데 무기는 갖고 계신가요?"

"오래된 군용 리볼버 하나와 탄약통이 몇 개 있습니다."

"그러면 총을 소제해서 장전해 놓는 게 좋겠습니다. 그자는 세상에 무서운 것이 없는 인간이니까요. 물론 나는 그자를 덮칠 겁니다. 그래도 철저하게 대비하는 게 좋지요."

나는 침실로 가서 홈즈가 말한 대로 했다. 내가 권총을 갖고 거실에 돌아갔을 때, 식탁은 치워져 있었고, 홈즈는 예의 바이올린 긁는 일에 심취해 있었다.

"얘기가 점점 재미있어지는군요."

내가 들어서자 홈즈가 말했다.

"방금 미국에서 답신이 왔습니다. 내가 세운 가설이 옳아요."

"대관절 그게 어떤?"

나는 흥분을 감추지 못했다.

"바이올린 줄을 갈아줘야겠어요."

그가 말했다.

"권총은 주머니에 넣어두십시오. 그자가 왔을 때 낌새를 채게 해서는 안 됩니다. 그냥 얘기만 하세요. 나머지는 나한테 맡겨두시고요. 그자를 너무 자세히 쳐다봐서 혹여 놀라게 하는 일이 없도록 해야 합니다."

"이제 8시가 됐군요."

나는 시계를 흘끗 쳐다보며 말했다.

"그렇군요. 그자는 아마 몇 분 안에 여기 올 겁니다. 문을 좀 열어놓으세요. 그 정도면 됐습니다. 이제 열쇠는 그 안에 넣어두시고요. 감사합니다! 이건 제가 어제 서가에서 골라낸 특이한 고서적입니다. 『국가 간의 정의』라는 건데, 로랜즈의 리에주에서

라틴어로 출판된 책입니다. 이 갈색 표지의 조그마한 책이 나온 것은 1642년, 찰스 1세의 머리가 아직도 목에 단단히 붙어 있을 때였습니다."

"출판인은?"

"필립 드 코이, 이 사람이 도대체 어떤 인물이었는지는 모르 겠지만 말입니다. 표지 안쪽에는 색 바랜 잉크로 '윌리엄 휘테의 장서'라고 쓰여 있지요. 도대체 윌리엄 휘테가 누구였을까요. 나 는 17세기의 실용주의 변호사였을 거라고 추측하고 있지요. 그 필체에선 법률가 냄새가 나니까요. 앗, 그자가 오는 것 같습니다."

홈즈가 말하는데 초인종 소리가 요란하게 울렸다. 셜록 홈즈는 살그머니 일어나 의자를 문 쪽으로 밀었다. 하녀가 문으로 나가 빗장을 여는 소리가 들렸다.

"왓슨 박사님이 여기 사시오?"

또렷하지만 목쉰 듯한 소리가 들려왔다. 하녀의 대답 소리는 들리지 않았지만 문이 닫혔고, 누군가 계단을 오르기 시작했다. 걸음걸이가 질질 끄는 듯했다. 유심히 귀 기울이던 홈즈의 얼굴 에 당혹스러운 표정이 스쳐 갔다. 발소리는 천천히 복도를 걸어 왔다. 힘없이 문 두드리는 소리가 들렸다.

"들어오세요."

나는 소리쳤다.

방에 들어온 사람은 우리의 기대와는 달리 기운찬 사내가 아 니라 발을 절룩거리는 주름투성이 노파였다. 노파는 갑자기 환 한 불빛 속에 들어와 눈이 부신 듯, 무릎을 구부려 인사한 뒤, 우릴 향해 흐린 눈을 깜빡이며 부들부들 떨리는 손으로 주머니를 뒤졌다. 홈즈를 흘끗 바라보니 그는 인상을 잔뜩 구기고 있었다. 내가 할 수 있는 일이라곤 최선을 다해 아무렇지도 않은 척하고 있는 것뿐이었다.

노파는 석간신문을 꺼내 우리가 낸 광고를 가리켰다.

"마음 좋으신 신사분네, 이 할망구가 온 건 이것 때문이라오."

노파는 다시 한번 무릎을 구부려 인사했다.

"브릭스턴로의 결혼 금반지 말이우. 그건 이달에 결혼한 지 꼭 1년 되는 우리 딸 샐리 거라우. 그년의 남편은 유니언호에서 급사 노릇을 하고 있는데, 그놈이 배에서 내려 제 마누라를 찾아왔다가 그 반지가 없어진 걸 알면, 어이구, 그다음엔 나도 어떻게 될지 모르겠수. 그놈은 맨정신일 때도 성질이 급한데, 거기다 술까지 처먹어놓으면 말이우. 아, 글쎄, 어젯밤에 그년이 서커스 구경을 갔다가……."

"이게 따님의 반지가 맞습니까?"

나는 물었다.

"아이고, 감사합니다!"

노파는 호들갑을 떨었다.

"샐리란 년은 복도 많지. 바로 이게 그 반지라우."

"주소가 어떻게 되십니까?"

나는 연필을 집어 들고 물었다.

"하운즈디치 던컨가, 13번지. 여기서는 하품이 나올 만큼 멀다우."

"서커스가 벌어지는 곳 어디에서도 하운즈디치로 이어지는 길 중에 브릭스턴로는 없습니다."

셜록 홈즈가 날카롭게 말했다.

노파는 고개를 돌리고 눈자위가 불그스레한 작은 눈으로 홈즈를 노려보았다.

"이 신사분이 물은 건 이 할망구의 주소 아니우."

노파는 말했다.

"샐리란 년은 펙햄, 메이필드 플레이스, 3번지에 산다우."

"그런데 할머니 성함은?"

"나는 성씨가 소여고, 그년은 데니스라우. 톰 데니스하고 결혼했으니까. 그놈이 그래 봬도 똑똑하고 일하는 건 깔끔하다우. 바다에 나가 있을 때는 말이우. 회사에서 그놈 이상 가는 급사는 없을걸. 그런데 이놈이 육지로 나오기만 하면 여자에, 술에……."

"소여 할머니, 반지 여기 있습니다."

나는 내 친구의 신호에 따라, 노파의 말허리를 자르고 말했다.

"이건 따님 물건이 틀림없으니까 기쁘게 돌려드리지요."

노파는 입속말로 감사와 축복의 말을 쏟아내며 반지를 주머니에 넣고 복도를 절름절름 내려갔다. 셜록 홈즈는 노파가 방을 나가자마자 벌떡 일어서서 자신의 방으로 달려갔다. 그리고 잠시 후 두꺼운 더블 코트와 스카프로 몸을 감싼 채 나타났다.

"저 할멈의 뒤를 쫓아야겠습니다."

홈즈는 급하게 말을 이었다.

"할멈은 같은 패거리임에 틀림없어요. 뒤를 따라가면 놈을 잡을 수 있을 겁니다. 갔다 올 테니 기다려주십시오."

1층 현관문이 닫히는 소리가 났을 때 홈즈는 벌써 계단을 내려가고 있었다. 창문으로 내다보니 노파는 길 건너편을 힘없이 걷고 있었고, 홈즈는 약간의 거리를 두고 그 뒤를 쫓았다. 나는 마음속으로 생각했다.

'홈즈의 가설이 틀리지만 않는다면 이제 드디어 수수께끼가 풀리겠군.'

홈즈는 내게 기다려달라고 말할 필요도 없었다. 어떻게 됐는지 얘기를 듣기 전까지는 잠이 올 것 같지가 않았으니까.

그가 집에서 나간 것은 9시가 다 돼서였다. 시간이 얼마나 걸릴지 알 수 없었지만, 나는 멍하니 앉아서 파이프 담배를 피우며 앙리 뮈르제르의 『보헤미안의 생활』을 뒤적거렸다. 밤 10시가 지나자 하녀가 방문 앞을 지나 침실을 향해 종종걸음 치는 소리가 들렸다. 밤 11시, 하숙집 주인아주머니의 묵직한 발소리가 방문 앞을 지나 침실 쪽으로 가는 것이 들렸다. 현관문에서 날카롭게 열쇠 돌아가는 소리가 난 것은 거의 자정이 가까운 시각이었다. 홈즈가 방에 들어온 순간 나는 그의 얼굴을 보고 일이 잘못됐다는 사실을 깨달았다. 홈즈는 우습기도 하고 분하기도 한 듯 어쩔 줄 모르다가 잠시 후 미친 사람처럼 웃기 시작했다.

"무슨 일이 있어도 런던 경찰국 형사들한테는 이 일을 비밀로 해야겠습니다."

그는 의자에 털썩 앉으며 소리쳤다.

"그 사람들을 그렇게 놀려댔는데 어떻게 이런 얘기를 할 수 있겠습니까? 그래도 이렇게 웃을 수 있는 건, 나는 결국 그들을 제칠 수 있다는 것을 알고 있기 때문이지요."

"도대체 어떻게 된 겁니까?"

나는 물었다.

"허허, 나는 나한테 불리한 얘기라도 솔직히 털어놓을 수 있습니다. 그 할멈은 다리를 절룩거리면서 온갖 흉물을 다 떨더니 금방 지나가는 사륜마차를 세우더군요. 나는 할멈이 어떤 주소를 대는지 들어보려고 최대한 따라붙었지만 그렇게 안달할 필요도 없었지요. 할멈은 길 건너까지 들릴 만큼 큰 소리로 고함을 질렀으니까요. '하운즈디치, 던컨가, 13번지로 가주게!' 나는 그 주소가 진짜 맞나 보다고 생각하고 할멈이 마차에 탄 걸 확인한 다음에 마차 뒤에 달라붙었습니다. 탐정이라면 누구나 그런 기술을 갖고 있지요. 그리고 마차는 출발했습니다. 목적지에 도착할 때까지 마부가 말고삐 한 번 당긴 적이 없습니다. 나는 그 집 문 앞에 도착하기 직전에 마차 뒤에서 뛰어내린 다음 모르는 척하고 길을 내려갔지요. 마차가 서는 게 보이더군요. 마부가 뛰어내려서 문을 열고 손님이 내리기를 기다렸습니다. 그런데 할망구가 안 내리는 거예요. 가까이 가보니 마부가 텅 빈 마차 안을 미친 듯이 뒤지면서 별의별 욕을 다 퍼붓고 있더군요. 할멈은 흔적도 없이 사라졌습니다. 마부는 요금도 받지 못한 것 같더군요. 13번지에 가서 물어보니 집주인은 케스윅이라는 점잖은 표구업자였고, 소여나 데니스라는 사람에 대해서는 알지도 못한다고 하더군요."

"아니 그러면, 다리를 저는 그 힘없는 할머니가 달리는 마차에서, 그것도 마부나 당신에게 들키지 않고 뛰어내렸다는 겁니까?"

나는 깜짝 놀라 외쳤다.

"할머니는 무슨 얼어 죽을 할머니!"

셜록 홈즈는 날카롭게 말했다.

"속아 넘어간 할머니는 바로 우리였지요. 그자는 젊은 놈이었을 겁니다. 그것도 아주 힘이 좋은 치였어요. 그뿐입니까? 전문 배우 뺨치는 연기력에, 분장은 가히 최고의 솜씨였지요. 그자는 자기가 미행당한다는 사실을 알고 나를 따돌리기 위해 그런 수를 쓴 게 분명합니다. 어쨌든 우리가 쫓는 자는, 우리 생각과 달리 혼자가 아닌 것이 틀림없어요. 그자에겐 위험을 무릅쓰고라도 도움의 손길을 내밀 친구들이 많은 겁니다. 그런데 아주 피곤해 보이시는군요. 어서 들어가서 주무십시오."

정말 몹시 피곤했으므로 나는 그의 말을 따랐다. 홈즈는 오랫동안 자지 않고 연기 나는 난로 앞에 앉아 있었다. 나는 저음의 구슬픈 바이올린 소리가 흘러나오는 걸 듣고 그가 여전히 이 기묘한 사건에 대해 반추하고 있음을 알았다.

토비아스 그렉슨, 능력을 과시하다

다음 날 신문에는 '브릭스턴 수수께끼'라고 명명된 사건에 관한 기사가 일제히 실렸다. 어느 신문에나 장문의 사건 기사가 실렸고, 일부 신문에선 그에 관한 사설까지 덧붙였다. 신문 기사에는 내가 미처 몰랐던 새로운 정보도 들어 있었다. 나는 그 사건에 대한 기사를 여러 개 철해 놓았다. 그중 몇 가지를 요약해 보면 다음과 같다.

《데일리 텔레그래프》는 그동안 범죄의 역사에서 외국인이 등장한 사건은 거의 없었다는 사실을 지적했다. 피살자의 이름(이노크)이 독일식이라는 점, 뚜렷한 동기가 없다는 점, 그리고 벽에 남겨진 섬뜩한 글씨 등을 종합하여 정치적 망명객이나 혁명가에 의한 범행 쪽에 무게를 두었다. 미국에는 수많은 사회주의 조직이 있는데, 피살자는 그 조직의 불문율을 어겨서 이곳까지 추적당한 것이 틀림없다고 했다. 그리고 이 신문에선 중세의 비밀 법정 벰게리히트, 서서히 효과를 발휘하는 독약 아쿠아 토파나, 카르보나리당, 프랑스의 악명 높은 여자 살인마 브랭빌리에, 다윈 이론, 맬서스의 인구 법칙, 래트클리프 하이웨이 살인 사건 등을 장황하게 언급하고 난 뒤, 정부를 준절하게 꾸짖는 한편 영국 내의 외국인에 대한 철저한 감시를 주장하는 것으로 결론을 내렸다.

《스탠더드》는 이러한 종류의 무법 행위는 주로 자유주의 정부 하에서 일어난다는 사실을 지적했다. '이러한 사건은 대중이 정신적으로 혼란스럽고, 그에 따라 모든 권위가 약해지는 때에 발생된다. 피살자는 런던에 몇 주 동안 체류했던 미국인 신사였다. 그는 캠버웰의 토키 테라스에 소재한 마담 차펜티어의 하숙집에서 머물렀다. 그리고 개인 비서인 조셉 스탠거슨 씨와 함께 여행에 나섰다. 이 두 사람은 지난 화요일, 하숙집 여주인에게 작별을 고하고 리버풀행 급행열차를 탈 거라며 유스턴 역으로 떠났다. 나중에 이들은 기차역에서 목격되었다. 그러나 앞서 보도된 대로 드리버 씨가 유스턴에서 한참 떨어진 브릭스턴로의 빈집에서 시체로 발견되기까지, 그 뒤 이 두 사람의 행적에 대해서는 알려진 바가 없다. 드리버 씨가 어떻게 그곳에 갔는지, 혹은 어떻게 범인과 만났는지는 아직도 오리무중이다. 스탠거슨의 행방에 대해서도 아직 밝혀진 바가 없다. 런던 경찰국의 레스트레이드 씨와 그렉슨 씨 두 사람이 사건에 투입됐다니 다행스럽기 짝이 없는 일이다. 명성이 높은 이들 두 형사가 빠른 시일 내에 사건의 전모를 밝혀낼 것으로 기대된다.'

《데일리 뉴스》는 이번 사건이 정치적인 범죄임에 틀림없다고 단정했다. '자유주의의 독선과 증오가 유럽 여러 나라의 정부를 자극하면서 영국 해안으로 수많은 사람들이 몰려들게 되었다. 이들은 그동안 겪은 쓰라린 체험에 대한 기억만 아니라면 훌륭한 시민이 되었을 사람들이다. 그런데 이들 집단에는 엄격한 내부 규정이 있는데 이것을 어긴 벌은 죽음이다. 현재 비서 스탠거슨 씨를 찾아내고, 피살자에 관한 자세한 정보를 수집하기 위해 다각도로 수사가 진행 중이다. 피살자가 하숙했던 집의 주소를 밝혀낸 것은 수사상의 큰 진전이라 아니할 수 없다. 이것은 전적으로 런던 경찰국 소속 그렉슨 씨의 날카로운 통찰과 노력에 힘입은 것임을 밝혀둔다.'

셜록 홈즈와 나는 아침 밥상머리에서 같이 이런 기사들을 읽어나갔다. 그는 이 기사들을 상당히 재미있어하는 듯했다.

"내가 말하지 않았습니까? 일이 어떻게 되든지 간에, 점수를 따는 쪽은 레스트레이드와 그렉슨이라고요."

"그건 일이 어떻게 되느냐에 따라 달라집니다."

"허허, 아니요. 그런 건 전혀 중요하지 않습니다. 범인을 잡으면 두 사람의 노력 '덕분'입니다. 그러나 범인을 놓치면, 두 사람의 노력에도 '불구하고'가 되는 거지요. 실속을 차리는 건 저 두 사람입니다. 그들은 무슨 일을 하든 추종자에 둘러싸여 있을 테니까요. '바보에게는 항상 그에 대해 감탄하는 더 큰 바보가 있다.'라는 프랑스어 속담이 있죠."

"도대체 저게 무슨 소리지요?"

바로 그때 아래층 홀에서 어지럽게 들려오는 여러 사람의 발소리를 듣고 나는 외쳤다. 여럿이서 우당탕퉁탕 계단을 올라오는 소리와 함께 하숙집 주인이 질색하는 소리가 들려왔다.

"베이커가 특공대입니다."

내 친구가 정색을 하고 말했다. 그의 말이 끝나기가 무섭게 방문이 벌컥 열리더니 누더기를 입은 부랑아 대여섯이 들이닥쳤다.

"차렷!"

홈즈는 날카로운 목소리로 외쳤고, 지저분하기 짝이 없는 어린 양아치 여섯 명이 더러운 조각상처럼 일렬로 서서 부동자세를 취했다.

"앞으로는 보고할 것이 있으면 위긴스만 올려 보내고 너희들은 길에서 기다려야 한다. 위긴스 어때, 알아냈나?"

"아직 못 알아냈습니다, 선생님."

그중 하나가 말했다.

"그럴 줄 알았다. 계속 알아봐라. 활동비는 여기 있다."

홈즈는 1실링씩 나누어주었다.

"자, 이제 가봐라. 다음번에는 좀 더 나은 보고를 하도록."

홈즈가 손짓하자 부랑아들은 쥐새끼처럼 복도를 뛰어내려 갔다. 곧 거리에서 시끌벅적하게 떠드는 소리가 들려왔다.

"저런 어린 거지 하나가 경찰 대여섯 명보다 더 많은 일을 할 수 있답니다."

홈즈는 말했다.

"사람들은 대개 제복 입은 사람만 봐도 입을 다뭅니다. 하지만 저런 아이들은 안 가는 데가 없고 못 듣는 얘기가 없습니다. 게다가 눈치 하나는 비상하지요. 저런 아이들을 조직해 놓으면 그 다음부터는 저절로 알아서 굴러갑니다."

"이 브릭스턴 사건에서 저 아이들의 힘을 빌리는 겁니까?"

나는 물었다.

"그렇지요. 꼭 확인하고 싶은 점이 하나 있어서요. 그걸 밝혀내는 것은 시간문제입니다. 아이쿠! 이제는 아주 새로운 소식을 듣게 되겠군요! 저기 그렉슨이 희색이 만면한 얼굴로 오고 있습니다. 우릴 찾아온 게 분명해요. 그러면 그렇지, 바로 이 앞에서 걸음을 멈추는군요. 자, 다 왔습니다!"

초인종 소리가 요란하게 울리는가 싶더니 금발의 형사가 한번에 세 계단씩 뛰어올라 와 거실에 들이닥쳤다.

"마침 집에 계시는군."

그렉슨은 큰 소리로 외치며 홈즈에게 달려들어 손을 덥석 잡았다.

"축하해 주시구려! 내가 모든 것을 깨끗이 밝혀냈소."

표정이 풍부한 내 친구 얼굴에 불안의 그림자가 스쳐 지나가는 듯했다.

"드디어 가닥을 제대로 잡았다는 얘깁니까?"

그가 물었다.

"가닥을 제대로 잡았느냐고? 아니요, 선생, 우린 범인을 체포했소이다."

"범인의 이름은?"

"아서 차펜티어, 대영제국 해군 중사요."

그렉슨은 가슴을 쭉 펴고 만족스러운 듯 통통한 두 손을 마주 비볐다.

셜록 홈즈는 안도의 한숨을 내쉬며 씩 웃고는 말했다.

"이리 앉으셔서 담배 한 대 태우시지요. 어떻게 그런 일을 해냈는지 정말 궁금합니다. 위스키를 좀 갖다 드릴까요?"

"그거 좋지."

형사가 대답했다.

"어제부터 정신없이 돌아다녔더니 이제는 녹초가 되었소이다. 선생도 알다시피, 육체적으로 힘들어서라기보다는 정신적인 긴장 때문에 그렇지요. 셜록 홈즈 선생, 우린 다 같은 정신 노동자 아니오? 선생은 아마 내 말을 이해할 거요."

"과분한 말씀이십니다."

홈즈는 정색을 하고 말했다.

"그런데 어떻게 그렇게 만족스러운 결과를 얻어냈는지 한번 얘기를 들어볼까요?"

형사는 안락의자에 앉아서 흡족하게 시가를 빨았다. 그러다 갑자기 손바닥으로 허벅지를 찰싹찰싹 때리며 웃어대기 시작했다.

"아무리 생각해도 웃기는 건……."

그가 외쳤다.

"저 바보 같은 레스트레이드 일이오. 그 친구는 자기가 굉장히 똑똑한 줄 아는데, 지금 완전히 헛다리를 짚었소이다. 그 친구는 사건과 아무 상관 없는 비서 스탠거슨을 뒤쫓고 있소. 아마 지금쯤은 틀림없이 그를 잡았을 거요."

그렉슨은 생각만 해도 우스운지 숨이 막히도록 웃어댔다.

"그러면 당신은 어떻게 단서를 잡았습니까?"

"아, 선생, 내가 말해 주리다. 물론, 왓슨 박사도 들으셔야지. 이 얘기는 어디 가서 절대로 발설하지 마시오. 내가 제일 처음 부딪친 어려움은 피살된 미국인의 신원을 밝혀내는 일이었소. 어떤 사람들은 신문 광고를 보고 연락이 오거나 누가 제 발로 걸어와서 정보를 줄 때까지 기다렸을 거요. 하지만 그건 이 토비아스 그렉슨의 방식이 아니거든. 선생은 피살자의 옆에 있던 그 모자를 기억하시오?"

"그렇습니다. 캠버웰로, 129번지, 존 언더우드 앤드 선즈 제모점에서 만든 모자였지요."

홈즈가 말했다.

그러자 그렉슨은 어쩐지 풀이 죽은 듯했다. 그가 말했다.

"선생도 그걸 보았을 줄은 몰랐소. 거길 가보셨소?"

"아니요."

"저런!"

그렉슨은 안심한 목소리로 외쳤다.

"기회를 놓치셨구려. 선생 눈에는 그게 별로 중요해 보이지 않았던 모양이오."

"위대한 정신에 중요하지 않은 것은 없습니다."

홈즈는 설교 조로 말했다.

"에, 나는 언더우드 제모점에 갔었소. 그리고 주인한테 이러저

러하게 생긴 모자를 판 적이 있느냐고 물었지요. 주인은 장부를 뒤지더니 금세 그걸 찾아냈소. 알고 보니 그 모자는 토키 테라스의 차펜티어 하숙집에 머무는 드리버 씨에게 배달됐더군요. 그렇게 해서 나는 하숙집 주소를 입수했던 거요."

"비상하군요. 정말 비상해요!"

셜록 홈즈가 중얼거렸다.

"나는 그다음에 차펜티어 부인을 찾아갔소."

형사는 말을 계속했다.

"부인은 창백한 얼굴에 몹시 지쳐 보였소. 딸도 그 옆에 있었는데 보기 드물게 아름다운 소녀더군요. 내가 말을 꺼내는데 딸의 눈자위가 붉어지더니 입술이 떨립디다. 나는 그걸 놓치지 않았소. 나는 뭔가 있다는 걸 냄새 맡은 거요. 셜록 홈즈 선생, 선생도 아시겠지만 제대로 된 단서를 포착하면 어떤 전율 같은 것이 느껴지잖소? '최근에 이 집에서 머물렀던 클리블랜드의 이노크 J. 드리버 씨가 의문의 죽임을 당한 사실을 알고 계십니까.' 나는 이렇게 물었소.

부인이 고개를 끄덕이더군요. 부인은 한마디도 할 수 없는 상태인 것 같았소. 딸은 울음을 터뜨렸지요. 나는 두 모녀가 단순히 드리버 씨의 죽음 때문에 놀라서 그러는 것만은 아니라는 걸 감 잡았소. '드리버 씨가 몇 시에 기차를 타러 떠나셨습니까?' 나는 이렇게 물었소.

'저녁 8시요.' 부인은 동요를 숨기려고 애쓰며 말했소. '비서인 스탠거슨 씨는 저녁 9시 15분 기차와 11시 기차가 있다고 했지

요. 그런데 9시 15분 기차를 타겠다고 하더군요.'

'그러면 그분을 마지막으로 본 것이 그때였습니까?' 내가 그렇게 질문했을 때 부인의 얼굴이 무섭게 변했소. 얼굴이 완전히 납빛으로 되더군. 부인은 잠시 뜸들이다가 목이 쉰 듯 부자연스러운 목소리로 '예.'라는 한마디를 간신히 토해 냈소. 그리고 잠시 침묵이 흘렀소이다. 그러다가 딸이 침착한 목소리로 또박또박 이야기했소.

'엄마, 그런 거짓말은 도움이 되지 않아요.' 딸이 이렇게 말했소이다. '우리, 이 신사분에게 솔직히 말씀드려요. 드리버 씨는 여기 다시 왔잖아요.'

'오, 하느님!' 차펜티어 부인은 두 손을 번쩍 들고 의자에 몸을 기대며 외쳤소이다. '네가 오빠를 죽이려 드는 거냐.'

'오빠를 위해서라면 진실을 말하는 게 나아요.' 딸은 단호하게 대답했소.

'사실 그대로 털어놓는 게 가장 좋습니다.' 나는 말했소. '반만 털어놓는 것은 아예 얘기를 안 하느니만 못하지요. 게다가 부인은 우리가 사실을 어디까지 파악하고 있는지도 모르시잖습니까.'

'앨리스! 이건 네 책임이다!' 부인은 이렇게 소리치고 나를 바라보았소. '형사님, 다 말씀드리겠습니다. 제가 우리 아들 때문에 이렇게 걱정하는 것은 그 녀석이 끔찍한 짓을 저질렀을지도 모른다고 생각하기 때문은 아니니까, 절대로 오해하지 마십시오. 개한테는 아무 죄도 없습니다. 하지만 형사님의 눈을 보고, 다른 사람들의 눈을 보니 그 애가 다칠 수도 있겠구나 하는 생각이 들어서 무섭습니다. 하지만 그건 절대로 있을 수 없는 일이에요. 그 애의 고결한 인격과 군인이라는 신분, 바른 행실을 생각해 보면 도저히 그럴 수는 없습니다.'

'가장 좋은 것은 모든 사실을 깨끗이 털어놓는 겁니다.' 나는 대답했소. '부인의 얘기를 들어보고, 아드님이 결백하다는 게 분명하면 아무 일도 없을 겁니다.'

'애야, 넌 나가 있어라.' 엄마가 말하자 딸은 방을 나갔지요. '형사님, 저는 형사님한테 이런 얘기를 다 털어놓을 생각이 없었습니다. 하지만 우리 가엾은 딸이 말해 버렸으니 할 수 없군요. 일단 말하기로 결심했으니까, 사소한 것이라도 빠뜨리지 않고 다 말씀드리겠어요.'

'현명하십니다.' 나는 이렇게 말해 주었소.

'드리버 씨는 거의 3주 동안 여기서 지냈습니다. 비서 스탠거슨 씨와 동행했는데, 여기 오기 전에 유럽 여행을 다녀다고 하더군요. 그분들의 가방마다 코펜하겐 꼬리표가 붙어 있는 것으로 보아 마지막 기착지가 그곳이었던 것 같았습니다. 스탠거슨은 조용하고 점잖은 사람이었지만 드리버 씨는, 이런 말을 해서 안 됐지만 완전히 정반대였답니다. 드리버 씨는 태도가 거칠고 사람됨이 상스러웠어요. 이 집에 온 날 저녁부터 술을 마시고 무례하게 굴었지요. 낮 12시 이후에는 거의 맨정신으로 있는 법이 없었고 여자 하인들을 보면 집적대면서 희롱하는 게 일이었답니다. 제일 나쁜 것은 우리 딸 앨리스에게도 점점 똑같은 행동을 하게 됐다는 거였지요. 그 사람은 딸에게 몇 번인가 추잡한 말을 했지만 다행히도 우리 아이가 너무 순진해서 그 말을 못 알아들었지요. 한번은 그 애의 팔을 잡아당기며 껴안기도 했답니다. 그 무도한 행동을 보고 비서 양반이 신사답지 못한 행동이라고 주인을 나무라기까지 했지요.'

'그런데 왜 참고 계셨습니까.' 내가 물었소이다. '어느 때건 하숙인을 내보낼 수 있었을 텐데요.'

차펜티어 부인은 내가 단도직입적으로 질문하자 얼굴을 붉혔소. '저는 그 인간이 여기 온 날부터 당장 쫓아내고 싶었습니다.' 부인은 말했소. '하지만 유혹이 너무 컸답니다. 하숙비가 1인당 하루 1파운드씩, 1주일이면 14파운드였지요. 그런데 요즘은 비수기잖아요. 과부의 몸으로 해군에 있는 아들 치다꺼리에 돈이 좀 많이 들어야지요. 그놈의 돈이 원수지요. 저는 꾹 참고 최선을 다했습니다. 하지만 우리 딸한테 그러는 걸 보고 이제는 끝이다 싶어서 당장 나가달라고 했지요. 드리버 씨가 이 집을 나간 것은 그래서였습니다.'

'그런데요?'

'그 인간이 마차를 타고 떠나는 걸 보니 속이 시원하더군요. 우리 아들은 그때 마침 휴가를 나왔는데 저는 아들한테는 입도 뻥긋하지 않았습니다. 그 애는 성격이 불같은 데다가 제 누이동생을 끔찍이 위하거든요. 두 사람을 보내고 문을 닫고 돌아서는데 10년 묵은 체증이 내려가는 듯했습니다. 휴, 그런데 한 시간도 안 돼서 초인종 누르는 소리가 들렸습니다. 드리버 씨가 돌아왔어요. 그 사람은 잔뜩 흥분해 있는 데다가 술 때문에 제정신이 아닌 것 같았습니다. 그 사람은 억지로 집 안으로 밀고 들어와 저와 제 딸이 앉아 있던 방에 들어와서는 기차를 놓쳤다는 둥 횡설수설하더군요. 그러더니 딸한테 같이 가자고 했습니다. 제 엄마가 보는 앞에서 말이에요. '넌 다 컸다.' 그 인간이 그러더군요. '그러니 법적으로는 전혀 하자가 없단 말이다. 이 아저씨한텐 돈이 많단다. 여기 있는 할망구한테는 신경 쓸 거 없으니까 나랑 가자. 내가 공주처럼 살게 해줄 테니.' 불쌍한 딸애가 겁에 질려서 꼼짝 못하고 있는데 그놈이 딸애의 손목을 틀어쥐고 강제로 문 쪽으로 끌고 가기 시작했습니다. 나는 비명을 질렀고, 그때 아들 아서가 방 안으로 들어왔지요. 그다음에는 어떻게 됐는지 모르겠습니다. 욕지거리, 치고받고 하는 소리가 들렸지요. 난 너무 무서워서 고개를 들 수가 없었어요. 내가 눈을 들었을 때는 아서가 손에 지팡이를 들고 문 앞에서 웃고 있었어요. '저 자식이 다시는 우릴 괴롭히는 일이 없을 거예요.' 아들은 말했지요. '그래도 저 자식이 무슨 짓을 하는지 쫓아가봐야겠어요.' 아들은 그렇게 말하고 모자를 쓰고 거리로 뛰어나갔습니다. 그리고 다음 날 우리는 드리버 씨가 의문의 죽임을 당했다는 얘길 듣게 되었지요.'

차펜티어 부인은 숨을 헐떡이면서 간신히 이런 얘기를 했소. 어떤 때는 목소리가 너무 작아서 무슨 말인지 알아듣기 힘들 때도 있었소. 하지만 나는 부인의 말을 전부 속기로 기록해 뒀소이다. 그러니까 틀릴 리는 없을 거요."

"정말 재미있는 얘기군요."

셜록 홈즈는 하품을 하며 말했다.

"그다음에는 어떻게 됐지요?"

"차펜티어 부인이 이야기를 끝냈을 때……."

형사는 말을 계속했다.

"나는 이 순간이 사건 해결에 얼마나 중요한지를 깨달았소. 나는 부인의 눈을 똑바로 쳐다보고(이 방법은 여자들한테는 항상 잘 먹혀들거든.) 아들이 집에 온 시간이 몇 시인지 물었소이다.

'모르겠어요.' 부인은 말했소.

'모른다고요?'

'모릅니다. 그 애는 현관 열쇠를 갖고 있어요. 그래서 어느 때건 마음대로 집에 드나들 수 있지요.'

'아드님이 돌아온 건 부인이 잠자리에 든 다음이었나요?'

'예.'

'부인이 자러 간 시간이 몇 시쯤이었지요?'

'11시쯤.'

'그러면 아드님은 적어도 두 시간은 밖에 나가 있었군요?'

'예.'

'새벽 4시나 5시쯤에 들어왔나요?'

'예.'

'아드님은 그동안 무엇을 했지요?'

'모르겠어요.' 부인은 입술까지 하얗게 질린 채 대답했소이다.

물론 그다음에 나는 더 이상 할 말이 없었소. 나는 경관 둘을 데리고 차펜티어 중사를 찾아서 체포했소이다. 내가 어깨를 탁치며 순순히 따라오라고 경고하자 그 친구는 아주 뻔뻔스럽게 이렇게 말하더군. '제가 그 드리버라는 악당의 죽음과 관련돼 있다고 생각하시는 모양이군요.' 아무도 드리버 얘기를 하지 않았는데 제가 먼저 그 말을 꺼낸 것이 제일 의심스러웠소."

"정말 그렇군요."

홈즈가 말했다.

"그 친구는 드리버를 쫓아갈 때 가지고 갔다던 그 무거운 지팡이를 아직도 들고 있었소. 그건 굵은 참나무 곤봉이었소."

"그러면 당신의 가설은 무엇입니까?"

"에, 내 생각은 차펜티어가 브릭스턴로까지 드리버를 쫓아갔다는 거요. 거기서 둘은 다시 한번 옥신각신했고, 그러다가 드리버는 그 지팡이로 한 방 얻어맞고 즉사한 거요. 복부의 윗부분을 정통으로 맞으면 아무 외상도 없이 죽을 수 있으니까 말이오. 그날 밤은 비가 와서 길에는 행인이 없었소. 그래서 차펜티어는 드리버의 시체를 빈집에 끌어다 놓은 거요. 촛불과 핏자국, 벽에 쓴 글씨, 그리고 반지 따위는 모두 경찰 수사에 혼선을 빚기 위한 장치들일 거요."

"훌륭합니다!"

홈즈는 격려 조로 말했다.

"그렉슨, 정말 잘하고 있어요. 당신은 앞으로 뭔가를 해내겠어요."

"나도 내가 그렇게 깔끔하게 일 처리를 한 점이 자랑스럽소."

형사는 자랑스럽게 대답했다.

"그 청년은 묻지도 않았는데 이런 얘기를 하더구먼. 자기가 드리버의 뒤를 쫓아가니까 그가 자기를 떼어내기 위해 마차를 잡아탔다고 말이오. 그래서 집에 오는데 옛날에 같은 배를 탔던 선원을 만나서 한참 동안 같이 산책했다고 했소. 하지만 그 선원이 어디 사는지 묻자 우물쭈물하며 속 시원한 대답을 하지 못했소. 나는 사건 전체가 이상할 정도로 잘 맞아떨어진다고 생각하오. 그런데 생각할수록 우스운 건 레스트레이드요. 그 친구는 처음부터 완전히 헛다리를 짚었소. 나는 그 친구가 허탕 치고 올 것 같아 걱정이오. 아이쿠, 저런, 호랑이도 제 말 하면 온다더니!"

그것은 정말 레스트레이드였다. 우리가 이야기를 나누는 동안 그는 계단을 올라와서 방문을 밀치고 들어섰다. 평소의 그 경쾌하고 확신에 넘치는 태도는 온데간데없었다. 그는 풀이 잔뜩 죽어 있을 뿐 아니라 단정하던 옷차림마저 엉망으로 흐트러져 있었다. 그는 셜록 홈즈에게 자문할 목적으로 온 것이 틀림없었다. 왜냐하면 동료를 보자 당황해서 어쩔 줄 몰랐기 때문이다. 레스트레이드는 방 한가운데 서서 모자를 만지작거리며 어떻게 해야 할 바를 몰랐다.

"이렇게 이상한 사건은 처음이오."

그는 마침내 입을 열었다.

"정말 이해하기 힘든 사건이오."

"아, 레스트레이드 군! 자네는 그렇게 생각하나?"

그렉슨이 의기양양하게 소리쳤다.

"난 자네가 그런 결론을 내릴 줄 알았네. 그래, 조셉 스탠거슨 비서는 찾았나?"

"조셉 스탠거슨 씨는……."

레스트레이드는 침통하게 말했다.

"오늘 아침 6시경 핼리데이 프라이빗 호텔에서 살해당했네."

어둠 속의 빛

레스트레이드가 가져온 정보는 전혀 예상치 못한 것이어서 우리는 깜짝 놀랐다. 그렉슨은 의자에서 벌떡 일어서다가 남은 위스키를 엎질렀다. 나는 말없이 홈즈 쪽을 바라보았는데 그는 입술을 꽉 다문 채 이마를 잔뜩 찌푸리고 있었다.

"스탠거슨도!"

홈즈는 중얼거렸다.

"사건이 점점 재미있어지는군."

"이 사건은 그렇지 않아도 충분히 재미있었소."

레스트레이드가 의자를 잡아당기며 투덜거렸다.

"꼭 무슨 참모 회의에 온 기분이오."

"그런데, 그런데 그건 틀림없는 정보인가?"

그렉슨이 더듬거리며 말했다.

"나는 지금 스탠거슨이 투숙했던 호텔에 다녀오는 길이네."

레스트레이드가 말했다.

"사건 현장을 처음으로 발견한 사람이 바로 날세."

"우린 여태까지 그렉슨 형사의 사건에 대한 견해를 듣고 있었지요."

홈즈는 말했다.

"우선 스탠거슨 사건의 경위를 설명해 주십시오."

"그러겠소."

레스트레이드는 의자에 털썩 주저앉으며 대답했다.

"솔직히 말해서 나는 스탠거슨이 드리버의 죽음과 관계있다는 심증을 갖고 있었소. 하지만 사건이 완전히 새로운 국면으로 넘어가면서 내 생각이 완전히 틀렸다는 게 드러난 셈이오. 어쨌든 나는 스탠거슨을 찾아내야 한다는 생각에 사로잡혀서 그의 소재를 파악하는 일에 뛰어들었소. 드리버와 스탠거슨 두 사람은 3일 저녁 8시 반경에 유스턴 역에서 함께 있는 것이 목격되었소. 그리고 밤 2시에 드리버는 브릭스턴로에서 시체로 발견되었고. 당면한 문제는 8시 반에서 범행이 일어난 시각까지 스탠거슨의 행적을 밝혀내고 그의 소재를 찾아내는 거였소. 나는 리버풀에 전보를 쳐서 스탠거슨의 인상착의를 설명하고, 그런 남자가 미국행 배에 승선하는지 여부를 지속적으로 관찰하라고 지시했소. 그리고 나는 유스턴 부근에 있는 호텔과 하숙집을 상대로 탐문수사에 들어갔소이다. 여러분도 알다시피 나는 드리버와 비서가 헤어졌다면 비서는 당연히 역 근처에서 하룻밤을 보내고 다음 날 아침 다시 기차역에 나타날 거라고 생각했소."

"아니면 둘이 사전에 모종의 약속을 해놓았을 수도 있지요."

홈즈가 한마디 거들었다.

"바로 그거요. 나는 어제저녁 내내 유스턴 일대를 뒤지고 다녔지만 아무 성과가 없었소. 그래서 오늘은 새벽부터 움직이기 시작해서 8시에는 리틀 조지가의 핼리데이 프라이빗 호텔에 도착했소. 프런트에서 혹시 스탠거슨 씨가 투숙했느냐고 묻자 재깍 대답이 돌아왔소.

'손님께서 기다리던 분이 이제야 오셨군요.' 프런트 직원이 말했소이다. '손님께선 어떤 신사분이 올 거라며 이틀 내내 기다리셨습니다.'

'그분은 지금 어디 계신가?' 나는 물었소.

'스탠거슨 씨는 지금 2층 객실에서 주무시고 계십니다. 9시에 깨워달라고 하셨지요.'

'당장 올라가서 만나봐야겠네.' 나는 말했소.

내가 기습적으로 나타나면 스탠거슨은 당황한 상태에서 뭔가를 털어놓을 것 같았소. 호텔의 구두닦이가 자진해서 나를 안내해 주겠다고 나섰소이다. 그 방은 2층에 있었는데 작은 복도를 거쳐야 했소. 구두닦이는 내게 그 방문을 가리켜주고 돌아섰소이다. 그런데 그 순간, 경찰 경력 20년의 내가 보기에도 구역질 나는 뭔가가 눈에 띄었소이다. 방문 밑으로, 빨간 리본 같은 핏줄기가 꾸불꾸불 새어 나와 복도 건너편에 자그마한 피 웅덩이를 만들고 있었던 거요. 나는 소리를 질렀고, 구두닦이가 깜짝 놀라 돌아섰소. 그 친구는 그걸 보고 거의 기절할 뻔했소이다. 방문은 안에서 잠겨 있었지만 우리 둘이 어깨로 밀어서 문을 열었소. 창문은 활짝 열려 있었고, 창가에는 물건이 마구 흩어져 있었소. 그리고 잠옷 차림의 남자가 시체가 되어 누워 있었소. 팔다리가 차갑게 굳은 것으로 보아 죽은 지 상당한 시간이 경과한 것 같았소. 시체를 돌려 눕히자 구두닦이는 그가 조셉 스탠거슨이라는 이름으로 투숙한 신사라는 것을 곧 알아보았소. 사인은 왼쪽 가슴의 깊은 자상이었소. 칼이 심장을 관통한 게 틀림없어 보였소이다. 그리고 이 사건을 이해하기 힘들게 만드는 이상한 것이 눈에 띄었소. 피살자의 시신 위쪽에 뭐가 있었을 것 같소?"

셜록 홈즈가 대답하기 전부터, 나는 어떤 끔찍한 것을 예감하고 모골이 송연해졌다.

"피로 쓴 '라헤.'"

홈즈가 말했다.

"바로 그거요."

레스트레이드는 몸을 움츠리며 말했고, 잠시 무거운 침묵이 흘렀다.

이 얼굴 없는 살인자의 행동에는 아주 규칙적이고도 이해하기 힘든 부분이 있어서, 그의 범죄 행각은 유난히 소름 끼쳤다. 전쟁터에서도 너끈히 견뎌낸 나의 신경은 그 생각을 하자 찌릿찌릿해 왔다.

"그런데 범인을 목격한 사람이 있소."

레스트레이드는 말을 계속했다.

"그것은 우유 배달 소년이오. 그 소년은 호텔 뒷길로 해서 우유 가게에 가던 중이었소. 그런데 보통 때는 길바닥에 놓여 있던 사다리가 2층의 어느 방 창문 밑에 세워진 걸 보았소. 그 방 창문은 활짝 열려 있었는데 가다가 뒤를 돌아보니 한 남자가 사다리를 타고 내려오는 게 보였다오. 그 남자는 너무도 태연해서 그 애는 그 남자가 호텔에 불려와서 일하는 목수나 가구장이인 줄 알았다오. 그래서 마음속으로는 일을 시작하기엔 좀 이른 시간이라고 생각하면서도 그 남자를 자세히 살펴보지는 않았던 거요. 하지만 언뜻 보기로는 키가 크고 얼굴이 유난히 붉고 긴 갈색 코트를 입었다고 했소. 놈은 범행을 한 후에 잠시 지체했던 것이 틀림없소. 왜냐하면 세면대에 핏물이 고여 있었고, 시트에는 그자가 피 묻은 손과 피 묻은 칼을 닦은 자국이 남아 있었으니까 말이오."

살인범의 인상착의가 홈즈의 생각과 정확하게 일치했으므로 나는 홈즈를 흘끗 쳐다보았다. 그러나 그의 얼굴에 기뻐하거나 만족해하는 빛은 없었다.

"현장에 뭔가 단서가 될 만한 것은 없었습니까?"

홈즈가 물었다.

"전혀. 스탠거슨의 주머니에는 드리버의 지갑이 들어 있었지만 스탠거슨이 모든 계산을 다 했다는 사실을 생각하면 그것은 당연한 일로 보이오. 지갑 속에는 팔십 몇 파운드가 들어 있었고, 없어진 것은 없었소. 이 기묘한 범죄의 동기가 무엇인지는 모르겠지만 절도가 아니라는 것은 분명하오. 또 피살자의 주머니에 서류나 메모 같은 건 없었고, 한 달 전 클리블랜드에서 보낸 'J.

H.는 유럽에 있음.'이라고 쓰인 전보 한 장이 달랑 들어 있었소. 보낸 이의 이름 같은 건 없었소이다."

"그 밖에는?"

홈즈가 물었다.

"그 밖에는 별로 중요한 게 없었소. 침대 위에는 자기 전에 읽는 소설이 한 권 놓여 있었고, 의자 위에는 파이프가 있었소. 또 탁자 위에 물 한 잔이 있었고, 창틀에는 알약이 두 알 들어 있는 작은 약상자가 있었소이다."

셜록 홈즈는 기쁜 얼굴로 벌떡 일어섰다.

"마지막 고리가 발견됐군요."

그는 들뜬 목소리로 외쳤다.

"사건은 해결됐습니다."

두 형사는 놀란 얼굴로 홈즈를 응시했다. 내 친구는 자신 있게 말했다.

"이 사건의 전모를 완전히 파악했습니다. 물론 세세한 부분에 대해서는 좀 더 밝혀내야 하지만, 드리버와 스탠거슨이 역에서 헤어지고 난 다음부터, 비서의 시신이 발견되기까지의 굵직한 사실들에 대해서는 내 눈으로 직접 본 것처럼 똑똑히 알고 있습니다. 이제 증거를 보여드리지요. 그 알약을 좀 볼 수 있을까요?"

"그건 여기 있소."

레스트레이드가 조그만 하얀 상자를 꺼내며 말했다.

"본서 금고에 보관해 둘 생각으로 상자와 지갑, 전보를 다 가져왔소. 솔직히 말해서 나는 이 알약에 대해서는 전혀 의미를 부여하지 않기 때문에 이걸 가져올 생각은 별로 없었소이다."

"이리 좀 줘보세요."

홈즈가 말했다.

"자, 박사."

그는 나를 향해 돌아섰다.

"이건 보통 알약입니까?"

그렇지는 않았다. 그것은 은회색의 작고 둥근 알약으로 햇빛에
비춰보니 거의 투명했다.

"이렇게 가볍고 투명한 걸 보니 물에 녹을 가능성이 높군요."

나는 말했다.

"정확하게 보셨군요."

홈즈는 대답했다.

"미안하지만 아래층에 내려가서 어제 하숙집 주인아주머니가
박사에게 안락사시켜 달라고 부탁했던 그 병든 테리어를 좀 데
리고 와주겠습니까?"

나는 아래층으로 내려가서 개를 안고 올라왔다. 병든 테리어
의 힘겨운 숨소리와 흐릿한 눈은 죽음이 머지않다는 걸 말해 주
고 있었다. 사실 그 눈처럼 새하얀 주둥이는 개가 이미 평균 수
명 이상을 살았다는 사실을 증명하고 있었다. 나는 테리어를 양
탄자 위의 방석에 올려놓았다.

"자, 이제 이 알약을 반으로 나누겠습니다."

홈즈는 주머니칼을 꺼내서 알약을 쪼갰다.

"나중에 필요할 테니까 절반은 도로 상자에 넣겠습니다. 나머

지 절반은 물을 조금 넣은 이 포도주 잔에 넣고요. 약이 금세 녹는 걸 보니 박사 말이 옳다는 걸 알겠군요."

"거참 재미있군."

레스트레이드는 자신이 놀림감이 되고 있다고 생각하는 사람 특유의 상처받은 목소리로 말했다.

"하지만 대관절 그게 조셉 스탠거슨의 죽음과 무슨 상관이 있다는 거요?"

"인내! 사람은 인내할 줄 알아야 해요! 조금만 기다리면 이 알약이 사건과 불가분의 관계가 있다는 걸 알게 될 겁니다. 이제는 맛을 내기 위해 우유를 좀 타겠습니다. 이걸 주면 아마 잘 먹을 겁니다."

홈즈는 말하면서 포도주 잔에 든 것을 접시에 쏟아서 테리어에게 내밀었다. 개는 순식간에 접시를 싹싹 핥았다. 셜록 홈즈의 태도가 하도 진지해서 우리 모두는 그의 분위기에 동화된 채 숨죽이고 앉아서, 어떤 놀라운 효과가 나타나기를 기다리며 개를 뚫어지게 바라보았다. 하지만 별다른 변화는 나타나지 않았다. 개는 방석 위에 배를 깔고 엎드려서 여전히 거칠게 숨을 몰아쉬고 있었지만, 약을 먹어서 더 좋아지거나 나빠진 점이 없는 것은 분명했다.

홈즈는 시계를 꺼내 들었다. 그러나 이렇다 할 변화 없이 1분 1분 시간이 흐르자, 그의 얼굴에는 말할 수 없이 상심하고 원통해하는 표정이 떠올랐다. 그는 입술을 깨물고 손가락으로 탁자를 톡톡 두들기며, 조바심치는 사람의 모든 증상을 다 보여주었다. 그가 너무도 상심하는 모습을 보고 나는 진심으로 안타까웠지만, 두 형사는 홈즈가 난관에 봉착한 것이 전혀 기분 나쁘지 않은 듯 실실 웃음을 흘리고 있었다.

"우연의 일치일 리가 없어."

홈즈는 소리치며 자리를 박차고 일어나 방 안을 미친 듯이 오락가락했다.

"단순한 우연의 일치라는 건 말이 안 돼. 내가 드리버의 가방 속에 들어 있을 거라고 추측했던 그 알약이 스탠거슨의 사망 후에 실제로 발견됐어. 그런데 그게 아무 효과가 없다니. 그게 무슨 뜻이지? 나의 추리가 연쇄적으로 다 틀렸을 리는 없는데. 말도 안 돼! 그런데 이 가엾은 개는 아무렇지도 않은가 말이다. 아, 맞아! 바로 그거야!"

홈즈는 미친 사람처럼 소리 지르며 약상자로 달려갔다. 그리고 남은 알약을 꺼내 반으로 자른 다음, 물에 녹이고 우유를 첨가해서 테리어에게 주었다. 불운한 짐승은 접시에 혀를 대는 듯하더니 사지를 부들부들 떨며 벼락을 맞은 듯이 뻣뻣해지면서 숨이 끊어지고 말았다.

셜록 홈즈는 긴 한숨을 내쉬고 이마의 땀을 닦았다.

"나는 좀 더 강한 신념을 가져야 했습니다."

그는 말했다.

"복잡한 과정을 거친 추리의 결과에 반하는 사실이 나타날 때, 그것은 틀림없이 다른 해석의 여지가 있음을 의미한다는 걸 알아야 했지요. 상자에 있는 알약 두 개 중에서, 하나는 치명적인 독약이고 다른 하나는 완전히 맹탕이었습니다. 나는 약상자를 보기 전부터 그 정도는 알았어야 했던 겁니다."

이 말을 듣고 나는 아연실색해서 홈즈가 과연 제정신인지 믿기 힘들 정도였다. 그러나 죽은 개는 그의 추리가 옳다는 걸 증명해 주고 있었다. 내 마음속에서 안개가 서서히 걷히는 듯하면서 어렴풋이 진실이 보이기 시작했다.

"이 모든 게 전혀 이해되지 않으실 겁니다."

홈즈는 말을 계속했다.

"왜냐하면 여러분들은 수사를 시작할 때, 하나뿐인 진짜 단서의 중요성을 인식하는 데 실패했으니까요. 나는 다행스럽게도 그것의 의미를 간파했습니다. 그리고 그다음부터 일어난 모든 사건은 나의 최초 가설이 옳다는 것을 확인해 주는 한편 그것의 논리적 결과이기도 했습니다. 그러므로 사건을 복잡하고 혼란스럽게 만드는 듯했던 것들이 오히려 나에게 깨우침을 주었고, 나를 올바른 결론으로 이끌어 갔지요. 가장 일상적인 범죄가 가장 이해하기 힘든 것이 될 수가 있습니다. 왜냐하면 평범한 사건에는 새롭거나 특이한 점들이 없어서 추리를 전개시켜 나가기가 곤란하니까요. 피살자의 시체가 이 사건을 주목할 만한 것으로 만든 기이하고 충격적인 장치들 없이 그냥 길에서 발견됐다면, 이 살인 사건은 정말 해결하기가 쉽지 않았을 겁니다. 이 사건의 이상한 요소들은 사건을 더욱 어려운 것으로 만들기는커녕 그 반대의 효과를 냈습니다."

상당한 인내심을 발휘하여 이 연설에 귀 기울이고 있던 그렉슨 씨가 더 이상 참지 못하고 말했다.

"셜록 홈즈 선생, 잠깐만, 우리는 선생이 머리가 비상하고 수사 기법이 독창적이라는 걸 인정할 준비가 되어 있소. 하지만 우리가 지금 원하는 건 단순한 이론이나 설교가 아니오. 문제는 범인을 잡아내는 거요. 나도 수사 방향을 정하고 수사를 시작했지만 내가 세운 가설은 틀린 것 같소. 차펜티어 군이 이 두 번째 범행에 연루됐을 가능성은 전무하니까 말이오. 레스트레이드도 스탠거슨을 추적했지만 역시 틀린 것 같소. 그런데 선생은 여기서 찔끔, 저기서 찔끔 암시를 줬는데 우리보다는 많이 알고 있는 것 같소. 자, 이제 선생이 이 사건에 대해 알고 있는 것을 솔직히 털어놓을 때가 됐소. 선생은 범인의 이름을 알고 있소이까?"

"홈즈 선생, 그렉슨의 말이 옳은 것 같소이다."

레스트레이드가 거들었다.

"우리 둘 다 노력했지만 둘 다 실패했소. 나는 이 방에 들어온 뒤에 선생이 모든 증거를 다 확보했다는 얘기를 하는 걸 한 번 이상 들었소. 이제 더 이상 그것을 감추지 마시오."

나도 거들었다.

"범인 체포를 지체하는 것은 그자에게 제3의 범행을 저지를 여유를 주는 것인지도 모릅니다."

이렇게 사방에서 압박해 들어가자 홈즈는 마음이 흔들리는 듯했다. 그는 생각에 잠겼을 때 으레 하던 대로, 고개를 떨구고 얼굴을 잔뜩 찌푸린 채 방 안을 오락가락했다.

"더 이상의 살인은 없을 겁니다."

홈즈는 문득 걸음을 멈추고 우리를 쳐다보며 말했다.

"그런 것은 염려하지 않으셔도 될 겁니다. 그리고 나한테 범인의 이름을 알고 있느냐고 했는데, 그렇습니다. 하지만 그자를 붙잡을 가능성에 비하면 이름 따위는 사소한 것이지요. 나는 범인 체포가 머지않았다고 생각합니다. 내가 그런 확신을 갖게 된 것은 사전에 다 손을 써놓았기 때문입니다. 하지만 우리가 상대하고 있는 자는 영리하기 짝이 없을 뿐만 아니라 필사적으로 날뛰고 있는 자이기 때문에 극히 조심스럽게 행동해야 합니다. 더구나 범인은 그에 못지않게 두뇌가 비상한 제3의 인물로부터 도움을 받고 있어요. 범인이 포위망이 좁혀 들고 있다는 것을 전혀 눈치채지 못했다면 체포할 가능성은 충분합니다. 하지만 그자가 조금이라도 의심을 품는 날에는, 그자는 이름을 바꾼 뒤에, 인구 400만의 대도시 속으로 순식간에 자취를 감춰버리고 말 것입니다. 나는 두 분 수사관의 감정을 건드릴 의도는 없지만, 그래도 이 일당이 공권력에게는 힘이 부치는 상대라는 것을 말하지 않을 수 없습니다. 내가 두 분의 조력을 요청하지 않은 것은 그 때문이었지요. 물론, 범인 체포에 실패하는 날에는 지금의 행동에 대한 비난을 나 혼자 뒤집어쓰게 될 겁니다. 좋습니다. 각오는 되어 있으니까요. 어쨌든 앞으로 그 순간이 왔을 때, 범인 체포에 지장을 주지 않는 한도 내에서 최대한 정보를 알려드리겠노라고 약속하겠습니다."

그렉슨과 레스트레이드는 이 약속, 또는 경찰의 수사력을 무시하는 이야기를 듣고 전혀 만족해하는 것 같지 않았다. 그렉슨은 머리카락 끝까지 빨개졌고 레스트레이드의 두 눈은 호기심과 분노로 번쩍거렸다. 그러나 누가 미처 입을 열기도 전에 문 두드리는 소리가 나더니 거리의 부랑아를 대표하는 위긴스가 더러운 얼굴을 내밀었다. 그가 경례를 붙이고 말했다.

"선생님, 아래층에 마부를 데려왔습니다."

"잘했다."

홈즈는 부드럽게 말했다.

"런던 경찰국에서도 이런 수갑을 쓰는 게 어떨까요?"

그러면서 책상 서랍에서 강철 수갑 하나를 끄집어냈다.

"이 용수철 장치가 얼마나 정교한지 보십시오. 이건 단번에 채워지거든요."

"우리가 쓰고 있는 것도 아무 문제 없소."

레스트레이드가 말했다.

"수갑 채울 상대만 있다면 말이오."

"좋습니다, 좋아요."

홈즈는 빙글거리며 말했다.

"마부한테 짐 꾸리는 걸 도와달라고 해야겠군. 위긴스, 가서 마부를 올려 보내라."

내 친구가 여행을 떠날 것처럼 말했으므로 나는 속으로 깜짝 놀랐다. 여태까지 그는 그런 얘기를 한마디도 비치지 않았기 때문이다. 방에는 작은 여행 가방이 있었는데 홈즈는 그것을 끌어내 묶기 시작했다. 마부가 방에 들어섰을 때 그는 열심히 가방을 꾸리고 있었다.

"여보게 마부, 와서 고리 채우는 것 좀 도와주게."

무릎 꿇고 앉아 짐을 꾸리던 홈즈는 고개도 돌리지 않고 말했다.

마부는 어쩐지 언짢은 기색이었지만 그래도 짐 꾸리는 것을 거들기 위해 홈즈 옆에 앉았다. 바로 그 순간, 날카로운 찰칵 소리가 들리며 셜록 홈즈가 벌떡 일어섰다. 그가 눈을 빛내며 외쳤다.

"신사 여러분, 이노크 드리버와 조셉 스탠거슨을 살해한 제퍼슨 호프 씨를 여러분께 소개합니다."

모든 일이 눈 깜짝할 새에 일어났다. 나는 그때의 일을 또렷이 기억한다. 홈즈의 득의에 찬 얼굴과 쩌렁쩌렁 울리는 목소리. 요술에라도 걸린 듯 자신의 손목에서 반짝거리는 수갑을 멍하니 바라보던 사나운 얼굴의 마부. 순간적으로 우리는 석고상처럼 굳어 있었던 것 같다. 그런데 마부가 갑자기 짐승처럼 울부짖으며 홈즈의 팔을 뿌리치고 창문으로 돌진했다. 창문 유리와 창틀이 와장창 소리를 내며 부서졌으나 마부가 창밖으로 몸을 날리기 전에 그렉슨, 레스트레이드, 홈즈가 사슴 사냥개의 무리처럼 달려들었다. 마부는 방 안으로 다시 끌려 들어왔고 무시무시한 격투가 시작되었다. 힘이 좋고 흉포한 그는 우리 넷을 뿌리치고 또 뿌리쳤다. 마부는 간질 발작을 일으키는 사람처럼 초인적인 힘을 발휘했다. 유리창에 그대로 돌진한 까닭에 그의 얼굴과 손은 갈가리 찢겼으나, 그에게 피를 흘리는 것쯤은 아무렇지도 않은 듯했다. 레스트레이드가 목덜미에 간신히 손을 집어넣고 반쯤 목을 졸랐을 때에야 그는 저항해도 소용이 없다는 걸 깨달은 것 같았다. 우리는 그의 발까지 결박한 다음에야 비로소 안심하고 숨을 몰아쉬며 일어섰다.

"이 앞에 이자의 마차가 있습니다."

셜록 홈즈는 말했다.

"이자를 거기 태워서 경찰 본부로 호송하면 될 겁니다. 그러면 신사 여러분……."

홈즈는 빙긋이 웃으며 말을 계속했다.

"우리는 이제 사건을 마무리 지었습니다. 이제부터는 제게 어떤 질문을 하셔도 좋습니다. 아무런 위험도 없으니 이제는 기꺼이 대답해 드리겠습니다."

제2부

성도들의 나라

드넓은 소금 평원에서

북미 대륙의 거대한 땅덩이 중심부에는 아무것도 받아들이지 않는 불모의 사막이 있다. 이곳은 오랫동안 문명의 전파를 막는 장벽의 구실을 해왔다. 시에라네바다에서 네브래스카에 이르는, 그리고 북쪽의 옐로스톤 강에서 남쪽의 콜로라도에 이르는 이 지역은 적막하기 짝이 없는 곳이다. 그러나 자연이 이 엄혹한 지대에서 항상 똑같은 표정을 하고 있는 것은 아니어서 흰 눈을 머리에 인 높은 산맥이 있는가 하면 어둡고 음산한 계곡이 있다. 험준한 협곡 사이를 굽이쳐 흐르는 유속이 빠른 강도 있고, 겨울에는 흰 눈으로 덮이고 여름에는 회색 소금 가루로 뒤덮이는 끝없는 평원도 있다. 그러나 그 어느 곳에건 황폐함, 가혹함, 그리고 고난이라는 공통점이 있다.

이 절망의 땅에는 사람들이 살지 않는다. 포니족 인디언이나 '검은발' 인디언이 다른 사냥터로 가기 위해 이따금씩 이곳을 횡단한 적은 있을 것이다. 그러나 아무리 굳세고 용감한 자라도 이 무시무시한 평원을 벗어나 다시 풀밭에 서게 되면 안도의 한숨을 내쉬곤 한다. 코요테는 관목 사이를 어슬렁거리고, 흰머리 독수리는 공중에서 무겁게 날갯짓을 한다. 회색 큰 곰은 어두운 산골짜기에서 뒤뚱거리고 걸어 다니며 먹을 것을 찾아서 바위 사이에 주둥이를 박는다. 이 불모의 땅에서 살아가는 것들은 이러한 짐승들뿐이다.

세계 어느 곳을 가더라도, 시에라 블랑코의 북쪽 사면에서 보는 풍경보다 음울한 것은 없을 것이다. 그곳은 인간의 눈길이 가닿는 곳까지 무연한 벌판인데 난쟁이 덤불이 듬성듬성 바닥에 달라붙어 있을 뿐, 온통 소금 가루로 뒤덮여 있다. 지평선 끝에는 머리에 흰 눈을 뒤집어쓴 험준한 산봉우리가 길게 늘어서 있는 것이 보인다. 이 대평원에는 생명의 자취가 없다. 무정하게 새파란 하늘에는 새 한 마리 없고 음울한 회색 대지에선 아무 움직임도 느껴지지 않는다. 하늘과 땅 사이에 끝없는 고요만이 있을 뿐. 누가 귀 기울여본다 한들, 끝없는 황야에선 소리는커녕 그 비슷한 것도 들리지 않을 것이다. 적막강산, 가슴을 옥죄는 고요.

앞에서 대평원에는 생명의 자취가 없다고 했다. 그러나 그것은 사실이 아닐지도 모른다. 시에라 블랑코에서 아래를 내려다보면, 사막을 횡단하는 한 줄기 길이 보인다. 그것은 구불거리며 아득히 먼 곳으로 사라져간다. 그 길에는 마차 바큇자국과 수많은 모험가들의 발자국으로 다져진 자국이 있다. 여기저기 햇볕에 희게 빛나는 물체가 흩어져 있다. 그것은 회색 소금 덩어리를 배경으로 유난히 돋보인다. 가까이 가서 살펴보자! 그것은 뼈다귀들이다. 어떤 것은 크고 구멍이 숭숭 뚫려 있지만 어떤 것은 작고 오밀조밀하게 생겼다. 큰 것은 소뼈이고 작은 것은 사람 뼈다. 이러한 유골들은 대상로(隊商路)를 따라 2400킬로미터에 걸쳐 흩어져 있다. 무시무시한 길이다.

1847년, 5월 4일, 바로 이러한 광경을 내려다보고 서 있는 외로운 여행자가 있었다. 그의 모습은 이곳의 수호신 아니면 악마로 보일 정도였다. 겉모습만으로는 그의 나이가 마흔인지 예순인지 어림하는 것이 어려웠다. 바짝 마른 얼굴은 초췌해 보였고, 누런 양피지 같은 피부는 불거진 뼈들을 단단히 감싸고 있었다. 더부룩한 갈색 머리칼과 수염에는 허옇게 서리가 내려앉아 있었다. 퀭한 눈은 병적인 광채를 띠었고, 소총을 움켜쥐고 있는 손은 살점이라곤 전혀 없이 온통 뼈와 가죽뿐이었다. 그는 소총에 몸을 기대고 있긴 했지만, 키가 훌쩍 크고 뼈마디가 굵은 것으로 보아 원래 체격이 좋다는 것을 짐작할 수 있었다. 그러나 수척한 얼굴과 여윈 팔다리를 내리덮은 자루처럼 헐렁한 옷이 노쇠한 인상을 주었다. 사내는 굶주림과 갈증으로 인하여 죽어가고 있었다.

사내는 물이 있을지도 모른다는 헛된 희망 속에 힘겹게 골짜기를 내려갔다가 다시 이 작은 언덕 위로 올라온 길이었다. 눈앞에는 소금 평원이 끝없이 펼쳐져 있었고, 지평선 끝에는 풀 한 포기, 나무 한 그루 보이지 않는 지독하게 건조한 산맥이 띠처럼 이어져 있었다. 드넓은 풍경 어디에도 희망의 빛은 없었다. 그는 북쪽, 동쪽, 서쪽을 열띤 눈으로 바라보다가, 자신의 방황이 이 험준한 바위산에서 종말을 맞게 될 것임을 이내 깨달았다.

"왜 20년 뒤, 따뜻한 이불 속에서가 아니라 하필이면 지금 여기에서냐 말이다."

그는 이렇게 중얼거리며 바위가 병풍처럼 둘러친 곳에 털썩 주저앉았다.

사내는 바닥에 앉기 전에, 쓸모없는 소총과 오른쪽 어깨에 둘러메고 있던 회색 숄로 감싼 커다란 꾸러미를 바닥에 내려놓았다. 그 꾸러미의 무게가 힘에 부쳤던 듯, 그것을 내려놓을 때 쿵 소리가 났다. 곧 회색 꾸러미 속에서 칭얼거리는 소리가 나더니, 겁에 질린 자그마한 얼굴이 고개를 내밀고 땟국이 흐르는 오목한 주먹을 들어 올렸다.

"아저씨 때문에 아야 했어!"

밝은 갈색 눈동자의 아이가 따지듯이 말했다.

"그랬니?"

사내는 미안하다는 듯이 대답했다.

"일부러 그런 건 아니었단다."

사내는 말하면서 회색 숄을 풀어서 다섯 살쯤 돼 보이는 예쁘장한 꼬마 숙녀를 꺼내주었다. 아이의 앙증맞은 신발하며 깜찍한 앞치마가 달린 분홍색 원피스가 엄마의 지극한 보살핌을 드러내고 있었다. 아이는 해쓱해 보였지만 통통한 팔다리가 사내에 비해 고생을 훨씬 덜 했다는 사실을 보여주고 있었다.

"지금은 어떠니?"

곱슬곱슬한 금발 머리의 아이가 여전히 뒤통수를 비벼대는 걸 보고 사내는 불안스럽게 물었다.

"호 해줘."

아이는 아픈 부분을 내밀면서 종알거렸다.

"엄마는 그렇게 해줬어. 그런데 우리 엄마는 어디 있어?"

"엄마는 가셨단다. 하지만 머지않아 만나게 될 게다."

"칫, 엄마가 갔다구?"

아이가 말했다.

"아니야. 엄마는 빠이빠이도 하지 않았어. 엄마는 이모네 차 마시러 갈 때도 항상 빠이빠이를 했는걸. 그런데 엄마는 사흘이 나 옆에 없었어. 어휴, 그런데 너무 목말라, 아저씨. 마실 물이나 먹을 것 없어?"

"그래, 아무것도 없단다, 아가야. 조금만 참으렴. 그러면 괜찮 아질 거다. 아저씨한테 이렇게 머리를 기대면 기분이 훨씬 좋을 거야. 입술이 가죽처럼 바짝 말랐을 때는 말하기가 힘들단다. 하 지만 일이 어떻게 된 건지 아저씨가 다 설명해 줄게. 그런데 네 손에 쥐고 있는 게 뭐니?"

"예쁜 거! 좋은 거!"

아이는 반짝거리는 운모석 조각 두 개를 들어 보이며 신이 나 서 소리쳤다.

"집에 가면 동생한테 줄 거야."

"이제 곧 그보다 훨씬 예쁜 것들을 보게 될 거다."

사내는 자신 있게 말했다.

"조금만 기다리려무나. 사실 아저씨는 벌써 말해 주려고 했단다. 너, 우리가 강을 만났던 거 기억하니?"

"응."

"그래, 우린 그런 강이 금세 다시 나타날 거라고 생각했단다. 하지만 그건 틀린 생각이었지. 틀린 게 뭐였는지, 나침반인지, 지도인지, 아니면 다른 어떤 것이었는지는 잘 모르겠지만 강은 다시 나타나지 않았어. 물이 떨어졌단다. 너 같은 아이들한테 주려고 남겨놓은 몇 방울 빼고 말이다. 그래서……, 그래서……."

"그래서 아저씨는 세수를 못 한 거구나."

아이는 사내의 땟국에 전 얼굴을 올려다보며 종알거렸다.

"그래. 먹을 물도 없었는걸. 그래서 벤더 씨가 제일 먼저 가셨단다. 그다음에는 인디언 피트, 그다음에는 맥그리거 부인, 그다음에 조니 혼스, 그다음에는 아가, 네 엄마였어."

"그러면 엄마도 죽었구나."

아이는 앞치마에 얼굴을 묻으며 슬프게 흐느꼈다.

"그래, 너하고 나만 빼고 모두 떠났지. 그 뒤에 나는 이쪽으로 오면 물이 있을지도 모른다고 생각하고 너를 어깨에 들쳐메고 여기까지 온 거란다. 그렇지만 상황은 별로 나아진 것 같지가 않아. 지금 우리한테는 희망이 아주아주 적어!"

"그럼 우리도 죽는 거야?"

아이는 울음을 멈추고 눈물이 그렁그렁한 눈으로 물었다.

"그럴 가능성이 높지."

"아저씨는 왜 그 얘기를 이제 하는 거야?"

아이는 안심한 듯 웃으며 말했다.

"아저씨 때문에 깜짝 놀랐잖아. 우린 죽으면 엄마를 곧 만나게 될 거야."

"그럼, 그렇고말고."

"아저씨도 말이야. 아저씨가 나한테 얼마나 잘해 줬는지 엄마한테 얘기해 줄 거야. 엄마는 천국의 문 앞에서 손에 커다란 물 주전자를 들고 기다리고 계실 거야. 메밀 케이크도 잔뜩 가지고 말이야. 동생이랑 나는 뜨거운 메밀 케이크를 좋아하거든. 그런데 얼마나 기다려야 해?"

"모르겠구나. 아마 멀지는 않을 게다."

사내는 북쪽 지평선을 지그시 응시했다. 푸른 하늘에 세 개의 작은 점이 나타났다. 그것은 빠른 속도로 커지더니 갈색의 거대한 새가 되었다. 세 마리의 새들은 두 방랑자의 머리 위를 선회하다가 이들의 머리 위로 돌출한 바위에 내려앉았다. 이 새들은 서부의 대머리수리였다. 대머리수리는 죽음을 예고했다.

"닭이다."

아이는 흉측한 새들을 가리키며 좋아 어쩔 줄 몰랐다. 아이는 새들을 날리기 위해 손뼉을 쳤다.

"아저씨, 여기도 하느님이 만드셨어?"

"물론 그렇지."

사내는 예상치 못한 질문을 받고 당황해했다.

"하느님은 일리노이도 만들고, 미주리도 만드셨어."

아이는 말을 계속했다.

"하지만 난 여기는 딴 분이 만들었을 것 같아. 여기는 빠진 게 너무 많잖아. 물도 없고 나무도 없어."

"우리 기도 드려볼까?"

사내는 자신 없는 말투로 물었다.

"지금은 밤이 아니잖아."

아이가 대답했다.

"그건 아무래도 상관없어. 지금은 특별한 상황이니까. 하느님은 그런 것에 신경 쓰시지 않을 거야. 네가 매일 밤 마차 속에서 드렸던 기도를 해보려무나."

"아저씨가 하면 안 돼?"

아이는 눈을 동그랗게 뜨고 물었다.

"난 기억이 안 나서 그래."

사내는 대답했다.

"내 키가 이 총의 반만 할 때부터 나는 기도 드리는 걸 그만뒀거든. 하지만 아직 늦지는 않은 것 같구나. 네가 큰 소리로 기도하면 아저씨가 잘 듣고 따라서 할게."

"그러면 우리는 무릎 꿇고 앉아야 돼."

아이는 숄을 펴며 말했다.

"이렇게 앉아서 두 손을 모으는 거야. 그러면 기분이 좋아져."

옆에서 구경하는 것은 대머리수리뿐이었지만 그것은 참으로 이상한 광경이었다. 조잘거리는 어린아이와 두려움을 모르는 굳센 사내가 나란히 작은 숄 위에 무릎 꿇고 앉았다. 포동포동한 얼굴과 각지고 수척한 얼굴은, 자신들을 내려다보고 있는 저 두려운 존재에 대한 간절한 염원을 안고 구름 한 점 없는 하늘을 올려다보았다. 가늘고 맑은 목소리와 굵고 거친 목소리는 사뭇 다르게 들렸지만 신의 자비와 용서를 구하는 기도는 한결같았다. 기도를 끝낸 뒤, 두 사람은 다시 바위 그늘에 앉았다. 아이는 보호자의 널따란 가슴에 머리를 기댄 채 스르르 잠이 들었다.

사내는 잠시 동안 자는 아이의 주위를 경계했지만 자연의 순리를 거스르는 것은 불가능했다. 그는 사흘째 수면과 휴식을 거부하고 있었다. 서서히 피로한 눈동자 위로 눈꺼풀이 내리덮이더니 머리가 점점 수그러졌다. 사내의 희끗희끗한 수염이 아이의 금빛 머리 타래와 뒤섞였고, 두 사람 다 꿈도 없는 깊은 잠에 빠져들었다.

방랑자가 30분만 더 깨어 있었어도 이상한 장면을 목격할 수 있었을 것이다. 소금 평원 저 멀리서 작은 먼지구름이 피어올랐다. 처음에 그것은 지평선 위의 안개와 구별하기 어려울 정도로 희미해 보였으나, 점점 높아지고 넓어지면서 아주 선명해졌다. 먼지구름이 점점 커지면서, 그것이 수많은 인마의 움직임에 의해 생겨나고 있다는 것이 분명해졌다. 좀 더 비옥한 땅이었다면 풀을 뜯는 들소의 무리가 다가오고 있다고 생각했을 것이다. 그러나 이렇게 건조한 황야에서 그것은 있을 수 없는 일이었다. 두 사람이 잠들어 있는 절벽을 향해 먼지구름이 다가오는 동안, 포장마차와 무장한 기수 들이 그 속에서 모습을 드러내기 시작했다. 그것은 서부를 향해 이동하는 거대한 이주민의 대열이었다. 대열은 끝이 없었다! 선두가 산기슭에 도착했을 때도 후미는 아직 지평선 위에 나타나지도 않았다. 포장마차와 이륜마차, 말 탄 사람들과 걷는 사람들이 끝없이 평원을 가로질러 왔다. 무거운 짐을 진 수많은 여자들과 포장마차를 따라 타박타박 걷는 아이들, 또는 포장마차의 하얀 천막 아래로 빠끔히 밖을 내다보는 아이들. 이것은 예사 이주민의 대열이 아니었다. 이들은 억압적인 환경에서 탈출하여 새로운 나라를 건설하고자 하는 유랑민이었다. 청명한 대기 속으로 이 거대한 인간 집단이 떠드는 소리, 마차의 삐걱거림, 말 울음소리가 울려 퍼졌다. 그 소리는 사뭇 컸지만 절벽 꼭대기의 지친 두 나그네를 깨우기에는 역부족이었다.

대열의 선두에는 굳은 표정을 한 사내들 20여 명이 수수한 수직 옷을 입고 소총을 든 채 말을 타고 가고 있었다. 벼랑 아래 도착하자 이들은 말을 세우고 짧은 회의를 했다.

"샘은 오른쪽에 있소, 형제들."

머리가 희끗희끗하고 깨끗이 면도한 얼굴에 입매가 날카로운 사내가 말했다.

"시에라 블랑코의 오른쪽이오. 이 길로 가다 보면 우리는 리오 그란데에 도착하게 될 거요."

또 다른 사내가 말했다.

"물 때문이라면 걱정 마시오."

또 다른 사내가 외쳤다.

"바위틈에서 물을 뽑아내시는 분께서 당신께서 선택한 사람들을 버리실 리 없소."

"아멘! 아멘!"

회중은 일제히 외쳤다.

선두가 다시 전진하려고 했을 때, 그중에서도 가장 어리고 눈이 날카로운 젊은이가 소리를 지르며 절벽 위쪽을 가리켰다. 절벽 위에서 분홍색 옷자락이 펄럭거리고 있었는데, 그것은 뒤편의 회색 바위를 배경으로 환하고 뚜렷하게 보였다. 그것을 보자 선두의 기수들은 일제히 말고삐를 잡아당기며 총을 내렸고, 젊은 기수들은 선두를 보호하기 위해 말에 채찍질을 하여 달려왔다. "인디언이다."라는 말이 입에서 입으로 퍼져갔다.

"여기에 인디언 같은 게 있을 리가 없다."

지휘자처럼 보이는 초로의 사내가 말했다.

"우리는 막 포니족을 지나왔다. 그리고 저 큰 산을 넘을 때까지 다른 부족은 없다."

"스탠거슨 형제, 제가 가서 보고 올까요?"

무리 중의 하나가 물었다.

"저도요."

"저도요."

열댓 명이 소리쳤다.

"말에서 내려 걸어 올라가도록 해라. 우린 여기서 기다리겠다."

초로의 사내가 말했다. 순식간에 청년들은 말에서 내린 다음 말을 묶어놓고, 호기심을 자극하는 물체가 있는 곳을 향해 가파른 절벽을 올라갔다. 청년들은 노련한 척후답게 자신감 넘치는 모습으로 재빨리, 소리 내지 않고 절벽을 기어올랐다. 밑에서 쳐다보는 사람들은 이들이 바위에서 바위로 획획 몸을 날리다가 마침내 절벽 위로 올라서는 모습을 볼 수 있었다. 맨 먼저 절벽에 올라선 사람은 분홍색 옷자락을 처음 발견한 바로 그 청년이었다. 그는 깜짝 놀란 듯 두 팔을 들어 올렸고, 뒤따라 올라간 청년들도 눈앞에 펼쳐진 광경을 보고 똑같이 놀라는 듯했다.

험준한 절벽 위에는 병풍처럼 일어선 바위가 하나 있었고, 수염이 더부룩한 키 큰 사내가 그 바위에 몸을 기대고 앉아 있었다. 그는 단단하게 생겼지만 무척이나 말라 있었다. 평온한 얼굴과 고른 숨소리를 보면 깊이 잠들어 있는 것이 분명했다. 그 옆에선 아이 하나가 사내의 가슴에 금발 머리를 기대고, 통통한 흰 팔로 힘줄이 불거진 갈색 목을 끌어안은 채 잠들어 있었다. 아이의 장밋빛 입술이 살짝 벌어져, 그 속으로 눈처럼 희고 고른 치아가 들여다보였다. 아이는 천진난만한 미소를 머금고 있었다. 그리고 통통한 다리에 흰 양말을 신고 반짝거리는 버클이 달린 앙증맞은 신발을 신고 있었는데, 그것은 사내의 길고 바짝 마른 다리와 기묘한 대조를 이루었다. 이 이상한 동행의 머리 위로 돌출한 바위에는 대머리수리 세 마리가 엄숙하게 앉아 있다가 낯선 사람들을 보고 실망한 듯 목쉰 울음을 토해 내며 천천히 날아갔다.

불쾌한 새의 울음소리에 잠이 깬 두 사람은 어리둥절한 얼굴로 주위를 두리번거렸다. 사내는 비틀거리며 일어나 아래쪽을 내려다보았다. 아까 잠들기 전까지만 해도 황량했던 평원에 이제는 무수한 사람과 짐승의 행렬이 길게 늘어서 있었다. 그의 얼굴에 못 믿겠다는 표정이 떠올랐다. 그는 뼈만 남은 손으로 눈을 비볐다.

"이게 바로 환상이라고 하는 건가."

사내는 중얼거렸다. 아이는 말없이 그의 옷자락을 꼭 붙든 채 옆에 붙어 서서, 아이다운 호기심이 가득한 눈길로 사방을 둘러보았다.

구조대는 두 조난자에게 이 상황이 꿈이 아니라는 사실을 재빨리 확인시켜 줄 수 있었다. 한 사람은 아이를 번쩍 들어 올려 어깨에 들쳐메고, 다른 두 사람은 수척한 사내를 부축해서 밑으로 내려가기 시작했다.

"나는 존 페리어라고 하오."

방랑자가 설명했다.

"스물한 명의 일행 중에서 나하고 저 꼬맹이만 살아남았소. 나머지는 저 남쪽에서 갈증과 굶주림으로 죽었지요."

"이 애가 당신 딸이오?"

누군가 물었다.

"지금부터는 그렇소."

존 페리어는 대들 듯이 소리쳤다.

"내 손으로 목숨을 구했으니 저 애는 내 아이요. 아무도 저 애를 내게서 빼앗아 갈 수 없소이다. 오늘부터 저 애는 루시 페리어요. 그런데 당신들은 누구시오?"

그는 호기심 어린 눈길로 햇볕에 그을린 건장한 구조자들을 바라보았다.

"숫자가 아주 많은 것 같구려."

"거의 1만 명가량 되지요."

한 청년이 대답했다.

"우리는 핍박당하는 신의 자녀들이오. 우리는 모로니 천사에게 선택받았소."

"그 이름은 처음 들어봤소."

방랑자는 말했다.

"그런데 그분은 엄청나게 많은 사람들을 선택한 모양이오."

"성스러운 이름을 우스개로 삼지 마시오."

옆에 있던 청년이 엄격하게 말했다.

"우리는 금판에 새겨진 성스러운 경전을 신봉하는 사람들이오. 성 조셉 스미스는 팔미라에서 그 경전을 손에 넣었소. 우리는 일리노이 주의 노부에서 오는 길이오. 우리는 그곳에 우리의 사원을 세웠댔소. 지금은 사막 한가운데로 가게 될지라도 폭력적이고 신앙이 없는 자들과의 충돌을 피하기 위해 떠나온 거요."

존 페리어는 노부라는 이름을 듣고 뭔가를 기억해 낸 것이 틀림없었다. 그가 말했다.

"알겠소이다, 당신들은 모르몬교도군요."

"우리는 모르몬교도요."

청년들은 이구동성으로 대답했다.

"그런데 당신들은 지금 어디로 가는 길이오?"

"모르오. 신께서는 선지자를 통해 우리를 이끌고 계시오. 우리는 당신을 선지자께 데려가야 하오. 그분이 어떻게 할 것인지 결정할 거요."

일행은 이제 산 밑으로 내려갔고, 수많은 순례자들이 이들을 둘러쌌다. 창백한 얼굴에 유순해 보이는 여자들하며, 깔깔거리는 튼튼한 아이들, 성실하나 근심스러운 눈매의 남자들. 사람들은 아이가 그렇게 어리고, 어른은 또한 그다지도 여윈 것을 보고 놀람과 탄식을 금치 못했다.

그러나 구조자들은 걸음을 멈추지 않았다. 이들은 수많은 교도들을 뒤에 거느린 채, 유난히 크고 화려한 마차 앞으로 두 사람을 데리고 갔다. 다른 마차는 말 두 필, 또는 기껏해야 네 필의 말이 끌고 있는 것과 달리 이 마차는 여섯 필의 말이 끌고 있었다. 마부 옆에 앉아 있는 남자는 많아야 서른 안쪽으로 보였지만 큰 머리와 단호한 표정이 지도자라는 인상을 심어주기에 족했다. 갈색 표지의 책을 읽고 있던 그는 사람들이 몰려오자 책을 내려놓고, 사람들의 이야기에 귀 기울였다. 그리고 두 조난자를 바라보았다. 그가 엄숙하게 말했다.

"우리와 함께 가려면, 우리와 같은 신앙을 가져야 한다. 우리는 교도들의 대열에 이리 떼를 풀어놓을 순 없다. 작은 반점 하나가 과일 전체를 다 썩혀버릴 수도 있는 법. 그렇게 되느니 차라리 이 사막에 그대들의 뼈를 묻는 것이 나으리라. 그대들은 개종하고 우리와 동행하겠느냐?"

"저는 어떤 조건에라도 응하겠습니다."

페리어가 다급하게 말하자 근엄한 장로들은 미소를 금치 못했다. 그러나 지도자만은 엄격한 표정을 흐트러뜨리지 않았다.

"스탠거슨 형제, 이 사람을 데려가라."

지도자는 말했다.

"이 두 사람에게 음식과 물을 줘라. 그리고 앞으로 이 사람에게 우리의 경전을 가르치도록 해라. 자, 우린 너무 오래 지체했다. 전진! 천국을 향하여!"

"천국을 향하여!"

교도들이 따라 외쳤고, 그 말은 입에서 입으로 물결처럼 퍼졌다. 대열의 아득한 끄트머리에서 그 소리는 알아듣기 힘든 웅얼거림이 되어 사라졌다. 채찍 소리, 삐걱거리는 바퀴 소리와 함께 육중한 포장마차들이 움직이며, 대열 전체가 다시 느릿느릿 움직이기 시작했다. 조난자를 책임진 장로는 두 사람을 자신의 마차로 데려갔다. 마차 안에는 이미 음식이 준비되어 있었다.

"이 마차를 타시오."

스탠거슨 장로는 말했다.

"며칠 지나면 피로가 풀릴 거요. 그리고 이제부터 당신은 영원히 우리와 같은 교도라는 걸 명심하시오. 브리검 영(1844년 기독교인들의 종교 폭동으로 조셉 스미스가 살해되자 그 뒤를 계승하여 일단의 모르몬교도를 이끌고 서부로 대이동을 감행, 1847년에 현재 모르몬교의 총본산인 솔트레이크시티를 건설한 사람 — 옮긴이)께서 말씀하셨으니 그것은 조셉 스미스의 말씀이고, 또한 신의 말씀이오."

유타의 꽃

이 책은 이주한 모르몬교도들이 안식처를 찾기 전까지 견뎌야 했던 시련과 궁핍을 기념하기 위한 것이 아니다. 미시시피 연안에서 로키 산맥의 서쪽 사면에 이르기까지, 이들은 역사적으로 유례없는 불굴의 인내심으로 버텨냈다. 사나운 부족, 사나운 짐승, 굶주림, 갈증, 피로, 질병 등, 온갖 장애물이 출현할 때마다 이들은 앵글로 색슨 특유의 끈기로 버텼다. 그러나 긴 여행과 누적된 공포로 인해 가장 대담한 자들의 마음마저 흔들렸다. 유타의 질펀한 골짜기 위로 햇볕이 내리쬘 때, 지도자가 나서서 바로 이곳이 약속된 땅이니 이 처녀지는 영원히 우리 것이라고 말했을 때, 털썩 무릎 꿇고 앉아 뜨거운 기도를 올리지 않은 사람은 아무도 없었다.

영은 과단성 있는 지도자일 뿐 아니라 능숙한 행정가이기도 했다. 그의 명령에 따라 지도와 수로도(水路圖)가 그려졌고 이것을 근거로 도시 계획이 이루어졌다. 사방의 농장은 각 개인의 지위에 따라 분배되었다. 장사꾼은 장사를 하게 되었고 장인은 자신의 천분에 맞는 일을 시작했다. 요술을 부린 것처럼 마을에 거리와 광장이 생겨났다. 사람들은 농장에 배수 시설을 하고 울타리를 세우고 씨를 뿌렸다. 다음 해 여름이 되자 들판 전체가 황금빛 밀 이삭으로 물결쳤다. 새로운 땅에서는 무슨 일이든 술술 풀렸다. 무엇보다 이들이 도시 한가운데 세운 큰 교회는 점점 높아지고 커졌다. 이주민들이 숱한 위험 속에서도 자신들을 무사히 이끌어주신 그분께 바치는 기념물에서는 동틀 녘부터 어두워질 때까지, 망치질 소리와 톱질 소리가 그치지 않았다.

존 페리어와 그의 양녀가 된 아이는 모르몬교도들과 끝까지 동행했다. 스탠거슨 장로는 어린 루시 페리어를 세 아내와 열두 살짜리 고집쟁이 아들이 함께 쓰는 마차로 기꺼이 받아들였다. 아이답게 엄마의 죽음이라는 충격에서 금방 벗어난 루시는 곧 여자들의 귀염둥이가 되었고 움직이는 포장마차 집에서의 생활에 잘 적응했다. 한편 기력을 회복한 페리어는 유능한 안내인이자 지칠 줄 모르는 사냥꾼으로 두각을 나타냈다. 그는 금세 새로운 동료들의 인정을 받았고 방랑이 끝났을 때는 지도자 영을 비롯한 네 장로 스탠거슨, 켐볼, 존스턴, 드리버를 제외하고, 다른 정착민과 똑같은 자격으로 토지를 분배받았다.

이렇게 얻은 농장 위에 존 페리어는 쓸 만한 통나무집을 지었고, 해마다 증축을 되풀이하여 종내는 커다란 저택을 만들었다. 그는 현실적인 사람이었고 행동거지가 민첩하고 손재주가 좋았다. 그리고 무쇠 같은 체력을 가진 덕분에 아침부터 저녁까지 토지를 개간하는 일에 매달릴 수 있었다. 그리하여 농장을 비롯해서 그에게 속한 모든 것이 급속히 성장했다. 3년이 지나자 그는 이웃들보다 형편이 나아졌고, 6년 뒤에는 유복해졌으며, 9년 뒤에는 부자가 되었고, 12년이 지나자 솔트레이크시티를 통틀어 대여섯 손가락 안에 꼽히는 인물이 되었다.

동료 교인들이 존 페리어에 대해 못마땅해하는 점은 단 한 가지였다. 무슨 말을 해도 그는 다른 교인들이 하는 대로 여자를 얻어 가정을 꾸리려 하지 않았다. 그는 결혼하지 않는 이유에 대해 구구절절 설명한 적이 없었다. 그저 고집불통으로 자신의 결심을 밀고 나갈 뿐이었다. 개중에는 그가 새로 받아들인 종교에 대해 미적지근한 태도를 취한다고 비난하는 이들이 있었다. 또 어떤 이들은 그가 재산 욕심이 많아서 돈 드는 일은 하지 않으려는 거라고 숙덕거리기도 했다. 또 그의 소싯적의 사랑 얘기를 꺼내는 이들도 있었다. 어느 금발의 여인이 동부 연안 어딘가에서 그를 애타게 기다리고 있다는 거였다. 이유야 어찌 됐건, 페리어는 철저하게 독신을 고수했다. 다른 모든 점에서 그는 독실한 모르몬 신자였다. 그에게는 보수적인 정통파 교도라는 별칭이 따라다녔다.

루시 페리어는 그 통나무집에서 자라났고, 양아버지의 일을 열심히 도왔다. 서늘한 산 공기와 짙은 소나무 향기가 서린 그곳은 어린 소녀에게 유모이자 엄마 대신이었다. 세월이 흐르면서 아이는 점점 더 크고 튼튼해졌다. 아이의 두 뺨은 능금 빛으로 익어갔고 걸음걸이는 더욱 가벼워졌다. 페리어의 농장 곁으로 난 신작로를 걸어가는 나그네들은 날씬한 소녀가 밀밭을 뛰어다니는 걸 보고, 또는 소녀가 아버지의 반야생마에 올라타고 진짜배기 서부 아이답게 날렵한 솜씨로 말을 모는 걸 보고 오랫동안 잊고 지내던 시절의 일들이 마음속에 되살아나는 걸 느꼈다. 이렇게 꽃봉오리는 꽃으로 만개했다. 세월은 루시의 아버지를 인근에서 둘째가라면 서러워할 부자로 만들어놓았고, 더불어 루시를 서부 전체에서 으뜸가는 아리따운 미국 소녀로 키워놓았던 것이다.

그러나 아이가 여자가 되었다는 걸 맨 처음 발견하는 사람은 아버지가 아니다. 그런 일은 좀체 없다. 신비스러운 변화는 너무도 미묘하고 느려서 날짜로 계산하는 것은 쉽지 않다. 소녀 자신도, 누군가의 목소리나 손길에서 전율이 느껴질 때야 비로소 자랑스러움과 두려움이 뒤섞인 심정으로 자신의 내부에 어떤 새로운 본능이 깨어나고 있다는 걸 알게 되는 것이다. 새로운 삶이 시작됐다는 걸 일깨워준 어느 하루, 혹은 한 사건을 기억하지 못하는 사람은 없으리라. 루시 페리어의 경우에 그것이 자신이나 다른 여러 사람들에게 미친 영향은 차치하고라도 그 자체로 심각한 사건이었다.

따뜻한 6월 아침. 성도들은 자신들이 상징으로 삼았던 벌통의 꿀벌처럼 바쁘기 이를 데 없었다. 들판과 거리마다 일하는 소리가 울려 퍼졌다. 먼지 나는 신작로에는 짐을 잔뜩 실은 노새의 대열이 끝없이 이어지고 있었다. 그것은 모두 서부로 가는 대열이었다. 캘리포니아에 금광 바람이 불면서 선민(選民)들의 도시를 지나는 길로 사람들이 몰려든 것이다. 또한 외진 목초지에서 오는 양 떼와 황소 떼, 끝없는 여행에 말이건 사람이건 지칠대로 지친 이주민의 대열도 있었다. 이 잡다한 무리를 뚫고 루시 페리어는 능숙한 솜씨로 말을 몰았다. 격렬한 운동을 한 탓에 소녀의 하얀 얼굴은 발갛게 상기되었고 긴 밤색 머리칼은 바람에 흩날렸다. 소녀는 시내에서 아버지의 지시를 받은 뒤 항상 해오던 대로 젊은이답게 겁 없이 말을 달리고 있었다. 루시의 머릿속에는 온통 앞으로 해야 할 일에 대한 생각뿐이었다. 여행에 지친 나그네들은 놀란 눈으로 소녀를 응시했고, 감정을 드러내지 않는 가죽옷 차림의 인디언조차, 평소의 금욕적 태도를 버리고 백인 소녀의 아름다움에 감탄했다.

　도시의 변두리에 다다른 소녀는 엄청난 소 떼가 도로를 막고 있는 것을 보았다. 소 떼를 몰고 있는 것은 평원에서 온 거칠어보이는 목동 대여섯이었다. 소녀는 참지 못하고 소들 사이로 말을 몰아넣어 얼른 이 장애물을 지나가려고 했다. 그러나 빈틈으로 말을 몰아넣었는가 했는데 소녀는 어느새 부리부리한 눈에 긴 뿔이 달린 황소들의 무리로 완전히 둘러싸여 있었다. 소녀는 가축 다루는 일에 익숙했기 때문에 소 때문에 놀라지는 않았으나, 소들의 끝없는 행렬을 뚫고 나가기 위해 틈이 보일 때마다 말을 재촉했다. 그러나 우연인지 어쩌지는 모르지만 황소 하나가 긴 뿔로 말의 옆구리를 들이받았다. 그러자 말은 미친 듯 흥분해서 맹렬하게 코를 불며 뒷발로 일어서서 몸을 좌우로 흔들었다. 웬만큼 노련한 기수가 아니라면 누구든 말에서 떨어지고야 말 상황이었다. 위기일발의 순간이었다. 흥분한 말이 뛰어오를 때마다 황소들은 다시 뿔로 받았고, 이 때문에 말은 더욱 미쳐 날뛰었다. 소녀가 할 수 있는 일은 안장에 꼭 매달려 있는 것뿐이었다. 자칫 말에서 떨어지기라도 하는 날에는 겁에 질린 육중한 짐승의 발굽 아래 밟혀 죽을 판이었다. 갑작스러운 위기 상황에서 당황한 소녀는 머리가 어질어질하고 고삐를 쥔 손에서 힘이 빠져나가는 것을 느꼈다. 서로 다투는 짐승들이 뿜어내는 입김과 자욱한 먼지구름에 숨이 막혀 소녀가 어쩔 줄 모르고 고삐를 놓으려는 찰나, 바로 옆에서 듬직한 남자 목소리가 들렸다. 그리고 힘줄이 두드러진 갈색 손이 겁에 질린 말의 재갈을 붙드는가 싶더니, 금세 말을 소 떼 밖으로 끌고 나갔다.

"아가씨, 다친 데는 없으십니까."

소녀를 구해 낸 청년이 정중하게 물었다.

소녀는 눈을 들어 청년의 시커멓게 그을린 얼굴을 바라보고 깔깔거리며 웃었다.

"난 정말 놀랐어요."

소녀는 천진난만하게 말했다.

"폰초가 소 떼를 보고 놀랄 줄 어떻게 알았겠어요?"

"안장에서 떨어지지 않은 게 천만다행입니다."

청년은 진심으로 말했다. 그는 키는 훌쩍 큰 데다 매섭게 생겼고 힘센 얼룩말을 타고 있었다. 그리고 거친 사냥꾼 옷에 긴 소총을 어깨에 메고 있었다.

"혹시 존 페리어 씨의 따님 아니십니까?"

청년은 말했다.

"아까 페리어 씨의 집에서 말을 타고 나오시는 것을 보았지요. 아버님을 뵈면 세인트루이스의 제퍼슨 호프 씨를 기억하고 계신지 물어봐주십시오. 아버님께서 제가 알고 있는 그 페리어 씨가 맞는다면 아가씨의 아버님과 우리 아버님은 아주 친한 사이였습니다."

"직접 와서 물어보지 그래요?"

루시 페리어는 새침하게 물었다.

젊은이는 내심 그 말이 반가운 듯, 검은 눈에 기쁜 빛이 가득했다.

"그러지요. 우린 두 달 동안 산속에 있었습니다. 그래서 남의 집을 방문할 만한 몰골은 아닙니다. 아버님은 우릴 보시면 이해해 주셔야 합니다."

"우리 아버지는 당신한테 감사해야 할 충분한 이유가 있어요. 그건 나도 마찬가지고요."

루시는 대답했다.

"아버지는 나를 굉장히 사랑하세요. 만약 그 소 떼가 날 밟고 지나갔다면 아버지는 평생 충격에서 헤어나지 못하실 거예요."

"그건 저도 마찬가지일 겁니다."

청년이 말했다.

"당신이! 글쎄요, 하지만 당신한테는 상관없는 일이었을 텐데요. 당신은 아직 내 친구도 아니잖아요."

이 말을 듣고 젊은 사냥꾼의 구릿빛 얼굴은 어두워졌고 루시 페리어는 그것을 보고 큰 소리로 웃음을 터뜨렸다.

"이봐요, 그건 농담이었어요."

루시는 말했다.

"당신은 이제 내 친구가 된걸요. 우리 집에 꼭 와야 해요. 나는 얼른 가봐야겠어요. 안 그러면 아버지는 더 이상 나를 믿고 일을 맡기지 않으실 테니까요. 그럼 안녕!"

"안녕."

청년은 챙이 넓은 밀짚모자를 벗고 고개를 숙여 소녀의 작은 손에 입술을 가져다 댔다. 소녀는 말 머리를 돌린 다음 말을 채찍질하여 넓은 신작로를 쏜살같이 달려갔다. 그 뒤로 한 줄기 먼지구름이 피어올랐다.

젊은 제퍼슨 호프는 과묵한 동료들과 함께 계속 말을 달렸다. 이들 일행은 은광을 찾아서 네바다 산맥을 돌아다니다가 자신들이 발견한 광맥을 개발하는 데 필요한 자본을 끌어모으기 위해 솔트레이크시티로 돌아오는 중이었다. 조금 전의 돌발 사태가 그의 관심을 전혀 다른 방향으로 돌려놓기 전까지만 해도 그는 다른 동료들과 마찬가지로 광산업에만 열중하고 있었다. 그러나 시에라의 산들바람처럼 솔직하고 건강한 예쁜 소녀를 본 순간, 활화산 같은 정열을 간직한 그의 가슴은 크게 요동쳤다. 소녀가 시야에서 사라졌을 때, 그는 자신이 삶의 한고비에 섰다는 사실을 깨달았다. 은광 개발이든 뭐든, 방금 눈앞에 나타난 매혹적인 소녀에 비하면 아무것도 아니었다.

그의 가슴속에서 솟구쳐 오른 사랑은 소년기의 변덕스러운 환상이 아니라, 강인한 의지와 전제적인 기질을 가진 한 남자의 거칠고 강한 열정이었다. 그는 무슨 일을 하건 실패를 모르는 사람이었다. 그는 이 사랑이 인간의 노력과 끈기로 이룰 수 있는 것이라면 기필코 그것을 쟁취하고 말겠노라고 마음속으로 맹세했다.

청년은 그날 저녁, 그리고 그다음에도 수없이 존 페리어네 집을 찾아갔다. 그는 이제 농장에서 친근한 얼굴이 되었다. 유타 주의 골짜기에 갇힌 채 일밖에 몰랐던 존은, 지난 12년간 세상 돌아가는 소식을 까맣게 모르고 살아왔다. 이 때문에 제퍼슨 호프의 이야기는 존 페리어뿐만 아니라 그 딸에게도 매혹적인 것이었다. 호프 청년은 캘리포니아에서 개척민 노릇을 한 적이 있었고, 그래서 초기의 평온한 시기에 일확천금을 하거나 재산을 탕진한 사람들의 기이한 얘기를 많이도 알고 있었다. 또한 탐사 활동을 한 적도 있고, 덫 사냥꾼, 은광 개발업자, 목동 노릇을 한 적도 있었다. 무슨 흥미로운 모험이 있을 만한 곳이면 제퍼슨 호프는 만사를 제치고 그곳으로 달려갔었다.

늙은 농부는 곧 호프라는 청년에게 호감을 갖게 되었고 입에 침이 마르도록 그를 칭찬하게 되었다. 그럴 때면 루시는 아무 말도 안 했지만, 상기된 뺨과 행복으로 빛나는 눈동자를 보면 소녀가 누구에게 마음을 빼앗겼는지 분명하게 알 수 있었다. 아버지는 딸의 이러한 모습을 못 보았을 수도 있지만, 루시의 사랑을 얻어낸 젊은이는 용케 그것을 알아보았다.

어느 여름 저녁, 청년은 말을 타고 달려와 집 앞에 말을 세웠다. 집 안에 있던 루시 페리어는 청년을 맞이하러 밖으로 나갔다. 청년은 울타리 너머로 고삐를 던지고 뚜벅뚜벅 대문 안으로 들어왔다.

"루시, 나 지금 떠날 거요."

청년은 루시의 손을 잡고 그녀의 얼굴을 그윽한 눈길로 내려다보았다.

"지금은 같이 가달라고 얘기하지 않겠소. 하지만 내가 다시 돌아오면 그때 나랑 같이 떠나주겠소?"

"그게 언젠데요?"

루시 페리어는 얼굴을 붉히고 깔깔거리며 물었다.

"기껏해야 앞으로 두 달이오. 내 사랑, 두 달 뒤에 와서 당신을 데려갈 테요. 아무도 우리 사이를 갈라놓지는 못할 거요."

"우리 아버지는요?"

루시는 물었다.

"아버님께선 승낙하셨소. 물론 광산 일이 잘돼야 한다는 조건을 다셨소. 하지만 나는 그 일에 대해서는 자신 있소."

"오, 물론 그렇겠지요. 당신이 아버지와 벌써 얘기를 끝냈다면 이제 됐어요."

루시는 속삭이며 청년의 넓은 가슴에 뺨을 댔다.

"고맙소!"

청년은 쉰 목소리로 말하며 몸을 굽히고 여자에게 입 맞췄다.

"그럼 일은 결정된 거요. 여기 오래 있을수록 떠나기가 힘들어질 것 같소. 일행이 협곡에서 날 기다리고 있어요. 안녕, 내 사랑, 안녕. 두 달 뒤에 오겠소."

제퍼슨 호프는 억지로 몸을 돌려 말에 올라타고 쏜살같이 달려갔다. 여자의 모습을 한 번 더 보았다간 결심이 흔들릴까 봐 겁내는 것처럼, 그는 뒤도 돌아보지 않고 갔다. 루시는 대문 앞에 서서 애인이 시야에서 사라질 때까지 바라보다가 다시 집 안으로 들어갔다. 루시 페리어는 유타에서 가장 행복한 여자였다.

존 페리어, 선지자와 이야기하다

제퍼슨 호프 일행이 솔트레이크시티를 떠난 지 3주가 흘렀다. 존 페리어는 청년이 돌아오면 양딸을 떠나보내야 한다는 생각을 할 때마다 속이 쓰렸다. 그러나 그 어떤 구구한 말보다도 딸아이의 밝고 행복한 얼굴을 보면 현실을 인정할 수밖에 없었다. 그는 항상 마음속으로, 무슨 일이 있어도 딸아이를 절대로 모르몬 교도와는 결혼시키지 않으리라고 결심하고 있었다. 그가 보기에 그런 결혼은 결혼이라고 할 수도 없는 치욕이고 망신이었다. 그는 모르몬교의 다른 교리야 어떻든, 그 점에 대해서만은 고집불통이었다. 그러나 그는 그 문제에 대해서 입을 다물지 않으면 안 되었다. 왜냐하면 교리에 어긋나는 의견을 표명하는 것은 당시, 성도들의 땅에서는 위험한 일이기 때문이었다.

그렇다, 그것은 위험한 일이었다. 그게 어느 정도냐면, 가장 신앙심이 두터운 성도조차 종교적인 의견을 피력할 때는 숨죽여

속삭이는 정도였다. 자신의 입에서 흘러나온 말이 혹시 무슨 오해라도 받게 되면 가차 없는 징벌이 내려지기 때문이었다. 핍박당하던 이들이 이제는 자신의 이익을 위해 남을 핍박하는 자로 돌변했는데, 그것은 말하기조차 끔찍한 것이었다. 세비야의 종교 재판소도, 독일의 벰게리히트도, 이탈리아의 비밀 단체도, 유타 주에 먹구름을 드리운 모르몬교의 비밀 조직보다 더 무서운 것은 아니었다.

눈에 띄지 않게 비밀리에 활동하는 것이 이 조직을 두 배 더 무서운 것으로 만들었다. 이 조직은 모르는 것이 없고 못 하는 일이 없는 것 같았으나 밖으로 드러난 것은 전혀 없었다. 교회에 반기를 든 사람은 홀연히 사라지곤 했지만, 그가 어디로 갔는지, 그에게 무슨 일이 생겼는지 아무도 알지 못했다. 처자식들은 집에서 가장을 기다렸지만 그가 집에 돌아와서 비밀 재판관이 자신에게 어떤 벌을 내렸는지 말해 주는 일은 없었다. 경박한 말 한마디나 섣부른 행동의 대가는 행방불명이었지만, 아무도 자신들을 억누르는 이 무서운 권력이 어떤 것인지 알지 못했다. 사람들이 공포와 두려움에 떠는 것은 놀라운 일이 아니었다. 들판 한 가운데서도 사람들은 마음을 찍어 누르는 의혹에 대해 속삭여볼 엄두조차 내지 못했다.

처음에 이 무서운 비밀 조직은 모르몬 신앙을 받아들였다가 나중에 개종하거나 신앙을 포기하려고 하는 변절자들만을 찾아서 응징했다. 그러나 응징 범위는 점점 넓어졌다. 성인 여자들이 부족해지면서, 여성 인구를 끌어오지 못하는 일부다처제는 어리석기 짝이 없는 교리가 되었다. 야릇한 소문이 나돌기 시작했다. 인디언이 한 번도 출몰한 적이 없는 지역에서 이민자들이 살해당했다거나 야영지가 약탈당했다는 소문이 떠돌았다. 장로들의 하렘에 새로운 여자들이 나타났다. 초췌한 얼굴로 울고 있는 그녀들의 얼굴에는 지울 수 없는 공포의 흔적이 남아 있었다. 산을 넘어온 나그네들은 복면을 하고 무장한 사내들이 어둠 속에서 고양이처럼 소리 내지 않고 지나갔던 일에 대해 얘기했다. 소문에 소문이 꼬리를 물면서 그것은 구체적인 형태를 갖추기 시작했고 종내는 이름까지 나오게 되었다. 이제 서부의 외딴 농장에서 복수의 천사라는 이름은 불길하고 두려운 것이 되었다.

그토록 끔찍한 짓을 자행하는 조직에 대해 더 많은 것이 알려지면서 사람들이 느끼는 공포심은 잦아들기는커녕 점점 강해졌다. 이 무시무시한 조직에 속해 있는 자가 누군지는 아무도 몰랐다. 종교의 이름으로 저질러지는 유혈이 낭자한 폭력 행위에 참가한 사람들의 명단은 철저하게 비밀에 부쳐졌다. 선지자와 그의 사명에 대한 걱정을 들어주던 바로 그 친구가, 밤에 횃불과 칼을 들고 와서 끔찍한 보복을 자행하는 바로 그 집단의 일원일수도 있는 것이다. 그런 까닭에 사람들은 누구나 이웃을 두려워했고, 심중에 있는 말을 아무에게도 털어놓지 않았다.

어느 화창한 아침, 존 페리어는 막 밀밭에 나가려고 하다가 대문이 삐걱거리는 소리를 듣고 창밖을 내다보았다. 연한 갈색 머리의 뚱뚱한 중년 사내가 마당으로 들어오고 있었다. 그는 가슴이 쿵 하고 내려앉는 듯했다. 손님은 다름 아닌 위대한 지도자

브리검 영이었다. 이런 방문이 좋을 턱이 없다는 것을 알고 있던 까닭에, 페리어는 불안한 심정으로 현관으로 달려가 모르몬교의 수장을 맞아들였다. 그러나 지도자는 페리어의 인사를 받는 둥 마는 둥 하고 험악한 얼굴로 거실에 좌정했다. 영은 옅은 눈썹 아래 자리 잡은 눈을 날카롭게 치뜨며 말했다.

"페리어 형제, 우리 진실한 교도들은 당신에게 훌륭한 친구가 되어주었다. 우리는 사막에서 굶주리는 당신을 구해 주었고, 음식을 나누어주었으며, 당신을 선택된 땅으로 무사히 데려왔고, 넓은 땅을 나누어주었다. 그리하여 당신은 우리의 보호 아래 큰 재산을 일굴 수 있었다. 그렇지 아니한가?"

"그렇습니다."

존 페리어가 대답했다.

"이 모든 것에 대한 대가로 우리는 단 한 가지를 요구했을 뿐이다. 그것은 참된 신앙을 받아들이고 그 신앙의 관습에 순응하여 살라는 것이었다. 당신은 그렇게 하겠노라고 약속했다. 그런데 항간에 떠도는 이야기가 옳다면 당신은 그 약속을 지키지 않았다."

"제가 약속을 지키지 않았다고요?"

페리어는 간언을 드리듯 두 손을 들어 올리며 말했다.

"제가 공동 기금에 돈을 내지 않았습니까? 제가 교회에 출석하지 않았습니까? 아니면 제가 무슨……?"

"당신의 아내들은 어디 있는가?"

영은 주위를 둘러보며 말했다.

"여자들을 불러서 내게 인사시켜라."

"제가 결혼하지 않은 것은 사실입니다."

페리어는 대답했다.

"하지만 여자들은 그 수가 적은데, 저보다 더 여자를 필요로 하는 형제들이 많습니다. 저는 혼자 살지 않았습니다. 제게는 시중을 들어주는 딸이 있습니다."

"내가 여기까지 찾아온 것은 바로 당신의 딸 때문이다."

모르몬교의 수장이 말했다.

"당신 딸은 유타의 꽃으로 피어났고, 이곳의 높은 사람들이 당신 딸을 어여삐 보게 되었다."

존 페리어는 마음속으로 신음했다.

"그런데 당신 딸이 이방인과 정혼했다는 해괴한 소문이 떠돌고 있다. 그러나 그것은 할 일 없는 자들의 입방아가 틀림없다. 성스러운 조셉 스미스의 열세 번째 계율은 무엇인가? '참된 신앙을 가진 처녀들은 선민의 자식과 혼인하라. 만약 그렇게 하지 않고 이방인과 혼인한다면 무거운 죄를 짓는 것이다.' 계율이 이럴진대, 성스러운 신앙을 갖고 있다고 부르짖는 당신의 딸이 계율을 어긴다는 것은 있을 수 없는 일이다."

존 페리어는 아무 말 없이, 신경질적으로 말채찍을 만지작거렸다.

"당신의 신앙은 온전히 이 한 가지 점에서 시험받을 것이다. 이것이 성스러운 장로 회의의 결정이다. 여자가 아직 어리니 늙은이와 혼인시키지는 않을 것이고, 또 여자에게서 선택권을 박탈하지도 않을 것이다. 우리 장로들에겐 암소(헤버 C. 켐볼은 어느 설교에서 100여 명에 달하는 자신의 아내들을 이렇게 불렀다 ─ 지은이)가 많지만 우리 아이들에겐 아직도 많이 모자란다. 스탠거슨에게도 아들이 있고 드리버에게도 아들이 있다. 어느 쪽이든 당신 딸을 기쁘게 집안으로 맞아들일 것이다. 딸에게 선택하라고 일러라. 그 아들들은 젊고 부유하며 참된 신앙을 가지고 있다. 자, 어떻게 할 텐가?"

페리어는 이맛살을 찌푸린 채 잠시 동안 말이 없었다.

"저희들에게 시간을 주십시오."

그는 마침내 입을 열었다.

"우리 딸은 아직 어립니다. 혼인할 나이가 되려면 멀었습니다."

"당신 딸에게 한 달의 여유를 주겠다."

영은 자리에서 일어서며 말했다.

"정해진 시간이 지나면 여자는 어느 쪽을 택할 것인지 대답해야 한다."

영은 문턱을 넘어섰다가 돌아섰다. 그는 상기된 얼굴로 눈을 번쩍거리며 벽력같이 고함을 쳤다.

"존 페리어, 당신 부녀가 감히 성스러운 장로 회의의 결정을 뿌리친다면 차라리 시에라 블랑코에서 해골이 되어 뒹구는 편이 더 나았다는 것을 알게 될 것이다!"

영은 위협하는 듯한 손짓과 함께 몸을 돌렸다. 자갈이 깔린 길 위로 지도자의 무거운 발소리가 울렸다.

페리어가 무릎에 팔꿈치를 고이고 앉아서 딸아이에게 이 얘기를 어떻게 해야 할지 고심하고 있을 때, 몸에 부드러운 손길이 닿는 것을 느꼈다. 고개를 들어보니 루시가 옆에 와 서 있었다. 겁에 질린 창백한 얼굴만 봐도 소녀는 이미 둘 사이에 오간 얘기를 다 들은 것이 분명했다.

"다 들었어요."

루시 페리어는 아버지의 묻는 듯한 눈길을 느끼고 이렇게 대답했다.

"그분의 목소리가 집 안에 쩌렁쩌렁 울렸는걸요. 오, 아버지, 아버지, 이제 우린 어떻게 해요?"

"너무 무서워하지 마라."

페리어는 딸을 끌어안고 크고 투박한 손으로 밤색 머리를 부드럽게 쓰다듬어주었다.

"어떻게든 좋은 쪽으로 해결이 날 거다. 너, 그 녀석에 대한 감정이 식은 건 아니겠지? 응?"

루시는 대답 대신 흐느끼며 아버지의 손을 꼭 쥐었다.

"그래, 물론 그렇지 않겠지. 네가 그렇다고 대답하기를 바라지는 말아야지. 그 아이는 장래성이 있는 청년이야. 그리고 기독교도지. 여기 놈들이 아무리 기도니 설교니 하고 설쳐대더라도 그 녀석 발꿈치에도 못 쫓아간단다. 내일 네바다로 떠나는 패거리가 있으니까 우리가 오도 가도 못하게 됐다는 편지를 그 아이한테 인편으로 보내도록 해보마. 내가 사람을 제대로 보았다면, 그 아이는 전광석화처럼 말을 달려서 돌아올 게다."

루시는 아버지의 표현이 우스웠는지 눈물 젖은 얼굴로 웃음을 터뜨렸다.

"그이가 돌아오면 어떻게 하는 게 좋을지 말해 줄 거예요. 하지만 제가 두려운 건 아버지 때문이에요. 선지자에게 반대한 사람들은 무, 무서운 일을 당하게 된대요. 반드시 끔찍한 일을 당한대요."

"하지만 우린 아직 반대하지 않았잖니."

아버지는 대답했다.

"미리 대비할 시간이 있을 게다. 아직 한 달이 남았으니까. 한 달 뒤에는 유타를 벗어나는 게 상책일 거야."

"유타를 떠난다고요!"

"그렇지."

"하지만 농장은요?"

"돈으로 바꿀 수 있는 건 최대한 바꿔두고 나머지는 그냥 놔두고 갈 수밖에. 솔직히 말하면 얘야, 내가 이런 생각을 한 것은 이번이 처음은 아니란다. 나는 여기 놈들처럼 그 빌어먹을 선지자 앞에서 고개를 조아리는 일이 영 내키지 않는다. 나는 자유롭게 태어난 미국인이라, 여기 풍습은 정말 맞지가 않는구나. 뭔가를 새로 배우기에는 내가 너무 늙은 모양이야. 만일 그자가 이 농장에 어슬렁거리며 나타난다면 다음에는 총알 세례를 퍼부어 줄 테다."

"하지만 그 사람들은 우릴 그냥 가게 놔두지 않을 거예요."

딸은 반대했다.

"제퍼슨이 올 때까지 기다려보자. 무슨 수가 생길 거다. 그리고 너무 속 태우지 마라. 네가 울어서 퉁퉁 부은 눈을 하고 있으면 그 녀석이 네 꼴을 보자마자 나한테 덤벼들 게야. 무서워할 건 아무것도 없다."

존 페리어는 자신만만한 말투로 이렇게 딸을 위로했지만 그날 밤 그는 유난히 문단속을 철저히 했다. 그리고 침실 벽에 걸어둔 낡고 녹슨 엽총을 내려서 조심스럽게 소제하고 총알을 장전해 두었다.

필사의 도주

모르몬의 선지자와 이야기를 나눈 다음, 존 페리어는 그 길로 솔트레이크시티를 찾아가 네바다 산맥으로 떠날 준비를 하고 있는 지인을 찾아내어 제퍼슨 호프에게 보내는 편지를 맡겼다. 그는 청년에게 보내는 편지에서 눈앞에 닥친 위험에 대해 설명하고 한시바삐 돌아올 것을 부탁했다. 편지를 맡긴 다음 그는 한층 가벼워진 마음으로 집에 돌아왔다.

농장이 가까워지자, 대문 기둥에 두 필의 말이 묶여 있는 게 보였다. 깜짝 놀라 집 안에 들어가보니 두 청년이 거실을 차지하고 있었다. 하나는 말상에 낯빛이 창백했는데 흔들의자에 떡하니 앉아서 난로 위에 발을 올려놓고 있었다. 다른 하나는 창가에 서 있었는데 황소처럼 굵은 목에 천박하고 오만한 인상이었다. 창가에 서 있는 청년은 주머니에 손을 찌른 채 유행하는 찬송가를 휘파람으로 불고 있었다. 페리어가 들어오자 둘 다 고개를 까딱

했고, 흔들의자에 앉은 쪽이 먼저 입을 열었다.

"아마 우리를 모르실 거요. 저쪽은 드리버 장로의 아들이고 나는 조셉 스탠거슨이오. 주께서 손을 뻗으사 당신들을 구원하여 진실된 무리 속에 넣어주셨던 그 사막에서, 같은 마차를 타고 갔던 바로 그 사람이지요."

"때가 되면 주님께서는 모든 나라들을 건지시리니, 그분의 맷돌은 천천히 돌아도 대단히 곱게 빻도다."

창가의 젊은이가 콧소리로 말했다.

존 페리어는 차갑게 인사했다. 그는 자신을 찾아온 두 청년이 누구인지 이미 짐작하고 있었다. 스탠거슨이 말을 계속했다.

"우리가 여기 온 것은, 우리 둘 중 한 사람이 당신 딸에게 장가드는 게 좋겠다는 양쪽 아버님의 말씀이 계셨기 때문이오. 하지만 나한테는 아내가 넷뿐이지만 드리버 형제에겐 일곱이나 되기 때문에, 내 사정이 훨씬 급하다고 봅니다."

"스탠거슨 형제, 아니지, 그건 아냐."

드리버가 소리쳤다.

"문제는 지금 아내가 몇 명이냐가 아니라, 여자들을 거느릴 능력이 어느 정도냐일세. 우리 아버지는 나한테 방앗간을 넘겨주셨네. 그래서 내가 자네보다 재산이 더 많아졌지."

"하지만 장래성을 보면 내 쪽이 훨씬 낫지."

스탠거슨이 흥분한 목소리로 말했다.

"주께서 우리 아버지를 데려가시면 아버지의 피혁 공장이 내것이 된단 말이야. 그리고 나는 자네보다 나이도 많은 데다가 교회에서 지위도 더 높지 않나."

"이 사람아, 선택권은 아가씨 손에 있네."

젊은 드리버는 유리창에 비친 자신의 모습을 보고 싱글거리며 대꾸했다.

"모든 걸 다 아가씨의 선택에 맡기자고."

이런 대화가 오가는 동안, 존 페리어는 말채찍으로 두 놈의 등짝을 후려갈기고 싶은 충동을 간신히 억누르며 문 앞에 서 있었다.

"나 좀 보지."

존 페리어는 마침내 말하며 두 사람을 향해 성큼성큼 다가갔다.

"우리 딸이 자네들을 부르면 여기 와도 좋아. 하지만 그러기 전에는 자네들 얼굴을 다시 보고 싶지 않군."

두 모르몬교 청년은 깜짝 놀라서 페리어의 얼굴을 멍하니 바라보았다. 두 사람이 보기에는 자신들이 한 여자를 두고 이렇게 경쟁을 벌이는 것이 여자와 여자의 아버지에게는 더할 나위 없는 영광이었다.

"이 집을 나가는 방법이 두 가지가 있다."

페리어는 소리 질렀다.

"문으로 나갈 수도 있고 창문으로 나갈 수도 있지. 어느 쪽을 택할 테냐?"

페리어의 갈색으로 그을린 얼굴은 사납기 짝이 없었고, 뼈마디가 불거진 손은 당장에라도 이쪽으로 날아올 것 같았으므로 두 손님은 재빨리 일어나서 방을 뛰쳐나갔다. 늙은 농부는 두 사람의 뒤를 따라갔다.

"어느 쪽으로 나가는 게 좋을지 결정되면 나한테 알려주게."

농부는 빈정거리는 투로 말했다.

"당신 무사하지 못할 거야!"

스탠거슨은 화가 나서 하얗게 질린 얼굴로 외쳤다.

"당신은 선지자와 장로 회의에 반항했어. 당신은 죽는 날까지
이 일을 후회할 거다."

"주께서 손을 들어 당신을 칠 것이다."

젊은 드리버가 외쳤다.

"주께서 일어서서 당신을 내려칠 것이다!"

"그러면 내가 먼저 내려치기로 하지."

페리어는 불끈거리며 고함을 질렀다. 루시가 달려와서 팔을 붙
들고 말리지 않았다면 그는 2층으로 달려가서 총을 꺼내 왔을
것이다. 부녀가 실랑이를 하고 있는 사이 말발굽 소리가 들려왔
다. 두 청년은 벌써 멀찌감치 달아나고 있었다.

"저 쥐새끼 같은 자식들!"

페리어는 이마에서 땀을 훔쳐내며 고함을 질렀다.

"얘야, 차라리 우리가 죽는 게 낫지, 네가 저런 놈들에게 팔려
가는 꼴은 못 보겠구나."

"저도 그래요, 아버지."

루시는 결연히 대답했다.

"하지만 그이가 곧 올 거예요."

"그래. 곧 올 거다. 빨리 올수록 좋지. 우리는 이제 어떻게 해야

할지도 모르고 있으니까."

사실, 지금이야말로 고집 센 늙은 농부와 양딸에게 절실히 도움이 필요할 때였다. 거주지의 짧은 역사에서 장로들의 권위에 이토록 노골적으로 저항한 예는 일찍이 없었다. 사소한 과오를 저지른 이들도 그렇게 무자비하게 처벌받는데, 대죄를 저지른 이들의 운명은 어찌 될 것인가? 페리어는 자신의 재산과 지위는 전혀 도움이 안 될 것임을 잘 알고 있었다. 그 못지않게 재산이 많고 평판이 높은 사람들도 행방불명이 되었고, 그들의 재산은 교회로 넘어갔다. 그는 용감한 사람이었지만 어딘가에서 자신을 노리는 보이지 않는 테러 집단 앞에서는 떨 수밖에 없었다. 눈에 보이는 위험에 대해서는 이를 악물고 맞서겠지만 이렇게 막연한 공포에는 대항할 방법이 없었다. 그는 딸 앞에서는 두려움을 감추고 별일 아닌 척하려고 애썼지만, 루시 페리어는 사랑하는 아버지가 불안해하고 있다는 사실을 민감하게 알아차렸다.

존 페리어는 자신의 행위에 대해 선지자 영이 모종의 준엄한 경고를 전해 올 거라고 생각했는데 그의 생각은 틀리지 않았다. 그러나 그 방식은 완전히 상상을 뛰어넘는 것이었다. 다음 날 아침 잠자리에서 일어난 그는 자신이 덮고 잤던 이불의 가슴께에 쪽지 한 장이 꽂혀 있는 것을 보고 소스라치게 놀랐다. 그 쪽지에는 굵은 글씨로 다음과 같은 글이 휘갈겨져 있었다.

'반성할 시간을 29일 주겠다. 그다음에는…….'

말줄임표는 어떤 협박보다 더한 공포를 안겨주었다. 존 페리어는 이런 경고문이 어떻게 자신의 방에 들어왔는지 곰곰이 생각해 보았지만 도무지 알 수 없었다. 하인들은 바깥채에서 자는 데다가, 집 안의 문이란 문은 죄다 잠겨 있었다. 그는 쪽지를 구겨버리고 딸에게는 아무 말도 하지 않았지만 가슴 서늘한 두려움을 느꼈다. 29일이란 날짜는 영이 약속했던 한 달을 의미하는 것이 분명했다. 그토록 신비스러운 힘을 지닌 적에게 대항하려면 어떤 힘이나 용기가 필요한 것일까? 쪽지에 핀을 꽂았던 그 손은 그의 심장에 칼을 꽂을 수도 있었다. 그랬다면 그는 자신을 죽인 상대가 누군지도 알지 못하고 죽었을 것이다.

다음 날 아침에는 더욱 무서운 일이 생겼다. 페리어 부녀가 아침 식사를 하려고 앉았을 때, 루시가 외마디 소리를 지르며 위쪽을 가리켰다. 천장 한가운데, '28'이라는 숫자가 삐뚜름하게 쓰여있었다. 그것은 타다 남은 막대기로 쓴 것이 틀림없었다. 딸도 아버지도, 도대체 이게 어찌 된 노릇인지 알지 못했다. 그날 밤 페리어는 총을 든 채 밤새워 지키고 앉아 있었다. 그는 아무것도 보지 못하고 듣지 못했지만, 아침에 나가보니 현관문 밖에 '27'이라는 숫자가 큼직하게 쓰여 있었다.

이렇게 하루하루 시간이 흘러갔다. 아침에 나가보면 보이지 않는 적이 어딘가 눈에 잘 띄는 곳에, 자비로운 한 달에서 며칠이 남았는지를 적어놓은 것이 보였다. 어떤 때는 무서운 숫자가 벽에 쓰여 있었고, 어떤 때는 바닥에 쓰여 있었다. 가끔은 숫자가 적힌 작은 판자가 대문이나 울타리에 걸려 있기도 했다. 존 페리어는 밤새 망을 보았지만 누가 매일같이 이런 경고를 남겨놓는지는 알 수 없었다. 그는 거의 미신적인 공포에 사로잡혔다. 얼굴은 수척해지고 몹시 불안해했다. 두 눈에는 쫓기는 짐승처럼 고통스러운 표정이 떠올랐다. 단 하나 남은 희망은 젊은 사냥꾼이 한시바삐 네바다에서 돌아와주는 것이었다.

20일은 15일로 바뀌었고 15일은 10일로 바뀌었지만, 떠나간 사람에게선 아무 소식이 없었다. 숫자는 하나씩 줄어들었지만 그가 왔다는 표시는 어디에도 없었다. 말 탄 사람이 신작로를 달려갈 때마다, 마차를 모는 마부가 뒤에 탄 사람들에게 큰 소리로 말을 걸 때마다, 늙은 농부는 혹시 청년이 온 게 아닌가 하여 부랴부랴 문밖으로 뛰어나갔다. 그러나 5일이 4일이 되고, 그것이 다시 3일로 바뀌자, 그는 결국 용기를 잃었고 도망칠 수 있으리라는 희망을 버렸다. 농부는 정착촌을 둘러싸고 있는 산맥에 대해 거의 아무것도 모르는 데다가 더구나 혼자였다. 통행인들에 대해서는 엄격한 감시와 검문이 이루어졌고, 장로 회의의 허가 없이는 누구도 함부로 도로를 지나갈 수 없었다. 어느 쪽을 돌아보아도 파국을 피할 길은 없어 보였다. 그러나 딸에게 치욕스러운 일을 허락하느니 차라리 죽고 말겠다는 노인의 결심에는 변함이 없었다.

어느 날 저녁, 존 페리어는 혼자 앉아서 눈앞에 닥친 일에 대해 곰곰이 생각하며 거기서 빠져나갈 길을 찾아보았다. 뾰족한 수는 떠오르지 않았다. 그날 아침 그의 집 담벼락에는 '2'라는 숫자가 쓰여 있었다. 다음 날은 저쪽에서 허락한 시간의 마지막이 될 터였다. 그때가 되면 어떤 일이 벌어질 것인가? 온갖 억측과 무서운 상상이 쉼 없이 떠올랐다. 그리고 딸아이? 내가 없으면 딸

아이는 어떻게 될 것인가? 사방에서 옥죄어오는 보이지 않는 그 물망을 빠져나갈 길은 없는가? 늙은 농부는 탁자에 이마를 대고 자신의 무능함에 눈물 흘렸다.

무슨 소리일까? 사위는 온통 고요한데 조그맣게 긁는 소리가 들려왔다. 소리는 나지막했지만 조용한 밤이라서 아주 또렷하게 들렸다. 그것은 현관문 쪽에서 들려왔다. 페리어는 홀로 나가 가만히 귀 기울였다. 잠시 잠잠해지는 듯하더니 나지막하게 긁는 듯한 소리가 다시 들려왔다. 누군가 현관문을 아주 조그맣게 두드리고 있는 것이 틀림없었다. 비밀 재판소의 살인 명령을 받고 온 한밤중의 살인자일까? 아니면 마지막 은혜의 날이 왔다는 것을 표시하러 온 행동 대원일까? 존 페리어는 가슴을 짓누르며 신경을 갉아먹는 이런 공포보다는 차라리 당장 죽는 게 낫다고 생각했다. 그는 벌떡 일어나 빗장을 열고 현관문을 열어젖혔다.

밖은 쥐 죽은 듯 조용했다. 밤하늘에 별들이 반짝이는 상쾌한 밤이었다. 눈에 보이는 것은 집 앞의 작은 정원과 울타리, 대문이었다. 사람의 그림자라곤 어디에도 보이지 않았다. 페리어는 안도의 한숨을 쉬고 좌우를 번갈아 바라보았다. 그러나 우연히 발밑에 시선이 닿았을 때, 그는 한 남자가 바닥에 납작 엎드려 있는 모습을 보고 기겁을 했다.

존 페리어는 너무 놀란 나머지 고함 소리가 터져 나오는 것을 막기 위해 입을 막아야 했다. 그는 벽에 바짝 붙어 섰다. 맨 처음에는 그렇게 엎드려 있는 인물이 부상자나 죽어가는 사람이 아닐까 하는 생각이 들었지만, 그가 보고 있는 앞에서 그 사람은 슬금슬금 땅바닥을 기더니 뱀처럼 빠르고 조용하게 집 안으로 들어왔다. 일단 집에 들어오자 그는 벌떡 일어서서 현관문을 닫았다. 어안이 벙벙해진 농부 앞에 서 있는 사람은 매서운 얼굴에 굳은 표정을 한 제퍼슨 호프였다.

"맙소사!"

존 페리어는 숨을 헐떡였다.

"자넨 정말 사람을 놀라게 하는군! 어째서 그 모양으로 들어오는 건가?"

"먹을 걸 좀 주세요."

호프는 쉰 목소리로 말했다.

"저는 48시간 동안 빵 한 조각, 물 한 모금 먹을 시간이 없었습니다."

탁자에 저녁때 먹다 남긴 차가운 고기와 빵이 놓여 있는 걸 보고 그는 두말없이 달려들어 게걸스럽게 먹어치우기 시작했다.

"루시는 잘 견디고 있습니까?"

청년은 허기를 채운 다음 물었다.

"그래. 그 애한테는 상황이 얼마나 위험한지 말하지 않았네."

페리어가 대답했다.

"잘하셨습니다. 이 집은 사방에서 감시당하고 있습니다. 제가 여기까지 기어온 건 바로 그 때문입니다. 놈들도 꽤나 노련한 것 같지만, 이 와쇼(시에라네바다 산맥 동쪽의 타호 호(湖) 주변에 살던 북아메리카 인디언 ──옮긴이) 사냥꾼을 잡기에는 역부족이지요."

존 페리어는 헌신적인 동맹군이 생겼다는 걸 깨닫자 완전히 딴사람이 된 기분이었다. 그는 청년의 가죽처럼 마른 손을 꼭 잡았다.

"자네가 정말 자랑스러우이. 어려움과 고통을 나누러 와줄 사람은 많지 않다네."

"어르신, 옳은 말씀입니다."

젊은 사냥꾼은 대답했다.

"저는 어르신을 존경합니다. 하지만 이 일에 관련된 사람이 어르신만이었다면 저는 이런 말벌통 속으로 쉽게 뛰어들지 못했을 겁니다. 제가 여기 온 것은 루시 때문입니다. 유타 주의 호프 일가가 씨가 마르기 전에는 루시를 털끝 하나 다치지 못하게 할 겁니다."

"이제 우리는 어떻게 해야 하나?"

"내일이 마지막 날입니다. 오늘 밤 움직이지 않으면 끝장이지요. 저는 독수리 협곡에 노새 한 마리와 말 두 마리를 대기시켜놓았습니다. 어르신께선 돈을 얼마나 가지고 계신가요?"

"금으로 2000달러하고 지폐로 다섯 장."

"그 정도면 충분합니다. 저한테도 그만큼 있습니다. 우리는 저 산을 넘어서 카슨시티로 가야 합니다. 지금 루시를 깨우는 게 좋겠습니다. 하인들이 별채에서 잠을 자는 게 정말 다행이군요."

페리어가 딸을 깨워 여행 준비를 시키는 동안, 제퍼슨 호프는 먹을 만한 것을 몽땅 뒤져내어 작은 꾸러미로 만들고 호리병에 물을 채웠다. 그는 산속에 샘이 드물다는 사실을 경험으로 알고 있었다. 청년이 준비를 끝내기도 전에 농부가 옷을 단단히 입고 출발 준비를 끝낸 딸을 데리고 내려왔다. 두 연인은 뜨겁지만 짧은 인사를 나누었다. 단 몇 분이라도 소중했고, 또 할 일이 많았던 것이다.

"우린 당장 출발해야 합니다."

제퍼슨 호프는 나지막하지만 결연한 목소리로 말했다. 그는 위험이 얼마나 큰가를 깨닫고서 각오를 굳게 다진 사람처럼 보였다.

"앞문과 뒷문은 감시당하고 있지만, 조심하면 옆쪽 창문으로 빠져나가 들판을 가로질러 도망칠 수 있을 겁니다. 일단 길로 나서면 말을 대기시켜 놓은 골짜기까지 3.2킬로미터밖에 안 됩니다. 우리는 동트기 전까지 저 산을 반은 넘어야 합니다."

"파수꾼에게 걸리면 어떻게 하지?"

페리어가 물었다.

호프는 윗옷 앞자락 위로 툭 불거진 리볼버 손잡이를 찰싹 때렸다.

"만약 인원수로 눌리게 되면, 갈 때는 가더라도 두세 놈 같이 데리고 가야지요."

그는 험악한 얼굴로 씩 웃었다.

집 안의 불을 다 끈 뒤 어두워진 창문을 통해, 페리어는 지금까지는 자신의 것이었지만 이제 영원히 버리려고 마음먹은 들판을 내다보았다. 그는 진작부터 기꺼이 희생을 치르겠노라고 각오하고 있었고, 딸이 명예를 지키고 행복해진다면 재산을 잃는 것쯤은 아무것도 아니라고 생각하고 있었다. 바람에 한들거리는 나무와 고요하기 이를 데 없는 드넓은 들판, 모든 것이 너무도 평화롭고 행복해 보여서 도저히 곳곳에 살인자들이 숨어 있다고는 생각되지 않았다. 그러나 젊은 사냥꾼의 무표정한 하얀 얼굴은 그가 이 집으로 오는 동안 그런 어울리지 않는 존재를 실컷 보았다는 것을 드러내고 있었다.

페리어는 금과 지폐가 든 자루를, 제퍼슨 호프는 빈약한 식량과 물이 든 자루를 둘러멨지만, 루시는 귀중한 소지품 몇 가지가 든 작은 꾸러미만 들었을 뿐이다. 이들은 아주 천천히, 조심스럽게 창문을 열고 달이 어두운 구름 속에 들어가기를 기다렸다가 한 사람씩 작은 정원으로 내려섰다. 그리고 숨을 죽이고 몸을 낮춘 채 정원을 지나 작은 관목 숲으로 들어갔다. 관목 숲을 지나니 작은 공터가 나왔는데 그것은 옥수수밭으로 이어져 있었다. 그런데 공터 앞까지 왔을 때 호프 청년이 두 사람의 팔을 잡고 그늘 속으로 잡아당겼다. 세 사람은 그늘 속에 숨어서 숨소리도 제대로 내지 못하고 떨고 있었다.

제퍼슨 호프가 스라소니처럼 예민한 귀를 갖게 된 것은 아까 들판을 지나오며 미리 훈련을 쌓은 덕분이었다. 세 사람이 그늘 속에 엎드리자마자 몇 미터 안쪽에서 구슬픈 올빼미 울음소리가 들렸다. 그러자 얼마 떨어지지 않은 곳에서 즉각 다른 올빼미가 화답했다. 동시에 이들이 지나가려고 했던 공터에 희미한 사람 그림자가 나타나더니 다시 한번 구슬픈 올빼미 울음소리를 냈고, 그러자 어둠 속에서 상대방이 모습을 드러냈다.

"내일 자정, 쏙독새가 세 번 울 때."

처음 나타난 인물이 말했다. 그는 상대방보다 지위가 더 높은 듯했다.

"알았습니다."

다른 사내가 대답했다.

"드리버 형제에게 전할까요?"

"드리버에게 전해라. 그리고 다른 사람들한테도. 9에서 7!"

"7에서 5!"

상대가 대답했다. 그리고 두 사람은 각자 다른 방향으로 쌩하니 달려갔다. 이들이 마지막으로 주고받은 말은 일종의 암호임에 틀림없었다. 두 사람의 발자국이 멀리 사라지자 제퍼슨 호프는 벌떡 일어나서 부녀를 끌고 사력을 다해 공터를 내리뛰어 옥수수밭으로 들어갔다. 들판을 달리는 동안 루시가 힘이 부친 듯하자 호프는 여자를 안고 뛰다시피 했다.

"빨리요! 빨리!"

호프 청년은 가끔씩 숨찬 목소리로 이렇게 속삭였다.

"사방에 경비대가 쫙 깔려 있어요. 살려면 속도를 내야 해요, 빨리!"

신작로에 접어들자 속도는 더욱 빨라졌다. 일행은 단 한 번 사람과 마주쳤으나 미리 들판에 숨은 까닭에 들키지 않았다. 젊은 사냥꾼은 마을에 이르기 전에 산으로 올라가는 비좁고 울퉁불퉁한 길로 부녀를 이끌었다. 시커먼 봉우리 두 개가 어둠 속에서 삐죽 솟아 있었는데 그 사이의 비좁은 계곡을 따라가면 말들을 대기시켜 놓은 독수리 협곡이 나왔다. 제퍼슨 호프는 날카로운 본능으로 커다란 바위 사이를 골라 디디며 말라붙은 계곡 바닥을 따라 올라갔다. 마침내 바위가 병풍처럼 늘어선 모퉁이를 돌자 충실한 짐승들이 묶여 있는 곳이 나타났다. 루시는 노새를 타고, 늙은 페리어와 제퍼슨 호프는 각기 말을 타고 가파른 산길을 오르기 시작했다.

험악한 자연에 익숙하지 않은 사람에게 그것은 쉽지 않은 길이었다. 한쪽은 무서울 정도로 높이 솟아오른 시커먼 바위산이었는데, 긴 현무암 원주의 울퉁불퉁한 표면이 꼭 석화된 괴물의 갈빗대처럼 보였다. 다른 한쪽은 바윗덩이와 여러 가지 잔해가 빈틈없이 뒤엉킨 경사면이었다. 그 사이로 난 길은 심하게 꼬불거렸고, 군데군데 좁아지는 곳이 있어서 일행은 한 줄로 나아갈 수밖에 없었다. 그 길은 능숙한 기수에게도 어려울 만큼 험했다. 그러나 이 모든 위험과 난관에도 불구하고 도망자들의 마음은 새털처럼 가벼웠다. 한 걸음 내디딜 때마다 저 끔찍한 폭정(暴政)에서 멀어지고 있었으니까.

그러나 일행은 아직 성도들의 관할 구역에서 벗어나지 못했다는 사실을 깨달았다. 산길에서 가장 험하고 외진 곳에 이르렀을 때 루시는 깜짝 놀라 소리 지르며 위쪽을 가리켰다. 길을 굽어보는 바위 위에, 경비대원 한 사람이 서 있는 것이 보였다. 희끄무레한 하늘을 배경으로 사람의 형체가 또렷이 부각되었다. 이쪽에서 그를 발견한 순간 그도 일행을 알아본 모양이었다.

"거기 누구냐?"

군대식 수하가 고요한 골짜기에서 쩌렁쩌렁 울렸다.

"네바다로 가는 여행자들이오."

제퍼슨 호프는 안장에 걸어놓은 소총에 손을 대며 말했다.

외로운 감시자 또한 호프의 대답에 만족하지 못했는지 일행을 살피며 총을 만지작거리는 게 보였다.

"누구의 허락을 받았는가?"

저쪽에서 물었다.

"장로 회의!"

페리어가 대답했다. 그는 모르몬교 경험을 통해 최고의 권위를 지닌 기구가 어느 것인지 알고 있었다.

"9에서 7!"

파수꾼이 소리쳤다.

"7에서 5!"

제퍼슨 호프는 아까 들었던 군호를 기억해 내고 재빨리 대답했다.

"통과, 주님의 가호가 함께하기를."

바위 위의 경비대원이 말했다. 경계 초소를 지나며 길이 갑자기 넓어졌으므로 말들은 속보로 달릴 수 있게 되었다. 뒤를 돌아보니 외로운 파수꾼이 총에 몸을 기대고 있는 모습이 보였다. 이들은 자신들이 방금, 가장 바깥쪽에 있는 선민들의 초소를 통과했다는 사실을 깨달았다. 이제 자유였다.

복수의 천사

밤새도록 일행은 돌덩이가 구르는 꼬불거리는 길을 달려갔다. 한두 번 길을 잃기도 했지만 산길을 속속들이 알고 있는 호프 덕분에 다시 길을 찾을 수 있었다. 동틀 무렵, 경이롭고도 거친 아름다움이 눈앞에 펼쳐졌다. 머리에 눈을 인 거대한 봉우리들이 사방을 겹겹이 둘러싼 채, 서로의 어깨 너머로 먼 곳의 지평선을 엿보고 있었다. 양쪽의 깎아지른 벼랑에는 전나무와 소나무가 아슬아슬하게 매달려 있어서 바람이라도 건듯 불면 당장에라도 쏟아져 내릴 것만 같았다. 그러한 두려움이 완전히 터무니없는 것은 아니었던 것이, 황량한 계곡은 비슷한 모양으로 떨어져 내린 나무와 바윗덩이로 한 꺼풀 덮여 있었다. 일행이 그곳을 막 통과한 다음에도 커다란 돌덩이 하나가 굉음을 내며 굴러떨어지는 바람에 지친 말들이 깜짝 놀라 내닫기도 했다.

동쪽 지평선 위로 서서히 해가 솟아오르면서, 거대한 봉우리들이 덮어쓴 흰 모자가 마치 축제 때 등불이 켜지듯 차례차례 빛을 발하더니 온통 붉게 타오르기 시작했다. 장엄한 광경 앞에서 세 도망자들의 가슴은 환희에 젖어 들고 새로운 힘이 샘솟았다. 좁은 계곡을 우당탕퉁탕 휩쓸고 내려가는 급류를 만나자 일행은 걸음을 멈추고 말에게 물을 먹이는 한편 서둘러 아침 식사를 했다. 부녀는 좀 더 쉬고 싶었으나 제퍼슨 호프는 인정사정없이 말했다.

"저쪽에선 지금쯤 추적에 나섰을 겁니다. 모든 게 얼마나 속도를 내느냐에 달려 있지요. 카슨에 무사히 도착하기만 하면 남은 평생을 편안히 쉴 수 있을 겁니다."

그날 온종일, 일행은 힘껏 달렸다. 저녁때쯤에 이르자 출발 지점에서 50킬로미터쯤 왔으리라고 짐작되었고 밤에는 지붕처럼 돌출한 바위 아래 자리를 폈다. 그리고 바위가 찬바람을 막아주는 가운데 서로 몸을 꼭 붙인 채 몇 시간 동안 단잠을 청했다. 이들은 해 뜨기 전에 일어나서 다시 길을 떠났다. 뒤에서 추격해 오는 기미는 없었고, 제퍼슨 호프는 자신들이 무서운 조직의 손아귀에서 완전히 벗어났다고 생각하기 시작했다. 그는 저들이 무시무시한 손길을 어디까지 뻗을 수 있는지, 또는 얼마나 빠르게 쫓아와 자신들을 덮칠 수 있는지 알지 못했다.

길을 떠난 지 이틀째 되는 날 점심 무렵, 일행이 가지고 온 빈약한 식량이 바닥나게 되었다. 산길이 아직 많이 남았기 때문에 젊은 사냥꾼은 약간 불안을 느꼈다. 그는 전에도 소총 한 자루에 목숨을 의탁했던 일이 자주 있었다. 그는 아늑한 곳을 찾아서 마른 나뭇가지를 모아 불을 지펴 부녀가 몸을 녹일 수 있게 해주었다. 이제 해발 1500미터 이상 되는 지점까지 올라왔기 때문에 공기가 차고 쌀쌀했던 것이다. 그리고 말들을 매어놓은 다음 루시에게 인사를 하고 총을 둘러메고 사냥감을 찾아 나섰다. 뒤를 돌아보니 부녀는 불을 쬐고 있었고, 세 마리의 짐승은 그 뒤에 꼼짝 않고 서 있었다. 이들의 모습은 곧 바위에 가려 보이지 않게 되었다.

호프는 3킬로미터가량 연달아 두 개의 골짜기를 지나갔지만 아무것도 찾지 못했다. 그러나 나무껍질에 남아 있는 흔적과 그 밖에 다른 표시를 보고 그는 이 근처에 곰이 많다고 판단했다. 두세 시간 동안 아무 소득 없이 돌아다니다가 이만 포기하고 돌아갈까 하고 생각했을 무렵이다. 불쑥 튀어나온 벼랑 끝에 우연히 시선이 닿은 그는 가슴이 설레는 것을 느꼈다. 100미터쯤 위의 벼랑에 양과 흡사하지만 거창한 뿔 한 쌍을 달고 있는 짐승이 서 있었다. 사람들이 '큰뿔'이라고 부르는 짐승은 이곳에서는 보이지 않는 무리의 보초병 노릇을 하는 중인 듯했다. 그러나 다행히도 그것은 반대편을 보고 있어서 사냥꾼의 존재를 알아채지 못했다. 호프는 바닥에 배를 깔고 엎드린 채 소총을 바위에 올려놓고 한참 동안 신중하게 조준한 다음 방아쇠를 당겼다. 큰뿔은 허공으로 튀어 올랐다가 잠시 벼랑 끝에서 비틀거리더니 계곡 아래로 추락했다.

짐승은 들기도 어려울 만큼 무거웠다. 그래서 사냥꾼은 엉덩이 한쪽과 허릿살 약간을 떼어내는 데 만족했다. 그는 전리품을 둘러메고 서둘러 길을 되밟아 오기 시작했다. 벌써 저녁때가 가까워지고 있었다. 그러나 그는 돌아가는 길이 쉽지 않으리라는 걸 곧 깨달았다. 사냥에만 정신이 팔려서 돌아다니다가 생판 모르는 골짜기로 들어오는 바람에 어느 길로 왔는지가 기억나지 않았던 것이다. 지금 있는 골짜기는 여러 개의 작은 골짜기로 나뉜 다음 또 나뉘었고, 골짜기 하나하나는 서로 구분하기 힘들 정도로 비슷했다. 그는 그중 하나를 1.5킬로미터 이상 따라 내려가보고 한 번도 본 적 없는 계류(溪流)를 만난 다음에야 자신이 잘못 왔음을 깨달았다. 다음 골짜기로 내려가봤지만 결과는 마찬가지였다. 땅거미가 빠르게 내리고 있었다. 낯익은 길을 겨우 찾아낸 것은 사위가 거의 어두워진 다음이었다. 그다음에도 길을 제대로 찾아가는 것은 쉬운 일이 아니었다. 아직 달이 뜨지 않은 데다가 길 양쪽의 절벽 때문에 어둠이 더욱 깊었기 때문이다. 제퍼슨 호프는 짐의 무게에 눌리고 몸도 피곤했지만 한 발짝 걸을 때마다 루시에게 점점 더 가까워진다는 생각으로 비틀거리며 나아갔다. 지금 가져가는 것으로 남은 여행 기간 동안 식량 걱정은 없을 터였다.

이제 그는 자신이 떠나온 바로 그 길에 도착했다. 어둠 속에서도 그는 길 양쪽 절벽의 낯익은 윤곽을 알아볼 수 있었다. 자신이 총을 들고 떠난 지 거의 다섯 시간이 다 되는 까닭에 그는 두 사람이 불안하게 기다리고 있으리라고 생각했다. 그는 기쁜 마음에 손나팔을 만들고 큰 소리로 "야호!" 하고 외쳤다. 그리고 대답을 듣기 위해 걸음을 멈추었지만 들리는 것은 자신의 목소리뿐이었다. 그의 외침 소리는 적막하고 고요한 골짜기에 부딪혀 수많은 메아리가 되어 돌아왔다. 그는 아까보다 더 크게 소리질렀지만 두고 온 친구들에게선 일언반구의 응답도 없었다. 형언할 수 없는 불안이 엄습해 왔다. 그는 귀중한 식량마저 내던지고 미친 듯이 달려갔다.

길모퉁이를 돌자 모닥불을 피워놓은 곳이 한눈에 들어왔다. 그자리에는 아직도 불씨가 남아 있었지만 그가 떠나고 난 뒤 불을 더 땐 흔적은 없었다. 그곳에는 온통 죽음 같은 정적만이 감돌고 있었다. 두려움은 이제 어떤 확신으로 바뀌었다. 모닥불 근처에 생명의 그림자는 없었다. 짐승들도 노인도 소녀도 모두 사라지고 말았다. 그가 자리를 비운 동안 어떤 무서운 재앙이 덮쳐 온 것이 틀림없었다. 그것은 그곳에 있던 모두를 덮쳤지만 아무런 흔적도 남겨놓지 않았다.

제퍼슨 호프는 충격적인 현실 앞에 머릿속이 아득해지는 것을 느꼈다. 그는 털썩 주저앉을 것만 같아서 소총에 몸을 기댔다. 그러나 본디 행동하는 인간형이었던 그는 일시적인 마비 상태에서 빠르게 깨어났다. 잿더미 속에서 반쯤 탄 나뭇조각을 집어 든 그는 입김을 후후 불어서 불씨를 살려냈다. 그리고 불붙은 나뭇가지를 들고 작은 야영지를 살피기 시작했다. 바닥은 온통 말 발자국으로 뒤덮여 있었다. 무수한 인마가 들이닥친 것이 틀림없었다. 말 발자국의 방향은 이들이 다시 솔트레이크시티로 돌아갔다는 것을 말해 주고 있었다. 이들은 부녀를 다 데리고 간 것일까? 거의 그런 확신이 들 무렵, 그는 땅 위에서 어떤 물체를 보고 심장이 멎는 듯했다. 야영지에서 약간 떨어진 곳에 붉은 흙더미가 봉긋이 쌓여 있었는데 그것은 분명히 그 자리에 없던 것이었다. 그것은 새로 만든 무덤이 틀림없었다. 젊은 사냥꾼은 흙더미 위에 막대가 하나 꽂혀 있는 것을 보았다. 막대의 갈라진 가지 사이에 종이 한 장이 끼워져 있었다. 그 종이에는 다음과 같은 글이 간단하게 쓰여 있었다.

> 존 페리어,
> 솔트레이크시티 출신.
> 1860년 8월 4일 사망.

그가 여기 두고 간 고집 센 노인은 이미 이 세상 사람이 아니었고, 이것이 그의 묘비명이었다. 제퍼슨 호프는 미친 사람처럼 무덤이 더 있는지 찾아보았으나 그런 것은 눈에 띄지 않았다. 무서운 추적자들은 루시가 정해진 운명대로 살도록, 장로 아들의 첩으로 만들기 위해 데려간 것이다. 호프는 애인의 운명이 불 보듯 뻔하다는 것과 자신에게는 그것을 돌이킬 힘이 없다는 것을 깨달았다. 차라리 죽어서 늙은 농부의 곁에 누워 영원히 안식하고픈 심정이었다.

그러나 그의 활발한 정신은 다시 절망에서 솟아난 무력감을 떨쳐버렸다. 자신에게 남아 있는 것이 아무것도 없다 해도 최소한 복수에 평생을 걸 수는 있었다. 제퍼슨 호프에게는 불굴의 인내와 끈기뿐 아니라 인디언들과 생활하며 배운 한결같은 복수심이 있었다. 그는 적막한 야영지에 서서, 자신의 슬픔을 달래줄 수 있는 것은 자신의 손으로 직접 원수를 처단하는 철저한 복수뿐이라고 생각했다. 그는 강한 의지와 지칠 줄 모르는 정력을 이 한 가지 목적에만 쏟으리라 결심했다. 그는 하얗게 질린 얼굴로 아까 떨어뜨렸던 고기를 주워 왔고 연기만 피어오르는 모닥불을 되살렸다. 그리고 며칠간 버틸 수 있게 해줄 만큼의 고기를 불에 익혔다. 그는 이것을 작은 꾸러미로 만든 다음, 몸은 피곤했지만 복수의 천사를 뒤쫓기 위해 다시 산길을 탔다.

닷새 동안, 그는 아픈 발을 이끌고 말을 타고 지나온 길을 기를 쓰고 되돌아갔다. 밤에는 바위틈에 웅크리고 몇 시간 눈을 붙였다. 하지만 항상 날이 밝기 전에 길을 떠났다. 엿새째 되는 날, 그는 셋이서 불운한 도주를 시작한 독수리 계곡에 도착했다. 그곳에서는 성도들의 마을이 내려다보였다. 지칠 대로 지친 그는 소총에 몸을 기댄 채 발아래 펼쳐진 넓고 조용한 시가지를 내려다보고 뼈와 가죽뿐인 손을 부르르 떨었다. 큰 도로 몇 군데에는 무슨 축제의 표시인 양 깃발이 휘날리고 있었다. 저 깃발이 도대체 무슨 의미인지 생각하고 있을 때 말발굽 소리가 들려왔다. 저쪽에서 말 탄 사내가 다가오고 있었다. 호프는 말 탄 사내가 카우퍼라는 이름의 모르몬교도라는 사실을 알아보았다. 전에 그 사내를 몇 번 도와준 적이 있었다. 카우퍼가 가까이 왔을 때, 호프는 루시 페리어가 어떻게 됐는지 알아볼 작정으로 앞으로 썩 나섰다.

"난 제퍼슨 호프요. 날 기억하시겠지."

모르몬교도는 깜짝 놀란 얼굴로 청년을 바라보았다. 다 떨어진 옷에 새 둥지 같은 머리, 그리고 유령같이 하얀 얼굴에 두 눈만 번쩍거리는 이 방랑자가 정말 과거의 멋쟁이 사냥꾼 청년이 맞단 말인가. 그러나 마침내 그의 모습을 알아본 사내는 대경실색했다.

"여기가 어디라고, 당신 미쳤소?"

사내는 외쳤다.

"당신과 얘기하다 남한테 들키기라도 하는 날에는 난 살아남지 못할 거요. 장로 회의에서는 페리어 부녀의 탈출을 도운 죄로 당신에게 체포령을 내렸소이다."

"난 장로 회의도 체포령도 두렵지 않소."

호프는 뜨거운 목소리로 말했다.

"카우퍼, 당신은 그 일에 관해 뭔가를 알고 있을 거요. 부디 너그러운 마음으로 내 물음에 대답해 주시오. 우린 항상 친구였잖소. 제발, 거절하지 마시오."

"알고 싶은 게 뭐요?"

사내는 불안한 듯 물었다.

"빨리 얘기해요. 바위에도 귀가 있고 나무에도 눈이 있다고 하더이다."

"루시 페리어는 어떻게 됐소?"

"그 여자는 어제 드리버 가문의 자제와 혼례를 치렀소. 여보, 정신 차리시오, 정신 차려요. 얼굴에 핏기가 하나도 없소이다."

"난 괜찮소."

호프는 들릴락 말락 하게 말했다. 그는 입술까지 하얘져서 방금 전까지 몸을 기대고 있던 바위에 털썩 주저앉았다.

"혼례를 치렀다고 했소?"

"어제 예를 올렸소. 길가에 깃발이 내걸린 건 그것 때문이지요. 드리버와 스탠거슨 가문의 자제들이 누가 여자를 차지할 것인가를 놓고 다툼을 벌였다 하오. 둘 다 추격대에 끼었지만 스탠거슨이 여자의 아버지를 쏘아 죽였기 때문에 우선권은 스탠거슨에게 있는 것 같았소. 하지만 공개적으로 회의에 부쳤을 때, 드리버 가문의 세가 더 강했는지 선지자께서는 여자를 드리버에게 주었소. 하지만 누구도 여자를 오래 차지할 수는 없을 거요. 어제 나는 여자의 얼굴에서 죽음을 보았으니까. 여자는 사람이라기보다는 유령에 가까워 보였소. 이젠 떠나시려고?"

"예, 떠납니다."

제퍼슨 호프는 몸을 일으키며 말했다. 그의 얼굴은 대리석을 깎아놓은 듯이 딱딱하게 굳어 있었지만 두 눈에선 심상치 않은 빛이 쏟아져 나왔다.

"어디로 가시오?"

"알 것 없소."

호프는 이렇게 대답하고 소총을 어깨에 둘러멨다. 그리고 성큼성큼 골짜기 아래로 내려가 사나운 짐승들이 득실거리는 산속으로 사라져버렸다. 그러나 그 산에서 그보다 사납고 위험한 짐승은 없었다.

카우퍼의 예언은 너무도 정확하게 실현되었다. 아버지의 비참

한 죽음이 원인이었는지, 아니면 증오하는 남자와의 억지 결혼이 원인이었는지는 모르지만, 가엾은 루시는 활짝 꽃피어 보지도 못하고 시름시름 앓다가 한 달도 안 돼 죽고 말았다. 술독에 빠져 사는 루시의 남편은 애당초 존 페리어의 재산을 노리고 결혼했던지라 신부의 죽음에 대해 별로 슬퍼하지도 않았다. 하지만 드리버의 다른 아내들은 진심으로 슬퍼했고, 모르몬교의 관습대로 장례식 전날 밤 루시의 영구 앞에서 밤을 새웠다. 새벽녘이었다. 여자들이 관 주위에 둘러앉아 있는데, 갑자기 문이 벌컥 열리더니 누더기를 걸치고 새카맣게 그을린, 얼굴이 매서워 보이는 사내 하나가 성큼성큼 방 안으로 들어섰다. 그는 말할 수 없이 놀라고 겁에 질린 여자들은 거들떠보지도 않고, 한때 루시 페리어의 순결한 영혼을 담았지만 이제는 말없이 누워 있는 하얀 시신 곁으로 다가갔다. 그는 몸을 굽혀 싸늘하게 식은 이마에 경건하게 입술을 가져다 댔다. 그리고 시신의 손에서 결혼반지를 빼냈다.

"이걸 낀 채 땅에 묻히게 만들진 않을 것이다."

그는 무섭게 일갈하고, 미처 경보를 울리기도 전에 문밖으로 사라졌다. 너무도 순간적으로 일어난 이상한 일이라 신부가 끼고 있던 금반지만 사라지지 않았다면 그 자리에 있었던 사람들은 제 눈을 의심했을 뿐 아니라 다른 사람들을 납득시키기도 어려웠을 것이다.

제퍼슨 호프는 몇 달 동안 산속에서 들짐승처럼 생활하며 마음속 깊이 복수심을 불태웠다. 그 도시에서는 이상한 사람이 교외를 헤매고 다니는가 하면, 인적 없는 산골짜기에 자주 나타난다는 이야기들이 떠돌았다. 한번은 스탠거슨의 집 창문으로 총알이 날아와서 그에게서 30센티미터도 떨어지지 않은 벽에 박힌 적이 있었다. 또 드리버가 어느 절벽 아래를 지나는데 큰 바위 하나가 굴러 내려 깔려 죽을 뻔한 적이 있었다. 두 젊은 모르몬교도는 오래지 않아 자신들이 죽을 뻔한 이유를 알게 되고, 적을 찾아 없애기 위해 원정대를 조직해서 산속으로 들어갔다. 그러나 원정대는 번번이 목표 달성에 실패하고 말았다. 그래서 이들은 어두워진 다음에, 그리고 혼자서는 절대로 밖에 나가지 않고, 집에 경비를 세워두는 조심성을 발휘하게 되었다. 그들의 적수가 더 이상 나타나지 않고 그에 관한 소문도 들려오지 않게 된 한참 뒤에야 이들은 경계를 풀었다. 이들은 세월이 그의 원한을 달래주기를 희망했다.

그러나 세월이 흐를수록 제퍼슨 호프는 더욱 원한에 사무쳤다. 그는 원래 강직하고 완고한 사람이었는데, 이제는 복수에 대한 일념으로 가득 차서 마음속에 다른 감정이 비집고 들어갈 자리가 없었다. 그러나 무엇보다 그는 현실적인 인간이었다. 그는 자신이 아무리 무쇠 같은 몸을 타고났어도 이렇게 끊임없는 긴장을 버텨내지는 못할 것임을 곧 깨달았다. 노숙과 형편없는 식사로 인해 그의 몸은 몹시 쇠약해져 있었다. 산속에서 개처럼 죽는다면 누가 복수를 대신 해 줄 것인가? 이런 생활을 계속한다면 그렇게 죽고 말 것이 뻔했다. 호프는 그것은 적을 이롭게 할 뿐이라는 것을 알고 네바다의 옛 탄광으로 돌아갔다. 거기서 그는 건강을 회복하고 자신의 목표를 달성하는 데 필요한 만큼의 돈을 모을 작정이었다.

애초의 의도는 길어봤자 1년간 탄광에서 일하는 것이었지만, 예상치 못한 사건들 때문에 그는 거의 5년간 탄광을 떠나지 못했다. 그러나 시간이 지날수록, 불행한 과거의 기억과 복수심은 존 페리어의 무덤가에 서 있던 그 잊을 수 없는 밤과 한가지로 강해졌다. 그는 변장하고 성명을 바꾼 다음 솔트레이크시티로 돌아갔다. 자신이 정의라고 알고 있는 것을 실현할 수만 있다면 목숨 따위는 어떻게 되든 좋았다. 그러나 그를 기다리고 있던 것은 흉보였다. 불과 몇 달 전, 선민들 사이에서 분열이 생겨 교회의 소장파들이 장로들의 권위에 반기를 들었다. 그 결과 불만을 품은 사람들 몇몇이 교회를 뛰쳐나갔는데 이들은 유타를 떠나며 기독교로 개종해 버렸다. 그중에는 드리버와 스탠거슨도 끼어 있었는데 아무도 이들의 행방을 몰랐다. 소문에 따르면 드리버는 그곳을 떠날 때 재산의 상당 부분을 현금으로 바꾸어 갔으나, 그의 친구 스탠거슨은 그에 비하면 거의 빈털터리였다고 했다. 그러나 이들의 행방에 대해서는 어떤 단서도 없었다.

아무리 원한에 사무친 사람이라고 해도, 이러한 난관 앞에서는 복수의 집념을 버렸을 것이다. 그러나 제퍼슨 호프는 한순간도 머뭇거리지 않았다. 그는 약간의 돈을 지닌 채 원수를 찾아 미국 방방곡곡을 돌아다녔다. 그리고 틈틈이 일해서 돈을 벌었다. 한 해, 두 해 세월이 흘렀고, 검었던 머리에도 하얗게 서리가 내렸지만, 그는 여전히 평생을 걸고 오직 하나의 목표만을 좇는 인간 사냥개로 떠돌아다녔다. 마침내 그의 끈기는 결실을 맺었다. 오하이오 주 클리블랜드에서, 창밖으로 어떤 얼굴이 스쳐 갔는데 제퍼슨 호프는 이렇게 언뜻 본 것만으로도 자신이 찾고 있는 사내들이 여기 있다는 사실을 단박에 알아차렸다. 그는 정교한 복수 계획을 마음속에 세워놓고 누추한 거처로 돌아왔다. 그러나 처음 그의 눈에 띄었던 드리버는 거리에서 추적자의 얼굴을 알아보았다. 드리버는 상대의 두 눈에 번득이는 살의를 보았다. 그는 재빨리 자신의 개인 비서 노릇을 하고 있는 스탠거슨을 데리고 치안 판사 앞으로 달려갔다. 그리고 질투와 증오심에 눈이 먼 옛 연적이 자신들의 목숨을 노리고 있다고 판사에게 고발했다. 그날 저녁 제퍼슨 호프는 연행되었고 신원 보증인을 세우지 못한 까닭에 몇 주일 동안 구금당했다. 구치소에서 겨우 나와보니 드리버의 집은 비어 있었고, 드리버와 개인 비서는 유럽을 향해 떠나고 없었다.

복수를 꿈꾸던 사나이는 또다시 실패했으나 증오심으로 똘똘 뭉친 그는 다시금 추적에 나섰다. 그러나 돈이 바닥났으므로 그는 다시 일을 시작했고, 다가올 여행을 준비하며 알뜰히 저축했다. 마침내 어느 정도 돈을 모은 그는 유럽으로 떠났고 원수들의 발자취를 쫓아 이 도시에서 저 도시로 옮겨 다녔지만 끝내 도망자들을 따라잡지는 못했다. 페테르부르크에 가보니 두 사람은 이미 파리로 떠난 뒤였고, 파리까지 쫓아갔을 때 둘은 방금 코펜하겐으로 떠나고 없었다. 덴마크의 수도에 도착했을 때 그는 다시 간발의 차이로 두 사람을 놓쳤다. 드리버와 스탠거슨은 런던으로 갔지만 제퍼슨 호프는 결국 거기서 원수를 찾아내는 데 성공했다. 그리고 런던에서 있었던 일에 대해서는 늙은 사냥꾼이 자진해서 털어놓는 이야기를 인용하는 것이 제일 나을 것이다. 그것은 왓슨 박사의 일기에 꼼꼼히 기록되어 있는데 우리는 이미 앞에서 박사가 기록한 일기 덕을 톡톡히 보았다.

마부의 무지막지한 저항이 그의 흉악한 기질의 발로가 아니라
는 것은 분명했다. 일단 포박되자 그는 사람 좋은 웃음을 지으며
아까 격투를 벌이던 중에 누가 혹시 다치지나 않았는지 모르겠
다고 걱정했다.

"나를 경찰서로 압송해 갈 작정이시겠지요."

마부는 셜록 홈즈에게 말했다.

"내 마차는 문 앞에 있소이다. 다리를 풀어준다면 아래층까지
걸어 내려가겠소. 내 몸은 예전처럼 가볍지 않으니 말이오."

그렉슨과 레스트레이드는 그 말이 다소 뻔뻔스럽다는 듯 서로
의 얼굴을 마주 보았다. 그러나 홈즈는 포로의 말을 듣고 서슴없
이 그의 발목을 묶은 수건을 풀어주었다. 마부는 일어서서 다리
가 정말 자유로워졌는지 확인하려는 듯 이쪽저쪽으로 펴 보았
다. 그때 나는 그의 모습을 눈여겨보면서 이렇게 늠름하고 단단

한 체구를 가진 사람은 처음이라고 생각했다. 게다가 햇볕에 그을린 새카만 얼굴에는 육체적 힘만큼이나 무서운 결의와 에너지가 드러나 있었다.

"만약 경찰서장 자리가 비어 있다면 당신이야말로 적임자요."

마부는 찬탄을 숨기지 않은 얼굴로 나의 동료 하숙인을 바라보며 말했다.

"당신이 나를 추적한 방식은 정말 놀라웠소."

"두 분도 같이 가십시다."

홈즈는 두 형사에게 말했다.

"내가 마차를 몰겠소."

레스트레이드가 말했다.

"좋습니다! 그렉슨은 나랑 같이 마차에 타면 되겠군요. 그리고 박사도 같이 갑시다. 이 사건에 관심이 많았으니까 함께 가는 것도 괜찮을 겁니다."

나는 기쁘게 수락했고, 우리는 같이 아래층으로 내려갔다. 포로는 도망치려고 하지 않고 원래 자신의 것이었던 마차에 우리와 함께 조용히 올라탔다. 레스트레이드는 마부석에 앉아서 말을 채찍질하여 순식간에 우리를 경찰 본부로 데리고 갔다. 우리는 작은 방으로 안내되었다. 경사 하나가 우리가 데려온 범인의 이름과 피살자들의 이름을 적었다. 얼굴이 유난히 흰 경사는 감정을 드러내지 않고 사무적으로 맡은 바 임무를 처리했다.

"피고인은 이번 주 안에 재판에 회부될 겁니다."

경사는 말했다.

"그리고 제퍼슨 호프 씨, 무슨 할 말이 있으십니까? 당신이 하는 말은 기록될 것이고, 그것은 당신에게 불리한 증거로 사용될 수 있습니다."

"내겐 할 말이 아주 많소."

제퍼슨 호프는 느릿느릿 말했다.

"나는 여기 계신 신사분들 앞에서 그 얘기를 하고 싶소이다."

"법정에서 말하는 게 낫지 않겠습니까?"

경사가 물었다.

"난 법정에 서지 않을 거요."

호프는 대답했다.

"그렇다고 놀랄 필요는 없소이다. 내가 자살 따위를 생각하고 있는 건 아니니까. 당신은 의사요?"

그는 마지막 말을 하며 쏘는 듯한 눈길을 내게 돌렸다.

"그렇습니다만."

나는 대답했다.

"그럼 여기를 좀 만져보시오."

제퍼슨 호프는 빙그레 웃으며 수갑 찬 손으로 자신의 가슴께를 가리켰다.

나는 그의 가슴에 손을 올려놓았다. 가슴 안쪽에서 단박에 심상치 않은 맥박과 고동이 감지되었다. 그의 흉벽(胸壁)은 약한 건물 내부에서 강력한 엔진이 작동할 때처럼 떨며 요동치고 있는 듯했다. 방 안에 있는 사람들이 일제히 침묵한 가운데, 나는 심장에서 벌이 윙윙거리는 듯한 소음이 나는 걸 들을 수 있었다.

나는 외쳤다.

"이럴 수가! 이건 대동맥 동맥류(동맥류란 동맥 내벽이 국부적으로 혹처럼 확장된 상태. 악화되면 파열되어 대출혈을 초래한다 — 옮긴이)입니다!"

"의사들이 그렇게 말하더군요."

호프는 평온하게 말했다.

"나는 이것 때문에 지난주에 병원에 갔소. 의사는 조만간 동맥류가 터질 가능성이 높다고 하더군요. 나이가 들면서 병이 점점 악화된 거요. 솔트레이크 산 속에서 먹을 것을 제대로 못 먹고 노숙하다가 그 병을 얻었지요. 나는 이제 할 일을 끝냈으니 언제 떠나도 여한이 없소이다. 하지만 내가 한 일에 대해서 약간의 설명을 해두고 싶소. 보통 살인자로 기억되고 싶지는 않으니까 말이오."

경사와 두 형사는 범인에게 이야기할 기회를 주는 것이 좋은지 여부에 대해 잠시 의논했다.

"박사님, 조만간 위험한 상태가 될 거라고 보십니까?"

경사가 물었다.

"그럴 가능성이 대단히 높습니다."

나는 대답했다.

"그렇다면 사법적 관점에서 피고의 진술을 청취하는 것이 우리의 의무임에 틀림없습니다."

경사가 말했다.

"이제 자유롭게 말씀하십시오. 다시 한번 경고하는 바이지만 당신의 진술은 기록될 것입니다."

"괜찮다면 여기 앉겠소."

호프는 의자에 앉으며 말했다.

"이 동맥류 때문에 나는 쉽게 피곤을 느끼지요. 게다가 반 시간 전에는 몸싸움까지 했으니 말이오. 나는 한 발은 벌써 무덤에 들여놓은 거나 마찬가지이기 때문에 거짓말을 할 이유가 없소. 내가 하는 얘기는 완벽한 진실이오. 그리고 당신들이 내 얘기를 어떻게 이용하는지는 내게 중요한 문제가 아니오."

제퍼슨 호프는 의자에 몸을 기댄 채 세상에서 가장 기이한 이 야기를 시작했다. 그는 아주 흔한 얘기를 하듯이 시종 담담하게 말했다. 나는 다음에 옮긴 이야기의 정확성을 보증할 수 있다. 왜 나하면 나는 레스트레이드의 속기 노트를 참고했는데, 거기에 는 죄수가 한 말이 한 글자도 틀리지 않고 그대로 적혀 있기 때문 이다.

"내가 그자들을 얼마나 증오하는지는 별로 중요한 일이 아닐 거요."

호프는 말했다.

"그들이 두 사람의 죽음에 책임이 있다는 사실만으로 충분하 오. 두 사람은 한 부녀의 목숨을 빼앗았소. 그들이 범죄를 저지른 뒤 너무도 오랜 세월이 흘렀기 때문에, 나는 어떤 법정에서도 그 들의 유죄를 입증할 수 없게 되었소. 하지만 나는 두 인간의 죄 를 알고 있었기 때문에 나 스스로 판사이며 배심원이며 집행자 가 되기로 결심했소. 당신들도 나 같은 처지에 있었다면, 그리고 조금이라도 사내다운 마음을 간직하고 있었다면 나와 똑같은 행동을 했을 거요.

내가 말했던 그 소녀는 20년 전에 나와 결혼하기로 약속한 몸이었소. 그런데 드리버라는 자와 강제로 혼인했고 그 때문에 상심해서 죽었소. 나는 죽은 여자의 손가락에서 결혼반지를 뺐고, 그자가 최후의 순간을 맞을 때 그 반지를 보여줘서 자신이 저지른 죄를 마지막으로 기억하게 해주겠노라고 맹세했소. 나는 그 반지를 한시도 몸에서 떼놓지 않았고 미국과 유럽 대륙에서 드리버와 그 비서 놈을 쫓아다니다가 마침내 놈들을 잡게 된 거요. 그자들은 내가 지쳐 떨어져 나가기를 바랐겠지만 그것은 가당치 않은 바람이었지. 나는 내일 당장 죽는다 해도, 내가 이 세상에서 할 일을 다 했다는 걸 알고 있소. 나는 이 손으로 두 인간을 처단했소. 내게는 더 이상 아무 희망도 미련도 남아 있지 않소.

두 놈은 부자였지만 나는 가난했소. 그래서 둘을 쫓는 것은 내게 쉬운 일이 아니었지요. 런던에 도착했을 때 나는 빈털터리였고 그래서 먹고살자면 뭔가 일을 해야만 했소. 내게 말을 몰고 마차를 끄는 일은 걷는 것처럼 자연스러운 일이었기 때문에 나는 마차주의 사무실에 가서 일자리를 부탁했고 곧 일을 하게 되었소. 나는 일주일에 얼마씩 정해진 금액을 마차주에게 갖다주고 나머지 번 돈은 내가 가질 수 있었소. 남는 것은 별로 없었지만 근근이 생활할 수는 있었지요. 제일 어려웠던 점은 런던의 지리를 모른다는 거였소. 내 생각에 런던은 세계에서 제일 복잡한 미로를 갖고 있는 도시요. 하지만 나는 지도를 옆에 갖다 놓고 중요한 호텔이나 역을 찾을 때마다 꼼꼼히 기억해 두었소.

두 놈의 거처를 알아낸 것은 시간이 좀 흐른 다음이었소. 나는 두 놈을 찾아낼 때까지 계속 묻고 다녔소. 둘은 강 저쪽에 있는 캠버웰의 어느 하숙집에서 살고 있었소. 일단 놈들을 찾아내자 나는 그들이 내 손아귀에 들어왔다는 사실을 알았지요. 나는 그 사이에 턱수염을 길렀기 때문에 두 놈이 날 알아볼 가능성은 없었소. 나는 기회를 잡을 때까지 둘을 따라다니기로 했소. 나는 다시는 놓치지 않겠노라고 결심했소이다.

그래도 나는 두 놈을 놓칠 뻔했지. 둘이 어디를 가든 나는 항상 뒤를 따라다녔소. 어떤 때는 마차로, 또 어떤 때는 걸어서 따라다녔는데 좋기로는 마차가 제일이었소. 마차만 탔다 하면 그자들은 내게서 도망칠 수 없었으니까 말이오. 그래서 일은 이른 아침이나 밤늦게 할 수밖에 없었소. 사무실에 입금해야 할 돈이 밀리게 되었지요. 하지만 나는 개의치 않았소. 그자들을 붙잡을 수만 있다면 그것으로 좋았던 거요.

하지만 놈들은 아주 교활했소. 놈들은 자신들이 추적당할 가능성이 있다고 생각했던 게 틀림없소. 왜냐하면 절대로 혼자서는 외출하는 법이 없었으니까. 또 밤에도 밖에 나가는 법이 없었소. 2주일 동안 나는 그자들을 매일 따라다녔지만 그자들이 따로 있는 걸 한 번도 보지 못했지요. 드리버라는 자는 하루 중 절반은 술에 취해 있었지만 스탠거슨은 잠시도 허점을 보이지 않았소. 나는 아침부터 밤까지 그자들을 지켜보았지만 기회는 찾아오지 않았소. 하지만 나는 실망하지 않았는데, 때가 가까워졌다는 걸 직감했기 때문이오. 단 한 가지 걱정거리는 내 가슴속에 든 이것이 할 일을 마치기도 전에 너무 빨리 터져버릴지도 모른다는 거였소.

그러던 어느 날 저녁 무렵 그 하숙집이 있는 토키 테라스의 거리를 마차로 왔다 갔다 하고 있는데 마차 하나가 그 집 문 앞에서 서는 게 보였소. 마차는 집 안에서 내온 짐을 싣고 잠시 후에 드리버와 스탠거슨까지 태우고 출발했소. 나는 말에 채찍질을 해서 뒤를 따라갔소. 나는 그자들이 숙소를 옮길지도 모른다고 생각했기 때문에 정말 불안했소이다. 놈들은 유스턴 역에서 내렸고, 나는 아이 하나를 불러서 내 말을 붙잡고 있게 한 다음 놈들을 따라 대합실로 들어갔소. 놈들이 리버풀행 기차가 있느냐고 묻자 역무원은 방금 기차가 떠났고 다음 기차는 몇 시간 뒤에 있다고 대답했소. 스탠거슨은 그 말을 듣고 실망한 기색이 역력했지만 드리버는 오히려 좋아했소. 나는 사람들 틈에 섞여 그자들 가까이에 서 있었기 때문에 둘 사이에서 오가는 얘기를 죄다 들을 수 있었지요. 드리버는 자신은 할 일이 좀 있으니 기다려주면 금방 다시 오겠다고 말했소. 비서는 드리버에게 둘이 같이 붙어 다니기로 결심한 일을 벌써 잊어버렸느냐고 따지고 들었소. 드리버는 사안이 예민한 것이니 자기 혼자서 가봐야겠다고 대답했소. 스탠거슨이 그 말을 듣고 뭐라고 대답했는지는 모르겠지만, 드리버는 욕설을 퍼부으면서 고용 하인인 주제에 나한테 감히 명령하려 드느냐고 소리소리 질렀소. 그러자 비서는 어쩔 수 없다고 생각했는지 막차를 놓치면 핼리데이 프라이빗 호텔로 와서 자신을 찾으라는 타협안을 내놓았지요. 드리버는 11시 전까지는 기차역으로 돌아오겠다고 대답하고 역을 나섰소.

　그토록 오랫동안 기다려온 때가 마침내 도래한 거요. 원수들은 내 수중에 떨어졌소. 놈들은 같이 있을 때는 서로 보호해 줄 수 있었지만 일단 혼자가 되자 무력해졌소. 하지만 섣부른 행동은 금물이었지. 나는 이미 계획을 다 세워놓고 있었다오. 만약에 놈들이 자신을 공격한 사람이 누구이고 또 자신이 왜 보복을 당하는지 그 이유를 모른다면 복수를 한들 무슨 만족을 느낄 수 있겠소. 내가 세워놓은 계획에 따르면 놈들은 과거에 저지른 죗값을 받는다는 사실을 알아야 했소. 그런데 그 일이 있기 며칠 전에, 나는 어떤 신사 양반을 태운 적이 있었는데 그 양반은 브릭스턴 로의 집들을 둘러보고 마차에 집 열쇠를 하나 놓고 내렸소. 그 양반은 그날 저녁때 바로 열쇠를 찾아갔소이다. 하지만 나는 그 사이에 열쇠의 본을 떠놓았다가 그걸 복제할 수 있었지요. 그 열쇠 하나로 나는 이 대도시에서 내 맘대로 쓸 수 있는 적어도 하나의 공간을 갖게 된 거요. 당장 해야 할 일은 드리버를 그 집으로 데려가는 거였는데 그건 쉽지 않은 일이었소.

　그자는 길을 가다가 술집 두어 곳에 들렀소. 두 번째 술집에서는 거의 반 시간 정도 있다가 나왔지요. 거기서 나왔을 때 그 비틀거리는 걸음걸이로 보아 그자는 만취한 것이 틀림없었소. 그자는 내 앞에서 가고 있던 이륜마차를 잡아탔소. 나는 처음부터 끝까지, 내 말의 주둥이가 그자가 탄 마차를 모는 마부 옆으로 1미터를 벗어나지 않을 정도로 바짝 따라붙었소. 우리는 워털루 다리를 건너 몇 개의 거리를 지나갔소. 그런데 놀랍게도 마차가 멈춘 곳은 그자가 살던 바로 그 하숙집 앞이었소. 대관절 그자가 무슨 생각으로 그 집에 되돌아간 건지 나는 도통 알 수가 없었소. 어쨌든 나는 그 집에서 100미터 정도 되는 거리에서 마차를 세웠소. 그자는 그 집에 들어갔고 이륜마차는 가버렸소. 그런데 물 한 잔만 주시오. 말을 하다 보니 목이 타는구려."

내가 물 잔을 건네주자 그는 단숨에 물을 들이켰다.

"좀 낫군요."

그는 말했다.

"나는 그 앞에서 15분 정도 기다렸소. 그런데 갑자기 사람들이 집 안에서 싸우는 소리가 들려오더군요. 그러더니 현관문이 활짝 열리고 두 남자가 나왔소. 한 사람은 드리버였고, 다른 한 사람은 생전 처음 보는 청년이었지요. 청년은 드리버의 멱살을 잡더니 계단 꼭대기에서 그를 힘껏 걷어찼고 드리버는 길 한가운데까지 밀려 나왔소. '이 개 같은 자식!' 청년은 손에 든 몽둥이를 흔들면서 소리 질렀소. '정숙한 소녀를 모욕한 죄가 어떤 건지 가르쳐주마!' 청년은 몹시 흥분한 상태였는데 그 짐승만도 못한 놈이 걸음아 날 살려라 하고 도망치지 않았다면 청년에게 마구 두드려 맞았을 거요. 그자는 뒤뚱거리며 달려오다가 내 마차를 보더니 재빨리 올라탔소. '핼리데이 프라이빗 호텔로 갑시다.' 그자가 말했소.

그자가 내 마차에 타자 내 가슴은 기쁨으로 터져 나갈 듯했고,

나는 마지막 순간에 와서 동맥류가 파열되는 게 아닐까 두려울 정도였소. 나는 어떻게 하는 것이 가장 좋을지 궁리하며 천천히 말을 몰았소. 나는 곧장 교외로 나가서 한적한 길에 마차를 세워 놓은 다음 그자와 마지막 대화를 나눌까 하고 생각했소. 그런데 그렇게 하기로 거의 마음을 굳혔을 때 그자가 해결책을 제시했 소. 또다시 견딜 수 없이 술이 고팠던 드리버는 어느 싸구려 술 집 앞에서 마차를 세우라고 지시했소. 그러더니 나에게 기다리 라고 하고 술집으로 들어갔소이다. 그자는 폐점 시간까지 있다 가 나왔는데 머리 꼭대기까지 술이 오른 걸 보고 나는 게임은 끝 났다는 걸 알았소.

내가 그자를 무자비하게 죽일 생각을 하고 있었다고 생각하진 마시오. 내가 그렇게 했다면 그것은 융통성 없는 정의에 지나지 않았을 거요. 애당초 난 그렇게 할 생각이 없었소. 나는 오래전부 터 그자의 선택에 따라서는 그자가 이길 수도 있는 게임을 하려 고 결심하고 있었소. 나는 미국에서 유랑 생활을 하는 동안 수많 은 직업을 전전했는데, 한번은 요크 대학의 실험실에서 수위 겸 청소부 노릇을 한 적이 있었소이다. 어느 날 교수가 독극물 강의 를 하면서 남아메리카에서 쓰이는 화살 독에서 추출해 낸 알칼 로이드인가 하는 것을 보여준 적이 있었소. 교수는 그 독이 극미 량으로 사람을 즉사시킬 수 있는 강한 독작용을 갖고 있다고 했 소. 나는 그 병을 눈여겨보아 두었다가 사람들이 없는 틈을 타서 소량을 덜어냈지요. 나는 약의 조제 기술이 꽤 좋았기 때문에 그 독물을 작은 수용성 알약으로 만들어낼 수가 있었소이다. 나는 그 알약을 하나씩 상자에 담고 생김새는 똑같지만 독성은 없는 알약을 만들어서 같이 넣어두었소. 나는 기회가 오면 두 신사에게 이 알약 상자를 하나씩 안기고 약을 한 알 꺼내게 한 다음 남은 알약은 내가 먹겠노라고 결심하고 있었소. 나는 그것이 손수건으로 총구를 감싸고 총을 쏘는 것보다 훨씬 덜 시끄럽지만 그에 못지않게 치명적인 방법이라고 생각했소. 그때부터 나는 항상 약상자 두 개를 몸에 지니고 다녔소이다. 그런데 그걸 써먹을 때가 온 거요.

시간은 12시를 넘어 1시가 다 돼가고 있었소. 비바람이 몰아치는 춥고 음산한 밤이었지요. 밖은 추웠지만 나는 몹시 기뻤소. 너무 기쁜 나머지 덩실덩실 춤이라도 추고 싶었다오. 생각해 보시오. 20년간 오로지 한 가지 일만 생각하며 살아온 사람에게 갑자기 그 일이 닥쳐왔을 때 어떤 기분이 들겠는지 말이오. 나는 신경을 안정시키기 위해 시가를 피워 물었소. 하지만 손은 떨렸고 관자놀이는 흥분으로 펄떡거렸지요. 나는 마차를 몰고 가는 동안 늙은 존 페리어와 사랑스러운 루시가 어둠 속에서 나를 쳐다보며 웃고 있는 모습을 볼 수 있었소. 지금 이 방에 있는 여러분의 모습처럼 아주 선명하게 말이오. 브릭스턴로의 그 집 앞에 도착할 때까지 두 사람은 내 앞에서 나란히 걸어갔다오.

인적이 끊긴 거리에는 비만 쏟아질 뿐 쥐 죽은 듯 조용했소. 창문으로 들여다보니 드리버는 술에 취해서 곯아떨어져 자고 있었지요. 나는 그자의 팔을 잡고 흔들면서 다 왔으니 내리라고 했소.

'알았네, 마부.' 드리버가 말했소.

그자는 자기가 말한 그 호텔에 도착한 줄 알았을 거요. 그랬으니까 군말 없이 마차에서 내려서 나를 따라 그 집 정원으로 들어섰겠지. 그자는 여전히 걸음걸이가 흔들거렸기 때문에 나는 옆에서 넘어지지 않도록 붙잡아줘야 했소. 나는 그 집 현관문을 열고 들어가 그자를 식당 방으로 끌고 들어갔소. 내 분명히 말해두지만, 그동안에도 부녀는 계속 앞장서서 갔다오.

'더럽게 깜깜하군.' 드리버는 발을 구르며 말했소.

'곧 불을 켜주지.' 나는 말하고 성냥불을 켜서 내가 가져온 양초에 불을 붙였소. '자, 이노크 드리버.' 나는 그자를 향해 돌아서며 촛불로 내 얼굴을 비쳤소이다. '내가 누구냐?'

드리버는 술에 취해 흐린 눈으로 내 얼굴을 쳐다보더니 사색이 된 채 온몸을 부들부들 떨기 시작했소. 나를 알아본 거요. 그자는 파랗게 질린 얼굴로 뒷걸음질 치기 시작했소. 이를 딱딱 마주치고 이마에서는 비 오듯 땀이 흘러내렸소. 그걸 보고 나는 문 앞에 서서 큰 소리로 오랫동안 웃어댔소. 나는 항상 복수를 하면 속이 시원할 거라고 생각했지만, 이렇게까지 내 영혼이 평화스러워질 줄은 몰랐소.

나는 그자에게 이렇게 말했소. '이 개자식아! 나는 너를 쫓아서 솔트레이크시티에서 페테르부르크까지 정신없이 헤매고 다녔지만 그동안 너는 나를 잘도 피해 다녔다. 자, 이제 너의 도피 생활은 끝났다. 우리 둘 중 하나는 내일 아침에 태양이 떠오르는 것을 보지 못할 것이다.' 그자는 내가 말하는 동안 계속 뒷걸음질 쳤소. 그자의 표정을 보니 내가 미쳤다고 생각하고 있는 게 분명했소. 사실 그때 나는 그랬소. 관자놀이에서 뛰는 맥박이 꼭 쇠망치로 내려치는 것 같았소. 그때 코피가 터지지 않았다면 나는 발작을 일으켜서 죽었을지도 모르오.

'너는 이제 루시 페리어에 대해 어떻게 생각하느냐?' 나는 문을 잠그고 그자의 코앞에서 열쇠를 흔들며 외쳤소. '시간이 좀 걸리기는 했지만 마침내 네가 죗값을 치를 날이 온 것이다.' 내가 말하는 동안 그자는 겁에 질려 입술을 바르르 떨었소. 그자는 목숨을 구걸하고 싶었겠지만 그래봤자 소용없다는 걸 잘 알고 있었소.

'사, 살인을 하려고?' 그자는 더듬거리며 말했소.

'살인이라니 당치도 않다.' 나는 대답했지. '누가 미친개를 살인한다고 하겠는가? 너는 그 아버지를 처참하게 살해한 뒤 딸을 끌고 갈 때, 그리고 여자를 끌어다가 파렴치하게도 너의 첩으로 삼을 때 나의 가엾은 여자에 대해 어떤 자비를 베풀었느냐?'

'아비를 죽인 건 내가 아니었소.' 그자는 이렇게 외쳤소.

'하지만 순진무구한 여자를 짓밟은 건 바로 너였다.' 나는 비명을 지르다시피 하며 그자 앞에 상자를 밀어놓았소. '하늘에 계신 높으신 판관께서 심판하도록 하자. 한 알을 골라서 삼켜라. 한 알에는 죽음이 들어 있고 다른 한 알에는 삶이 들어 있다. 나는 네가 남긴 것을 먹겠다. 지상에 정의가 있는지, 아니면 우리가 우연의 지배를 받고 있는 건지 한번 알아보자.'

드리버는 몸을 움츠리고 아우성을 치면서 자비를 구걸했소. 하지만 내가 칼을 빼 들고 목에 갖다 대자 그자는 시키는 대로 할 수밖에 없었소이다. 나는 남은 한 알을 삼켰소. 우리는 한 1분 정도 말없이 마주 보고 서서 어느 한쪽이 죽기를 기다렸소. 독이 체내에 퍼지면서 최초의 이상 신호가 나타날 때 그자의 얼굴에 떠올랐던 표정……, 내가 어찌 그것을 잊을 수 있겠소? 나는 그 표정을 보고 웃음을 터뜨리며 루시의 결혼반지를 그자의 눈앞에 들이댔소. 하지만 그 순간은 너무도 짧았소. 알칼로이드는 신속하게 작용했소이다. 그자의 얼굴이 일그러지며 고통의 경련이 지나갔소. 그자는 두 팔을 벌리고 비틀비틀 걷다가 목쉰 비명을 지르더니 바닥에 쿵 소리를 내며 엎어졌소. 나는 발로 그자의 몸통을 돌려놓은 다음 가슴에 손을 대보았소. 아무런 움직임도 느껴지지 않았소. 그자는 뒈진 거요!

내 코에서는 벌써부터 피가 콸콸 쏟아지고 있었는데 나는 그 사실을 모르고 있었소이다. 내가 무슨 조화로 그 피를 찍어 벽에다 글씨를 쓸 생각을 했는지는 나도 모르오. 아마 장난기가 발동해서 경찰을 헷갈리게 만들고 싶었던 것 같소이다. 나는 그때 속이 시원하고 기분이 좋았으니까 말이오. 난 뉴욕에서 어느 독일인이 살해당한 사건을 기억해 냈소. 피살자의 머리 위에는 '라헤'라는 글이 남아 있었는데, 당시 신문에서는 그것을 보고 비밀 단체의 소행이 틀림없다고 주장했지요. 나는 뉴욕 사람들이 혼란을 일으켰다면 런던 사람들도 마찬가지일 거라고 생각하고, 내가 흘린 피를 손가락으로 찍어 벽에다 글씨를 썼소. 그런 뒤에 밖에 나가니 비는 여전히 주룩주룩 쏟아지고 있었고 거리엔 쥐새끼 한 마리 없었지요. 나는 마차를 몰고 한참 달리다가 항상 루시의 반지를 넣어두었던 주머니에 손을 넣어보고 반지가 없어졌다는 사실을 알았소. 나는 기겁을 했소. 그것은 루시가 남긴 단하나의 유품이었기 때문이오. 나는 드리버의 시신 위로 몸을 굽혔을 때 반지를 떨어뜨렸을 거라고 생각하고 당장 마차를 돌렸소. 그리고 옆 골목에 마차를 세워놓고 대담하게 그 집으로 올라갔지요. 나는 그 반지를 되찾기 위해서라면 어떤 위험이라도 무릅쓸 각오가 되어 있었소. 하지만 거기 도착하자마자 경찰관에게 팔을 붙들렸소. 나는 고주망태가 된 술꾼 연기를 해서 경찰의 의심을 피할 수 있었지요.

이노크 드리버는 그렇게 최후를 맞았소. 그다음에 해야 할 일은 스탠거슨을 찾아서 존 페리어의 빚을 갚아주는 것이었지요. 나는 스탠거슨이 핼리데이 프라이빗 호텔에 투숙했다는 걸 알고 있었기 때문에 하루 종일 그 앞을 지켰지만 그자는 호텔 밖으로 코빼기도 내밀지 않았소. 드리버가 찾아오지 않자 어떤 의구심을 느꼈던 건지도 모르겠소. 스탠거슨이라는 자는 교활하기 짝이 없는 데다 항상 빈틈없이 경계하고 있었으니 말이오. 그자는 방 안에만 있으면 안전할 거라고 생각했겠지만 그건 큰 오산이었소. 나는 그자가 몇 호실에 들었는지를 곧 알아냈다오. 다음 날 새벽에 나는 호텔 뒤편의 좁은 길 위에 놓여 있던 사다리를 이용해서 창문을 통해 그의 방으로 침입했소. 나는 그자를 깨워서 오래전에 무고한 생명의 목숨을 빼앗은 죄에 대한 대가를 치러야 할 때가 왔다고 말해 주었소. 나는 드리버의 최후를 설명해 주고 두 개의 알약 중에서 하나를 선택할 수 있는 기회를 똑같이 제공했소. 그런데 그자는 살 수도 있는 기회를 뿌리치고 비호같이 덤벼들어서 내 목을 졸랐소. 그래서 나는 자기방어를 위해 그자의 가슴을 찔렀던 거요. 하지만 어느 쪽이든 결과는 마찬가지였겠지. 신의 섭리는 죄지은 자의 손이 독이 안 든 약을 집어 드는 것을 절대로 허락하지 않으셨을 테니까 말이오.

난 더 이상 할 말이 없고, 할 일을 다 마쳤으니 마음이 편하오. 나는 미국으로 돌아갈 경비를 마련할 때까지 마부 일을 계속할 작정으로 마차를 몰았소. 그런데 오늘 아침 마차장에 나갔는데 누더기를 입은 아이 녀석 하나가 제퍼슨 호프라는 마부가 여기 있느냐고 묻더군. 그 아이는 베이커가 221B번지에서 어느 신사 분이 내 마차를 찾고 있다고 했소. 나는 털끝만치도 의심하지 않고 따라나섰다가 여기 있는 이 젊은이한테 당한 거요. 이 젊은이가 덜컥 수갑을 채우는 솜씨는 내 평생 처음 보는 날렵한 기술이었소. 신사 여러분, 이제 내가 하고 싶은 말은 다 했소. 여러분은 나를 살인자로 여길 수도 있겠지만, 나는 스스로를 여러분과 똑같은 정의의 집행자로 생각하오."

사내의 이야기는 너무도 흥미진진했고, 그의 태도 또한 더할 나위 없이 인상적이었으므로 우리는 넋을 잃고 말없이 듣고만 있었다. 범죄에 얽힌 사연을 신물 나게 접해 본 형사들조차 사내의 이야기에 깊은 흥미를 느끼는 듯했다. 그가 말을 마친 뒤에도 우리는 한동안 침묵을 지켰다. 들리는 것이라곤 레스트레이드가 속기로 마지막 말을 받아 적느라 종이에 연필 긁는 소리뿐이었다.

"알고 싶은 게 하나 있습니다."

셜록 홈즈가 마침내 입을 열었다.

"우리 하숙집으로 반지를 찾으러 온 사람은 누구였습니까?"

사내는 내 친구를 보고 장난스럽게 눈을 찡긋했다.

"내 비밀을 털어놓을 수는 있소."

그는 말했다.

"하지만 다른 사람을 곤경에 빠뜨리고 싶지는 않소이다. 난 당신이 낸 광고를 보고, 그게 함정일지도 모르지만 내가 원하는 반지를 되찾을 수도 있다고 생각했소. 내 사정을 아는 친구가 자진해서 가주마고 했지요. 그 친구가 일을 깔끔하게 해냈다는 건 당신도 인정하리라 믿소."

"그건 사실입니다."

홈즈는 진심으로 말했다.

"신사 여러분."

경사가 무거운 어조로 말했다.

"어쨌든 법 집행을 안 할 수는 없습니다. 목요일에 피고인은 치안 판사 앞으로 소환됩니다. 그리고 여러분도 법정에 출두해 주십시오. 그때까지 피고는 경찰의 보호를 받게 됩니다."

경사는 벨을 울렸고, 간수 두 명이 와서 제퍼슨 호프를 데리고 나갔다. 나와 내 친구는 경찰서를 나와 베이커가로 돌아가기 위해 마차를 잡아탔다.

결론

우리 모두는 이미 목요일 날 법정에 출두해야 한다는 통지를 받은 바 있다. 그러나 목요일이 왔지만 우리가 증언할 기회는 주어지지 않았다. 더 높으신 판관께서 그 사건을 맡으셨고, 제퍼슨 호프는 준엄한 심판이 내려질 하늘의 법정으로 소환당했다. 그는 체포된 바로 그날 밤 동맥류가 파열되어 그다음 날 아침 감방에서 싸늘한 시체로 발견된 것이다. 그는 죽어가는 순간에도 자신이 마쳐놓은 일과 보람 있는 삶을 떠올린 듯 입가에 평온한 미소를 머금고 있었다.

"그 사람이 죽은 걸 알면 그렉슨과 레스트레이드가 펄펄 뛰겠군요."

다음 날 저녁, 얘기를 나누던 도중에 홈즈가 말했다.

"이제 어디 가서 자랑을 늘어놓겠습니까?"

"두 형사가 범인을 체포하는 데 얼마나 중요한 일을 했기에요?"

내가 물었다.

"이런 세상에서 중요한 일은 뭐고 중요하지 않은 일은 뭐겠습니까."

내 친구는 쓸쓸하게 말했다.

"문제는 자신이 한 일에 대해 사람들에게 어떻게 말하느냐이지요. 하지만 신경 쓰지 마십시오."

홈즈는 잠시 입을 다물고 있다가 좀 더 밝은 얼굴로 말했다.

"이번 수사 경험 자체가 나한테는 귀중한 것이었으니까요. 내 수사 파일에 이보다 더 흥미로운 사건은 없었습니다. 그 사건은 단순하긴 했지만 몇 가지 대단히 교훈적인 요소를 내포하고 있었지요."

"단순한 사건이라고요!"

나는 놀라서 소리 질렀다.

"예, 그렇습니다. 그렇게 말할 수밖에 없지요."

셜록 홈즈는 내가 놀라는 걸 보고 빙그레 웃으며 말했다.

"내가 몇 가지 지극히 상식적인 추리만으로 사흘 안에 범인을 밝혀낼 수 있었다는 것만 봐도 그 사건의 본질적인 단순성을 알 수 있지요."

"그건 사실입니다."

나는 말했다.

"이미 설명해 드린 적이 있지만, 특이한 요소는 사건을 어렵게 만드는 것이 아니라 오히려 사건 해결의 길잡이 역할을 해줍니다. 이런 문제를 해결하는 데 가장 중요한 것은 거꾸로 추리해 나갈 수 있는 능력이지요. 이것은 대단히 유용하고 쉽지만 사람들이 잘 연마하지 않는 능력입니다. 일상생활에서는 여러 가지 사실을 토대로 순차적으로 결론을 끌어내는 방식이 더 쓸모 있기 때문에 거꾸로 추리해 나가는 방식은 무시당하기 십상입니다. 종합적인 사고 능력을 가진 사람이 쉰 명 있다면 분석적인 사고 능력을 가진 사람은 한 명밖에 없는 형편이지요."

"솔직히 말하면……."

나는 말했다.

"무슨 말인지 이해하기가 쉽지 않군요."

"그럴 겁니다. 어디 한 번 더 자세히 설명해 보기로 하지요. 보통 사람들에게 많은 사실을 알려주면, 사람들은 결과를 예측해 낼 수 있습니다. 즉 많은 사실을 머릿속에 입력하면 그걸 가지고 어떤 결과가 나오리라는 것을 예상할 수 있다는 것이지요. 하지만 어떤 결과를 말해 주었을 때, 그러한 결과에 이르게 된 전 단계들을 마음속으로 더듬어낼 수 있는 사람은 드뭅니다. 이러한 능력이 바로 내가 말하는 역추리, 또는 분석적 사고라는 것이지요."

"알겠습니다."

나는 말했다.

"자, 이 사건은 결과가 주어져 있고, 그 밖에 모든 것은 알아서 찾아내야 하는 사건이었지요. 이제 내가 추리한 여러 단계에 대해 말씀드리겠습니다. 우선 맨 처음으로 돌아가봅시다. 박사도 알다시피 나는 걸어서, 어떤 선입견도 없는 백지와 같은 마음으로 그 집을 향해 다가갔습니다. 당연히 나는 맨 처음에 도로부터 살펴보았지요. 그리고 이미 설명해 드린 대로, 마차 바큇자국이 선명하게 남아 있는 것을 보고 밤사이에 그곳에 마차가 왔다 갔다는 사실을 알게 되었습니다. 바퀴 사이의 간격이 좁은 것으로 보아 개인 마차는 아닌 것이 분명했습니다. 런던의 일반 전세 마차는 신사들이 타는 브루엄에 비하면 바퀴 사이의 간격이 퍽 좁으니까요.

이것이 처음으로 거둔 수확이었습니다. 나는 그다음에 천천히 현관을 향해 걸어갔습니다. 마침 정원의 길은 발자국이 잘 남는 흙길이었지요. 박사의 눈에 그 길은 발자국으로 뒤덮인 진흙탕에 지나지 않았겠지만, 나의 훈련된 눈에는 진흙 표면에 남겨진 모든 발자국 하나하나가 다 의미를 가졌습니다. 수사 과학에서 발자국 추적만큼 중요하면서도 인정받지 못하는 분야는 없지요. 다행히도 나는 항상 발자국을 추적하는 일을 중요시했고, 숱한 훈련을 통해 그 일은 내게 제2의 천성 같은 것이 되었습니다. 나는 순찰 경관의 무거운 발자국을 보았습니다. 하지만 제일 먼저 정원을 지나간 두 사람의 발자국도 보였지요. 제일 먼저 찍힌 발자국을 알아내는 건 식은 죽 먹기였습니다. 왜냐하면 다른 발자국에 덮여 완전히 지워진 곳이 몇 군데 있었으니까요. 이렇게 해서 두 번째 단서를 잡은 겁니다. 야간의 침입자는 둘이었고, 한 사람은 키가 꽤 크고(보폭을 계산해서 알아냈지요.) 다른 한 사람은 좁고 우아한 구두 자국으로 보아 최신 유행의 옷차림을 한 신사였습니다.

집에 들어가자마자 이 추리가 옳다는 것이 확인되었습니다. 멋진 구두를 신은 사나이가 바닥에 누워 있었지요. 그렇다면 키 큰 사나이가 살인자였던 겁니다. 살인이 일어났다면 말이지요. 시신에는 아무 상처가 없었지만, 몹시 동요한 표정을 보니 죽기 전에 자신의 운명을 알았던 것이 틀림없었습니다. 심장병이나 그 밖에 자연적 원인으로 급사한 사람들은 결코 그런 표정을 짓는 일이 없으니까요. 시신의 입 냄새를 맡아보니 약간 시큼한 냄새가 났습니다. 나는 피살자가 반강제로 독을 마시고 죽었다는 결론을 내렸습니다. 내가 그렇게 생각한 것은 피살자의 얼굴에 증오와 두려움이 드러나 있기 때문이었지요. 나는 배제의 법칙에 의해 이러한 결론에 도달했습니다. 눈앞의 사실을 설명해 줄 수 있는 다른 가설은 없었지요. 이게 전대미문의 범죄라고 생각하지는 말아주십시오. 독을 강제로 먹이는 것은 범죄의 역사에서 새삼스러운 사건이 아니니까요. 우크라이나 오데사의 돌스키 사건, 프랑스 몽펠리에의 레투리에 사건은 웬만한 독물학자라면 누구나 알고 있는 사건들입니다.

자, 이제 범행 동기라는 큰 문제가 떠오릅니다. 없어진 것은 아무것도 없기 때문에 살인의 목적이 절도는 아니었습니다. 그러면 정치적인 동기나 여자 문제가 있었을까요? 그때 나는 이 두 가지 가능성을 함께 검토해 보았지만 전자보다는 후자 쪽이 더 가능성이 크다고 판단했습니다. 정치범들은 임무를 끝내면 재빨리 달아납니다. 그런데 이 사건의 범인은 반대로 아주 느긋하게 행동했고 온 방에 발자국을 남겨놓았습니다. 그것은 현장에서 오래 지체했다는 것을 나타내지요. 범행 동기는 정치적인 것이 아니라 사적인 원한이 분명했습니다. 사적인 원한에 의한 계획적인 복수였던 것이지요. 벽 위에 쓴 글씨가 발견되었을 때 나는 내 판단에 대해 더욱 확신을 갖게 되었습니다. 글씨는 뻔한 눈속임이었지요. 반지가 발견되자 의문은 속 시원히 풀렸습니다. 범인은 피살자에게 죽었거나, 또는 자기 옆에 없는 어느 여성을 상기시키기 위해 그 반지를 이용한 것이 분명했지요. 그렉슨에게 클리블랜드 경찰에 조회할 때 드리버의 전력의 특정 부분에 관해 질문했느냐고 물었던 것은 바로 그때였습니다. 하지만 박사도 기억하겠지만 그렉슨은 그렇지 않다고 대답했습니다.

나는 그때 방 안을 자세하게 조사했고, 범인의 키에 대한 내 판단이 옳다는 걸 알았습니다. 그리고 트리치노폴리 시가와 범인의 손톱 길이에 대한 부가 정보도 얻어냈지요. 나는 그때 방바닥에 떨어진 피는 범인이 흥분해서 터뜨린 코피라는 결론을 내리고 있었지요. 방 안에는 격투의 흔적이 전혀 없었으니까요. 또 핏자국은 범인의 발자국과 일치했습니다. 몸에 피가 많은 사람이 아니라면 이런 식으로 흥분해서 코피를 터뜨리는 일은 거의 없습니다. 그래서 나는 범인이 건장하고 혈색이 좋은 남자일 거라는 의견을 과감하게 내놓았던 것이지요. 결과적으로 내 판단이 옳다는 것이 입증되었습니다.

현장 조사를 끝낸 뒤, 나는 그렉슨이 간과한 일을 했지요. 나는 클리블랜드 경찰서장에게 전보를 보내 이노크 드리버의 결혼 관계에 대해서 알려달라고 했습니다. 결정적인 답신이 왔습니다.

드리버는 제퍼슨 호프라는 이름의 옛 연적을 피하기 위해 이미 법의 보호를 요청한 적이 있고, 호프는 현재 유럽에 체류하고 있다는 것이었습니다. 나는 결정적인 단서를 틀어쥐게 됐다는 사실을 알았지요. 남은 일은 범인을 체포하는 것뿐이었습니다.

나는 이미 마음속으로 드리버와 함께 빈집에 들어간 사내가 바로 마차를 몰았던 마부임에 틀림없다는 판단을 내리고 있었습니다. 도로의 바퀴자국은 말이 주인 없는 상태에서 한동안 서성거렸다는 것을 드러내고 있었지요. 그런데 마부가 집 안에 들어가지 않았다면 도대체 어디서 있었겠습니까? 또 정신이 제대로 박힌 사람이라면 제삼자가 보는 앞에서 범죄를 저지르지는 않을 겁니다. 쓸데없이 증인을 만들 필요가 없으니까요. 또 있습니다. 런던에서 다른 사람을 미행하려고 할 때 마부가 되는 것보다 더 좋은 방법이 어디 있겠습니까? 나는 이 모든 사실을 고려해서 제퍼슨 호프가 런던에서 마부 노릇을 하고 있으리라는 결론을 내리게 된 것입니다.

마부가 범인이라고 했을 때 그가 일을 그만두었으리라고 생각할 이유는 없었습니다. 또 범인 자신의 입장에서 볼 때 갑자기 일을 그만두었다가는 불필요한 주목을 끌게 될 수도 있으니까요. 나는 범인이 적어도 한동안은 일을 계속할 거라고 생각했습니다. 또 그가 가명을 쓸 거라고 생각할 이유도 없었지요. 자신을 아는 사람이 아무도 없는 나라에 와서 굳이 이름을 바꿀 이유가 어디 있겠습니까? 그래서 나는 거리의 부랑아 탐정단을 조직해서 런던 시내의 모든 마차장에 조직적으로 파견했습니다. 그 애들은 결국 목표물을 찾아냈지요. 그 애들이 얼마나 일을 잘해 주었는지, 그리고 내가 얼마나 신속하게 그 성과를 활용했는지는 아직도 잘 기억하고 계실 겁니다. 스탠거슨이 피살된 사건은 전혀 예상치 못한 것이었고 어떻게든 그것을 막아내는 것은 불가능했습니다. 박사도 알다시피, 나는 독약이 쓰였다는 것을 이미 알고 있었지만 스탠거슨 사건을 통해 문제의 약을 입수할 수 있었지요. 어떻습니까, 전 과정이 어디 한 군데 빠진 곳 없이 논리적 연쇄를 이루고 있지 않습니까?"

"훌륭해요! 당신의 활약상은 마땅히 널리 인정받아야 합니다. 사건 기록을 출판하는 게 좋겠습니다. 당신이 하지 않겠다면 내가 하리다."

"박사, 그건 마음대로 하십시오."

내 외침에 홈즈가 대답했다.

"하지만 이걸 좀 보십시오!"

그는 내게 신문 한 장을 건네주며 말했다.

"바로 여기 말입니다!"

그것은 그날 자《에코》였다. 홈즈가 손가락질한 기사는 문제의 사건을 다루고 있었다. 기사는 다음과 같았다.

이노크 드리버와 조셉 스탠거슨의 살인범으로 지목된 제퍼슨 호프가 급사함에 따라, 이번 사건에 대한 대중들의 관심은 급격히 식고 말았다. 사건의 전모는 영원히 어둠에 묻히게 될 전망이지만, 그럼에도 우리는 수사 관계자로부터 이번 사건이 치정과 모르몬교에 얽힌 해묵은 원한으로 인해 빚어졌다는 사실을 들어서 알게 되었다. 피살자 모두가 젊은 시절에 모르몬교도였던 듯하고, 사망한 범인 호프 또한 모르몬교의 본산 솔트레이크시티 출신이다. 사건 자체는 허무하게 종결지어졌지만, 적어도 우리는 런던 경찰 수사진의 실력을 대단히 인상적인 방식으로 확인한 셈이 되었다. 또한 차제에 모든 외국인들에게, 사적인 감정과 원한이 있거든 그것을 영국령까지 끌고 오지 말고 자기 나라에서 해결하는 게 현명하리라는 교훈을 안겨주었다. 이번에 신속하게 범인을 체포한 것은 순전히 런던 경찰국의 유명한 형사 레스트레이드와 그렉슨 양인의 공로이다. 범인이 체포된 현장은 셜록 홈즈라는 인물의 자택으로 알려졌는데 상기인은 아마추어 탐정으로 다소간의 소질을 나타내고 있는 바, 앞으로 위의 두 형사 같은 스승을 만난다면 어느 정도 개인적 성취를 이룰 것으로 기대된다. 앞서 말한 두 수사관은 사건 해결의 혁혁한 공로를 인정받아 표창을 받을 것이라 한다.

"처음에 내가 그렇게 말하지 않았던가요?"

셜록 홈즈는 껄껄 웃으며 소리쳤다.

"우리의 주홍색 연구의 결과가 바로 이것이지요. 형사들에게 표창장을 타게 해주는 것 말입니다!"

"너무 괘념치 마십시오."

나는 대답했다.

"나는 사실을 죄다 일기에 적어놓았으니 앞으로 그것을 대중에게 공표하도록 하겠습니다. 그때까지는 로마의 구두쇠처럼 자신의 성취를 스스로 자각하는 정도에서 만족해야 하겠군요. '사람들이 나를 보고 비웃을지라도 궤짝에 쌓인 돈을 볼 때, 내 마음은 뿌듯하도다(고대 로마의 시인 퀸투스 호라티우스의 말 ─ 옮긴이).'"

A Study in Scarlet, 1881

홈즈는 스물여덟 살이 되기 전에 이미 고객 명단에 런던 경찰청의 가장 유능한 형사들을 포함시키고 있을 정도로 명성을 떨치는 직업 탐정이 되었지만, 그럼에도 그가 가진 유산으로든 아니면 자문 탐정 활동으로 얻는 수입으로든 런던에서 지낼 높은 집세를 충당하기에는 모자랐던 모양이다. 그는 남는 침실을 사용하고 하숙비를 분담할 동거인을 찾았다. 이렇게 해서 홈즈가 믿을 만한 혈액 검사법을 발견한 기념할 만한 날 아침에, 스탬퍼드가 세인트 바솔로뮤 병원의 화학 실험실에서, 노섬버랜드 제5보병 연대의 부외과의사를 지내고 연금으로는 생활비를 충당할 수 없어서 값싼 하숙을 구해 비용을 절약할 필요가 있던 존 H. 왓슨 박사를 홈즈에게 소개해 주게 된 것이다. 사실, 왓슨은 말년에 홈즈의 마지막 사건을 회고할 때가 되어서야 자신이 정부에서 주는 두둑한 연금(1일 57펜스)으로 생활하지 못했던 이유를 인정했다. 매일 하루 28펜스씩 마권업자의 주머니로 곧장 흘러들어갔던 것이다. 왓슨은 경마에 빠져 있었다.

어쨌든 홈즈는 새로운 혈액 검사법을 발견하고 흥분한 나머지 아마도 처음 만난 동거인에 대해 주의를 게을리 한 것 같다. 왓슨이 강아지를 한 마리 키우고 있다고 말했지만, 홈즈는 그 강아지가 금세 증발해 버린 의문의 실종 사건에 대해 한 마디도 묻지 않았다. 이에 팬들은 왓슨이 언급한 불도그가 개가 아니라 권총을 의미한다는 해석을 내놓기도 한다.

『주홍색 연구』에는 몇 가지 플롯상의 구멍이 보이는데, 왓슨 박사의 깜찍한 불도그가 이유 없이 실종된 사건 외에도 대표적으로 지적당하는 부분이 제퍼슨 호프가 마지막에 아무 생각 없이 제 발로 베이커 가 221B번지로 찾아와서 잡히는 장면이다. 전날 분명히 반지를 찾는 광고를 통해 셜록 홈즈의 주소를 보았고, 또 자신의 일행을 그곳으로 보내기까지 한 그가 어째서 마차를 부른다고 아무 경계도 없이 221B번지로 다시 찾아왔을까? 하지만 셜록 홈즈가 원래 시리즈로 기획된 소설이 아니라 그저 단발로 끝날 탐정 소설이었고 탐정의 성격 역시 그 안의 역할에 맞게 설정되었다는 점, 이 책이 탐정을 위해 마련된 독무대가 아니라 제퍼슨 호프가 등장하는 미서부의 비극적 사랑 이야기 또한 중요한 부분을 차지한다는 점 등을 감안하여 팬들은 사소한 부분은 최대한 관대하게 이해하고 넘어가는 분위기이다.

작품의 제목에 들어간 색상인 'scarlet'은 실제로는 주홍색보다는 핏빛에 가까운 선홍색이다. 또한 'study'를 습작이라고 번역해야 할지, 연구로 번역해야 할지에 관해서도 의견이 분분하다.

1883

The Adventure of the Speckled Band

얼룩 띠의 비밀

나는 지난 8년간 친구 셜록 홈즈의 방법에 대해 연구해 왔다. 그러나 그동안의 사건 기록을 들춰보면 비극적인 사건과 우스꽝스러운 사건 외에 그저 기묘하기만 한 사건도 많았지만 평범한 사건은 전혀 없었다는 사실을 알 수 있다. 왜냐하면 홈즈는 부를 얻기 위해서가 아니라 자신의 방법에 대한 애정 때문에 일했기 때문에, 별나거나 기이한 사건이 아니라면 아예 손대려 하지 않았기 때문이다. 하지만 이 모든 다양한 사건들 가운데 저 유명한 스토크 모런의 로일롯 가문과 관련된 사건보다 더 기이한 것은 떠오르지 않는다.

문제의 사건은 내가 홈즈와 교우하던 초기, 베이커가에서 둘이 함께 하숙하던 시절에 일어났다. 그때 침묵을 지키겠다는 약속만 하지 않았다면 이 사건을 이미 공개했을지도 모른다. 그런데 지난달 우리에게 침묵의 맹세를 받아낸 부인이 젊은 나이에 세상을 뜨는 바람에 사건의 진상을 세상에 알릴 수 있게 되었다. 사실 진실을 밝히는 게 나을 것이다. 왜냐하면 항간에는 그림스비 로일롯 박사의 죽음에 관해 사실보다 더욱 지독한 소문이 떠돌고 있으니까.

1883년 4월 초였다. 어느 날 아침 잠에서 깨어보니 셜록 홈즈가 옷을 다 갖춰 입고 내 침상 옆에 서 있었다. 그는 평소 일찍 일어나는 법이 거의 없었는데 그날은 벽난로 장식 선반 위의 시계를 보니 겨우 7시 15분밖에 안 됐던 것이다. 나는 약간 놀라서 눈을 깜빡거리며 그를 쳐다보았다. 약간 부아가 치밀기도 했던 것 같다. 나는 규칙적으로 생활하는 사람이었으니까.

"왓슨, 잠을 깨워서 미안하네. 하지만 오늘 아침에 이 집 사람들은 모두 같은 일을 당했지. 먼저 허드슨 부인이 깨고, 나는 허드슨 부인 때문에 깨고, 또 자네는 나 때문에 깨고 말이야."

"왜? 설마 불이라도?"

"아닐세. 의뢰인이라네. 젊은 숙녀가 상당히 흥분해서 날 만나겠다고 온 것 같아. 지금 거실에서 기다리고 있네. 그런데 젊은 여자가 새벽같이 대도시로 나와서 자는 사람들을 두들겨 깨울 때는 뭔가 급한 사연이 있다고밖에 생각할 수 없거든. 대단히 흥미로운 사건일 듯한데 그렇다면 자네가 처음부터 보고 싶어 할 것 같았어. 그래서 어찌 됐든 자네를 깨워서 기회를 줘야겠다고 생각했다네."

"홈즈, 그런 거라면 절대로 놓칠 수 없지."

사실 홈즈의 조사 활동을 지켜보는 것보다 짜릿한 쾌감을 안겨주는 일은 없었다. 그는 직관보다 빠르지만 항상 논리적 근거를 바탕에 깔고 있는 신속한 추리로 문제를 해결했고 이걸 보면 놀랍기 짝이 없었다. 나는 얼른 옷을 주워 입고 몇 분 만에 친구를 따라 거실로 나갔다. 검은 드레스에 두꺼운 베일을 쓴 여성이 창가에 앉아 있다가 우리가 들어서자 몸을 일으켰다.

"안녕하십니까, 아가씨."

홈즈는 밝은 목소리로 말했다.

"저는 셜록 홈즈라고 합니다. 이 사람은 저의 절친한 친구이자 동료인 왓슨 박사입니다. 이 친구가 있다고 해서 거리끼실 필요는 없습니다. 이런! 고맙게도 허드슨 부인이 어느새 난로에 불을 지펴놓았군요. 여기 난로 가까이 앉으십시오. 제가 뜨거운 커피를 한 잔 갖다달라고 하겠습니다. 보아하니 떨고 계시는군요."

"제가 자꾸 떠는 건 추워서가 아닙니다."

숙녀는 홈즈가 말한 대로 자리를 바꾸며 낮은 목소리로 말했다.

"그럼 왜지요?"

"홈즈 선생님, 그건 무섭기 때문입니다. 공포 때문이에요."

숙녀는 말하면서 베일을 걷어 올렸다. 가련하게도 그녀는 정말 몹시 동요하고 있었다. 잿빛 얼굴은 불안으로 일그러져 있었고, 두려움에 떠는 눈은 쫓기는 짐승의 눈처럼 보였다. 용모와 자태는 30대 여인이었지만 머리칼은 벌써 희끗거렸고 얼굴은 초췌하고 수척했다. 셜록 홈즈는 모든 것을 꿰뚫어 보는 날카로운 시선으로 그녀를 슬쩍 훑어보았다.

"이제 두려워하실 필요 없습니다."

홈즈는 허리를 굽히고 숙녀의 팔을 토닥거리며 달래듯이 말했다.

"곧 문제를 해결해 드리겠습니다. 염려 마십시오. 오늘 아침에 기차로 오셨군요."

"그럼, 저에 대해서 알고 계시는 건가요?"

"아닙니다. 하지만 왼손에 갈 때 쓰실 차표를 꼭 쥐고 계신 것이 보이는군요. 그리고 아가씨께서는 일찌감치 집을 나섰겠지만 기차역까지 가기 위해 말 한 필이 끄는 이륜마차를 타고 질퍽한 길을 한참 달리셨군요."

그녀는 깜짝 놀라며 어쩔 줄 모르는 표정으로 내 친구를 응시했다.

"아가씨, 뭐 비밀스러운 방법이 있는 건 아닙니다."

홈즈는 씩 웃으며 말했다.

"왼쪽 소매에 일곱 군데 이상 진흙이 튀어 있는데 자국이 채 마르지도 않았습니다. 말 한 필이 끄는 이륜마차 말고 그런 식으로 흙이 튀는 마차는 없지요. 그리고 마부 왼쪽에 앉으신 게 분명하군요."

"그렇게 보신 이유가 뭐든 선생님이 말씀하신 건 전부 옳습니다. 저는 6시도 안 돼서 집을 나와 20분 만에 레더헤드에 도착했습니다. 거기서 첫 기차를 타고 워털루 역에서 내렸지요. 선생님, 저는 더 이상 이런 긴장을 견딜 수가 없습니다. 이런 생활이 계속된다면 미쳐버리고 말 거예요. 제게는 의지할 사람이 없답니다. 아무도요. 물론 한 사람 있긴 해요. 절 아끼는 사람이 있어요. 가엾은 사람, 하지만 그이는 제게 별로 도움이 안 된답니다. 홈즈 선생님, 저는 선생님 얘기를 듣고 왔습니다. 파린토시 부인이라고, 아주 곤란한 처지에 있을 때 선생님의 도움을 받은 적이 있지요. 부인이 제게 선생님의 주소를 알려주었답니다. 오, 선생님, 저도 도와주실 수 있겠지요? 적어도 저를 둘러싼 이 어둠을 약간이라도 밝혀주실 수는 있을 거예요. 그렇죠? 지금 저한테는 선생님의 노고에 보답할 능력이 없답니다. 하지만 한 달이나 6주일 뒤엔 저도 결혼해서 제 수입을 관리할 수 있게 돼요. 그때가 되면 적어도 선생님께서 저를 은혜도 모르는 여자라고 생각지는 않으실 거예요."

홈즈는 책상 서랍에서 작은 사례집을 꺼내 들었다.

"파린토시, 아, 여기 있군요. 이제 생각납니다. 오팔 보관(寶冠)과 관련된 사건이었지요. 왓슨, 그건 자네를 만나기 전의 일이었던 것 같네. 아가씨, 저는 친구분의 사건을 조사할 때와 똑같은 성의를 갖고 기꺼이 일할 거라는 점을 말씀드릴 수 있을 뿐입니다. 보답에 관해서라면, 제게는 일 자체가 보답이 되지요. 하지만 제가 지출하게 될 비용을 보상해 주시겠다면 그건 형편대로 하셔도 무방합니다. 그럼 이제 문제가 무엇인지에 대해 기탄없이 말씀해 주시기 바랍니다."

손님이 대답했다.

"아아! 제가 처해 있는 상황에서 가장 끔찍한 부분은, 제가 느끼고 있는 두려움이 너무도 막연하다는 것과 제가 품고 있는 의혹이 너무도 사소한 문제에 대한 것이라는 점입니다. 그래서 수

많은 주변 사람 중에 제가 정당하게 도움과 조언을 청할 수 있는 사람조차도 제 얘기를 겁 많은 여자의 공상으로 치부해 버릴 정도니까요. 그이가 제 앞에서 말은 그렇게 안 해도 시선을 피하면서 어린애 달래듯이 대답하는 걸 보면 그 정도는 충분히 알 수 있지요. 하지만 저는 홈즈 선생님이 사람의 마음속에 꼭꼭 감춰진 악을 능히 꿰뚫어 보는 분이라는 얘기를 들었습니다. 선생님은 제가 지금의 위험한 상황을 어떻게 헤쳐 나가야 하는지 아실 거예요."

"아가씨의 이야기를 귀담아듣고 있습니다."

"저는 헬렌 스토너라고 해요. 지금 계부와 같이 서리 서부 접경 지역에서 살고 있지요. 그분은 영국에서 가장 오래된 색슨족 집안에 속하는 스토크 모런의 로일롯 가문의 마지막 후예랍니다."

홈즈는 고개를 주억거렸다.

"그 이름은 저도 들어보았습니다."

"로일롯 가문은 한때 영국에서 가장 부유한 집안에 속했지요. 영지가 북쪽으로는 버크셔, 서쪽으로는 햄프셔까지 뻗어 있었으니까요. 하지만 지난 100년 동안 가문의 주인 넷이 다 방탕하고 낭비벽이 심한 사람들이었어요. 몰락의 길을 걷던 집안을 결정적으로 망쳐먹은 사람은 도박에 빠졌던 섭정기(1811년에서 1820년까지를 뜻함 — 옮긴이)의 상속자였지요. 남은 거라곤 몇 에이커의 땅과 200년 된 집이었지만 그나마 저당이 잡혀 있었답니다. 마지막 주인은 그곳에서 가난뱅이 귀족으로 구차한 삶을 이어갔지요. 그분의 외동아들이 바로 저의 계부였어요. 그분은 새로운 상황에 적응해야 한다는 걸 깨닫고 친척에게 돈을 빌려 의대를 졸업하고 면허를 딴 뒤 인도의 캘커타로 갔습니다. 그리고 뛰어난 의술과 사람들을 휘어잡는 기질 덕분에 그곳에서 의사로 성공을 거두었지요. 그런데 집에서 도난 사건이 몇 번 생겼어요. 화가 난 그는 감정을 다스리지 못하고 현지인 집사를 때려죽이고 말았습니다. 간신히 사형은 면했지만 장기간 복역한 뒤에 실의에 빠져 영국으로 돌아왔지요.

로일롯 박사가 제 어머니랑 결혼한 건 인도에 있을 때였습니다. 어머니는 그 전에 벵골 포병 연대의 스토너 소장과 결혼해서 우리 쌍둥이 자매를 낳았는데 아버지가 일찍 돌아가시고 말았습니다. 어머니가 로일롯 박사와 재혼한 건 우리 자매가 겨우 두 돌밖에 안 됐을 때였지요. 어머니한테는 재산이 꽤 많았어요. 연수입이 1000파운드는 됐는데 재혼한 뒤에 이 수입을 전부 남편에게 양도했답니다. 우리 자매가 결혼하면 일정 금액을 해마다 우리에게 나눠주라는 조건을 달아서요. 어머니는 귀국한 직후에 돌아가셨지요. 8년 전에 크루 근처에서 철도 사고를 당하셨답니다. 그러자 로일롯 박사는 런던에서 개업하려던 생각을 버리고 조상 대대로 물려온 스토크 모런의 오래된 집으로 우릴 데리고 들어갔지요. 어머니가 남겨주신 돈으로 생활은 충분했기 때문에 우리는 아무 문제 없이 행복하게 살 수 있을 것 같았어요.

하지만 이 무렵부터 계부는 사람이 완전히 달라졌답니다. 친구를 사귀고 이웃들과 교류하는 대신 집에 틀어박혀 있다가 당신 땅을 지나가는 사람이 있으면 그게 누구라도 쫓아 나가서 무섭게 싸움을 걸기 일쑤였지요. 사실 이웃 사람들이 처음에는 스토크 모런의 로일롯이 고향으로 돌아왔다고 제 일처럼 기뻐해 주었는데도 말이에요. 로일롯 가문의 남자들한테는 대대로 광증에 가까운 폭력적인 기질이 있었는데, 그의 경우엔 열대 지방에 오래 거주한 탓에 그게 더 악화됐는지도 모르겠어요. 계부는 수치스러운 싸움을 연달아 벌였고 약식 재판에 두 번이나 회부되었지요. 결국 마을에서 공포의 대상이 되었고, 사람들은 그분이 다가오는 걸 보면 슬슬 피하게 되었습니다. 그는 완력이 엄청난 데다가 화가 나면 통제 불능의 상태가 되니까요.

지난주에는 마을의 대장장이를 다리 위에서 물속으로 집어던졌답니다. 제가 여기저기서 돈을 긁어모아 피해자에게 찔러주고 나서야 사건이 무마됐지요. 그분한테 친구라곤 떠돌이 집시뿐이었어요. 그분은 유랑하는 집시들에게 가문의 영지로 남아 있는 가시나무투성이의 땅 몇 에이커를 야영지로 내주곤 한답니다. 그리고 답례로 집시들의 천막에서 대접 받고 오곤 하지요. 어떤 때는 몇 주씩이나 집시들을 따라 유랑하기도 해요. 또 인도의 짐승들을 아주 좋아하지요. 지금도 인도의 아는 사람이 보내준 치타와 비비가 그분의 땅에서 활보하고 있어요. 마을 사람들은 이 짐승들을 계부만큼이나 무서워해요.

그러니 우리 자매한테 생활에 낙이 없었다는 걸 이해하실 수 있을 거예요. 하인들이 집에 붙어 있으려고 하지 않았기 때문에 한동안은 우리가 살림을 다 했답니다. 동생 줄리아는 서른 살밖에 안 돼서 죽었지만 그때 벌써 머리가 세기 시작했어요. 저처럼 말이에요."

"동생분이 돌아가셨다고요?"

"그 애는 2년 전에 죽었지요. 그때 일을 말씀드리고 싶어요. 제가 방금 얘기한 그런 생활을 하면서 우리는 나이와 지위가 우리와 비슷한 남자를 만나기가 힘들었답니다. 그런데 저희에겐 해로 근처에 사시는 이모가 한 분 계셨어요. 돌아가신 어머니의 동생인 호노리아 웨스트파일 양인데 우린 계부의 허락을 받고 가끔씩 그 집에 갈 수 있었지요. 그런데 줄리아는 2년 전 크리스마스 때 이모 댁에 갔다가 거기서 전직 해군 소령을 만나 약혼하게 되었지요. 계부는 동생이 약혼했다는 얘기를 듣고 반대하거나 하지는 않았답니다. 그런데 결혼식을 보름 앞두고 끔찍한 비극이 생겼고 저는 단 하나뿐인 벗을 잃어버렸습니다."

두 눈을 감은 채 머리를 등받이에 기대고 있던 셜록 홈즈는 눈을 반쯤 뜨고 손님을 건너다보며 말했다.

"상황을 자세하게 설명해 주십시오."

"그건 별로 어려운 일이 아닙니다. 그때 있었던 일들 하나하나가 저의 뇌리에 선명하게 남아 있으니까요. 이미 말씀드린 것처럼 그 영주관은 아주 오래된 건물이어서 지금은 건물 한쪽만을 쓰고 있답니다. 가족의 침실은 전부 1층에 있고 거실은 건물 가운데 부분에 있지요. 첫 번째 침실이 로일롯 박사의 방이고 두 번째가 여동생 방, 세 번째가 제 방이에요. 침실끼리 통하는 문은 없고 전부 복도로 문이 나 있답니다. 제 말 이해되세요?"

"그렇습니다."

"창문은 다 정원을 향해 나 있어요. 그 운명적인 밤에 로일롯 박사는 일찍 침실로 갔지만 우린 그가 자러 간 건 아니라는 걸 알았어요. 여동생이 그가 피워대는 지독한 인도산 시가 냄새 때문에 골머리를 앓았으니까요. 그래서 동생은 내 방에 와서 며칠 안 남은 결혼식 얘기를 하면서 한참을 앉아 있었지요. 그리고 11시가 되자 자기 방으로 가겠다며 일어났어요. 그런데 문을 열고 나가려다가 저를 돌아보고 말했습니다.

'언니, 혹시 밤중에 휘파람 소리 들은 적 있어?'

'아니.'

'언니가 자다가 휘파람을 불진 않았겠지?'

'그럴 리가 없지. 그런데 왜?'

'지난 며칠 동안 밤 3시쯤에 항상 낮은 휘파람 소리가 들렸어. 아주 선명하게 말이야. 나는 잠을 깊이 못 자잖아. 그래서 그 소리 때문에 잠을 깼는데 어디서 난 소린지 잘 모르겠어. 옆방인지, 바깥인지. 혹시 언니도 그 소리를 들었는지 물어보려고 했지.'

'아니, 난 못 들었는데. 농장에 있는 그 형편없는 집시들이 휘파람을 불었나 보지.'

'아마 그랬을 거야. 그런데 그 소리가 밖에서 난 거라면 왜 언닌 못 들었을까?'

'그렇구나. 하지만 나는 너보다 깊이 자잖아.'

'그래, 어쨌든 그건 별로 중요한 게 아니니까.' 동생은 생긋 웃으며 방을 나갔고 잠시 후 옆방에서 열쇠 돌아가는 소리가 들렸습니다."

홈즈가 말했다.

"그런데 밤에 항상 방문을 잠그고 주무셨습니까?"

"예."

"왜요?"

"아까 말씀드렸던 것처럼 계부는 치타와 비비를 키우고 있어요. 그래서 문을 잠그지 않으면 항상 불안했지요."

"그랬군요. 말씀 계속하시지요."

"그날 밤 저는 잠을 이루지 못했답니다. 뭔가 안 좋은 일이 생길 것 같은 불길한 예감이 엄습해 왔기 때문이었지요. 우리 자매는 쌍둥이였거든요. 선생님도 그토록 가까운 두 영혼이 얼마나 신비스럽게 결합돼 있는지는 잘 아실 거예요. 정말 심란한 밤이었어요. 바람은 거세게 몰아치고 비는 창문을 두드려댔지요. 그런데 갑자기 사나운 비바람 속에서 겁에 질린 여자의 비명 소리가 터져 나왔습니다. 동생 목소리였어요. 저는 침대에서 뛰어내려 숄을 걸치고 복도로 뛰어나갔어요. 그런데 방문을 열었을 때 동생이 얘기한 낮은 휘파람 소리가 들린 것 같았습니다. 잠시 후에 금속이 맞부딪치는 것 같은 철컥 소리도 났고요. 저는 동생 방으로 달려갔는데 방문 손잡이가 돌아가더니 문이 스르르 열리기 시작했어요. 저는 그 안에서 뭐가 튀어나올지 모르는 채 겁에 질려 보고만 있었지요. 그런데 복도 불빛 아래 나타난 것은 동생의 얼굴이었습니다. 그 애의 얼굴은 공포로 하얗게 질려 있었고 도움을 청하는 사람처럼 두 팔을 허우적거렸지요. 몸은 술 취한 사람처럼 앞뒤로 흔들거렸어요. 저는 달려들어 동생을 껴안았지만 바로 그 순간, 동생은 무릎이 꺾이는 듯하더니 바닥에 쓰러지고 말았습니다. 그 애는 끔찍한 고통을 겪고 있는 사람처럼 몸을 뒤틀었어요. 팔다리에는 무서운 경련이 일어났습니다. 처음에 저는 그 애가 절 알아보지 못하는 줄 알았어요. 하지만 그 애의 얼굴을 들여다보자, 그 애는 갑자기 제가 죽어도 잊지 못할 목소리로 비명을 질렀습니다. '오, 하느님! 헬렌! 그건 띠였어! 얼룩 띠!' 그 애는 손가락으로 계부의 방 쪽을 가리키며 무슨 말을 더 하려고 했습니다. 하지만 다시 경련이 일어나면서 그 애의 말을 삼켜버렸지요. 저는 큰 소리로 계부를 부르며 달려가다가 실내복 차림으로 서둘러 방에서 나오는 그를 만났습니다. 다시 동생한테 가보니 그 애는 이미 의식을 잃은 상태였지요. 계부는 그 애의 입에 브랜디를 흘려 넣고 마을 의사도 불러왔지만 모든 노력이 수포로 돌아가고 말았습니다. 그 애는 그대로 서서히 잦아들더니 다시는 의식을 회복하지 못하고 죽고 말았습니다. 저의 사랑하는 동생은 이렇게 무서운 최후를 맞았지요."

"잠깐만."

홈즈가 말했다.

"그 휘파람 소리하고 철컥 소리 말입니다. 확실한 겁니까?"

"그때 군 검시관도 저한테 그런 질문을 했지요. 저한테는 분명히 그런 소리를 들은 듯한 느낌이 있어요. 하지만 강풍이 몰아치고 있던 데다가 낡은 집이 삐걱거리는 소리 때문에 제가 착각했을 가능성도 있습니다."

"동생은 어떤 옷을 입고 있었습니까?"

"그냥 잠옷 차림이었어요. 오른손에는 타다 남은 성냥개비를, 왼손에는 성냥갑을 쥐고 있었지요."

"무슨 일이 생기자 동생께서 성냥불을 켜고 주위를 살폈던 것이로군요. 중요한 건 바로 그 점입니다. 그런데 검시관은 어떤 결론을 내렸습니까?"

"검시관은 동생이 사망한 사건을 아주 면밀하게 조사했어요. 로일롯 박사의 행동은 오랫동안 그 일대에서 악명이 높았으니까요. 하지만 그럴듯한 사망 원인을 찾아내는 데는 실패했습니다. 저는 방문이 안에서 잠겨 있었다는 것 그리고 창에는 튼튼한 쇠창살이 달린 구식 덧문이 달려 있는데 밤마다 걸어놓는다는 사실을 증언했지요. 검시관은 벽을 조심스럽게 두드려가며 조사했지만 벽은 아주 튼튼하다는 사실이 밝혀졌고 마룻바닥도 샅샅이 조사했지만 결과는 마찬가지였습니다. 굴뚝은 크긴 했지만 굵은 창살 네 개로 막혀 있었지요. 동생이 최후를 맞았을 때 방에는 그 애 혼자뿐이었다는 사실이 분명해진 거예요. 게다가 그 애 몸에는 외상의 흔적이 전혀 없었으니까요."

"독살 가능성은?"

"의사들이 그 점에 대해서도 조사했지만 이렇다 할 결과가 없었답니다."

"그럼 스토너 양은 가엾은 동생의 사인을 뭐라고 보십니까?"

"저는 동생이 완벽한 공포로 인한 신경 발작으로 죽었다고 생각해요. 하지만 동생이 그 정도로 무서워했던 것이 무엇인지는 전혀 모르겠어요."

"그때 농장에는 집시들이 있었습니까?"

"예, 거기엔 거의 항상 집시들이 있지요."

"그렇군요. 그런데 동생께서 얼룩 띠를 언급했는데 그 '띠(band)'에 대한 얘기를 듣고 뭐 생각나는 것은 없었습니까?"

"어떤 때는 그게 착란 상태에서 나온 헛소리라는 생각도 들고 어떤 때는 농장에 있는 집시 '떼(band에는 무리, 떼라는 의미도 있음—옮긴이)'를 가리킨 게 아닐까 하는 생각이 들기도 해요. '얼룩'이라는 이상한 표현은 혹시 집시들이 쓰고 다니는 얼룩무늬 수건을 말하는 건지도 모른다는 생각도 들고요."

홈즈는 전혀 만족하지 못한 듯 고개를 흔들었다.

"그건 대단히 중요한 의미를 담고 있는 말입니다. 말씀을 계속해 주십시오."

"그 뒤 2년이라는 세월이 흘렀어요. 그동안 저는 전보다 더 외로운 삶을 살았지요. 그런데 한 달 전에 오랫동안 알고 지내던 친구가 영광스럽게도 제게 결혼을 신청했답니다. 그는 퍼시 아미티지라고 하는데, 레딩 근교의 크레인 워터에 사시는 아미티지 씨의 둘째 아들이지요. 계부는 저의 결혼에 반대하지 않았고, 그래서 우리는 올봄에 혼례를 치르기로 했어요. 그런데 이틀 전에 건물 서쪽을 수리하기 시작해서 제 침실 벽에 구멍이 뚫렸지요. 그래서 저는 죽은 동생이 쓰던 방으로 옮겨서 그 애가 쓰던 바로 그 침대에서 자야 했답니다. 생각해 보세요, 간밤에 그 애의 끔찍한 운명에 대해 생각하면서 잠을 못 이루고 있는데 적막한 밤중에 그 애의 죽음의 전주곡이 됐던 낮은 휘파람 소리가 갑자기 들려왔을 때 제가 얼마나 무서웠겠는지요. 저는 침대에서 뛰어내려 불을 켰습니다. 방에는 아무것도 없었지요. 하지만 저는 너무 떨려서 도로 누울 수가 없었어요. 그래서 옷을 입고 있다가 동이 트자마자 집을 빠져나왔지요. 그리고 길 건너편에 있는 크라운 여관에서 마차를 타고 레더헤드 역으로 가서 기차를 탔습니다. 저는 선생님을 만나 조언을 구해야겠다는 단 한 가지 목적으로 이렇게 새벽같이 달려온 거랍니다."

"잘하셨습니다."

내 친구는 말했다.

"그런데 얘기는 이게 전부인가요?"

"예."

"로일롯 양, 그렇지 않습니다. 당신은 계부를 감싸고 계십니다."

"감싸다뇨, 그게 무슨 말이죠?"

대답 대신 셜록 홈즈는 숙녀의 옷소매에 달린 검은 레이스 주름 장식을 밀어 올렸다. 하얀 손목에 다섯 개의 손가락 자국이 검푸른 멍이 되어 또렷하게 남아 있었다.

"계부에게 학대를 당하셨군요."

홈즈는 말했다.

숙녀는 얼굴을 붉히며 소매를 내렸다.

"그분은 원래 거친 분이에요. 아마 자신이 얼마나 힘이 센지 잘 모르고 계실 거예요."

긴 침묵이 흘렀다. 홈즈는 두 손으로 턱을 받치고 탁탁 소리를 내며 타는 불을 응시했다.

"이번 일은 아주 중대한 사건입니다."

홈즈는 드디어 입을 열었다.

"행동 방침을 정하기 전에 확인해 두고 싶은 점이 한두 가지가 아닙니다만 우리는 촌각도 지체할 여유가 없습니다. 우리가 오늘 스토크 모런에 가면 계부는 모르게 방들을 둘러볼 수 있을까요?"

"마침 그분은 오늘 무슨 중요한 볼일이 있어서 런던에 올 거라고 하셨어요. 온종일 집에 안 계실 테니 방해될 만한 건 전혀 없을 거예요. 가정부가 하나 있긴 하지만 나이도 많은 데다가 좀 모자라서 제가 쉽게 따돌릴 수 있답니다."

"그것참 잘됐군요. 왓슨, 자네도 같이 가겠나?"

"당연하지."

"그럼 우리 둘이 같이 가기로 하지. 로일롯 양은 어떻게 하실 건가요?"

"저는 여기까지 왔으니까 한두 가지 볼일을 보고 가겠어요. 하지만 두 분이 오시는 시간에 맞출 수 있도록 12시 기차로 돌아갈 생각입니다."

"그럼 저희들은 점심때가 좀 지나서 가도록 하겠습니다. 저도 그사이에 몇 가지 처리할 일이 있으니까요. 그런데 잠깐 기다렸다가 아침 식사라도 같이하시지요?"

"아뇨, 가봐야 해요. 힘든 사정을 이렇게 털어놓고 나니 벌써 마음이 가벼워졌답니다. 그럼 오늘 오후에 다시 뵙기로 해요."

숙녀는 두꺼운 검은 베일을 내리고 가벼운 걸음으로 방을 나갔다.

"왓슨, 자네는 이 일에 대해 어떻게 생각하나?"

셜록 홈즈는 등받이에 몸을 기대며 물었다.

"정말 흉악하고 불길한 사건인 것 같아."

"말할 수 없을 정도로 흉악하고 불길하지."

"하지만 스토너 양의 말대로 방바닥과 벽이 튼튼하고 외부에서 문이나 창문, 굴뚝을 통해 방 안으로 침입하는 게 불가능하다면 쌍둥이 동생이 아무도 없는 방에서 의문의 죽음을 맞은 것이 분명하지 않은가."

"그럼 한밤중의 휘파람 소리는 뭐고 동생이 죽어가며 남긴 그 이상한 이야기는 또 뭐란 말인가?"

"그건 전혀 모르겠네."

"한밤중의 휘파람 소리, 늙은 의사와 가깝게 지내는 집시들의 존재 그리고 의사가 의붓딸의 결혼을 막는 게 이익이 된다고 볼 만한 근거, 여동생이 죽기 전에 말한 '얼룩 띠' 얘기, 마지막으로 헬렌 스토너 양이 들었다는 금속성의 철컥 소리, 이건 철제 셔터를 내릴 때 나는 소리라고 할 수 있는데 이 모든 것을 종합해서 충분히 수수께끼를 풀 수 있다고 생각하네."

"하지만 그때 집시들이 어떻게 했다는 거지?"

"그건 알 수 없네."

"그 가설에는 너무 결함이 많다고 보는데."

"나도 그렇게 생각하네. 우리가 오늘 스토크 모런에 가는 것은 바로 그런 이유 때문이지. 나는 그런 결함이 치명적인 것인지, 충분히 설명될 수 있는 것인지 알고 싶다네. 아니, 이건 뭐야!"

내 친구가 소리 지른 것은 갑자기 문이 벌컥 열리면서 거구의 사내가 방 안으로 들어섰기 때문이다. 사내는 신사 같기도 하고 농부 같기도 한 기묘한 복장을 하고 있었다. 검은 중산모에 긴 프록코트, 높이 올라오는 각반, 손에는 사냥용 채찍을 들고 있었다. 키가 무척 커서 모자는 문틀에 닿았고 몸통은 문에 꽉 찰 정도였다. 주름이 많고 햇볕에 누렇게 그을린 넓적한 얼굴은 흉흉한 분노를 드러내고 있었다. 사내는 분노로 이글거리는 움푹 팬 눈으로 우리 두 사람을 번갈아 쳐다보았다. 살집이 없는 뾰족한 코는 어쩐지 사납고 늙은 맹금류를 연상시켰다.

"누가 홈즈냐?"

도깨비 같은 사내가 물었다.

"제가 홈즈입니다만, 그렇게 말씀하시는 분은 누구신지?"

내 친구는 조용히 말했다.

"나는 스토크 모런의 그림스비 로일롯 박사다."

"그러십니까, 이리 앉으시지요."

홈즈는 부드럽게 말했다.

"그럴 생각은 눈곱만큼도 없다. 내 의붓딸이 여기 왔었지? 난 개 뒤를 쫓아왔다. 너한테 무슨 말을 하더냐?"

"요즘 날씨가 좀 쌀쌀하군요."

"그것이 무슨 얘기를 했냐고?"

노인이 성난 목소리로 고함질렀다.

"그런데도 크로커스가 필 것 같다더군요."

홈즈는 천연덕스럽게 말했다.

"이런 고얀 것! 내 질문을 잘도 피해 가는군!"

손님은 한 걸음 나서서 채찍을 휘두르며 말했다.

"난 네놈이 누군지 안다, 이 악당 놈아! 네 얘기를 들은 적 있지. 참견쟁이 홈즈!"

내 친구는 빙그레 웃었다.

"간섭꾼 홈즈!"

홈즈는 더 활짝 웃었다.

"멋모르고 까부는 경찰 나부랭이 홈즈 녀석!"

홈즈는 큰 소리로 웃음을 터뜨렸다.

"말씀을 아주 재미있게 하시는군요. 가실 때는 문을 꼭 닫아주십시오. 문틈으로 외풍이 들어오니까요."

"나는 내 할 말은 다 하고 가겠다. 남의 일에 참견할 생각은 꿈도 꾸지 마라. 헬렌이 여기 왔었다는 걸 안다고. 내가 뒤를 밟아왔으니까! 나 같은 사람한테 덤빌 생각은 않는 게 좋을 거다! 자, 봐라."

로일롯 박사는 재빨리 다가와 부지깽이를 집어 들더니 갈색으로 그을린 큼직한 손으로 단숨에 구부려놓았다.

"내 손에 걸려들지 않게 조심해라."

그는 험악한 얼굴로 소리 지르며 구부러진 부지깽이를 난롯가에 던져놓고는 성큼성큼 밖으로 나갔다.

"정말 귀여운 양반이군."

홈즈는 웃으며 말했다.

"나는 그렇게 체격이 큰 편은 아니지만 저 양반이 좀 더 있었으면 내 손아귀 힘도 만만치 않다는 사실을 보여주었을 텐데."

그러면서 강철 부지깽이를 집어 들고 끙 하고 힘을 써서 다시 펴놓았다.

"나를 경찰 나부랭이로 착각하다니 정말 오만하기 짝이 없구먼! 하지만 이런 일을 겪고 보니 한결 흥미가 솟구치는데. 부주의하게도 불한당 같은 영감을 달고 온 숙녀분에게 별일 없기만을 바랄 뿐이네. 자, 이제 조반을 들도록 하세. 나는 그다음에 민법 박사 회관에 가볼 생각이네. 이번 일에 도움이 될 만한 자료가 있는지 찾아봐야지."

셜록 홈즈가 돌아온 것은 거의 1시가 다 돼서였다. 그는 글씨와 숫자가 잔뜩 적힌 푸른색 종이를 한 장 들고 있었다.

"로일롯 박사의 작고한 부인이 남긴 유언장을 열람하고 왔네. 그 정확한 의미를 판단하기 위해서 부인이 남긴 유산의 시가를 따져보지 않을 수 없었지. 부인의 사망 당시에 유산의 연간 총 수입은 1100파운드에 달했는데, 지금은 농산물 가격 하락으로 750파운드밖에 안 되더군. 딸들은 결혼하면 1인당 250파운드를 받을 수 있게 돼 있어. 그래서 만약 두 딸이 다 결혼했다면 영감한테는 푼돈밖에 안 남았을 거고 둘 중 하나만 결혼해도 영감에겐 상당한 타격이 됐을 걸세. 나의 오전 활동이 헛수고는 아니었네. 영감한테는 그런 일이 생기는 것을 막아야 할 강력한 동기가 있다는 것이 증명됐으니까 말이야. 자, 사태가 심각하니 꾸물거릴 여유가 없네. 더구나 영감은 우리가 개입했다는 걸 알고 있어.

자네가 외출 준비를 마치면 당장 마차를 잡아타고 워털루 역으로 달려가야겠네. 권총을 가져가주면 고맙겠어. 부지깽이를 엿가락처럼 휘어놓는 신사를 상대하는 데는 '엘리 2호'가 최고지. 그 위에 칫솔 하나만 더 가져가면 될 거야."

워털루 역에 가니 다행히 레더헤드행 기차가 있었다. 그리고 우리는 레더헤드 역 앞의 여관에서 이륜마차를 잡아탔다. 마차는 서리의 아름다운 길을 칠팔 킬로미터가량 달렸다. 날씨는 더할 나위 없이 좋았다. 태양은 눈부시게 빛났고 하늘에는 양털 구름이 둥둥 떠 있었다. 가로수와 길가의 관목에선 연둣빛 새싹이 움트고 있었고, 대기는 상쾌하기 이를 데 없는 축축한 흙냄새로 가득 차 있었다. 우리의 마음을 사로잡은 무서운 사건 앞에서 대지에 가득 찬 봄기운은 너무도 낯설고 이질적으로 느껴졌다. 내 친구는 팔짱을 끼고 마부 옆에 앉아 있었다. 모자를 푹 눌러쓴 채 턱을 바짝 끌어당기고 있는 품이 깊은 생각에 잠겨 있는 것 같았다. 그런데 갑자기 내 어깨를 톡톡 치더니 목초지 너머를 가리켰다.

"저길 좀 보게!"

홈즈가 말했다.

야트막한 경사면에 나무가 빽빽이 들어차 꼭대기에서 작은 숲을 이루고 있는 곳이었다. 나뭇가지 위로 오래된 저택의 잿빛 박공과 높은 지붕이 튀어나와 있었다.

"스토크 모런인가?"

그가 말했다.

"예. 저 집이 바로 그림스비 로일롯 박사님 저택입지요."

마부가 대답했다.

"저 집에서 지금 무슨 공사를 하고 있는데, 우리는 그 공사장으로 가는 길일세."

"마을은 저쪽입니다요."

마부는 왼쪽으로 좀 떨어진 곳에 있는 높고 낮은 지붕들을 가리키며 말했다.

"한데 스토크 모런으로 가실 양이면 이쪽 계단으로 올라가는 편이 더 빠릅지요. 거기로 해서 들판의 오솔길을 지나는 겁니다. 마침 저쪽에 숙녀분께서 걸어가는 게 보이는군요."

"저 숙녀는 스토너 양인 것 같군."

홈즈는 손으로 햇빛을 가리며 바라보았다.

"그래, 자네 말대로 하는 게 낫겠어."

우리는 마차에서 내려 삯을 치렀고 마차는 덜컹거리며 레더헤드로 되돌아갔다. 계단을 올라가는 동안 홈즈가 말했다.

"나는 말일세, 저 마부한테 우리가 공사장이나 그런 데 볼일이 있어서 온 것처럼 말하는 게 좋을 거라고 생각했네. 그래야 쓸데없는 소문이 퍼지는 걸 막을 수 있으니까. 스토너 양, 안녕하십니까. 우리가 약속은 꼭 지킨다는 걸 아셨겠지요."

아침에 본 의뢰인은 기쁨이 가득한 얼굴로 우리 쪽으로 바삐 다가왔다.

"두 분을 목이 빠지게 기다렸답니다."

스토너 양은 우리들의 손을 따뜻하게 잡아주며 말했다.

"일이 다 잘됐어요. 계부는 런던에 갔거든요. 저녁때나 돼야 돌아올 거예요."

"저희는 이미 로일롯 박사님을 만나뵙는 기쁨을 누렸습니다."

홈즈는 아침에 있었던 일을 간단하게 설명해 주었다. 스토너 양은 이야기를 듣는 동안 입술까지 하얗게 질렸다.

"어머나!"

그녀는 소리쳤다.

"그럼 제 뒤를 밟은 거로군요."

"그런 것 같습니다."

"그분은 정말 교활한 데가 있어요. 그래서 한시라도 마음을 놓을 수가 없지요. 그런데 언제 온다고 하던가요?"

"로일롯 박사는 조심해야 할 겁니다. 자신보다 더 교활한 인간이 뒤를 쫓고 있다는 걸 알게 될 테니까요. 스토너 양은 오늘 밤에는 방에 들어가서 문을 잠그고 계십시오. 만약 박사가 폭력을 휘두르면 우리가 스토너 양을 해로의 이모님 댁으로 모셔다 드리겠습니다. 이제 지체 없이 조사에 착수해야 합니다. 그러니 우리를 어서 문제의 방으로 안내해 주시면 감사하겠습니다."

저택은 이끼로 뒤덮인 회색 석조 건물이었다. 중앙 부분은 높직했고 그 양쪽으로 게의 집게발 같은 건물이 붙어 있었다. 왼쪽 건물은 창문이란 창문은 다 깨진 채 나무판자로 막혀 있는 데다가 지붕 일부가 움푹 꺼진 게 꼭 폐가처럼 보였다. 하지만 가운데 부분은 손을 보아서 상태가 좀 나아 보였고 오른쪽 건물은 상당히 현대적으로 보였다. 오른쪽의 방은 창문마다 커튼이 드리워져 있고 굴뚝에서 푸른 연기가 모락모락 피어올라 가족이 거주하는 곳임을 알 수 있었다. 맨 끝 벽에는 비계(높은 건물을 지을 때 디디고 설 수 있게 만든 시설 ─ 옮긴이)가 세워져 있었고 돌벽이 일부 파손되어 있었지만 공사하는 인부들의 모습은 보이지 않았다. 홈즈는 손질한 흔적이 없는 잔디밭을 천천히 거닐며 창문 바깥쪽을 면밀히 살폈다.

"제가 보기엔 이쪽 방이 스토너 양이 썼던 방인 것 같고 가운데 있는 게 동생 방, 건물 중앙부에 면해 있는 것이 로일롯 박사의 방인 것 같군요. 맞습니까?"

"맞아요. 하지만 저는 지금 가운데 방을 쓰고 있어요."

"집을 수리하는 동안이겠지요. 그런데 저 끝의 벽을 급히 수리해야 할 까닭이 있는 것 같지는 않아 보입니다만."

"그런 건 없었어요. 저는 제 방을 옮기기 위한 구실을 만들려고 했던 게 아닌가 하고 생각하고 있어요."

"저런! 대단히 의미심장한 말씀이군요. 그런데 이 세 개의 방 뒤쪽으로는 복도가 나 있습니다. 물론 복도에 창문은 있겠지요?"

"예, 하지만 아주 작아요. 사람들이 드나들지 못할 정도지요."

"그렇다면 방문을 안에서 잠그면 복도 쪽에서 누가 들어올 수는 없겠군요. 그럼 이제 스토너 양의 방에 들어가서 덧문을 잠가주시겠습니까?"

스토너 양이 시키는 대로 하자 홈즈는 열린 창문을 통해 덧문을 면밀히 조사한 뒤에 온갖 방법을 써서 밖에서 열어보려고 했지만 실패했다. 덧문을 들어 올리려고 해도 칼끝 하나 밀어 넣을 틈이 없었다. 그는 확대경을 꺼내 경첩을 살폈지만 그것은 쇠로 되어 있었고 육중한 돌덩이에 단단하게 박혀 있었다.

"흠!"

그는 곤혹스러운 듯 턱을 만지작거렸다.

"내 가설이 난관에 부닥쳤어. 일단 덧문을 잠그면 이곳을 통해 방에 들어가는 것은 불가능하네. 이젠 집에 들어가서 문제 해결에 도움이 될 만한 단서가 있는지 찾아봐야겠군."

작은 옆문을 열자 하얗게 회칠한 복도가 나왔다. 홈즈가 맨 끝 방은 보지 않겠다고 해서 우린 가운데 방으로 들어갔다. 스토너 양은 현재 쌍둥이 동생이 최후를 맞은 이 방을 쓰고 있었다. 작고 소박한 방이었다. 오래된 시골집들이 다 그렇듯 낮은 천장에 벽난로가 입을 벌리고 있었다. 한쪽 구석에는 갈색 서랍장이 하나 있었고 맞은편에 하얀 보를 씌운 좁은 침대가 놓여 있었다. 창문 왼쪽으로는 경대가 있었다. 그 밖에 방에 있는 물건이라곤 작은 등나무 의자 두 개와 방 한가운데 깔린 네모난 윌튼 카펫(영국 윌튼에서 만들어진 것으로 세계 최초의 기계직 카펫임 — 옮긴이)뿐이었다. 마룻바닥과 벽의 널빤지는 벌레 먹은 갈색 참나무였는데, 너무 낡고 빛깔도 바래 있어서 이 집을 지은 뒤 한 번도 갈지 않은 것 같았다. 홈즈는 의자 하나를 구석에 끌어다 놓고 말없이 앉았다. 그리고 방의 내부를 샅샅이 암기해 두려는 것처럼 눈동자를 사방으로 굴렸다.

"저 줄은 어디로 연결된 거지요?"

마침내 홈즈는 침대 옆에 매달린 굵은 설렁줄을 가리키며 물었다. 줄은 베개에 맞닿을 정도로 길게 늘어져 있었다.

"가정부 방으로 통하는 거예요."

"다른 물건에 비해선 비교적 새것 같군요."

"예, 저기 설치한 지 2년밖에 안 됐으니까요."

"그럼 동생분이 설치해 달라고 하셨나요?"

"아뇨, 전 그 애가 저걸 썼다는 얘길 들어본 적이 없어요. 우린 항상 자기 일은 자기가 알아서 했으니까요."

"그렇다면 저렇게 멋진 설렁줄을 다는 건 불필요한 일이었군요. 실례지만 잠깐 마룻바닥을 조사해 보도록 하겠습니다."

홈즈는 바닥에 납작 엎드린 채 확대경을 들고 앞뒤로 재빠르게 기어 다니며 마룻바닥의 틈새를 꼼꼼히 조사했다. 그리고 벽의 널빤지도 같은 방법으로 조사했다. 마지막으로 그는 침대를 잠깐 살펴보고 옆쪽 벽을 위아래로 훑어보더니 재빨리 설렁줄을 당겨보았다.

"아니, 이거 먹통이군요."

"소리가 안 나나요?"

"그렇습니다. 선에 연결되어 있지도 않습니다. 대단히 흥미롭군요. 자세히 보면 작은 환기 구멍 바로 위의 고리에 묶여 있는 게 보입니다."

"참 바보 같은 물건도 다 있군요! 전 그런 줄 몰랐답니다."

"참 이상하군요!"

홈즈는 줄을 잡아당기며 중얼거렸다.

"이 방에는 아주 묘한 점들이 한두 가지 있습니다. 예를 들면 어떤 멍청한 건축업자가 환기 구멍을 바깥으로 안 내고 옆방으로 내놓았을까요!"

"그것도 아주 최근에 만든 거랍니다."

아가씨가 말했다.

"설렁줄과 같은 시기에 만든 겁니까?"

홈즈가 물었다.

"예, 그 무렵에 보수 공사를 해서 몇 가지를 고쳤지요."

"그런데 그게 하나같이 흥미로운 것들이군요. 먹통 설렁줄에, 환기가 되지 않는 환기구하며. 스토너 양, 허락해 주신다면 이제 옆방을 조사해 보고 싶습니다."

그림스비 로일롯 박사의 방은 의붓딸의 방보다는 컸지만 역시 간소하기 이를 데 없었다. 방 안에 있는 물건이라곤 야전용 침대와 전문 서적이 가득 꽂혀 있는 작은 목제 선반, 침대 옆에 놓인 안락의자, 벽에 기대놓은 소박한 나무 의자, 원탁 그리고 커다란 철제 금고가 전부였다. 홈즈는 천천히 방 안을 걸어 다니며 물건 하나하나를 예리한 눈으로 살펴보았다.

"이 속에 들어 있는 게 뭡니까?"

홈즈는 금고를 톡톡 두드리며 물었다.

"서류요."

"오! 그럼 안을 들여다본 적이 있으시군요?"

"딱 한 번, 몇 년 전에요. 제 기억에는 서류로 가득 차 있었지요."

"혹시 고양이 같은 게 들어 있진 않았습니까?"

"아니요. 그럴 리가 있나요."

"흠, 이걸 좀 보십시오!"

홈즈는 금고 위에 놓인 작은 우유 접시를 들어 보였다.

"아뇨, 이 집에 고양이는 없답니다. 치타하고 비비는 있어도요."

"아, 물론 그렇지요! 그런데 치타는 말하자면 큰 고양이입니다. 우유 한 접시로는 도저히 성이 차지 않을 겁니다. 한 가지 확인해 보고 싶은 점이 있습니다."

홈즈는 벽에 붙여놓은 나무 의자 앞에 쪼그리고 앉아서 주의 깊게 관찰했다.

"감사합니다. 이제 됐습니다."

홈즈는 일어서서 확대경을 주머니에 집어넣으며 말했다.

"이것 봐라! 아주 흥미로운 물건이 있군."

그의 시선을 사로잡은 것은 침대 한구석에 걸려 있는 작은 채찍이었다. 그런데 채찍은 약간 구부러져 있었고 끝에 고리 모양으로 매듭이 지어져 있었다.

"왓슨, 자넨 이것에 대해 어떻게 생각하나?"

"흔해 빠진 채찍 아닌가. 하지만 끝에 매듭을 지어놓은 이유는 잘 모르겠군."

"그렇게 흔해 빠진 물건은 아닐세. 안 그런가? 어허, 이럴 수가! 무서운 세상이로군. 지능이 높은 인간이 범죄에 머리를 쓰면 최악의 결과가 빚어지지. 스토너 양, 충분히 본 것 같습니다. 이제 잔디밭을 좀 거닐고 싶군요."

홈즈는 조사 현장에서 돌아서며 전에 없이 험악하게 얼굴을 찌푸렸다. 잔디밭을 거니는 동안 홈즈는 깊은 사색에 잠겼고, 스토너 양과 나는 그가 먼저 입을 열 때까지 조심스럽게 침묵을 지켰다. 홈즈가 말했다.

"스토너 양, 이제부터 반드시 제 말을 따르셔야 합니다."

"그렇게 할게요."

"사태가 심각하기 때문에 조금도 지체할 수 없습니다. 목숨을 건지려면 꼭 지시대로 하셔야 합니다."

"제 목숨은 선생님 손에 달려 있다는 걸 잘 알고 있어요."

"먼저, 이 친구하고 저는 스토너 양의 방에서 밤을 새울 겁니다."

우리는 깜짝 놀라 그를 멍하니 쳐다보았다.

"예, 무슨 일이 있어도 그렇게 해야 합니다. 제 말 잘 들으십시오. 이 근처에 마을 여관이 있지요?"

"예, 저쪽에 보이는 게 크라운 여관이에요."

"좋습니다. 저기서 스토너 양의 방 창문이 보이겠지요?"

"그럴 거예요."

"로일롯 박사가 돌아오면 두통이 난다든가 하는 핑계를 대고 방에 틀어박혀 계십시오. 그리고 박사가 침실로 들어가는 소리가 들리면 창의 덧문을 열고 창가에 등불을 놓아두세요. 그건 우리에게 보내는 신호입니다. 그다음에 필요한 물건을 전부 싸가지고 전에 쓰던 방으로 몰래 들어가세요. 수리 중이긴 해도 하룻밤 거기서 지내는 데는 문제가 없을 거라고 생각합니다."

"그럼요, 그거야 쉬운 일이지요."

"나머지는 우리가 알아서 하겠습니다."

"하지만 어떻게 하시려고요?"

"우린 가운데 방에서 밤을 새우면서 한밤중에 난 이상한 소리의 진원지를 찾아볼 예정입니다."

"홈즈 선생님, 벌써 뭔가를 알아내셨군요."

스토너 양은 내 친구의 옷소매에 손을 올려놓으며 말했다.

"그런지도 모르지요."

"그럼 제발, 동생이 왜 죽었는지 말해 주세요."

"좀 더 명확한 증거를 확보한 다음에 말씀드리는 게 좋겠습니다."

"그 애가 갑작스러운 공포 때문에 죽었을 거라는 제 생각이 옳은지만이라도 알려주세요."

"아니요, 그렇진 않은 듯하군요. 다른 직접적인 원인이 있었을 거라고 생각합니다. 그럼 스토너 양, 이만 가봐야겠습니다. 로일롯 박사의 눈에 띄기라도 하면 만사가 도로 아미타불이 될 테니까요. 그럼 몸조심하고 용기를 가지세요. 제가 말씀드린 대로만 하면 곧 위험에서 벗어나게 될 테니 안심하고 푹 쉬셔도 좋습니다."

셜록 홈즈와 나는 크라운 여관에서 침실과 거실이 딸려 있는 방을 쉽게 빌릴 수 있었다. 그것은 2층 방이었는데, 창문으로 보면 스토크 모런 영주관의 대문과 가족이 사용하는 건물이 한눈에 들어왔다. 해 질 무렵 그림스비 로일롯 박사가 탄 마차가 지나갔다. 왜소한 소년 마부 곁에 앉은 박사는 산처럼 커 보였다. 소년이 무거운 철제 대문을 여느라 한참 끙끙거리자 박사는 화가 나서 벽력같이 고함을 지르며 주먹을 휘둘렀다. 이륜마차가 저택 안으로 들어가고 몇 분이 지난 뒤 숲 사이로 갑자기 불빛이 스며 나왔다. 거실에 불을 밝힌 모양이었다.

"여보게, 왓슨."

홈즈가 입을 열었다. 주위가 점점 어두워지고 있었다.

"오늘 밤 자네에게 같이 가자고 하기가 망설여지는군. 명백한 위험 요소가 있으니까 말이야."

"내가 도움이 되겠나?"

"자네가 있으면 큰 도움이 되지."

"그럼 같이 가야지."

"정말 고맙네."

"자네는 위험하다는 얘길 하는데 아까 그 방에서 내가 보지 못한 것을 본 게 틀림없군."

"그건 아닐세. 하지만 자네보다 좀 더 많은 것을 추리했을 수는 있지. 내가 본 건 자네도 다 보았네."

"설렁줄 빼고는 별로 이상한 점이 없던 것 같은데. 그런데 무엇하러 그런 걸 달아놨는지 통 모르겠더군."

"나는 스토크 모런에 오기 전부터 환기구가 있을 거라고 생각했어."

"어떻게 그걸!"

"음, 그래, 다 알고 있었지. 스토크 양의 쌍둥이 동생이 로일롯 박사의 시가 냄새 때문에 골머리를 앓았다는 얘기 생각나지? 그건 물론 두 방이 통해 있다는 걸 뜻하네. 구멍은 아주 작은 것일 테지. 그렇지 않다면 검시관 조사에서 넘어가지 않았을 테니까.

나는 그렇게 해서 환기 구멍의 존재를 추리해 냈네."

"하지만 그런 걸 무엇에 쓰겠나?"

"글쎄, 하지만 이상하지 않은가. 환기 구멍을 만들고 줄을 매달고 그러고 나서 그 방에서 잠자던 여성이 죽었네. 자넨 어떤 생각이 드나?"

"글쎄, 어떤 관련이 있는지 잘 모르겠는걸."

"그 침대에서 뭐 이상한 점을 보지 못했나?"

"응."

"그건 바닥에 고정돼 있었네. 자네는 침대를 그런 식으로 고정시켜 놓은 걸 본 적 있나?"

"그런 건 본 적이 없지."

"그 침대는 움직일 수 없게 되어 있어. 그건 환기 구멍과 밧줄(설렁줄로 쓰도록 달아놓은 게 아니니까 밧줄이라고 불러도 될 거야.) 하고는 항상 같은 위치에 있을 수밖에 없네."

나는 소리쳤다.

"홈즈, 자네가 무슨 말을 하려는지 알 것 같아. 하지만 우리가 적당한 때에 왔으니 그렇게 교활하고 소름 끼치는 범죄를 막을 수 있겠지."

"정말 교활하고, 또 소름 끼치지. 의사들은 마음만 먹으면 일급 범죄자가 될 수 있다네. 담력과 지식이 있으니까. 지금까지는 팔머와 프리처드가 그 방면에서 최고였지. 물론 로일롯 박사는 그보다 더 교활하지만 그래도 우릴 능가할 수는 없어. 하지만 오늘 밤 안으로 끔찍한 일을 실컷 겪게 될 테니 조용히 담배나 피우면서 잠시 기분 전환을 하세."

9시경에 숲 속의 불빛은 꺼졌고 영주관 쪽은 완전히 깜깜해졌다. 시간이 천천히 흘러 시계가 11시를 알렸을 때 갑자기 밝은 불빛 하나가 앞에 나타났다.

"신호일세."

홈즈는 벌떡 일어서며 말했다.

"가운데 방 창문에서 나오는 불빛이야."

여관을 나오면서 홈즈는 주인과 몇 마디 말을 주고받았다. 그는 밤늦게 친지를 방문하게 되어 거기서 자고 올 것 같다고 설명했다. 잠시 후 우리는 어두운 길로 나섰다. 서늘한 바람이 정면에서 불어왔다. 우리는 반짝거리는 노란 불빛 하나를 길잡이 삼아 어둠 속을 뚫고 갔다.

영지로 들어가는 데는 그다지 어려움이 없었다. 사유지의 낡은 담이 무너진 채 방치되어 있었던 것이다. 우리는 숲을 지나 잔디밭을 건넜다. 그리고 창문을 타 넘으려고 하는데 월계수 덤불에서 흉측한 아이 같은 것이 튀어나와 팔다리를 꼬며 풀밭으로 몸을 던지더니 재빨리 지나쳐서 어둠 속으로 사라졌다.

"맙소사! 저것 봤나?"

나는 속삭였다.

홈즈는 순간적으로 나만큼 놀란 듯 반사적으로 내 손목을 꼭 붙들었다. 그러더니 낮은 목소리로 웃음을 터뜨리며 내 귀에 대고 속삭였다.

"정말 묘한 집이로군. 비비일세."

나는 박사가 아낀다는 이상한 애완동물을 깜빡 잊고 있었다. 그뿐만 아니라 치타도 있었다. 언제 녀석이 덤벼들지 몰랐다. 솔직히 말해서 나는 홈즈를 따라 신발을 벗어 든 채 방 안에 들어간 뒤에야 비로소 마음을 놓았다. 내 친구는 소리 나지 않게 덧문을 닫고 등불을 탁자 위에 옮겨놓은 다음 방 안을 둘러보았다. 모든 것이 낮에 있던 그대로였다. 그는 내 옆으로 살그머니 다가와 손나팔을 만들어 내 귀에 대고 들릴락 말락 하게 속삭였다.

"조그만 소리라도 내면 우리 계획은 끝장일세."

나는 알아들었다는 표시로 고개를 주억거렸다.

"불을 끄고 앉아 있어야 해. 환기구를 통해 불빛이 흘러 나갈 테니까."

나는 다시 고개를 끄덕였다.

"잠들면 안 되네. 목숨이 위태로워질 수 있어. 혹시 필요할지 모르니까 권총을 꺼내놓게. 나는 침대에 걸터앉을 테니까 자넨 그 의자에 앉아 있게."

나는 권총을 꺼내서 탁자 위에 올려놓았다.

홈즈는 가늘고 기다란 지팡이를 들고 왔는데 이것을 침대 위에 올려놓았다. 그 옆에는 성냥갑과 초를 놓아두었다. 그리고 불을 껐다. 칠흑 같은 어둠이 밀려왔다.

그 공포의 불침번을 어떻게 잊을 수 있을까? 방 안은 숨소리 하나 들리지 않을 만큼 고요했다. 하지만 나는 조금 떨어진 곳에 내 친구가 나와 똑같은 초긴장 상태에서 눈을 크게 뜨고 앉아 있다는 걸 알고 있었다. 덧문으로는 빛 한 줄기 새어 들지 않았으므로 우리는 완전한 암흑 속에 앉아 있었다. 밖에서 이따금씩 밤새의 울음소리가 들렸고 한 번은 창가에서 길게 끄는 고양이 울음소리 같은 게 들려와 정말로 치타가 활보하고 있다는 걸 알 수 있었다. 멀리서 교구의 괘종시계가 15분마다 웅웅 울리는 저음으로 종을 쳤다. 그 15분이 얼마나 길던지! 시계가 12시를 쳤고 그다음에 1시, 2시, 3시를 쳤지만 우리는 여전히 무슨 일이 일어나기를 기다리며 묵묵히 앉아 있었다.

갑자기 환기 구멍 쪽에서 순간적으로 섬광이 일었다. 불빛은 금세 사라졌지만 기름 타는 냄새와 가열된 금속 냄새가 강하게 풍겨 오는 것으로 보아 누군가 옆방에서 차광식(遮光式) 각등을 켠 게 분명했다. 가볍게 움직이는 소리가 들리더니 곧 잠잠해졌다. 그러나 냄새는 더 강해졌다. 한 30분 정도 나는 귀를 쫑긋 세우고 앉아 있었다. 그런데 갑자기 전혀 다른 소리가 들려왔다. 그것은 주전자에서 물이 끓을 때처럼 부드럽게 '쉬잇쉬잇' 하는 소리였다. 그 소리가 들린 순간, 홈즈는 재빨리 자리를 박차고 일어나 성냥불을 켜고는 지팡이로 설렁줄을 사납게 난타했다.

"왓슨, 봤나?"

그는 외쳤다.

"봤냐고?"

하지만 나는 아무것도 보지 못했다. 홈즈가 불을 켠 순간 낮은 휘파람 소리를 똑똑히 듣긴 했지만 갑작스러운 불빛 때문에 눈이 부셔서 그가 그렇게 정신없이 두들겨 팬 것이 무엇인지 알아보지 못했던 것이다. 홈즈의 얼굴은 무섭도록 창백했고 공포와 혐오의 표정이 가득했다.

그가 손을 멈추고 환기 구멍을 올려다보고 있는데 갑자기 밤의 고요를 뚫고 난생처음 들어보는 소름 끼치는 비명 소리가 울려 퍼졌다. 고통과 두려움과 분노가 범벅이 된 끔찍한 비명은 점점 커졌다. 마을 사람들의 말에 따르면 그 소리는 마을을 지나 멀리 있는 사제관까지 들렸다고 한다. 사람들은 난데없는 비명에 잠이 깨었다. 나는 심장이 차갑게 얼어붙는 듯했다. 우리는 마지막 메아리가 고요 속으로 잦아들 때까지 서로를 멍하니 바라보고만 있었다.

"이게 무슨 뜻이지?"

나는 숨 막히는 소리로 물었다.

"모든 게 다 끝났다는 뜻이지. 이렇게 끝나는 게 최선인지도 모르네. 권총을 들게. 로일롯 박사의 방으로 가봐야지."

홈즈는 무거운 표정으로 등불을 들고 복도를 내려갔다. 문을 두 번 두드렸지만 안에선 아무 대답도 없었다. 홈즈는 방문을 열고 안으로 들어갔고, 나는 권총을 세워 든 채 그의 뒤를 따랐다.

눈앞에는 기괴한 광경이 펼쳐져 있었다. 탁자 위에는 뚜껑이 반쯤 올라간 차광 각등이 철제 금고에 밝은 빛을 던졌고 금고 문은 열려 있었다. 탁자 옆의 나무 의자에는 그림스비 로일롯 박사가 긴 회색 실내복 차림으로 앉아 있었다. 실내복 밑으로는 발목이 드러나 있는데 뒤축 없는 빨간 실내화를 신은 채였다. 그리고 무릎 위에는 낮에 본 채찍이 놓여 있었다. 박사는 고개를 잔뜩 젖히고 공포에 질린 눈으로 천장 한구석을 멍하니 응시하고 있었다. 머리에는 갈색 얼룩무늬가 든 노란 띠를 단단히 두르고 있었다. 방에선 어떤 소리도 움직임도 느껴지지 않았다.

"띠다! 얼룩 띠!"

홈즈가 속삭였다.

나는 한 발짝 앞으로 나섰다. 순간 박사가 두른 이상한 머리띠가 움직이기 시작하더니 혐오스러운 뱀이 납작한 다이아몬드 모양의 대가리를 머리카락 속에서 빳빳이 쳐들었다. 뱀은 목을 잔뜩 부풀리고 있었다.

"늪 살무사다!"

홈즈가 외쳤다.

"인도에서 제일 무서운 독사라네. 박사는 물린 지 10초 안에 즉사했네. 폭력은 그걸 쓰는 자에게 되돌아가게 마련이지. 자기 무덤을 지가 판 꼴일세. 이 녀석을 도로 집에 넣어줘야겠군. 그다음에 스토너 양을 안전한 곳으로 옮기고 경찰에 연락해야겠어."

홈즈는 말하면서 죽은 사람의 무릎에 놓여 있는 채찍을 날쌔게 집어 들고 뱀 대가리를 채찍 끝의 고리에 밀어 넣었다. 그리고 로일롯 박사의 머리에 똬리를 튼 뱀을 채어 올려 철제 금고 안에 던져 넣고 문을 닫았다.

이상이 스토크 모런의 그림스비 로일롯 박사의 죽음에 얽힌 사실이다. 우리는 겁에 질린 숙녀에게 슬픈 소식을 전해 주고 그다음 날 아침 기차 편으로 그녀를 해로의 마음씨 착한 이모 댁으로 데려다주었다. 경찰 조사는 박사가 경솔하게 위험한 동물을 갖고 장난하다가 죽음을 맞았다는 결론을 내리기까지 느릿하게 진행되었다. 그러나 이런 얘기를 자세하게 해서 그렇지 않아도 길어진 이야기를 더욱 늘일 필요는 없을 것이다. 그 사건에서 내가 미처 이해하지 못한 부분에 관해선, 다음 날 런던으로 돌아가는 기차 안에서 홈즈로부터 설명을 들었다.

"왓슨, 사실 나는 완전히 틀린 결론을 내리고 있었다네. 불충분한 자료를 토대로 추론하는 것이 얼마나 위험한가를 다시 한 번 알게 된 거지. 집시들의 존재 그리고 스토너 양의 가엾은 여동생이 성냥불을 켜서 언뜻 본 것을 '띠'라고 했다는 얘길 듣고 나는 완전히 엉뚱한 길로 들어서고 말았어. 내가 한 가지 잘한 것은 외부에서 그 어떤 것도 창이나 방문을 통해 안으로 침입할 수 없다는 걸 깨달았을 때 곧장 판단을 수정한 것이지. 이미 자네한테 말한 것처럼 나는 재빨리 환기 구멍과 침대 위에 매달아 놓은 설령줄에 주목했다네. 이 설령줄이 먹통이라는 것 그리고 침대가 바닥에 고정돼 있다는 걸 알자 의혹은 눈덩이처럼 불어났지. 거기 있는 밧줄은 구멍을 통해 나온 무엇인가를 침대로 연결시켜 주는 다리임이 분명했네. 그게 뱀일지도 모른다는 생각이 금방 떠올랐지. 더구나 나는 인도에서 로일롯 박사에게 동물을 공급해 주는 사람이 있다는 걸 알고 있었네. 뱀이 분명한 것 같았어. 어떤 화학 시험을 통해서도 검출되지 않는 독을 이용한다는 착상은 동양에서 살다 온 비상한 두뇌의 냉혹한 인간이 떠올릴 만한 것이었지. 그런 독은 신속하게 작용한다는 점 또한 그의 입장에서는 장점이었을 걸세. 날카로운 눈을 가진 검시관이었다면 거뭇한 두 개의 독니 자국을 알아볼 수 있었을 거야. 그리고 나는 휘파람에 대해 생각해 보았네. 물론 박사는 뱀이 아침까지 방 안에 남아 있다가 사람들의 눈에 띄는 일이 없도록 도로 불러들여야 했을 걸세. 아마 우리가 본 우유를 이용해서 주인이 부르면 뱀이 돌아오도록 훈련시켰을 거야. 박사는 적당하다고 생각되는 시간에 환기 구멍을 통해 뱀을 집어넣었겠지. 그러면 뱀이 밧줄을 타고 침대로 내려갔을 거야. 물론 뱀이 거기 있는 사람을 물 수도 있고 안 물 수도 있어. 어쩌면 그 사람은 일주일 동안 물리지 않고 살아 있을 수도 있네. 하지만 결국은 물리고 말겠지.

나는 박사의 방을 조사하러 들어가기 전부터 이런 결론을 내리고 있었네. 의자를 조사해 보니 그가 그 위에 올라섰던 흔적이 보이더군. 환기 구멍에 뱀을 올려놓으려면 그 위에 올라가야 했을 테니까. 그리고 금고, 우유 접시, 채찍 끝의 고리를 보자 확신은 더욱 강해졌지. 스토너 양이 들었다는 금속성의 철컥 소리는 계부가 뱀을 금고에 집어넣고 서둘러 문을 닫을 때 난 소리가 틀림없네. 일단 결론을 내리자 나는 증거를 잡기 위한 차례를 밟았고 그것에 대해선 자네도 잘 알고 있네. 뱀이 '쉿쉿' 소리를 냈는데 그건 자네도 분명히 들었을 거야. 나는 그 소리를 듣자마자 불을 켜고 지팡이를 휘둘렀지."

"그 바람에 뱀이 환기 구멍으로 도로 들어간 거로군."

"그래서 옆방에 있던 주인한테 덤벼들었고 말이야. 녀석은 내

지팡이에 몇 번인가 정통으로 맞았는데 그러자 뱀의 본성이 발동해서 제일 먼저 본 사람한테 달려들었던 거지. 나는 이렇게 해서 그림스비 로일롯 박사의 죽음에 간접적으로라도 책임을 면할 길이 없게 되었네. 하지만 그렇다고 해서 양심의 가책이 심하게 느껴지지는 않는군."

The Adventure of the Speckled Band, 1883

초기의 팬들은 눈치 채지 못했을지라도, 현재의 팬들에게는 즐거움이 되는 아서 코난 도일의 어처구니없는 실수들이 몇 개 존재한다. 이 작품에서 도일은 동물에 대한 자신의 무지를 마음껏 드러냈다. 인도에는 비비가 살지 않는다. 도일이 늪 살모사(swamp adder)라는 신종 뱀을 만들어 낸 것까지는 작가의 창조 영역으로 보고 이해하고 넘어갈 수도 있을 것이다. 그러나 모든 뱀들이 다 귀머거리인 데다가 우유를 싫어한다는 점을 보면, 로일롯 박사가 뱀이 휘파람 소리를 듣고 오면 우유 한 접시를 보상으로 줘서 훈련시켰다는 이야기는 완전히 불가능한 것이다.

해당 작품은 『셜록 홈즈의 모험*The Adventures of Sherlock Holmes*』에 수록되어 있다.

1888

A Scandal in Bohemia

보헤미아 왕국 스캔들

셜록 홈즈에게 그녀는 항상 '그 여자'이다. 그가 그녀를 다른 호칭으로 부르는 일은 좀체 없다. 그의 눈에 그녀는 그 어떤 여성보다도 우월하고 빛났다. 홈즈가 아이린 애들러에게 어떤 연정 비슷한 것을 느꼈다는 얘기는 결코 아니다. 홈즈의 냉정하고 치밀하면서 놀랍도록 균형 잡힌 정신에게 모든 감정, 특히 연애 감정이란 혐오스러운 것이었다. 나는 셜록 홈즈가 기계처럼 완벽한 추리 및 관찰 능력을 가진 인간으로서 전무후무한 존재이지만 연인으로서는 서투르기 짝이 없었을 거라고 생각한다. 그가 비웃음과 조롱이 아닌 좀 더 말랑한 정서를 토로한 적은 한 번도 없었다. 사실 냉소주의란 관찰자에게는 바람직한 것이다. 그것은 인간의 감춰진 동기와 행동을 드러내는 데는 그만이었다. 그러나 논리적 훈련을 쌓은 사람이 섬세하게 균형 잡힌 정신세계에 그러한 감정적 틈을 허용하는 것은 자신의 논리적 결과

물에 흠집을 낼 교란 요인을 받아들이는 것과 같을 터였다. 홈즈 같은 사람에게 강렬한 감정이란 예민한 악기 속에 든 모래나 고배율 확대경에 간 금 이상으로 큰 문제를 야기할 것이다. 그런데 그에게 오로지 한 여자가 있었으니, 그 여자는 모호하고 미심쩍은 추억 속의 고(故) 아이린 애들러 양이었다.

나는 요즘 들어 홈즈를 만난 적이 별로 없었다. 내가 결혼하면서 우리 둘 사이는 멀어졌다. 결혼이 가져다준 더할 나위 없는 행복감과 한 가정의 주인이 된 남자를 둘러싼 소소한 일상사는 나를 사로잡기에 충분했다. 반면 보헤미안의 영혼을 갖고 태어나 모든 종류의 사교 생활을 혐오하는 홈즈는 베이커가의 하숙집에 남아서 고서적 더미에 푹 파묻힌 채, 이번 주에는 코카인에 빠져 있다가 다음 주에는 정력적으로 활동에 몰두하는 식으로, 마약의 몽롱함과 격렬하고 열정적인 본성 사이를 오가며 살았다. 그는 여전히 범죄 연구에 깊이 매혹된 채, 경찰이 포기한 미해결 사건의 단서를 추적하여 사건을 해결하는 일에 천재적인 재능과 탁월한 관찰력을 쏟아부었다. 그의 활약상에 대한 소문은 이따금씩 내 귀에까지 들려왔다. 멀리 러시아 오데사의 트레포프 살인 사건을 해결한 것이며, 트링코말리의 앳킨슨 형제에게 일어난 비극적인 사건을 해결한 것 그리고 네덜란드의 왕가를 위해 미묘한 임무를 성공적으로 수행한 일 등. 하지만 일간지를 통해 알려진 홈즈의 이 같은 활약상을 제외하면, 나는 옛 친구이자 동료의 근황에 대해 거의 아무것도 몰랐다.

1888년 4월 20일 밤, 왕진을 갔다가 돌아오는 길에(나는 그새

군에서 제대하고 개업했다.) 베이커가를 지나게 되었다. 아내와의 첫 만남과 '주홍색 연구'의 어두운 사건들을 연상시키는, 아직도 기억에 생생한 그 집 앞을 지나려다 보니 문득 홈즈를 만나보고 싶은 생각이 들었다. 그가 타고난 재능을 어떻게 발휘하고 있는지도 궁금했다. 그의 방 창문에선 환한 불빛이 흘러나오고 있었는데, 내가 밑에서 올려다보고 있는 동안에도 키가 크고 깡마른 홈즈의 그림자가 커튼 앞을 오락가락하는 것이 보였다. 홈즈는 고개를 숙이고 뒷짐을 진 채 빠른 걸음으로 방 안을 거닐고 있었다. 홈즈의 기분과 생활 습관을 환히 꿰뚫고 있는 나는 그의 태도만 봐도 그가 지금 어떤 상태에 있는지 알 수 있었다. 그는 다시 일에 덤벼든 게 분명했다. 마약으로 인한 몽환 상태에서 깨어나 새로운 문제에 열정적으로 달려든 것이다. 나는 초인종을 눌렀고 잠시 후 전에 살던 그 방으로 안내받았다.

홈즈의 태도는 조용했다. 그가 야단법석을 떠는 일이라곤 좀체 없었으니까. 하지만 나를 보고 퍽이나 반가운 눈치였다. 그는 거의 한마디도 하지 않았지만 따뜻한 눈으로 나를 바라보며 안락의자에 앉으라고 손짓했다. 그리고 담뱃갑을 던져주고 구석에 놓인 술병과 탄산수 제조기를 가리켰다. 홈즈는 난롯가에 서서 특유의 내성적인 태도로 나를 응시했다.

"왓슨, 자네한테는 결혼 생활이 잘 맞나 보군. 결혼하고 나서 몸이 3킬로그램 반은 불어난 것 같아."

"3킬로그램일세!"

나는 대꾸했다.

"그런가, 조금 더 생각했어야 했군. 아주 조금만 더 말이야. 그런데 자네는 다시 개업한 모양일세그려. 개업할 거라는 얘기는 못 들은 것 같은데."

"대관절 그건 어떻게 알았나?"

"나는 눈으로 보고, 머리로 추론하지. 나는 자네가 최근에 비를 흠뻑 맞은 적이 있고 말할 수 없이 서투르고 부주의한 하녀를 두고 있다는 사실도 알고 있네. 어때, 내가 그걸 어떻게 알았을 것 같은가?"

"여보게 홈즈, 정말 굉장하군. 자네는 몇 세기 전에 태어났다면 틀림없이 마녀로 몰려 화형당했을 걸세. 내가 지난 목요일에 시골길을 걷다가 비를 잔뜩 맞고 집에 온 적이 있는 건 사실이야. 하지만 옷을 갈아입었기 때문에 자네가 어떻게 그걸 추리해냈는지 전혀 상상이 안 가는군. 또 메리 제인으로 말할 것 같으면, 그 애는 구제불능일세. 아내는 그 애를 내보내겠다고 하더군. 하지만 자네가 그 애에 관해서 어떻게 알았는지 도무지 모르겠구먼."

홈즈는 빙글거리며 길고 신경질적인 손을 마주 비볐다.

"그건 아주 간단한 일이지. 내 눈에는 자네 왼쪽 구두 밑창의 가장자리가 여섯 군데나 나란히 긁혀 있는 것이 보이네. 그건 분명히 누군가 신발 밑창에 달라붙은 진흙을 떼기 위해 함부로 긁어대서 생긴 자국이지. 그걸 보고 자네가 궂은 날씨에 밖에 나가 돌아다녔다는 것과, 신발을 망쳐놓기 일쑤인 형편없는 런던의 하녀를 데리고 있다는 사실을 추리해 냈지. 자네가 다시 개업했다는 건 멍청이가 아니라면 모를 수가 없네. 방에 요오드포름 냄새를 풍기며 들어온 신사가, 오른쪽 검지에는 시커먼 질산은 자국이 묻어 있고 중산모 오른쪽이 불룩 튀어나와 청진기가 그 속에 감춰져 있다는 것을 드러내고 있는데, 그가 현역 의사가 아니면 뭐겠는가.”

홈즈의 설명을 듣다 보니 그의 논리가 하도 쉬워서 웃음을 터뜨릴 수밖에 없었다.

“자네가 추론 과정을 설명하는 걸 들으면 항상 우스울 정도로 간단해서 나도 그 정도는 쉽게 할 수 있을 것 같거든. 하지만 나 혼자 생각하면 자네 설명을 듣기까지 매번 헷갈리기만 하지. 시력으로 말할 것 같으면 나도 자네 못지않을 텐데 말일세.”

“그런가.”

홈즈는 시가에 불을 붙이고 의자에 앉았다.

“자네는 눈으로 보긴 하지만 관찰하지는 않아. 그런데 본다는 것과 관찰한다는 것은 전혀 별개의 과정이지. 예를 들어볼까? 자네는 2층으로 올라오는 계단을 수없이 봤지?”

“응.”

“몇 번이나?”

“글쎄, 수백 번쯤.”

“그런데 그 계단이 몇 개인지 아나?”

“글쎄, 모르겠는걸.”

“바로 그거야! 자네는 보긴 하지만 관찰하지는 않는 거지. 내가 말하는 게 바로 그거라네. 나는 그게 열일곱 계단이라는 걸 알고 있지. 눈으로 보는 동시에 관찰하니까 말이야. 그건 그렇고, 자네는 내가 조사하는 사건들에 관심이 있고 나의 사소한 경험 한두 가지를 능숙하게 기록한 적도 있어서 하는 말인데, 이것 좀 보게나."

홈즈는 탁자 위에 펼쳐놓았던 두툼한 분홍색 편지를 집어주며 말했다.

"아까 배달된 것이지. 한번 읽어보게."

편지에는 서명과 주소는커녕 날짜조차 적혀 있지 않았다.

오늘 밤 7시 45분에, 지극히 내밀한 문제에 관해 상담하기를 원하는 신사가 그곳을 방문할 예정이오. 그대는 최근 유럽의 어느 왕실에 봉사하여 중대하기 짝이 없는 문제에 관해 마음 놓고 상담할 수 있는 적임자임을 증명했소. 그대에 대한 이 같은 평가는 모든 본부로부터 전달받은 것이오. 앞에 적은 시간에 집에서 기다리기 바라오. 그리고 손님이 복면을 하고 있어도 혹여 나쁘게는 생각하지 마시오.

"정말 이상한 편지로군."

나는 중얼거렸다.

"자네는 이것에 대해 어떻게 생각하나?"

"나한테는 아직 아무런 정보가 없네. 하지만 정보를 손에 넣기 전에 가설을 세우는 것은 치명적인 실수지. 사실에 이론을 맞추는 대신에, 자기도 모르게 이론에 맞춰 사실을 왜곡하게 되니까.

하지만 우리한테는 편지가 있네. 자네는 그 편지를 보고 어떤 추측을 했나?"

나는 조심스럽게 편지를 살펴보았다.

"이 편지를 보낸 사람은 대단한 부자일 거야."

나는 친구의 방식을 흉내 내려 애쓰며 말했다.

"이런 종이는 한 묶음에 반 크라운 이하로는 살 수 없지. 유난히 질기고 결이 고운 종이로군."

"자네 말이 맞네. 그건 영국제 종이가 아닐세. 한번 불빛에 비춰보게."

그의 말대로 하자 종이에 'E'와 'g', 'P', 그리고 'G'와 't'가 새겨져 있는 것이 보였다.

"자네는 그게 뭐라고 생각하나?"

홈즈가 물었다.

"종이 제작사의 상호일 테지. 틀림없어."

"그렇지 않네. 'Gt'는 독일어로 '회사'를 뜻하는 '게젤샤프트(Gesellschaft)'를 나타내는 단어일세. 영어에서 '회사(Company)'를 'Co.'로 줄여서 쓰는 것과 마찬가지야. 물론 'P'는 '종이(Papier)'를 말하는 거고. 그러면 'Eg'는 뭘까? 어디 『대륙 지명사전』을 한번 찾아보지."

홈즈는 선반에서 갈색 표지의 두꺼운 책을 내렸다.

"'에글로(Eglow)', '에글로니츠(Eglonitz)', 아, 여기 있군. '에그리아(Egria).' 보헤미아(역사적으로 중부 유럽에 실재했던 국가. 1867년에 오스트리아의 속주로 편입되었고 1918년 보헤미아, 모라비아, 슬로바키아, 루테니아가 합쳐져 체코슬로바키아가 되었다. 현재는 체코 공화국 땅이다 — 옮긴이)의 독일어권 지역이야. 카를스바트에서 과히 멀지 않은 곳이지. '이곳은 보헤미아의 정치가 발렌슈타인이 살해된 현장으로 유명하고 수많은 유리 공장과 제지 회사가 자리 잡고 있다.' 하하, 여보게, 어떻게 생각하나?"

홈즈는 두 눈을 빛내며 담배를 입에 물고 자랑스럽게 푸른 연기구름을 뿜어냈다.

"이 종이는 보헤미아산이군."

내가 말했다.

"바로 그걸세. 그리고 편지를 쓴 사람은 독일인이지. '그대에 대한 이 같은 평가는 모든 본부로부터 전달받은 것이오.' 어때, 문장 구조가 아주 특이하지 않은가? 프랑스인이나 러시아인이라면 이렇게 쓰지 않았을 걸세. 동사를 이렇게 멋대가리 없이 쓰는 사람은 독일인이지. 이제 남은 일은 보헤미아산 편지지를 사용하고, 자신의 얼굴을 드러내지 않으려고 복면을 하는 이 독일인이 원하는 게 뭔지를 알아내는 걸세. 그런데 이 모든 궁금증을 풀어줄 사람이 저기 오는 것 같군."

홈즈가 말하는 동안 날카로운 말발굽 소리, 마차 바퀴가 연석에 스치는 소리가 나더니 뒤이어 날카롭게 초인종을 잡아당기는 소리가 울렸다. 홈즈는 휘파람을 불었다.

"소리를 들어보니 말 두 필이 끄는 마차 같은데."

홈즈는 창밖을 내다보며 말을 이었다.

"정말 그렇군. 두 필의 준마가 끄는 작고 멋진 브루엄 마차일세. 말 한 필에 150기니는 나가겠어. 왓슨, 다른 건 몰라도 이 사건에는 돈이 두둑하네."

"홈즈, 난 가는 게 낫겠어."

"아닐세, 굳이 그럴 필요 없네. 그냥 여기 있게. 나는 나의 보즈웰(Boswell, 영국의 전기 작가 ─옮긴이)이 옆에 있는 편이 좋아. 그리고 이 사건은 꽤 재미있을 것 같은데. 놓치면 섭섭하지 않겠나?"

"하지만 자네 의뢰인은……."

"신경 쓰지 말게. 자네 도움이 필요할지도 모르니까. 손님이 올라오고 있군. 거기 앉아서 열심히 지켜보게."

느리고 육중한 발소리가 계단을 올라오더니 복도를 지나 방문 앞에서 멈췄다. 그리고 묵직한 노크 소리.

"들어오세요!"

홈즈가 말했다.

힌 남자가 방 안에 들어섰다. 1미터 80센티미터를 넘을 듯한 키에 떡 벌어진 가슴, 헤라클레스의 팔다리. 옷차림은 화려하다 못해 영국적 기준에서는 악취미에 가깝게 느껴질 정도였다. 더블 버튼 상의의 소매와 앞자락에는 폭넓은 아스트라한(천에 꼬불꼬불하게 말린 털을 짜 넣은 직물 ─옮긴이) 띠가 대어져 있었고, 두 어깨를 감싼 군청색 망토는 목덜미에서 반짝거리는 녹주석 브로치로 고정돼 있었다. 장딴지 중간쯤까지 올라오는 부츠는 윗부분에 윤기 흐르는 갈색 털이 대어져 외모 전체에서 풍기는 주체 못 할 부유한 인상을 더해 주었다. 손님은 챙이 넓은 모자를 손에 들고 검은 복면을 하고 있었다. 복면은 이마와 눈을 덮고 광대뼈까지 가릴 만큼 큰 것이었는데, 아직도 그것에 손을 대고 있는 것으로 보아 방에 들어오는 순간 막 복면을 쓴 것이 분명했다. 두껍고 윤곽이 뚜렷한 입술과, 단호함을 지나쳐 고집스러움이 엿보이는 길쯤하고 각진 턱은 강한 성격의 소유자라는 인상을 풍겼다.

"내 편지는 받았소?"

손님은 강한 독일어 억양이 섞인 우렁찬 목소리로 말했다.

"찾아오겠다고 했는데."

그는 누구한테 말해야 할지 모르겠다는 듯 우리 둘을 번갈아 보았다.

"이리 앉으시지요. 이쪽은 제 친구이자 동료인 왓슨 박사입니다. 가끔 시간을 내서 제 일을 도와주곤 하지요. 실례지만 성함이 어떻게 되십니까?"

홈즈가 말했다.

"보헤미아의 귀족 폰 크람 백작으로 불러주시오. 물론 여기 있는 당신 친구는 지극히 중요한 문제에 관해 상의해도 될 만큼 신의와 분별이 있는 신사일 거요. 하나 혹시라도 그렇지 않다면, 당신과 독대해야겠소."

나는 자리에서 일어섰지만 홈즈는 내 팔을 잡고 도로 의자에 앉혔다.

"이 친구와 함께가 아니라면 안 됩니다. 이 친구 앞에서는 어떤 것도 숨기실 필요가 없습니다."

백작은 넓은 어깨를 들썩했다.

"그러면 할 수 없구려. 우선 당신 둘에게 앞으로 2년간 반드시 비밀을 지키겠다는 맹세를 받아야겠소. 2년 뒤에는 이 일이 알려져도 아무 문제가 없소. 하지만 지금은 유럽의 역사를 바꿀 만큼 중차대하다 말해도 과언이 아니오."

"맹세합니다."

홈즈가 말했다.

"저도."

"이렇게 복면한 것을 이해해 주시오."

야릇한 손님은 말을 계속했다.

"내게 일을 맡긴 고귀한 분께서는 내 얼굴이 드러나는 것을 원치 않으시오. 그리고 솔직히 말하면 방금 댄 이름은 가명이오."

"알고 있습니다."

홈즈는 무표정하게 말했다.

"지금 대단히 미묘한 문제가 발생했소. 그것은 엄청난 스캔들로 발전해서 유럽의 어느 왕실에 막대한 손상을 입힐 수도 있소. 우리는 그렇게 되는 것을 막기 위해 최선을 다해야 하오. 분명히 말해 두지만 그 문제는 보헤미아의 왕가인 대(大)오름슈타인가와 관련된 일이오."

"그것도 이미 알고 있습니다."

홈즈는 의자에 앉은 채 두 눈을 감으며 중얼거렸다.

홈즈가 유럽에서 가장 날카로운 두뇌의 소유자이며 가장 민첩한 탐정이라고 들었을 것이 분명한 손님은, 그의 나른하고 축 처진 모습을 보고 놀라는 듯했다. 홈즈는 다시 게으르게 눈을 뜨고 참지 못하는 표정으로 거구의 고객을 바라보았다.

"만약 전하께서 친히 하문하신다면, 제가 훨씬 잘 도와드릴 수 있을 테고요."

손님은 벌떡 일어나 방 안을 오락가락했다. 온몸에 동요의 빛이 역력했다. 그러다 절망적인 몸짓으로 복면을 벗어 바닥에 팽개치고는 외쳤다.

"그대의 말이 옳다. 나는 왕이다. 사실을 구태여 숨길 필요가 어디 있으랴?"

"지당하신 말씀입니다."

홈즈는 중얼거렸다.

"저는 전하를 뵙자마자 전하께서 바로 보헤미아 왕실 카셀펠 슈타인 대공작 가문의 빌헬름 고츠라이흐 지기스문트 폰 오름슈 타인이시라는 걸 알았습니다."

"그대도 알고 있겠지만……."

이상한 손님은 다시 자리에 앉아 한 손으로 희고 넓은 이마를 쓸어내리며 말했다.

"나는 이런 일을 직접 처리하는 데 익숙하지 못하다. 하지만 사안이 극히 민감한 탓에 탐정에게 섣불리 사실을 털어놓을 수 없었다. 약점을 잡혀서 협박을 당할 수도 있으니까. 그래서 그대에게 자문할 목적으로 신분을 숨기고 프라하에서 예까지 왔다."

"그러면, 자문하시지요."

홈즈는 다시 눈을 감으며 말했다.

"간단하게 말하면 이렇다. 나는 5년 전 바르샤바에 체류할 적에 유명한 여가수 아이린 애들러를 알게 되었다. 그대도 그 이름은 들어본 적이 있을 것이다."

"박사, 미안하지만 내 자료철을 좀 찾아봐주겠나."

홈즈는 눈을 감은 채 중얼거렸다. 그는 오래전부터 인물과 사건에 관한 기사를 요약해서 철해 놓는 습관을 들여왔기 때문에, 웬만한 일이나 사람에 관한 정보를 찾아내는 것은 어렵지 않았다. 아이린 애들러의 약력은 어느 유대인 랍비의 자료와 심해어에 관한 논문을 발표한 어느 부함장의 자료 사이에 끼여 있었다.

"어디 볼까! 흠! 1858년, 미국 뉴저지 출생. 콘트랄토(테너와 소프라노 중간 음역, 여성 최저음 파트 — 옮긴이), 흠! 라 스칼라, 흠! 바르샤바 황실 오페라단의 프리마 돈나, 그렇군! 오페라 무대에서 은퇴, 허! 런던에 거주, 그렇군! 전하께서 이 젊은 여성과 복잡한 관계를 맺고 위신이 깎일 만한 편지라도 보내신 모양이로군요. 그런데 이제는 편지를 돌려받고 싶으신 거겠지요."

"바로 그것이지. 그런데 어떻게……."

"혹시 비밀리에 결혼이라도 하셨습니까?"

"아니다."

"법적 효력이 있는 문서를 써주신 적이 있습니까?"

"아니다."

"그렇다면 전하께서 염려하시는 이유를 모르겠군요. 이 젊은 여성이 협박이나 그 밖에 다른 용도로 편지를 이용하고자 해도 편지의 진위를 어떻게 증명할 수 있겠습니까?"

"필체가 있잖은가."

"흐흥! 위조한 겁니다."

"왕실 전용 편지지."

"훔친 거죠."

"나의 봉인."

"모방한 것입니다."

"내 사진."

"산 겁니다."

"그것은 둘이 같이 찍은 사진이다."

"오, 저런! 그것참 고약하군요! 전하께서는 경솔한 행동을 하셨습니다."

"난 미쳤었다. 제정신이 아니었지."

"전하께선 품위를 크게 훼손하는 행동을 하셨습니다."

"그땐 아직 왕세자였다. 한창 젊은 때였지. 내 나이 이제 갓 서른이니."

"반드시 되찾아야 합니다."

"노력했지만 실패하고 말았지."

"전하께서는 돈을 쓰셔야 합니다. 사진을 사십시오."

"그 여자가 팔지 않을 것이야."

"훔쳐 오면 됩니다."

"다섯 번이나 시도했다. 내가 고용한 도둑이 그 여자의 집을 두 번이나 뒤졌지. 한번은 그녀가 여행 중일 때 짐을 털었다. 노상에서 습격한 일도 두 번이나 된다. 하지만 모두 헛수고였다."

"흔적도 없었습니까?"

"아무것도 나오지 않았다."

홈즈는 웃음을 터뜨렸다.

"그것참 골치 아프게 됐군요."

"하지만 나한테는 심각한 일이다."

왕은 나무라듯이 말했다.

"정말 그렇겠군요. 그런데 아이린 애들러는 그 사진을 어떻게 쓰겠다고 합니까?"

"내 앞길을 망치겠다는군."

"하지만 어떻게?"

"나는 지금 혼사를 앞두고 있다."

"소문은 들었습니다."

"왕비가 될 사람은 스칸디나비아 왕실의 둘째 공주, 클로틸드 로트만 폰 삭스메닝겐이다. 그대도 스칸디나비아 왕실의 엄격한 가풍에 대해서는 알고 있을 것이다. 게다가 공주 자신이 매우 예민한 여성이다. 나의 행동에 티끌만 한 의혹이라도 제기된다면 혼담은 깨지고 말 것이다."

"그런데 아이린 애들러는 어떻게 하겠다는 겁니까?"

"그 여자는 스칸디나비아 왕실에 사진을 보내겠다고 협박하고 있다. 그렇게 하고도 남을 여자지. 난 그걸 잘 알고 있다. 그대는 아이린에 대해 잘 모르겠지만 아이린은 무쇠처럼 단단한 여자다. 외모는 천사처럼 아름답지만 마음은 웬만한 사내 뺨칠 정도로 결단력이 강하지. 내가 다른 여자와 결혼하는 꼴을 보느니, 무슨 짓이든 저지르고 말 것이다."

"전하께서는 아직까지는 사진을 보내지 않았을 거라고 생각하십니까?"

"그렇다."

"왜 아직 그냥 갖고 있는 걸까요?"

"아이린은 약혼이 공식적으로 발표되는 날 보내겠다고 말했다. 그게 다음 주 월요일이지."

"아, 그러면 아직 사흘이나 남았군요."

홈즈는 하품을 하며 말했다.

"퍽 다행입니다. 저한테는 지금 당장 처리해야 할 중요한 일이 한두 가지 있으니 말입니다. 물론 전하께서는 당분간 런던에 머무르실 테지요?"

"물론. 랭엄 호텔에 와서 폰 크람 백작을 찾으면 된다."

"그러면 일의 진행에 대해 전보로 알려드리겠습니다."

"부디 그렇게 해다오. 나는 몹시 근심하고 있으니."

"그리고 보수는?"

"백지 수표를 주지."

"정말이십니까?"

"그 사진만 갖다준다면 내 왕국의 일부라도 떼어주겠다."

"그러면 당장 필요한 비용은?"

왕은 망토 아래서 묵직해 보이는 영양 가죽 주머니를 끄집어내어 탁자 위에 올려놓았다.

"여기 황금으로 300파운드, 지폐로 700파운드가 들어 있다."

홈즈는 공책을 찢어 영수증을 써서 왕에게 건넸다.

"그런데 아가씨의 주소는?"

"세인트존스 우드, 서펜타인가, 브리오니 저택."

홈즈는 받아 적었다.

"한 가지만 더 여쭙겠습니다. 그 사진은 캐비닛판(약 11×17센티미터 크기의 사진 ─ 옮긴이)입니까?"

"그렇다."

"그러면 전하, 안녕히 가십시오. 곧 좋은 소식을 전해 드리겠습니다. 그럼 왓슨, 자네도 잘 가게."

왕의 브루엄 마차가 움직이는 소리가 들리자 홈즈는 이렇게 덧붙였다.

"자네가 내일 오후 3시까지 여기 오면 이 사건의 경과에 대해 알려주지."

다음 날, 나는 정확히 3시에 베이커가에 갔다. 그러나 홈즈는 집에 없었다. 하숙집 주인아주머니가 홈즈는 아침 8시경에 나갔다고 말해 주었지만 아무리 시간이 걸려도 기다리기로 작정하고 난롯가에 앉았다. 나는 벌써 이 사건에 깊은 흥미를 느끼고 있었다. 앞서 기록한 두 범죄 사건처럼 무섭고 기묘한 특징은 없었지만 사건의 성격과 고객의 높은 신분이 나름대로 독특한 맛을 느끼게 해주었다. 내 친구가 손댄 사건의 성격과는 관계없이, 상황을 꿰뚫는 그의 날카로운 시선과 예리하고 빈틈없는 추리를 지켜보는 것만도 정말 내게는 큰 기쁨이었다. 그가 일하는 방식에 대해 연구하는 것, 그리고 복잡한 사건을 시원하게 해결하는 기민하고 섬세한 방법을 지켜보는 것은 즐거운 일이었다. 나는 홈즈가 어떤 사건이든 척척 해결하는 것에 익숙해져서, 혹시 사건 해결에 실패할지도 모른다는 생각은 꿈에도 하지 않게 되었다.

4시가 다 되었을 무렵 방문이 열리더니 술 취한 마부가 들어왔다. 친구의 놀라운 변장술을 익히 알고 있었지만 손질하지 않은 긴 구레나룻에 검붉은 얼굴, 허름한 옷차림의 마부를 한참 뜯어본 다음에야 비로소 그가 홈즈라는 사실을 알 수 있었다. 홈즈는 내게 고개만 까딱해 보이고 침실로 들어가더니 5분 뒤 트위드 정장 차림의 점잖은 신사가 되어 나왔다. 그는 주머니에 두 손을 찌르고 난로 앞에 다리를 벌리고 선 채 한참 동안 웃어댔다.

"내 참!"

홈즈는 이렇게 소리치고 다시 숨이 막힐 정도로 웃다가 마침내 힘없이 의자에 주저앉고 말았다.

"왜 그러나?"

"너무 우스워서 그런다네. 자네는 내가 아침에 나가서 뭘 하다 들어왔는지 상상도 못 할 거야."

"맞아. 그런데 나는 자네가 아이린 애들러 양의 집을 쭉 감시하고 있던 걸로 생각하는데."

"그래. 하지만 전혀 예상치 못한 결과가 빚어졌어. 다 말해 주지. 오늘 아침에 나는 일자리를 잃어버린 마부처럼 꾸미고 8시경에 집을 나섰네. 마부들은 동업자 의식이 강해서 단합도 잘되는 데다가 자기들끼리는 감추는 것도 없지. 나는 곧 브리오니 저택을 찾아냈다네. 아담한 이층집이었는데 정원이 집 뒤에 딸려 있고, 집 앞엔 도로가 있는 구조였어. 현관에는 자동 잠금장치가 달린 특허 자물통이 달려 있었네. 오른쪽에는 가구가 잘 갖춰진 큰 응접실이 있었는데 거의 바닥까지 내려오는 긴 창문이 나 있었어. 그런데 그 창문의 영국식 잠금장치는 어린애라도 열 수 있는 것이었네. 그 점과 마차장 지붕을 타고 올라가면 복도 창문으로 들어갈 수 있다는 것만 빼면 별로 눈에 띄는 것이 없었지. 나는 집 주위를 돌면서 자세히 살펴보았지만 별로 흥미를 끄는 부분은 없었다네.

슬슬 길을 내려가보니 예상대로 그 집 정원과 담을 맞대고 있는 마구간이 보였지. 나는 마부들이 말 등을 긁어주는 걸 도와주고 사례로 2펜스하고 술 한 모금, 담배 두 대를 얻어 피웠네. 그리고 마부들한테 애들러 양을 비롯해서 내가 알지도 못하는 이웃 사람들 대여섯 명에 대한 이야기를 실컷 들었지."

"아이린 애들러에 대해서는 뭐라고 하던가?"

"아, 사내들의 시선을 끄는 여자라더군. 마부들 얘기로는 세상에 그렇게 고운 여자는 없대. 가끔 음악회에 출연해서 노래하는 걸 빼면 조용하게 사는 편이고, 매일 저녁 5시에 마차를 타고 외출해서 정확히 7시면 집에 와서 저녁 식사를 한다더군. 무대에 설 때 말고는 다른 시간에 외출하는 일은 거의 없다네. 남자 손님은 딱 한 사람 있는데 아주 괜찮은 남자라더군. 얼굴이 가무잡잡한 미남인데 아주 활발한 사람이고 하루에 한 번씩은 꼭 찾아온다네. 두 번씩 찾아오는 날도 많고. 갓프리 노턴이라고, 이너 템플 법학원에서 일하는 사람이라더군. 생각해 보게. 마부는 사람들에게 마음 편한 말상대 아닌가. 나는 이렇게 필요한 정보를 수집한 다음에 어떻게 할 것인지 생각하면서 다시 브리오니 저택으로 올라갔네.

그 갓프리 노턴이란 사람은 이번 사건에서 상당히 중요한 변수가 될 것 같아. 그 사람은 변호사거든. 어때, 의미심장하지 않은가? 두 남녀는 어떤 관계일까? 노턴이 브리오니 저택에 매일같이 찾아가는 이유는? 애들러는 노턴 변호사의 고객이나 친구일까? 아니면 애인? 만약 전자라면 애들러는 사진을 노턴에게 맡겼을 거야. 후자라면 그럴 가능성이 적지. 답이 뭐냐에 따라 브리오니 저택을 노려야 할지, 아니면 템플 법학원에 있는 변호사의 방을 주목해야 할지가 결정되네. 그게 아주 미묘한 문제라서 조사 범위가 확대된 거야. 그런데 너무 시시콜콜한 얘기까지 끄집어내서 자네를 지루하게 만들고 있는 건 아닌지 모르겠군. 하지만 자네에게 상황을 이해시키자면 사소한 어려움에 대해서까지 말할 수밖에 없거든."

"재미있게 듣고 있네."

"내가 계속 그런 생각을 하고 있는데 이륜마차 한 대가 와서 브리오니 저택 앞에서 멈추더니 한 신사가 거기서 뛰어내렸네. 구레나룻을 기른 미남이었는데 가무잡잡한 피부와 매부리코가 유난히 눈에 띄었지. 아까 마부들이 얘기한 사람이 틀림없었어. 그는 몹시 급한 것 같았는데, 마부에게 기다리라고 소리치더니 하녀가 현관문을 열어주자 제집에 온 것처럼 말도 없이 집 안으로 뛰어 들어갔네.

그는 집 안에 30분가량 있다 나왔어. 나는 응접실 창문을 통해 그가 방 안을 오락가락하면서 흥분해서 팔을 휘두르며 말하는 모습을 볼 수 있었지. 그 여자의 모습은 보이지 않았어. 집에서 나온 그는 아까보다 더 급해 보였지. 그는 마차에 올라타더니 주머니에서 금시계를 꺼내 들여다보고 소리쳤네. '전속력으로 달리게. 먼저 리젠트가의 그로스 앤드 행키에 들렀다가 에지웨어로의 세인트모니카 성당으로 가세. 20분 안에 교회에 도착하면 반 기니를 주지!'

노턴 씨가 마차를 타고 떠난 다음, 내가 그 뒤를 쫓아가야 할지 말지 고민하고 있는데 산뜻한 사륜마차 한 대가 내 쪽으로 다가왔네. 마부가 얼마나 서둘렀는지 옷차림이 가관이었지. 웃옷 단추는 반만 채워져 있었고, 타이는 귀밑에 가서 걸려 있고 옷자락은 허리춤 밖으로 빠져나와 있었어. 그 순간 한 여자가 집 안에서 총알같이 튀어나오더니 마차가 서기도 전에 올라탔네. 나는 그 순간 여자의 얼굴을 언뜻 봤지. 과연 남자들의 간장을 녹일 만한 미인이더군. 여자가 소리쳤네.

'존, 세인트모니카 성당으로 가줘. 20분 안에 도착하면 반 파운드 낼게.'

왓슨, 그것은 도저히 놓칠 수 없는 기회였네. 내가 그곳을 향해 달려가야 하는지, 아니면 여자가 탄 사륜마차 꽁무니에 매달려야 하는지 고민하고 있는데 마침 마차 한 대가 다가왔지. 마부가 내 꼬락서니를 두 번이나 힐끔거리기에 그가 퇴짜 놓기 전에 얼른 뛰어올라 타며 말했어. '세인트모니카 성당으로. 20분 안에 도착하면 반 파운드 주겠소.' 그때가 11시 35분이었네. 물론 뭔가 중요한 일이 진행되고 있다는 것은 분명했어.

마부는 전속력으로 마차를 몰았네. 내 평생 그보다 더 빨리 달린 적은 없는 것 같았지만, 두 사람이 탄 마차를 추월하지는 못했지. 성당 문 앞에 도착해 보니 마차 두 대가 벌써 와 있고 지친 말들이 콧김을 내뿜고 있더군. 나는 마부에게 돈을 주고 재빨리 성당 안으로 들어갔네. 안에는 흰옷을 입은 사제와 두 남녀뿐이었는데, 사제가 두 사람에게 뭔가 타이르고 있는 눈치였어. 세 사람은 제단 앞에 모여 있었지. 나는 한가한 시간에 교회에 들른 사람처럼 천천히 통로를 따라 올라갔네. 그런데 제단 앞의 세 사람이 일제히 나를 쳐다보더니 갓프리 노턴이 나를 향해 허겁지겁 달려오며 외치지 뭔가.

'하느님 감사합니다. 적임자가 여기 있군. 이리 오십시오! 어서 이리로!'

'무슨 일이오?'

'어서 이리로, 3분밖에 안 남았습니다. 시간이 넘으면 법적 효력이 상실되고 맙니다.'

나는 제단까지 반쯤 끌려가다시피 했네. 그리고 엉겁결에 시키는 대로 뭐라고 중얼거리면서 생판 알지도 못하는 신부 아이린 애들러와, 신랑 갓프리 노턴의 비밀 결혼식에서 증인 노릇을 했다네. 결혼식은 금방 끝났지. 신랑 신부는 양쪽에서 내게 감사의 말을 건네고, 사제는 나를 보고 환하게 웃더군. 내 평생 그렇게 묘한 처지에 놓인 건 처음이었네. 내가 방금 그렇게 웃어댄 것은 바로 그 생각이 나서였어. 두 사람의 결혼식이 약식으로 치러지는 까닭인지, 사제가 한사코 증인을 세우지 않으면 결혼시켜 줄 수 없다고 했던 것 같더군. 다행히 내가 나타났기 때문에 신랑은 길거리로 뛰어나가 적당한 사람을 찾아 헤매는 수고를 면할 수 있었네. 새 신부가 나한테 1파운드짜리 금화를 주었어. 그걸 기념으로 시곗줄에 달아놓을 작정이네."

"거참, 일이 예상치 못한 방향으로 발전했구먼. 그래서 어떻게 됐지?"

"자칫하면 내 계획에 차질이 빚어질 것 같다는 생각이 들더군. 둘이 곧 떠날 것 같았기 때문에, 내 쪽에서 신속하고 단호한 조치를 취해야 할 필요가 생긴 것일세. 그런데 뜻밖에 두 사람은 교회 앞에서 헤어졌네. 노턴은 마차를 타고 법학원으로 갔고 애들러는 집으로 돌아갔지. 여자는 마차를 타고 떠나면서 남자에게 말했네. '오늘도 5시에 공원으로 나갈게요.' 그다음 말은 듣지 못했어. 두 사람은 각기 다른 방향으로 갔고, 나도 준비를 하러 떠났지."

"무슨 준비?"

"차가운 쇠고기하고 맥주 한 잔 말일세."

홈즈는 벨을 누르며 대답했다.

"지금까지 너무 바빠서 아무것도 못 먹었거든. 게다가 오늘 저녁에는 더 바쁠 것 같아. 그런데 여보게, 자네 협조가 필요하네."

"기쁘게 돕겠네."

"법을 어기는 일인데 괜찮겠나?"

"상관없어."

"체포될지도 모르는데?"

"까짓것 명분만 있다면."

"아, 명분이야 뚜렷하지!"

"그럼 괜찮아."

"자네를 믿어도 되겠구먼."

"그런데 무슨 일을 부탁하려고?"

"허드슨 부인이 음식을 가져오면 그때 자세히 말해 주지. 저기 오는군."

홈즈는 말하고 하숙집 주인아주머니가 가져다준 간소한 음식을 허겁지겁 먹기 시작했다.

"시간이 별로 없으니까 먹으면서 말하도록 하지. 지금 5시가 다 돼가는군. 두 시간 후에 우리는 현장에 가 있어야 하네. 아이린 양인지, 부인인지는 7시에 집에 돌아오네. 우리는 브리오니 저택 앞에서 기다려야 해."

"거기서 무슨 일을 할 건데?"

"그건 나한테 맡겨두게. 행동 계획은 다 세워놓았네. 내가 강조하고 싶은 것은 오직 하나일세. 자네는 무슨 일이 생기든 끼어들지 말게. 알겠나?"

"나더러 중립을 지키라는 건가?"

"아무 일도 하지 말게. 약간 불쾌한 소동이 벌어질 걸세. 하지만 절대로 끼지 말게. 마지막에 나는 집 안으로 옮겨지게 될 거야. 그런 다음 사오 분 뒤에 응접실 창문이 활짝 열릴 걸세. 자네는 창가에 바짝 붙어 서 있어야 하네."

"응."

"나를 잘 보고 있게. 밖에서 내가 보일 테니까."

"알았네."

"그리고 내가 손을 들면 이걸 방 안으로 던지게. 그러면서 '불이야.' 하고 소리 지르는 걸세. 내 말 알아듣겠나?"

"그럼."

"이건 전혀 위험한 물건이 아닐세."

홈즈는 길쭉한 시가 모양의 두루마리를 주머니에서 꺼내 들었다.

"이건 배관공들이 많이 사용하는 연기 로켓인데 양쪽에 자가 점화용 뚜껑이 달려 있지. 자네 임무는 이걸 던지면 끝나네. 자네가 '불이야.' 하고 소리 지르면 밖에 있는 사람들이 가세할 걸세. 그다음에 길모퉁이에 가서 날 기다리게. 내가 10분 안에 갈 거야. 내 말 잘 알겠지?"

"중립을 지키고 있다가 창가에 붙어 서서 자네를 바라본다. 그러다 자네가 신호를 보내면 이 물건을 던지고 '불이야.' 하고 소리 지른다. 그런 다음에 길모퉁이에서 자네를 기다린다."

"바로 그거야."

"그러면 날 믿어도 되네."

"좋아. 그런데 슬슬 새로운 역할을 준비할 시간이 돼가는군."

홈즈는 침실로 들어가더니 잠시 후 온화하고 순진한 개신교 목사가 되어 나왔다. 챙이 넓은 검은 모자에 헐렁한 바지, 하얀 타이 그리고 자비로운 미소와 선량한 호기심, 찬찬히 살피는 듯한 태도는 존 헤어(John Hare, 19세기 말에 활동한 영국 배우. 당대 최고의 성격 배우로 인정받았다 ─ 옮긴이) 정도는 돼야 흉내 낼 수 있을 것이다. 홈즈는 의상만 바꾼 것이 아니었다. 그는 분장한 인물에 따라 표정과 태도 그리고 영혼 자체가 달라지는 듯했다. 그가 범죄 전문가가 되기로 했을 때, 과학계는 예리한 연구자를, 무대는 훌륭한 배우를 하나 잃었던 것이다.

우리는 6시 15분에 베이커가를 나서 6시 50분에 서펜타인가에 도착했다. 벌써 땅거미가 내려앉았고 가로등은 환하게 불을 밝히고 있었다. 우리는 주인이 오기를 기다리며 브리오니 저택 앞에서 어슬렁거렸다. 집은 셜록 홈즈가 설명한 대로였지만 동네는 예상과 달리 별로 조용한 편이 아니었다. 조용한 동네의 작은 거리치고는 꽤 북적거렸다. 한쪽에선 허름한 옷을 입은 남자들이 담배를 피우며 낄낄거리고 있었고, 그 밖에도 숫돌을 든 칼갈이 하나, 젊은 하녀에게 수작을 거는 위병 둘 그리고 옷을 잘 차려입고 시가를 문 채 어슬렁거리는 젊은이들이 몇 명 있었다.

홈즈는 집 앞에서 서성이며 말했다.

"여보게, 두 사람의 결혼으로 인해 문제는 더 간단해졌네. 그 사진은 이제 양날의 칼이 됐어. 우리 고객이 그 사진을 공주에게 절대 보여주고 싶어 하지 않는 것처럼, 애들러는 갓프리 노턴에게 사진을 보이는 것을 원치 않을 거야. 문제는 사진을 어디에서 찾아내느냐일세."

"정말 어딘가에 있을까?"

"그 여자가 사진을 갖고 다닐 가능성은 별로 없지. 캐비닛판
이라 여자들 드레스 어딘가에 숨기기에는 너무 커. 또 그 여자는
왕이 사람을 보내 자신을 습격해서 몸수색을 할 수도 있다는 사
실을 알고 있어. 벌써 두 번이나 그런 일이 있었으니까 말이야.
그러니 그 여자가 사진을 몸에 지니고 다니지 않는다는 결론을
내려도 무방하네."

"그러면 어디에 있을까?"

"은행이나 변호사에게 맡겨놓았을 수 있지. 둘 다 가능하긴 해
도 그 생각도 접었네. 여자들은 천성적으로 숨기는 걸 좋아하거
든. 그리고 자신이 직접 숨기고 싶어 하지. 사진을 남의 손에 맡
길 이유가 어디 있겠나? 자기 자신은 믿고 그걸 지킬 수 있겠지
만, 사업하는 남자들에겐 그게 어떤 간접적인 혹은 정치적인 영
향을 불러일으킬지 알 수 없을 테니까. 게다가 그녀가 조만간 그
사진을 사용하기로 결심한 적도 있다는 점을 기억하게. 손 닿는
곳 어딘가에 사진을 두었을 것임에 틀림없어. 바로 자기 집 안에
말일세."

"하지만 도둑이 벌써 두 번이나 집을 뒤지지 않았나?"

"쳇! 어떻게 찾아야 하는지를 몰랐던 거지."

"자네는 어떻게 찾을 생각인가?"

"내가 직접 찾을 생각은 없네."

"그러면 어떻게?"

"그 여자가 사진을 감춰놓은 곳을 가리키게 만들어야지."

"하지만 그렇게 하지 않으려고 할 텐데."

"그렇게 할 수밖에 없을걸. 그런데 마차 소리가 들리는군. 이집 마차일세. 이제부터 내가 지시한 대로 하게."

홈즈가 말하는 동안 마차의 측등(側燈)이 길모퉁이를 돌아왔다. 그러고는 산뜻한 사륜마차 한 대가 덜컹거리며 다가와 브리오니 저택 앞에 멈춰 섰다. 마차가 멈추자 구석에 서 있던 부랑자들 가운데 하나가 마차 문을 열어주고 동전 몇 푼이나 챙길 욕심으로 재빨리 다가갔다. 하지만 똑같은 생각을 하고 달려간 다른 부랑자가 그를 팔꿈치로 밀어냈다. 둘 사이에 싸움이 벌어졌다. 두 위병이 한쪽 편을 들고, 칼 가는 사람이 질세라 다른 쪽 편을 들면서 싸움이 커졌다. 난투극이 벌어졌고, 때마침 마차에서 내려선 숙녀는 서로를 향해 무지막지하게 주먹과 지팡이를 휘두르는 흥분한 사내들 속에 갇혀버렸다. 그때 홈즈가 숙녀를 보호하기 위해 사람들 속으로 뛰어들었다. 하지만 그는 숙녀 바로 앞에서 비명을 지르며 쓰러졌는데 얼굴에 유혈이 낭자했다. 홈즈가 쓰러지자 위병과 부랑자 들은 양쪽으로 갈라섰고, 난투극에 끼어들지 않고 구경만 하던 잘 차려입은 사람들이 숙녀를 돕고 부상당한 사람을 구완하기 위해 모여들었다. 아이린 애들러는 서둘러 계단을 올라갔다. 하지만 계단 위에 멈춰 우아한 모습으로 홀의 불빛을 등지고 서서 거리를 내려다보며 물었다.

"그 가엾은 신사분이 많이 다치셨나요?"

"죽었습니다."

몇몇 사람들이 외쳤다.

"아닙니다. 아직 숨이 붙어 있어요!"

누군가 소리쳤다.

"하지만 병원에 가다가 죽을 것 같은데요."

"세상에 이렇게 용감하신 분이 어디 있을꼬."

한 여자가 말했다.

"이 양반이 아니었으면 숙녀분의 지갑과 시계는 벌써 다 털렸을 거예요. 저놈들 깡패들이라고요, 망나니들이고요. 아이고, 숨을 쉬고 계시네."

"이분을 그냥 길거리에 눕혀둘 수는 없습니다. 부인, 이분을 집으로 모실까요?"

"그렇게 해주세요. 그분을 저쪽 응접실로 모셔주세요. 거기 편안한 소파가 있으니까. 자, 이쪽으로!"

사람들은 천천히 그리고 엄숙하게 홈즈를 떠메고 브리오니 저택으로 들어가 큰방에 눕혔다. 나는 창가의 내 위치에 서서 사태의 추이를 지켜보고 있었다. 방 안에는 불이 켜져 있었지만 아직 커튼을 치지 않은 까닭에 홈즈가 소파에 누워 있는 모습이 훤히 들여다보였다. 지금 이 순간 홈즈가 자신이 맡은 역할에 대해 어떤 가책을 느끼는지는 알 수 없었지만, 나는 다친 사람을 그토록 따뜻하고 친절하게 보살피는 아름다운 여성을 향해 음모를 꾸미는 자신이 몹시도 부끄럽게 느껴졌다. 하지만 이제 와서 홈즈가 맡긴 역할에서 발을 빼면 그것은 홈즈에 대한 최악의 배신행위가 될 터였다. 나는 마음을 굳게 먹고 외투 속에서 연기 로켓을 꺼냈다. 어쨌든 이 일은 숙녀를 해치려는 것은 아니니까. 그저 그녀가 다른 사람을 해치는 것을 막으려는 것일 뿐.

홈즈는 소파에서 몸을 일으켰다. 그는 숨이 갑갑하다는 몸짓을 했다. 하녀가 달려와 창문을 활짝 열어젖혔다. 바로 그때 홈즈는 손을 올렸고 나는 그 신호에 맞춰 방 안으로 로켓을 집어던지며 "불이야!" 하고 소리 질렀다. 그와 동시에 길거리의 구경꾼들, 가지각색의 옷차림을 한 신사, 마부, 하녀 들이 입을 모아 "불이야!" 하고 외쳤다. 열린 창문을 통해 연기구름이 뭉클뭉클 새어 나왔다. 방 안에 있는 사람들이 우왕좌왕하는 게 보이더니 잠시 후, 누가 장난친 거라며 홈즈가 사람들을 안심시키는 소리가 들려왔다. 나는 소리치는 사람들 사이를 빠져나가 길모퉁이에서 기다렸고 10분 뒤 내 친구가 모습을 드러냈다. 나는 기쁜 마음으로 그와 팔짱을 끼고 소동이 일어난 현장을 벗어났다. 홈즈는 에지웨어로로 통하는 조용한 거리에 이를 때까지 말없이 걷기만 했다.

"박사, 대단히 잘 해주었네."

홈즈가 말을 꺼냈다.

"일이 완벽하게 진행됐어. 아주 좋네."

"사진은 찾았나?"

"사진이 있는 곳을 알아냈네."

"어떻게 알았지?"

"내가 말한 대로 그 여자가 가리켜줬지."

"그게 무슨 말인가?"

"설명해 줘야겠군."

홈즈는 껄껄 웃으며 말했다.

"그건 아주 간단한 일이었네. 물론 자네는 아까 거리에 있던 사람들이 다 한패였다는 건 알고 있을 걸세. 그들은 전부 내가 동원한 사람들이지."

"그 정도는 짐작하고 있었어."

"그리고 싸움이 벌어졌을 때 나는 손바닥에 빨간 물감을 묻히고 있었네. 난 애들러 앞에서 쓰러지면서 손으로 얼굴을 쳐 가엾은 부상자가 되었지. 그건 아주 흔한 수법일세."

"거기까지도 눈치챌 수 있었네."

"그러자 사람들이 나를 집 안으로 떠메고 들어갔지. 그 여자는 나를 집에 들여놓을 수밖에 없었네. 달리 어떻게 할 수 있겠나? 그것도 내가 제일 의심스럽게 생각했던 그 응접실로 말일세. 나는 사진이 거기 아니면 그 여자의 침실에 있을 거라고 생각하고 어느 쪽인지 알아보기로 결심했지. 사람들이 나를 소파에 뉘었을 때 내가 숨이 갑갑한 척해서 그쪽에선 창문을 열어주지 않을 수 없었네. 그때 자네가 기회를 잡은 거지."

"그게 자네한테 어떻게 도움이 된 거지?"

"그건 아주 중요한 역할을 했네. 집에 불이 났을 때 여자들은 본능적으로 제일 소중하게 생각하는 것을 향해 달려가네. 그건 저항하기 힘들 정도로 강한 충동이어서 나는 여자들의 그런 본능을 몇 번 이용한 적이 있지. 대표적인 사례가 달링턴 스캔들과 아른스워스 성 사건이지. 흔히 기혼녀는 아기를 끌어안고 미혼 여성은 보석 상자를 움켜쥐게 마련이라네. 그런데 나는 요즘 숙녀분께서 가장 소중하게 여기는 것은 바로 우리가 찾고 있는 물건일 거라고 확신했지. 그녀는 그 사진을 향해 달려갈 게 분명했어. 여기저기서 '불이야.' 하는 소리가 터져 나왔지. 연기와 사람들이 부르짖는 소리는 무쇠 같은 신경을 뒤흔들기에 충분했네. 애들러는 내가 예상한 대로 행동했어. 사진은 오른쪽 설렁줄 바로 위에 있었지. 그곳의 널빤지를 밀면 작은 공간이 나오는데 바로 그 속에 있었던 거야. 그 여자가 그 앞에 서서 사진을 반쯤 꺼내는 걸 언뜻 보았어. 내가 장난이라고 외치자 그녀는 사진을 도로 넣어두고 로켓을 슬쩍 바라보더니 바삐 방을 빠져나가더군. 그다음에는 그녀의 모습을 보지 못했네. 나는 일어나서 뭐라고 핑계를 대고 그 집을 빠져나왔지. 잠시 머뭇거리긴 했지만 마부가 방에 들어와서 눈을 부릅뜨고 쳐다보는 통에 사진을 꺼내 오지 못하고 그냥 나왔어. 지나치게 서두르다간 다 된 밥에 코 빠뜨리기 십상이니까."

"그럼 이젠?"

"수색은 다 끝났네. 내일 전하와, 그리고 괜찮다면 자네하고 같이 그 집에 찾아갈 생각이네. 우린 응접실에서 숙녀를 기다리게 될 걸세. 하지만 애들러가 나타났을 때는 이미 사진도 손님들도 없을 거야. 전하가 자신의 손으로 직접 사진을 되찾는다면 더 기분이 좋겠지."

"내일 언제 찾아갈 생각인가?"

"아침 8시. 우리한테는 그 여자가 아직 잠자리에 들어 있는 시간이 유리하지. 게다가 우린 서둘러야 하네. 오늘의 결혼식은 여자의 생활 습관이 완전히 바뀐다는 걸 의미할 수도 있으니까. 지체 없이 전하에게 전보를 쳐야겠어."

우리는 베이커가의 하숙집 문 앞에 당도했다. 홈즈가 주머니에서 열쇠를 찾고 있는데 누군가 지나가며 이렇게 말했다.

"안녕하십니까, 셜록 홈즈 씨."

그때 거리에는 사람들이 몇 명 있었는데, 인사를 건넨 사람은 얼스터 코트(모직물로 만들어진 길고 낙낙한 코트 ― 옮긴이)로 몸을 감싸고 빠른 걸음으로 옆을 스쳐 간 홀쭉한 청년 같았다.

"어디선가 들은 적이 있는 목소린데."

홈즈는 희미한 가로등이 켜진 거리를 바라보며 말했다.

"도대체 누군지 궁금하군."

나는 그날 밤 베이커가에서 잤다. 아침에 일어나 토스트에 커피를 곁들여 먹고 있는데 보헤미아의 국왕이 들이닥쳤다.

"정말 그걸 찾아왔나?"

국왕은 셜록 홈즈의 어깨를 붙들고 얼굴을 뚫어지게 쳐다보며 소리쳤다.

"아직 찾아오지는 못했습니다."

"하지만 희망은 있는 건가?"

"그렇습니다."

"그럼 가자. 나는 한시라도 빨리 사진을 찾고 싶다."

"마차를 불러야 합니다."

"아, 내 브루엄이 대기하고 있다."

"그것 잘됐군요."

우리는 다시 브리오니 저택을 향해 떠났다.

"아이린 애들러는 결혼했습니다."

홈즈가 말했다.

"결혼이라고! 언제?"

"어제요."

"하지만 누구와?"

"노턴이라는 영국 변호사입니다."

"하지만 아이린이 그 남자를 사랑할 리는 없을 텐데."

"저는 사랑하기를 바라고 있습니다."

"그건 어째서인가?"

"왜냐하면 그렇게 되면 전하께서 앞으로 골치 썩을 염려가 사라지기 때문입니다. 그 숙녀분이 남편을 사랑한다면 전하를 사랑하지 않는 것이 됩니다. 그리고 숙녀분이 전하를 사랑하지 않는다면 전하의 결혼 계획에 재를 뿌릴 이유가 없어지는 것이지요."

"그건 사실이지. 하지만……. 허허! 그 여자가 나와 같은 신분이라면 얼마나 좋았겠는가! 나무랄 데 없는 왕비가 되었을 텐데!"

왕은 우울한 침묵에 빠져들었고, 마차가 서펜타인가에 도착할 때까지 아무도 입을 열지 않았다.

브리오니 저택의 문은 열려 있었고 늙수그레한 여인이 계단을 지키고 서 있었다. 우리가 브루엄에서 내리는 동안 여인은 놀리는 듯한 얼굴로 우릴 바라보았다.

"셜록 홈즈 씨가 맞지요?"

여인이 말했다.

"내가 셜록 홈즈요만."

내 친구는 깜짝 놀라서 묻는 듯한 시선으로 여인을 바라보며
대답했다.

"정말이군요! 주인마님께서 오실 거라고 그러더니. 마님은 오
늘 아침에 서방님과 같이 5시 15분 기차로 채링 크로스 역을 떠
나 유럽으로 가셨습니다."

"뭐라고!"

셜록 홈즈는 놀람과 원통함에 하얗게 질린 얼굴로 비칠거렸다.

"부인이 영국을 떠났다는 거요?"

"다시는 돌아오지 않으실 겁니다."

"그러면 사진은?"

왕은 쉰 목소리로 물었다.

"모두 끝났군."

"한번 봅시다."

홈즈는 하녀를 밀치고 쏜살같이 집 안으로 달려 들어갔고 왕
과 내가 그 뒤를 따랐다. 응접실의 가구는 사방에 흩어져 있었고
선반은 뒤죽박죽이었으며 서랍은 몽땅 열려 있었다. 부인은 떠
나기 전에 서둘러 짐을 꾸린 모양이었다. 홈즈는 설렁줄 있는 곳
으로 달려가 그 위의 널빤지를 들어내고 손을 집어넣어 사진 한
장과 편지를 꺼냈다. 사진은 아이린 애들러가 야회복 차림으로
찍은 것이었고, 편지 겉봉에는 '셜록 홈즈 귀하, 친전'이라고 쓰

여 있었다. 내 친구는 봉투를 뜯었고 우리 셋이 함께 편지를 읽었다. 날짜는 전날 밤 자정으로 적혀 있었고 내용은 다음과 같았다.

친애하는 셜록 홈즈 씨에게

정말 잘하셨습니다. 당신은 저를 감쪽같이 속여 넘겼습니다. "불이야." 하는 아우성이 터져 나온 뒤에도 저는 전혀 의심하지 않았습니다. 하지만 그때, 저의 의지와는 반대로 사진에 손대고 있는 자신을 의식하면서 저는 생각하기 시작했습니다. 저는 이미 몇 달 전에 당신을 조심하라는 얘기를 들었습니다. 사람들은 왕이 탐정을 고용한다면 그것은 십중팔구 당신일 거라고 했지요. 저는 당신의 주소도 알아놓았습니다. 하지만 그랬음에도 당신이 알고 싶은 것을 저 스스로 가르쳐주고 말았습니다. 그토록 친절하고 따뜻한 늙은 목사님을 의심하는 건 쉽지 않았지요. 하지만 당신도 알다시피 저는 배우 노릇을 했던 사람입니다. 제게는 남자 의상이 전혀 낯설지 않습니다. 일부러 남자 옷을 걸치고 나가서 자유를 만끽한 적도 많지요. 나는 마부 존을 불러 당신을 감시하라고 이르고 2층으로 뛰어 올라갔습니다. 그리고 보행용 의상(나는 남자 옷을 이렇게 부릅니다.)을 걸치고 내려가 당신들을 뒤쫓았지요.

당신 집 문 앞까지 따라가서 내가 저 유명한 셜록 홈즈 씨의 주목을 받고 있다는 사실을 확인했습니다. 그때 참지 못하고 당신에게 인사를 건넸지요. 그리고 남편을 만나러 템플 법학원으로 갔습니다.

우리는 무서운 적수에게 쫓기게 된 상황에서 최선의 방책은 피신이라고 생각했습니다. 당신이 내일 여길 찾아올 때쯤 집은 비어 있을 것입니다. 사진에 관해서라면, 당신에게 일을 의뢰하신 분은 안심해도 좋습니다. 전 그분보다 더 나은 남자와 사랑을 나누고 있으니까요. 전하께선 제게 정말 몹쓸 짓을 했지만 더 이상 그분의 앞길을 가로막지 않겠습니다. 제가 사진을 갖고 가는 것은 오로지 나 자신을 방어하기 위한 목적으로, 장래에 그분이 모종의 위해를 가할 때 저 스스로를 지킬 수 있는 무기로 삼기 위해서입니다. 대신 그분이 갖고 싶어 할 만한 사진을 한 장 두고 갑니다. 그럼 안녕히.

— 아이린 노턴, 구성(舊姓) 애들러 드림

"얼마나 대단한 여인인가. 아, 참으로 대단하다!"

편지를 읽은 뒤 보헤미아의 왕은 이렇게 탄식했다.

"내가 이미 말하지 않았나? 아이린은 정말 영리하고 결단성 있는 여자라고. 이만한 여자라면 정말 훌륭한 왕비가 되었을 것이다. 이 여자가 나와 같은 부류의 여인이 아니라니 정말 통탄스러운 일 아닌가?"

"제가 보고 느낀 바에 따르면 이 부인은 전하와는 정말 다른 부류인 것 같습니다."

홈즈는 차갑게 말했다.

"전하께서 의뢰하신 일이 이렇게 끝났으니 정말 유감입니다."

"천만에."

왕은 외쳤다.

"일은 원만히 해결된 것이다. 나는 아이린이 제 입으로 한 약속은 꼭 지키는 여자라는 걸 잘 알고 있다. 그 사진은 이제 아궁이에 들어간 것과 마찬가지다."

"전하께서 그렇게 말씀하시니 기쁩니다."

"그대에게 큰 빚을 졌다. 내가 어떻게 보상해 주면 좋겠는지 말하라. 이 반지는……."

왕은 손가락에 끼고 있던 뱀 모양의 에메랄드 반지를 빼서 손바닥에 올려놓았다.

"전하께서는 제가 그보다 더 소중하게 여기는 물건을 갖고 계십니다."

홈즈가 말했다.

"어서 말하라. 그게 무엇인가?"

"그 사진입니다!"

왕은 놀란 눈으로 홈즈를 응시했다.

"아이린의 사진 말인가! 좋다. 그대가 이걸 원한다면."

"감사합니다. 이제 일은 다 끝났습니다. 전하, 그럼 안녕히 가십시오."

홈즈는 고개 숙여 인사했다. 그는 왕이 내민 손을 보지 못하고 그냥 돌아섰다. 나는 그와 함께 베이커가를 향해 출발했다.

이것이 바로 보헤미아 왕국이 엄청난 스캔들에 휘말릴 뻔한 이야기이면서, 셜록 홈즈의 공들인 계획이 한 여성의 기지 앞에 무너진 이야기이기도 하다. 홈즈는 원래 여자들을 얕잡아 보는 말을 많이 했지만 요즘 들어 그런 말을 하는 것을 들어본 적이 없다. 그리고 아이린 애들러에 관해 얘기할 때, 또는 그녀의 사진에 관해 언급할 때 그는 항상 '그 여자'라는 영예로운 호칭을 붙인다.

A Scandal in Bohemia, 1888

존 왓슨 박사는 이 사건이 1888년 4월에 일어났으며 그때 자신이 결혼 생활을 행복하게 즐기고 있다고 기술했다. 하지만 마리 모스턴과의 첫 만남이 1888년 여름 이후에 있었으므로, 그렇게 되면 시기가 맞지 않게 된다. 한편 작품의 실제 발표가 1891년이며, 본문 중에 왕이 2년 동안은 절대로 발설하지 말 것을 약속시킨 부분을 고려할 때 실제 사건이 일어난 것은 1889년이 아닐지 추정하는 이들도 있다.

한편 여성에 대해 차별적인 발언을 일삼는 홈즈가 유일하게 인정하는 발언을 한 상대가 아이린 애들러인 탓에, 그녀에 대한 홈즈의 감정을 두고 팬들 사이에 의견이 분분하다. 대체적으로는 자신을 유일하게 꺾은 인물이 여성이라는 점에 홈즈가 존경을 표했다는 정도로 해석하는 편이다.

해당 작품은 『셜록 홈즈의 모험*The Adventures of Sherlock Holmes*』에 수록되어 있다.

1888

The Sign
of Four

네 사람의 서명

추리의 과학

셜록 홈즈는 벽난로 선반 구석에 놓아둔 약병을 내리고 산뜻한 모로코가죽 상자에서 피하 주사기를 꺼냈다. 그리고 희고 길며 신경질적인 손가락으로 주사기에 약을 채우고 왼쪽 셔츠 소매를 걷어붙였다. 그는 잠시 생각에 잠긴 눈으로 힘줄이 불거진 팔뚝과 손목을 바라보았다. 팔에는 주삿바늘 자국이 무수히 남아 있었다. 그는 결국 주사기를 살에 꾹 찌르고 조그마한 피스톤을 눌렀다. 그리고 흡족한 듯 긴 한숨을 내쉬며 벨벳 쿠션을 댄 안락의자에 몸을 묻었다.

벌써 여러 달째 나는 하루 세 번씩 이 같은 의식을 지켜보고 있었다. 하지만 이것이 습관이 되었다고 해서 내 마음이 편해진 것은 아니었다. 오히려 시간이 갈수록 나는 홈즈의 그런 행동을 지켜보는 것이 심히 괴로워졌고, 그를 말릴 용기가 부족하다는 생각에 밤마다 양심의 가책에 시달렸다. 나는 그 문제에 관해 내 생각을 솔직히 털어놓으리라는 다짐을 몇 번이나 했는지 모른다. 그러나 누구라도 내 친구의 냉담하고 무관심한 태도를 보면 무람없이 굴고 싶은 생각이 싹 가실 것이다. 홈즈의 탁월한 능력과 독창적인 방식, 그리고 그동안 숱하게 경험했던 그의 뛰어난 자질을 생각하면 그를 거스르는 일이 마음먹은 대로 쉽게 되지 않았다.

하지만 그날 오후, 점심때 반주로 마신 적포도주 때문이었는지, 지나치게 유유자적한 그의 태도를 보고 더 화가 치밀어서였는지는 모르겠지만 불현듯 더 이상 못 참겠다는 생각이 들었다. 내가 물었다.

"오늘은 뭐지? 모르핀인가 아니면 코카인인가?"

홈즈는 고딕 활자로 된 오래된 책을 들여다보다가 노곤하게 눈을 들었다. 그가 말했다.

"코카인일세. 7퍼센트 수용액이지. 자네도 한번 해보려고?"

"나는 싫네."

나는 퉁명스럽게 대답했다.

"내 몸은 아직도 아프가니스탄 전쟁의 영향을 극복하지 못했어. 몸에 더 부담을 줄 수는 없지."

홈즈는 내가 거칠게 말하는 걸 듣고 씩 웃었다.

"왓슨, 자네 말이 옳으이. 나는 이런 약물이 육체적으로는 악영향을 미칠 거라고 생각하네. 하지만 정신적인 각성 효과는 말할 수 없이 크거든. 그래서 그 부작용 같은 것은 사소한 문제로 여겨질 정도라네."

"하지만 생각해 보게!"

나는 열심히 따지고 들었다.

"어떤 대가를 치러야 하는지 따져보라고! 자네 말마따나 자네의 두뇌는 자극받고 각성될 수 있지만, 그것은 뇌 조직의 변화를 수반하는 병적인 과정이네. 마약은 두뇌를 영구적으로 약화시킬 걸세. 게다가 자네도 알다시피 그 부작용도 만만치 않아. 그건 그만한 희생을 무릅쓸 가치가 없어. 오로지 찰나의 쾌락을 위해서 타고난 뛰어난 능력을 희생시켜야 할 이유가 뭐란 말인가? 내 말 명심하게. 나는 단지 친구로서가 아니라 타인의 건강에 대해 어느 정도 책임이 있는 의사로서 말하고 있다네."

홈즈는 화가 난 것 같지 않았다. 오히려 그는 대화를 즐기는 사람처럼 팔걸이에 팔꿈치를 올려놓고 두 손의 손가락 끝을 맞댔다.

"내 마음은 정체를 못 견뎌 하네."

그는 말했다.

"나한테 문제를 던져주게. 나한테 일을 줘. 가장 난해한 암호, 가장 복잡한 분석 과제를 던져주게. 그러면 내 마음은 제자리로 돌아갈 걸세. 그러면 나는 인공적인 흥분제 없이도 살아갈 수가 있어. 하지만 나는 무미건조한 일상을 혐오하네. 나는 정신적으로 고양된 상태를 갈망하지. 내가 이런 특수한 일을 선택한 이유가, 아니 만들어낸 이유가 바로 그걸세. 나는 세상에서 유일무이한 존재라네."

"자네가 유일무이한 사설탐정이라고?"

나는 눈을 치켜뜨며 말했다.

"유일무이한 사설 '자문' 탐정일세."

홈즈는 대답했다.

"나는 범죄 수사계의 대법원이자 최종심일세. 그렉슨이나 레스트레이드나 애설니 존스가 사건을 수사하다 벽에 부딪혔을 때 (사실 이게 그 사람들의 정상적인 상태거든.) 그 사건은 나한테 넘어오네. 나는 전문가로서 여러 가지 증거를 자세히 살펴본 다음 의견을 제시하지. 그렇다고 남들에게 인정받기를 원하지도 않네. 어떤 신문에도 내 이름이 실리는 법이 없지. 내게 가장 큰 보상은 일 자체, 나만이 가진 능력에 걸맞은 분야를 발견하는 기쁨일세. 자네는 제퍼슨 호프 사건에서 내가 일하는 방식을 경험한 적이 있지 않나."

"그래."

나는 충심으로 말했다.

"내 평생 그렇게 충격적인 일은 처음이었네. 나는 그걸 작은 책자로 펴내기까지 했지. '주홍색 연구'라는 다소 환상적인 제목을 붙여서 말일세."

홈즈는 슬프게 고개를 저었다.

"그 책은 나도 대충 훑어보았네. 솔직히 말해서, 난 자네를 축하해 줄 수 없어. 모름지기 수사란 정밀한 과학이기 때문에 냉정하고 감정이 드러나지 않는 방식으로 대해야 하네. 그런데 자네는 거기다 낭만적인 물을 들여놓았네. 그건 유클리드의 제5공리에 연애담이나 남녀상열지사를 뒤섞은 것과 같은 것일세."

"하지만 그 사건의 배후에는 사랑 이야기가 있지 않았나."

나는 반박했다.

"나는 있는 사실을 없애버릴 순 없었네."

"어떤 사실들은 밝히지 말았어야 했네. 아니면 적어도 여러 사실을 취급할 때 공정한 균형 감각을 발휘해야 했지. 그 사건에서 언급할 만한 가치가 있는 단 한 가지는 결과에서 원인을 추적해 들어가는 새로운 분석적 추리 방식이라네. 나는 그것으로 문제를 해결할 수 있었지."

자신을 기쁘게 해주려고 애써서 한 일에 대해 이런 식으로 혹평하는 걸 듣고 나는 화가 치밀었다. 또 내가 쓴 문장 하나하나가 오로지 자신의 활약상을 기리는 데 바쳐져야 한다는 식의 자기중심적 사고가 짜증스럽기도 했다. 나는 베이커가에서 내 친구와 함께 생활하는 동안, 남을 가르치려 드는 그의 점잔 빼는 태도 뒤에 일말의 허영심이 숨어 있는 것을 수차례 목격한 적이 있었다. 그러나 나는 묵묵히 앉아서 부상당한 다리를 주무르고만 있었다. 나는 예전에 다리에 관통상을 입은 적이 있는데, 보행에는 지장이 없었으나 날이 조금만 꾸물거려도 다리가 욱신거렸다.

"최근에 나의 활동 범위는 대륙으로까지 넓혀졌다네."

홈즈는 잠시 후, 오래된 브라이어 파이프에 담배를 채워 넣으며 말했다.

"지난주에 프랑수아 르 빌라르가 내게 자문을 구해 왔다네. 자네도 알고 있겠지만 빌라르는 최근 프랑스 수사 인력 가운데 두각을 나타내고 있는 인물일세. 그 친구에게는 켈트인 특유의 날카로운 직관력이 있지만 타고난 능력을 한 단계 발전시키는 데 중요한 폭넓고 정밀한 지식이 부족하지. 빌라르가 자문한 사건은 어떤 유언에 얽힌 사건이었는데 몇 가지 흥미로운 특징이 있었지. 나는 그 친구에게 비슷한 사건 두 가지를 알려주었어. 하나는 1857년 리가에서 일어난 사건이고 또 하나는 1871년 세인트루이스에서 일어난 사건인데, 그는 이 두 가지 사건에서 힌트를 얻어 사건을 해결할 수 있었네. 오늘 아침에 감사 편지가 왔는데 바로 이걸세."

홈즈는 외국어로 쓴 꾸깃꾸깃한 편지 한 장을 내밀었다. 언뜻 보니 편지는 온통 찬사로 도배돼 있었다. '대단히 아름다운', '현란한 솜씨', '묘기에 가까운 능력' 등, 모두 프랑스 형용사의 깊은 감사를 드러내는 말이었다.

"꼭 선생님 앞에 선 학생처럼 말하는군."

"그래, 그 친구가 내 도움을 지나치게 높이 평가하고 있기는 하지."

셜록 홈즈는 들뜬 목소리로 말했다.

"빌라르도 상당한 재능을 타고난 사람일세. 이상적인 탐정에게 필요한 세 가지 자질 가운데 두 가지를 가지고 있다네. 먼저 관찰력과 추리력이 뛰어나지. 단 하나 부족한 것은 지식이지만 그건 시간이 해결해 줄 걸세. 지금은 내 책을 프랑스 말로 번역하고 있지."

"자네 책?"

"오, 몰랐나?"

홈즈는 껄껄 웃으며 소리쳤다.

"그래, 나는 몇 권의 연구서에 이름을 올려놓았다네. 모두 전문적인 주제를 다룬 책들이지. 예를 들면, 『다양한 담뱃재의 구별에 관하여』라는 책이 있네. 나는 그 책에서 백마흔 종의 시가, 궐련, 파이프 담배에 대해 설명하고 담뱃재의 차이를 구별할 수 있도록 컬러 도판을 실어놓았다네. 담뱃재는 형사 재판에서 끊임없이 문제가 되는 증거인데, 가장 중요한 단서로 등장할 때도 있지. 예를 들면, 어떤 살인 사건이 인도산 '룬카'를 피우는 자에 의해 저질러졌다는 것을 확인하게 되었을 때 수사 대상은 상당히 압축될 수 있네. 훈련된 사람의 눈에는 트리치노폴리의 검은 재와 살담배의 흰 솜털 같은 재는 양배추와 감자만큼 다르게 보이거든."

"자네는 사소한 사실에 대한 천재적인 통찰력이 있지."

나는 한마디 했다.

"나는 사소한 사실의 중요성을 알고 있는 걸세. 또 발자국의 추적에 관한 책도 있다네. 나는 그 책에서 발자국 보존제로 석고를 이용하는 법에 관해서도 언급했지. 그뿐만 아니라 직업이 손의 모양에 미치는 영향에 관한 재미있는 소책자도 있다네. 그 책에는 슬레이트공, 선원, 코르크 절단공, 조판공, 직조공, 다이아몬드 연마공의 손을 그린 도판이 실려 있네. 그건 과학적 수사에서 굉장히 흥미로운 분야지. 특히 신원 미상의 시체가 발견되는 사건이나 범죄자의 전력을 파악하는 일에서 아주 중요하다네. 그런데 내가 즐기는 얘기로 자네를 피곤하게 했나 보군."

"그럴 리가 있나."

나는 서둘러 홈즈의 말을 부정했다.

"자네가 이론을 실제에 적용하는 것을 보고 난 다음부터 그건 내게도 아주 흥미로운 분야가 됐네. 그런데 자네는 방금 관찰과 추리에 대해서 말했는데 그 둘이 어느 정도까지는 겹치는 것이 겠지?"

"아니, 전혀 그렇지 않네."

홈즈는 느긋하게 안락의자에 몸을 묻으며 말했다. 그는 담배 연기로 굵고 푸른 동그라미를 연속해서 만들어 보였다.

"예를 들면, 나는 관찰을 통해 오늘 아침에 자네가 윅모어가 우체국에 다녀왔다는 사실을 알았네. 하지만 추리를 통해 자네가 전보를 쳤다는 걸 알게 됐지."

"어떻게 알았지?"

나는 말했다.

"둘 다 맞았네! 하지만 도대체 어떻게 그걸 알아냈는지 모르겠군. 나는 오늘 아침에 우체국에 다녀왔지만 그건 미리 계획한 일도 아니고 누구한테 얘기를 한 적도 없는데."

"그건 아주 간단하지."

홈즈는 내가 놀라는 걸 보고 쿡쿡 웃으며 말했다.

"정말 우스울 정도로 간단해서 설명하는 게 불필요하게 느껴질 정도라네. 하지만 그건 관찰과 추리의 경계를 명확히 가르는 데 도움이 될 수도 있겠어. 나는 자네 발등에 황토 흙이 묻어 있는 걸 관찰을 통해 알았네. 그런데 웍모어가 우체국 건너편에는 도로 공사를 하느라 길을 파헤쳐놓아서 흙이 드러나 있지. 그 흙을 밟지 않고선 우체국에 들어가기가 어려워. 그리고 그 유난히 붉은 황토는 내가 알기로는 이 근방에서 거기 말고는 없네. 여기까지가 내가 관찰한 것일세. 나머지는 추리해 낸 것이지."

"그러면 내가 전보를 쳤다는 사실을 어떻게 추리했지?"

"나는 자네가 편지를 쓰지 않았다는 걸 알고 있었어. 나는 오늘 아침 내내 여기 앉아 있었거든. 또 지금 자네 책상에는 우표와 두툼한 엽서 뭉치가 놓여 있네. 그러면 우체국에 가서 전보를 치는 것 말고 무엇을 할 수 있을까? 불가능한 요소를 다 지워버렸을 때 남는 것 하나가 진실임에 틀림없네."

"이 경우에는 그렇군."

나는 잠깐 생각해 본 다음에 대답했다.

"하지만 그건 자네 말처럼 지극히 간단한 것이네. 내가 좀 더 어려운 과제를 내서 자네 이론을 시험한다면 나를 무례하다고 생각할 텐가?"

홈즈가 대답했다.

"천만에, 오히려 내가 코카인을 한 번 더 투여하는 걸 막아주겠지. 나는 자네가 어떤 문제를 내든 기쁘게 풀어보겠네."

"자네는 훈련된 눈으로 관찰하면 사람들이 일상적으로 사용하는 물건에서 그 소유자의 개인적 특징을 읽어내는 게 어렵지 않다고 주장하고 있네. 자, 여기 최근에 내 소유가 된 시계가 하나 있네. 자네는 이전 소유자의 성격이나 습관에 관해 말해 줄 수 있겠나?"

나는 은근히 기뻐하며 그에게 시계를 건네주었다. 나는 홈즈가 이 문제를 도저히 풀지 못할 거라고 생각했는데, 이번 일을 계기로 이따금씩 드러나는 그의 독단적인 태도에 경종을 울리고 싶었다. 그는 시계를 손바닥에 올려놓고 문자판을 뚫어지게 쳐다보았다. 그리고 뒷면의 뚜껑을 열고 처음에는 육안으로, 그다음에는 성능 좋은 확대경으로 내부 장치를 면밀히 살펴보았다. 홈즈는 마침내 뚜껑을 닫고 시계를 내밀었는데 나는 그의 풀 죽은 얼굴을 보고 미소를 금할 수 없었다.

"쓸 만한 정보가 거의 없군."

홈즈는 말했다.

"최근에 시계를 청소하는 바람에 중요한 흔적이 날아가버렸어."

"자네 말이 옳으이."

나는 대답했다.

"이 시계는 내부 청소를 마친 다음에 내 손으로 넘어왔네."

나는 친구가 자신의 실패를 은폐하기 위해 궁색한 변명을 늘어놓는다고 생각했다. 그렇다면 청소하지 않은 시계에선 도대체 어떤 정보를 뽑아낼 수 있다고?

"만족스럽지는 않지만, 시계를 살펴보고 건진 게 아주 없지는 않아."

홈즈는 꿈꾸듯 멍한 눈으로 천장을 올려다보며 말했다.

"말해 볼 테니 틀린 부분이 있으면 고쳐주게. 우선 그 시계는 자네 맏형 소유였는데 형은 그걸 아버님한테서 상속받았네."

"그건 시계 뒷면의 'H.W.'라는 머리글자를 보고 알아낸 것이로군?"

"그렇지. 자네 성씨가 왓슨이니까 그것은 'W.'와 정확히 일치하지. 시계의 제작 연대는 거의 50년 전인데 머리글자가 새겨진 것도 거의 그 무렵이었네. 그러니 이 시계는 돌아가신 어른께서 구입하신 것이 분명하네. 그런데 보석류를 물려받는 것은 대개 장남이고, 또 장남은 아버지의 이름을 따르는 경우가 많지. 내 기억이 정확하다면 자네 아버님은 돌아가신 지가 꽤 오래됐어. 그렇다면 이 시계는 자네 맏형의 소유였을 걸세."

"거기까지는 맞네. 또 다른 건?"

내가 말했다.

"자네 형님은 단정하지 못한 습관을 가진 분이었네. 좀 덜렁대고 부주의했지. 원래 상당한 재산을 물려받았지만 다 털어먹고 한동안 가난하게 살았어. 그러다 가끔씩 경제적 여유를 되찾기도 했지만 그런 기간은 길지 않았네. 말년에는 습관적으로 술을 마시게 되었고 그러다 돌아가셨네. 내가 알아낼 수 있는 건 이게 전부일세."

나는 벌떡 일어나 방 안을 절룩거리며 걸어 다녔다. 비통한 심정을 가눌 길이 없었다. 내가 말했다.

"홈즈, 자네 정말 너무하는군. 자네가 이런 지경으로 전락했다니 정말 믿어지지가 않아. 자네는 나의 가엾은 장형의 이력을 샅샅이 조사해 놓고, 지금 무슨 신기한 방법으로 그걸 추리해 낸 것처럼 꾸며대고 있어. 자네가 형의 낡은 시계에서 그 모든 사실을 읽어냈다는 얘기를 내가 정말 믿을 것 같은가! 그건 몰인정한 행동일 뿐 아니라, 솔직히 말해서 협잡의 냄새도 나네."

"여보게, 왓슨."

홈즈는 부드러운 목소리로 말했다.

"부디 내 사과를 받아주기 바라네. 문제를 추상적으로만 생각하다 보니 그것이 자네에게 개인적으로 얼마나 큰 아픔이었는지를 잊어버렸네. 하지만 맹세코 나는 자네가 그 시계를 보여주기 전까지만 해도 자네에게 형이 있었다는 사실조차 몰랐네."

"그러면 도대체 우리 형님에 관한 얘기는 어떻게 알아냈단 말인가? 자네가 말한 건 모두가 한 치도 틀림없는 사실이네."

"아, 그건 순전히 운이 좋은 덕분이었지. 나는 여러 가지 가능성을 견주어보고 제일 그럴듯한 것을 말할 수 있을 뿐이네. 나는 그렇게까지 정확하리라고는 생각하지 않았어."

"그러면 그게 단순한 추측이 아니라고?"

"아니, 절대 아닐세. 나는 절대로 추측 같은 건 하지 않네. 그건 정말 사람의 논리 능력을 파괴하는 악습일세. 자네는 나의 대담한 추리가 나오기까지 내가 어떤 생각을 하고, 어떤 사실을 관찰했는지 그 중간 단계를 보지 못했기 때문에 그렇게 이상하게 여기는 것일세. 예를 들면 나는 처음에 자네 형님이 부주의하다고 말했네. 뚜껑 아래쪽을 보면 두 군데 움푹 들어간 곳이 있을 뿐 아니라, 동전이나 열쇠 같은 단단한 물건과 같은 주머니에 들어 있었던 것처럼 사방이 온통 긁힌 자국투성이라네. 50기니씩이나 하는 시계를 그렇게 무관심하게 취급하는 사람에게 부주의하다고 말하는 것은 그리 감탄할 만한 재주가 아닐세. 또 그렇게 값비싼 물건을 상속받은 사람이 다른 면에서도 대단히 풍족했으리라고 생각하는 것도 과히 무리한 추정이 아니고 말이야."

나는 그의 논리를 이해하고 있다는 걸 보여주기 위해 고개를 끄덕였다.

"영국의 전당포업자들은 시계가 들어오면 뚜껑 안쪽에 미세한 핀으로 티켓 번호를 새겨놓는 습관이 있지. 번호를 잃어버리거나 바뀔 염려가 없기 때문에 꼬리표를 붙여놓는 것보다는 이쪽이 훨씬 편리하다네. 그런데 이 시계의 뚜껑 안쪽을 확대경으로 살펴보니 그런 번호가 네 개나 보였네. 나는 그걸 보고 자네 형님이 경제적 어려움을 자주 겪었다고 추리한 거지. 그리고 형님은 가끔씩 경제적 여유를 누리기도 했네. 그렇지 않고서야 저당 잡힌 물건을 되찾을 수는 없었을 테니까 말일세. 마지막으로 나는 자네에게 케이스 안쪽의 태엽 감는 구멍을 들여다보길 권하네. 태엽 감는 키를 집어넣는 구멍 주위에 긁힌 자국이 무수히 많은 게 보이지. 모두가 키를 제대로 꽂아 넣지 못해서 생긴 자국들일세. 정신이 맑은 사람이 키를 꽂을 때 그런 자국을 만들어냈을 리가 있겠나? 하지만 술꾼의 시계에는 온통 긁힌 자국투성이라네. 자네 형님은 밤에 떨리는 손으로 시계태엽을 감으면서 그런 흔적을 남긴 것이지. 도대체 여기서 알아내지 못할 것이 뭐란 말인가?"

"자네 설명을 들으니 모든 게 명백해지는군."

나는 대답했다.

"자네를 부당하게 비난한 내가 나빴네. 자네의 놀라운 능력에 대해 좀 더 믿음을 가져야 하는데. 혹시 오늘 현장 조사를 나갈 일은 없나?"

"아니. 이제부터 코카인이나 해야지. 난 두뇌 활동 없이는 살 수 없네. 그게 없으면 도대체 무슨 목적으로 살겠나? 여기 창가로 좀 와보게. 정말 어둡고 우울하고 공허한 세상 아닌가? 저기 누런 안개가 길에서 흘러 다니는 걸 좀 보게. 안개는 어두컴컴한 집들을 넘어 다니고 있네. 이보다 더 지루하고 무미건조한 세상이 어디 있겠나? 여보게 왓슨, 나한테 능력이 있으면 뭘 하겠나? 그걸 발휘해 볼 기회가 없는데. 진부한 범죄, 진부한 삶, 지상에서 진부한 것을 빼면 아무것도 없네."

홈즈의 이런 장광설에 뭐라고 대꾸하려는 찰나, 노크 소리가 나더니 하숙집 주인이 놋쇠 쟁반에 명함 한 장을 받쳐 들고 들어왔다.

"젊은 숙녀 한 분이 밖에 와 계신다오."

허드슨 부인은 내 친구에게 말했다.

"마리 모스턴 양이라⋯⋯."

홈즈는 명함을 소리 내어 읽었다.

"흠, 한 번도 들어본 적 없는 이름이군. 허드슨 부인, 숙녀분을 올려 보내주십시오. 아, 왓슨, 가지 말게. 자네가 옆에 있어주면 좋겠어."

사건 진술

　모스턴 양은 꼿꼿한 걸음걸이로 방에 들어왔다. 지극히 침착한 얼굴의 그녀는 금발 머리의 숙녀로서, 작고 날렵한 몸매에 장갑을 끼고 있었고, 옷차림에는 나무랄 데 없는 취향이 드러나 있었다. 하지만 의상이 단순하고 소박한 것으로 보아 경제적으로 넉넉지 않음을 짐작할 수 있었다. 숙녀의 드레스는 회색빛이 도는 베이지 색이었는데 끝단 장식도 술 장식도 없었다. 머리에는 드레스와 같은 색깔의 앙증맞은 모자를 쓰고 있었는데 모자 한쪽에 하얀 깃털이 몇 개 꽂혀 있었다. 빼어난 미인은 아니었지만 표정이 부드럽고 상냥했으며 커다란 푸른 눈동자에는 풍부한 감정과 정신적 깊이가 드러나 있었다. 나는 세 개 대륙을 돌아다니며 여러 나라의 여자들을 겪어보았지만 이렇게 섬세하고 민감한 영혼이 선명하게 드러난 얼굴은 본 적이 없었다. 셜록 홈즈가 권한 의자에 앉은 숙녀의 입술과 손이 가볍게 떨렸다. 그녀는 마음속으로 깊은 불안에 시달리고 있는 듯했다. 숙녀가 말했다.

"홈즈 선생님, 제가 여기 찾아온 것은 선생님이 세실 포레스터 부인의 복잡한 집안 문제를 해결하는 데 도움을 주신 것을 알고 있기 때문입니다. 저는 포레스터 부인 댁에서 일하고 있는데, 부인은 선생님의 친절함과 뛰어난 능력에 깊은 인상을 받으셨지요."

"세실 포레스터 부인이라……."

홈즈는 생각을 더듬으며 말했다.

"언젠가 제가 약간 도움을 드린 적이 있는 것 같군요. 하지만 제 기억으로 그 사건은 아주 단순한 것이었습니다."

"부인은 그렇게 생각하지 않으십니다. 하지만 선생님께서 제 일에 대해서도 같은 말씀을 하지는 못하실 거예요. 제가 겪은 사건만큼 기이한 일은 어디에도 없을 겁니다."

홈즈는 두 손을 마주 비비며 앉은 자리에서 상체를 앞으로 내밀었다. 두 눈은 반짝거렸고 윤곽이 뚜렷한 매처럼 날카로운 얼굴에는 집중한 표정이 떠올랐다.

"어떤 일인지 말씀해 주십시오."

홈즈는 사무적인 말투로 기운차게 말했다.

나는 입장이 난처했다.

"제가 일어서는 게 낫겠군요."

나는 자리에서 일어나며 말했다.

놀랍게도 숙녀는 장갑 낀 손을 들어 올려서 나를 말렸다.

"친구분께서, 이 자리에 동석해 주신다면 정말 고맙겠습니다."

나는 도로 주저앉았다.

"간단히 말하면 사실은 이렇답니다."

그녀는 말을 이었다.

"우리 아버지는 인도 주둔 연대의 장교로 계셨습니다. 아버지는 제가 아주 어렸을 때 저를 영국으로 보내셨지요. 어머니는 일찍 돌아가셨고 영국에 친척이라곤 아무도 없습니다. 하지만 저는 에든버러의 훌륭한 기숙 학교에 들어갔고 열일곱 살이 될 때까지 거기서 살았습니다. 1878년, 연대의 대위였던 아버지는 12개월의 휴가를 얻어 귀국하셨어요. 아버지는 런던에서 저에게 무사히 도착했으니 어서 랭엄 호텔로 오라는 전보를 보내셨지요. 제 기억에 의하면 아버지의 편지에는 사랑이 가득했어요. 저는 런던에 도착하자마자 랭엄으로 달려갔는데 호텔 측에선 모스턴 대위가 투숙한 건 사실이지만 전날 밤에 나가서 아직도 돌아오지 않았다고 했습니다. 저는 하루 종일 기다렸지만 아버지에게선 아무 연락이 없었어요. 그날 밤, 저는 호텔 지배인의 충고에 따라 경찰에 연락했고 우리는 다음 날 조간신문에 일제히 광고를 냈습니다. 하지만 아무 소용이 없었어요. 그리고 그날부터 지금까지 저의 가엾은 아버지에게선 아무 소식이 없답니다. 아버지는 평화와 위로를 찾으려는 희망에 부풀어 귀국하신 거예요. 그런데……."

숙녀는 손으로 입을 막고 가까스로 울음을 참았다.

"그게 언젭니까?"

홈즈가 노트를 펴며 물었다.

"아버지는 1878년 12월 3일에 실종되셨습니다. 거의 10년 전이지요."

"소지품은?"

"호텔 방에 그대로 남아 있었어요. 단서가 될 만한 것은 없었지요. 옷가지랑 책, 그리고 안다만 섬에서 가져온 골동품이 꽤 있었습니다. 아버지는 안다만 제도의 교도소 경비를 담당하는 부대의 장교이셨어요."

"런던에 친구는 없었습니까?"

"우리가 알아낸 바로는 숄토 소령 한 분뿐이었습니다. 아버지와 같은 봄베이 34보병 연대에서 복무하셨지요. 숄토 소령님은 그 일이 있기 조금 전에 제대해서 어퍼 노우드에서 살고 계셨습니다. 하지만 연락해 보니 그분은 아버지가 영국에 나온 사실도 모르고 계시더군요."

"이상한 일이군요."

홈즈는 말했다.

"저는 아직 가장 이상한 부분에 대해서는 설명하지 않았답니다. 한 6년쯤 전에, 정확히 말하면 1882년 5월 4일에 《타임스》신문에 마리 모스턴 양의 주소를 찾는 광고가 실렸습니다. '절대로 나쁜 일이 아니니 모스턴 양은 연락처를 밝혀주기 바란다.'라고 쓰여 있었지요. 광고주의 성명이나 주소 같은 건 없었습니다. 저는 그때 막 세실 포레스터 댁에서 가정 교사로 일을 시작한 상태였지요. 저는 포레스터 부인이 권하는 대로 광고란에 제 주소를 실었습니다. 그러자 그날 우편으로 작은 상자가 배달되어 왔는데 그 속에는 굉장히 크고 영롱한 진주 한 알이 들어 있었습니다. 편지 같은 건 없었고요. 그다음부터 매년 같은 날에 비슷한 상자가 배달되어 왔지요. 그 속에는 비슷하게 생긴 진주가 한 알 들어 있을 뿐 보낸 사람에 관한 어떤 단서도 없었습니다. 전문가에게 감정을 받아보니 그 진주는 아주 희귀하고 값비싼 것들이라고 했습니다. 얼마나 예쁜지 한번 보세요."

모스턴 양은 작은 상자를 열어서 보여주었는데, 그 속에는 진주 여섯 알이 들어 있었다. 나는 그렇게 품질이 뛰어난 진주는 본 적이 없었다.

"정말 흥미진진한 이야기로군요."

셜록 홈즈가 말했다.

"그런데 모스턴 양의 신변에 무슨 일이 있었습니까?"

"예, 그것도 바로 오늘요. 제가 여기 온 것은 바로 그 때문입니다. 오늘 아침에 저는 한 통의 편지를 받았습니다. 보고 싶어 하실 것 같아서 여기 가져왔어요."

"감사합니다."

홈즈는 말했다.

"그 봉투도 주십시오. 소인이 찍힌 곳은 런던 남서부군요. 날짜는 7월 7일, 흠, 귀퉁이에 찍힌 남자의 엄지손가락 지문은 필경 우체부가 남긴 것이겠지요. 종이는 최고급이군요. 한 다발에 6펜스짜리 봉투입니다. 편지지를 아주 까다롭게 고르는 사람이군요. 주소는 없고."

오늘 밤 7시에 라이세움 극장으로 나와 입구 왼쪽에서 세 번째 기둥 옆에 서 계십시오. 불안하다면 친구 둘을 데리고 와도 좋습니다. 당신은 피해자이니 공정한 대접을 받아야 합니다. 경찰에 연락하지는 마십시오. 그랬다가는 만사가 도로아미타불이 될 겁니다. 익명의 친구로부터.

"이런이런, 이거 정말 아닌 밤중에 홍두깨 같은 얘기로군! 모스턴 양, 어떻게 하실 작정이십니까?"

"제가 홈즈 선생님께 묻고 싶은 게 바로 그거예요."

"그러면 우리 둘이 같이 나가기로 하지요. 모스턴 양과 저 말입니다. 그리고 여기 있는 왓슨 박사도 같이 가는 게 좋겠군요. 이 편지에는 친구 둘이라고 쓰여 있으니까요. 이 친구와는 전에도 같이 일해 본 적이 있습니다."

"하지만 친구분께서 같이 가려고 하실까요?"

모스턴 양은 호소하는 듯한 목소리와 표정으로 물었다.

"기꺼이 가겠습니다."

나는 얼른 대답했다.

"조금이라도 도움이 돼드릴 수 있다면 더 이상 기쁜 일이 없을 겁니다."

"두 분은 정말 친절하시군요."

모스턴 양은 대답했다.

"저는 조용한 생활을 하고 있기 때문에 도움을 청할 수 있는 친구들이 별로 없답니다. 그러면 제가 6시까지 여기로 오면 될까요?"

"더 늦지는 않도록 하십시오."

홈즈는 말했다.

"그런데 한 가지 알고 싶은 게 있습니다. 이 편지와 진주 상자의 주소는 필체가 같습니까?"

"그것도 여기 가져왔어요."

모스턴 양은 종이 여섯 장을 꺼내놓으며 말했다.

"모스턴 양은 정말 모범적인 의뢰인이군요. 정말 정확한 직관을 갖고 계십니다. 그럼 어디 볼까요."

홈즈는 여섯 장의 종이를 탁자에 펼쳐놓고 하나하나 살펴보았다.

"편지만 빼고 주소를 쓴 글씨는 필적을 위장했군요."

그리고 이윽고 그가 말했다.

"하지만 글씨를 쓴 사람이 같은 사람이라는 데는 의문의 여지가 없습니다. 여기 'e'가 참지 못하고 돌출한 것을 좀 보십시오. 그리고 맨 끝의 's'가 꼬부라진 모양을 보세요. 모두 한 사람이 쓴 게 분명해요. 그런데 모스턴 양, 제가 헛된 희망을 심어주려는 건 아니지만 이 필체와 아버님의 필체 사이에 조금이라도 닮은 점이 있습니까?"

"전혀."

"그럴 줄 알았습니다. 그러면 이따가 6시에 뵙도록 하지요. 이 편지는 제가 보관하도록 하겠습니다. 아직 3시 반밖에 안 됐으니 좀 더 살펴보고 싶습니다. 그럼, 안녕히."

"안녕히."

숙녀는 말했다. 그리고 우리 두 사람을 밝고 상냥한 시선으로 번갈아 바라본 다음 진주 상자를 가슴에 품고 서둘러 방을 나갔다.

나는 창가에 서서 모스턴 양이 경쾌한 걸음으로 거리를 걸어 내려가는 모습을 지켜보았다. 연회색 모자와 하얀 깃털은 점점 작아지더니 우중충한 군중들 속에서 점이 되어 사라졌다.

"정말 아름다운 여성이야!"

나는 친구를 돌아보며 감탄했다.

홈즈는 다시 파이프를 붙여 물고 눈을 게슴츠레하게 뜬 채 의자에 몸을 파묻고 있었다.

"그런가?"

홈즈는 무심하게 대답했다.

"난 자세히 눈여겨보지 않았네."

"자네는 정말 기계 인간일세."

나는 외쳤다.

"가끔 자네한테는 굉장히 비인간적인 느낌이 나네."

홈즈는 피식 웃었다.

"여보게, 가장 중요한 것은 말일세……."

그가 큰 소리로 말했다.

"사람을 판단할 때 개인에 대해 편견을 갖지 않는 것이야. 내게 의뢰인은 그저 문제의 한 단위, 한 요소일 뿐일세. 상대에 대해 어떤 감정을 품으면 냉철한 추리를 할 수 없게 되지. 여태까지 내가 본 여자들 중에서 가장 매력적인 여성은 보험금을 타내기 위해 세 아이를 독살한 죄로 교수형을 당했네. 그리고 내가 아는 사람 가운데 가장 혐오스럽게 생긴 남자는 런던의 빈민을 위해 거의 25만 파운드를 쓴 자선가라네."

"하지만 이 경우엔……."

"나는 절대로 예외를 두지 않네. 예외가 있는 규칙은 규칙이 아니지. 자네 필체를 보고 성격을 연구해 본 적이 있나? 이 글씨는 어떤 것 같은가?"

"또박또박 읽기 쉽게 썼는데. 사무원이고 인격자일 것 같아." 내가 대답했다.

홈즈는 고개를 가로저었다.

"이 긴 글자들을 보게. 얼마만큼 이상 올라와 있는 경우가 드물잖나. 'd'가 'a'처럼 보이고, 'l'이 'e'처럼 보일 정도야. 고결한 인격의 소유자들은 항상 긴 글자를 뚜렷이 구별해서 써주거든. 비록 악필처럼 보이는 한이 있어도 말일세. 그리고 이자가 쓴 'K'에선 우유부단함이, 대문자에선 자만심이 엿보이는군. 나 이제 나가봐야겠네. 좀 찾아봐야 할 것이 있어. 자네 이 책 한번 읽어보게. 여태까지 나온 책 중에서 가장 잘 쓴 축에 드는 책이지. 윈우드 리드의 『인간 수난사』일세. 한 시간 뒤에 돌아오지."

나는 홈즈가 건네준 책을 들고 창가에 앉았다. 그러나 내 생각은 작가의 과감한 사유와는 동떨어진 곳을 헤매고 있었다. 내 마음을 점령한 것은 방금 다녀간 손님, 모스턴 양이었다. 그녀의 미소와 울림이 풍부한 목소리, 그리고 그녀의 삶에 그늘을 드리운 이상한 사건이 내 마음을 사로잡았다. 모스턴 양이 열일곱일 때 아버지가 실종됐다면 그녀 나이 지금 스물일곱임에 틀림없다. 한창 좋을 때다. 젊은 시절의 자의식이 엷어지면서 경험을 쌓아 좀 더 침착해지는 시기 아닌가.

나는 앉아서 한동안 상상의 나래를 펴다가 위험한 생각이 떠오르자 얼른 책상 앞으로 달려가 최신 병리학 논문에 코를 박았다. 주제를 알아야지. 내가 누구인가? 다리를 다친 군의관, 재정 상태는 그보다 더 걱정스럽다. 그런데 그런 것을 생각하다니? 모스턴 양은 문제의 한 단위, 한 요소일 뿐이다. 내 미래가 암담하다면, 단순한 상상으로 그것을 밝게 색칠하려고 노력하느니 남자답게 현실에 맞서는 게 나을 것이다.

해답을 찾아서

5시 반이 지나자 홈즈가 돌아왔다. 그는 밝고 활기에 넘쳤다. 지독한 우울증의 발작 뒤에는 항상 이렇게 고양된 상태가 찾아왔다.

"이 사건을 해결하는 데 큰 문제는 없는 것 같네."

홈즈는 내가 따라준 차를 홀짝홀짝 마시며 말했다.

"사실을 종합해 보면 가능성은 단 한 가지밖에 없어."

"뭐라고! 자네는 벌써 문제를 해결했단 말인가?"

"글쎄, 그렇게 말하면 좀 지나친 거고. 나는 그럴듯한 사실을 찾아냈네. 그뿐이야. 하지만 대단히 가능성이 높다네. 물론 자세한 내용은 채워 넣어야겠지. 나는 《타임스》의 기사철을 찾아보고 어퍼 노우드에 거주하는 봄베이 34보병 연대 출신의 숄토 소령이 1882년, 4월 28일에 사망했다는 사실을 알아냈네."

"홈즈, 내가 아주 둔한 건지 모르겠지만 대관절 그게 무슨 의미를 갖는지 모르겠네."

"그래? 그것참 놀랍군. 자, 그러면 이렇게 생각해 보게. 모스턴 대위가 실종됐네. 런던에서 그가 찾아갔을 만한 사람은 숄토 소령일세. 그런데 숄토 소령은 모스턴 대위가 런던에 온 줄도 몰랐다고 잡아뗐지. 4년 뒤에 숄토가 죽었어. 숄토가 사망한 지 일주일 안에 모스턴 양은 귀중한 선물을 받았네. 그리고 해마다 똑같은 선물을 받아오다가 '이제 당신은 피해자'라는 내용의 편지를 받게 되었네. 피해자라는 것이 아버지를 빼앗겼다는 것 말고 또 무엇을 의미하겠나? 그리고 숄토의 상속자가 모종의 비밀에 대해서 알게 되었다거나, 또는 모스턴 양에게 보상해 주려는 유지(遺志)를 받게 된 것이 아니라면, 숄토가 사망한 직후부터 선물이 배달되기 시작한 것을 어떻게 설명할 수 있겠나? 어때, 이렇게 말고 달리 설명할 수 있는 방법이 있을까?"

"하지만 보상치고는 참 희한하지 않은가? 그리고 보상을 해주는 방법도 얼마나 이상한가! 또 이런 편지를 6년 전이 아니라 지금 보내는 이유는 뭔가? 그리고 편지에서는 모스턴 양이 공정한 대접을 받아야 한다고 했는데, 공정한 대접이란 무엇을 말하는 거지? 모스턴 양의 부친이 아직 살아 있다고 보는 것은 지나친 상상일세. 그런데 모스턴 양의 경우에 아버지가 없는 것 말고 다른 불공평한 점은 없네."

"어렵군. 정말 어려워."

셜록 홈즈는 생각에 잠겨서 말했다.

"하지만 오늘 밤 거기 가면 모든 문제가 다 해결될 걸세. 아,

저기 모스턴 양이 탄 사륜마차가 오는군. 준비됐나? 그러면 얼른 내려가세. 약속한 시간이 벌써 약간 지났네."

나는 모자와 제일 묵직한 지팡이를 집어 들었다. 그런데 홈즈는 책상 서랍에서 리볼버를 꺼내 주머니에 집어넣고 있었다. 오늘 밤의 외출을 그리 가볍게 여기지 않는 게 틀림없었다.

모스턴 양은 짙은 색깔의 망토로 몸을 감싸고 있었다. 그녀의 민감한 얼굴은 침착하지만 창백해 보였다. 여자의 몸으로 이렇게 기이한 일을 앞두고 불안을 느끼지 않을 순 없겠지만, 그녀의 자제력은 완벽했다. 그녀는 셜록 홈즈가 몇 가지 질문을 했을 때도 시원스럽게 대답했다.

"숄토 소령은 아버지의 절친한 친구분이셨어요."

모스턴 양은 말했다.

"아버지가 쓰신 편지를 보면 소령에 대한 얘기밖에 없었지요. 두 분은 안다만 제도에서 같은 부대를 지휘하셨기 때문에 같이 있는 시간이 굉장히 많았다고 해요. 그런데 아버지 책상에서 이해하기 힘든 이상한 그림이 나왔답니다. 저는 그게 중요한 거라고 생각하진 않지만 그래도 홈즈 선생님이 보고 싶어 하실 것 같아서 가져왔지요. 이거예요."

홈즈는 종이를 조심스럽게 펴서 무릎에 펼쳐놓았다. 그리고 이중 렌즈로 요모조모 찬찬히 살펴보았다. 그가 말했다.

"인도산 종이입니다. 한동안 벽에 붙여놓은 적이 있군요. 종이의 그림은 수많은 홀과 복도, 출입구 들이 있는 거대한 건물의 일부를 그린 도면처럼 보입니다. 한 군데는 붉은 잉크로 작은 십자가 표시가 되어 있고, 그 위에 색 바랜 연필 글씨로 '왼쪽에서 3.37'이라고 쓰여 있습니다. 왼쪽 귀퉁이에는 십자가 네 개를 연달아 붙여놓은 듯한 묘한 표시가 있군요. 그 옆에는 갈겨쓴 글씨로 '네 사람의 서명 — 조너선 스몰, 마호메트 싱, 압둘라 칸, 도스트 아크바르'라고 쓰여 있습니다. 그래요, 솔직히 말하면 이 도면이 사건과 무슨 관련이 있는지는 잘 모르겠군요. 하지만 이건 중요한 문서임에 틀림없습니다. 앞뒷면이 다 깨끗한 걸 보니 지갑 속에 소중하게 보관돼 왔군요."

"예, 그건 아버지의 지갑 속에 들어 있었어요."

"그렇다면 모스턴 양, 잘 보관해 두십시오. 앞으로 필요할 때가 있을지 모르니까요. 이 사건은 처음에 생각했던 것과 달리 좀 더 복잡 미묘한 사건일지도 모르겠습니다. 생각을 다시 해봐야겠습니다."

홈즈는 좌석에 몸을 기댔다. 그는 생각에 골몰할 때 으레 그렇듯, 이마를 찌푸리고 있었고 눈은 텅 빈 듯했다. 모스턴 양과 나는 앞으로의 일에 대해 낮은 목소리로 이야기를 주고받았지만 홈즈는 목적지에 도착할 때까지 입을 굳게 다물고 있었다.

때는 9월 저녁이었고, 아직 7시도 되기 전이었지만 날씨는 음울하고 도시 전체가 짙은 안개로 뒤덮여 있었다. 서글픈 흙빛 구름이 질척한 거리를 이불처럼 덮고 있었다. 스트랜드가의 가로등은 흙투성이 포장도로 위로 뿌연 얼룩처럼 보이는 둥근 빛을 던졌다. 상점 창문에서는 노란 불빛이 흘러나와 희뿌연 대기를 물들이며 번잡한 거리에 흐린 빛을 퍼뜨렸다. 그 불빛 속을 유령처럼 스쳐 가는 사람들의 끝없는 행렬이 내 눈에는 다소 괴기스럽게 보였다. 슬픈 얼굴, 기쁜 얼굴, 여윈 얼굴, 명랑한 얼굴……. 모두가 다 그렇듯 이들은 어둠에서 빛으로, 그리고 다시 어둠으로 휙휙 나아갔다. 나는 본디 감상적인 인간은 아니지만 우리가 말려든 이상한 사건에다 우중충하고 서글픈 저녁 풍경으로 인해 마음이 불안하고 우울해졌다. 나는 모스턴 양의 표정을 보고 그녀 또한 나와 똑같은 감정을 느끼고 있다는 사실을 알 수 있었다. 홈즈만이 사소한 것들의 영향에서 벗어나 있었다. 그는 무릎에 노트를 펼쳐놓고 휴대용 랜턴 불빛에 의지하여 때때로 메모를 끼적거렸다.

라이세움 극장에 도착하니 양쪽 출입구에는 이미 사람들이 빽빽이 몰려서 있었다. 극장 앞에는 이륜마차와 사륜마차 들이 끊임없이 밀려와 정장을 입은 남자들과 숄을 두르고 다이아몬드로 치장한 여인들을 부려놓고 있었다. 접선을 위해 세 번째 기둥을 향해 다가가는데, 마부 복장에 얼굴이 갈색으로 그을린 자그마하고 민첩한 사나이가 다가왔다.

"모스턴 양과 함께 온 분들이십니까?"

사내가 물었다.

"제가 모스턴이고 이쪽의 두 신사분은 제 친구입니다."

그녀가 말했다.

사내는 미심쩍은 듯 날카로운 눈초리를 우리에게 던졌다.

"실례합니다만……."

사내는 고집스러운 태도로 말했다.

"숙녀께서는 두 친구분이 경찰이 아니라고 맹세하실 수 있겠습니까?"

"맹세해요."

모스턴 양이 대답했다.

사내가 날카롭게 휘파람을 불자 부랑아 하나가 어느 사륜마차에 다가가 문을 열었다. 우리는 마차 안에 자리를 잡았고 사내는 마부석에 올라탔다. 우리가 자리에 앉자마자 마부는 말에 채찍질을 했고 마차는 안개 낀 거리를 질주하기 시작했다.

모든 게 이상하기 짝이 없었다. 우리는 알 수 없는 용건으로, 알 수 없는 곳을 향해 달려가고 있었다. 우리를 초대한 것은 완전히 장난일 수도 있지만 그럴 가능성은 적었고, 우리는 어떤 중요한 일이 기다리고 있으리라고 믿을 만한 충분한 근거가 있었다. 모스턴 양의 태도는 여느 때와 다름없이 의연하고 침착했다. 나는 아프가니스탄에서 겪은 모험에 대한 얘기로 그녀를 즐겁게 해주려 애썼다. 하지만 솔직히 말해서 나 자신이 우리가 처한 상황과 지금 가는 곳에 대한 궁금증으로 흥분해 있는 상태였으므로 내 이야기는 약간 헷갈렸다. 모스턴 양은 나중에, 내가 밤중에 텐트 속으로 소총이 들어온 걸 보고 2연발 총을 쏜 인상적인 일화를 얘기해 주었다고 확고한 어조로 안심시켜 주었다. 처음에 나는 마차가 어디를 달리고 있는지 알고 있었다. 그러나 마차의 속도와 안개, 런던의 지리에 대한 나의 협소한 지식 때문에 방향 감각을 잃어버렸고 우리가 아주 멀리 가고 있다는 것 외에는 알 수 없게 되어버렸다. 그러나 셜록 홈즈는 전혀 당황하지 않고 마차가 광장을 지나 꼬불거리는 골목으로 들고 날 때마다 그곳 이름을 말해 주었다.

"로체스터가, 여기는 빈센트 광장. 자, 이제는 복스홀 브리지로가 나옵니다. 지금은 서리 방면으로 향하고 있군요. 아, 그럴 줄 알았지. 우리는 지금 다리를 건너고 있습니다. 창밖으로 강이 보일 겁니다."

정말 창밖으로 템스 강이 지나가고 있었다. 넓고 고요한 강물 위로 가로등 불빛이 빛났다. 마차는 쉬지 않고 달려서 곧 강 건너편의 미로 같은 거리로 접어들었다.

"워즈워드로."

내 친구가 말했다.

"프라이어리로, 라크홀 길. 스톡웰관(館), 로버트가. 콜드하버 길. 우리가 가는 곳이 상류층의 주거 지역은 아닌 것 같군요."

우리는 정말 음침하고 수상쩍은 동네에 도착했다. 우중충한 벽돌집들이 길게 늘어선 거리에서 눈에 띄는 거라곤 조잡하게 치장한 길모퉁이의 선술집뿐이었다. 그곳을 지나니 집 앞에 작은 화단이 붙어 있는 2층 저택들이 늘어선 거리가 나왔고, 그다음에는 새로 지은 큰 벽돌 건물들이 서 있는 거리가 나왔다. 그것은 대도시가 전원을 향해 뻗은 거대한 촉수처럼 보였다. 마차는 새로 조성한 주택 단지의 세 번째 집 앞에서 겨우 멈춰 섰다. 그곳 단지의 집들은 전부 비어 있었는데, 세 번째 집도 주방 쪽 창문에서 한 줄기 불빛이 흘러나오는 것을 빼면 이웃집처럼 어둡기는 마찬가지였다. 하지만 우리가 문을 두드리자 기다렸다는 듯이 문이 열리며 헐렁한 흰옷에 노란 띠를 두르고 노란 터번을 한 인도인 하인이 나타났다. 교외의 삼류 주택 단지의 소박한 문을 열어준 이 동양인은 어쩐지 그 집과는 어울리지 않는 느낌이었다.

"사힙(식민지 인도에서 백인 남자를 높여 부르던 호칭 ─ 옮긴이)께서 기다리고 계십니다."

하인이 말했는데, 그의 말이 채 끝나기도 전에 안쪽에 있는 방에서 누가 높고 새된 목청으로 소리 질렀다.

"키트무트가, 어서 들어오시라고 해라."

안에 있는 사내가 말했다.

"안으로 곧장 모셔라."

대머리 사나이의 이야기

우리는 인도인을 따라 형편없는 가구가 놓여 있는 어둡고 누추한 복도를 걸었다. 하인은 복도 끝에서 오른쪽에 있는 문을 활짝 열었다. 방 안에서 노란 불빛이 쏟아져 나왔고 불빛 한가운데 머리가 심하게 벗어진 키 작은 남자가 서 있는 게 보였다. 그의 빛나는 대머리는 마치 전나무 숲 위로 솟은 산봉우리처럼 보였는데 붉은 머리카락이 아래쪽에 빙 둘러 나 있었다. 그는 두 손을 끊임없이 뒤틀며 서 있었고 얼굴에는 쉼 없이 경련이 일어나는지 웃었다가 찡그렸다가를 반복하며 한순간도 가만히 있지 않았다. 원래 아랫입술이 늘어진 탓에 누렇고 울퉁불퉁한 치아가 훤히 들여다보였는데, 사내는 끊임없이 손을 들어 입을 가리려는 가냘픈 노력을 계속하고 있었다. 눈에 띄는 대머리임에도 그는 젊어 보였다. 알고 보니 갓 서른에 불과했다.

"어서 오십시오, 모스턴 양."

그는 가늘고 높은 목소리로 말했다.

"어서 오십시오, 신사분들. 저의 사실(私室)로 드시기를 청합니다. 작지만 제 취향대로 꾸며놓은 곳이지요. 남부 런던이라는 황량한 사막에 솟아난 예술의 오아시스올시다."

주인을 따라 들어간 방에서 우리 모두는 놀라움을 금치 못했다. 초라한 집에서 그 방은 구리 반지에 최상품 다이아몬드를 박아놓은 듯 어울리지 않았다. 벽에는 풍성하고 번쩍거리는 커튼과 태피스트리가 드리워져 있었는데, 이곳저곳 천을 걷어놓은 곳에 호화로운 액자에 끼운 그림이나 동양의 도자기가 놓여 있었다. 검은색과 황금빛이 조화된 카펫은 너무도 두껍고 푹신해서, 발로 밟을 때마다 이끼를 밟는 듯 상쾌한 기분이 들었다. 바닥에 비스듬히 깔린 커다란 호랑이 가죽 두 장과 구석의 깔개 위에 세워진 큰 물담뱃대는 동양적 사치의 느낌을 더해 주었다. 방 한가운데엔 비둘기 모양의 은제 램프가 보일락 말락 한 금줄에 묶여 매달려 있었다. 램프 불이 타면서 공기 중에 미묘한 향을 퍼뜨렸다.

"저는 새디어스 숄토라고 합니다."

작은 사내는 여전히 경련을 일으키듯 웃고 있었다.

"모스턴 양이시지요? 그리고 이쪽의 두 신사분은……."

"이분은 셜록 홈즈 선생님이고, 이분은 왓슨 박사님이십니다."

"그럼 의사 되십니까?"

사내는 흥분해서 소리 질렀다.

"지금 청진기를 갖고 오셨습니까? 부탁 하나 드려도 될까요?

저는 제 심장의 승모판에 중대한 문제가 있다고 생각하고 있습니다. 한번 봐주시지 않겠습니까? 저의 대동맥은 믿을 만합니다만, 승모판에 대해서는 박사님의 고견을 듣고 싶습니다."

나는 그의 소원대로 심음(心音)을 들어보았으나 별다른 이상은 발견하지 못했다. 그는 머리끝에서 발끝까지 떨고 있는 것으로 보아 몹시 흥분한 것이 틀림없었다. 내가 말했다.

"정상인 것 같군요. 걱정하실 필요는 없습니다."

"모스턴 양, 제 불안을 이해해 주시기 바랍니다."

주인은 쾌활하게 말했다.

"저는 몸이 상당히 안 좋은 데다가 오래전부터 심장 판막에 이상이 있을지도 모른다고 의심해 왔답니다. 하지만 괜찮다는 말을 들으니 기쁘군요. 모스턴 양, 부친께서도 심장에 부담을 주지만 않으셨어도 지금쯤 살아 계셨을 겁니다."

나는 그렇게 민감한 문제를 아무렇게나 언급하는 무감각함에 화가 치밀어서 그의 뺨이라도 올려붙이고 싶었다. 모스턴 양은 털썩 주저앉았다. 얼굴이 입술까지 하얗게 질렸다.

"저는 마음속으로 아버지가 돌아가셨을 거라고 생각하고 있었어요."

그녀는 말했다.

"제가 모든 사실을 다 말씀드리겠습니다."

대머리 사내는 말했다.

"그뿐만 아니라 저는 모스턴 양이 공정한 대접을 받게 해드릴 수 있습니다. 바솔로뮤 형이 뭐라고 하든 꼭 그렇게 할 겁니다.

친구분들과 함께 여기 오신 것을 정말 기쁘게 생각합니다. 두 분은 단순한 보호자일 뿐만 아니라 저의 행동에 대한 증인이 되어 주십시오. 우리 셋이면 바솔로뮤 형에게 맞설 수 있을 겁니다. 하지만 외부인이 개입하는 일이 있어서는 안 됩니다. 경찰도 안 되고 관리도 안 됩니다. 우리 힘만으로도 모든 문제를 만족스럽게 해결할 수 있으니까요. 사건을 공개하는 것보다 더 형을 자극하는 일은 없을 겁니다."

그는 야트막한 의자에 앉아서 물기 어린 연약한 푸른 눈을 깜빡거리며 묻는 듯이 우리를 쳐다보았다. 홈즈가 말했다.

"제 입장을 말씀드린다면, 무슨 말씀을 하시든 일체 외부에 발설하지 않겠습니다."

나는 동의의 표시로 고개를 끄덕였다.

"좋습니다! 좋아요!"

새디어스 숄토가 말했다.

"모스턴 양, 이태리산 포도주 칸티를 한 잔 따라드릴까요? 아니면 헝가리산 토케이로 할까요? 포도주는 그 두 가지뿐입니다. 병을 딸까요? 싫으시다고요? 그럼 좋습니다. 하지만 담배 연기를 맡는 것이라면 반대하지 않으실 줄 믿습니다. 동양 담배의 방향은 아주 좋으니까요. 저는 지금 약간 불안한 상태인데 물담뱃대가 귀중한 진정제의 역할을 해줄 겁니다."

그가 커다란 잔에 가느다란 양초를 집어넣자 장미수를 통해 기분 좋은 연기가 올라왔다. 우리 셋은 주위에 둘러앉아 상반신을 내민 채 손으로 턱을 받치고 있었고, 끊임없이 경련을 일으키는 야릇한 대머리 사나이는 가운데서 불안하게 연기를 들이마셨다. 새디어스 숄토는 말했다.

"제가 모스턴 양에게 이 얘기를 털어놓기로 결심했을 때, 저는 이 집 주소를 밝힐 수도 있었습니다. 하지만 숙녀분께서 제 요청을 무시하고 불쾌한 사람들을 데리고 올지도 모른다는 걱정이 들었지요. 그래서 저는 제 밑에서 일하는 윌리엄스가 여러분을 먼저 만나게 한 것입니다. 저는 윌리엄스의 판단력을 굳게 믿고 있지요. 그래서 만약 낌새가 이상하면 그 선에서 일을 마무리 지으라는 지시를 내렸습니다. 이렇게 경계하는 것이 죄송하긴 하지만 저는 조용한 생활을 즐기는 사람이고 취향이 세련됐다고 할 수도 있습니다. 사실 경찰보다 아름답지 못한 사람들은 없지요. 저는 천성적으로 모든 형태의 조야한 물질주의를 혐오한답니다. 저는 거친 대중들과 접촉하는 일도 거의 없습니다. 보시다시피 이렇게 우아한 분위기 속에서 살고 있지요. 굳이 이름을 붙인다면 저는 예술의 후원자라고도 할 수 있겠습니다. 그게 저의 약점입니다. 저 풍경화는 진품 코로입니다. 그리고 미술품 감정가들은 의혹의 눈길을 보낼지도 모르지만 저건 살바토르 로사이고요. 그리고 저쪽에 있는 건 의문의 여지 없이 부그로의 작품이지요. 저는 현대 프랑스 화가를 특히 좋아한답니다."

"실례지만 숄토 씨."

모스턴 양이 말했다.

"제가 여기 온 것은 숄토 씨가 제게 하고 싶은 말이 있는 줄 알았기 때문입니다. 시간이 많이 늦었습니다. 저는 가급적 빨리 얘기를 끝냈으면 합니다."

"제 얘기는 금방 끝납니다."

숄토가 대답했다.

"왜냐하면 우리는 노우드에 가서 바솔로뮤 형을 만나야 하니까요. 함께 가서 우리가 바솔로뮤 형을 이길 수 있는지 보기로 합시다. 바솔로뮤 형은 제가 마음대로 일을 꾸몄다고 해서 굉장히 화가 났습니다. 지난밤에도 둘이서 말다툼을 했지요. 형이 한번 화가 나면 얼마나 무서운지 상상도 못 하실 겁니다."

"우리가 노우드에 가야 한다면 한시라도 빨리 출발하는 게 낫지 않을까요."

이번에는 내가 말을 꺼냈다.

숄토는 귀까지 빨개질 정도로 웃어댔다. 그가 큰 소리로 외쳤다.

"제가 여러분을 이렇게 기습적으로 데리고 가면 형이 뭐라고 할지 모르겠군요. 하지만 거기 가기 전에 먼저 자초지종을 설명해 드려야 합니다. 우선 저 자신이 잘 모르는 이야기부터 해야겠군요. 저는 사실 제가 알고 있는 사실들만 말할 수 있을 뿐이지요.

여러분도 짐작하고 계시겠지만 저의 부친은 인도 육군에서 복무하신 존 숄토 소령이십니다. 부친께서는 11년 전에 퇴역한 뒤 어퍼 노우드의 퐁디셰리 저택에 주거를 정하셨습니다. 부친께서는 인도에서 일이 잘 풀리는 바람에 상당한 액수의 현금과 다량의 귀중한 골동품을 가지고 귀국하셨지요. 인도 출신 하인들도 함께 데리고 왔지요. 부친은 그 돈으로 집을 한 채 구입하셨고 아주 풍족하게 사셨습니다. 자식이라곤 쌍둥이 형제뿐이었지요. 그게 바로 저하고 바솔로뮤입니다.

저는 모스턴 대위가 행방불명됐을 때의 일을 자세히 기억하고 있습니다. 우리는 신문에서 사건 기사를 읽었는데 그분이 아버지의 친구라는 걸 알고 있었습니다. 그래서 부친 앞에서 거리낌 없이 그 사건에 대해서 이야기했지요. 우리 형제가 그 얘기를 할 때 아버지가 옆에 계시다가 간간이 참견하기도 했지요. 단 한 순간도 부친이 아서 모스턴의 운명에 관한 비밀을 가슴속에 묻어 두고 있으리라고는 생각하지 못했습니다.

하지만 우리 형제는 아버지에게 어떤 위험이 다가오고 있다는 사실을 알게 되었지요. 부친께서는 혼자 외출하는 걸 극도로 꺼렸고 프로 권투 선수 둘을 퐁디셰리 저택의 수위로 앉혀두셨지요. 아까 여러분을 마차에 태워 온 윌리엄스가 그중 하납니다. 경량급 국내 챔피언을 지낸 사람이에요. 부친께서는 구체적으로 무엇을 두려워하는지는 말해 주지 않았지만 나무다리를 한 사내들을 극도로 혐오하셨습니다. 한번은 나무다리를 한 남자를 총으로 쏜 적도 있었는데, 알고 보니 그 사람은 물건을 팔러 온 죄 없는 장사꾼이었지요. 우리는 그 사람에게 입을 다무는 조건으로 거액의 돈을 집어줘야 했지요. 우리 형제는 그 일을 아버지의 변덕스러운 기분 탓으로 여겼지만 나중에 그렇지 않다는 걸 알게 되었습니다.

1882년 초에 부친께서는 인도에서 날아온 편지 한 통을 받고 큰 충격을 받으셨습니다. 부친은 아침 식탁에서 편지를 뜯어보시고 거의 혼절하다시피 하셨지요. 그리고 그날부터 시름시름 앓다가 돌아가셨습니다. 우린 그 편지를 읽어보지는 못했습니다. 하지만 부친이 편지를 들고 있는 동안 언뜻 보니 흘려 쓴 필체로 쓴 짧은 편지였어요. 부친은 비장이 커지는 병으로 몇 년째 고생하고 계셨는데 그 후부터 급격히 병세가 악화되었고 4월 말에는 더 이상 가망 없다는 판정을 받기에 이르렀습니다. 그러자 아버님은 유언을 남기기 위해 우리를 부르셨지요.

우리 형제가 아버지의 방에 들어가보니 부친께서는 베개를 고이고 똑바로 앉아서 숨을 몰아쉬고 계셨습니다. 아버지께선 문을 닫으라고 이르시고는 침대 머리맡으로 우리를 부르셨지요. 그리고 우리 형제의 손을 하나씩 잡으시고 중요한 말씀을 남기셨습니다. 감정이 북받치는 데다가 고통 때문에 아버님의 말소리는 자꾸만 끊어졌습니다. 저는 이제부터 아버지가 하신 말씀을 그대로 옮겨보겠습니다.

부친께선 이렇게 말씀하셨지요. '세상을 떠날 때가 되니 마음에 무겁게 얹혀오는 것이 하나 있구나. 그것은 고아가 된 모스턴의 가엾은 딸애를 푸대접한 일이니라. 내 평생을 따라다닌 저주받을 욕심 때문에 나는 응당 그 애에게 주어야 할 보물을 그대로 움켜쥐고 있었다. 보물의 절반은 사실 그 애에게 주어야 했다. 하지만 나는 아직 그 애의 몫을 쓰지는 않았다. 그토록 맹목적이고 어리석은 것이 탐욕이란 말이다. 그저 소유하고 있다는 것만으로도 너무 좋아서 나는 그것을 나누어주는 걸 견딜 수가 없었느니라. 키니네 병 옆의 진주가 박힌 금관을 보아라. 나는 저것을 그 애에게 보내줄 생각으로 저기 내놓았으면서도 남에게 준다는 걸 견딜 수가 없었다. 아들들아, 너희들은 그 애에게 아그라의 보물을 공평하게 나누어주어라. 하지만 내가 갈 때까지는 아무것도, 저 금관도 보내주지 마라. 결국, 사람이란 이렇게 나쁘다.'

'이제부터 모스턴이 죽은 경위에 대해 말해 주마.' 부친께서는 말씀을 계속하셨습니다. '그 친구는 오랫동안 심장이 나빠서 고생하고 있었지만 사람들한테 그 사실을 감추고 있었다. 나만 알고 있었느니라. 그런데 인도에 있을 때, 그 친구와 나는 우여곡절 끝에 막대한 보물을 손에 넣게 되었다. 내가 그걸 영국으로 가져왔는데 모스턴은 귀국한 날 밤에 당장 여기 달려와서 제 몫을 요구했다. 모스턴은 기차역에서 여기까지 걸어왔는데 그 친구를 집으로 맞아들인 사람은 지금은 죽고 없는 충직한 하인 랄 초우다였지. 모스턴과 나는 보물의 분배 문제로 옥신각신 다투게 되었느니라. 그러다 모스턴은 벌컥 화를 내며 자리에서 일어섰는데 갑자기 옆구리를 움켜쥐더니 얼굴빛이 흙빛으로 변해 버렸다. 그리고 뒤로 넘어지면서 보물 상자 모서리에 머리를 부딪쳤지. 가서 들여다보니 끔찍스럽게도 이미 숨이 끊어져 있더구나.

한참 동안 나는 어찌할 바를 모르고 반쯤 넋이 나가 있었다. 물론 제일 먼저 떠오른 생각은 도와줄 사람을 불러야겠다는 거였다. 하지만 내가 살인죄를 뒤집어쓸 가능성이 높다는 생각이 들더라. 하필 나하고 싸우다가 죽은 것이며, 머리에 생긴 큰 상처가 다 나한테 불리하게 작용할 게 뻔했다. 게다가 경찰 조사를 받게 되면 보물에 관한 이야기를 털어놓을 수밖에 없는데 그건 정말 내가 비밀로 해두고 싶었던 부분이었느니라. 모스턴은 자기가 여기 온 것은 아무도 모른다고 말했지. 그런데 굳이 사람들한테 알려야 할 이유가 없을 것 같았다.

어떻게 해야 하는지 계속 고민하고 있는데 문득 고개를 들어 보니 하인 랄 초우다가 문 앞에 서 있는 게 보였다. 랄 초우다는 얼른 들어와서 방문을 닫고 이렇게 말했다. '사힙, 염려하지 마십시오. 사힙께서 사람을 죽였다는 걸 남한테 알릴 필요는 없습니다. 시체를 숨겨놓으면 누가 알겠습니까?' '나는 사람을 죽이지 않았다.' 나는 이렇게 말했지. 그러자 랄 초우다는 웃으며 고개를 가로저었어. '사힙, 저는 다 들었습니다. 두 분께서 싸우는 소리, 뭔가로 내려치는 소리도 들었지요. 하지만 저는 지금 보고 들은 것을 무덤까지 가져가겠습니다. 집 안 사람들은 다 자고 있습니다. 저랑 같이 시체를 치우셔야 합니다.' 랄 초우다의 말을 듣고 나는 결심을 굳혔느니라. 내 집의 하인도 내가 무죄라는 걸 믿지 않는데, 하물며 배심원석의 어리석은 장사치 열둘을 무슨 수로 설득하겠느냐? 나는 그날 밤 랄 초우다와 함께 시체를 치웠느니라. 그리고 며칠 뒤 런던의 신문에는 모스턴 대위의 행방불명에 관한 기사가 일제히 실렸다. 너희들은 이제 내가 그 일에 관해서는 아무 죄도 없다는 걸 알겠지. 내 잘못은 모스턴의 시신뿐 아니라 보물까지 감추고 모스턴의 몫까지 내 것으로 만들어버린 데 있다. 그래서 나는 너희들이 내 잘못을 보상하기를 원한다. 자, 이리 가까이 오너라. 보물을 숨겨놓은 곳은……'

바로 그 순간 부친의 표정이 무섭게 일그러졌습니다. 부친께서는 미친 사람 같은 눈으로 앞을 쳐다보고 입을 딱 벌리더니 평생 잊히지 않을 목소리로 고함을 지르셨지요. '저놈을 끌어내라! 저놈을 끌어내!' 우리 형제는 아버지가 보고 계신 곳을 뒤돌아보았습니다. 어두운 창밖에서 얼굴 하나가 방 안을 들여다보고 있었습니다. 코가 유리창에 눌려 있던 듯 코끝이 하얗게 변색된 게 보였지요. 수염투성이 얼굴에 잔인한 눈, 표정은 악의 화신 같았습니다. 형하고 나는 재빨리 창가로 달려갔지만 그자는 이미 사라지고 없었습니다. 다시 돌아와보니 부친은 고개를 떨군 채 숨이 끊어져 있었습니다.

그날 밤 우리는 정원을 샅샅이 뒤져보았지만 창문 바로 밑의 화단에 난 발자국 하나를 빼면 침입자의 흔적은 없었습니다. 하지만 그 발자국 하나만으로도 그 잔인하고 흉포한 얼굴을 다시 떠올릴 수 있었지요. 하지만 우리는 곧 비밀 요원이 가까운 곳에서 활약하고 있다는 충격적인 증거를 잡게 되었습니다. 다음 날 아침에 일어나보니 부친의 방 창문이 활짝 열려 있었고, 선반과 상자 들이 온통 뒤집힌 채 난장판이 되어 있었습니다. 그리고 아버지의 가슴에는 찢어진 종이 한 장이 놓여 있었는데 거기엔 '네 사람의 서명'이라는 글이 흘림체로 쓰여 있었지요. 그 글이 무엇을 의미하는지, 또는 아무도 모르게 거기 다녀간 손님이 누군지 우리는 끝내 알 수 없었습니다."

키 작은 사나이는 말을 멈추고 물담뱃대에 다시 불을 붙인 다음 생각에 잠긴 얼굴로 담배 연기를 내뿜었다. 모두가 그의 기이한 이야기에 취해 있었다. 아버지의 죽음에 관한 얘기가 나왔을 때 모스턴 양은 죽은 사람처럼 창백해져서 나는 혹시 그녀가 기절하지나 않을까 걱정했다. 그러나 내가 탁자에 놓인 유리 주전자에서 조용히 물 한 잔을 따라주자 그녀는 그 물을 마시고 다시 기운을 차렸다. 셜록 홈즈는 멍한 얼굴로 눈을 반쯤 감은 채 의자에 몸을 기대고 있었다. 나는 그를 흘긋 쳐다보고 바로 오늘 아침에 그가 진부한 삶에 대해 쓰디쓴 어조로 한탄하던 일을 떠올리지 않을 수 없었다. 그런데 여기, 적어도 그의 지혜를 한껏 발휘하게 해줄 문제가 생긴 것이다. 새디어스 숄토는 우리를 차례로 쳐다보고는 자신의 이야기가 발휘한 효과에 한껏 고무된 듯했다. 그는 담배를 지나치게 많이 채운 파이프를 뻐끔거리면서 다시 말을 이었다.

"이미 짐작하셨겠지만, 우리 형제는 부친이 언급한 보물 때문에 굉장히 흥분했습니다. 우리는 보물을 찾아내기 위해 몇 달 동안 정원 구석구석을 파헤쳤습니다. 부친께서 보물을 숨겨놓은 곳을 말해 주려던 바로 그 순간에 돌아가셨다는 걸 생각하면 정말 환장할 노릇이었지요. 우리는 아버지가 꺼내놓은 금관만 봐도 숨겨놓은 보물이 얼마나 귀중한 것인지 미루어 짐작할 수 있었습니다. 그 금관을 놓고 바솔로뮤 형과 나는 말다툼을 했습니다. 그 금관은 대단히 값나가는 물건임에 틀림없었는데 형은 그걸 남에게 주고 싶어 하지 않았습니다. 사실 형은 아버지의 단점을 고스란히 물려받은 사람이지요. 형은 또 우리가 그 금관을 숙녀에게 줄 경우 남들의 이목을 끌어서 결국은 말썽을 빚을 거라고 생각했습니다. 그래서 저는 모스턴 양의 주소를 알아내서 숙녀께서 최소한 궁핍감을 느끼지는 않도록, 일정한 간격을 두고 진주를 한 알씩 보내자는 선에서 형과 타협을 보았지요."

"사실 얼마나 고마웠는지 모른답니다."

모스턴 양이 성심껏 말했다.

"숄토 씨는 정말 친절하신 분이세요."

키 작은 사나이는 부리나케 손사래를 쳤다. 그가 말했다.

"우리는 모스턴 양의 재산 신탁인입니다. 제 생각은 그렇습니다. 물론 형의 생각은 전혀 다르지만 말입니다. 사실 우리한테 돈은 많습니다. 저는 더 이상은 바라지도 않아요. 게다가 나이 어린 숙녀를 그렇게 비열하게 대접하는 것은 예의가 아니라고 생각했습니다. '부도덕한 성향은 범죄로 이어지게 마련이다.' 프랑스 사람들은 그런 문제를 이렇게 한마디로 정리했지요. 형하고 그 문제에 대한 견해 차이가 너무 커져서 저는 따로 나가 사는 게 낫겠다고까지 생각하게 되었습니다. 그래서 저는 키트무트가와 윌리엄스를 데리고 퐁디셰리 저택을 나왔지요. 그런데 어제 저는 굉장히 중요한 소식을 듣게 되었습니다. 보물이 발견된 겁니다. 저는 곧 모스턴 양에게 편지를 띄웠지요. 이제 남은 일은 노우드로 가서 우리 몫을 찾는 것입니다. 저는 어젯밤에 형에게 제 생각을 설명했습니다. 그래서 형은 우리가 간다는 걸 알고 있을 겁니다. 물론 우릴 환영해 주진 않겠지만 말입니다."

새디어스 숄토는 말을 멈추고 호화로운 의자에 앉아 몸을 뒤틀고 있었다. 일이 예상외의 방향으로 발전되자 우리는 말없이 생각에 잠겼다. 제일 먼저 자리를 박차고 일어선 것은 홈즈였다.

"숄토 씨, 처음부터 끝까지 아주 잘하셨습니다."

홈즈는 말했다.

"우리는 가려진 진실을 밝혀냄으로써 숄토 씨에게 작은 보답을 해드릴 수도 있습니다. 하지만 방금 모스턴 양이 말했듯이 시간이 늦었으니 지체 없이 출발하는 게 낫겠군요."

우리의 새 친구는 아주 조심스럽게 물담뱃대의 튜브를 말았다. 그리고 커튼 뒤에서 아스트라한 칼라가 달린 아주 긴 외투를 입었다. 시간이 없는데도 그는 외투에 달린 그 많은 단추를 일일이 다 채운 다음 귀 덮개가 달린 토끼 가죽 모자를 눌러쓰는 것으로 성장을 끝냈다. 이제 그의 몸에서 밖으로 드러난 부분은 신경질적으로 실룩거리는 야윈 얼굴뿐이었다.

"제 건강 상태가 과히 좋지 않습니다."

새디어스 숄토는 앞장서 복도를 걸으며 말했다.

"그래서 몸 생각을 안 할 수가 없지요."

마차가 밖에서 대기하고 있었다. 마부가 행선지를 묻지도 않고 재빨리 마차를 출발시키는 것으로 보아 일정을 미리 정해 놓은 것이 틀림없었다. 새디어스 숄토는 마차 바퀴 소리보다 더 높이 올라가는 고음으로 쉴 새 없이 말을 쏟아냈다.

"형은 머리가 좋아요. 형이 어떻게 보물을 찾아냈는지 아십니까? 형은 보물을 숨겨놓은 곳은 집 안이라는 결론을 내렸지요. 그래서 방이란 방은 다 찾아다니면서 일일이 크기를 쟀답니다. 2센티미터라도 숨겨진 부분이 있나 찾아보려고요. 집의 높이는 22미터였어요. 그런데 집 안의 모든 방의 높이와 구멍을 뚫어서 확인한 방 사이의 공간을 다 합쳐도, 높이가 21미터를 넘지 않는 다는 사실을 알아냈지요. 어딘가 1미터가 숨어 있는 겁니다. 그 것은 지붕 밑 어딘가일 수밖에 없지요. 그래서 형은 제일 높은 곳에 있는 다락방 천장에 구멍을 뚫었답니다. 그리고 구멍을 통 해 올라가보니 작은 공간이 나왔지요. 그곳은 완전히 폐쇄된 공 간이었는데, 그런 곳이 있다는 걸 그동안 아무도 몰랐습니다. 그 리고 방 한가운데 보물 상자가 놓여 있었어요. 대들보 두 개 위 에 걸쳐져서 말입니다. 형은 천장에 뚫은 구멍으로 보물 상자를 끌어 내렸습니다. 계산해 보니 그 속에 든 보석의 가치가 못해도 50만 파운드는 될 거랍니다."

어마어마한 액수를 듣고 우리는 눈을 동그랗게 뜨고 서로의 얼굴만 쳐다보았다. 모스턴 양은, 자신의 권리를 찾을 수만 있 다면 일개 가난한 가정 교사에서 영국의 가장 부유한 상속녀로 변신할 것이다. 진정한 친구라면 그런 소식을 듣고 함께 기뻐하 는 것이 당연했다. 하지만 부끄럽게도 이기적인 생각에 사로잡 힌 나는 마음이 납덩이처럼 무거워지는 것을 느꼈다. 나는 더듬 거리며 몇 마디 축하의 말을 두서없이 건네고 고개를 떨군 채 앉 아 있었다. 새 친구가 지껄이는 말은 귀에 들어오지도 않았다. 새 디어스 숄토는 고질적인 건강 염려증 환자임에 틀림없었다. 나 는 꿈을 꾸는 듯한 상태에서 그가 자신의 증상을 쉼 없이 늘어놓 고 헤아릴 수 없이 많은 엉터리 특효약의 성분과 작용에 대한 질 문을 퍼붓는 것을 의식했다. 그는 그런 약을 일부 구해서 가죽 상자에 보관해 놓고 있다고 말했다. 나는 그날 밤 내가 한 대답을 그가 전혀 기억하지 못하기를 바란다. 옆에서 내 대답을 들었던 홈즈의 증언에 따르면, 나는 아주까리기름을 두 방울 이상 사용하면 극히 위험하다고 경고하는가 하면, 다량의 스트리크닌(중추신경계에 작용하는 알칼로이드로 다량을 복용하면 사망한다 — 옮긴이)을 진정제로 사용할 것을 권했다고 한다. 어찌 됐든 마차가 덜컹하고 멈춰 서며 마부가 뛰어내려 문을 열어준 덕분에 나는 가까스로 구원받았다.

"모스턴 양, 여기가 바로 퐁디셰리 저택입니다."

새디어스 숄토가 숙녀에게 손을 내밀며 말했다.

퐁디셰리 저택의 비극

우리가 밤의 모험의 마지막 단계에 이른 것은 거의 11시가 다 된 시각이었다. 대도시의 축축한 안개는 걷히고 밤은 아주 맑았다. 따뜻한 바람이 서쪽에서 불어오며 무거운 구름장이 서서히 물러났다. 반달이 구름 틈새로 이따금씩 얼굴을 내밀었다. 시야는 나쁘지 않았지만, 새디어스 숄토는 우리가 가는 길을 비춰주기 위해 마차의 옆 등불을 하나 내렸다.

퐁디셰리 저택은 높은 돌담으로 둘러싸인 채 묵묵히 웅크리고 있었다. 돌담 꼭대기에는 깨진 유리 조각이 꽂혀 있고 단 하나의 출입구는 무쇠 빗장이 달린 좁은 외짝 문이었다. 숄토는 우체부처럼 기묘한 방식으로 문을 두드렸다.

"누구요?"

안에서 퉁명스러운 목소리가 들려왔다.

"나야, 맥머도. 이제 내 노크 소리를 구별할 때가 됐지 않았나?"

안에서 뭐라고 툴툴거리는 소리와 함께 열쇠가 절그럭거리는 소리가 들려왔다. 묵직한 문이 열리면서 키가 작고 상체가 유난히 발달한 사나이가 나왔다. 랜턴의 노란 불빛이 그의 우락부락한 얼굴과 경계하는 듯한 눈을 비춰주었다.

"새디어스 도련님? 하지만 그 뒤에 있는 사람들은 누구요? 난 주인님한테서 아무 지시도 듣지 못했는데."

"뭐라고? 거참 이상하군! 나는 어젯밤에 형한테 친구들을 데리고 올 거라고 말했는데."

"주인님은 오늘 방에서 한 발짝도 나오지 않으셨소. 아무 지시도 없었고요. 잘 아시겠지만 난 규칙을 지켜야 하오. 도련님은 들여보낼 수 있지만 친구분들은 밖에서 기다려야겠소."

예상치 않은 난관을 만난 셈이었다. 새디어스 숄토는 당황한 얼굴로 주위를 둘러보았다.

"맥머도! 나한테 그러면 안 되지! 이분들에 대해선 내가 보증할게. 그럼 되잖아. 그리고 여기 숙녀분도 계시네. 숙녀분을 이 시간에 길거리에 세워놓을 순 없어."

"새디어스 도련님, 정말 미안하외다."

수위는 조금도 누그러지는 기색이 없었다.

"거기 계신 친구들이 도련님의 친구인지는 모르지만 우리 주인님의 친구는 아니오. 주인님께서 나를 후하게 대접해 주시는데 나도 임무를 다해야지요. 도련님의 친구들 중에서 내가 아는 얼굴은 아무도 없소."

"맥머도, 그렇지 않네."

셜록 홈즈가 쾌활한 목소리로 외쳤다.

"자네가 벌써 나를 잊었을 리 없지. 4년 전 앨리슨 하숙에서 자네와 3라운드를 겨룬 아마추어 권투 선수를 기억하고 있나?"

"셜록 홈즈 씨 아니십니까!"

프로 권투 선수가 걸걸한 목소리로 고함쳤다.

"그렇군요! 내가 어떻게 당신을 잊을 수가 있겠습니까? 거기 그렇게 조용히 서 있는 대신에 썩 나서서 내 턱에 어퍼컷이라도 날렸다면 당장 알아보았을 텐데요. 그럼요, 당신은 아까운 재능을 썩힌 케이스였지요. 그렇고말고요! 권투 동호회에 가입했다면 지금쯤 상당히 이름을 날렸을 텐데."

"왓슨, 잘 들었지? 이것도 저것도 안 될 때 그래도 내가 택할 수 있는 직업은 있다네."

홈즈는 껄껄 웃으며 말했다.

"이제 우리를 이 추위 속에서 떨게 하지는 않을 테지."

"어서 들어오세요, 어서. 도련님이랑 친구분들이랑 같이."

수위는 대답했다.

"새디어스 도련님, 정말 미안하게 됐수다. 하지만 주인님의 분부가 원체 지엄해 놔서. 나는 도련님 친구가 정말 맞는지 확인한 다음에 들여보내야 했소."

안으로 들어가니, 자갈길 하나가 황량한 정원을 가로질러 단조로운 사각의 건물까지 이어져 있었다. 달빛이 저택의 한쪽 귀퉁이를 비추며 다락방 창문에 빛을 뿌리고 있을 뿐 집은 온통 어둠 속에 잠겨 있었다. 어둠 속에서 죽음 같은 정적에 휩싸여 있는 거대한 건물을 보니 오싹 한기가 느껴졌다. 새디어스 숄토조차 불안한 듯 랜턴을 든 손을 떨고 있었다.

"이럴 리가 없는데."

그는 말했다.

"뭔가 이상해요. 나는 형한테 오늘 여기 올 거라고 분명히 말했는데 형의 방에는 불도 안 켜져 있군요. 도대체 어떻게 된 건지, 원."

"형은 항상 이런 식으로 집을 경비하십니까?"

홈즈가 물었다.

"예, 형은 부친의 방식을 그대로 따르고 있습니다. 형은 아버지의 총애를 한 몸에 받는 아들이었지요. 아버지가 저보다는 형한테 더 많은 얘기를 해주었을지 모른다는 생각을 가끔씩 하곤 한답니다. 저 2층의 달빛이 반사된 창문이 바로 바솔로뮤의 방이지요. 창문이 아주 훤하긴 하지만 방 안에 불이 켜진 것 같지는 않아요."

"옳습니다."

홈즈가 말했다.

"하지만 현관 옆의 작은 창문에서 흘러나오는 불빛이 보이는군요."

"아, 저기는 가정부 방입니다. 번스톤 부인이 기거하는 곳이지요. 부인한테 어떻게 된 건지 물어봐야겠어요. 그런데 여기서 잠깐만 기다려주시겠습니까? 우리가 한꺼번에 들어가면 아무것도 모르는 번스톤 부인이 놀랄지도 모르니까요. 그런데 쉿! 저게 무슨 소리지요?"

새디어스 숄토는 등잔을 높이 들어 올렸다. 그의 손이 덜덜 떨리는 바람에 둥근 등잔 불빛이 바닥에서 이리저리 흔들렸다. 모스턴 양이 내 팔을 붙들었고 우리는 귀를 쫑긋 세웠다. 가슴이 사정없이 방망이질 쳤다. 적막한 밤중에 어둠 속에 웅크리고 있는 큰 집에서 가슴 저미도록 슬픈 울음소리가 토막토막 흘러나왔다. 겁에 질린 여인이 높은 목소리로 흐느끼고 있었다. 숄토가 말했다.

"번스톤 부인이군요. 집에 여자라곤 가정부뿐이니까. 잠깐 기다리세요. 금방 들어갔다 나오겠습니다."

숄토는 서둘러 현관으로 다가가서 아까처럼 문을 두드렸다. 키가 크고 늙수그레한 여인이 문을 열고 그를 맞아들였다. 그를 보고 가정부는 무척이나 기쁜 듯했다.

"오, 새디어스 도련님. 이렇게 와주시니 얼마나 기쁜지 모르겠어요! 도련님 얼굴을 보니 그래도 마음이 놓이네요!"

가정부는 문을 닫을 때까지 똑같은 소리를 반복했고, 문이 닫히자 그녀의 목소리는 잘 들리지 않았다.

홈즈는 숄토가 놓고 간 등잔을 들고 날카로운 눈으로 정원 이곳저곳을 살폈다. 여기저기에 흙무더기가 높다랗게 쌓여 있었다. 모스턴 양과 나는 손을 꼭 잡고 서 있었다. 사랑이란 놀랍고 불가사의한 것이다. 우리는 그날 처음 만난 사이였고, 그때까지 애정이 담긴 말이나 눈길을 주고받은 적이 없었지만 재난의 시기에 우리는 본능적으로 서로의 손을 찾았다. 지나고 나서 생각하니 그때 일이 놀랍기 짝이 없었지만 그 당시에는 내가 그녀의 손을 잡는 것은 지극히 자연스러운 일로 생각되었다. 그리고 모스턴 양이 나중에 한 말에 따르면 그녀 또한 그 순간에는 아주 본능적으로 위안과 보호를 찾아서 내게 기대었다는 것이다. 그래서 우리는 아이들처럼 손을 꼭 잡고 서 있었고, 알 수 없는 것들에 둘러싸여 있으면서도 마음은 지극히 평화로웠다.

"정말 이상한 집이에요!"

모스턴 양이 주위를 둘러보며 말했다.

"영국에 있는 두더지란 두더지는 다 여기로 몰려왔나 봅니다. 나는 오스트레일리아 발라라트 근처의 어느 산기슭에서 이와 비슷한 광경을 본 적이 있습니다. 광맥을 탐사하는 사람들이 땅을 온통 파헤쳐놓았던 거지요."

"여기도 그곳과 다르지 않네."

홈즈가 말했다.

"이 흙무더기는 보물 찾는 사람들이 남겨놓은 흔적이야. 이 집 형제가 6년 동안 보물을 찾아 헤맸다는 걸 생각해 보게. 땅이 자갈 채취장처럼 보이는 게 전혀 이상한 일이 아니지."

그 순간 현관문이 벌컥 열리면서 새디어스 숄토가 두 팔을 벌리고 뛰어나왔다. 그의 눈은 공포에 질려 있었다.

"형한테 무슨 일이 생겼습니다!"

숄토는 외쳤다.

"너무 무서워요! 내 신경은 견뎌내지 못할 겁니다."

그는 정말 공포에 질려 울음이 터질 지경이었다. 아스트라한 칼라에 폭 파묻힌 채 경련을 일으키고 있는 허약한 얼굴에는 무서워하는 아이 같은, 무력하게 애원하는 듯한 표정이 떠올라 있었다.

"집에 들어가봅시다."

홈즈가 단호한 어조로 말했다.

"예. 그렇게 해주세요!"

새디어스 숄토가 호소하듯 말했다.

"저는 이제 집 안내도 못 할 것 같습니다."

우리는 숄토의 뒤를 따라 통로 왼쪽에 있는 가정부의 방으로 들어갔다. 늙수그레한 여인이 겁에 질린 얼굴로 연신 두 손을 쥐어짜며 방 안을 오락가락하고 있었다. 그러나 모스턴 양이 나타나자 퍽이나 안심이 되는 눈치였다.

"아이고, 어쩌면 이렇게 예쁘고 조용한 얼굴이 다 있을까!"

가정부는 신경질적으로 흐느끼며 외쳤다.

"아가씨를 보니 마음이 가라앉는 것 같군요. 아, 오늘은 정말 힘든 날이었어요!"

모스턴 양은 일에 거칠어진 여윈 손을 쓰다듬으며 여자답게 상냥한 위로의 말을 몇 마디 건넸다. 그러자 가정부의 얼굴에는 화색이 돌았다.

"주인님은 하루 종일 문을 잠그고 방에 틀어박힌 채 아무리 불러도 대답이 없으셨답니다."

가정부는 설명했다.

"나는 하루 종일 무슨 말이 있을 때까지 기다렸지요. 주인님은 혼자 있고 싶어 하는 때가 자주 있었으니까요. 그러다가 무슨 일이 생겼으면 어쩌나 하고 걱정이 돼서 한 시간 전에 2층으로 올라가서 열쇠 구멍으로 안을 들여다보았지요. 새디어스 도련님, 어서 올라가보세요. 올라가서 직접 확인해 보세요. 저는 10년을 한결같이 바솔로뮤 숄토 주인님을 모셔왔지만 주인님이 그런 얼굴을 하고 있는 건 처음 보았답니다."

셜록 홈즈가 등잔을 들고 앞장섰다. 새디어스 숄토는 이를 딱딱 마주치고 있었다. 그가 너무도 떨었기 때문에 나는 계단을 오를 때 그의 겨드랑이에 팔을 끼고 부축해 주지 않으면 안 되었다. 그는 다리를 후들후들 떨고 있었다. 계단을 올라가는 동안 두 번, 홈즈는 날랜 솜씨로 주머니에서 돋보기와 줄자를 꺼내 들고 계단에 카펫 대용으로 깔아놓은 야자 돗자리 위의 아무 특징 없는 먼지 얼룩(내게는 그렇게 보였다.)을 자세히 살폈다. 그는 등잔 불을 낮춰 들고 한 계단, 한 계단, 천천히 올라가며 좌우로 날카로운 시선을 던졌다. 모스턴 양은 겁에 질린 가정부와 함께 뒤에 남았다.

2층에 올라가자 직선의 복도가 나왔다. 복도 오른쪽에는 커다란 인도산 태피스트리 그림이 걸려 있었고 왼쪽에는 세 개의 문이 늘어서 있었다. 홈즈가 앞장서서 한결같이 느린 걸음으로 좌우를 살피며 나아갔고 우리는 그 뒤를 따랐다. 그리고 우리들의 어두운 그림자가 복도에 길게 누운 채 따라왔다. 우리는 세 번째 문으로 다가갔다. 문을 두드려도 아무 대답이 없자 홈즈는 문손잡이를 비틀어서 억지로 열려고 했다. 그러나 방문은 안에서 잠거 있었다. 등잔불을 가까이 비추자 안쪽에서 넓고 튼튼한 빗장을 질러놓은 게 보였다. 그러나 열쇠 구멍이 뚫려 있었다. 셜록 홈즈는 허리를 굽히고 열쇠 구멍에 눈을 갖다 대더니 곧 헉 하고 짧은 숨을 토해 내며 일어섰다.

"왓슨, 이 안에 뭔가 사악한 것이 있네."

홈즈는 보기 드물게 동요한 얼굴로 말했다.

"한번 보겠나?"

열쇠 구멍에 눈을 갖다 댄 나는 두려움에 몸이 오그라드는 느낌이었다. 달빛이 흘러들어 방 안은 휘영청 밝았다. 그런데 얼굴 하나가 허공에서 나를 똑바로 바라보고 있었다. 어둠 속에 떠 있는 얼굴은 바로 새디어스 숄토의 얼굴이었다. 똑같이 반짝거리는 대머리에, 아래쪽에 둥글게 난 똑같은 붉은 머리, 똑같이 창백한 얼굴. 하지만 그 얼굴은 무시무시한 미소를 띠고 있었다. 영원히 굳어버린 부자연스러운 미소는 달빛 가득한 고요한 방에서 찡그리거나 인상 쓴 표정보다 더 끔찍하게 보였다. 그 얼굴이 우리의 작은 친구와 너무 닮아서 나는 새디어스 숄토가 정말 옆에 있는지 확인하기 위해 옆을 돌아보지 않을 수 없었다. 문득 그가 자신들이 쌍둥이 형제라고 말한 것이 생각났다. 나는 홈즈에게 말했다.

"정말 끔찍하군! 이제 어떻게 해야 하지?"

"문을 부숴야겠어."

홈즈는 대답하고 체중을 실어서 힘껏 문을 밀었다.

문은 삐걱거리긴 했지만 열리지는 않았다. 이번에는 우리 둘이

서 힘껏 몸을 부딪쳤다. 그러자 문은 쾅 소리를 내며 열렸고 우리는 바솔로뮤 숄토의 방으로 뛰어들어 갔다.

그 방은 화학 실험실처럼 보였다. 문 맞은편 벽에는 유리 뚜껑을 씌운 병들이 두 줄로 세워져 있었고, 탁자 위에는 분젠 가스 램프와 시험관, 증류기가 아무렇게나 흩어져 있었다. 구석에는 여러 개의 고리버들 바구니에 산성 물질을 보관하는 대형 유리 병들이 담겨 있었다. 그중 하나가 새거나 깨어진 듯 검은 액체가 한 줄기 흘러나와 있었고, 공기 중에는 타르 같은 자극적이고 강한 냄새가 퍼져 있었다. 방 한쪽에는 벽토 부스러기가 쌓여 있었는데 그 옆에 사다리가 하나 놓여 있었다. 사다리 위의 천장에는 사람 하나가 드나들 만한 정도의 구멍이 뚫려 있었다. 사다리 밑에는 기다란 밧줄 하나가 아무렇게나 버려져 있었다.

집주인은 탁자 옆의 안락의자에 앉아 있었다. 그는 유령 같은 불가사의한 미소를 머금은 채 왼쪽 어깨 너머로 고개를 늘어뜨리고 있었다. 사망 후 시간이 많이 경과한 듯 몸이 차갑고 뻣뻣했다. 내가 보기엔 얼굴뿐 아니라 팔다리도 형언하기 힘들 만큼 기괴한 모양으로 뒤틀리고 꼬여 있는 것 같았다. 그는 한 손을 탁자 위에 올려놓고 있었는데 그 옆에는 이상하게 생긴 갈색 지팡이 하나가 놓여 있었다. 결이 고운 나무로 만들어진 그 지팡이에는 망치처럼 생긴 돌멩이가 거친 노끈으로 친친 동여매여 있었다. 그 옆에는 노트에서 한 장 뜯어낸 듯한 종이에 뭔가가 휘 갈겨져 있었다. 홈즈는 그것을 슬쩍 살펴보고 내게 건네주었다.

"보게나."

홈즈는 의미 있게 눈을 꿈쩍하며 말했다.

나는 전등 불빛에 의지하여 거기 쓰여 있는 글을 읽었다. 머리카락이 쭈뼛 곤두섰다.

'네 사람의 서명.'

"맙소사, 도대체 이게 무슨 뜻이지?"

나는 물었다.

"그것은 살인을 의미하네."

홈즈는 죽은 사람을 살펴보며 말했다.

"아하! 그럴 줄 알았지. 여길 좀 보게!"

홈즈가 손가락질하는 곳을 보니 귀 바로 위에 길쭉한 검은색 바늘 같은 것이 꽂혀 있었다.

"무슨 침같이 생겼군."

나는 말했다.

"침일세. 뽑아도 되네. 하지만 독이 묻어 있으니 조심하게."

나는 침을 두 손가락으로 잡고 살그머니 잡아당겼다. 침은 쑥 뽑혀 나왔고 거의 아무런 자국도 남기지 않았다. 침이 빠져나온 부위에 극미량의 혈액이 보일락 말락 하게 묻어 있을 뿐이었다. 내가 말했다.

"모든 게 다 의문투성이군. 시간이 갈수록 더 헷갈리네그려."

"아닐세."

홈즈가 대답했다.

"갈수록 더 분명해지네. 몇 가지 빠진 고리만 찾아내면 사건을 완전히 설명할 수 있겠어."

우리는 방에 들어간 다음부터 새디어스 숄토의 존재에 대해서는 까맣게 잊고 있었다. 그는 공포에 사로잡힌 채 여전히 문 앞에 서서 두 손을 쥐어짜며 신음하고 있었다. 그러다 갑자기 날카롭게 고함을 쳤다.

"보물이 사라졌다!"

새디어스 숄토는 외쳤다.

"그자들이 보물을 훔쳐 갔습니다! 우리는 저 구멍으로 보물을 꺼냈지요. 형이 보물을 꺼내는 걸 제가 도와줬어요! 형을 마지막으로 본 사람은 접니다! 지난밤에 이 방을 나와서 계단을 내려갈 때 나는 형이 안에서 문 잠그는 소릴 들었어요."

"그게 몇 시쯤이었지요?"

"10시였습니다. 그런데 지금 형은 죽어 있는 거예요. 경찰이 온다면 날 의심할 겁니다. 아, 그래요. 그건 보나 마나예요. 하지만 두 분은 그렇게 생각하지 않으시겠지요? 설마 제가 범인이라고는 생각하지 않으실 겁니다, 그렇죠? 제가 범인이라면 왜 여러분을 여기로 데리고 오겠습니까? 오, 하느님! 오, 하느님! 난 정말 미쳐버릴 거예요!"

새디어스 숄토는 두 팔을 부들부들 떨며 발작적으로 발을 쿵쿵 굴렀다.

"숄토 씨, 걱정하실 것 없습니다."

홈즈는 그의 어깨에 손을 올려놓고 부드럽게 말했다.

"제 말대로 경찰서에 찾아가서 신고하십시오. 그리고 경찰 수사에 백방으로 협조하세요. 우리는 숄토 씨가 올 때까지 여기서 기다리고 있겠습니다."

　작은 사나이는 넋이 나간 상태로 고분고분 홈즈의 말에 따랐다. 그가 어둠 속에서 뒤뚱거리며 계단을 내려가는 소리가 들려왔다.

셜록 홈즈의 현장 조사

"자, 왓슨."

홈즈는 두 손을 비비며 말했다.

"우리한테는 30분 정도의 여유가 있네. 그 시간을 잘 이용해 보도록 하지. 아까 말했듯이 나는 사건의 전모를 대충 파악했네. 하지만 과신은 금물일세. 지금 보기에는 간단한 사건처럼 보이 지만 배후에 어떤 흑막이 숨겨져 있는지도 모르지."

"간단하다고!"

나는 불쑥 말했다.

"물론일세."

그는 학생들 앞에서 강의하는 임상 교수처럼 말했다.

"발자국으로 사건 현장을 어지럽히면 안 되니까 그 구석에 가 만히 앉아 있게. 자, 시작해 볼까? 우선, 범인들은 어디로 들어와 서 어디로 나갔을까? 방문은 어젯밤부터 잠겨 있었네. 창문은 어떨까?"

홈즈는 혼잣말을 하듯 큰 소리로 중얼거리면서 등잔불을 들고 창가로 다가갔다.

"창문은 안쪽에서 잠겨 있군. 창틀도 튼튼하고 말이야. 한번 열어볼까. 근처에 배수관도 없군. 지붕에서는 아주 멀고. 하지만 누군가 창문으로 들어왔군. 지난밤에 비가 조금 내렸는데 창틀에 발자국이 남아 있어. 이쪽에는 흙이 동그랗게 묻어 있군. 그리고 여기 바닥에도 또 여기 탁자 옆에도. 왓슨, 이것 좀 보게! 이건 정말 멋진 증거일세."

나는 또렷하게 찍혀 있는 둥근 흙 자국을 바라보았다.

"이건 발자국이 아닌데."

나는 말했다.

"그래서 이건 한층 더 귀중한 것이 되지. 이건 나무다리 자국일세. 여기 창틀에 발자국이 찍혀 있는 거 보이지? 이건 신발 뒤축에 두꺼운 금속을 댄 무거운 구두 발자국일세. 그런데 그 옆에 나무다리 자국이 찍혀 있네."

"나무다리를 한 사람이군."

"바로 그거야. 하지만 사람이 하나 더 있었어. 아주 날렵하고 힘이 좋은 녀석이야. 왓슨, 자네는 그 벽을 기어오를 수 있겠나?"

나는 창밖을 내다보았다. 달은 여전히 집의 모서리를 밝게 비추고 있었다. 지면에서 이곳까지 넉넉히 18미터는 될 것 같았다. 여기서 보니 벽에 틈이나 발판 따위는 보이지 않았다.

"도저히 안 되겠는데."

나는 대답했다.

"누군가의 도움이 없으면 그렇지. 하지만 공범이 먼저 들어와서 저 구석에 있는 굵은 동아줄을 내려주었다고 가정해 보게. 동아줄 한끝은 벽의 이 커다란 고리에 단단히 묶어놓고 말이야. 그러면 아무리 나무다리를 했어도 웬만큼 몸이 날래다면 충분히 기어오를 수 있었을 걸세. 물론 나갈 때도 똑같은 방법으로 나갔겠지. 그다음에 공범이 밧줄을 끌어 올려서 매듭을 풀어놓은 다음 창문을 잠근 거야. 그리고 자기는 원래 들어왔던 방식대로 나갔겠지. 또 한 가지 사소한 사실을 지적한다면……."

홈즈는 밧줄을 만지작거리며 말했다.

"나무다리를 한 친구는 올라올 때는 어땠는지 몰라도 내려갈 때는 형편없었네. 그 친구의 손은 굳은살 하나 없이 부드럽군. 확대경으로 살펴보니 두어 군데 핏자국이 눈에 띄네. 특히 밧줄 끝 부분에서 말일세. 내 생각에는 밧줄을 타고 서둘러 내려가다가 손바닥이 벗겨진 것 같아."

"거기까지는 그럴듯하군."

나는 말했다.

"하지만 설명되지 않는 부분이 있네. 그 수수께끼의 공범 말일세. 그자는 이 방의 어디로 해서 들어왔지?"

"그래, 그 공범!"

홈즈는 생각에 잠겨 말했다.

"그 공범에게는 흥미로운 점이 있어. 그자 때문에 이 사건은 평범하지 않은 것이 되지. 나는 그자가 이 나라 범죄 역사의 새로운 지평을 열었다고 생각하네. 물론 인도에서, 그리고 내 기억이 정확하다면 세네감비아에서도 비슷한 사건이 있었지만 말일세."

"그런데 그자는 어디로 들어왔지?"

나는 같은 질문을 되풀이했다.

"방문은 잠겨 있었고 창문으로 들어올 수도 없었어. 그러면 굴뚝으로 들어왔을까?"

"벽난로 문이 너무 작아."

홈즈는 대답했다.

"나는 그런 가능성에 대해서는 벌써 생각해 보았네."

"그러면 어디로?"

나는 끈질기게 물었다.

"자네는 통 내 규칙을 적용해 볼 생각을 하지 않는구먼."

홈즈는 고개를 절레절레 흔들며 말했다.

"내가 자네한테 몇 번이나 말했나? 불가능한 것을 빼고 남는 것이 아무리 그럴듯하지 않아도 진실이라고 말일세! 우린 그자가 방문, 창문, 또는 굴뚝으로 들어오지는 않았다는 사실을 알고 있네. 또 방에는 숨을 만한 곳도 없기 때문에 숨어서 기다리는 것도 불가능했다는 사실을 알고 있지. 그러면 그자는 어디서 왔을까?"

"천장의 구멍으로 들어왔어!"

나는 외쳤다.

"바로 그걸세. 틀림없이 그랬을 거야. 자네가 그 등불로 비춰

준다면 우리는 천장 위까지 조사를 확대해 볼 수 있겠어. 보물을
숨겨놓았던 그 비밀의 방 말일세."

홈즈는 사다리를 올라가서 천장의 들보를 붙들고 다락방으로
올라갔다. 그리고 바닥에 배를 깔고 엎드린 다음 등잔불을 받아
들고 내가 그 위로 올라갈 때까지 비춰주었다.

다락방은 가로 3미터, 세로 2미터 정도의 크기였다. 바닥은 들
보로 되어 있었고, 들보 사이에는 가는 윗가지에 회반죽을 이겨
발라놓았다. 그래서 걸을 때는 들보에서 들보로 건너다녀야 했
다. 가운데가 뾰족한 천장은 진짜 지붕의 안쪽 면을 이루고 있는
것이 틀림없었다. 방에 가구라곤 전혀 없었고 몇 년 묵은 먼지가
바닥에 두껍게 쌓여 있었다.

"어? 이건 뭐지?"

셜록 홈즈는 비스듬히 경사진 벽에 손을 대고 말했다.

"이건 지붕으로 나가는 들창 아닌가? 미니까 열리는군. 이 밖
은 경사가 완만한 지붕일세. 그러면 맨 처음 인물이 들어온 곳이
바로 여기군. 어디, 그자가 남긴 흔적이 있는지 찾아볼까?"

홈즈는 바닥에 등잔불을 비췄다. 그리고 나는 그날 밤 벌써 두
번째로 홈즈의 얼굴에 놀란 표정이 떠오르는 것을 보았다. 나는
그의 시선이 머물러 있는 곳을 바라보고 등골이 오싹했다. 바닥
에는 선명한 맨발 자국이 가득했다. 그런데 생생하게 남아 있는
발자국은 보통 성인 남자 발 크기의 절반밖에 안 되었다. 나는
간신히 말했다.

"홈즈, 아이가 이렇게 무서운 짓을 저질렀네."

홈즈는 곧 특유의 냉정함을 되찾았다.

"나도 잠시 당황했네. 하지만 이건 아주 자연스러운 일일세. 내가 제대로 기억을 되살렸다면 충분히 예견할 수 있던 일이야. 여기엔 더 이상 볼 것이 없으니 내려가기로 하세."

"그러면 그 발자국에 대한 자네 설명은 뭔가?"

나는 다시 밑으로 내려왔을 때 궁금증을 참지 못하고 질문 공세를 폈다.

"여보게, 왓슨, 자네도 한번 분석해 보게."

홈즈는 다소 빠른 말투로 대답했다.

"자네는 내 방법을 알고 있네. 그걸 한번 적용해 보게. 그리고 나중에 그 결과를 비교해 보는 것도 유익할 걸세."

"하지만 어떻게 사실을 설명할 수 있는지 전혀 모르겠는걸."

나는 대답했다.

"조금 있으면 모든 게 다 분명하게 밝혀질 거야."

홈즈는 건성으로 말했다.

"내 생각에는 더 이상 중요한 건 나오지 않을 것 같지만 한번 살펴보기로 하지."

홈즈는 돋보기와 줄자를 날쌔게 꺼내 들고 방 안을 기어 다니며 이것저것 측정하고 비교하고 조사했다. 길고 여윈 코는 마룻바닥에 바짝 붙어 있다시피 했고, 새의 눈처럼 깊숙이 들어간 두 눈은 구슬처럼 반짝거렸다. 너무도 조용하고 민첩한 행동을 보니 잘 훈련된 사냥개가 냄새를 추적하는 모습이 연상됐다. 나는 그가 타고난 열정과 지혜를 발휘해서 법을 수호하는 대신 법과 맞서는 쪽을 선택했다면 얼마나 가공할 범죄자가 되었겠는지 생각하지 않을 수 없었다. 홈즈는 뭐라고 쉬지 않고 중얼거리면서 방 안을 살펴나가다가 마침내 환호성을 질렀다.

"우린 오늘 정말 운이 좋네."

홈즈는 말했다.

"이제는 거의 아무 문제도 없겠어. 지붕으로 들어온 녀석이 재수 없게 크레오소트를 밟았네. 지독한 냄새를 풍기는 약물에 녀석의 조그만 발자국이 선명하게 찍혀 있네. 자네도 보다시피 저 큰 유리병이 깨지면서 그 속에 든 방부제가 흘러나오지 않았나?"

"그러면 어떻게 되는 거지?"

나는 물었다.

"어떻게 되는 거냐고? 녀석은 꼼짝없이 우리 수중에 떨어진 거야."

그는 말했다.

"나는 저 냄새를 세상 끝까지라도 쫓아갈 개를 알고 있지. 특수 훈련을 받은 사냥개가 이렇게 지독한 냄새를 쫓아서 어딘들 못 가겠는가? 결과는 불 보듯 뻔해. 이제 우리는……, 허허, 저런! 법의 대표들께서 행차하시는군."

아래층에서 무거운 발소리와 왁자지껄하게 떠드는 소리가 나더니 현관문이 쾅 하고 닫혔다. 홈즈가 말했다.

"저 친구들이 오기 전에 이 가엾은 친구의 팔을 좀 만져보게. 그리고 여기 이 다리하고. 어떤가?"

"근육이 판자처럼 딱딱하군."

나는 대답했다.

"바로 그걸세. 시신의 근육은 극심하게 수축된 상태에 있네. 이건 보통의 사후 강직과는 완전히 달라. 게다가 옛 필자들이 쓴 대로 '리수스 사르도니쿠스(발작적인 웃음)'라고 할 만한, 괴기한 미소를 짓고 있는 이 뒤틀린 안면 근육을 보게. 뭐 생각나는 것 없나?"

"모종의 강력한 식물성 알칼로이드로 인한 중독사. 스트리크닌 같은 물질은 근육의 강직을 일으키네."

나는 대답했다.

"심하게 수축된 저 안면 근육을 본 순간 맨 먼저 생각난 것이 바로 그것이었네. 방에 들어가자마자 나는 독이 체내로 들어간 통로를 찾았지. 자네도 보다시피 나는 머리에 박힌 침을 찾아냈네. 그런데 피해자가 의자에 똑바로 앉아 있었다고 가정할 때, 침이 날아온 부분은 천장의 구멍 쪽이었을 걸세. 자, 이 침을 좀 살펴보기로 하지."

나는 조심스럽게 침을 집어 들고 불빛으로 비춰보았다. 그것은 검은색의 날카롭고 기다란 침이었다. 뾰족한 끝에는 어떤 끈적한 물질이 말라붙어 있는 것처럼 반짝거렸다. 뭉툭한 쪽은 칼로 둥글게 다듬은 듯했다.

"이건 영국제인가?"

홈즈가 물었다.

"아니, 절대로."

"이 정도의 증거가 있으면 어떤 그럴듯한 추리를 해낼 수 있겠어. 그런데 마침 저기 정규군이 오는군. 그러니 외인부대는 퇴각해도 되겠네."

홈즈가 말하는 동안, 복도의 발소리가 점점 커지더니 회색 양복을 입은 풍채 좋은 사나이가 방 안으로 들어왔다. 혈색이 좋은 거구의 사내는 살에 파묻힌 조그맣고 반짝거리는 눈을 날카롭게 치떴다. 정복 차림의 경위 하나와 여전히 부들부들 떨고 있는 새디어스 숄토가 뒤따라 들어왔다.

"여기가 현장이군!"

거구의 사나이는 목쉰 듯 걸걸한 목소리로 외쳤다.

"여기가 바로 사건 현장이야! 그런데 이분들은 누구시더라? 허허, 방 안이 꼭 토끼 굴처럼 복작거리는군!"

"애설니 존스 씨, 내가 누군지 기억하고 계실 텐데요?"

셜록 홈즈는 조용히 말했다.

"물론 기억하고말고!"

존스 형사는 씨근거리며 말했다.

"이론가이신 셜록 홈즈 선생 아니신가. 기억하다마다! 선생이 비숍게이트 보석 사건 때 원인과 결과, 그리고 추리에 대해 일장 연설을 했던 일은 절대로 못 잊을 거요. 그때 선생이 수사 방향을 올바로 잡아준 건 사실이오. 한데 그게 무슨 훌륭한 이론 덕분이 아니라 운이 좋아서였다는 걸 인정할 때가 되지 않았소?"

"그건 아주 단순한 추리 덕분이었습니다."

"어허, 왜 이러실까! 솔직히 인정하는 걸 부끄럽게 생각하면 안 되오. 그런데 이것들은 다 뭐지? 흉측한 사건이군! 흉측한 사건이야! 여긴 명명백백한 사실들뿐이니 이론 따위는 필요 없겠군. 내가 우연히 이 근처에 나와 있다가 이 사건을 맡게 되었으니 얼마나 다행이오? 난 신고가 들어왔을 때 마침 노우드 경찰서에 있었소. 그런데 선생은 이 사람의 사인이 뭐라고 생각하시오?"

"아, 이 사건에 무슨 이론 따위가 필요하겠습니까?"

홈즈는 무표정하게 대꾸했다.

"어허, 왜 그러실까. 그래도 선생이 가끔 정곡을 찌를 때가 있는 건 부인할 수 없는 사실이지. 자! 방문은 잠겨 있었다고 했고 50만 파운드 값어치의 보석이 사라졌소. 창문은 어땠소?"

"잠겨 있었습니다. 하지만 창틀에 발자국이 남아 있지요."

"그래, 그래. 창문이 잠겨 있었다면 그 발자국은 사건과는 하등의 관계가 없는 것일 거요. 이건 흔한 사건이오. 이 사람은 발작을 일으켜서 죽었을 수도 있소. 하지만 보석이 사라졌군. 맞아! 그럴 수도 있겠어. 가끔씩 이런 식으로 영감이 스쳐 간단 말이야. 자, 경위, 그리고 당신 숄토 씨는 밖에 나가 계십시오. 아, 선생 친구분은 남아 있어도 좋소이다. 자, 선생은 이 사건에 대해 어떻게 생각하시오? 숄토는 어젯밤에 형과 같이 있었다고 자백했소. 형이 발작을 일으켜서 죽자 동생이 보물을 빼돌린 게 아닐까? 어떻게 생각하시오?"

"그다음에 죽은 사람이 일어나 안에서 방문을 걸어 잠갔겠군요."

"아차! 그런 문제가 있군. 그러면 문제를 상식적으로 생각해

봅시다. 저 새디어스 숄토라는 자는 어제 형과 같이 있었소. 그런데 둘은 싸웠지. 우리가 알고 있는 건 여기까지요. 그런데 형은 죽고 보물은 사라졌소. 그런데 동생이 떠난 뒤에 형을 본 사람이 아무도 없소. 침대에는 사람이 누워 있던 흔적도 없고 말이오. 그런데 동생은 지금 몹시 불안해하고 있소. 게다가 용모는……, 글쎄, 과히 매력적이진 않지. 나는 새디어스를 향해 치밀하게 그물을 치고 있소. 이제 조만간 그물을 잡아당길 거요."

"하지만 당신은 아직 정확한 사실 관계도 완전히 파악하지 못했습니다."

홈즈는 말했다.

"이 나무로 만든 침이 죽은 사람의 머리에 박혀 있었지요. 거기 자국이 보이십니까? 이 침에는 십중팔구 독을 발라놓았을 겁니다. 그리고 탁자 위에 있는 그 종이에 뭐라고 쓰여 있는지 한번 읽어보십시오. 그 옆에는 돌멩이를 달아놓은 이상한 막대기가 놓여 있습니다. 이 모든 사실을 다 어떻게 설명하시려고요?"

"다 뻔한 수작이오."

뚱뚱한 형사는 거만하게 말했다.

"이 집에는 인도 골동품으로 가득 차 있소. 새디어스가 그중 하나를 집어 왔을 거요. 그리고 그게 독침이라면 새디어스는 그것을 살인 무기로 사용한 것이 틀림없소. 그 쪽지는 필경 수사에 혼선을 초래하기 위한 속임수요. 유일한 문제는 어떻게 방을 나갔느냐 하는 거지. 그건 물론, 천장의 구멍을 통해서요."

형사는 육중한 몸에 비해서는 상당히 날렵하게, 사다리를 올라가 다락방으로 비집고 올라갔다. 그리고 곧 들창을 발견하고 기뻐 소리 질렀다.

"저 사람은 뭔가를 찾아낼 수도 있네."

홈즈는 어깨를 들썩이며 말했다.

"나름대로 번뜩이는 이성의 소유자니까. '재치 있는 사람들만큼 그렇게 까다로운 바보는 없다!'"

"어떻소!"

애설니 존스는 다시 사다리를 타고 내려오며 말했다.

"결국 문제가 되는 것은 이론이 아니라 사실이오. 이 사건에 대한 관점은 정해졌소. 저 위에는 지붕으로 통하는 들창이 있는데 그건 반쯤 열려 있었소."

"들창을 열어놓은 것은 바로 접니다."

"아, 그런가! 그럼 당신도 그걸 보았다는 건가?"

형사는 약간 풀이 죽은 듯했다.

"좋아, 누가 그걸 발견했든 간에, 범인이 어디로 도망갔는지는 분명해졌군. 여보게, 경위!"

"예!"

복도에서 대답 소리가 들렸다.

"숄토 씨를 방으로 들여보내게. 숄토 씨, 지금부터 당신이 하는 말은 당신에게 불리하게 사용될 수 있음을 알려드립니다. 나는 바솔로뮤 숄토를 살해한 용의자로 당신을 체포합니다."

"거봐요! 내가 아까 그러지 않았습니까!"

가엾은 사내는 팔을 벌리고 우리 둘을 번갈아 쳐다보며 외쳤다.

"숄토 씨, 걱정하지 마십시오."

홈즈가 말했다.

"제가 책임지고 숄토 씨의 혐의를 벗겨드리겠습니다."

"이론가 선생, 못 지킬 약속은 하지 마시오!"

형사가 쏘아붙였다.

"그렇게 하는 게 생각처럼 쉽지 않다는 걸 알게 될 거요."

"존스 씨, 난 이 사람의 혐의를 벗겨줄 뿐만 아니라 어젯밤 이 방에 들어온 두 사람 중에서 한 사람의 이름과 생김새를 아무 대가 없이 알려드리겠습니다. 그의 이름은 조녀선 스몰입니다. 나는 그렇게 생각할 만한 타당한 이유를 가지고 있습니다. 그자는 교육 수준이 낮고 몸집은 왜소하지만 상당히 민첩한 자입니다. 또 오른쪽 다리가 없는 대신 안쪽이 닳은 나무다리를 끼우고 있습니다. 왼발에 신은 구두는 구두코가 각이 졌고 뒤축에는 금속판이 붙어 있습니다. 그리고 얼굴이 햇볕에 그을린 전과자 출신의 중년 남자입니다. 또 손바닥의 살갗이 많이 벗겨졌다는 사실도 알아두면 도움이 될 겁니다. 공범은……."

"허허! 공범이라고?"

애설니 존스는 비꼬듯이 물었지만 홈즈의 정확한 설명에 놀란 표정이 역력했다.

"상당히 재미있는 친구입니다."

셜록 홈즈는 돌아서며 말했다.

"조만간 둘 다 소개해 드릴 수 있을 겁니다. 왓슨, 잠깐 나 좀 보게."

홈즈는 층계참으로 나를 이끌었다. 그가 말했다.

"예기치 못한 사건 때문에, 여기 왔던 본래의 목적을 방기하고 있었군."

"나도 방금 그 생각을 했네."

나는 대답했다.

"모스턴 양이 이 끔찍한 곳에 계속 있을 까닭은 없어."

"그렇지. 자네가 숙녀분을 집까지 모셔다 드리게. 모스턴 양은 로워 캠버웰의 세실 포레스터 부인 댁에서 살고 있으니까 여기서 별로 멀진 않아. 나는 자네가 돌아올 때까지 기다리고 있겠네. 어때, 피곤하지 않겠나?"

"아닐세. 이 기괴한 사건의 내막을 알기 전까지는 편안히 쉴 수 없을 것 같으이. 나도 인생의 거친 면을 꽤 많이 보아왔지만, 오늘 밤 이렇게 놀랍고 이상한 일을 연속적으로 겪다 보니 도저히 흥분을 가라앉힐 수가 없군. 하지만 이왕 여기까지 왔으니 자네 곁에서 사건이 완전히 해결되는 것을 보고 싶네."

"자네가 있으니 정말 큰 도움이 되는군."

홈즈는 대답했다.

"우리는 사건을 독자적으로 수사하도록 하세. 저 존스라는 인간은 헛다리를 짚고 좋아라 하는데 그냥 놔두자고. 자네는 모스턴 양을 내려주고 램베스 근처의 핀친 길 3번지로 가게. 오른쪽으로 세 번째에 있는 박제사의 집을 찾게. 집주인은 셔먼이라는 영감인데, 창가에 토끼 새끼를 붙잡고 있는 족제비 박제를 세워 놓았네. 셔먼 영감을 두들겨 깨워서 내 안부를 전해 주고 당장 토비를 달라고 하게. 그리고 마차에 싣고 오게."

"개인가?"

"맞아. 정말 놀라운 후각 능력을 가진 기묘한 잡종 개지. 나는 런던 시내의 전 경찰력을 동원하느니 차라리 토비의 힘을 빌리겠네."

"그럼 가서 데려오도록 하지. 지금 1시일세. 새 말로 바꿀 수 있다면 3시 전에 돌아올 걸세."

내 말에 홈즈가 대꾸했다.

"그러면 나는 번스톤 부인과 옆방에서 잔다는 인도 하인을 만나서 정보를 수집해 보지. 그리고 저 대단한 존스 형사가 어떤 방식으로 수사하는지 살펴보고, 별로 아프지도 가렵지도 않은 독설을 경청해야겠어. '사람들은 자신이 이해하지 못하는 것을 경멸하는 버릇이 있다.' 괴테는 언제나 명쾌하지."

통 사건

 나는 경찰이 끌고 온 마차에 모스턴 양을 태우고 그녀의 집을 향해 출발했다. 옆에 자신보다 약한 사람이 있는 한 그녀는 천사처럼 고요한 얼굴로 힘든 걸 참아냈다. 아래층으로 내려갔을 때 나는 그녀가 밝고 평온한 얼굴로 겁에 질린 가정부 곁을 지키고 있는 모습을 보았다. 그러나 마차에 타자 그녀는 정신을 가누지 못하더니 곧 격렬하게 흐느끼기 시작했다. 그녀는 하룻밤 사이에 일어난 여러 가지 사건으로 혹독하게 단련받은 것이다. 그녀는 나중에 내가 차갑고 냉정한 사람인 줄 알았다고 했다. 그녀는 내 마음속의 갈등에 대해, 그리고 내가 자신을 억제하기 위해 얼마나 애썼는지에 대해 거의 짐작조차 못 했다. 정원에서 손잡고 있을 때와 마찬가지로 나의 사랑과 연민은 온통 그녀에게 쏠려 있었다. 나는 일상적인 삶에서라면 몇 년의 세월이 흘러도 그녀의 사랑스럽고 용감한 성격을 이 이상한 하룻밤만큼 많이 알게 되지는 못했을 거라고 생각했다. 그러나 사랑의 언어를 내 입술 끝에 가둬버린 것은 두 가지 이유 때문이었다. 그녀는 약하고 무력한 상태에 있을 뿐 아니라 정신적으로 불안했다. 이런 때에 여성에게 사랑을 강요하는 것은 비겁한 행동이 될 터였다. 게다가 그녀는 부유했다. 홈즈의 수사가 성공리에 끝난다면 그녀는 상속녀가 될 것이다. 그런데 월급의 반밖에 못 받는 요양 군인이 우연히 찾아온 친교의 기회를 그런 식으로 이용하는 것이 공정하고 명예로운 일일까? 그녀는 나를 돈밖에 모르는 속물로 생각하지 않을까? 혹시라도 그녀가 그렇게 생각할지 모른다고 상상하니 견딜 수가 없었다. 우리 둘 사이에 버티고 서 있는 아그라 보물은 넘을 수 없는 장벽이었다.

세실 포레스터 부인 댁에 도착한 것은 2시가 거의 다 돼서였다. 하인들은 벌써 몇 시간 전에 잠자리에 들었지만 포레스터 부인은 모스턴 양이 받은 이상한 편지에 대해 크나큰 호기심을 느끼고 있었으므로 자지 않고 그녀가 돌아오기만을 기다리고 있었다. 문을 열어준 것은 바로 포레스터 부인이었다. 부인은 나이가 지긋하고 기품 있어 보였다. 포레스터 부인이 모스턴 양의 허리를 부드럽게 감싸 안으며 어머니 같은 목소리로 그녀를 맞아들이는 것을 보고 나는 퍽 기뻤다. 모스턴 양은 급료를 받는 객식구가 아니라 존중받는 친구임에 틀림없는 것이다. 모스턴 양이 나를 소개하자 포레스터 부인은 어서 들어와 오늘 밤의 모험에 대해 말해 달라고 간곡히 부탁했다. 하지만 나는 지금은 중요한 용무가 있으니 사건에 어떤 진전이 있으면 찾아와서 뵙고 말씀드리겠노라고 성심성의껏 말했다. 마차가 출발하자 나는 뒤를 돌아보았다. 아직도 계단 위에 서 있는 사람들이 보이는 것 같았다. 서로를 얼싸안고 있는 우아한 두 여성, 반쯤 열린 문, 색유리를 통해 번져 나오는 홀의 불빛, 기압계, 밝은 색깔의 양탄자 누르개. 우리 모두를 집어삼킨 어둡고 무시무시한 사건의 와중에 평화로운 영국 가정을 언뜻 본 것만 해도 마음이 포근해지는 느낌이었다.

지금까지 있었던 일에 대해 생각할수록 그것은 더욱 어둡게 느껴졌다. 마차가 가스등이 켜진 고요한 거리를 달리는 동안, 나는 기묘하기 짝이 없는 사건들의 연쇄에 대해 생각해 보았다. 처음의 문제들은 완전히 밝혀졌다. 모스턴 대위의 사망, 해마다 배달된 진주, 광고, 모스턴 양 앞으로 날아온 편지, 이 모든 사건들은 완전히 해명된 것이다. 그러나 이것은 더 복잡하고 훨씬 비극적인 사건으로 이어졌다. 인도의 보물, 모스턴 대위의 소지품에서 발견된 이상한 도면, 숄토 소령이 임종할 때 일어난 이상한 사건, 다시 발견된 보물과 그것을 찾아낸 당사자의 비극적 죽음, 범죄의 예사롭지 않은 성격, 발자국, 기이한 무기, 모스턴 대위의 도면에 쓰여 있는 것과 똑같은 글귀가 쓰인 종이. 이처럼 복잡다단한 사건에서는 홈즈 정도의 특출한 재능이 없는 사람이라면 단서를 찾아내는 데 실패했을지도 모른다.

핀친 길은 램베스 아래쪽 동네로, 허름한 2층짜리 벽돌집들이 늘어선 거리였다. 나는 3번지 집의 현관문을 한참 두들긴 다음에야 겨우 대답을 들을 수 있었다. 그러나 사람이 나오는 대신 2층 창문의 커튼 뒤에서 촛불이 켜지더니 누가 창밖으로 얼굴을 내밀었다.

"꺼지지 못해! 이 주정뱅이 건달 녀석아!"

위에서 말했다.

"한 번 더 소란을 피웠다가는 개집 문을 열어서 마흔세 마리의 개를 풀어놓을 테다."

"한 마리만 내주시면 됩니다. 저는 개 때문에 왔습니다."

나는 말했다.

"꺼져!"

다시 위에서 고함을 쳤다.

"이 주머니에 걸레가 들어 있다. 당장 내빼지 않으면 네 머리 위에 걸레를 던질 테다!"

"하지만 개가 필요한데요."

나는 소리쳤다.

"입 닥쳐!"

셔먼 씨가 소리 질렀다.

"당장 물러서라. 내가 셋을 셀 동안에 가지 않으면 걸레를 던질 테다."

"셜록 홈즈 씨가……."

나는 말을 시작했다. 홈즈라는 이름은 마술적인 효과를 발휘했다. 금방 창문이 닫히더니 잠시 후 현관문이 열렸다. 셔먼 씨는 어깨가 구부정하고 목에 힘줄이 돋은 깡마른 노인이었다. 그는 푸른빛이 도는 안경을 끼고 있었다.

"셜록 씨의 친구라면 언제나 환영이오."

노인은 말했다.

"어서 들어오쇼. 거기 있는 오소리 조심하시고. 사람을 무니까. 이런, 버릇없는 것. 이 신사분을 물어뜯고 싶은 게냐?"

노인은 우리 창살 틈으로 심술궂게 생긴 머리를 내밀고 있는 빨간 눈의 오소리에게 말했다.

"염려 마쇼. 그건 도마뱀이니까. 독이 없는 놈이오. 그래서 그냥 방에다 풀어놓지. 그놈은 바퀴벌레를 잡아먹는다오. 아까 아무것도 모르고 성질 부려서 미안하게 됐수다. 동네 애들이 하도 장난질을 쳐서. 게다가 이 골목에는 무작정 이 집에 와서 소란 피우는 녀석들도 한둘이 아니오. 그런데 셜록 홈즈 씨가 무슨 일로?"

"개를 한 마리 데려오라고 해서요."

"허허! 그럼 토비겠구먼."

"예. 토비라고 하더군요."

"토비는 여기 왼쪽의 7번 우리에서 산다오."

노인은 촛불을 들고 집 안에 모아놓은 기묘한 동물 가족 사이를 천천히 지나갔다. 일렁이는 촛불 빛 아래 구석구석에서 우리를 내다보는 반짝거리는 눈들이 희미하게 보였다. 머리 위의 들보에도 근엄한 새들이 한쪽 다리를 들고 일렬로 앉아 있다가 우리가 떠드는 소리에 잠을 깨어 다른 쪽 다리로 천천히 무게중심을 옮기고 있었다.

토비는 털이 북슬북슬하고 귀가 축 늘어진 못생긴 개였다. 스패니얼과 사냥개의 피를 반반씩 물려받은 녀석은 갈색과 흰색이 섞인 얼룩 개인데 걸음걸이가 꼴사납게 뒤뚱거렸다. 늙은 박제사가 내 손에 쥐여준 설탕 한 덩어리를 녀석에게 주자 녀석은 약간 망설이다가 받아먹었다. 이로써 우리 사이엔 협조 관계가 성립되었고 녀석은 나를 따라 순순히 마차에 올라탔다. 내가 퐁디셰리 저택에 도착한 것은 궁전의 시계가 새벽 3시를 알렸을 때였다. 프로 권투 선수 출신인 맥머도는 종범으로 체포되어 숄토 씨와 함께 서로 연행되어 갔다고 했다. 두 경관이 저택의 좁은 문을 지키고 있었지만 내가 홈즈의 이름을 대자 두 사람은 나를 개와 함께 순순히 들여보내주었다.

홈즈는 파이프를 입에 물고 두 손을 호주머니에 찌른 채 현관 계단 위에 서 있었다. 그가 말했다.

"아, 개를 데리고 왔군! 오, 그래, 착하지! 애설니 존스는 갔네. 자네가 떠나고 난 뒤 우리는 세력 다툼을 좀 했지. 그자는 새디어스 씨뿐 아니라 수위, 가정부, 인도인 하인까지 다 체포했어. 2층에 경관 하나가 있는 것 빼면 이 집엔 우리뿐일세. 개는 여기 놔두고 올라가보기로 하지."

우리는 토비를 홀의 탁자에 묶어놓고 다시 2층으로 올라갔다. 시신을 시트로 덮어놓은 것 빼고 방은 우리가 나올 때 그대로였다. 피곤한 얼굴의 경위가 구석에서 쉬고 있었다.

"경위, 그 각등 좀 빌려주시오."

내 친구가 말했다.

"자, 각등이 앞에 매달려 있도록 줄을 내 목 뒤에서 좀 매주시오. 고맙소. 자, 이제 나는 구두와 양말을 벗어야겠군. 왓슨, 이건 자네가 좀 들어주게. 나는 지붕을 좀 타야 할 것 같으니까. 그리고 내 손수건을 크레오소트에 적셔주게. 됐네. 자, 잠깐 나랑 같이 다락방으로 올라가보세."

우리는 구멍을 통해 올라갔다. 홈즈는 먼지 구덩이에 새겨진 발자국에 다시 한번 불을 비췄다. 그가 말했다.

"왓슨, 이 발자국을 자세히 살펴주기 바라네. 뭔가 특이한 점이 없나?"

"이건 아이나 작은 여자의 발자국 같아."

나는 말했다.

"크기 말고. 딴건?"

"보통 발자국과 달라 보이는 점은 별로 없는 것 같은데?"

"그렇지 않네. 이걸 좀 보게! 여기 오른쪽 발자국이 찍혀 있지? 자, 내가 맨발로 그 옆에 발자국을 한번 내보겠네. 가장 큰 차이는 뭔가?"

"자네 발가락은 모여 있는데 이건 발가락 사이가 유난히 많이 벌어졌어."

"바로 그걸세. 그게 핵심이야. 그걸 꼭 기억해 두게. 그리고 미안하지만 그 들창으로 나가서 나무틀의 냄새를 맡아봐주지 않겠나? 나는 손수건을 들고 여기 있겠네."

나는 홈즈가 말한 대로 했고 곧 강한 타르 냄새를 의식했다.

"놈이 나갈 때 거기를 밟았군. 자네가 냄새를 맡을 수 있을 정도라면 토비한테는 아무 문제도 없겠어. 자, 이제 아래층으로 내려가서 개를 데리고 밖에 나가 내가 어떤 곡예를 부리는지 한번 보게."

내가 밖으로 나갔을 때 셜록 홈즈는 지붕 위에 있었다. 나는 목에 등불을 매단 홈즈가 거대한 개똥벌레 유충처럼 용마루 위를 아주 천천히 기어가는 모습을 볼 수 있었다. 그는 잠시 굴뚝 뒤로 사라졌다 모습을 드러내더니 다시 한번 지붕 반대편으로 사라졌다. 내가 집 뒤로 돌아가자 홈즈가 건물 모퉁이의 처마 끝에 앉아 있는 것이 보였다.

"자넨가, 왓슨?"

그가 외쳤다.

"그래."

"놈은 이리로 내려갔네. 그 밑에 시커먼 게 뭔가?"

"물통일세."

"물통?"

"그래!"

"사다리 같은 건 없고?"

"없네."

"빌어먹을 녀석! 정말 위험천만한 곳이군. 녀석이 이리로 올라왔다면 나도 내려갈 수 있겠지. 배수 파이프는 아주 단단하군. 자, 그럼 간다."

몇 차례 발을 구르는 소리가 나더니 각등이 천천히 벽을 내려오기 시작했다.

홈즈는 물통을 가볍게 딛고 바닥으로 뛰어내렸다. 그는 양말과 구두를 신으며 말했다.

"녀석이 다닌 길을 추적하는 건 식은 죽 먹기였네. 녀석이 밟은 곳은 기왓장이 헐거워져 있었어. 그리고 녀석은 서두르다가 이걸 떨어뜨렸지. 자네 같은 의사들의 말투를 빌리면, 이건 내 진단을 확증해 주는 물건일세."

홈즈가 꺼내 보여준 것은 물들인 갈대로 짠 작은 지갑 또는 주머니였다. 주머니 가장자리는 싸구려 구슬로 장식돼 있었다. 모양이나 크기로 보면 담뱃갑과 비슷했다. 안에는 대여섯 개의 검은 나무 침이 들어 있었다. 그것은 바솔로뮤 숄토의 몸에서 나온 것과 마찬가지로 한쪽 끝은 날카롭고 반대쪽 끝은 둥글게 깎여 있었다. 홈즈가 말했다.

"흉악한 물건일세. 찔리지 않도록 조심하게. 이걸 손에 넣으니 안심이 되는군. 녀석이 가진 무기가 이게 전부일 수도 있으니까. 나나 자네가 이런 것에 맞을까 봐 걱정할 일은 없게 됐어. 그런데 자네 이제부터 10킬로미터 행군이 가능하겠나?"

"그럼."

나는 대답했다.

"자네 다리가 견딜 수 있을까?"

"염려 말게."

"좋아. 토비! 이리 오너라! 자, 착하지. 이걸 냄새 맡으렴. 냄새 맡아!"

홈즈는 크레오소트에 적신 손수건을 개의 코 밑에 대주었다. 개는 털이 북슬북슬한 다리를 벌리고 서서, 유명한 포도주의 냄새를 맡는 감식가처럼 우스꽝스럽게 고개를 갸웃했다. 홈즈는 손수건을 멀리 던져버리고 토비의 목걸이에 튼튼한 줄을 걸었다. 그리고 개를 물통 밑으로 데리고 갔다. 개는 꼬리를 곤추세운 채 바닥에 코를 처박더니 곧 사납게 짖으며 줄이 팽팽해질 정도로 달리기 시작했다. 우리는 개를 따라 달음박질쳤다.

동쪽 하늘은 벌써 희부옇게 밝아오고 있었고, 차가운 회색 박명 속에서 웬만한 거리에 있는 것은 다 알아볼 수 있었다. 텅 빈 검은 창문과 휑한 바람벽이 눈에 들어왔다. 장방형의 육중한 건물이 등 뒤에 슬프고 적막하게 솟아 있었다. 개는 정원에 파놓은 구덩이 사이를 요리조리 빠져나갔다. 여기저기 흙더미가 쌓여 있었고, 정원수는 제대로 자라지 못한 채 바닥을 기고 있었다. 정원은 집 안 전체를 짓누르는 무서운 비극 탓에 더욱 병적이고 불길하게 보였다.

담 밑에 다다른 토비는 앓는 소리를 내며 담벼락 그늘 속을 걷다가 어린 너도밤나무 뒤쪽의 모퉁이에서 멈춰 섰다. 두 개의 담이 만나는 그곳에는 벽돌 몇 개가 헐거워져 있었고, 돌출한 벽돌은 반들반들하게 닳아 있어서 그동안 사다리 노릇을 해왔다는 것을 보여주었다. 담을 타고 올라간 홈즈는 내 손에서 개를 받아서 저쪽으로 내려주었다.

"여기 나무다리 사나이의 손자국이 있군."

담을 올라가고 있는데 위에서 홈즈의 목소리가 들렸다.

"하얀 석회에 핏자국이 약간 묻어 있네. 어젯밤 이후로 큰 비가 안 내린 것이 천만다행이야! 벌써 28시간이 지났지만 길에는 아직 냄새가 남아 있을 걸세."

솔직히 말해서 나는 그사이에 런던의 도로를 지나다녔을 숱한 인마(人馬)를 생각하면 의심스럽지 않을 수 없었다. 그러나 곧 나의 걱정은 기우였음이 드러났다. 토비는 한 번도 망설이거나 딴 길로 새지 않고 특이하게 굴러가는 듯한 걸음으로 뒤뚱거리며 걸어갔다. 크레오소트의 역한 냄새가 다른 냄새를 제치고 강하게 떠오르는 것이 틀림없었다. 홈즈가 말했다.

"혹시라도 말일세, 범인 하나가 우연히 화학 약품을 밟은 덕분에 사건 수사가 잘 풀리고 있는 거라고 생각하지는 말게. 나는 다른 방법으로 범인을 추적할 수 있는 단서를 이미 손에 넣었다네. 하지만 이것이 가장 손쉬운 방법이지. 행운의 여신이 우리를 향해 미소를 지었는데 못 본 척한다면 그것도 잘못 아니겠나? 하지만 이렇게 되는 바람에 사건이 단순해 보이는 건 사실이야. 이런 기회만 없었더라면 상당히 복잡해 보였을 사건인데. 이렇듯 명백한 단서만 없었다면 나는 이 사건을 해결하면서 상당히 면목을 세웠을 걸세."

"면목은 세우고도 남네."

나는 말했다.

"정말일세, 홈즈. 나는 자네가 이 사건에서 증거를 수집하는 방식을 보고 제퍼슨 호프 살인 사건 때보다 더 놀랐다네. 한마디로 감탄스러우이. 내가 보기에 이 사건이 훨씬 복잡하고 난해한 것 같아. 예를 들면 말일세, 자네는 외다리 사나이의 신상에 대해 어떻게 그렇게 자신 있게 설명할 수 있었나?"

"쳇, 이런 사람 보게! 그건 아주 간단한 일이었지. 이론이고 뭐고 전혀 필요 없네. 모든 게 아주 뻔하니까 말일세. 교도소 경비부대의 장교 두 사람이 숨겨진 보물에 관한 비밀을 알게 되었네. 조너선 스몰이라는 영국인이 두 사람에게 지도를 그려주었지. 자네 모스턴 대위가 소지한 도면 위에 쓰여 있던 이름들 기억나나? 조너선 스몰은 자신뿐 아니라 세 동료를 대표해서 도면에 서명했네. 그는 거기에 '네 사람의 서명'이라는 다소 극적인 이름을 붙여놓았지. 그런데 두 장교가, 아니면 둘 중 한 사람이 그 도면을 보고 보물을 찾아낸 다음 영국으로 가져왔네. 그리고 아마 도면을 받기 전에 모종의 약속을 했을 터이지만 그 약속을 지키지 않았을 걸세. 그런데 조너선 스몰은 왜 스스로 보물을 찾지 않았을까? 답은 분명하네. 도면이 작성된 것은 모스턴이 죄수들과 가까이 지낼 때였어. 조너선 스몰과 그 동료들은 죄수의 몸으로 감옥에 갇혀 있었기 때문에 보물을 찾을 수 없었던 거지."

"하지만 그것은 단순한 추측일 뿐이지 않은가."

나는 말했다.

"그것은 단순한 추측 이상의 것일세. 오로지 이 가설에 의거해야만 사실을 설명할 수 있네. 자, 그러면 그것이 다음 이야기와 어떻게 맞아떨어지는지 보기로 하지. 숄토 소령은 보물을 소유하고 있다는 기쁨에 취해서 몇 년간 조용히 지냈네. 그런데 인도에서 어떤 편지가 날아오면서 그는 큰 충격을 받게 되지. 그게 어떤 편지였을까?"

"그가 속인 사람들이 석방됐다는 편지."

"아니면 탈출했거나. 탈출했다고 보는 편이 훨씬 그럴듯하지. 왜냐하면 숄토 소령은 죄수들의 복역 기간을 알고 있었을 테니까. 죄수들이 석방된 거라면 별로 놀라운 소식이 아니었을 걸세. 그런데 소령은 그다음에 어떻게 행동하지? 그는 나무다리의 사내(백인일세.)를 극도로 경계하게 되네. 그는 어느 백인 장사꾼을 그 사람으로 착각하고 총격을 가하기까지 했네. 그런데 도면에 쓰인 백인 이름은 하나뿐일세. 나머지 셋은 힌두교나 회교도지. 다른 백인은 없네. 그래서 우리는 나무다리 사내가 바로 조너선 스몰이라는 것을 확실히 알게 되는 것이지. 내가 말한 것 중에서 어디 이상한 부분이 있나?"

"아니. 명쾌하고 치밀한 추리일세그려."

"그래, 좋아. 그러면 우리가 조너선 스몰의 입장이 되어보자고. 사태를 그의 입장에서 보기로 하지. 그는 자신의 권리를 찾고, 또 자신을 속여 넘긴 사내에게 복수하겠다는 일념으로 영국으로 건너왔네. 그는 숄토의 집을 찾아냈고, 또 집 안의 누군가와 내통했을 가능성이 크지. 우리가 보지 못한 하인으로 랄 라오라는 집사가 있네. 번스톤 부인의 얘기로는 질이 좋지 못한 사람이라는군. 하지만 스몰은 보물이 숨겨져 있는 곳을 알아낼 수 없었네. 왜냐하면 그것을 알고 있는 것은 소령과 이미 사망한 충직한 하인뿐이었으니까. 그러다 스몰은 갑자기 소령이 죽게 됐다는 소식을 듣지. 보물의 비밀이 소령과 함께 사라질지도 모른다는 생각에 눈이 뒤집힌 그는 삼엄한 경비망을 뚫고 죽어가는 사람의 방 창가로 접근하지. 하지만 소령의 두 아들 때문에 방에 침입하려는 시도는 좌절되고 마네. 하지만 죽은 사내에 대한 증오에 눈이 먼 스몰은 그날 밤 그 방에 침입해서 보물과 관련된 메모라도 찾아보려는 생각으로 소지품을 뒤지지만 결국은 자신이 다녀갔다는 기념으로 짤막한 글귀만을 남기고 사라지네. 그는 아마 자신이 소령을 처단하게 되면 그것이 이유 없는 살인이 아니라는 것을 알리기 위해 그런 기록을 남기려고 계획했을 걸세. 스몰을 비롯한 네 사람의 관점에서 보면 그것은 정당한 행동이었을 테니까. 범죄의 역사를 들춰보면 이런 식의 기괴한 발상들이 흔한데, 그것은 대개 범죄자가 누군지를 알려주는 귀중한 단서가 되지. 어때, 내 말이 이해가 가나?"

"응."

"그다음에 조너선 스몰은 무엇을 할 수 있었을까? 그는 보물을 찾아낼 때까지 은밀한 감시를 계속할 수밖에 없었지. 그는 영국을 떠나 있으면서 이따금씩 귀국했을 수도 있네. 그런데 바솔로뮤 숄토가 다락방을 발견했고 그 사실은 곧장 그에게 통보되었네. 우리는 이 부분에서, 집 안에 그와 내통하는 자가 있었음을 다시 냄새 맡게 되는 거지. 나무다리 조너선은 혼자 힘으로는 2층 바솔로뮤 숄토의 방에 들어갈 수 없었네. 하지만 그는 의외의 인물을 끌어들여서 이러한 난관을 훌륭하게 뛰어넘지. 하지만 그가 선택한 인물은 맨발로 크레오소트를 밟는 실수를 저질러서 토비를 불러들였네. 그리고 아킬레스건을 다친 요양 중인 장교가 절룩거리며 10킬로미터를 걸어가게 만들고 말일세."

"하지만 살인을 저지른 것은 조너선이 아니라 그 공범이었어."

"그렇지. 그런데 공범이 방에 들어와서 돌아다닌 흔적을 살펴보면 조너선 스몰이 바솔로뮤 숄토에게 개인적 원한이 없었다는 사실을 알 수 있네. 스몰은 공범이 바솔로뮤를 묶어놓고 입에 재갈을 물려놓았다면 더 좋아했을 걸세. 그는 교수대의 밧줄에 머리를 디밀고 싶지는 않았던 거지. 하지만 어쩔 수 없었네. 동료의 잔인한 본능이 발휘되었고 독이 제 할 일을 다 했으니까. 조너선 스몰은 글씨를 남겨놓고 보물 상자를 들고 튀었네. 내가 해독할 수 있는 것은 이 정도일세. 물론, 그의 용모에 관해 말한다면 나이는 중년쯤일 거고 아궁이 속 같은 안다만 제도에서 오랜 세월을 보냈기 때문에 얼굴이 검게 그을렸을 걸세. 키는 보폭으로 쉽게 계산해 낼 수 있고, 또 우리는 그가 턱수염을 길렀다는 사실을 알고 있네. 새디어스 숄토가 목격한 창밖의 사나이는 수염을 기르고 있었다고 했으니까. 내가 아는 것은 여기까지네."

"공범은?"

"아, 공범에 관해서 뭐 대단한 비밀이 숨겨져 있는 것은 아닐세. 자네도 곧 모든 걸 알게 될 거야. 흠, 아침 공기가 참으로 상쾌하군! 저 작은 구름 좀 보게. 꼭 커다란 홍학의 몸에서 떨어져 나온 분홍빛 깃털처럼 보이지 않나? 런던 하늘의 구름 둑 위로 붉은 태양이 고개를 내밀려고 하는군. 저 태양은 수많은 사람들을 비추고 있지만, 그중에 우리보다 더 기이한 용무를 보고 있는 사람은 없을 걸세. 자연의 위대한 힘 앞에서 인간의 야망과 노력이란 얼마나 하찮은 것인지? 자네, 장 파울(19세기에 활동한 독일의 소설가 — 옮긴이)은 다 읽었나?"

"그럼. 나는 칼라일을 통해 장 파울에 이르게 되었지."

"그건 마치 개울을 따라서 모천(母川)으로 회귀하는 것과 같은 일이지. 장 파울은 대단히 재치 있고 의미심장한 말을 한마디 남겼네. '인간의 진정한 위대함의 증거는 자신의 보잘것없음에 대한 자각에 있다.'라고 말일세. 비교하고 인정할 수 있는 사람의 능력 자체가 고귀함의 증거라는 것이지. 장 파울의 사상은 풍부한 정신적 양분이 된다네. 자네 권총 안 가져왔지?"

"난 지팡이를 가져왔네."

"그자들의 소굴에 도착하면 뭔가가 필요해질 수도 있어. 조너선은 자네에게 맡겨놓겠네. 하지만 다른 녀석이 날뛰면 난 총을 쏠 거야."

홈즈는 말하면서 리볼버를 꺼내 총알 두 개를 장전한 다음 웃옷 오른쪽 주머니에 넣어두었다.

우리는 그동안 토비를 따라 대도시 외곽의 시골 냄새 물씬 풍기는 별장 지대까지 왔다. 그곳을 지나니 이제는 연달아 이어진 거리가 나왔다. 인부들과 부두 노동자들은 벌써 일어났고 매춘부들은 가게 문을 닫고 현관 계단을 쓸고 있었다. 길모퉁이의 여인숙은 하루를 막 시작하는 참이었다. 거친 사내들이 세수를 끝내고 옷소매로 수염을 훔치며 여인숙을 나서고 있었다. 낯선 개들이 길에서 어슬렁거리다 우리 일행을 신기하다는 듯이 바라보았다. 그러나 천하무적 토비는 한눈파는 법 없이 코를 바닥에 대고 종종걸음을 치며 가끔씩 냄새가 강해지는 곳에서는 컹컹 짖어댔다.

우리는 스트리트햄, 브릭스턴, 캠버웰을 지나왔고 이제는 오벌의 동쪽으로 뻗은 케닝턴 길로 들어섰다. 우리가 쫓는 사내들은 추적을 따돌리려는 생각에서였던 듯, 이상하게 갈지자로 간 것 같았다. 이들은 결코 큰길로는 가지 않았고 골목이 나오면 항상 그곳으로 꺾어졌다. 케닝턴 길의 끝 부분에서 이들은 다시 왼쪽으로 꺾어 본드가와 마일스가를 지났다. 마일스가가 '기사의 집'으로 이어지는 부분에서, 토비는 걸음을 멈추었다. 그리고 한쪽 귀는 쫑긋 세우고 한쪽 귀는 축 늘어뜨린 채 같은 곳을 왔다 갔다 하기 시작했다. 개는 진퇴양난에 빠진 듯했다. 그러더니 자신의 당황스러운 입장을 이해해 달라는 듯 때때로 우리를 쳐다보며 주위를 맴돌았다.

"젠장, 이놈의 개가 뭐 하는 거지?"

홈즈는 화난 목소리로 말했다.

"그자들이 마차를 타거나 기구를 타고 하늘로 올라가지는 않았을 텐데."

"여기 한참 서 있었던 모양이지."

내가 한마디 했다.

"아! 됐다. 다시 가는군."

내 친구가 안심한 목소리로 말했다.

개는 정말 한참 냄새를 맡고 돌아다니더니 갑자기 마음을 정한 듯, 여태까지와는 전혀 다른 태도로 쏜살같이 달리기 시작했다. 냄새가 전보다 훨씬 강해진 것처럼, 개는 땅바닥에 코를 대는 법도 없이 줄이 팽팽히 당겨질 정도로 내달렸다. 홈즈의 눈빛을 보니 목적지가 가까워지고 있다고 생각하는 것이 분명했다.

우리는 이제 나인 엘름을 뛰어내려 가 화이트 이글 선술집 바로 다음의 브로데릭 앤드 넬슨 목재 야적장에 도착했다. 여기까지 오자 개는 미친 듯이 흥분해서 커다란 목재 야적장으로 통하는 쪽문으로 달려 들어갔다. 목재 야적장에선 일꾼들이 벌써 나와 톱질을 하고 있었다. 개는 톱밥과 나뭇조각 더미를 지나 좁은 길을 달려가다가 모퉁이를 돌더니 두 개의 목재 더미 사이를 지나갔다. 그리고 마침내 의기양양하게 짖어대며 아직 손수레에서 내려놓지도 않은 커다란 통 위로 뛰어올라 갔다. 토비는 통 위에서 혀를 쭉 빼물고 눈을 반짝이며 우리 두 사람을 연신 바라보면서 칭찬해 주기만을 기다렸다. 나무통의 널판과 손수레 바퀴에는 검은 액체가 잔뜩 묻어 있었고, 사방에 크레오소트 냄새가 진동하고 있었다.

셜록 홈즈와 나는 서로를 멍청히 바라보다 동시에 배를 잡고 눈물이 날 정도로 웃어댔다.

베이커가 외인부대

"이젠 어떻게 하지?"

나는 물었다.

"한 번도 실수한 적이 없다던 토비가 어떻게 됐나 보군."

"토비는 냄새를 따라간 것뿐일세."

홈즈는 말하고 개를 통 위에서 안아 내린 다음 목재 야적장 밖으로 데리고 나갔다.

"런던에서 수레로 운반되는 크레오소트의 양이 하루 어느 정도나 되는지 안다면 길이 엇갈린 것이 조금도 이상하게 생각되지 않을 걸세. 크레오소트는 지금 널리 쓰이고 있지. 특히 목재의 건조 과정에서 말이야. 불쌍한 토비에게는 아무 잘못도 없어."

"다시 냄새를 찾아야 할 것 같은데."

"그래. 다행스럽게도 별로 멀리 갈 필요가 없네. '기사의 집' 입구에서 개가 헷갈렸던 것은 거기서 냄새의 자취가 서로 반대되는 두 방향으로 뻗어 있기 때문이었을 걸세. 우린 엉뚱한 자취를 따라온 거지. 이제는 다른 쪽으로 가면 되네."

그것은 별로 어려운 일이 아니었다. 토비를 아까 쩔쩔매던 곳에 데려다 놓자, 토비는 한 바퀴 넓게 원을 그리더니 새로운 방향으로 달려가기 시작했다.

"혹시 아까 그 크레오소트를 신고 온 곳으로 우릴 데려가는 건 아닐까."

나는 근심스럽게 말했다.

"나는 그 점에 대해서도 생각해 보았네. 하지만 보다시피 개는 지금 인도로 가고 있지 않나. 하지만 통은 차도로 운반되어 왔을 걸세. 그래, 우린 이제 원래의 냄새를 찾은 거야."

개는 벨몬트 플레이스와 프린스가를 지나 강변 방향으로 달렸다. 그리고 브로드가의 끝에서 강으로 내려가더니 자그마한 잔교(棧橋)로 향했다. 토비는 잔교 끝까지 가서 그 너머의 어두운 강물을 바라보며 낑낑거렸다.

"우리의 운은 여기서 다했군."

홈즈가 말했다.

"그자들은 여기서 배를 탄 거야."

작은 나룻배 몇 척이 물 위에 떠 있거나 잔교에 묶여 있었다. 우리는 토비를 배에 일일이 태워주었다. 토비는 열심히 킁킁거렸지만 냄새를 찾지는 못했다.

허술하게 만들어진 잔교 근처에 작은 벽돌집 한 채가 서 있었는데 창가에 나무 팻말 하나가 걸려 있었다. 위에는 큰 글씨로

'모드케이 스미스'라고 쓰여 있고 그 밑에는 "배 빌려드립니다." 라고 쓰여 있었다. 그것은 증기선을 빌려준다는 말인 듯했다. 선창에 석탄이 잔뜩 쌓여 있는 것으로 보아 틀림없었다. 셜록 홈즈는 주위를 천천히 둘러보았다. 그의 얼굴이 어두워졌다.

"조짐이 별로 안 좋아. 범인들은 예상외로 대단히 용의주도하군. 그들은 자신들의 도주로를 은폐하려고 했네. 사전에 치밀한 각본을 짜놓고 그에 따라 움직인 것 같아."

홈즈가 그 집을 향해 다가가는데 현관문이 벌컥 열리더니 여섯 살쯤 돼 보이는 곱슬머리 사내아이가 뛰어나왔다. 그리고 커다란 수세미를 든 뚱뚱하고 얼굴이 불그레한 여인이 뒤쫓아 나왔다.

"잭! 어서 와서 씻지 못하겠니?"

여인은 소리쳤다.

"빨리 와, 이 말썽꾸러기야. 아빠가 집에 와서 네 꼴을 보면 욕을 바가지로 퍼부으실 거다."

"참 착한 아이구나!"

홈즈는 전략적으로 접근했다.

"볼이 빨간 게 정말 귀엽게 생겼구나! 자, 잭, 뭐 갖고 싶은 거 없니?"

꼬마는 잠시 생각했다.

"1실링 갖고 싶어."

아이가 말했다.

"그거 말고 더 좋은 건?"

"나는 2실링이 더 좋아."

꼬마 천재는 잠시 생각하다가 이렇게 말했다.

"옛다! 가져라! 참 착한 아이구나. 스미스 부인!"

"아이고 감사합니다, 선생님. 저 녀석이 원래 저렇답니다. 점점 제 힘으로는 감당하기 힘들어져요. 특히 남편이 며칠씩 집을 비울 때는 더하지요."

"남편께서 집을 비우셨다고요?"

홈즈는 실망한 목소리로 말했다.

"이거 어쩌나. 사실은 스미스 씨를 뵈러 왔지요."

"남편은 어제 새벽에 나가서 여태 안 들어왔답니다. 사실 걱정돼서 죽겠어요. 그런데 배를 빌리실 생각이라면 제가 태워드릴 수도 있는데요."

"전 증기선을 빌릴까 했지요."

"저런, 그러셨군요. 남편이 타고 나간 게 바로 증기선이지요. 제가 그래서 걱정하는 거랍니다. 왜냐하면 그 배에는 기껏해야 울위치까지 왕복할 수 있는 정도의 석탄밖에는 없었거든요. 남편이 나룻배를 타고 나갔으면 제가 걱정할 이유가 없지요. 왜냐하면 남편은 손님을 태우고 그레이브센드까지 갔다가도 거기서 일이 많으면 며칠씩 묵어 오곤 했으니까요. 하지만 석탄 떨어진 증기선으로 무얼 하겠습니까?"

"석탄이야 뭐 강변에 있는 선착장에서 좀 살 수도 있지 않겠습니까?"

"하지만 남편은 절대로 그러지 않거든요. 남편은 그런 데서는 석탄 몇 포대 값을 너무 비싸게 받는다고 몇 번이나 투덜거렸지요. 게다가 저는 그 나무다리 남자가 정말 싫습니다. 그 추한 얼굴하며 외국 사투리가 섞인 말투까지 말예요. 대체 걸핏하면 이 집 문을 두드리는 이유가 뭘까요?"

"나무다리 남자요?"

홈즈는 건성으로 놀란 척하며 말했다.

"그럼요, 선생님. 갈색으로 탄 원숭이 같은 얼굴을 하고 몇 번씩이나 우리 집 아저씨를 불러냈지요. 어젯밤에도 남편을 끌고 나간 것이 바로 그 사람이었답니다. 게다가 우리 남편은 그 사람이 올 걸 알고 미리 있었어요. 증기선의 시동을 미리 걸어놓았으니까요. 솔직하게 말씀드리면요, 저는 그것부터가 마음에 걸린답니다."

"하지만 스미스 부인."

홈즈는 어깨를 들썩하고 말했다.

"제가 보기엔 걱정하실 게 없을 것 같군요. 밤중에 여기 온 사람이 나무다리라는 걸 대체 어떻게 알 수 있단 말입니까? 그렇게 확신할 만한 이유가 없잖습니까?"

"그 남자 목소리요. 저는 그 굵고 탁한 목소리를 알고 있답니다. 그 사람은 문을 두드렸지요. 한 세 번인가 두드렸어요. 그리고 '일어나게, 친구. 나갈 시간이야.' 하고 말했지요. 남편은 큰아들 짐을 깨워가지고 나갔답니다. 나한테 변변한 말 한마디 없이 말예요. 저는 그 나무다리가 돌바닥에 탁탁 부딪치는 소리를 들었어요."

"그러면 나무다리 남자가 혼자서 온 건가요?"

"그건 알 수 없지요. 다른 사람 목소린 못 들었으니까요."

"어쨌든 실례가 많았습니다, 스미스 부인. 제가 찾는 건 증기선이라서. 혹시 소식을 알게 되면……, 그런데 가만있자. 그 배 이름이 뭐라고요?"

"오로라호예요, 선생님."

"아! 그게 혹시 노란 띠에 선폭(船幅)이 넓은 낡은 녹색 배 아니던가요?"

"아뇨. 그건 강에 있는 다른 배처럼 날씬하답니다. 색칠한 지도 얼마 안 됐지요. 검은 바탕에 빨간 띠 두 줄이랍니다."

"감사합니다. 스미스 씨한테 곧 좋은 소식이 있기를 바랍니다. 제가 강을 내려가다가 혹시 오로라호를 보면 부인이 걱정하고 있다고 전해 드리겠습니다. 굴뚝이 검은색이라고 하셨던가요?"

"아닙니다, 선생님. 검은 바탕에 흰 띠를 둘렀지요."

"아차, 그렇지요. 선체의 색깔이 검은색이었지요. 스미스 부인, 그럼 안녕히 계십쇼. 왓슨, 저 나룻배에는 사공이 타고 있군. 저걸 타고 강을 건너기로 하세."

홈즈는 나룻배에 앉아서 말했다.

"저런 사람들을 만나서 얘기할 때는 말일세, 상대의 얘기가 별로 중요치 않다는 인상을 심어줘야 하네. 안 그러면 굴처럼 입을 꼭 다물고 말지. 자꾸 어깃장을 놓으면서 들어야 필요한 정보를 다 뽑아낼 수 있다네."

"이제 할 일은 하나뿐이군."

나는 말했다.

"그게 뭔데?"

"증기선을 한 척 빌려서 강을 오르내리며 오로라호를 찾는 거지."

"여보게, 그건 쉬운 일이 아니라네. 오로라호는 여기서 그리니치 사이 어딘가에 정박해 있을 걸세. 다리 밑에는 몇 킬로미터에 걸친 잔교의 미로가 펼쳐져 있지. 우리끼리 찾으려고 한다면 며칠이 걸릴지 모르네."

"그럼 경찰한테 협조를 구하면 되지."

"아니야. 나는 마지막 순간에 애설니 존스에게 전화하겠어. 물론 존스가 그리 나쁜 사람은 아닐세. 그리고 나는 그의 형사로서의 자존심에 상처를 주는 행동도 하고 싶지 않아. 하지만 이왕 일이 이렇게 됐으니 혼자 힘으로 사건을 해결하고 싶네."

"그러면 선착장 관리인들에게 협조를 구하는 광고를 내볼까?"

"그건 절대로 안 되네! 그러면 놈은 추적의 손길이 바짝 따라붙었다는 걸 알고 해외로 도주할 걸세. 사실 범인들은 이 나라를 뜰 가능성이 높아. 하지만 신변이 안전하다는 확신이 들기 전까지는 섣불리 행동하지 않으려고 할 걸세. 우리한테는 존스의 기세등등한 태도가 도움이 되는 면이 있을 거야. 일간지에 그의 수사 방향이 대대적으로 실릴 테니까 말이야. 그러면 범인들은 수사진이 완전히 헛다리를 짚었다고 생각할 걸세."

밀뱅크 교도소 근처에서 배에서 내린 뒤에 나는 물었다.

"그러면 우리는 어떻게 하지?"

"저 이륜마차를 타고 집으로 가야지. 그리고 아침밥을 먹고 한 시간쯤 잠을 자두세. 오늘 밤에 다시 움직여야 할 것 같으니까. 전신국 앞에서 잠깐 내려야겠군. 여보게, 마부! 토비는 앞으로 쓸모가 있을 테니까 그냥 데리고 있기로 하지."

마차는 그레이트 피터가 우체국 앞에서 멈췄다. 홈즈는 그곳에서 전보를 쳤다.

"자넨 내가 누구한테 전보를 쳤을 거라고 생각하나?"

다시 마차가 움직이기 시작했을 때 홈즈가 물었다.

"글쎄, 잘 모르겠는걸."

"자네 내가 제퍼슨 호프 사건에서 베이커가 특공대를 동원했던 것을 기억하나?"

"그럼."

나는 웃으며 말했다.

"이 사건에서도 그 아이들의 활약이 대단히 중요한 역할을 할걸세. 그 애들이 실패한다면 다른 방법을 찾아야겠지만 나는 먼저 그 애들을 동원하겠네. 전보는 나의 더러운 꼬마 부관 위긴스한테 보낸 거야. 그 애들은 아마 우리가 아침 식사를 마치기도 전에 들이닥칠 걸세."

이제 시간은 아침 8시를 지나 9시에 가까워지고 있었다. 간밤의 연이은 흥분의 뒤끝인지라 나는 몸이 녹초가 된 것을 느꼈다. 마음은 혼미했고 몸은 고단했다. 나는 내 친구처럼 범죄자 소탕에 대한 불타는 열정이 있는 것도 아니었고, 사건을 그저 추상적이고 지적인 문제로 볼 수 있는 능력도 없었다. 바솔로뮤 숄토의 죽음에 관해서라면 그에 대해 별로 좋은 얘기를 못 들었기 때문에 그를 살해한 범인들에 대해 들끓는 분노 같은 것은 없었다. 그러나 보물을 되찾는 것은 완전히 다른 문제였다. 적어도 보물의 일부는 당연히 모스턴 양의 것이었다. 보물을 되찾을 기회가 있는 한 나는 내 인생을 그 한 가지 목적에 기꺼이 헌신할 것이다. 물론, 내가 보물을 되찾아 온다면 그녀는 내 손길이 닿지 않는 곳으로 멀어질 가능성이 높았다. 하지만 그따위 생각에 연연하는 나약하고 이기적인 태도를 어찌 사랑이라 할 수 있겠는가? 홈즈가 범인을 잡기 위해 동분서주한다면, 내게는 보물을 되찾기 위해 분투해야 할 이유가 열 배는 더 있다.

베이커가로 돌아와 목욕을 하고 옷을 갈아입고 나니 기분이 상쾌했다. 거실로 들어가니 식탁에 아침 식사가 차려져 있고 홈즈는 잔에 커피를 따르고 있었다.

"이것 좀 보게."

홈즈는 껄껄 웃으며 어느 신문 기사를 가리켰다.

"열혈남아 존스 형사와 흔해 빠진 기자 하나가 사건을 이런 식으로 정리했네. 하지만 자네도 다 알고 있는 얘기니까 먼저 식사부터 하게."

나는 신문을 받아 들고 '어퍼 노우드의 기이한 사건'이라는 제목이 붙은 짧은 기사를 읽었다.

어젯밤 2시경(이것은 《스탠더드》 신문의 기사다.), 어퍼 노우드, 퐁디셰리 저택의 바솔로뮤 숄토 씨가 자신의 방에서 시체로 발견되었는 바, 사건의 정황으로 보아 숄토 씨는 살해당한 것으로 추정된다. 숄토 씨의 몸에서 외상은 발견되지 않았지만 부친에게서 상속받았다는 고가의 인도산 보물이 사라졌다. 시신을 처음 발견한 사람은 고인의 동생 새디어스 숄토 씨와 함께 이 저택을 방문한 셜록 홈즈 씨와 왓슨 박사였다. 명성이 높은 경찰 수사관 애설니 존스 씨는 우연히 노우드 경찰서를 방문했다가 사건 신고가 들어온 지 30분 만에 현장에 출동할 수 있었다. 이는 대단히 다행스러운 일이라 아니할 수 없다. 존스 씨는 풍부한 경험과 훈련을 통해 쌓은 실력을 발휘하여 즉각 범인 색출에 나서, 동생인 새디어스 숄토와 가정부 번스톤 부인, 랄 라오라는 인도인 집사, 그리고 맥머도라는 문지기를 체포하는 개가를 올렸다. 존스 씨는 탁월한 전문적 지식과 날카로운 관찰력을 토대로, 범인들이 방문이나 창문을 통해 집 안에 침입할 수는 없었고, 지붕의 들창을 통해 사건 현장으로 들어갔다는 사실을 밝혀냈다. 이로써 도둑(들)이 집 구조를 잘 알고 있었다는 사실이 드러난 것이다. 이는 절도가 우발적으로 이루어진 범행이 아니었다는 사실을 증명해 준다. 법 집행자들의 신속하고 힘 있는 조치는 열의에 넘치는 탁월한 능력자가 현장 부근에 있는 것이 얼마나 큰 도움이 되는지를 보여 준다. 우리는 이 사건을 계기로 경찰 수사력을 좀 더 지방으로 분산시켜 보다 치밀하고 신속한 사건 수사가 이루어지게 되기를 희망하는 바이다.

"어때, 훌륭한 기사 아닌가?"

홈즈는 커피 잔을 들고 빙글거리며 말했다.

"우리도 용의자로 체포될 뻔했던 것 같은데."

"그런 것 같아. 존스가 다시 한번 기세를 올린다면 우리들의 안전도 장담할 수 없을 걸세."

바로 그때, 아래층에서 시끄러운 벨 소리가 나더니 하숙집 주인아주머니가 질색을 하며 큰 소리로 나무라는 소리가 들렸다.

"맙소사, 홈즈."

나는 엉거주춤 일어서며 말했다.

"저들이 정말 우리를 잡으러 왔나 봐."

"아닐세. 그렇게 나쁜 일은 아니라네. 베이커가 특공대가 온 것 같군."

홈즈가 말하는 동안 맨발로 우르르 계단을 뛰어오르는 소리, 시끌벅적하게 떠드는 소리가 들려왔다. 누더기를 걸친 더러운 부랑아 열댓 명이 들이닥쳤다. 소란스럽게 들어오긴 했지만 녀석들은 줄을 맞춰 서서 제법 규율 잡힌 모습을 보여주었다. 부랑아들이 기대에 찬 얼굴로 우릴 바라보는 가운데, 다른 녀석들에 비해 키도 크고 나이도 더 들어 뵈는 소년 하나가 점잔을 빼며 앞으로 나섰다. 별 볼 일 없는 무리 속에서 그렇게 뻐기는 모습을 보니 우스꽝스럽기 짝이 없었다.

"전보 받았습니다, 선생님."

위긴스가 말했다.

"그리고 그쪽도 준비시켜 놓았습니다. 표 값은 3실링 6펜스입니다."

"옜다."

홈즈는 얼마간의 돈을 꺼내주며 말했다.

"앞으로 그쪽은 너를 통해서 나한테 보고하도록 한다. 또 너희들이 이런 식으로 집에 들어오는 것은 용납할 수 없다. 하지만 이 얘기는 너희들이 다 같이 듣는 게 좋겠구나. 이번 임무는 오로라호라는 증기선과, 그 증기선의 주인인 모드케이 스미스를 찾는 일이다. 오로라호의 선체는 검은 바탕에 붉은 줄 두 개, 굴뚝은 검은 바탕에 흰 띠가 그려져 있다. 그 배는 강 어딘가에 정박하고 있을 거다. 한 녀석은 밀뱅크 건너편에 있는 모드케이 스미스 잔교에서 대기하며 오로라호가 돌아오는지 감시해라. 인원을 반으로 나눠서 강 양쪽을 철저히 뒤져야 한다. 소식이 있으면 재깍 알려다오. 알았나?"

"예, 대장님."

위긴스가 말했다.

"수고비는 전처럼 지급한다. 그리고 배를 찾아내는 녀석한테는 1기니 더 주지. 하루 치는 선불로 주마. 자, 그럼 출발!"

홈즈는 부랑아들에게 1실링씩 나눠주었고, 아이들은 와글와글 떠들며 계단을 내려갔다. 어느 틈에 거리로 나온 아이들이 물밀듯이 거리를 휩쓸고 갔다.

"배가 강에 있기만 하면 틀림없이 저 아이들 눈에 띨 걸세."

홈즈는 식탁에서 일어나 파이프에 불을 붙였다.

"저 아이들은 어디든 못 가는 데가 없고 못 보는 것이 없고 못 듣는 얘기가 없지. 내 생각에는 해 지기 전에 배를 찾았다는 연

472

락이 올 것 같은데. 그동안은 결과를 기다리고 있을 수밖에 없네. 오로라호나 모드케이 스미스 씨를 찾기 전까지는 끊어진 냄새의 자취를 찾아낼 수 없으니까."

"토비한테는 이 음식 찌꺼기를 주면 되겠군. 홈즈, 자네는 이제 잘 건가?"

"아니. 난 피곤하지 않네. 난 특이 체질의 소유자라네. 결코 일 때문에 피로해지는 법은 없으니까 말이야. 하지만 아무것도 안 하고 놀면 완전히 기진맥진해지거든. 난 담배를 좀 피우면서 아름다운 의뢰인 덕분에 알게 된 이 기묘한 사건에 대해 좀 생각해 봐야겠네. 사실 이렇게 쉬운 일은 없을 걸세. 나무다리의 사나이가 그렇게 흔할 리도 없는 데다가 공범도 그 못지않게 특이한 사람이니까."

"공범도?"

"난 공범에 관해 입을 다물고 있을 생각은 추호도 없네. 자네도 이제는 충분히 생각해 봤겠지? 자, 그럼 그자에 대한 정보를 종합하기로 하지. 우선 놈은 발이 아주 작고 신발을 신어본 적이 없는 것 같아. 맨발로 돌을 매단 곤봉을 들고 다니지. 몸은 아주 날렵하고 또 독침을 날린다네. 어때? 누구 같은가?"

"원주민!"

나는 소리쳤다.

"조너선 스몰의 동료였던 그 인도인 중의 하나가 아닐까?"

"그렇진 않을 걸세."

그는 말했다.

"처음에 그 이상한 무기들을 보고 나도 그런 생각을 했네. 하지만 특이한 발자국을 보니 생각이 완전히 달라졌지. 인도인 중에 키가 작은 부족이 있긴 하지만 그렇게 작은 발자국을 남길 만한 사람들은 없네. 또 힌두 사람은 발이 길고 좁지. 샌들을 신는 회교도들은 가죽끈이 엄지발가락 사이에 걸리기 때문에 엄지발가락 사이가 많이 벌어져 있고. 또 그렇게 작은 침을 쏠 수 있는 방법은 단 하나뿐일세. 대롱에 넣고 입으로 부는 거지. 자, 그러면 그 원주민은 어디에서 왔을까?"

"남아메리카……."

나는 자신 없는 목소리로 말했다.

홈즈는 손을 내젓고 서가에서 두툼한 책을 한 권 꺼냈다.

"이건 최근에 나온 지명 사전의 첫 권이네. 요즘 나온 것 중에서 가장 권위 있는 책일 거야. 여기 뭐라고 쓰여 있는지 볼까?"

안다만 제도, 수마트라 북쪽으로 544킬로미터 지점, 벵골 만에 자리 잡고 있다.

"어디 보자! 이게 다 뭐야? '습한 기후, 산호초, 상어 떼, 포트블레어, 죄수들의 막사, 러트랜드 섬, 미루나무…….' 아, 여기에 있었군!"

안다만 제도의 원주민은 세계에서 가장 작은 부족으로 추정된다. 그러나 일부 인류학자들은 아프리카의 부시맨, 아메리카 대륙의 디거 인디언, 푸에고 제도 사람을 꼽기도 한다. 안다만 제도 원주민의 평균 신장은 1미터 20센티미터가 채 안 되는데, 성장이 끝난 성인들 중에서는 이보다 훨씬 작은 사람들도 많다. 이들은 사납고 까다롭고 끈질긴 성향을 갖고 있지만, 한번 마음을 주면 가장 헌신적인 우정을 발휘하기도 한다.

"왓슨, 이 점을 기억해 두게. 그러면 계속 읽어볼까?"

이들은 선천적으로 보기 흉한 외모를 타고났는데, 머리는 기형적으로 크고 눈은 작고 매서우며 이목구비는 제멋대로이다. 그리고 손발이 유난히 작다. 완강하고 사나운 기질 탓에, 이들을 교화하려는 영국 관헌의 시도는 번번이 실패로 돌아갔다. 난파선의 선원들에게 이들은 항상 공포의 대상이 되었는데, 이들은 돌을 매단 곤봉으로 생존자의 머리를 때리거나 독침을 날린다. 이러한 학살 뒤에는 반드시 식인 축제가 벌어진다.

"어때, 정말 대단한 사람들 아닌가? 만약 이 친구가 무기를 갖고 달아났다면 사건은 훨씬 더 끔찍해졌을 거야. 만약 그렇게 됐다면 조너선 스몰은 그 친구를 끌어들인 일을 크게 후회하게 될걸."

"그런데 안다만 제도의 원주민하고 어떻게 알게 됐을까?"

"아, 그건 내가 말할 수 있는 부분이 아니지. 하지만 스몰이 안다만 제도에서 복역했던 일을 생각한다면, 그 섬의 주민과 함께 있는 게 그렇게 이상하지는 않네. 아무튼 조만간 진상을 알게 될 걸세. 그런데 왓슨, 자네 아주 고단해 보이는군. 그 소파에 눕게. 내가 재워줄 테니까."

홈즈는 구석에서 바이올린을 집어 들었다. 내가 소파에 눕자 그는 꿈꾸는 듯 나지막한 선율을 연주하기 시작했다. 그것은 자작곡임에 틀림없었다. 그는 즉흥 연주에 놀라운 재능을 타고났으니까. 홈즈의 여윈 손과 집중한 얼굴, 활의 오르내림이 눈앞에서 가물가물해졌다. 나는 부드러운 소리의 바다를 고요히 떠다니다 어느새 꿈나라에 들어간 것 같다. 꿈속에서는 마리 모스턴의 아름다운 얼굴이 나를 내려다보고 있었다.

빠진 고리

나는 오후 늦게 잠에서 깨어났다. 자고 나니 온몸에 활력이 솟구쳤다. 셜록 홈즈는 바이올린만 내려놓았을 뿐 아까 내가 잠들기 전과 똑같은 자세로 앉아서 책을 들여다보고 있었다. 내가 자리에서 일어나자 홈즈는 이쪽을 건너다보았다. 그의 표정은 어두웠고 수심이 어려 있었다. 홈즈가 말했다.

"곤하게 자더니만 우리 말소리를 듣고 깬 모양이군."

"난 아무 소리도 못 들었는데."

나는 대답했다.

"그럼 뭐 새로운 소식이라도 왔나?"

"불행히도, 없네. 솔직히 말해서 놀랍기도 하고 실망도 되는군. 난 지금쯤이면 분명히 어떤 소식이 있을 거라고 생각했거든. 위긴스가 방금 보고하러 왔네. 하지만 오로라호의 행방은 오리무중이라고 하더군. 한 시간 한 시간이 중요한 판국에 이렇게 발이 묶여 있으니 죽을 지경일세."

"내가 할 일은 없나? 나는 이제 몸이 완전히 회복돼서 오늘 밤에는 너끈히 나가 다닐 수 있을 것 같은데."

"지금 우리가 할 수 있는 일은 아무것도 없네. 그저 기다려야지. 우리가 밖에 나가서 없을 때 연락이라도 오면 시간만 더 지체될 걸세. 자네는 하고 싶은 일을 하게. 난 여길 지키고 있겠네."

"그럼 캠버웰에 가서 세실 포레스터 부인을 뵙고 와야겠군. 어제 부인이 나한테 집에 와달라고 했거든."

"세실 포레스터 부인을 만나러 간다고?"

홈즈는 의미심장한 미소를 지으며 물었다.

"물론 모스턴 양도 보고 말일세. 두 사람 다 일이 어떻게 된 건지 굉장히 궁금해했거든."

"나라면 여자들한테 너무 많은 얘기는 하지 않겠네."

홈즈가 말했다.

"여자들은 믿을 수 없는 존재거든. 그중 제일 낫다는 여자들도 말이야."

나는 그의 편협한 태도에 대해 따지고들 시간이 없었다.

"한두 시간 안에 돌아올 걸세."

나는 말했다.

"행운을 비네! 그런데 자네가 강을 건너갈 생각이라면 토비를 돌려주고 와도 될 것 같군. 이제는 개가 더 이상 필요할 것 같지 않으니까 말이야."

나는 개를 데리고 나와 핀친 길의 늙은 박제사에게 반 파운드를 얹어 돌려주었다. 캠버웰에 가보니 모스턴 양은 어젯밤의 모험으로 약간 피곤한 기색이었지만 일이 어떻게 됐는지 몹시 궁금해했다. 포레스터 부인도 호기심에 넘쳐 있었다. 나는 모든 일을 다 털어놓았지만 저 비극적인 사건의 끔찍한 부분에 대해서는 입을 다물었다. 즉, 숄토 씨가 살해당했다는 말은 했지만 구체적인 정황이나 살해 방법에 대해서는 말하지 않았다. 그랬음에도 두 여인은 몹시 놀라고 충격 받았다.

"꼭 한 편의 소설 같군요!"

포레스터 부인은 외쳤다.

"상처 입은 숙녀, 50만 파운드에 달하는 보물, 흉악한 식인종, 그리고 외다리 악당이라니. 틀에 박힌 용이나 사악한 백작 대신이군요."

"그리고 구해 주러 달려온 두 기사분."

모스턴 양이 나에게 따뜻한 눈길을 보내며 덧붙였다.

"마리, 네 운명은 이 사건이 어떻게 해결되느냐에 달려 있구나. 어쩜 너는 그렇게 아무렇지도 않은 얼굴을 하고 있니? 앞으로 어마어마한 부자가 되어서 온 세상을 네 발아래 무릎 꿇린다고 생각해 보렴."

모스턴 양이 그런 가능성 앞에서 별로 기뻐하는 빛이 없는 걸 보고 나는 은근히 기분이 좋았다. 오히려 그녀는 그런 것에는 별로 관심 없다는 듯 고개를 외로 꼬았다.

"전 새디어스 숄토 씨가 걱정스러워요."

모스턴 양은 말했다.

"그보다 더 중요한 일은 없어요. 숄토 씨는 저에게 너무도 친절하게 대해 주신 착한 분이세요. 우리는 응당 그분에게서 무서운 누명을 벗겨드려야 해요."

포레스터 부인 댁을 나온 것은 저녁 무렵이었는데 집에 와보니 벌써 어두워져 있었다. 친구의 책과 파이프는 의자 옆에 놓여 있었지만 주인은 온데간데없었다. 나는 혹시 메모라도 남아 있을까 하여 주위를 살펴봤지만 그런 것은 없었다.

"셜록 홈즈 씨는 외출한 모양이지요?"

나는 커튼을 내리러 올라온 허드슨 부인에게 물었다.

"아니요. 그분은 지금 방에 들어가 계신다오. 나는 말이에요……."

허드슨 부인은 의미 있게 목소리를 낮추었다.

"홈즈 씨 건강이 걱정돼서 죽겠어요."

"왜요, 허드슨 부인?"

"아, 홈즈 씨가 너무 별나게 행동하니까 그런 거 아니겠어요. 왓슨 박사가 나간 다음에 홈즈 씨가 어찌나 방에서 왔다 갔다, 계단을 오르락내리락하는지, 오죽하면 그 발소리가 시끄러울 지경이었겠소? 그런데 또 듣자 하니 뭐라고 혼잣말을 중얼중얼하면서 초인종이 울릴 때마다 방에서 뛰쳐나와서는 '허드슨 부인, 무슨 일입니까?' 하고 묻곤 했다오. 그러다가 조금 아까 방문을 쾅 닫았고 자기 방으로 들어갔지 뭐요. 그래도 여전히 방에서 왔다 갔다 하는 소리가 들리는걸, 뭐. 그러다 병이라도 나면 어쩌려고, 쯧쯧. 아까 홈즈 씨한테 신경 안정제 얘길 했더니, 나를 그냥 멀뚱멀뚱 쳐다만 봅디다."

"허드슨 부인, 걱정하실 필요는 없을 것 같군요."

나는 대답했다.

"홈즈 씨가 그런 것은 이번이 처음이 아닙니다. 사실은 요즘 조그마한 걱정거리가 있어서요."

나는 사람 좋은 하숙집 주인아주머니에게 일부러 아무렇지도 않은 듯이 말했지만, 밤새 그의 발소리가 멈추지 않자 나부터가 걱정스러웠다. 그의 예민한 정신은 이렇게 갑갑한 활동 중단 상태를 견디지 못하고 있는 것이다.

아침 식탁에서 셜록 홈즈는 피로하고 수척해 보였다. 열이 있는 듯 두 뺨에는 홍조가 있었다. 내가 입을 열었다.

"자네 얼굴이 말이 아니군. 난 자네가 밤새 방에서 왔다 갔다 하는 소릴 들었네."

"응, 잠을 잘 수가 없었어."

홈즈는 대답했다.

"밤새 그놈의 문제 때문에 고민했지. 다른 모든 문제가 다 풀렸는데, 그렇게 사소한 난관에 발이 묶여 있다니 정말 참을 수가 없군. 나는 범인이 누군지, 어떤 배를 탔는지를 비롯해서 모든 걸 다 알고 있네. 그런데 아무 소식도 들려오지 않는군. 나는 다른 조직들도 가동시켰고 내가 쓸 수 있는 수단은 다 동원했어. 강 전체를 양쪽 다 샅샅이 수색했지만 아무것도 찾아내지 못했고, 스미스 부인도 남편 소식을 모르고 있네. 이제 그자들이 배 밑바닥에 구멍을 뚫어 배를 침몰시켰다는 결론을 내려야 할 판국이야. 그런데 그럴 가능성은 없거든."

"혹시 스미스 부인이 수사에 혼선을 빚기 위해 우릴 속인 건 아닐까?"

"아니. 난 그렇지는 않다고 보네. 내가 조사한 바에 따르면 스미스 부인이 말한 것과 같은 증기선이 있다네."

"그럼 혹시 배가 강 상류로 올라간 건 아닐까?"

"그런 가능성에 대해서도 생각해 봤네. 그래서 수색대를 파견해서 리치먼드까지 조사하고 있지. 오늘까지 아무 소식이 없으면 내일은 내가 직접 나서서 배가 아니라 범인들을 찾아야겠어. 하지만 뭔가 연락이 올 거야. 틀림없어."

그러나 아무 소식도 없었다. 위긴스나 다른 조직에서는 한마디 소식도 전해 오지 않았다. 거의 모든 신문에서 노우드 사건을 다루고 있었다. 불운한 새디어스 숄토에 대해서는 모두가 다 적대적인 태도를 취하고 있는 듯했다. 하지만 다음 날 심리가 열릴 예정이라는 것을 빼면 그중에서 별로 새로운 내용은 없었다. 나는 저녁때 숙녀들에게 수사가 지지부진하다는 소식을 전하기 위해 캠버웰까지 걸어서 다녀왔다. 집에 와보니 홈즈는 침울하게 가라앉아 있었다. 그는 내 질문에 아무 대답도 하지 않고 저녁 내내 까다로운 화학적 분석에 몰두하여 증류기를 잔뜩 가열하여 증류하는 일을 반복했다. 마지막에 나온 지독한 냄새 때문에 나는 쫓기다시피 내 방으로 물러왔다. 새벽까지 시험관 딸그락거리는 소리가 들려온 것으로 보아 홈즈는 그때까지 악취 나는 실험을 계속한 것이 분명했다.

먼동이 터올 무렵, 언뜻 잠에서 깬 나는 홈즈가 선원들이 입는 허름한 재킷에 빨간 싸구려 스카프를 목에 두른 차림으로 머리맡에 서 있는 걸 보고 깜짝 놀랐다.

"왓슨, 이제 나는 강으로 내려갈 생각이네."

홈즈는 말했다.

"여러모로 생각해 봤는데, 방법은 딱 한 가지야. 어쨌든 해볼 만한 가치가 있는 일이지."

"그럼 나도 같이 가도 되겠지?"

나는 말했다.

"아니, 자네는 나를 대신해서 여기 남아 있는 게 낫겠어. 사실 나는 나가고 싶지 않네. 어젯밤에 위긴스가 비관적인 얘기를 하긴 했지만 오늘 안으로 무슨 연락이 올 게 틀림없으니까 말이야. 자네는 편지나 전보가 오면 나 대신 개봉하고 혹시 무슨 소식이 있다면 자네 판단에 따라 행동해 주게. 어때, 할 수 있겠나?"

"물론이지."

"나한테 전보 같은 걸 칠 수는 없을 걸세. 나도 오늘 내가 어디에 있을지 알 수 없으니까. 하지만 만약 운이 따라준다면 그다지 멀리 나가지는 않을 걸세. 이따가 돌아올 때는 뭔가 소식을 갖고 올 거야."

조반 전까지 홈즈에게선 아무 연락이 없었다. 하지만 《스탠더드》 신문을 편 나는 새로운 기사가 실려 있는 걸 보았다.

어퍼 노우드의 비극에 관해, 우리는 사건이 처음 생각했던 것보다 훨씬 복잡하게 꼬여 있다고 믿을 만한 이유를 갖게 되었다. 새롭게 밝혀진 증거에 따르면, 새디어스 숄토 씨가 어떤 식으로든 사건에 관계하는 것은 불가능했으리라 한다. 숄토 씨와 가정부 번스톤 부인은 어제저녁 석방되었다. 그러나 경찰은 진범에 관한 단서를 포착했고, 그 열성과 지혜로 명성이 높은 런던 경찰국의 애설니 존스 씨가 그것을 추적하고 있다고 한다. 조만간 범인은 체포될 것으로 전망된다.

'불행 중 다행이군.'

나는 이렇게 생각했다.

'어쨌든 친구 숄토 씨는 무사하니까 말이야. 하지만 새로운 단서를 포착했다는 건 의심스럽군. 이건 경찰이 실수를 저지를 때마다 상투적으로 하는 이야기 아닌가?'

나는 신문을 식탁에 내던졌다. 그러나 그때 개인 광고란에 실린 광고가 눈길을 잡아끌었다. 그것은 다음과 같았다.

실종 ─ 선주 모드케이 스미스와 그 아들 짐은 지난 화요일 새벽 3시경에 증기선 오로라호를 타고 스미스 선착장을 떠난 뒤 행방불명되었음. 배는 검은 바탕에 붉은 줄 두 개, 굴뚝은 검은 바탕에 흰 띠를 두르고 있음. 제보하여 주시는 분께 사례금 5파운드 드림. 모드케이 스미스나 오로라호의 소재를 아시는 분은 스미스 선착장의 스미스 부인이나, 베이커가 221B번지로 연락 바람.

이것은 홈즈의 작품임에 틀림없었다. 베이커가 주소가 실린 것만 봐도 분명했다. 나는 이 광고가 정말 기발하다고 생각했다. 범인들의 눈에는 실종된 남편 때문에 걱정하는 아내의 불안한 심정밖에는 보이지 않을 테니까.

긴 하루였다. 누가 문을 두드리거나 거리에서 급한 발소리가 들릴 때마다 나는 홈즈가 돌아왔거나 누가 광고를 보고 찾아온 거라고 생각했다. 나는 책을 읽으려고 해봤지만 지지부진한 수사와 우리가 뒤쫓고 있는 어울리지 않는 흉악한 짝패가 자꾸만 떠올랐다. 내 친구의 추리에 어떤 근본적인 결함이 있는 것일까? 홈즈는 뭔가 크게 착각한 것이 아닐까? 그의 명민하고 사색적인 정신이 어떤 잘못된 전제 위에 허약한 이론을 쌓아 올린 것이 아닐까? 나는 그가 틀리는 것은 한 번도 본 적이 없었지만 가장 뛰어난 이론가도 실수할 때가 있는 법이다. 나는 그가 논리를 지나치게 정교하게 다듬다가 실수했을 거라고 생각했다. 사실 홈즈는 평이하고 상식적인 이야기보다는 의표를 찌르는 기발하고 정교한 이론을 더 좋아하지 않는가 말이다. 하지만 나는 내 눈으로 직접 증거를 보았고, 그가 어떤 근거로 추리를 했는지를 알고 있다. 연속적으로 일어난 괴기한 사건들을 떠올려보면 아무리 사소한 것이라도 모두 한 가지 방향을 가리키고 있음을 알 수 있다. 설령 홈즈의 설명이 틀렸다고 하더라도 그에 못지않게 놀랍고 기이한 내막이 있으리라는 것을 인정하지 않을 수 없었다.

오후 3시, 누가 시끄럽게 벨을 눌렀다. 아래층에서 고압적인 목소리가 들려왔다. 놀랍게도 2층으로 올라온 사람은 다름 아닌 애설니 존스였다. 그러나 어퍼 노우드에서 자신감에 넘치는 태도로 현장 조사를 하며 오만하게 상식을 설교하던 모습은 온데간데없었다. 그는 풀이 죽은 얼굴에, 태도는 유순하다 못해 사죄하는 것 같았다.

"안녕하십니까. 셜록 홈즈 선생은 외출하신 것 같군요."

"예. 그 친구가 언제 올지 모르겠습니다. 하지만 기다리실 생각이라면 그 의자에 앉아서 이 시가라도 한 대 태우시지요."

"고맙소. 그럼 앉아서 기다리기로 하지요."

존스는 말하며 붉은 손수건으로 얼굴을 훔쳤다.

"위스키라도 한 잔?"

"좋지요. 하지만 반 잔만 주시오. 아주 더운 때가 돼놔서. 그런데 사실 나는 근심이 태산 같소이다. 박사도 이 노우드 사건에 대한 내 이론을 알고 계시지요?"

"예. 그때 말씀하신 걸 기억하고 있습니다."

"허 참, 그걸 재고하지 않을 수 없게 됐소. 나는 숄토 씨를 겨냥하고 그물을 쳤는데 그 사람이 그만 그 사이의 구멍으로 보기 좋게 빠져나갔지 뭐요. 도저히 뒤집을 수 없는 알리바이가 있었소. 숄토 씨는 형의 방에서 나온 다음부터 한 번도 다른 사람의 시야를 벗어난 적이 없었다 하오. 그래서 그 사람이 지붕을 타고 올라가 들창을 통해 다시 형의 방에 침입하는 일은 불가능했지요. 이 사건은 아주 흉악한 케이스인 데다가, 내가 형사로서 쌓은 명성이 하루아침에 무너질 지경이 됐소이다. 그래서 누가 조금이라도 도와준다면 그 이상 기쁜 일이 없겠소."

"서로 돕고 살아야지요."

나는 말했다.

"그런데 친구분은 정말 대단한 사람이오."

존스 형사는 탁한 목소리로 확신에 차서 말했다.

"절대로 실패할 사람이 아니오. 나이는 아직 젊지만 수많은 사건에서 한 번도 실수하지 않고 길잡이 역할을 톡톡히 해냈지요. 수사 방식이 독특하고 가설을 세우는 데 좀 서두르는 경향이 있긴 하지만, 그래도 경찰에 투신했다면 아마 승승장구했을 거요. 뭐 딴 사람들이 알아도 상관없소. 나는 오늘 오전에 전보를 한 통 받고 홈즈 선생이 모종의 단서를 잡았다는 사실을 알게 됐소이다. 한번 보시려오?"

존스 형사는 주머니에서 전보를 꺼내 건네주었다. 그것은 12시에 포플러 우체국에서 보낸 것이었다.

곧 베이커가로 갈 것. 내가 아직 돌아오지 않았다면 기다리기 바람. 현재 숄토 사건의 주범들을 추적 중. 오늘 밤 범인 체포에 나설 예정인데 동행해도 무방.

"정말 잘됐군요. 범인의 행방에 관한 단서를 다시 포착한 게 틀림없습니다."

나는 말했다.

"다시 포착했다고? 그러면 지금까지는 헤매고 있었다는 거로 군요."

존스는 만족스러운 얼굴로 외쳤다.

"허허, 원숭이도 나무에서 떨어질 때가 있다더니. 물론 이 제보는 사실이 아닐 수도 있지만 법을 집행하는 형사로서 최선을 다하는 것이 내 임무요. 그런데 누가 온 것 같소이다. 홈즈 선생인가 보오."

무거운 발소리가 계단을 올라오고 있었다. 몹시 숨이 찬 듯 사내는 가래 끓는 소리를 내며 숨을 몰아쉬고 있었다. 계단을 오르는 것이 힘에 부쳤는지 한두 번 걸음을 멈추기도 했지만 그는 마침내 계단을 올라와 방 안으로 들어섰다. 아니나 다를까, 노인이었다. 노인은 뱃사람처럼 보였는데, 선원들이 입는 허름한 웃옷을 걸치고 목까지 단추를 채우고 있었다. 등은 활처럼 굽었고 무릎은 부들부들 떨렸다. 천식을 앓고 있는지 숨 쉬는 것이 몹시 힘들어 보였다. 노인은 굵은 참나무 지팡이에 몸을 의지하고 어깨를 들썩이며 숨을 몰아쉬었다. 노인은 색색의 스카프로 턱까지 감싸고 있었는데, 숱이 많은 새하얀 눈썹과 잿빛 구레나룻을 빼면, 밖으로 드러난 것은 날카롭게 반짝이는 검은 눈뿐이었다. 노인은 젊어서는 이름난 선장이었을지도 모르지만 이제는 몰락하여 병고와 가난에 시달리고 있는 듯했다.

"노인장, 어떻게 오셨습니까?"

나는 물었다.

노인은 특유의 느릿한 태도로 찬찬히 주위를 둘러보았다.

"자네가 셜록 홈즈인가?"

노인이 말했다.

"아닙니다. 하지만 제가 홈즈 씨를 대리하고 있지요. 홈즈 씨에게 하실 말씀이 있다면 저한테 하십시오."

"나는 홈즈 그 사람한테 직접 말하려고 왔네."

노인이 말했다.

"하지만 제가 홈즈의 대리인이라고 하지 않습니까? 혹시 모드케이 스미스의 배에 관한 얘긴가요?"

"그래. 나는 그 배가 어디에 있는지 잘 알고 있지. 그리고 홈즈 그 사람이 쫓고 있는 사람들이 어디 있는지도 알고. 그뿐인가? 보물이 있는 데도 잘 알지. 나는 모든 걸 알고 있어."

"그러면 저한테 말씀하세요. 그러면 제가 홈즈에게 전해 주겠습니다."

"나는 그 사람한테 직접 말하려고 왔네."

노인은 고집스럽게 같은 말을 되풀이했다.

"좋습니다. 그럼 홈즈가 올 때까지 기다리시지요."

"싫어. 남 좋은 일 하자고 하루를 망칠 생각은 없어. 난 그냥 갈 테니까 셜록 홈즈더러 혼자 힘으로 알아내라고 해. 난 자네들이 어떻게 생각하든 상관 안 해. 난 한마디도 안 할 거야."

노인은 발을 끌며 문을 향해 다가갔지만 애설니 존스가 앞을 막아섰다.

"잠깐, 영감님."

존스 형사는 말했다.

"중요한 정보를 알고 계신가 본데 그냥 가시면 안 되지요. 영감님이 어떻게 생각하시든, 우리는 친구가 돌아올 때까지 영감님을 보내드릴 수가 없습니다."

노인은 존스를 피해 문 쪽으로 달려가려고 했지만 어느 틈에 애설니 존스가 넓은 등판으로 문을 가로막고 있었다. 그제야 노인은 어쩔 수 없다는 것을 깨달은 듯했다.

"아니, 무슨 이런 경우가 다 있나!"

노인은 지팡이로 바닥을 찍으며 고함을 질렀다.

"나는 여기 셜록 홈즈라는 신사를 만나러 왔어! 그런데 생전 보도 듣도 못한 것들이 나를 이 모양으로 대접해?"

"너무 그러실 거 없습니다."

나는 말했다.

"노인장께서 손해 본 시간은 보상해 드릴 테니까요. 여기 소파에 좀 앉아 계십시오. 홈즈는 금방 올 겁니다."

노인은 언짢은 듯 소파에 앉아서 두 손으로 턱을 고였다. 존스와 나는 다시 시가를 물고 이야기를 시작했다. 그런데 갑자기 홈즈 목소리가 들렸다.

"나한테도 시가 하나 주게."

존스와 나는 깜짝 놀라 자리에서 일어섰다. 홈즈가 소파에 앉아 웃고 있었다.

"홈즈!"

나는 소리쳤다.

"자네구먼! 그런데 노인장은 어디 가고?"

"노인은 여기 있네."

홈즈는 흰 머리털을 한 무더기 들어 보이며 말했다.

"바로 이걸세. 가발이랑, 수염, 눈썹 등등이지. 난 내 변장이 썩 괜찮다는 건 알고 있었지만 이렇게 무사히 시험을 통과할 줄은 몰랐네."

"이런 나쁜 양반 같으니!"

존스는 껄껄 웃으며 소리쳤다.

"선생은 배우가 됐더라면 크게 성공했을 거요. 진짜 구빈원에서나 들을 수 있는 기침하며, 그 부들부들 떠는 다리로 일주일에 10파운드는 받겠소. 그래도 그 눈빛은 어디서 많이 본 듯했지. 선생도 우리 손에서 그렇게 쉽게 빠져나갈 수 있을 거라고 생각하진 않았겠지요?"

"나는 하루 종일 이런 차림으로 돌아다녔지요."

홈즈는 시가에 불을 붙이며 말했다.

"범죄자 집단이 나를 알아보기 시작했으니까요. 특히 이 친구가 사건 수사 기록을 책으로 펴낸 다음부터는 그렇습니다. 그래서 나는 탐문 수사를 하러 나갈 때는 항상 이렇게 간단하게 변장을 하지요. 제가 보낸 전보는 받으셨습니까?"

"그렇소. 그걸 보고 여기 온 거요."

"수사는 잘돼 갑니까?"

"성과가 전혀 없소. 나는 체포한 사람 둘을 풀어줄 수밖에 없었는데 나머지 둘에 대해서도 이렇다 할 증거가 없는 형편이오."

"염려하지 마십시오. 다른 두 놈을 잡게 해드릴 테니까요. 하지만 제 지시를 따르셔야 합니다. 범인 체포의 공로를 다 가져가도 좋지만 제가 하자는 대로 하셔야 합니다. 그렇게 할 수 있겠습니까?"

"물론이오. 범인을 잡게만 해준다면야."

"좋습니다. 그런데 빠른 경비정 한 척이 필요합니다. 증기선이어야 하고, 7시까지 웨스트민스터 선착장에 대기시켜 주셔야합니다."

"그거야 쉬운 일이오. 경비정 한두 척이 항상 그 근방에 있으니까 말이오. 하지만 나가서 전화로 확인해야겠소."

"그리고 만약 범인들이 저항할 경우에 대비해서 장정 둘이 필요합니다."

"경비정에 경찰 두세 명이 타고 있을 거요. 또 다른 건?"

"범인들을 잡으면 우린 보물을 되찾게 될 겁니다. 그런데 여기 있는 내 친구는 그 보물의 절반에 대한 권리가 있는 숙녀분에게 보물 상자를 먼저 갖다주고 싶어 할 겁니다. 숙녀분이 맨 먼저 보물 상자를 열어보게 해주십시오. 어떤가, 왓슨?"

"그렇게 할 수만 있다면야 좋지."

"그건 절차상 상궤를 벗어난 건데."

존스는 고개를 설레설레 저으며 말했다.

"하지만 사건 전체가 다 상궤를 벗어난 것이니 그 정도는 눈감아줄 수밖에 없겠지. 그래도 보물을 본 다음에는 경찰에 넘겨야하오. 공식적인 조사가 끝날 때까지는 경찰에서 보관해야 하니까 말이오."

"알겠습니다. 그거야 별거 아니지요. 또 있습니다. 저는 이 사건의 몇 가지 부분에 관해 조너선 스몰에게 직접 설명을 듣고 싶습니다. 아시다시피 저는 사건의 진상을 자세하게 알고 싶으니까요. 사실 경비만 제대로 한다면, 여기나 아니면 다른 장소에서 그자와 비공식적인 면담을 하는 게 문제 될 건 없지 않습니까?"

"좋소, 수사를 주도한 건 선생이니까. 사실 나는 이 조너선 스몰이라는 자의 존재에 대해서도 아직 모르고 있었소. 하지만 선생이 그자를 붙잡는다면 그자와 면담하는 걸 내가 거부할 명분은 없는 셈이오."

"그러면 얘기는 끝난 겁니까?"

"그렇소. 다른 건 없소?"

"다른 건, 오늘은 우리와 같이 저녁 식사를 해야 한다는 겁니다. 식사는 반 시간 안에 준비될 겁니다. 주요리는 굴과 꿩고기이고 괜찮은 백포도주가 나올 예정입니다. 그런데 왓슨, 자네는 주부로서의 내 능력을 과소평가하고 있지?"

원주민의 최후

식사는 즐거웠다. 홈즈는 기분이 내킬 때는 화려한 언변을 과시하곤 했는데, 오늘이 바로 그런 날이었다. 그는 약간 병적으로 고양된 상태에 있는 듯했다. 나는 홈즈가 이렇게 빛나는 것은 처음 보았다. 그는 주제를 바꿔가며 쉼 없이 얘기했다. 기적극, 중세의 도자기, 스트라디바리우스 바이올린, 실론의 불교, 미래의 전함(戰艦). 어느 한 분야 빠지지 않는 깊은 식견은 놀랍기만 했다. 빛나는 유머는 며칠간 계속된 깊은 우울증에 대한 반작용이었다. 알고 보니 애설니 존스는 평상시에는 사교적인 사람이었고 식탁에서는 미식가였다. 나로 말할 것 같으면, 사건 수사가 막바지에 이르렀다고 생각하니 기분이 좋았고, 게다가 홈즈의 쾌활한 기분에 전염되기도 했다. 식탁에서 우리를 한자리로 불러모은 사건에 대해 언급하는 사람은 아무도 없었다.

식탁이 치워졌을 때 홈즈는 시계를 흘끗 들여다보고 잔 세 개에 포트와인을 채웠다.

"건배합시다."

그는 말했다.

"오늘 저녁 외출의 성공을 위하여. 자, 이제 나갈 때가 됐습니다. 왓슨, 자네 권총은 가지고 있나?"

"내 책상에 군용 리볼버가 하나 있네."

"그러면 그걸 가지고 가게. 유비무환이니까. 마차가 현관 앞에서 대기하고 있군. 내가 6시 30분까지 오라고 예약해 놓은 마차일세."

웨스트민스터 선착장에 닿은 것은 7시 약간 넘어서였다. 증기선이 한 척 대기하고 있었다. 홈즈는 배를 요모조모 뜯어보았다.

"이게 경비정이라는 것을 나타내는 표시가 있습니까?"

"그렇소. 배 옆의 녹색 등이 바로 그거요."

"그러면 그걸 떼고 갑시다."

녹색 등을 떼어내고 우리는 배에 올라탔다. 존스와 홈즈, 나는 고물에 앉았다. 키잡이가 하나, 화부가 하나, 그리고 건장한 체구의 경사 둘이 앞쪽에 올라타고 있었다.

"어디로 갈까요?"

존스가 물었다.

"런던탑으로. 제이콥슨 조선소 맞은편에서 배를 세우라고 하십시오."

경비정은 과연 빨랐다. 우리는 짐 실은 돛단배의 긴 행렬을 쏜살같이 지나쳤다. 우리가 어떤 증기선 하나를 멀찌감치 뒤로 따돌리자 홈즈의 얼굴에 함박웃음이 피어났다.

"우리는 강 위에 떠 있는 건 뭐든지 추월할 수 있겠군요."

홈즈는 말했다.

"글쎄, 꼭 그렇진 않을 거요. 하지만 우리를 따돌릴 수 있는 배들이 그리 많지는 않을 거요."

"우리는 오로라호를 따라잡아야 합니다. 그 배도 속도가 무진장 빠르다고 소문난 배입니다. 여보게 왓슨, 오늘 있었던 일에 대해 얘기해 줄까? 내가 그렇게 사소한 이유로 발이 묶여서 답답해하던 것 기억나나?"

"응."

"그래, 나는 화학 분석에 몰두하면서 마음을 깡그리 비웠지. 어느 위대한 정치인이 그런 말을 하지 않았던가? 최고의 휴식은 다른 일을 하는 거라고 말일세. 그건 사실이네. 나는 탄화수소를 가수분해하는 데 성공한 뒤에 다시 숄토 형제의 문제로 돌아갔지. 그리고 사건을 처음부터 끝까지 완전히 다시 생각해 보았어. 나는 애들을 시켜서 강줄기 양쪽을 샅샅이 뒤졌지만 아무 성과가 없었네. 오로라호는 어느 잔교나 선착장에서도 발견되지 않았고, 그렇다고 집에 돌아온 것도 아니었어. 하지만 범인들이 자신의 흔적을 감추기 위해 배 밑바닥에 구멍을 뚫어서 배를 침몰시켰을 리는 없었지. 물론 그런 가능성을 완전히 배제할 수 있는 건 아니었지만 말일세. 나는 그 스몰이라는 자가 잔꾀에 능하다는 걸 알고 있었네. 하지만 고등 교육을 받은 사람처럼 섬세하고 치밀한 계획을 세울 능력은 없다고 보았지. 그리고 나는 그자가 런던에서 한동안 머물렀을 거라는 사실을 고려했네. 그자가 퐁디셰리 저택을 지속적으로 감시했다는 증거가 있으니까 말일세. 그렇다면 그는 런던의 은신처를 쉽게 떠날 수는 없었을 걸세. 신변 정리를 위해서 단 하루라도 시간이 필요했을 거야. 어쨌든 나는 그쪽에 무게를 두었네."

"내 생각하고는 좀 다르군."

나는 말했다.

"스몰이란 자는 퐁디셰리 저택에 침입하기 전에 이미 신변 정리를 끝내지 않았을까?"

"아니, 난 절대로 그렇게 생각하지 않네. 유사시에는 은신처가 아주 중요하기 때문에 그자는 더 이상 그런 것이 필요하지 않다는 확신이 들기 전까지는 함부로 버리지 못할 걸세. 그런데 또 이런 생각도 떠올랐네. 조너선 스몰은 짝패의 용모가 기괴해서 아무리 옷으로 가린다 해도 남의 이목을 끌기 쉽고, 그러다 보면 노우드 사건과 결부될 수도 있다는 걸 알고 있으리라는 것이지. 놈은 웬만큼 머리가 돌아가니까 말이야. 놈들은 깜깜할 때 은신처를 향해 출발했는데 그자는 아마 밝기 전까지 그곳에 돌아가기를 원했을 걸세. 스미스 부인의 증언에 따르면 놈들이 배를 탄 것은 새벽 3시였네. 한 시간 뒤면 동이 트고 사람들이 일어나서 돌아다닐 시간이지. 나는 그들이 그렇게 멀리 가지는 않았을 거라고 생각했네. 그자들은 스미스에게 거액을 줘서 입을 막고, 최후의 도주를 위해 배를 예약해 놓았네. 그리고 보물 상자를 들고 은신처로 달려갔어. 이틀 동안 이들은 신문을 보면서 자신들이 혹시 용의 선상에 올라 있는지 확인할 시간적 여유를 가졌네. 이들은 아마 밤중에 그레이브센드항이나 다운스항에 가서 배를 타려고 할 걸세. 틀림없이 미국이나 다른 식민지로 가기로 했을 거야."

"하지만 배는? 배를 숙소로 끌고 갈 수는 없지 않나?"

"그렇지. 나는 배가 눈에 띄지는 않아도 그렇게 멀리 있을 리는 없다고 생각했네. 그래서 나는 스몰의 입장이 돼서 그만한 능력을 가진 사내의 눈으로 그 문제에 대해 생각해 보았지. 스몰은 경찰이 냄새를 맡고 따라왔을 경우, 배를 돌려보내거나 선착장에 정박시켜 놓았다가는 쉽게 추적당할 거라고 생각했을 걸세. 그러면 배를 숨겨놓았다가 원할 때 끌어내 쓸 수 있는 방법은 없을까? 내가 스몰이라면 어떻게 할 것인지를 생각해 봤어. 방법은 단 한 가지뿐이더군. 배를 조선소나 선박 수리소에 끌어다 놓고 사소한 걸 손봐 달라고 하는 걸세. 그러면 배를 효과적으로 감춰놨다가 금세 끌어낼 수 있지."

"그것참 간단하군."

"사실 이렇게 간단한 것들이 간과되기 쉬운 법이라네. 하지만 나는 거기에 생각이 미치자 당장 선원 복장을 하고 나섰네. 그리고 강변에 있는 조선소를 샅샅이 살피고 다녔지. 난 열다섯 번째에서도 허탕을 쳤는데 열여섯 번째인 제이콥슨 조선소에서, 이틀 전에 웬 나무다리 사내가 오로라호를 맡기며 키의 어떤 부분을 손봐 달라고 했다는 얘길 들었네. '그런데 키는 아무렇지도 않더군요.' 감독이 말했네. '저기 빨간 줄이 있는 배가 오로라호지요.' 그런데 그 순간 누가 나타났는지 아나? 다름 아닌 실종된 선주 모드케이 스미스였네. 그는 완전히 고주망태가 돼 있었지. 물론 나는 처음에는 그가 누군지 몰랐지만 자기가 어느 배의 주인 아무개라고 고래고래 악을 쓰더군. '오늘 밤 8시에 배를 찾으러 올 거요.' 스미스가 말했네. '명심하시오. 8시 정각이외다. 내가 이따 두 신사 양반을 태우기로 했는데 기다리기를 아주 싫어하는 분들이거든.' 그자들은 스미스에게 돈을 듬뿍 집어준 게 틀림없었네. 주머니에서 돈을 꺼내 마구 뿌려대는 걸 보니까 알겠더군. 나는 스미스의 뒤를 밟았네. 하지만 그는 술집에 들어가더니 영 안 나오더군. 그래서 조선소에 다시 갔다가 우연히 내 밑에 있는 아이를 하나 만나서 녀석한테 배를 지키고 있으라고 했지. 그 애는 강가에 서 있다가 배가 출발하면 손수건을 흔들기로 했네. 우리는 좀 떨어진 곳에서 기다려야 해. 그러니 우리가 범인을 잡고 보물을 되찾지 못한다면 그거야말로 이상한 일이 될 걸세."

"그자들이 진범인지 아닌지는 모르겠지만 선생은 계획 하난 치밀하게 세웠소이다."

존스가 말했다.

"하지만 내가 선생이라면 경찰 1개 소대를 제이콥슨 조선소에 배치해 놓고 그자들이 오자마자 당장 체포할 거요."

"그게 잘되진 않았을 겁니다. 그 스몰이라는 자도 꽤 약삭빠른 인간이니까요. 그자는 미리 사람을 내보내 정찰한 다음 조금이라도 눈치가 이상하면 일주일 더 은신처에서 납작 엎드려 있을 겁니다."

"하지만 모드케이 스미스를 족쳐서 그들의 은신처를 알아낼
수도 있잖나."

나는 말했다.

"그렇게 했다면 시간만 낭비했을 걸세. 내가 보기엔 스미스가
그들의 거처를 알고 있을 확률은 1퍼센트밖에 안 되네. 술 마실
수 있고 돈 많이 받는데 구태여 질문은 무엇하러 하겠나? 그자
들은 아마 스미스에게 사람을 보내서 연락할 거야. 그래, 난 모든
가능성을 다 따져봤지만 가장 그럴듯한 건 이거야."

이렇게 대화를 나누는 사이에 배는 템스 강의 수많은 다리 밑
을 쏜살같이 지나왔다. 런던의 구도시를 지나는데 세인트폴 성
당 꼭대기에 걸린 십자가가 석양에 금빛으로 물들어 있었다. 런
던탑에 도착하기 전에 황혼이 되었다.

"저기가 제이콥슨 조선소입니다."

홈즈는 서리 방향으로 돛과 돛대가 삐죽삐죽 솟아 있는 곳을
가리켰다.

"저 나룻배의 행렬 뒤에 숨어서 강변을 따라 천천히 오르내리
며 기다리기로 하지요."

홈즈는 주머니에서 야간 망원경을 꺼내더니 잠시 저쪽을 살펴
보았다.

"저기 내가 세워둔 보초가 있군요. 하지만 아직 손수건 같은
건 보이지 않아요."

"하류로 좀 내려가서 잠복하는 건 어떻겠소?"

존스가 열띤 표정으로 의견을 내놓았다.

배에 타고 있는 사람들은 이제 모두들 흥분하고 있었다. 그것은 지금 일이 어떻게 돌아가고 있는지 잘 모르는 경찰관과 화부들도 마찬가지였다.

"우리가 뭐든지 당연하게 여길 권리는 없습니다."

홈즈가 대답했다.

"그자들이 하류로 내려갈 가능성이 굉장히 높긴 하지만 그래도 장담할 순 없으니까요. 여기 있으면 조선소의 입구가 한눈에 들어오지만 그쪽에서는 여기가 안 보입니다. 오늘 밤은 날이 맑아서 환할 겁니다. 우린 여기에 머물러 있어야 합니다. 저 가스등 아래 사람들이 얼마나 모여 있는지 좀 보십시오."

"저 사람들은 조선소에서 일하고 나오는 모양이오."

"저들은 더럽기 짝이 없는 몰골을 하고 있지만, 그래도 나는 모든 인간의 내부에는 어떤 불멸의 불꽃이 하나씩 숨어 있다고 생각합니다. 하지만 저 사람들을 보면서 그런 생각이 나진 않을 겁니다. 뭐, 거기에 어떤 선험적 개연성이 있는 것은 아닙니다. 인간이란 참 불가해한 존재이지요!"

"어떤 사람은 인간을 가리켜 짐승의 내부에 숨은 영혼이라고 했네."

나는 말했다.

"그런 주제에 관해서라면 윈우드 리드의 책이 볼만하지."

홈즈는 말했다.

"그는 개체로서의 인간은 풀 수 없는 수수께끼이지만 군중 속의 인간은 수학적 확실성이 된다고 했네. 예를 들면, 우리는 한 개인의 행동을 예측할 수는 없어도, 평균적인 사람들의 행동을 정확하게 말할 수는 있지. 개체는 다양하지만 확률은 일정하다네. 이것이 바로 통계란 것이지. 그런데 저게 손수건 아닌가? 저쪽에서 뭔가 하얀 걸 흔들고 있는 것 같은데."

"그래, 자네 밑에서 일하는 아이군."

나는 외쳤다.

"육안으로도 아주 잘 보이네."

"앗, 저기 오로라호다."

홈즈가 외쳤다.

"무섭게 달리는군! 여보게, 기관사, 전속력으로 갑시다. 저 노란 등불을 단 배를 따라가시오. 맙소사, 만약 저 배가 더 빠르다면 나는 절대로 나 자신을 용서하지 못할 거야!"

오로라호는 조선소 입구에서 슬그머니 미끄러져 나와 두세 척의 작은 배 사이를 지나더니 어느새 속력을 높이고 있었다. 이제 그것은 엄청난 속도로 강물 위를 날 듯이 달려갔다. 존스는 침중한 표정으로 배를 바라보며 고개를 절레절레 흔들었다.

"저건 너무 빠르군. 우리가 따라잡을 수 있을지 모르겠어."

"따라잡아야 합니다!"

홈즈는 이를 악물고 외쳤다.

"화부! 석탄을 더 넣으시오! 속도를 최대로 높여요! 배를 태워 먹는 한이 있어도 우린 저놈들을 잡아야 하오!"

이제 우리는 속력을 높여 오로라호를 뒤쫓고 있었다. 노(爐)에서는 요란한 소리를 내며 불길이 타오르고, 강력한 엔진은 거대한 기계 심장처럼 부릉거렸다. 날렵한 유선형의 뱃머리는 고요한 강물을 가르며 좌우로 두 줄의 흰 파도를 밀어 보냈다. 엔진이 요동칠 때마다 우리의 몸은 튀어 오르며 덜덜 떨렸다. 이물에 붙어 있는 큰 랜턴의 깜빡거리는 노란 빛이 앞으로 길게 퍼져나갔다. 오른쪽 앞으로 시커멓게 보이는 것이 바로 오로라호였다. 뒤에 남은 새하얀 포말은 그것이 얼마나 빠른 속도로 달리고 있는지를 말해 주었다. 우리는 나룻배, 증기선, 상선 사이를 요리조리 뚫고 지나갔다. 어둠 속에서 사람들이 고함을 질렀지만, 오로라호는 아랑곳없이 번갯불 같은 속도로 달려갔고 우리도 그 뒤를 바짝 쫓아갔다.

"여보게, 화부! 더 넣어요! 더!"

홈즈는 엔진실 안을 내려다보며 외쳤다. 무서운 기세로 타오르는 불길이 홈즈의 열중한 날카로운 얼굴을 비췄다.

"증기를 최대로 뽑아내요!"

"좀 가까워진 것 같은데."

존스는 오로라호에 시선을 고정하고 말했다.

"정말 그렇군요."

나는 말했다.

"몇 분 안에 따라잡을 수 있겠는데요."

하지만 그 순간, 나룻배 세 척을 매단 예인선 한 척이 앞으로 끼어들었다. 기관사는 키를 홱 잡아당겨서 간신히 충돌을 면할 수 있었다. 예인선을 돌아서 다시 속도를 냈을 때 오로라호는 이미 200미터 이상 앞으로 달아나 있었다. 그러나 아직 시야를 벗어나진 않았다. 어느덧 흐릿한 황혼 빛은 사라지고 별이 빛나는 맑은 밤이 되어 있었다. 배의 기관은 최대로 가동되고 있었고, 무서운 에너지 때문에 빈약한 선체는 삐걱거리며 요동쳤다. 우리는 서인도 부두를 지나 긴 뎁퍼드 곶을 따라 내려가다가 독스 섬을 돌아서 다시 올라갔다. 눈앞의 시커먼 형체는 이제 날렵한 오로라호로 바뀌어 있었다. 존스가 탐조등을 비추자 배에 탄 사람들의 모습이 선명하게 드러났다. 한 사람은 고물 옆에 앉아 있었는데 무릎 사이에 놓인 까만 물체 위로 몸을 숙이고 있었다. 그 옆에는 뉴펀들랜드종의 개처럼 보이는 시커먼 덩어리가 있었다. 소년은 키를 잡고 있었고, 시뻘겋게 달아오른 노 앞에선 스미스 씨가 웃통을 벗어부친 채 죽을힘을 다해 석탄을 퍼 넣고 있었다. 그들은 처음에는 우리가 정말 자신들을 따라오고 있는지 긴가민가했겠지만 한결같이 따라붙는 것을 보고 추격당하고 있다는 사실을 깨달았을 터였다. 그리니치에 이르자 두 배 사이의 간격이 300보가량으로 좁혀졌다. 나는 여러 나라를 돌아다니며 사냥도 많이 했지만, 템스 강에서 이렇게 미친 듯이 달리는 배를 쫓는 것만큼 박진감 넘치는 사냥은 해본 적이 없었다. 두 배 사이의 간격은 점점 좁혀지고 있었다. 고요한 밤인지라 오로라호의 기관이 부릉거리는 소리가 다 들릴 정도였다. 고물에 앉아 있는 사람은 여전히 갑판 위로 몸을 굽히고 있었는데, 두 손을 부지런히 놀려 무슨 일인가를 하면서 가끔 고개를 들고 우리가 얼마나 따라왔는지 살피곤 했다. 우리는 점점 더 가까이 갔다. 존스가 정지하라고 고함쳤다. 질풍같이 달리는 두 배 사이의 간격은 배 네 척 길이만큼 좁혀졌다. 강기슭이 선명하게 바라보였다. 한쪽은 카빙 레벨이고 다른 한쪽은 플럼스테드 마시였다. 존스가 소리를 지르자 고물에 앉아 있던 사내가 벌떡 일어나서 두 주먹을 불끈 쥐고 흔들며 카랑카랑한 목소리로 욕설을 퍼부었다. 두 다리를 벌리고 선 그는 몸은 탄탄해 보였으나, 오른쪽 다리가 허벅지부터 나무 막대로 되어 있는 것이 또렷이 보였다. 그가 큰 소리로 욕을 퍼붓자 갑판 위에 웅크리고 있던 물체가 움직였다. 그 속에서 나온 것은 기형적으로 큰 머리에 고수머리를 한 키 작은 흑인이었다. 나는 그렇게 작은 사람은 처음 보았다. 홈즈는 벌써 리볼버를 꺼내 들고 있었고, 이 잔인하고 뒤틀린 인물이 모습을 드러내자 나도 재빨리 총을 꺼냈다. 흑인 사내는 검은색 외투인지 담요인지로 몸을 감싼 채 얼굴만 드러내고 있었다. 그러나 그 얼굴은 꿈에라도 나타날까 봐 무서울 정도였다. 나는 야수성과 잔인성이 그렇듯 깊이 새겨진 얼굴을 본 적이 없었다. 흑인 사내의 조그만 눈이 어두운 빛으로 반짝거리더니 두툼한 입술이 말려 올라가며 흰 이가 드러났다. 흑인은 거의 짐승 같은 분노를 드러내며 뭐라고 주절거렸다.

"저자가 손을 올리면 총을 쏘게."

홈즈가 나지막하게 소곤거렸다.

두 배의 간격은 이제 배 한 척 길이만큼 좁혀졌다. 두 사람이 서 있는 모습이 똑똑히 보였다. 백인은 다리를 벌린 채 거친 욕설을 뱉어냈고, 추한 용모의 난쟁이는 탐조등 불빛 속에서 우릴 향해 튼튼한 누런 이를 갈고 있었다.

밤이지만 날씨가 맑아서 그들의 모습이 선명하게 시야에 들어왔다. 우리가 보고 있는 앞에서 흑인은 자(尺)만 한 짧고 둥근 막대를 옷 속에서 뽑아 들더니 입에 물었다. 두 개의 권총이 동시에 불을 뿜었다. 흑인은 숨 막히는 기침 소리와 함께 두 팔을 벌리고 옆으로 강물에 빠졌다. 희게 부서지는 물결 속에서 잔인하고 무서운 두 눈이 언뜻 드러났다. 바로 그때 나무다리 사나이는 소년을 밀쳐내고 키를 세게 잡아당겨 뱃머리를 남쪽 강기슭으로 돌렸다. 우리도 재빨리 뱃머리를 돌려 바로 몇 미터 뒤까지 쫓아갔다. 우리가 바짝 쫓아갔을 때 오로라호는 이미 강기슭에 다가가고 있었다. 그곳은 황량하고 적막한 곳이었다. 밝은 달빛이 고인 물웅덩이와 부패한 수생 식물이 깔려 있는 넓은 늪지대를 비추었다. 배가 철퍽 하는 소리와 함께 진흙 둑 위로 올라서면서, 이물은 허공에 뜨고 고물은 수면과 평행해졌다. 도망자는 비호같이 배에서 뛰어내렸지만 나무다리가 질척거리는 늪에 깊숙이 빠지고 말았다. 사내는 발을 빼려고 발버둥 쳤지만 헛수고였다. 그는 한 발자국도 떼어놓지 못했다. 사내는 무기력한 분노 속에서 고함을 지르며 미친 듯이 성한 발을 버르적거렸지만 그럴수록 나무다리는 끈적끈적한 진흙탕에 깊숙이 빠져들어 갔다. 우리가 오로라호 옆에 배를 댔을 때 나무다리는 땅속에 워낙 깊이 박혀서 그것을 끌어내기 위해 우리는 뒤에서 밧줄을 던져주어야만 했다. 조너선 스몰은 고약한 물고기처럼 밧줄에 매달려 우리 쪽으로 딸려 왔다. 스미스 부자는 풀이 죽은 채 배에 앉아 있다가 명령대로 순순히 경비정으로 옮겨 탔다. 우리는 오로라호를 끌어내서 경비정 꽁무니에 묶었다. 인도풍 장식이 새겨진 단단한 철제 상자가 갑판 위에 놓여 있었다. 이것이 바로 숄토 형제의 불길한 보물이 들어 있는 그 상자임에 틀림없었다. 열쇠는 없었지만 무게가 상당했기 때문에 우리는 그것을 조심스럽게 경비정의 작은 선실에 옮겨 실었다. 우리는 다시 서서히 상류로 거슬러 올라가면서 사방에 탐조등을 비췄지만 물에 빠진 안다만 원주민의 흔적은 찾을 길이 없었다. 지금 템스 강의 시커먼 진흙 바닥 어딘가에는 이국에서 온 이상한 손님의 뼈가 묻혀 있을 것이다.

"이걸 좀 보게."

홈즈는 목제 승강구를 가리키며 말했다.

"우리 총보다 한 박자 빨랐네."

우리가 서 있던 바로 뒤편에 낯익은 독침이 박혀 있었다. 우리가 권총을 발사한 순간 그것은 우리 사이로 날아와 박힌 것이 틀림없었다. 홈즈는 그것을 보고 웃으며 아무렇지도 않은 듯 어깨를 들썩했지만, 솔직히 말해서 나는 끔찍한 죽음이 그토록 가까이 다가왔었다는 사실에 등골이 서늘했다.

아그라 보물

포로는 선실에 앉아 있었다. 그의 앞에는 그가 별별 행동을 다하면서 그토록 오랫동안 기다려 손에 넣은 철제 상자가 놓여 있었다. 구릿빛으로 그을린 피부에 두려움을 모르는 눈동자, 갈색 얼굴에 가득한 주름살은 야외에서 힘들게 일하며 살아온 세월을 드러내고 있었다. 구레나룻을 기른 유난히 각진 턱은 그가 일단 목표를 세우면 쉽게 물러서지 않는 사람이라는 사실을 보여주었다. 나이는 50대로 보였다. 검은색 고수머리에는 희끗희끗하게 서리가 내려 있었다. 평상시의 얼굴은 전혀 불쾌한 인상이 아니었지만, 아까 보았던 것처럼 일단 화가 나면 굵은 눈썹과 고집 센 턱 때문에 무서운 표정으로 바뀌었다. 그는 이제 수갑 찬 손을 무릎에 올려놓고 고개를 떨군 채, 온갖 악행의 근원이었던 상자를 날카롭게 빛나는 눈으로 바라보았다. 내가 보기에 그의 굳은 표정에는 분노보다는 오히려 슬픔이 깃들어 있는 듯했다. 그가 잠시 고개를 들었을 때 나와 눈이 마주쳤는데, 그의 눈에는 웃음기라고 할 만한 것이 어려 있었다.

홈즈는 시가에 불을 붙이며 말했다.

"조너선 스몰, 일이 이런 식으로 끝나게 되어 유감입니다."

"나도 그렇게 생각하오."

스몰은 꾸밈없는 어조로 말했다.

"내가 그 사건 때문에 교수형을 당할지도 모른다는 게 믿어지지 않소이다. 성경을 걸고 맹세컨대 나는 절대로 숄토 씨의 몸에 손을 대지 않았소. 그것은 저 작은 지옥의 사냥개 통가의 짓이오. 통가 녀석이 그 저주받을 침을 쏘았소. 난 그 일에는 책임이 없소이다. 나는 숄토 씨가 내 피붙이라도 되는 것처럼 애도했소. 나는 밧줄로 그 작은 악마를 후려쳤지요. 하지만 물은 이미 엎질러졌고 그것을 주워 담을 수는 없었소이다."

"담배 한 대 태우시지요."

홈즈는 말했다.

"그리고 몸이 많이 젖었으니 이 위스키라도 한 모금 마시는 게 좋겠습니다. 그런데 당신이 밧줄을 타고 올라가는 동안 그 흑인처럼 작고 약한 사람이 어떻게 숄토 씨를 제압할 수 있을 거라고 생각했지요?"

"선생은 꼭 거기 있었던 사람처럼 말하는구려. 사실 나는 그 방이 비어 있을 거라고 생각했소. 나는 그 집의 하루 일과를 알아놓았는데 그때는 숄토 씨가 아래층으로 내려가서 식사하는 시간이었소. 나는 아무것도 숨길 생각이 없소이다. 내가 할 수 있는 최선의 방어는 사실을 있는 그대로 털어놓는 거요. 그때 죽은 것이 늙은 소령이었다면 나는 가벼운 마음으로 교수대에 오를 수 있을 거외다. 나는 이 담배를 피우는 것처럼 간단하게 그자를 찔러 죽였을 거요. 하지만 나하고 말다툼 한 번 한 적 없는 숄토의 아들 때문에 체포되어야 한다니 참 기구하다 아니할 수 없소."

"당신은 런던 경찰국 애설니 존스 형사의 보호를 받게 될 겁니다. 존스 씨는 당신을 우리 집으로 데려올 텐데, 사건의 전말에 대해 솔직히 말해 주기를 바랍니다. 당신은 사실을 솔직히 털어놓아야 합니다. 그렇게 해준다면 나는 당신에게 도움이 될 수 있을지도 모릅니다. 나는 숄토 씨 몸에서 독이 너무 빨리 퍼졌기 때문에 당신이 방에 들어가기도 전에 그가 사망했을 거라고 증언해 줄 수도 있지요."

"정말 그랬소이다. 방에 들어갔을 때 나는 숄토 씨가 고개를 옆으로 떨군 채 나를 향해 웃는 모습을 보고 간이 떨어지는 줄 알았소. 통가 그 녀석이 도망치지만 않았어도 나는 녀석을 반쯤 죽여놨을 거요. 통가란 녀석은 나한테 혼쭐이 나는 바람에 곤봉을 놓고 가고 침 주머니까지 떨어뜨렸소. 녀석이 나중에 그런 얘기를 해주더군. 한데 당신이 내 뒤를 쫓을 수 있었던 건 바로 그것 때문 아니오? 아무튼 그건 내가 알 수 있는 일이 아니외다. 하지만 당신한테 원한 같은 건 없소. 하나 생각하면 생각할수록 기이한 일이오."

조너선 스몰은 괴롭게 웃으며 덧붙였다.

"현금 50만 파운드에 대한 정당한 권리를 가진 내가, 인생의 절반을 안다만 제도에서 방파제를 쌓으며 보내더니 이제 나머지 인생은 다트무어에서 도랑을 파며 보내게 생겼으니 말이오. 상인 아흐메트와 처음으로 시선이 마주쳐서 아그라 보물과 인연을 맺게 된 그날이 내게는 불길한 날이었던 거요. 아그라 보물은 그것을 소유한 사람에게 저주를 내렸소. 상인 아흐메트는 그것 때문에 살해됐고, 숄토 소령은 두려움과 죄책감에 시달렸으며, 나는 평생을 노예로 살게 됐소."

이때 애설니 존스가 비좁은 선실 안으로 퉁퉁한 얼굴과 어깨를 들이밀었다.

"분위기 한번 오붓하군."

존스는 말했다.

"홈즈, 그 위스키 한 모금만 주시오. 자, 이제 마음 놓고 자축해도 될 것 같소. 한 녀석을 산 채로 잡지 못한 게 마음에 걸리긴 하지만 그건 어쩔 수 없었지. 그리고 홈즈, 당신은 정말 훌륭하게 일을 처리해 주었소. 우리가 할 수 있는 일이라곤 앞서가는 배를 따라잡는 것밖엔 없었소이다."

"모두가 잘해서 유종의 미를 거둔 거지요."

홈즈가 말했다.

"그런데 나는 오로라호가 그렇게 빠른 배인 줄은 몰랐습니다."

"스미스는 자기 배가 템스 강 일대에서 제일 빠른 증기선에 속한다고 하더군. 만약 기관실에서 도와주는 사람이 하나만 더 있었어도 자기 배를 따라잡지 못했을 거라나. 그런데 스미스는 노우드 사건에 대해서는 아무것도 몰랐다고 말하고 있소이다."

"그건 사실이오."

포로가 외쳤다.

"그 사람은 아무것도 모르오. 내가 스미스의 증기선을 택한 것은 그의 배가 정말 빠르다는 소문을 들었기 때문이오. 우린 그 사람한테 아무 말도 안 했소. 하지만 돈을 듬뿍 집어주었지. 그리고 우리를 그레이브센드항의 에스메랄다호까지 무사히 데려다주면 후하게 사례하기로 했소이다. 우리는 브라질로 떠날 예정이었소."

"좋아, 스미스 선주가 잘못한 게 없다면 일이 잘못되지 않게 우리가 잘 봐줘야지. 우리는 범인을 잡는 일에는 비호같이 빨라도 사람을 기소할 때는 신중하거든."

나는 공명심이 강한 존스가 범인이 체포되자 벌써부터 으쓱거리고 있다는 걸 알고 웃을 수밖에 없었다. 셜록 홈즈 또한 존스의 말을 듣고 미소를 금치 못했다. 존스가 말했다.

"우린 곧 복스홀 다리에 도착할 거요. 왓슨 박사, 박사는 거기서 보물 상자를 갖고 내리시오. 책임은 전적으로 나한테 있다는 건 두말하면 잔소리가 될 거요. 관례를 벗어난 일이긴 하지만 약속은 약속이니까. 하지만 위탁품이 워낙 귀중한 것이니까 경사를 딸려 보내겠소. 물론 마차를 타고 가시겠지?"

"예. 그렇게 할 겁니다."

"열쇠가 없어서 유감 천만이오. 뚜껑을 열 수만 있으면 먼저 물품 목록을 작성해 놓을 수 있는데. 상자를 열려면 자물통을 부숴야 할 거요. 이봐, 열쇠는 어디 있나?"

"강바닥에 있소이다."

스몰이 짧게 대꾸했다.

"허! 대관절 무엇 때문에 이렇게 불필요한 말썽을 부리나? 우린 그렇지 않아도 너 때문에 고생이 많았단 말이다. 어쨌든 박사, 구태여 조심하라는 말은 안 하겠소. 보물 상자를 들고 베이커가로 오시오. 우린 거기 먼저 들렀다가 경찰서로 갈 테니까 말이오."

복스홀에서 나는 무거운 철제 상자를 들고 배에서 내렸다. 사람 좋은 경사가 나와 동행했다. 세실 포레스터 부인 댁까지는 마차로 15분 거리였다. 하인은 이렇게 늦은 시간에 손님이 오자 놀란 듯했다. 세실 포레스터 부인은 집에 없었는데 늦게 돌아올 거라고 했다. 하지만 모스턴 양은 응접실에 있었다. 그래서 나는 상자를 들고 응접실로 갔고, 친절한 경사는 마차에 남아서 기다렸다.

모스턴 양은 창문을 열어놓고 그 앞에 앉아 있었다. 그녀는 목과 어깨에 진홍빛 단을 댄 하늘거리는 흰 드레스를 입고 있었다. 갓 씌운 등잔이 불을 밝히고 있었는데 등나무 의자에 앉아 있는 그녀의 몸과 아름답고 침착한 얼굴이 은은히 빛나 보였다. 풍성한 머리채는 불빛을 받아 금속성으로 반짝거렸다. 모스턴 양은 흰 팔을 의자 옆으로 늘어뜨리고 있었는데, 온몸에서 짙은 우수가 풍겼다. 발소리를 듣고 깜짝 놀라 자리에서 일어선 그녀는 곧 반가운 미소를 지었고 창백한 뺨은 기쁨으로 달아올랐다. 그녀가 말했다.

"마차가 집 앞에 서는 소리를 들었어요. 저는 포레스터 부인이 일찌감치 들어오시나 보다고 생각했지요. 하지만 당신일 줄은 꿈에도 몰랐답니다. 오늘은 무슨 소식을 갖고 오셨나요?"

"저는 소식보다 더 좋은 걸 가져왔습니다."

나는 상자를 탁자에 올려놓고 짐짓 유쾌하고 떠들썩한 목소리를 꾸미면서 말했다. 하지만 내 마음은 돌을 매단 듯 무거웠다.

"세상의 그 어떤 소식보다 더 귀중한 것을 가져왔지요. 나는 당신의 재산을 가져왔습니다."

모스턴 양은 철제 상자를 흘끗 바라보았다.

"그러면 그게 그 보물인가요?"

그녀는 담담하게 물었다.

"그렇습니다. 이게 바로 아그라 보물이지요. 절반은 당신 것이고 나머지 절반은 새디어스 숄토 것입니다. 두 사람한테 각각 20만 파운드씩 돌아갈 겁니다! 생각해 보십시오! 1년에 1만 파운드의 연금에 해당하는 금액입니다. 영국에서 당신보다 더 부유한 숙녀는 없을 겁니다. 대단하지 않습니까?"

나는 기쁨을 좀 더 과장해서 보여줘야 했나 보다. 그녀는 나의 축하 인사 속의 공허한 울림을 알아챘는지 눈을 동그랗게 뜨고 호기심 어린 눈빛으로 나를 쳐다보았던 것이다. 그녀가 말했다.

"제가 그걸 갖게 되면, 그것은 순전히 박사님 덕분이에요."

"아니, 아닙니다."

나는 대답했다.

"제가 아니라 친구 셜록 홈즈 덕분일 겁니다. 저에게는 그의 천재적인 분석 능력마저 쩔쩔매게 만든 단서를 추적할 수 있는 능력이 없었습니다. 사실 우리는 마지막 순간에 벽에 부딪쳤지요."

"왓슨 박사님, 여기에 앉아서 자초지종을 좀 얘기해 주세요."

그녀는 말했다.

나는 그동안 있었던 일을 간단하게 설명했다. 홈즈가 새로운 방향으로 수사를 시작한 일, 오로라호의 발견, 애설니 존스가 찾아온 것, 저녁 시간의 외출, 템스 강에서의 숨 가쁜 추격전 등. 그녀는 입술을 반쯤 벌린 채 눈을 빛내며 나의 모험담에 귀 기울였다. 홈즈와 나 사이를 아슬아슬하게 비껴 간 독침 이야기를 했을 때, 모스턴 양은 얼굴이 하얗게 질려서 나는 그녀가 기절하는 줄 알았다.

"괜찮아요."

모스턴 양은 내가 얼른 물을 따라주자 이렇게 말했다.

"이제 괜찮아졌어요. 저 때문에 두 분께서 그런 위험을 겪었다고 생각하니 충격을 받았나 봐요."

"다 끝난 일인걸요."

나는 대답했다.

"그건 별일 아니었습니다. 이제 더 이상 우울한 얘기는 하지 말아야겠군요. 좀 더 밝은 얘기를 해볼까요? 여기 보물이 있습니다. 이것보다 더 신나는 일이 어디 있겠습니까? 저는 경찰의 허락을 받아서 이걸 여기 가져왔습니다. 모스턴 양께서 제일 먼저 보게 된다면 좋아하실 것 같아서 말이지요."

"물론 저로서는 큰 영광이지요."

그녀는 이렇게 말했지만 목소리에는 어쩐지 열기가 없었다. 그렇지만 그렇게 큰 희생을 치르고 얻어낸 보물에 대해 무관심한 태도를 취하는 것은 실례라고 생각한 것이 틀림없었다.

"상자가 참 예쁘군요!"

모스턴 양은 감탄하며 상자를 들어보려고 했다.

"상자만으로도 상당한 가치가 있겠어요. 그런데 열쇠는 어디 있지요?"

"스몰이 템스 강에 던져버렸습니다."

나는 대답했다.

"포레스터 부인의 부지깽이를 빌려야겠어요."

상자 앞면에는 좌불상(座佛像)이 새겨진 넓고 두툼한 걸쇠가 달려 있었다. 나는 걸쇠 아래 부지깽이를 밀어 넣고 그것을 지렛대 삼아 바깥쪽으로 비틀었다. 걸쇠는 큰 소리를 내며 떨어져 나갔다. 나는 떨리는 손으로 상자 뚜껑을 열어젖혔다. 우리는 깜짝 놀라 멍청히 보고만 있었다. 상자는 텅 비어 있었다!

상자가 무거운 것은 전혀 이상한 일이 아니었다. 쇠의 두께가 사방으로 1.5센티미터쯤 됐다. 그것은 귀중품을 보관하기 위해 제작된 무겁고 견고한 상자였지만 그 속에는 보석은커녕 쇠붙이 하나 들어 있지 않았다. 상자 안은 깨끗이 비어 있었다.

"보물이 사라졌군요."

모스턴 양이 담담한 어조로 말했다.

나는 그녀의 말을 듣고 나서야 그 의미를 실감할 수 있었다. 내 영혼에 드리워진 큰 그늘이 순식간에 걷혀버린 듯했다. 상자가 비어 있다는 걸 확인하기 전까지 나는 이 아그라 보물이 나를 얼마나 짓누르고 있는지 알지 못했다. 그것은 틀림없이 이기적이고 신의 없고 잘못된 태도였겠지만 내게는 오직 그녀와 나 사이를 가로막고 있던 황금 장벽이 사라졌다는 생각밖에는 없었다.

"만세!"

나도 모르게 이런 말이 터져 나왔다.

모스턴 양은 웃음을 머금고 나에게 묻는 듯한 시선을 던졌다.

"왜 그런 말씀을 하시는 거예요?"

그녀는 물었다.

"당신이 이제 내게 가까운 곳으로 다시 돌아왔으니까."

나는 그녀의 손을 잡았다. 그녀는 뿌리치지 않았다.

"왜냐하면 나는 한 남자로서 당신을 진심으로 사랑하니까. 왜냐하면 이 보물, 이 부가 그동안 내 입을 막아놓았으니까. 마리, 이제 보물은 사라졌소. 그래서 나는 이제야 당신을 얼마나 사랑하는지 말할 수 있습니다. 그래서 만세를 부른 겁니다."

"그러면 저도 하느님께 감사해야겠군요."

내가 그녀를 곁으로 끌어당기자 그녀는 이렇게 속삭였다.

누가 보물을 잃었든 간에, 그날 밤 나는 보물 하나를 얻었다.

조너선 스몰의 이상한 이야기

마차에서 기다리던 경사는 굉장히 참을성이 강한 사람이었다. 그는 내가 돌아올 때까지 한참을 기다려주었다. 빈 상자를 보여주자 경사의 표정이 어두워졌다.

"상급을 받기로 했는데!"

경사는 탄식조로 말했다.

"돈이 없으니 상급도 없겠군요. 만약 보물이 나온다면 오늘 밤에 수고한 대가로 샘 브라운과 나는 각각 10파운드씩 받기로 했지요."

"새디어스 숄토 씨는 부자입니다."

나는 말했다.

"그분은 보물이 나오든 안 나오든 상급이 돌아가도록 해주실 겁니다."

하지만 경사는 낙심한 듯 고개를 흔들었다.

"그래도 그건 안 될 말입니다. 애설니 존스 씨도 그렇게 생각하실 겁니다."

경사의 예상은 적중했다. 애설니 존스는 내가 베이커가로 돌아가 빈 상자를 보여주자 아연실색했다. 그들은 계획을 바꿔 도중에 서에 들러서 먼저 보고했기 때문에 이제 막 베이커가에 도착한 참이었다. 내 친구는 평소와 다름없이 무표정한 얼굴로 안락의자에 파묻혀 있었고, 스몰은 나무다리를 성한 다리 위에 올려놓고 홈즈의 맞은편에 멍하니 앉아 있었다. 내가 빈 상자를 보여주자 스몰은 상체를 뒤로 젖히며 큰 소리로 웃음을 터뜨렸다.

"스몰, 네 소행이군."

애설니 존스는 씩씩거리며 말했다.

"그렇다, 보물은 너희들이 결코 찾을 수 없는 곳에 내가 보관해 두었다."

그는 흥겨운 목소리로 외쳤다.

"그 보물은 내 거다. 내가 그걸 가질 수 없게 됐으니 아무도 손댈 수 없는 곳에 잘 보관해 놓아야지. 분명히 말해 두지만, 나하고 안다만 죄수 막사의 세 사람을 빼면 그 누구도 보물을 가질 권리가 없다. 이제는 나도 그 보물을 써보지 못하게 생겼고, 그 세 사람도 나와 같은 처지다. 나는 그동안 동지들을 대표해서 행동해 왔다. 우리는 항상 네 사람의 서명과 함께했다. 동지들이라도 숄토나 모스턴의 피붙이에게 보물을 넘겨주느니 템스 강 속에 그것을 처넣어버렸을 것이다. 우리가 그들을 부자로 만들어주기 위해 아흐메트를 해치운 것은 아니었으니까. 보물은 열쇠와 함께 난쟁이 통가 옆에 가라앉아 있을 것이다. 우리 배가 추월당하게 생겼을 때 나는 보물을 안전한 곳에 뿌리기 시작했다. 너희들은 나를 체포했지만 땡전 한 푼 건지지 못할 것이다."

"스몰, 너는 지금 거짓말을 하고 있어."

애설니 존스는 엄하게 말했다.

"네가 정말 보물을 템스 강에 던지고 싶었다면, 너는 상자째 통째로 내던졌을 것이다. 그게 훨씬 쉬웠을 테니까."

"던지기가 쉽다면 너희들이 찾기도 쉬울 테지."

스몰은 교활한 눈을 가늘게 떴다.

"내 뒤를 추적할 만큼 영리한 자라면 강바닥에서 철제 상자 하나 끌어 올리는 것쯤은 식은 죽 먹기일 거다. 이제 보물은 강 바닥에 8킬로미터에 걸쳐 흩어져 있으니까 그걸 찾아내기는 쉽지 않을 것이다. 보물을 강물에 던지는 내 심정도 말이 아니었다. 너희들이 날 쫓아오는 걸 보고 난 정말 미칠 것 같았지. 하지만 이제 와서 한탄해 봤자 소용없는 일. 내 인생에는 좋은 일도 있고 나쁜 일도 있었다. 하지만 나는 지나간 일을 생각하며 울고불고하지 않는 법을 배웠다."

"스몰, 너는 실수한 거야."

형사가 말했다.

"네가 이런 식으로 정의 구현을 방해하는 대신 경찰의 일을 도왔다면, 재판 때 관대한 처분을 받을 수도 있었을 거다."

"정의라고!"

스몰이 으르렁거렸다.

"정의는 무슨 얼어 죽을 정의! 그 보물이 우리 게 아니라면 누구 건데? 보물을 가질 만한 자격이 없는 자들에게 그것을 넘겨주는 것이 정의란 말인가? 내가 그걸 어떻게 손에 넣었는지 알기나 해? 나는 20년 동안 저 푹푹 찌는 늪지대에서 낮이면 하루 종일 맹그로브 나무 아래서 일하고 밤에는 사슬에 묶인 채 더러운 죄수 막사에 갇혀 있었다. 그리고 모기 떼에 뜯기고 학질에 시달리고 백인 죄수를 괴롭히는 걸 낙으로 삼는 시꺼먼 교도관 놈들한테 이리저리 차이며 살아왔어. 나는 그렇게 해서 아그라 보물을 손에 넣은 거야. 그런데 너희들은 내가 이 피의 대가를 다른 놈이 즐길 수 있게 해주지 않았다고 해서 정의 운운하는 거냐? 엉뚱한 놈이 내 돈으로 으리으리한 집에서 편안하게 살고 있다는 걸 알면서 감방에서 살아가느니, 차라리 스무 번이라도 교수형을 당하거나 통가의 독침에 맞는 게 나을 거다."

스몰은 여태까지의 냉정한 태도를 버리고 불길이 이글거리는 눈으로 사자후를 토했다. 그가 흥분해서 두 손을 움직일 때마다 수갑이 절그럭거렸다. 나는 그가 격앙된 얼굴로 분노를 토해 내는 것을 보고, 숄토 소령이 나무다리 사나이가 자신을 쫓고 있다는 사실을 알았을 때 얼마나 큰 공포를 느꼈을지 이해할 수 있었다.

"우리가 전혀 내막을 모른다는 사실을 잊은 모양이군요."

홈즈가 조용히 말했다.

"당신은 아직 우리에게 사실을 말해 주지 않았고, 그래서 우리는 당신 주장이 얼마나 타당한 것인지 알 수 없소."

"좋소이다. 지금까지 선생은 아주 공정하게 말해 주었소. 물론 내가 이렇게 수갑을 차게 된 것이 순전히 선생 덕분이라는 건 나도 잘 알고 있소. 하지만 선생을 원망하지는 않겠소. 모든 일이 다 공명정대하게 이루어졌으니까 말이오. 당신들이 내 얘기를 듣고 싶다는데 굳이 숨기고 싶지는 않소. 맹세코 내가 하는 말은 한마디도 틀림없는 사실이오. 고맙소, 잔은 이 옆에다 놔주시오. 얘기하다 목마르면 그것으로 입술을 축일 테니까.

나는 퍼쇼어 지방의 우스터셔 사람이오. 아직도 거기엔 일가붙이들이 많이 살고 있을 거요. 그동안 고향에 가보고 싶은 생각이 없었던 건 아니지만 과거에 가족들에게 별로 믿음을 주지 못했기 때문에 가봤자 반겨줄 사람이 있을 것 같지 않았소. 일가들은 한결같이 얌전하고 교회에 열심히 다니는 농부들이오. 나는 다분히 떠돌이 기질이 있었던 데다가 항상 말썽을 일으켰지만 일가친척들은 지역에서 인정받는 착실한 일꾼들이었소. 하지만 열여덟 살이 됐을 때 나는 여자 문제로 말썽에 휘말렸고 그걸 피하기 위해 군에 입대했다가 인도로 떠나게 되었소.

하지만 나는 군인 노릇을 오래 할 운명은 아니었소. 겨우 제식 훈련을 끝내고 소총 다루는 법을 익혔을 때 나는 갠지스 강을 헤엄쳐 건너는 바보짓을 했소. 그런데 천만다행으로 같은 부대에서 물개로 소문난 존 홀더라는 하사가 옆에서 같이 헤엄치고 있었소. 내가 강을 절반쯤 건넜을 때 악어가 다가와 내 오른쪽 다리를 외과 의사처럼 깨끗한 솜씨로 물어뜯어버렸소. 무릎 위에서 말이오. 나는 쇼크와 출혈 때문에 정신을 잃었지요. 홀더가 나를 강둑으로 끌어내주지 않았다면 거기서 익사하고 말았을 거요. 나는 5개월간 병원 신세를 진 다음에 잘려 나간 다리에 나무토막을 동여매고 절룩거리며 걸을 수 있게 되었소. 그리고 육군에서 의병 제대를 했소. 하지만 나의 신체 조건으로는 할 수 있는 일이 아무것도 없었소.

당신들도 상상할 수 있겠지만 그 당시 나는 인생의 막다른 골목에 몰려 있었소. 스무 살도 되기 전에 아무짝에도 쓸모없는 불구자가 되어버렸으니 말이오. 하지만 내 불행은 곧 행운으로 이어졌소이다. 인도에 건너와 인도쪽(콩과에 속하는 열대산 관목 — 옮긴이) 농장을 시작했던 아벨 화이트라는 농장주가 농장에서 일하는 쿨리(제2차 세계 대전 전의 인도인과 중국인 하층 노동자를 이렇게 불렀다 — 옮긴이)들을 감독할 사람을 찾고 있었소. 그런데 사고를 당한 뒤에 나한테 각별히 마음을 써주던 우리 부대 대령이 그의 친구였소. 우여곡절이 많았지만 간단히 말하면, 대령이 나를 그 자리에 강력하게 추천했소. 왜냐하면 농장에서 쿨리를 감독하는 일은 주로 말을 타고 했는데, 내 허벅지가 안장에 달라붙어 있을 수 있을 만큼은 남아 있었기 때문에 다리 한쪽이 없는 건 큰 문제가 되지 않았던 거요. 내가 하는 일은 말을 타고 농장을 돌아다니면서 쿨리들이 일을 잘하는지 감시하고, 꾀를 피우는 자를 찾아내서 보고하는 거였소. 봉급도 상당했고 편안한 숙소도 생겼기 때문에 나는 인도쪽 농장에서 일하는 데 만족했소. 아벨 화이트 씨는 좋은 사람이었소. 그는 내 숙소에 종종 들러서 함께 파이프 담배를 피우기도 했소이다. 왜냐하면 인도

에 있는 백인들은 여기 사람들과는 달리 같이 있기만 해도 마음
이 편하고 든든했으니까 말이오.

하지만 행운은 오래가지 않았소. 아무 조짐도 없었는데 갑자기
큰 폭동이 일어난 거요(1857년에 일어난 세포이 항쟁을 뜻함. 영국
동인도회사에 고용된 인도인 용병, 즉 세포이들이 영국의 인도 지배에
저항하여 일으킨 반란. 성공하진 못했으나 이것을 계기로 영국은 동인
도회사를 통한 식민지 지배를 좀 더 유화적인 여왕의 직접 통치로 바
꾸었다 — 옮긴이). 인도는 영국의 한 지역처럼 고요하고 평화롭
기 그지없었소. 그런데 갑자기 20만 명의 시커먼 폭도들이 몰려
나와서 그곳을 완전히 쑥대밭으로 만들어버린 거요. 물론 여러
분은 그 사건에 대해 나보다 훨씬 잘 알고 있을 거외다. 나는 원
래 책이라곤 통 들여다볼 줄 모르는 놈이니까. 나는 오직 내 눈
으로 본 것만 알고 있소. 우리 농장은 북서 지방의 국경선 부근
에 있는 무트라라는 곳에 있었소. 밤마다 불타는 방갈로가 하늘
을 온통 벌겋게 물들였고, 날마다 유럽인들이 처자식을 끌고 우
리 농장을 지나 군대가 주둔해 있는 아그라를 향해 도망치는 모
습이 보였소. 하지만 아벨 화이트 씨는 고집불통이었소이다. 그
사람의 머릿속에는, 폭동 소식이 과장되었을 뿐 아니라 폭동의
불길은 갑자기 일어난 것처럼 갑자기 사그라들 거라는 생각으
로 가득 차 있었소. 아벨 화이트 씨는 발등에 불이 떨어진 줄도
모르고 태평스럽게 베란다에 앉아서 위스키를 홀짝거리며 담배
를 피웠소. 물론 나는 도슨과 함께 그분 곁을 지켰지. 도슨한테는
농장의 사무와 관리 일을 맡고 있는 아내도 있었소. 그런데 어느

화창한 날에 올 것이 오고야 말았다오. 나는 멀리 떨어져 있는 농장에 갔다가 저녁 무렵에, 말을 타고 천천히 집에 돌아가고 있었소. 그런데 가파른 수로 바닥에서 어떤 물체가 웅크리고 있는 게 보였소. 나는 자세히 보려고 말에서 내렸다가 그게 바로 도슨의 아내라는 걸 알고 몸에 소름이 쫙 끼쳤소. 그 여자는 온몸이 갈기갈기 찢어진 채 자칼과 들개에게 몸이 반쯤 먹힌 상태였소. 길을 조금 더 올라가보니 도슨이 엎드린 채 죽어 있었소. 그는 손에 빈총을 쥐고 있었는데 그 앞에는 세포이 넷이 쓰러져 있었소. 나는 어느 길로 돌아갈까 고민하며 말고삐를 당겼소. 그런데 바로 그 순간, 아벨 화이트 씨의 방갈로에서 연기가 뭉클뭉클 피어오르며 지붕에서 화염이 치솟는 게 보였소이다. 나는 가봤자 화이트 씨를 구하지도 못하고 부질없이 내 목숨만 희생시키리라는 걸 깨달았소. 거기서 보니 아직 붉은 코트를 걸치고 있는 시커먼 악귀들 수백 명이 불타는 집 앞에서 춤추며 환호하는 모습이 보였소. 그중 몇 놈이 나를 발견하고 총을 쏘자 총알이 머리 위로 피웅피웅 날아갔소. 그래서 나는 말 머리를 돌려 달아나기 시작했소이다. 나는 무논을 지나서 그날 밤늦게 아그라 성 안에 무사히 도착했소.

하지만 거기도 그렇게 안전한 곳은 못 되었지. 지역 전체가 완전히 벌집을 쑤셔놓은 듯했소이다. 그곳에서 영국인들은 몇 명 이상 모이기만 하면 총을 들고 방어에 나섰소. 다른 지역에서는 무력한 도망자 신세에 불과했소. 그것은 수백만 대 수백 명의 싸움이었으니까. 그리고 그 수백만의 사람들 중에서 가장 잔인한

자들은 우리가 직접 선발해서 가르치고 훈련시킨 현지인 보병, 기병, 포병 들이었소. 그들은 우리의 무기를 들었고 우리 나팔을 불었소. 아그라에는 벵갈 제3연대 보병과 소수의 시크교도, 기병대 2개 중대, 포병대 1개 중대가 있었소. 점원들과 상인들이 군대에 자원입대했고, 나도 나무다리를 이끌고 입대했소. 우리는 7월 초에 샤군지로 나가 폭도를 맞아 싸웠는데 한동안은 우세한 듯하더니 화력이 떨어지면서 아그라 시로 퇴각해야만 했소.

사방에서 최악의 소식만 들려왔소. 그도 그럴 것이, 여러분도 지도를 보면 알겠지만 우리가 있는 곳이 바로 반란의 중심부였던 거요. 러크나우는 동쪽으로 160킬로미터 이상 떨어져 있었고, 칸푸르는 남쪽으로 또 그만큼 떨어져 있었소. 사방팔방에서 무자비한 살육이 자행되고 있었소이다.

아그라는 광신자와 온갖 종류의 악마 숭배자 들이 득실거리는 큰 도시요. 우리 부대는 미로 같은 비좁은 거리에서 길을 잃었소. 그래서 우리는 대장의 지휘에 따라 강 건너에 있는 아그라의 오래된 성으로 들어갔소. 혹시 이 중에서 그 오래된 성에 관해 알고 있는 신사가 있는지 모르겠소. 그곳은 아주 기묘한 곳이오. 나도 별별 곳을 다 다녀보았지만 그보다 이상한 곳은 보지 못했소. 무엇보다 그 성은 크기가 대단하다오. 면적이 몇 에이커가 되는지 모르오. 성에는 수십 개의 방으로 이루어진 현대적인 건물도 있었는데 그곳에 우리 수비대, 여자들, 아이들, 짐 보따리 등등이 자리 잡았소. 하지만 현대적인 건물의 크기를 오래된 부분과 비교하면 새 발의 피에 지나지 않았는데, 오래된 건물에는 사람의 발길이 끊어져 전갈과 지네가 득실거렸소. 오래된 성은 텅 빈 큰 홀과 꼬불거리는 통행로, 그리고 사방으로 뻗은 긴 복도로 이루어져 있었는데, 잘못 발을 들여놓았다가는 길을 잃기 십상이었소. 그래서 이따금씩 사람들이 무리를 지어 횃불을 들고 그 안을 탐색하러 들어가긴 했지만 혼자 들어가는 사람은 없었소.

성 앞으로는 강물이 흘러서 해자 역할을 했지만 양옆과 뒤쪽에는 수많은 문이 나 있어서 경비를 세워야 했소. 물론 우리는 군대가 주둔하고 있는 현대적인 건물은 물론, 성의 오래된 부분까지 지켜야 했소. 그런데 인원이 모자랐소이다. 건물의 모퉁이마다 세워놓을 보초도 모자라고 총도 모자랐소. 그러니 그 수많은 성문에 일일이 강력한 수비대를 배치하는 것은 불가능했던 거요. 그래서 우리는 성 한가운데 중앙 위병소를 차려놓고, 성문마다 백인 한 사람을 책임자로 하고 현지인 둘이나 셋을 그 밑에 배치하기로 했소. 나는 성의 남서쪽에 있는 작은 외딴 문의 야간 경비 책임자로 뽑혔소. 두 명의 시크교도가 내 밑에 배치되었고, 나는 무슨 일이 생기면 소총을 발사하라는 지시를 받았소. 그러면 중앙 위병소에서 당장 달려오겠다고 했지. 하지만 중앙 위병소는 거기서 200보 이상 떨어져 있었고, 그 사이에는 미로처럼 얽힌 복도가 가로막고 있었기 때문에, 내가 진짜 공격받는다고 했을 때 사람들이 제때 나를 구해 줄 수 있을 거라고 생각하기는 힘들었소.

하지만 나는 두 명의 부하를 지휘할 수 있게 된 것이 아주 자랑스러웠소이다. 나는 자원입대한 신병인 데다가 걸음걸이조차 자유롭지 않은 불구자였으니 말이오. 이틀 밤 동안 나는 펀자브 출신의 부하들과 함께 보초를 섰소. 그들은 둘 다 키가 크고 우락부락하게 생긴 노련한 전사들이었는데 이름은 마호메트 싱, 압둘라 칸이라고 했고, 칠리안 왈라에서는 영국군에 대항하여 싸운 적도 있는 치들이었소. 둘 다 영어가 유창했지만 내 앞에서는 영어로 말하는 법이 없었소. 둘은 서로 꼭 붙어 다녔고 밤새도록 그 괴상한 시크어로 시끄럽게 떠들어댔소. 나는 문밖에 서서 구불거리는 넓은 강을 내려다보기도 하고, 휘황한 대도시의 불빛을 바라보기도 했소. 크고 작은 북소리, 폭도들이 마약에 취해 고래고래 악쓰는 소리를 밤새 듣고 있노라면 강 건너편에 자리 잡고 있는 이웃이 얼마나 위험한 치들인지 마음 깊이 사무쳐 왔소. 야간 근무를 하는 장교가 두 시간에 한 번씩, 아무 일 없는지 확인하기 위해 순찰을 돌았소.

야간 경계 근무에 나선 사흘째 밤은 비바람이 몰아치는 깜깜한 밤이었소. 그런 날씨에 몇 시간씩 성문을 지키고 서 있는 것은 정말 지루하기 짝이 없는 일이오. 나는 시크교도 부하들에게 몇 번이나 말을 걸어보았지만 그들은 한 번도 시원하게 대꾸해주는 법이 없었소. 밤 2시에 야간 순시를 하는 장교가 와서 잠시 고적함을 달래주었소. 나는 부하들한테 말을 시키는 게 어렵다는 걸 알고, 파이프를 꺼낸 다음 성냥불을 켜기 위해 소총을 내려놓았소. 바로 그때 두 명의 시크교도가 내게 달려들었소. 하나는 화승총을 재빨리 집더니 내 머리에 총구를 겨누었소. 다른 하나는 큰 칼을 내 목덜미에 들이대고 한 발짝이라도 움직이면 찌르겠다고 험악한 말투로 협박했소.

맨 처음 떠오른 생각은 이 녀석들이 폭도들과 내통했구나 하는 거였소. 바로 이것이 공격의 시작이지 싶었소. 만약 이 문이 세포이의 수중에 떨어진다면 성은 함락되고, 부녀자들은 칸푸르에서와 똑같은 꼴을 당하게 될 것이 틀림없다고 생각되었소. 여기 있는 신사들께서는 내가 얘기를 꾸며대고 있다고 생각할지 모르겠지만 나는 그때 생각했던 것을 그대로 말하고 있을 뿐이오. 나는 목에 칼끝이 닿는 것을 느끼면서도 소리 지를 생각으로 입을 열었소. 비록 여기서 최후를 맞는다고 해도 중앙 위병소에 경고할 수 있다면 그것으로 족했소. 그런데 내게 칼을 들이댄 사내는 내가 무슨 생각을 하고 있는지 읽어낸 것처럼 이렇게 소곤거렸소. '소리 내지 마라. 성은 안전하다. 우리는 반도(叛徒)가 아니다.' 그는 거짓말을 하는 것 같지 않았고, 또 소리를 질렀다가는 그 길로 황천행일 것이 분명했소. 그의 갈색 눈에서 그걸 느낄 수 있었소이다. 그래서 나는 대관절 이자들이 나한테 원하는 게 뭔지 알아보자는 생각으로 묵묵히 기다렸소.

'사힙, 내 말 잘 들어라.' 짝패 중에서 키가 더 크고 더 사납게 생긴 압둘라 칸이라는 자가 말했소. '우리와 함께 행동하든지 영원히 입을 다물든지 둘 중에 하나를 선택해라. 일이 급해서 꾸물거릴 시간이 없다. 너는 기독교인의 십자가에 걸고 진정으로 맹세하겠느냐? 아니면 오늘 밤에 시체가 되어 저 도랑에 처박히겠느냐? 우리는 저 반란군 내에 있는 형제들한테 넘어가버리면 그만이다. 다른 길은 없다. 죽느냐, 사느냐, 어느 쪽이냐? 3분을 주

겠다. 시간은 자꾸 가고 우리는 순찰이 오기 전에 모든 일을 끝내야 한다.'

'나더러 뭘 결정하란 말이냐?' 나는 물었소. '너희들은 나한테 원하는 게 뭔지도 말하지 않았다. 하지만 내 분명히 말해 두지만, 만약 성의 안전과 관계되는 거라면 나는 절대로 거래하지 않을 것이다. 그러니 어서 그 칼로 나를 찌르는 게 나을 거다.'

'그건 성의 안전과는 아무 상관 없다.' 압둘라 칸은 말했소. '우리는 너희들이 인도에서 찾는 것을 주려는 거다. 우리는 너를 부자로 만들어주겠다. 네가 오늘 밤 우리 편에 가담한다면 우리는 이 칼에 걸고 너에게도 정당한 몫을 주겠노라고 맹세하겠다. 시크교도(시크교는 이슬람교와 힌두교가 혼합되어 인도에서 발생한 종교로, 역사적으로 기존의 종교 세력들과 심각한 갈등을 빚었다 — 옮긴이)는 맹세를 어기지 않는다. 보물의 4분의 1은 네 거다. 그 이상 공평하게 분배할 순 없을 거다.'

'보물이라니?' 나는 물었소. '나도 물론 누구 못지않게 부자가 되고 싶다. 하지만 보물이 어디 있다는 건지 말해라.'

'그럼 먼저 맹세해라.' 압둘라 칸은 말했소. '네 아버지의 뼈에 걸고, 네 어머니의 명예에 걸고, 너희 기독교도들의 십자가에 걸고, 지금이든 앞으로든 절대로 우리를 배신하는 말과 행동을 하지 않겠다고 말이다.'

'맹세한다.' 나는 대답했소. '단, 성의 안전을 위협하지 않는다는 조건으로.'

'우리도 보물을 공평하게 네 몫으로 나눠서 그중 한 몫을 너에

게 주겠다고 맹세하겠다.'

'하지만 여기는 세 사람밖에 없지 않나.' 나는 말했지요.

'아니다. 도스트 아크바르에게도 한 몫을 주어야 한다. 그들이 오는 걸 기다리는 동안 자초지종을 말해 주겠다. 마호메트 싱, 너는 성문을 지키고 있다가 그들이 오면 알려다오. 사힙, 사실은 이렇게 된 거다. 내가 너에게 이야기를 털어놓는 것은 백인들도 맹세를 가볍게 여기지 않을뿐더러, 네가 믿을 만하다는 사실을 알고 있기 때문이다. 네가 만약 거짓말쟁이 힌두교도였다면 그 거짓 사원에 있는 신들 전부를 걸고 맹세한다 해도, 이 칼에 네 피를 묻히고 몸뚱이는 강물 속에 던져버렸을 것이다. 하지만 시크인과 영국인은 서로를 잘 안다. 그러니 이제 내 말을 잘 들어보아라.

북부 지방에 작지만 풍요로운 지역을 다스리는 군주가 있다. 군주는 선대로부터 많은 재산을 물려받은 데다가, 황금을 얻으면 쓰기보다는 모아놓기를 좋아하는 구두쇠 기질 탓에 더 크게 부를 늘려놓았다. 이번 난리가 터졌을 때 군주는 사자 편도 들고 호랑이 편도 들었다. 다시 말하면 세포이 편도 들었다가 회사 편도 들었던 것이다(여기서 회사는 영국 정부가 인도 및 극동 지방과의 무역 촉진을 위해 설립한 동인도회사를 말한다. 처음에 이 회사는 독점적 무역 기구로 발족했으나 점점 정치적 성격을 띠어 영국의 제국주의적 침략의 앞잡이 노릇을 한다 ——옮긴이). 그런데 그의 눈에는 백인의 지배가 곧 끝날 것처럼 보였다. 왜냐하면 사방에서 백인이 죽거나 패퇴한 소식밖에는 들려오지 않았으니까. 하지만 조심성이 많은 군주는, 일이 어떻게 되더라도 재산의 절반은 지킬 수 있는 묘안을 짜냈다. 그것은 금과 은은 궁전 금고에 넣어 두되, 자신이 모아둔 귀중한 보석과 최상품 진주는 철제 상자에 넣어서 평화가 올 때까지 아그라의 성에 숨겨놓는 것이다. 만약 반군이 승리하면 돈이 남고, 혹시 회사가 승리하면 그래도 보석은 남을 거라고 계산했던 것이다. 이렇게 재산을 나눠서 보관하기로 결심한 군주는 충직한 하인을 상인으로 변장시킨 다음 보물 상자를 들려 아그라로 보내고 자신은 세포이의 투쟁에 가담했다. 왜냐하면 그쪽에선 세포이의 세력이 훨씬 강했으니까.

아흐메트라는 이름을 쓰는 이 가짜 상인은 지금 아그라 시에 들어와서 성 안에 들어올 기회를 엿보고 있다. 그는 여행 도중에 나와 의형제를 맺은 도스트 아크바르를 만나 동행하게 되었는데 아크바르는 그의 비밀을 알게 되었다. 도스트 아크바르는 오늘 밤 이쪽 문으로 그를 데리고 오겠다고 약속했다. 그들은 곧 올 것이다. 여기는 외진 곳인 데다가 그들이 여기 오는 걸 아는 사람은 아무도 없다. 우리는 상인 아흐메트를 없애버리고 군주의 엄청난 보물을 넷이서 나눌 것이다. 어떤가, 사힙?'

우스터셔에서는 인간의 목숨이 중요하고 성스러운 것으로 보였소. 하지만 도처에서 방화와 유혈극이 자행되는 곳에서 사람의 목숨은 파리 목숨처럼 보였소이다. 일상적으로 목격되는 죽음에 익숙해지는 거요. 상인 아흐메트가 죽는지 사는지는 내게 아무 의미 없는 문제였소. 하지만 보물에 관한 얘기를 듣자 귀가 솔깃해졌소이다. 나는 보물을 갖고 영국에 돌아가서 무얼 할까 생각했소. 그리고 사람 구실 제대로 못 한다고 손가락질 받던 인간이 주머니마다 황금을 가득 채워 돌아간다면 고향 사람들이 어떤 눈으로 쳐다볼지도 생각해 봤소이다. 그래서 나는 벌써 마음을 굳혔는데 압둘라 칸은 내가 망설이는 줄 알고 좀 더 채근했소.

'사힙, 잘 생각해 봐라.' 그는 말했소. '만약 상인 아흐메트가 수비대에 잡힌다면 그는 교수형을 당하거나 총살당하고 보석은 정부에게 고스란히 압수당할 것이다. 그런데 우리는 상인을 체포한 다음에 정부를 대신해서 그 나머지 일을 해주는 것이다. 보물은 동인도회사의 금고로 들어가는 대신 우리한테 돌아올 것이다. 그것만 있으면 우리 넷은 부자가 되고도 남는다. 여기에는 우리밖에 없기 때문에 아무도 이 일을 모를 것이다. 어떻게 하는 게 좋겠는가? 사힙, 우리 편에 설 것인지, 아니면 우리를 적으로 돌릴 것인지 빨리 결정해라.'

'나는 당신들과 행동을 같이하겠다.' 나는 이렇게 말했소.

'잘 생각했다.' 압둘라 칸은 나에게 총을 돌려주며 대답했소. '우리가 당신을 믿는다는 걸 이제 알겠지? 우리는 당신도 우리처럼 맹세를 굳게 지킬 거라고 생각한다. 이제 나의 의형제와 상인이 오기를 기다리는 일만 남았다.'

'그런데 당신 의형제는 당신이 어떻게 할 것인지 알고 있나?' 나는 물었소.

'계획은 그 형제의 머릿속에서 나온 것이다. 이제 문 앞으로 가서 마호메트 싱과 함께 보초를 서도록 하자.'

우기가 막 시작될 무렵이라 비가 줄기차게 쏟아지고 있었소. 시커먼 구름장이 하늘을 뒤덮고 있었기 때문에 시야는 극히 불량했소이다. 우리가 지키는 문 앞에는 깊은 해자가 있었는데 군데군데 물이 마른 곳이 있어서 해자를 건너기는 쉬웠소. 성문 앞에서 거칠기 짝이 없는 펀자브 출신의 두 짝패와 함께, 아무것도 모르고 호랑이 굴로 기어들어 오는 사람을 기다리다 보니 기분이 묘하더군.

갑자기 해자 저쪽에서 불빛이 반짝거리는 게 눈에 들어왔소. 불빛은 흙무더기 사이로 사라졌다가 다시 나타나며 서서히 이쪽으로 다가왔소.

'저기 온다!' 나는 소리쳤소.

'사힙, 보통 때처럼 당신이 수하(誰何)를 해라.' 압둘라가 소곤거렸소. '상인을 안심시킨 다음에 우리와 같이 안으로 들여보내라. 나머지는 우리가 알아서 처리할 테니 당신은 여기서 계속 보초를 서라. 그리고 상대가 맞는지 확인할 수 있게 등불을 비출 준비를 하고.'

불빛이 깜빡거리며 섰다 움직이다 하더니 드디어 해자의 건너편 둑 위로 시커먼 사람 그림자 둘이 나타났소. 그들은 경사진 제방을 굴러 내려와 진흙탕을 첨벙거리며 건너더니 이쪽 제방을 기어오르기 시작했소. 나는 그들이 둑을 절반쯤 올라왔을 때 수하를 했소.

'거기 누구냐?' 나는 작은 목소리로 물었소이다.

'친구들이오.' 대답 소리가 들려왔소. 나는 등불 덮개를 벗기고 그쪽으로 불을 비췄소. 앞장서 올라오는 사람은 칠흑 같은 수염이 거의 허리띠까지 내려온 기골이 장대한 시크교도였소. 내 평생 그렇게 키가 큰 사람은 처음 보았소이다. 또 한 사람은 땅딸막한 인물로 큼직한 노란 터번을 두르고 보자기로 싼 물건을 들고 있었소. 터번을 두른 사내는 몹시 무서운 듯 두 손을 학질 걸린 사람처럼 부들부들 떨면서, 구멍에서 나오는 생쥐처럼 작고 반짝거리는 눈으로 연신 주위를 두리번거렸소. 그를 죽인다고 생각하니 끔찍했지만, 보물을 생각하자 내 마음은 부싯돌처럼 단단해졌소. 그는 내가 백인이라는 걸 알아보자 환성을 지르며 달려왔소.

'사힙, 저를 보호해 주십시오.' 그는 숨찬 목소리로 말했소. '불쌍한 상인 아흐메트를 보호해 주십시오. 저는 라즈푸타나에서 왔는데 아그라의 성에서 피난처를 구하고자 하옵니다. 저는 회사 편을 들었다고 약탈당하고 얻어맞고 모욕을 당했습니다. 저와 이 보잘것없는 물건이 다시 안전한 곳으로 왔으니 오늘 밤은 복 받은 밤이올시다.'

'그 꾸러미는 뭐냐?' 나는 물었소.

'쇠 상자이옵니다.' 상인은 말했소. '이 속에는 집안에 대대로 전해지는 물건 한두 가지가 들어 있사온데, 별 가치는 없지만 그래도 저한테는 귀중한 물건이옵니다. 하지만 저는 걸인은 아니옵니다. 저에게 피난처를 내주신다면 젊은 사힙과 그 상사 되는 분께도 사례를 하겠사옵니다.'

난 그 남자와 더 이상 얘기했다가는 안 될 것 같은 생각이 들었소. 겁에 질린 통통한 얼굴을 볼수록 마음이 약해져서 그자를 무자비하게 해치우는 게 어려울 것 같았소. 빨리 얘기를 끝내는 게 최선이었소이다.

'이 사람을 위병 대장 앞으로 데려가라.' 나는 말했소. 두 시크교도와 거인이 상인을 에워싸고 어둠침침한 복도로 들어갔소. 상인은 완전히 죽음에 둘러싸인 꼴이 된 거요. 나는 등불을 들고 문 앞에 남았소.

적막한 복도에서 그들의 발소리가 규칙적으로 들려왔소. 그러다 문득 발소리가 그치더니 쾅 소리와 함께 사람들의 말소리, 어지러운 발소리가 들려왔소. 그런데 잠시 후, 놀랍게도 요란한 발소리가 이쪽으로 달려왔소. 헐떡거리는 숨소리도 들려왔소. 나는 일직선의 긴 복도에 불빛을 비췄소. 저쪽에서 뚱뚱한 사나이가 얼굴에 피를 뒤집어쓴 채 바람처럼 달려오고 있었소. 그 뒤를 검은 수염을 기른 기골이 장대한 시크교도가 번쩍이는 칼을 든 채 호랑이처럼 쫓아오고 있었소. 나는 그 상인처럼 발이 빠른 사람은 본 적이 없소이다. 두 사람 사이의 거리는 점차 벌어지고 있었는데, 나는 상인이 내 옆을 지나 바깥으로 나가면 다시 그를 붙잡는 것은 난망(難望)이라는 걸 알 수 있었소. 상인이 측은하게 느껴지지 않은 건 아니었지만, 다시 한번 보물에 대한 생각이 고개를 들었고 나는 마음을 독하게 먹었소. 나는 상인이 내 곁을 지나갈 때 그의 다리 사이에 총을 찔러 넣었고 그는 총 맞은 토끼처럼 모로 두 번 굴렀소이다. 그리고 그가 일어서기도 전에 시크교도가 비호같이 덤벼들어 옆구리를 칼로 두 번 찔렀소. 상인

536

은 신음 소리 한 번 내지 못하고 넘어진 그곳에 꼼짝 않고 누워 있었소. 나는 그가 쓰러질 때 고개를 부러뜨렸는지도 모른다고 혼자 생각하곤 하오. 여러분도 아시겠지만 나는 지금 아까 한 약속을 지키고 있는 거요. 나한테 불리한지 유리한지 따져보지 않고 그때 있었던 일을 솔직히 털어놓고 있으니까."

스몰은 말을 멈추고 수갑 찬 손으로 홈즈가 따라놓은 위스키 잔을 집어 들었다. 나로 말할 것 같으면, 그가 과거에 저지른 무자비한 살인극뿐 아니라, 그 일에 대해 너무도 태연자약하게 말하는 것을 보고 전율을 느끼고 있었다. 그가 앞으로 어떤 처벌을 받을지는 모르지만, 내게서는 어떤 동정도 얻지 못할 것이다. 셜록 홈즈와 존스는 두 손을 무릎에 올려놓은 채 스몰의 이야기에 깊이 빠져 있었지만 얼굴에는 똑같이 혐오의 표정이 떠올라 있었다. 스몰은 우리들의 감정을 눈치챈 것이 틀림없었다. 이야기를 이어나가는 그의 목소리와 태도에 도전적인 빛이 엿보였다.

"물론 그것은 아주 좋지 않은 일이었소."

스몰은 말했다.

"하지만 목숨을 내놓고 일을 하고 나서 자기 몫을 거절할 사람이 어디 있겠소. 게다가 상인 아흐메트가 성내에 발을 들여놓은 이상, 그쪽이 죽지 않으면 내가 죽어야 했소. 만약 그가 도망쳐서 진상이 백일하에 드러나면 나는 군법 회의에 회부돼서 총살당했을 거요. 시절이 시절인지라 그 당시 사람들은 별로 관대하지 못했으니까 말이오."

"이야기를 계속하시죠."

홈즈가 짧게 말했다.

"좋소, 우리는 시체를 건물 안으로 끌고 들어갔소. 압둘라하고 아크바르하고 나하고 셋이서 말이오. 상인은 키는 작았는데도 몸무게는 꽤 나갔소. 마호메트 싱이 뒤에 남아서 문을 지켰소이다. 시크교도들은 시체를 숨겨놓을 곳을 이미 준비해 놓았소. 문에서 꽤 멀리 떨어진 곳이었소이다. 꾸불거리는 복도를 한참 내려가면 텅 빈 넓은 홀이 나오는데 그곳의 벽들은 거의 무너져 있었소. 그리고 한쪽으로 흙바닥이 푹 꺼져서 무덤처럼 된 곳이 있었소이다. 우리는 상인 아흐메트를 그 속에 내려놓고 무너진 벽돌 더미로 시체를 덮었소. 그리고 보물 상자를 찾으러 갔소.

보물 상자는 상인 아흐메트가 처음 공격당했을 때 떨어뜨린 그 자리에 그대로 뒹굴고 있었소. 그게 바로 지금 저 탁자 위에 있는 상자요. 열쇠는 상자 위의 조각된 손잡이에 비단 끈으로 묶여 있었소. 우리는 상자를 열고 불을 비춰보았소. 생전 듣도 보도 못한 보물이 빛을 발했소. 눈이 부셔서 바라보기조차 힘들 지경이었소. 우리는 실컷 구경한 다음에 보물을 몽땅 꺼내서 목록을 작성했소. 거기엔 최상품 다이아몬드가 143개 들어 있었는데 그중 하나는 '위대한 무굴'이라는 이름을 가진 거였소. 그게 세계에서 두 번째로 큰 다이아몬드라고 합디다. 그리고 97개의 최상품 에메랄드와 170개의 루비, 그중에는 좀 작은 것도 있었소. 또 40개의 홍옥, 210개의 사파이어, 61개의 마노, 그리고 헤아릴 수 없이 많은 녹주석과 오닉스, 묘안석, 터키석 등이 들어 있었소. 당시에 나는 이 보석들의 이름을 알지 못했소. 또 300개에 달하는 품질 좋은 진주도 있었는데 그중 열두 개는 금관에 박혀 있었소. 그런데 금관은 그사이에 누가 꺼내 갔더군. 숄토의 집에서 보물 상자를 찾아온 다음에 열어보니까 그 안에 없었소.

우리는 보물의 목록을 작성한 다음에 도로 상자에 집어넣고 문을 지키고 있던 마호메트 싱에게 그것을 보여주었소. 그리고 언제나 서로를 위하고 비밀을 지키겠노라는 맹세를 엄숙하게 반복했소. 우리는 보물을 안전한 곳에 숨겨놓았다가 난리가 끝나면 그때 가서 공평하게 분배하기로 했소. 당장 그것을 나눠봤자 소용없었으니까 말이오. 왜냐하면 그런 고가의 보석을 갖고 있다가 발각되는 날엔 의심을 살 게 분명했고, 성내에는 개인이 사사로이 쓸 수 있는 공간이 없었소. 그리고 성 밖에는 보물을 보관해 둘 만한 마땅한 장소가 없었고 말이오. 그래서 우리는 시체를 묻어놓은 홀로 보물 상자를 가져가서 그중 제일 멀쩡한 벽의 벽돌을 들어내고 그 속에 상자를 숨겨놓았소. 그리고 그곳의 위치를 잘 표시해 놓았소. 다음 날 나는 도면 네 장을 그려서 모두에게 한 장씩 나눠주었소. 도면 아래에는 우리 넷의 서명을 넣었는데, 그것은 어느 한 사람이 이익을 취하는 일이 없이 모두가 전체를 위해 행동하기로 결의했기 때문이오. 나는 하늘에 맹세코 그 맹세를 한 번도 어긴 적이 없소이다.

세포이 반란이 어떻게 끝났는지는 여러분도 잘 알고 있을 거요. 윌슨이 델리를 점령하고 콜린 경이 러크하우를 수복한 뒤에 반란군의 기세는 한풀 꺾였소. 새로운 군대가 계속 투입되면서 나나 사힙은 국경을 넘어 도주했소. 그레이트헤드 대령이 이끄는 유격대는 아그라로 진격해 와 반도를 몰아냈소. 다시 평화가 깃들기 시작하는 것 같았고, 우리 넷은 보물을 나눠 가질 때가 가까웠다는 희망에 들뜨기 시작했소. 하지만 우리가 아흐메트의 살해범으로 급거 체포되면서 우리들의 희망은 한순간에 산산조각 나버렸소.

자초지종을 설명하면 이렇소이다. 군주가 아흐메트에게 보물을 맡긴 것은 그가 충직한 하인이라는 것을 알고 있었기 때문이오. 하지만 동양 사람들은 의심이 많소. 그래서 군주는 훨씬 더 충직한 하인을 골라서 아흐메트를 감시하는 역할을 맡겼소. 아흐메트에게서 절대로 눈을 떼지 말라는 명령을 받은 그 하인은 그를 그림자처럼 따라다녔소. 그리고 그날 밤에도 아흐메트의 뒤를 밟았다가 그가 성내로 들어가는 모습을 본 거요. 물론 그 하인은 아흐메트가 성 안에서 피신처를 구했을 거라고 생각하고 다음 날 자신도 입성 허가를 받았소. 하지만 아흐메트는 성내에 없었소이다. 이것을 수상하게 여긴 하인은 수비대의 상사에게 가서 사실을 고하고 상사는 다시 수비대장에게 보고했소. 당장 철저한 수색이 이루어졌고 시체가 발견되었소. 그래서 우리 넷은 이제 안전하다고 생각한 바로 그 순간에 체포되어 살인 혐의로 재판에 회부되었소. 셋은 그날 밤 그 문을 지키고 있었기 때문에, 그리고 나머지 하나는 살해당한 사람과 동행했다는 사실이 밝혀졌기 때문이었소. 재판 과정에서 보물에 대한 얘기는 한마디도 흘러나오지 않았소. 왜냐하면 그때 군주는 이미 폐위되어 국경 너머로 추방당했기 때문에 보물에 관해 말할 사람이 없었던 거요. 하지만 살인이 저질러진 건 분명했고 우리 넷이 범행에 가담했다는 증거도 뚜렷했소. 시크교도 셋은 종신형을 선고받았고 나는 사형을 선고받았지만, 나도 나중에 다른 사람과 똑같이 종신형으로 감형되었소.

그래서 우리는 참 이상한 처지에 놓이게 됐소. 우리 네 사람은 다리에 족쇄를 차고 다시는 바깥 구경을 하기 힘든 신세가 됐지만, 밖에 나갈 수만 있다면 모두가 대궐 같은 집을 짓고 떵떵거리며 살 수 있는 부자였으니 말이오. 엄청난 보물이 밖에서 다소곳이 기다리고 있는데 쌀밥에 맹물만 마시면서 하급 관리들의 발길질과 구타를 견디고 있자니 가슴이 바짝바짝 타들어가는 것 같았소. 나는 거의 미칠 지경이었소. 하지만 나도 고집 하나는 알아주는 인간이오. 나는 그저 참고 견디며 묵묵히 때가 오기를 기다렸소.

마침내 기다리던 기회가 온 듯했소. 나는 아그라에서 마드라스로, 거기서 다시 안다만 제도의 블레어 섬으로 이송되었소. 안다만에는 백인 죄수가 가뭄에 콩 나듯이 했고, 나는 처음부터 얌전하게 행동했기 때문에 금방 특권적인 지위에 올랐소. 나는 해리엇 산의 기슭에 있는 작은 마을 호프타운에 막사를 하나 배정받고 혼자 지낼 수 있게 되었소. 그곳은 이루 말할 수 없이 덥고 끔찍한 곳이오. 그리고 작은 정착촌 너머에는 기회만 있으면 독침을 쏘아대는 식인종들이 들끓고 있었소. 죄수들은 거기서 땅을 파고 도랑 치고 마를 재배했는데, 그것 말고도 할 일이 산더미 같았기 때문에 하루 종일 일을 해야 했소. 우리는 저녁때가 돼서야 자기 시간을 가질 수가 있었소. 나는 안다만 섬에서 여러 가지 일을 배웠는데 그곳 외과 의사한테 약을 조제하는 법과 그 밖에 다양한 의료 지식을 수박 겉핥기로라도 배웠소. 그러면서도 나는 호시탐탐 탈출할 기회를 노렸소. 하지만 안다만 제도는 육지에서 수백 킬로미터 떨어져 있었고 그나마 바다에는 바람도 거의 불지 않았소. 그래서 도망치는 것은 거의 불가능한 일이었지요.

소머튼이라는 그 외과 의사는 놀기 좋아하는 활발한 청년이었소. 그래서 젊은 장교들은 저녁마다 그의 방에 모여서 카드를 치곤 했소이다. 내가 약을 조제하던 수술실은 의사 방 옆에 붙어 있었는데 그 사이에 작은 창문 하나가 나 있었소. 나는 심심하면 수술실 불을 끄고 창문 앞에 붙어 서서 그들이 잡담을 하며 카드를 치는 모습을 구경했소. 나도 카드 치는 걸 좋아하지만 구경하는 것도 직접 치는 것 못지않게 재미있는 일이니 말이오. 거기 모이는 사람들은 인도인 부대를 지휘하는 숄토 소령, 모스턴 대위, 브롬리 브라운 중위와 의사, 그리고 절대로 돈을 잃는 법이 없는 교도관 두세 명이었소. 그들은 항상 그렇게 단출하게 모여서 카드를 치며 놀곤 했소.

그런데 그 사람들이 카드 치는 걸 구경하다 보니 군인들은 항상 잃기만 하고 민간인들은 따기만 하는 게 보이더란 말씀이오. 뭐 속임수가 있었다는 게 아니라, 그저 그렇다는 거요. 교도관들은 안다만에 온 뒤부터는 카드 치는 것 말고는 할 일이 없었던 사람들인지라 서로의 실력을 빤히 꿰고 있었소. 그런데 군인들은 심심풀이로 카드를 쳤기 때문에 그냥 되는대로였소. 밤마다 군인들은 돈을 잃었는데 그럴수록 그들은 카드에 빠져들었소. 돈을 제일 많이 잃은 건 숄토 소령이었소. 그는 처음에는 지폐와 금을 내놓더니 곧 약속어음을 쓰기 시작했소. 그것도 거액을 말이오. 그는 가끔씩 돈을 따서 용기를 얻기도 했지만 그다음에는 항상 더 많은 액수를 잃곤 했소. 숄토는 온종일 음울한 얼굴로 돌아다니곤 하더니 술을 입에 대기 시작했소.

어느 날 밤, 숄토가 평소보다 더 많은 돈을 잃었을 때였소. 막사에 앉아 있는데 숄토가 모스턴 대위와 함께 내 방 앞을 지나 숙소로 돌아가고 있었소. 두 사람은 죽마고우였고 어딜 가나 항상 붙어 다녔소. 소령이 큰 소리로 신세 한탄을 했소.

'모스턴, 이제 다 끝났어.' 내 방 앞을 지나가면서 숄토가 말했소. '이제 사표를 써야겠네. 나는 완전히 빈털터리가 됐거든.'

'그런 말 하지 말게!' 모스턴이 숄토의 어깨를 토닥거리며 말했소. '나도 엄청나게 털렸다네. 하지만……' 내가 들은 건 여기까지였소. 하지만 그것으로 충분했소이다.

이틀 뒤 숄토 소령이 혼자 바닷가를 거니는 것을 보고 나는 그에게 접근했소.

'소령님, 드릴 말씀이 있습니다.' 나는 말했소이다.

'무슨 일이냐?' 숄토는 입에 물고 있던 궐련을 빼내며 물었소.

'예, 소령님의 조언을 듣고 싶습니다.' 나는 말했소. '숨겨놓은 보물이 있는데 그것을 누구에게 넘기는 게 좋을까요? 저는 50만 파운드에 달하는 보물이 숨겨진 곳을 알고 있지만 저 자신은 그것을 쓸 수 없는 신세입니다. 저는 그것을 정부 당국에 넘기고 형을 감면받는 게 낫지 않을까 생각하고 있습니다.'

'스몰, 50만이라고?' 숄토는 입을 딱 벌리고 내가 농담하는 게 아닌지 의심스러운 듯 뚫어지게 나를 쳐다봤소.

'그렇습니다, 소령님. 갖가지 보석과 진주입니다. 그것은 주인이 나타나기만 기다리고 있습니다. 그런데 보물의 주인은 법을 어긴 죄인이라 재산을 소유할 수 없으니 그걸 찾아내는 사람이 임자지요.'

'정부에 넘긴다…….' 소령은 더듬거렸소. '정부에.' 하지만 나는 소령이 말을 더듬는 꼴을 보고 그가 내가 쳐놓은 그물에 걸려들었다는 걸 깨달았소.

'총독님한테 정보를 넘기는 게 나을까요?' 나는 조용히 물었소.

'잠깐, 그렇게 서두르지는 마라. 그랬다가는 나중에 후회할 수도 있으니까. 스몰, 일단 자초지종을 이야기해 다오. 사실을 있는 그대로 말해 봐.'

나는 숄토에게 사실을 전부 털어놓았소. 보물을 숨긴 장소를 알지 못하도록 몇 가지 사소한 사실만 바꿔서 말이오. 내가 이야기를 끝냈을 때 그는 생각이 가득한 얼굴로 멍하니 서 있었소. 입술이 떨리는 것으로 보아 마음속으로 갈등을 겪고 있는 것이 분명했소.

'스몰, 이건 예삿일이 아니다.' 숄토는 마침내 말했소. '다른 사람에게 절대로 이 일을 발설하지 마라. 조만간 너를 다시 찾겠다.'

이틀 뒤 숄토와 모스턴 대위가 한밤중에 등불을 들고 내 막사로 찾아왔소.

'스몰, 모스턴 대위님께 나한테 한 얘기를 그대로 말씀드려라.' 숄토가 이렇게 말했소.

나는 전에 한 얘기를 그대로 되풀이했소.

'사실 같지 않아? 응?' 숄토가 말했소. '내 생각엔 믿어도 될 것 같은데.'

모스턴 대위가 고개를 끄덕였소.

'스몰, 내 말 좀 들어봐라.' 소령이 말했소. '여기 있는 내 친구하고 나는 그 문제에 대해서 여러 번 상의했다. 그리고 우리는 너의 비밀이 정부와는 전혀 상관없는 문제라는 결론을 내렸다. 결국 보물은 네 개인 재산이고 너한테는 그것을 마음대로 처분할 수 있는 권리가 있으니까 말이다. 이제 문제는, 네가 요구하는 대가가 무엇이냐는 것이다. 우리는 그 보물이 있는 곳에 가보고 싶다. 계약을 맺으려면 최소한 눈으로 직접 확인해야 하니까 말이다.' 숄토는 냉정하고 침착하게 말하려고 애썼지만 두 눈은 흥분과 탐욕으로 번들거리고 있었소.

'아, 그 점에 관해서는 말입니다.' 나는 냉정을 잃지 않으려고 애썼지만 소령처럼 흥분하고 있었소. '나 같은 처지에 있는 사람의 요구 조건은 다른 것이 있을 수가 없습니다. 저하고 세 친구가 자유의 몸이 되도록 도와주십시오. 그러면 두 분에게 보물의 5분의 1을 드리겠습니다.'

'흠!' 숄토가 말했소. '5분의 1이라고? 그건 너무 적은걸.'

'그래도 두 분 앞으로 각각 5만 파운드씩은 돌아갈 겁니다.' 나는 말했소.

'하지만 너희들을 어떻게 풀어준단 말이냐? 그게 불가능한 일이라는 건 너도 잘 알고 있겠지?'

'그렇지 않습니다.' 나는 말했소. '제가 모든 걸 다 자세하게 생각해 놓았습니다. 탈출하는 데 유일한 걸림돌은 여러 날 항해하는 데 필요한 배와 식량을 구할 수 없다는 겁니다. 캘커타나 마드라스에 가면 적당한 범선들이 많이 있을 겁니다. 배를 한 척 갖고 오십시오. 우린 밤중에 눈에 띄지 않게 승선하겠습니다. 그리고 인도 해안 아무 데나 우릴 내려주면 두 분의 역할은 끝나는 겁니다.'

'한 사람이라면 어떻게 해볼 수 있겠는데.' 숄토가 말했소.

'넷이 아니면 절대로 안 됩니다.' 나는 대답했소. '우린 그렇게 맹세했습니다. 우리 넷은 언제나 행동을 같이할 겁니다.'

'여보게, 모스턴.' 숄토가 말했소. '스몰은 신의가 있는 사람이네. 절대로 친구를 배신하지 않는군. 이 친구를 믿어도 좋을 것 같아.'

'이건 부정행위야.' 모스턴이 대답했소. '하지만 자네 말마따나 보수가 엄청나니까.'

'좋아, 스몰.' 소령이 말했소. '네 요구를 들어주겠다. 하지만 먼저 네 얘기가 사실인지 확인해 봐야겠어. 보물 상자를 어디에 숨겨놓았는지 말해 다오. 휴가를 받아서 이번 달 물자 수송선을 타고 인도에 가서 직접 조사해 봐야겠어.'

'그렇게 서두르실 것 없습니다.' 소령이 흥분할수록 나는 더욱 침착해지는 걸 느끼며 말했소. '나는 세 동지의 동의를 받아야 합니다. 아까 말씀드린 것처럼 우리 네 사람은 행동을 같이하기로 했으니까요.'

'말도 안 되는 소리!' 숄토가 언성을 높였소. '그 시커먼 세 놈하고 우리 계약이 무슨 상관이 있기에?'

'시커멓든 시퍼렇든 나는 동지들과 함께합니다.' 나는 말했소. '우리는 같이 행동합니다.'

그 문제는 마호메트 싱과 압둘라 칸, 도스트 아크바르가 모두 참석한 모임에서 결정되었소. 우리는 심사숙고한 끝에 마침내 결단을 내렸소. 우리는 두 장교에게 보물 지도를 제공하기로 했소. 그래서 숄토 소령이 아그라 성에 가서 우리 얘기가 사실인지 여부를 확인하기로 했소. 거기서 보물 상자를 발견하면 그냥 놔두고 작은 범선을 끌고 와서 러트랜드 섬에 배를 감춰놓고, 우리가 탈출한 것을 확인한 다음에 근무에 복귀하기로 했소. 모스턴 대위는 숄토가 복귀한 뒤에 휴가를 얻어서 아그라에서 우릴 만나 보물을 분배하기로 했소. 숄토 소령의 몫은 모스턴 대위에게 같이 주기로 하고 말이오. 우리는 반드시 이 약속을 지키겠노라고 엄숙하게 맹세했소. 그리고 나는 밤을 꼬박 새워서 두 장의 지도를 완성했소. 지도 밑에는 우리 네 사람의 이름을 적어놓았소. 압둘라, 아크바르, 마호메트, 그리고 내 이름 말이오.

신사 여러분, 나의 긴 얘기를 듣느라고 지루했을 거요. 여기 계신 존스 씨는 나를 한시라도 빨리 감옥에 집어넣고 싶어 하는 줄 다 알고 있소. 되도록 짧게 말하겠소이다. 악당 숄토는 인도로 가더니 감감무소식이었소. 모스턴 대위는 그 후에 우편선의 승객 명단에 그의 이름이 올라 있는 것을 내게 보여주었소. 숄토는 세상을 떠난 숙부에게서 큰 재산을 물려받자 군에서 제대했다고 했소. 하지만 아무리 그래도 그는 우리에게 한 약속을 지킬 수는 있었소. 모스턴은 곧장 아그라로 가서 보물을 찾아보았지만 우리가 예상했던 대로 그것은 이미 사라지고 없더라고 했소이다. 천하에 둘도 없을 악당이 우리가 비밀을 넘기는 대가로 요구한 조건을 하나도 이행하지 않고 보물만 훔쳐서 달아났던 거요. 그때부터 나는 오로지 복수만 생각하며 살았소. 나는 밤낮으로 그 생각에 골몰했소. 복수심이 나를 집어삼킨 거나 마찬가지였소. 나는 법도 무섭지 않았고, 교수형을 당한대도 상관없었소. 섬을 탈출한 뒤 숄토를 찾아 숨통을 끊어놓는 것, 내가 밤낮으로 생각했던 게 바로 그거였소. 아그라의 보물조차도 숄토의 처단에 비하면 사소한 것으로 여겨졌소.

나는 안다만에서 복역하는 동안 안 해본 일이 없을 정도로 많은 일을 했소. 나는 때가 오기를 기다리며 지긋지긋한 세월을 견뎌냈소. 아까 말했던 것처럼 약의 조제에 대해서도 약간 배웠소이다. 어느 날, 소머튼 선생이 열병으로 앓아누웠을 때 숲에서 일하는 죄수 패거리가 안다만 원주민 하나를 데리고 왔소. 그는 죽을병에 걸리자 아무도 없는 곳에서 혼자 죽으려고 나왔다가 죄수들에게 발견된 거였소. 비록 독사처럼 위험한 놈이었지만 나는 녀석을 받아들였소. 그리고 두 달간의 치료 끝에 녀석은 몸이 회복돼서 걸을 수 있게 되었소. 그러자 그는 나를 좋아하게 되었고 자신이 살던 곳으로 돌아가지 않고 항상 내 막사 근처에서 어슬렁거렸소. 나는 그에게서 안다만 부족 말도 조금 배웠는데 그러자 그는 나를 더욱 따르게 됐소.

그의 이름은 통가라고 했소. 통가는 배를 잘 부렸고 크고 널찍한 카누도 한 척 갖고 있었소. 나는 통가가 나를 위해서라면 무슨 일이든 마다하지 않을 만큼 헌신적이라는 걸 알고 드디어 탈출의 기회가 왔다는 것을 깨달았다오. 나는 통가와 그 문제를 의논했소. 통가는 경비를 세우지 않는 오래된 선착장으로 밤에 배를 끌고 오기로 했소. 나는 통가에게 물통 여러 개와 마, 코코넛, 고구마 등의 식량을 많이 준비하라고 지시했소.

작은 통가는 성실하고 진실한 사람이었소. 세상에서 그보다 더 충실한 벗은 없을 거요. 어느 날 밤, 통가는 카누를 타고 그 선착장으로 왔소이다. 그런데 하필이면 거기에 교도관 하나가 와 있었소. 그는 파탄이라는 비열하기 짝이 없는 인간이었는데, 틈날 때마다 나를 괴롭히고 모욕했던 자요. 나는 항상 그에게 이를 갈고 있었는데 마침내 기회가 온 거외다. 내가 섬을 떠나기 전에 빚을 갚을 수 있도록 운명의 여신이 그자를 내 앞으로 밀어준 거나 마찬가지였소. 그자는 카빈총을 둘러메고 이쪽으로 등을 돌린 채 바닷가에 서 있었소. 나는 그자의 머리통을 부숴버릴 작정으로 돌멩이를 찾아보았지만 그런 건 눈에 띄지 않았소.

그런데 기발한 생각이 떠올랐소. 나는 어둠 속에 쪼그리고 앉아 나무다리를 풀기 시작했소. 그리고 한쪽 다리로 세 걸음을 뛰어가 그자의 머리통을 향해 나무다리를 힘껏 휘둘렀소. 이 나무다리의 금 간 부분은 그때 생긴 자국이오. 나는 균형을 잡지 못했기 때문에 그자와 함께 고꾸라졌소. 하지만 나는 일어났지만 그자는 일어나지 못했소. 나는 통가가 몰고 온 배에 탔고 우리는 한 시간도 안 돼서 안다만 해변을 벗어났소. 통가는 온갖 물건을 다 챙겨 왔소. 그중에는 기다란 대나무 창을 비롯한 무기와 신(神) 들도 있었소. 안다만 야자나무로 만든 깔개는 나중에 돛으로 사용했소. 열흘 동안 우리는 운명을 하늘에 맡기고 정처 없이 표류하다가 열하루째 되는 날, 말레이 순례자들을 태우고 싱가포르에서 지다로 가던 상선에 구조되었소. 배에 타고 있는 사람들은 한결같이 이상했지만, 통가와 나는 금방 적응할 수 있었소이다. 그들에게는 한 가지 좋은 점이 있었소. 우리 둘만 있게 놔두고 아무것도 묻지 않는다는 거였소.

그 작은 친구와 내가 겪은 모험에 대해 전부 얘기한다면 여러분은 별로 고마워하지 않을 거요. 왜냐하면 내일 아침 해가 뜰 때까지 여러분을 여기 잡아둬야 할 테니까 말이오. 우리는 세계를 여기저기 떠돌아다녔소. 런던으로 가려고 했지만 항상 무슨 일인가가 생겨서 런던행은 번번이 좌절되었소. 하지만 나는 한 번도 목적을 잊어본 적이 없소이다. 밤에 꿈을 꾸면 숄토가 나타나곤 했소. 나는 자면서 그자를 백 번쯤은 죽였을 거요. 결국 우린 삼사 년쯤 전에 영국에 도착했소. 숄토가 사는 데를 찾아내는 건 별로 어려운 일이 아니었소. 나는 그가 보물을 팔아치웠는지 아니면 아직 그대로 갖고 있는지 수소문했소. 나는 내 일을 도와줄 만한 사람을 친구로 사귀었는데 그 이름은 말하지 않겠소. 남을 곤란하게 만들고 싶지는 않으니까 말이오. 어쨌든 나는 그가 보물을 그대로 갖고 있다는 사실을 알아냈소. 나는 숄토에게 복수를 하려고 백방으로 노력했지만 그자는 아주 교활했소. 프로 권투 선수 둘과 두 아들, 그리고 키트무트가 한시도 그의 곁을 떠나지 않았소.

하지만 어느 날, 나는 숄토가 죽음을 앞두고 있다는 소식을 들었소. 나는 당장 그 집 정원으로 달려갔소. 그자가 이렇게 내 손아귀에서 빠져나간다고 생각하니 미칠 것 같았소이다. 창문으로 들여다보니 그자는 침대에 누워 있었고 양옆에 두 아들이 서 있었소. 나는 당장 뛰어들어 가서 그 셋을 상대해 주려고 했지만 내가 보는 앞에서 숄토는 눈을 감았소. 죽은 거요. 그날 밤 나는 그의 방으로 들어갔소. 보물을 숨겨놓은 장소를 어딘가 적어 놓았을지도 모른다고 생각하고 나는 그의 서류를 다 뒤져보았소. 하지만 그런 건 찾지 못했소. 나는 화나고 쓰라린 심정을 부둥켜안고 그 방에서 나와야 했소. 방을 나오기 전에 나는 시크교도 친구들을 다시 만나게 될 때 뭔가 우리 적개심의 표시를 남겨놓았다고 말하면 그들의 속이라도 시원해질 거라고 생각했소. 그래서 도면에 쓰인 것처럼 '네 사람의 서명'이라고 써서 숄토의 가슴에 꽂아놓았소. 그에게 도둑맞고 사기당한 사람들의 어떤 증표도 없이 그자를 깨끗하게 무덤으로 보내주기는 싫었던 거요.

가엾은 통가는 박람회 같은 곳에 흑인 식인종으로 출연했고, 우리는 그것으로 먹고살았소. 통가는 날고기를 먹고 전쟁의 춤을 추어 보이곤 했소이다. 하루 일을 끝내면 동전이 모자에 가득 했소. 나는 여전히 퐁디셰리 저택을 예의 주시하고 있었소. 몇 년 동안은 형제들이 보물을 찾아 헤매고 있다는 얘기밖에는 없었 소. 그런데 마침내 기다리고 기다리던 소식이 전해 왔소. 보물이 발견된 거요. 보물은 바솔로뮤 숄토의 화학 실험실 천장 위에 있 었소. 나는 당장 가서 그곳을 살펴보았지만 내 나무다리로는 도 저히 그곳까지 올라갈 수 없다는 사실을 알았소. 하지만 나는 지 붕에 들창이 있다는 것과 숄토 씨의 저녁 식사 시간도 알아냈소. 통가의 도움을 받으면 일을 쉽게 처리할 수 있을 것 같았소. 나 는 통가의 허리에 긴 밧줄을 둘러준 다음 그곳으로 데려갔소. 통 가는 고양이처럼 지붕으로 올라가서 들창을 통해 집으로 들어갔 소. 하지만 일이 안되려고 그랬는지 바솔로뮤 숄토는 아직 그 방 에 남아 있다가 희생당하고 말았소. 밧줄을 타고 그 방에 들어가 보니 통가는 제가 무슨 칭찬받을 일이나 한 줄 알았던지 공작새 처럼 빼기며 방 안을 돌아다니고 있었소. 그 피에 굶주린 꼬마 도깨비한테 욕을 퍼부으며 동아줄을 휘두르자 통가는 기겁을 했 소이다. 나는 보물 상자를 먼저 내려놓고 그다음에 밧줄을 타고 내려갔소.

참, 방을 나오기 전에 보물이 마침내 원래 주인에게 돌아갔다 는 사실을 알리기 위해 탁자에 '네 사람의 서명'이라고 쓴 쪽지 를 남겨놓았소. 통가는 그다음에 밧줄을 끌어 올리고 창문을 닫 고, 그리고 원래 들어온 곳을 통해 다시 나왔소.

그 밖에 더 말할 게 있는지 모르겠소이다. 나는 어느 뱃사람한테 스미스의 증기선 오로라호가 아주 빠르다는 얘기를 들었소. 그래서 그 배를 선택한 거요. 나는 스미스를 만나서 계약하고 우리를 항구까지 안전하게 데려다주면 큰돈을 주겠노라고 약속했소. 스미스도 아마 이상한 낌새를 챘을 테지만 자세한 내용은 몰랐소이다. 지금까지 말한 것은 다 사실이오. 그리고 내가 여기서 사실을 털어놓은 것은 여러분을 즐겁게 해주기 위해서가 아니오. 여러분이 나한테 한 일을 생각해 보면 그렇게 해줄 이유가 전혀 없으니까. 단지 나는 아무것도 감추지 않고 숄토 소령이 나한테 얼마나 나쁜 짓을 했는지에 대해, 그리고 그 아들의 죽음이 나와 얼마나 무관한지에 대해 세상에 널리 알리는 것이 최상의 방어라고 생각했던 거요."

"아주 인상적인 설명이군요."

셜록 홈즈는 말했다.

"대단히 흥미로운 사건에 걸맞은 결말이기도 하고요. 얘기의 마지막 부분에서 당신네가 밧줄을 직접 가지고 갔다는 설명을 빼면 내게 새로운 내용은 전혀 없었습니다. 내가 몰랐던 것은 밧줄에 관한 것뿐이었지요. 그런데 나는 통가가 잃어버린 독침이 그가 가진 전부이기를 바랐습니다. 하지만 그는 배에서 용케도 우리한테 한 방 날렸더군요."

"통가가 침을 다 잃어버린 건 사실이오. 하지만 대롱 속에 들어 있던 것이 하나 남아 있었소."

"아, 그런가요. 그 생각을 미처 못 했군요."

홈즈가 말했다.

"더 알고 싶은 게 있으신가?"

죄수는 부드럽게 물었다.

"이젠 됐습니다. 고맙습니다."

내 친구가 대답했다.

"자, 홈즈."

애설니 존스가 말했다.

"나는 당신이 해달라는 대로 다 해줬소. 그리고 당신이 범죄 전문가라는 건 모두가 다 아는 사실이지만 내게도 지켜야 할 의무가 있소. 이 정도까지 한 것도 나로서는 크게 무리한 거요. 나는 이 이야기꾼을 서에 인도해야 마음이 놓일 것 같소. 마차가 아직 대기 중이고 경사 둘이 아래층에서 기다리고 있소. 두 분에게 신세 많이 졌소이다. 물론 재판에는 출석하셔야 할 거요. 그럼, 안녕히 계시오."

"안녕히 계시오."

조너선 스몰이 말했다.

"스몰, 먼저 나가지."

방문 앞에서 조심성 많은 존스가 말했다.

"안다만 제도의 신사가 너한테 어떻게 당했는지는 모르겠지만, 나는 그 나무다리로 머리통을 얻어맞지 않도록 각별히 주의하고 있으니까 말이야."

"드라마는 이렇게 막을 내렸군."

홈즈와 마주 앉아 말없이 담배를 피우다가 나는 말했다.

"그런데 내가 자네의 수사 기법을 연구할 수 있는 기회는 이번

이 마지막일 것 같군. 모스턴 양이 내 청혼을 받아주었네."

홈즈는 우울한 얼굴로 신음했다.

"그런데 나는 자네 결혼을 축하해 줄 수 없을 것 같으이."

나는 약간 상처받았다.

"내 선택을 불만족스럽게 여기는 이유가 뭔가?"

나는 물었다.

"아니, 그런 건 없네. 모스턴 양은 내가 만나본 숙녀들 중에서 제일 매력적인 여성에 속한다네. 그리고 우리가 하는 일에 크게 도움이 될 만한 여성이기도 하지. 모스턴 양은 천재적인 감각을 가지고 있네. 아버지가 남긴 여러 가지 서류 가운데 아그라 성의 도면을 보관한 것만 봐도 알 수 있지. 하지만 사랑이란 감정적인 것이네. 그런데 감정이란 내가 가장 중요시하는 사실적이고 냉정한 논리와는 완전히 반대되는 것이거든. 나는 냉철한 판단력을 유지하기 위해서라도 결혼은 하지 않을 생각이네."

"나는 사랑이라는 감정의 시련 속에서도 냉철한 판단력을 유지할 수 있을 거라고 생각하네."

나는 웃으며 말했다.

"그런데 자네 몹시 고단해 보이는군."

"응, 벌써 반작용이 시작되고 있어. 나는 앞으로 일주일간 넝마처럼 후줄근하게 지낼 거야."

"참 이상한 일이군. 그토록 폭발적인 힘과 에너지가 어떻게 게으름이라고 부를 수밖에 없는 시기와 맞물리는지 말이야."

"그래."

홈즈는 대답했다.

"내게는 더할 나위 없는 게으름뱅이의 소질과 무한히 정력적인 활동가의 소질이 같이 있지. 나는 괴테의 이 말에 대해 자주 생각한다네. '자연이 인간을 창조한 것은 안타까운 일이다. 왜냐하면 가치가 있을 때는 사람이지만 말썽을 부릴 때는 물질에 지나지 않기 때문이다.' 그런데 이 노우드 사건에서 말일세, 내 말대로 집안에 내통하는 자가 있었다는 거 알겠지? 공범은 집사 랄라오임에 틀림없어. 그래서 존스는 그물을 던져서 잡은 물고기 한 마리에 대해서는 영예를 독차지하게 되었네."

"존스가 영예를 독차지한다는 건 가당치 않은 일이지. 이 사건은 자네 혼자 해결한 거야. 그런데 나는 이 일을 통해 아내를 얻고 존스는 영예를 얻네. 그런데 자네한테 남은 건 뭐지?"

나는 말했다.

"나한테 남은 건……."

셜록 홈즈는 말했다.

"코카인일세."

그러면서 희고 긴 손을 그쪽으로 뻗었다.

The Sign of Four, 1888

『주홍색 연구』에서 왓슨 박사가 입은 부상 부위는 어깨였으나, 이 작품에서는 다리로 묘사되고 있다. 이 부분에 대해서는 재미있는 가설이 있다. 이유는 몰라도, 존 왓슨 박사가 참호에서 쪼그리고 앉아 있다가 총을 맞았고, 총탄이 어깨를 지나 다리까지 한방에 관통했다는 것이다. 어째서 참호에 쪼그리고 앉아 있었는지에 대한 이유는 독자 각자의 상상에 맡긴다.

어쨌든 그밖에도 코난 도일의 부주의함을 드러내는 악명 높은 구절이 있다. 마리 모스턴이 가져온 의문의 인물이 보낸 편지에는 라이세움 극장의 세 번째 기둥 앞으로 나오라는 내용이 들어 있다. 셜록 홈즈와 존 왓슨, 마리 모스턴으로 이루어진 일행은 함께 그 장소로 향한다. 코난 도일은 그 장면을 다음과 같이 묘사한다. "때는 9월 저녁이었고, 아직 7시도 되기 전이었지만 날씨는 음울하고 도시 전체가 짙은 안개로 뒤덮여 있었다. 서글픈 흙빛 구름이 질척한 거리를 이불처럼 덮고 있었다. 스트랜드 가의 가로등은 흙투성이 포장도로 위로 뿌연 얼룩처럼 보이는 둥근 빛을 던졌다. 상점 창문에서는 노란 불빛이 흘러나와 희뿌연 대기를 물들이며 번잡한 거리에 흐린 빛을 퍼뜨렸다." 런던의 안개 자욱한 저녁의 몽롱한 느낌을 이토록 탁월하게 전달하는 이 부분에 감탄하기도 전에 독자들은 어처구니없는 부주의함과 맞닥뜨리게 된다. "9월 저녁"이라니, 바로 그날 아침에 받았다며 모스턴 양이 가져온 편지에 찍힌 소인이 7월 7일이었는데……

중간에 형을 살해한 용의자로 몰리는 새디어스 숄토의 경우, 마리 모스턴에게 한눈에 반한 존 왓슨의 앞에서 눈치도 없이 "부친께서도 심장에 부담을 주지만 않으셨어도 지금쯤 살아 계셨을 겁니다." 하는 말을 건네 숙녀를 상심시키는 바람에 왓슨의 분노를 사고 만다. 덕분에 마리 모스턴이 50만 파운드라는 거액의 재산을 물려받아 부유한 상속녀가 될 거라는 소식에 놀라 혼미해진 왓슨은 정신없는 와중에 본능적으로 아까 느낀 분노를 새디어스 숄토에게 풀었는데, (홈즈의 증언에 따르면) 건강을 염려하는 숄토에게 왓슨 박사가 해 준 조언이란 것이 "다량의 스트리크닌을 진정제로 사용할 것"이었으니 말이다. 스트리크닌이 과다 복용하면 사망에 이르는 강력한 독극물임은 익히 알려진 바다. 한편 브렉시트로 인해 파운드화의 환율이 떨어진 2017년 초를 기준으로 쳐도, 50만 파운드는 한화 기준 7억이 넘는 금액인 만큼 19세기의 화폐 가치로 환산하면 실제 가치로는 더욱 어마어마한 금액이었을 것으로 생각된다.

이 작품의 원래 제목은 "The Sign of the Four"로 'four' 앞에 'the'가 있었으나 아서 코난 도일의 요청에 의해 후일 'the'가 빠지고 "The Sign of Four"가 되었다.

옮긴이 | 백영미

서울대학교 간호학과를 졸업했으며, 현재 전문 번역가로 활동중이다. 옮긴 책으로『죽음 너머의 세계는 존재하는가』,『히말라야에서 만난 성자』,『황금 두루마리의 비밀』,『자궁의 역사』 등이 있다.

셜록 홈즈 더 얼티밋 에디션 - 홈즈

1판 1쇄 찍음 2017년 12월 7일
1판 1쇄 펴냄 2017년 12월 14일

지은이 | 아서 코난 도일
옮긴이 | 백영미
발행인 | 박근섭
편집인 | 김준혁
책임편집 | 최고운
펴낸곳 | 황금가지

출판등록 | 2009. 10. 8 (제2009-000273호)
주소 | 06027 서울 강남구 도산대로 1길 62 강남출판문화센터 5층
전화 | 영업부 515-2000 **편집부** 3446-8774 **팩시밀리** 515-2007
홈페이지 | www.goldenbough.co.kr

도서 파본 등의 이유로 반송이 필요할 경우에는 구매처에서 교환하시고
출판사 교환이 필요할 경우에는 아래 주소로 반송 사유를 적어 도서와 함께 보내주세요.
06027 서울 강남구 도산대로 1길 62 강남출판문화센터 6층 민음인 마케팅부

한국어판 ⓒ ㈜민음인, 2017. Printed in Seoul, Korea
ISBN 979-11-5888-347-8 04840
ISBN 979-11-5888-349-2 04840(세트)

㈜민음인은 민음사 출판 그룹의 자회사입니다.
황금가지는 ㈜민음인의 픽션 전문 출간 브랜드입니다.